SYLVIA LOTT

Die Rose von Darjeeling

Buch

Darjeeling in den Dreißigern. Die junge Engländerin Kathryn Whitewater lernt im Teegarten ihres Vaters zwei deutsche Reisende kennen: Carl Jonas und Gustav ter Fehn, beide attraktiv und charmant. Gegen den Willen ihres Vaters folgt sie ihnen auf eine Expedition durch die überwältigende Natur des noch unerforschten, legendären Königreichs Sikkim in den Himalaya. Dabei eröffnet sich ihr eine Welt voller Abenteuer und ungeahnter Gefühle. Die junge Frau wird vor eine Entscheidung gestellt, die ihr Leben für immer verändert – und deren Folgen noch Jahrzehnte später das Schicksal einer jungen Rhododendronzüchterin im norddeutschen Ammerland bestimmen werden.

Autorin

Die freie Journalistin und Autorin Sylvia Lott ist gebürtige Ostfriesin und wuchs im Ammerland auf. Sie ist für verschiedene Frauen-, Lifestyle- und Reisemagazine tätig. Ihre Reisereportagen führten sie unter anderem nach Darjeeling und auf die Kanalinsel Jersey. Sylvia Lott lebt in Hamburg-Winterhude.

Sylvia Lotts nächster Roman ist bei Blanvalet in Vorbereitung.

Sylvia Lott

Die Rose von Darjeeling

Roman

blanvalet

Die Handlung und alle handelnden Personen sind frei erfunden. Jegliche Ähnlichkeit mit lebenden oder realen Personen wäre rein zufällig.

FSC
www.fsc.org
MIX
Papier aus verantwortungsvollen Quellen
FSC® C014496

Verlagsgruppe Random House FSC-DEU-0100
Das FSC®-zertifizierte Papier *Holmen Book Cream*
für dieses Buch liefert Holmen Paper, Hallstavik, Schweden.

1. Auflage
Originalausgabe April 2013 bei Blanvalet, einem Unternehmen der Verlagsgruppe Random House GmbH, München.

Umschlaggestaltung: bürosüd°, München
Umschlagmotiv: Getty Images/Flickr/Andy Brandl
Redaktion: Margit von Cossart
ES · Herstellung: sam
Satz: Buch-Werkstatt GmbH, Bad Aibling
Druck und Einband: GGP Media GmbH, Pößneck
Printed in Germany
ISBN: 978-3-442-37889-0

www.blanvalet.de

Jersey

August 1990

Natürlich wollte Lady Kathryn ihr Geheimnis nicht mit ins Grab nehmen. Sie saß vor dem Spiegel ihrer französischen Frisierkommode und bürstete kräftig durch ihr immer widerspenstiger werdendes, kinnlanges weißes Haar. Mit der Morgenluft wehte ein Duft von Rosen und Petunien durch die geöffneten Fenster herein. Nein, die Zeit war reif. Seit sechzig Jahren, seit sie gewusst hatte, dass sie schwanger war, rang Kathryn mit sich, wann und wie sie es ihrer Familie sagen sollte. Bei einem feierlichen Candle-Light-Dinner? Oder bei gedecktem Apfelkuchen zum Nachmittagstee in ihrer Sitzecke neben dem Rhododendronsolitär – am besten noch zur Hauptblütezeit? Manchmal dachte sie mehrmals am Tag darüber nach, stellte sich vor, wie ihr Vater, ihr Mann, und dann, nachdem beide gestorben waren, ihr Sohn Charles, die Schwiegertochter und ihr Enkel darauf reagieren würden.

Am Tag von Charles' Geburt hatte sie sich vorgenommen, es ihm zu sagen, wenn er die Volljährigkeit erreicht hätte. Doch ausgerechnet dann geschah etwas, das für eine kurze Zeit erneut ihre Welt aus den Angeln hob. Als sie sich allmählich wieder in gewohnter Weise zu drehen begann, musste Kathryn ihre Enthüllung erneut verschieben, weil es ihr sonst niemals gelungen wäre, zur Normalität zurückzukehren.

Die Sonne schien jetzt in den Spiegel und blendete sie. Kathryn stand auf, um den alten geblümten Vorhang aus indischer Seide vorzuziehen. Er stammte aus einem der vornehmsten Geschäfte Kalkuttas, immer noch verliehen die verwegenen pinkfarbenen Blumen ihrem ansonsten in Resedagrün und Cremetönen gehaltenen Privatsalon einen Hauch Poesie. Sie stieß mit dem Ellbogen gegen ihre Harfe, die in der Ecke stand. Ein tiefer Ton schwang nach, etwas Staub wirbelte auf. Ach, ja, schade, lange hatte sie nicht gespielt, aber vielleicht könnte sie bald wieder einmal einen Versuch wagen.

Zwei Jahre hatte es damals gedauert, bis sie das Thema wieder an sich heranlassen konnte. In den Wechseljahren schwor sie sich, ihr Geheimnis allerspätestens an ihrem achtzigsten Geburtstag preiszugeben. Das hätte immerhin den Vorteil, dass ihr Vater und ihr Mann Alfred, der selige Lord Taintsworth, es nicht mehr erfahren würden.

Am nächsten Sonntag wurde sie achtzig. Schwer vorstellbar, nun wirklich so alt zu sein. Innerlich fühlte sie sich auch heute noch phasenweise wie eine junge Frau, manchmal auch wie fünf oder wie hundertzwanzig oder zeitlos. Meist musste sie eine Weile überlegen, wenn sie irgendwo ihr Alter angeben sollte.

»Du wirst achtzig, altes Mädchen!«, sagte sie ungläubig zu ihrem Spiegelbild, einer freundlichen Seniorin mit gewelltem Bubikopf, tiefem Seitenscheitel und niedrigem Haaransatz.

Ihre Stimme klang immer noch, wie schon in ihrer Jugend, leicht rauchig. Der helle Teint, übersät mit Sommersprossen und Altersflecken, fältelte sich reichlich, aber fein wie ein Strahlenkranz um die Augen und an den Wangenpartien. Dem gealterten Hals gönnte sie keinen längeren Blick mehr. Die wohlgeformte gerundete Nase war immer noch etwas zu kurz, obwohl ihr Vater ihr als Kind versprochen hatte, ihre Nase würde niemals aufhören zu wachsen. Sie schmunzelte. Der Blick ihrer grünen Augen unter den kräftigen Brauen (die sie beim Friseur dunkelblond nachfärben ließ) konnte blitzschnell von Melancholie zu Belustigung wechseln, doch meist war er gütig und wohlwollend. Kathryn trat einen Schritt zurück. Früher war sie mittelgroß gewesen, heute galt sie eher als klein.

»Bist geschrumpft, musst dich gerader halten!«, mahnte sie die Lady im hellgrauen Hemdblusenkleid mit den bequemen Pumps. »Nimm dir ein Beispiel an Queen Mom.« Ihr Spiegelbild winkte sogleich ab. Man konnte doch froh sein, dass es überhaupt wieder ging mit dem Gehen. Seit den Rheumaschüben im Winter hatte sich ihr Zustand erfreulich gebessert. Gnädig nickte sie sich zu. »Du wirst tatsächlich achtzig.« Punkt. Und keine Ausreden mehr!

In vier Tagen würde die Bombe platzen. Der Skandal würde nicht nur in Adelskreisen und bei Cocktailempfängen der Upperclass von Jersey, sondern bis in die Markthalle von Saint Helier, der Hauptstadt der Insel, für Gesprächsstoff sorgen! Selbst die wortkargen Hummerfänger im Hafen am alten Schlachthof würden beim Ausbessern ihrer Körbe darüber ratschen und sicher glatt vergessen, ihre Zahnlücken zu verbergen.

Kathryn gluckste unterdrückt in sich hinein. Ihr Sinn für Humor hatte ihr geholfen, viele dramatische Ereignisse im Leben zu überstehen. Und doch schmerzte es auch. Immer noch, nach so vielen Jahren. Gerade jetzt wieder spürte sie den vertrauten Stich in der Brust, dem ein sehnsüchtiges süßes Ziehen folgte. Ihre Kehle schnürte sich zu, Tränen stiegen ihr in die Augen. Sie atmete tief durch und schloss die Lider. Manchmal spürte sie die Liebe wieder: so jung und unverbraucht, so intensiv, innig, tief und weit und allumspannend wie damals. Eine Träne lief ihre Wange hinunter.

Am stärksten überkam sie dieses Gefühl, wenn sie im Mai ihrem Rhododendron nahe war. Es gab viele Rhododendren in ihrem Park, die meisten wuchsen in Gruppen angeordnet, doch sie meinte immer nur den einen: die »Rose von Darjeeling«. Das Herz ging ihr auf, wenn der inzwischen fast vier Meter breite und drei Meter hohe Prachtbusch seine Knospen austrieb und seine großen scharlachfarbenen Blüten öffnete. Wie aus hauchdünnem Wachs modelliert wirkten sie und schienen, besonders in der Morgensonne, von innen heraus zu leuchten. Dieser Rhododendron hatte eine eigene Aura, Kathryn ließ sich insgeheim von ihr umfangen wie von den Armen eines Geliebten.

Das Außergewöhnlichste aber an der besonderen Züchtung war ihr Duft. Nur wenige Rhododendren verströmten Wohlgerüche, sah man einmal ab von einigen zur Gruppe der Azaleen gehörenden Arten wie dem nasenbetäubend honigsüß riechenden gelben *Rhododendron luteum*, an dessen Honig sich einst die Soldaten des Xenophon um 400 vor Christus auf dem Rückmarsch von Babylon vergiftet hatten. Ihr Rhodo duftete anders. Nicht aufdringlich. Auch nicht nach Zimt, Jasmin oder Orchidee wie einige der Vireya-Arten, die nur in tropisch-schwülen Regionen Südostasiens oder in den Gewächshäusern von Kew Gardens gedeihen konnten. Den zarten, geheimnisvoll lockenden Duft der Rose von Darjeeling begleitete eine schwer beschreibbare Note, die einmalig war. Deshalb verließ Kathryn während der Blütezeit von Anfang bis Ende Mai nur zu einem alljährlichen Pflichttermin in London für drei Tage ihr Anwesen. Sie hielt sich am liebsten draußen bei ihrem Rhododendron auf. Meist saß sie auf dem Rasen direkt daneben in einem Gartensessel, der zu einer dunkelgrün gepolsterten, silbrig verwitterten Teakholzsitzgruppe gehörte, und las.

Eine gepflegte Grünfläche schwang sich von der Sonnenterrasse des Herrenhauses sanft abwärts bis zu ihrem Lieblingssitzplatz. Sie hatte den Strauch knapp vierzig Jahre zuvor in den lichtdurchbrochenen Schatten alter Eichen und Magnolien gepflanzt. Hier nahm sie, sobald die Witterung es zuließ, mit ihrer Schwiegertochter Alexandra den Nachmittagstee ein. Hier empfing sie die Damen der Hausfrauenvereinigung, um mit ihnen Wohltätigkeitsbasare zu besprechen, oder das Komitee zur Organisation des Blumenfestes. Sofern das Rheuma es ihr erlaubte, buddelte sie auch gern in benachbarten Beeten zwischen Funkien, Bluebells, Primeln und Bambus. Nur um immer, wenn sie sich unbeobachtet fühlte, für Momente die Augen zu schließen und diesen Duft in sich aufzunehmen, der in ihr alles wieder lebendig machte.

Jeder wusste, dass die Herrin von Greenville Manor diesen Rhododendron besonders liebte. Und normalerweise war sie auch die Großzügigkeit in Person, wenn sie um Ableger aus ihrem viel bewunderten Park gebeten wurde. Zum Beispiel von den zahlreichen pensionierten Offizieren, die im milden Klima der vom Golfstrom verwöhnten Kanalinsel ihren Ruhestand mit der Gärtnerei verbrachten – und von denen mancher wohl auf einen engeren Kontakt zur verwitweten Lady hoffte. Doch sie konnte recht schmallippig werden, sobald sie auf Samen oder gar Reiser ihres Rhodos angesprochen wurde. Später, pflegte sie dann zu sagen, später einmal. Doch »später« kam nie.

Spezialisten fachsimpelten gern, um welche Sorte es sich wohl handeln möge, nur Kathryn blieb stets wortkarg, wenn es um die Herkunft ihres Rhododendrons ging. Man vermutete ganz allgemein, dass ihre Ladyschaft schöne Erinnerungen an Kindheit und Jugend auf der Teeplantage ihres Vaters in Darjeeling mit dem immergrünen Strauch verband. Damit mussten sich die Leute eben begnügen.

»Wer verkaufte den Männern von diesem griechischen Feldherrn denn den giftigen Honig?«, hatte ihr Enkel Maximilian sie einmal gefragt, als sie ihm beim gelben Rhododendron von den armen Soldaten erzählte.

»Niemand. Sie haben ihn in der Natur entdeckt, im fernen Kaukasus, in den Nestern wilder Bienen.«

»Und sind sie daran gestorben?«

»Nein, sie fühlten sich sehr elend, vielleicht glaubten sie, dass sie sterben müssten. Sie lagen dann auch eine Weile wie tot am Boden. Aber sie waren nur betäubt.«

Miles' Augen blitzten. Sie spazierten weiter durch den Garten. Zu vielen Gehölzen konnte Kathryn etwas Spannendes erzählen.

»Gibt's zu deinem Lieblingsrhododendron auch eine Geschichte, Grandma?«

Sie zögerte etwas. »Ja, mein Schatz.«

»Erzählst du sie mir?«

»Jetzt nicht. Später.«

»Wann später?«

»Wenn ich achtzig werde.«

»Versprochen?«

»Ja, versprochen.«

Vier Tage noch. Wieder spürte Kathryn einen Stich in der Brust. Dieses Mal war er eindeutig körperlicher Natur. Es lag an den Medikamenten. Sie halfen zwar gegen das Rheuma, doch dafür bescherten sie ihr andere Zipperlein. Ließ sie die Medikamente weg, verschwanden die Nebenwirkungen, aber der Schmerz und die schlechte Beweglichkeit kehrten zurück ... Heute wollte sie viel erledigen, deshalb nahm sie vorsorglich noch eine Tablette.

Lady Kathryn schrak zusammen. Die mächtige urtümliche Türglocke des Herrenhauses hallte bis in den Salon hinauf, sodass die Parfumfläschchen auf der Frisurkommode erzitterten und einen hellen Klang von sich gaben. Das musste ihr Lieblingsenkel Maximilian sein. Der Elfjährige, den sie meist zärtlich Miles nannte, hatte Sommerferien und wollte sie bei ihren Besorgungen für die Geburtstagsfeier begleiten. Rasch holte Kathryn noch eine Strickjacke, die im angrenzenden Schlafzimmer auf ihrem Bett lag, dann eilte sie die Gemäldegalerie entlang, so schnell es die schmerzenden Gelenke erlaubten, und anschließend die geschwungene Freitreppe hinab in die düstere Eingangshalle. Das Anwesen aus grauem Granitstein hatte hier nur wenige Fenster, was sie gut gegen Eindringlinge abschirmte. Aber üppige Blumengestecke setzten heitere Farbtupfer.

Der Butler näherte sich gemessenen Schrittes, um die Tür zu öffnen. Kathryn warf einen Blick durch ein Guckloch, das die Vorfahren derer von Taintsworth schon vor Hunderten von Jahren neben der Eingangstür hatten einbauen lassen. Miles stand davor und machte Faxen.

»Hallo, Grandma! Ich weiß, dass du guckst!«

Sie riss sie Tür auf, bevor der Butler seines Amtes walten konnte und breitete die Arme weit aus. »Miles! Wie schön, dass du da bist!« Sie war die einzige Erwachsene, die den jungen Mann noch in der Öffentlichkeit herzen durfte.

Miles rückte schnell seine Brille zurecht und fuhr sich mit den Händen durch den dunkelblonden Haarschopf. Seine Großmutter sollte es nun auch bitte nicht übertreiben mit dem Geschmuse in der Öffentlichkeit.

»Willst du etwas essen oder trinken?«

»Nö, Granny, lass uns gleich losfahren.« Ungeduldig wippte Miles auf und ab. Er trug ein grün-weiß gestreiftes Polohemd über seinen Blue Jeans und genoss es sichtlich, nicht in der Schuluniform seines Internats herumlaufen zu müssen. »Können wir den Minor nehmen?«

»Eigentlich sollte uns Singh im Jaguar chauffieren, Darling. Ich bin nicht mehr die Jüngste.«

»Ach, was. Du musst in Übung bleiben!« Er verlegte sich aufs Schmeicheln, sein Lächeln offenbarte bereits ein beachtliches Charmepotenzial. »Du bist doch noch fit, Granny, komm schon … Der Minor muss auch ab und zu bewegt werden, sonst rostet er ein.«

»Wie ich, meinst du?«, neckte sie ihn. Vielleicht ist es heute das letzte Mal, dass ich mit meinem Enkel in ungetrübter Stimmung zusammen sein kann, schoss es ihr durch den Kopf. Sicher würde es nach der Preisgabe ihres Geheimnisses am Sonntag eine Weile dauern, bis sich die Wogen geglättet hätten. Der Junge würde zumindest befangen sein. Das Medikament begann zu wirken, sie spürte es daran, dass die Schmerzen nachließen und durch ein Engegefühl in ihrer Brust ersetzt wurden, aber sie scherte sich nicht darum. »Na gut!«, willigte sie ein. Kathryn nahm sich vor, Miles und sich einen wunderbaren Großmutter-Enkel-Tag zu schenken, an den er sich noch als Erwachsener gerne erinnern würde. »Nehmen wir den Oldtimer.«

Alfred hatte ihr das ebenso niedliche wie praktische Fahrzeug zu ihrem fünfzigsten Geburtstag geschenkt, damit sie unkompliziert durch die sehr engen, von Steinwällen begrenzten Wege über die Insel fahren und Blumen oder größere Einkäufe transportieren konnte. Sie hing an dem Auto, einem Morris Minor Traveller, Baujahr 1959. Eine Art englischer Volkswagen mit Holzfachwerk, ein

Vorbild an Zuverlässigkeit, das nicht nur ihr immer gute Laune machte. Lady Kathryn liebte diesen Nebeneffekt, wenn sie mit dem Minor durch die Landschaft fuhr oder in ein Dorf kam, lächelten die Leute unwillkürlich.

»Singh, bitte fahren Sie den Minor Morris vor. Ich setze mich heute selbst hinters Steuer.«

»Sehr wohl, Mylady.«

Singh war Butler und gleichzeitig auch der Chauffeur. Seine Miene verriet nicht, was er gerade dachte. Seine Haltung war britisch durch und durch. Die dunkle Haut, die lackschwarzen Haare mit ersten grauen Strähnen an den Schläfen, die für einen Mann zarte Gestalt und das feingeschnittene Gesicht verrieten seine indische Herkunft. Mohandas Singh war in Jersey geboren und aufgewachsen. Seine Eltern waren 1930 mit Kathryn, der jungen Braut, von Darjeeling nach Greenville Manor gekommen.

»Und würden Sie dann bitte mit Marie zusammen die Sitzgruppe neben dem Rhododendron erweitern? Einige Gäste werden nach dem Brunch auf der Terrasse am Sonntag sicher noch zum Tee bleiben.«

Kathryn hatte sich zwar ausdrücklich gewünscht, dass ihre Geburtstagsfeier in kleinem Rahmen stattfinden sollte, ohne Auftrieb und Presse, ohne redenschwingende Würdenträger, doch mit fünfzig bis sechzig Gästen am späten Vormittag rechnete sie trotzdem.

»Was, wenn es hundert werden, Mylady?«, fragte Marie in diesem Moment besorgt. Sie stand mit ihrer gestärkten weißen Schürze in der Tür des Salons und polierte eine Kristallkaraffe. Die dralle Fünfzigjährige stammte aus dem nächsten Dorf, eine einfache Frau mit einem groben, aber ehrlichen Gesicht. Marie hatte sich durch unermüdlichen Einsatz und Zuverlässigkeit vom Hausmädchen zur leitenden Haushälterin und Köchin hochgearbeitet. »Soll ich nicht doch lieber mehr vorbereiten?«

»Das tun Sie doch sowieso, egal, was ich sage.« Kathryn lächelte. »Miles und ich unternehmen jetzt eine kleine Gourmettour über die Insel und werden mal schauen, was wir zusätzlich an Köstlichkeiten ordern können, um Ihnen die Arbeit zu erleichtern.«

Marie sah nicht wirklich erleichtert aus. Schließlich kannte sie die impulsiven Entscheidungen ihrer Arbeitgeberin.

»Aber bitte, Mylady, würden Sie mir anschließend wohl mitteilen, was Sie bestellt haben, damit die Speisen für das Buffet auch zusammenpassen?«

Lady Kathryn überhörte den leicht verzweifelten Unterton. »Sicher, Marie, und ich bestelle reichlich. Was übrig bleibt, können Sie dann einfrieren.«

Maries Leib vibrierte von einem unterdrückten Seufzer. Der Gefrierschrank war schon so voll, dass man die Schubkästen kaum noch aufziehen konnte.

»Sehr wohl, Mylady«, sagte sie dennoch.

»Wir kehren erst gegen Nachmittag zurück. Es kann sein, dass die Nachbarmädchen mit ihren Freundinnen zum Krocketspielen vorbeikommen. Das ist in Ordnung, ich hab's ihnen angeboten.« Die alte Dame lächelte fein. »Bereiten Sie ihnen bitte etwas aus dem übervollen Eisschrank zu essen.«

Marie nickte grimmig. Sie sagte gern von sich selbst, sie sei wie die Kanalinsel Jersey – ein Mix aus England und Frankreich. Und wirklich vereinte die Haushälterin Tugenden beider Nationalitäten: französische Kochkunst mit britischem Planungsgeschick. So liefen seit Tagen die Vorbereitungen für das Fest auf Hochtouren. Von Myladys Sohn Charles wusste sie, dass doch mindestens hundert, wenn nicht mehr Gäste zum runden Geburtstag ihre Aufwartung machen wollten. Marie hatte ein buntes Buffet im Sinn und bereitete auch ihre Kuchen generalstabsmäßig vor. Heute machte sie das Früchtebrot, morgen war der Pastetenteig an der Reihe, übermorgen die Obstfüllungen, und einen Tag vorher sowie am Sonntagmorgen würde sie alles in den Ofen schieben. Natürlich auch die Jersey Wonders, nach denen die Kinder so verrückt waren: raffiniert verschlungenes Schmalzgebäck, das unbedingt bei Ebbe in einer Pfanne ausgebacken werden musste. Bei Flut, besagte eine alte Jersey-Regel, liefe das Fett über. Aber von diesen Dingen wollte Ihre Ladyschaft nie etwas hören. Sie machen das schon, Marie, pflegte sie zu sagen.

Der elfenbeinfarbene Minor Morris stand bereit. Kathryn setzte ihren kleinen Strohhut auf, während Miles schon erwartungsvoll auf dem Beifahrersitz saß und das Fenster herunterkurbelte. Sie lächelte die Haushälterin zum Abschied freundlich an.

»Sie machen das schon, Marie!«

Tatsächlich prägte sich dieser Nachmittag Miles als einer der goldenen Tage seiner Kindheit ein. An das, was dann abends geschah, erinnerte er sich später, als sei es ein anderer Tag gewesen.

Obwohl die Insel nur gut hundert Quadratkilometer groß war, konnte man den ganzen Tag umherfahren und immer etwas anderes entdecken. Sie fuhren mit geöffneten Fenstern vorbei an rosenbewachsenen Cottages und üppigen Bauerngärten, an nach Süden ausgerichteten Höfen und imposanten Gutshäusern wie in der Normandie. Manchmal fuhr Kathryn langsamer, damit sie den Duft besser wahrnehmen konnten.

»Riechst du die Wildkräuter?«, fragte sie, als der Leuchtturm von Corbière mit den begrünten Dünen in Sichtweite kam.

Ab und zu hielten sie auch an und gingen ein Stück zu Fuß. Nicht nur die Inselbewohner, die Kathryn Taintsworth und ihren Enkel erkannten, auch Touristen lächelten dem fröhlichen Pärchen zu – oben im Norden am dramatischen Kliffufer wie auch am Sandstrand von St. Quen's Bay im Westen.

»Du, Grandma«, gestand Miles beschämt, als sie am Wasser eine Weile ihren Gedanken nachhingen, »ich hab Angst, im Meer zu schwimmen. Geht das weg, wenn ich größer bin?«

Kathryn lächelte nachsichtig. »Bestimmt. Eines Tages kommt eine schöne Nixe, die wird dir die Angst nehmen.«

Besonders faszinierten den Jungen die weitläufigen Befestigungsanlagen und Bunker am Strand, die aus dem Zweiten Weltkrieg stammten. »Das haben die Feinde aus Deutschland gebaut, nicht?«, fragte er, und seine blaugrünen Augen strahlten. »Und wir haben die bösen Nazis besiegt!«

»Ja, aber sie waren nicht alle böse«, erwiderte seine Großmutter. Der Wind frischte auf, sie hielt ihren Hut fest. »Die Deutschen sind Menschen wie wir, die Freunde haben und jemanden lieb haben und die sich Frieden wünschen statt Krieg. Nicht alle, aber die meisten.«

Ihre Stimme schwankte, ihre grünen Augen schimmerten verdächtig. Miles spürte, dass er ein empfindliches Thema berührt hatte.

»Kennst du welche, Grandma?«

»Natürlich. Sehr viele. In den Zwanzigerjahren war ich als junges Mädchen in Berlin, und in Darjeeling hatten wir Besuch …« Sie hielt inne, räusperte sich. »Ach, das erzähl ich dir später mal.«

»Wenn du achtzig wirst?«, fragte Miles schelmisch.

»Ja.«

»Versprochen?«

»Versprochen, und es wird nicht gebrochen«, sagte sie wie früher, als er noch klein gewesen war.

Er grinste. »Gehört das zu deiner Geschichte?«

Sie staunte über seine Sensibilität und staunte auch wieder nicht. Miles war immer schon neugierig gewesen.

Sie nickte nur.

»Kennt Dad die Geschichte schon?«

»Nein. Niemand außer mir kennt sie. Und ich möchte dich bitten, bis Sonntag auch niemandem gegenüber irgendwelche Andeutungen zu machen.« Kathryn beugte sich zu ihrem Enkel hinunter und sah ihm in die Augen. »Versprichst du mir das, Miles?«

»Ja.«

»Wunderbar.« Sie ging einen Takt schneller zum Auto zurück. »Dann spiele ich jetzt auch mit dir das Spiel ›Sag mir, wo ich abbiegen soll‹«.

»Au, klasse!«

Miles durfte nun zwischendurch immer wieder an Abzweigungen die Richtung bestimmen. Kathryn bereitete es großes Vergnügen, ihm die Schönheiten der Insel zu zeigen. Ab und zu hielten sie an, um Bestellungen für das Fest aufzugeben – Spezialitäten wie Pazifikaustern, die Doug, ein Exbanker, am Strand von La Rocque züchtete, einen trockenen Weißwein, den dessen Freund Majors als Hobbywinzer auf der Insel erzeugte.

»Jetzt rechts, Grandma!«

Sie bog scharf ab. Gerade noch hatten sie den Sommer auf dem Land in der Nase gehabt – warme Schwaden von Kuhfladen, Heu und Heckenrosen –, jetzt plötzlich mischte sich der scharfe Geruch von Tang mit kühler Meeresbrise und Jod in die Komposition. Einige Bauern düngten ihre Äcker mit Algen.

»Böah!« Miles schüttelte sich. »Das stinkt ja erbärmlich!«

»Aber es steigert den Ertrag gewaltig.« Lachend gab Kathryn Gas.

»Wohin jetzt?«

Sie standen an einer einsamen Doppelkreuzung in hügeliger Landschaft. Miles ließ sich Zeit, studierte aufmerksam die Umgebung. Er fokussierte die Trichterwinden und einen Salamander, der sich an der Straßenmauer sonnte, sah brummende Hummeln in Fingerhutkelche krabbeln, las die Inschrift eines Hochzeitssteins über einer alten Haustür. Geduldig wartete Kathryn seine Entscheidung ab. Vor ihnen erstreckten sich Kartoffelfelder, so weit sie sehen konnten.

»Über den Hügel geradeaus!«

Als sie den höchsten Punkt erreicht hatten, lag eine überwältigend große, glitzernde blaue Fläche vor ihnen. Der Junge brauchte eine Weile, um zu begreifen, dass es der Ärmelkanal war. Kathryn fuhr links an den Straßenrand.

»Hier ist es aber schön, Grandma«, sagte Miles ergriffen.

»Ja.«

Kathryn dachte beglückt: Er liebt die Natur wie sein Großvater. Ihr einziger Sohn Charles war eindeutig nach den Whitewaters geraten. Rötliche Haare, praktisch veranlagt, geschäftstüchtig, solide und ein bisschen langweilig. Natürlich liebte sie ihren Sohn von ganzem Herzen. Aber Charles hatte wenig Sinn für Schönheit und für die Natur. Wo sie doch so gehofft hatte, in ihm seinen Vater wiederfinden zu können. Doch bekanntlich übersprangen typische Merkmale oft eine Generation.

»Hast du jetzt Hunger, Miles?«

Er nickte.

In einem ländlichen Pub namens Beschwipste Krähe mit einer eigenen kleinen Brauerei wurden sie überschwänglich begrüßt. Die Wirtin lud sie auf Kosten des Hauses zu Kabeljau in Bierteig ein.

»Bin Ihnen immer noch so dankbar, dass Sie damals für uns ein gutes Wort eingelegt haben«, sagte sie. »Die Jersey-Kühe, die wir von dem Darlehn kaufen konnten, haben schon einige Prämierungen erhalten.« Die Frau lächelte stolz. »Und wissen Sie, warum? Wir geben den Viechern die Gerstenreste zu fressen! Das ist unser Geheimrezept. Aber Ihnen verrate ich es. Sie haben so viel Gutes für unsere Familie getan.«

Lady Kathryn winkte ab. »Lassen Sie es gut sein. Wie geht es denn Ihrem Mann jetzt?« Er war nach einer schweren Krankheit in finanzielle Bedrängnis geraten.

Froh zeigte die Wirtin in den Garten. »Da ist er, er düngt gerade die Beete. Er hat sich wieder berappelt.«

»Wie mich das freut! Grüßen Sie ihn ganz herzlich von uns, wir wünschen ihm weiter gute Besserung!«

Sie fuhren weiter und hielten dann vor einer Methodistenhalle, in der die Hausfrauenvereinigung der Gemeinde einmal in der Woche ihre Kostbarkeiten zum Verkauf anbot.

»Hier gibt's nur Selbstgemachtes«, klärte Kathryn ihren Enkel auf.

Er studierte aufmerksam das Angebot. In Regalen und auf Verkauftstischen standen altmodisch beschriftete Marmeladengläser mit fruchtigen Brotaufstrichen aus Produkten der Region, Cidre, Kuchen, gestrickte Pullover, Geranienableger und mehr. Einheimische und Touristen drängten sich vor den Angeboten. Kathryn bestellte bei Ann Ewitt eine große

Portion Bean Crock, den traditionellen Bohneneintopf, und war froh, dass der Ansturm auf die hausgemachten Besonderheiten einen längeren Plausch ausschloss.

»Warum lässt du Marie das nicht kochen?«, fragte Miles verwundert, während Kathryn noch einen bunten Strauß Sommerastern kaufte. »Sie kann das gut, das weiß ich.«

»Ach, sie hat schon genug um die Ohren, und Ann Ewitt muss sich ganz allein durchschlagen mit ihren vier Kindern. Ihr Mann hat sie verlassen, und sie kann nicht arbeiten gehen, weil ihre Zwillinge noch klein sind.«

In der St. Brelade's Bay, auf dem nach Kathryns Meinung schönsten Friedhof der Welt, lag ihr vierundzwanzig Jahre zuvor verstorbener Mann Alfred. Sie besuchten die Grabstelle, Kathryn stellte die Sommerastern in eine Vase vor den Stein. Von hier aus hatten sie einen grandiosen Blick auf den Strand und über die Bucht hinaus aufs Meer. Über ihnen zogen Mauersegler in elegantem Gleitflug ihre Kreise.

»Schade, dass ich Grandpa nicht mehr kennengelernt habe.«

»Ja, das ist sehr, sehr schade.«

Kathryn bedachte Miles mit einem seltsam wehmütigen Blick, der ihn irritierte. Verlegen versuchte er, auf den verwitterten Grabsteinen ringsum die verschnörkelten Inschriften zu entziffern.

Anschließend statteten sie dem besten Hotel am Platze einen Besuch ab, um einige Spezialitäten zu verkosten. Der Restaurantmanager erwartete sie bereits, denn Kathryn hatte sich telefonisch angekündigt. Er überschlug sich fast vor Begeisterung. Dabei war er ein Mann von Welt, einst Chefkoch in internationalen Luxushotels gewesen, manchmal hatte ihn sogar Karajan samt Kochcrew nach Österreich einfliegen lassen.

»Dass Sie endlich kommen, Lady Taintsworth, ist eine große Ehre für unser Haus und für mich!«

Sie winkte milde lächelnd ab. Kurz wiederholte sie, was sie suchte. Der Manager klatschte in die Hände und gab ein paar Anweisungen, dann nahmen sie an einem Tisch mit Meerblick Platz. Er war schon mit weißem Damast fürs Abendessen eingedeckt. Wenige Minuten später servierte der Manager persönlich, begleitet von leidenschaftlichen Kommentaren, die erlesensten Meeresfrüchte.

»Möchte der kleine Gentleman auch kosten?«

Kathryn nickte. »Aber natürlich!« Sie sah ihren Enkel an. »Du kannst nicht früh genug anfangen, deinen Gaumen zu schulen, Miles. Genuss ist keine Sünde, sondern eine Verpflichtung gegenüber deinem Schöpfer. Du musst lernen, die Dinge zu würdigen.«

Als Erstes gab es Languste. Sie hatte glattes, festes weißes Fleisch. »Deliziös«, schwärmte der Restaurantmanager.

Kathryn nickte. »Hmm!«

Das stimmte fürwahr. Dann kam der Hummer. Das rötliche Fleisch hatte eine ganz andere Struktur, es war fasriger, weicher, trotzdem kernig, saftig, und im Geschmack noch intensiver.

»Super«, rief Miles aus. Dann schien ihm dieser Ausdruck nicht ganz angemessen, und er sagte würdevoll: »Ich meine, auch sehr deliziös.«

Kathryn unterdrückte ein Lächeln.

»Und jetzt das Allerbeste!«, kündigte der Manager theatralisch an. »Jacobsmuscheln! Erst vor einer Viertelstunde an Land gebracht! Dort hinten sehen Sie noch den Fischer, der sie geliefert hat.«

Der Koch brachte die fangfrischen Jacobsmuscheln –

warm, angerichtet auf Sommersalaten mit grünen Spargelspitzen, gerösteten Pinienkernen und leichtem Zitrusdressing.

»Himmlisch!«, seufzte Lady Kathryn wohlig, »wirklich ein Erlebnis!« Ganz langsam kaute sie das süßliche glatte Muschelfleisch, um den Genuss voll auszukosten. »Was meinst du, Miles? Was brauchen wir noch fürs Buffet?«

Er stand auf, beugte sich vertraulich über den Tisch und flüsterte in ihr Ohr: »Grandma, ganz im Ernst, findest du wirklich, dass ein elfjähriges Kind so etwas entscheiden sollte?«

Sie lachte vergnügt. »Die Entscheidung treffe ich. Aber du hast doch sicher einen eigenen Geschmack. Also?«

»Ich mag alles, aber am besten finde ich die Jacobsmuscheln.«

»Sehr gute Wahl!«, entfuhr es dem Restaurantmanager.

Lady Kathryn orderte für ihr Geburtstagsessen fünfzig Portionen direkt nach Greenville Manor. Der Restaurantmanager küsste ihr die Hand. Er geleitete sie nach draußen und winkte ihnen lange nach.

»Ist der Manager auch in Not?«, fragte Miles auf der Heimfahrt.

Es war nun doch später geworden als geplant, die Sonne färbte sich bereits rötlich.

»Nein, mein Schatz«, erwiderte seine Großmutter. »Er bietet einfach die beste Qualität. Das ist auch viel wert.«

»Aber du hilfst doch oft anderen Leuten, nicht wahr? Warum tust du das?«

Kathryn zuckte mit den Schultern. Wahrscheinlich tat sie es, um eine alte Schuld abzutragen. Aber das konnte sie dem Kind nicht sagen, und so antwortete sie nur: »Warum? Ach, es freut mich einfach, wenn andere sich freuen.«

»Wieso?«

»Na, ist doch schön! Wenn du helfen kannst, dann hilf, Miles. Es klingt simpel und ist auch ganz einfach. Du musst nicht viel drüber nachdenken. Tu's einfach.«

»In Ordnung, Granny.« Er dachte eine Weile nach, dann fragte er: »Und warum soll ich lernen zu genießen?«

»Weil ein Mensch, der nicht genießen kann, irgendwann ungenießbar wird.« So wie Alfred in seinen letzten Jahren, dachte sie, aber auch das konnte sie Miles nicht sagen.

»Komm, wir schauen noch mal nach den Pferden«, schlug Kathryn vor, als sie neben dem Herrenhaus parkte.

Miles sprang voran wie ein junges Fohlen. Vom Teich hinter der Sonnenterrasse wand sich ein Pfad am Küchengarten vorbei unter hohen Bäumen zur Koppel – erst hinunter und dann wieder einen sanften Hügel empor. Der Bach plätschte, Amselmännchen flöteten. Es roch nach Laub, frischem Rasenschnitt, Wasser, Rosen, Pferdeäpfeln und sogar noch eine Spur nach Holunder. Zutraulich trabten die Tiere ans Gatter. Miles streckte ihnen seine flache Hand entgegen.

»Mylady, Mylady!« Marie kam über die Terrasse zu ihnen gelaufen. »Haben Sie's schon gesehen?« Die Haushälterin strahlte.

»Ja, was ist denn?«

»Ihr Rhodo blüht.«

»Unsinn, er blüht im Mai!«

»Doch, Mylady, ein Wunder! Er hat ganz viele neue Knospen …« Außer Atem blieb Marie vor ihnen stehen, ungläubig sah Kathryn sie an.

Miles lief schnell hinüber. Von dort brüllte er: »Es stimmt, Grandma! Der Rhodo blüht wieder!«

Ihr Herz stach, der Brustkorb wurde eng. Kathryn hielt

kurz inne, schritt dann eilig weiter zu ihrer Rose von Darjeeling – und sie erschrak bis ins Mark. Ihr Mund wurde trocken. Minutenlang konnte sie nichts sagen. Es stimmte! Spärlicher als im Mai, aber unübersehbar, öffneten sich die scharlachfarbenen Blüten. O Gott, dachte sie, es ist so weit!

»Aber was ist denn?«, rief Miles erschrocken. Er sah, wie seine Großmutter bleich wurde und sich krümmte.

Das ist die Angstblüte!, dachte Kathryn. Sie fühlte sich, als hätte jemand ihren inneren Thermostat auf Schockfrosten gestellt. Der Baum wird sterben. Diese Blüten sind ein letztes Aufbegehren gegen das Unvermeidbare. Und wenn die Rose stirbt, dann wird es auch mit mir bald zu Ende gehen.

Es war, als würde eine eiserne Faust ihr Herz zusammenpressen. Der Schmerz raubte ihr den Atem. Sie ließ sich in einen Gartensessel sinken. Kalter Schweiß stand ihr auf der Stirn.

»Warum freuen Sie sich denn nicht?« Marie verstand Kathryns Reaktion nicht. »O Gott, ist Ihnen nicht wohl, Mylady?«

»Wasser!«, stieß Kathryn hervor. Miles stob davon.

»Einen Arzt!«, rief Marie, »schnell, einen Arzt!«.

»Nein, nein, keinen Arzt!«, verlangte Kathryn schwach. »Es geht gleich wieder… Ich muss mich … nur einen … Augenblick hinlegen.«

Nachdem sie zwei Aspirin genommen und eine Stunde geruht hatte, fühlte Kathryn sich viel besser. Draußen dämmerte es. Ihr Mann hatte diese Stimmung nach Sonnenuntergang, die Blaue Stunde, immer besonders geliebt. Kathryn erhob sich und ging nach nebenan ans geöffnete Fenster ihres Privatsalons. Miles lag bäuchlings auf dem

Rasen. Er untersuchte mit einer Taschenlampe und einer großen Lupe die Tierwelt zwischen den Gräsern. Jetzt blickte er hoch, und sie winkte ihm zu.

»Geht's dir wieder gut?«, rief er.

»Ja, mach dir keine Sorgen.« Ihre Stimme klang brüchig. »Spiel ruhig noch ein bisschen.« Schließlich hatte er Ferien.

Kathryn setzte sich an ihren Biedermeiersekretär. Hier konnte sie Miles im Auge behalten. Sie nahm einen Stift in die Hand und grübelte. Sie musste es endlich sagen – am Sonntag. Aber wie sollte sie anfangen? In ungezählten Tagträumen hatte sie es durchexerziert, doch jetzt schien ihr alles verkehrt. Die Wahrheit, überlegte sie, wie sagt man einfach die Wahrheit?

Ihre Gedanken schweiften in die Vergangenheit, zurück zu dem Tag, als sie die beiden Freunde aus Deutschland das erste Mal gesehen hatte. Neunzehn war sie damals gewesen und sehr gespannt auf die jungen Deutschen, die für einige Zeit bei ihnen im Teegarten von Geestra Valley zu Gast sein sollten …

Darjeeling – Geestra Valley

April 1930

Kathryn trug an diesem Nachmittag ein kornblumenblaues Kleid, das ab der Hüfte in Falten gelegt war und recht gewagt kurz unterm Knie endete, darüber eine dunkelblaue Strickjacke aus der Wolle von Tibet-Antilopen, die noch feiner war als Kaschmir. Sie hatte ihren kastanienbraunen Bubikopf frisch gewaschen und die dunkelblauen Riemchenschuhe geputzt. Ihre Wangen glühten vor Aufregung.

Es war ein kühler, klarer Apriltag. Doch verhängten wie meist Wolken die schneebedeckten Gipfel des Himalayagebirges. Schade, dachte Kathryn, dass die beiden Deutschen dieses Schauspiel nicht gleich zu sehen bekommen – der Anblick hatte bislang jeden noch so weit gereisten Besucher überwältigt. Die Männer planten nach dem geschäftlichen Teil eine private Forschungsexpedition durch Sikkim, das an Darjeeling angrenzende kleine Königreich. Kathryn beneidete sie glühend um ihr bevorstehendes Abenteuer.

Wie mochten sie wohl aussehen? O Gott, sie fühlte sich so kribblig! Die Melancholie der vergangenen Tage war wie weggeblasen.

Dass die Ankunft sich bereits um zwei Stunden verspätet hatte, musste nichts bedeuten. Kathryn atmete tief durch. Die First-Flush-Pflückung, die erste Teeernte des

Jahres, hatte einige Tage zuvor begonnen. In der kristallklaren Luft lag der Duft, den sie über alles liebte – ein Duft wie nach allerfeinstem frischem Heu. Er drang aus den lang gestreckten Hallen, wo nur die zartesten Blätter und Blattknospen der Teesträucher auf luftigen Drahtförderbändern trockneten.

»Sie kommen, sie kommen!«, kündigten zwei dunkelhäutige Kinder an.

Alle Pflückerinnen, Arbeiter und deren Familien, die gerade noch aufgeregt auf dem Platz vor dem Haupteingang zum Geestra-Valley-Teegarten in mindestens fünf Sprachen durcheinandergeschwatzt hatten, verstummten und nahmen Haltung an. Vorne in der ersten Reihe erwartete Kathryn die Besucher neben dem indischen Manager und Stellvertreter ihres Vaters, Mr Brooks. Ihr Vater, der britische Teepflanzer Aldous Whitewater III., war am Tag zuvor mit seinem Chauffeur Tinley im Lieferwagen in die Stadt Darjeeling aufgebrochen. So konnte er zwei Fliegen mit einer Klappe schlagen – die ersten Proben First Flush für einen Sammeltransport zur Teeauktion nach Kalkutta auf den Weg bringen und die jungen Männer in Empfang nehmen, die mit dem Toy Train anreisen wollten.

Knapp sieben Stunden mäanderte der Schmalspurzug durch dichte Urwälder mit kirchturmhohen Bäumen die ersten Ausläufer des Himalayagebirges empor. Sowohl Kathryns Vater als auch der Himalaya Club hatten angeboten, die Deutschen schon unten im Tal in der Stadt Siliguri mit dem Auto abzuholen. Aber sie hatten in den Briefen, die zur Vorbereitung zwischen Deutschland und Indien hin und her geschickt worden waren, betont, sie wollten unbedingt einmal mit der legendären Bahn fahren, die im nächsten Jahr ihr fünfzigjähriges Jubiläum feiern sollte. So konnten die Freunde Carl Jonas und Gustav ter Fehn die Veränderungen der fremden Landschaft und das kühler werdende Klima beinahe im Schritttempo erleben. Sie stammten beide aus der nordwestdeutschen Tiefebene. Schon die Höhen der Himalayavorläufer wirkten auf sie gigantisch, das Städtchen Darjeeling hoch oben ließ sich zu Beginn der Fahrt nur erahnen.

Sie kreuzten einen tosenden Bergbach, in der nächsten Kurve blickten sie in einen tiefen Abgrund. Wolkenfetzen schwebten bald nicht nur über ihnen, sondern auch unterhalb der Bahn. Die Dampflok schnaufte sich zwanzigprozentige Steigungen hoch, manchmal haarscharf vorbei an Wasserfällen und felsigen Schluchten.

»Ganz schön gewaltig«, kommentierte Carl grinsend die Abgründe, »kein Wunder, dass man hier karmagläubig wird.«

»Und das ist erst der Anfang«, freute sich Gustav, »die richtigen Himalayariesen sind noch viermal höher.«

Die gut aussehenden, aufgekratzten Fremden erregten stille Aufmerksamkeit bei den Mitreisenden. Sie waren Mitte zwanzig, groß, gut gebaut und trugen die typische Teepflanzermontur: weiße Hosen und weißes Hemd. Sie hatten allerdings noch keine Tropenhelme, sondern moderne breitkrempige Hüte dabei.

Es wurde zunehmend kühler. Als sie eingestiegen waren, hatten die Baumwollhemden noch auf ihrer Haut geklebt. Jetzt zogen beide ihre sportlichen Wolljacketts über.

»Mensch, Carl, endlich sind wir da! Weißt du noch, wie du eine Nacht im Fenstervorsprung eures Hauses die Nacht verbracht hast, um deinem alten Herrn zu beweisen, dass du in den Bergen überleben kannst?«

Der Braunhaarige lächelte. »Und wie! Mit tat hinterher alles weh, und ich hab kein Auge zugemacht.«

»Aber dein Vater war endlich überzeugt.«

Die Dampflok pfiff, schmutzige Kinder winkten den jungen Männern fröhlich zu. Sie passierten ärmliche Dörfer, ratterten an religiösen Stätten mit flatternden Gebetsfahnen vorbei und hatten schon reichlich Gelegenheit, das Äußere der Einheimischen zu studieren. Sie waren nicht so hochgewachsen wie die Nordinder in Assam, wohin sie die erste Station ihrer Reise geführt hatte. Und nicht so schmal, bedrückt und beflissen wie viele Menschen, die sie in Kalkutta gesehen hatten. Hier im Himalayagebiet mischten sich Bergvölker, überwiegend aus Nepal, aber auch aus Tibet, Bhutan und dem indischen Bengalen. Die meisten hatten kurze, stämmige Beine, wettergegerbte, breite Gesichter mit hohen Wangenknochen und schmalen dunklen Augen; sie trugen umgürtete, aus Wolle gewebte Kleidung. Zäh wirkten die Menschen, die nah den Gleisen ihr Tagwerk verrichteten oder mit schweren Lasten auf dem Rücken unterwegs waren, aber auch schnell bereit zu einem fröhlichen Lachen. Ihre in Pastellfarben gestrichenen, verwitterten Häuser klebten wie Schwalbennester am Hang.

Für einen Moment spürte Carl eine unbändige Freude darüber, dass er nun wirklich endlich das Ziel seiner Knabenträume erreichte. Kumpelhaft stieß er seinem besten Freund den Ellbogen in die Rippen.

»Mensch, Gustav!«

Der knuffte ihn zurück.

»Hoffentlich sind die Genehmigungen für Sikkim inzwischen da«, sagte Gustav.

Carl nickte. »Sonst schlagen wir uns eben so über die Grenze.«

Er wusste sehr gut, dass das nicht ging. Die sikkimesische Bürokratie übertraf sogar noch die deutsche, selbst im Urwald. Aber darüber wollte er sich jetzt keine Sorgen machen.

Ihre Mitreisenden waren überwiegend Briten. Einige Männer trugen Uniform, waren blass, von Malariaanfällen und Durchfallerkrankungen geschwächt und reisten zur Erholung nach Darjeeling. Aber auch wohlhabende Inder und britische Verwaltungsangestellte flohen vor der über 40°C heißen Schwüle Kalkuttas mit ihren Familien in die Sommerfrische auf den Berg.

»Diese Hitzepickel bringen mich noch um!«, schimpfte eine Engländerin mit spitzem Gesicht. »Ich hasse dieses stickige Sumpfklima! Was gäbe ich darum, mal wieder einen Sommer in Brighton an der Nordsee verbringen zu dürfen.«

Ihr Mann hatte sich hinter einer Zeitung verschanzt. Die Schlagzeilen kündeten davon, dass Gandhi bei einem aufsehenerregenden Fußmarsch durch Indien zur Küste immer mehr Anhänger gefunden und erst wenige Tage zuvor das Salzmonopol der Briten gebrochen hatte. Ein Foto zeigte, wie er am Strand einfach eine Handvoll Meersalz griff und an sich nahm. Ein Akt von großer symbolischer Bedeutung.

»Glaubst du, das wird was mit der indischen Unabhängigkeit?«, fragte Carl.

»Ist nur eine Frage der Zeit«, meinte Gustav. »Aber ob es mit gewaltlosem Widerstand geht, wie Gandhi predigt, das wage ich zu bezweifeln.«

»Die Engländer sorgen hier für Recht und Ordnung«, überlegte Carl. »Na ja«, korrigierte er sich gleich darauf, »was heißt schon Recht? Sie beuten natürlich auch das Land zu ihrem eigenen Vorteil aus.«

»Niemand kann sagen, was bei einem politischen Umbruch aus den Teeplantagen wird. Ich will einfach ohne Komplikationen meinen Tee importieren können.«

Nach knapp drei Viertel der Strecke erblickten sie die ersten Teegärten – weite grüne, gepflegte Pflanzungen über sanft geschwungenen Hügeln. Hier und da patrouillierten Aufseher. Die Trampelpfade zwischen den Teesträuchern wirkten aus der Ferne, als hätte ein Riese seinen Kamm kurvenreich durch das Grün gezogen. Dazwischen sah man Pflückerinnen mit dicken bunten Pullovern und geflochtenen Körben auf dem Rücken.

»Früher war hier überall üppiger Laubwald«, erklärte Gustav mit ausladender Geste. »Ist abgeholzt worden, nachdem die Engländer vor knapp hundert Jahren auf die Idee kamen, hier chinesische Teepflanzen zu kultivieren.«

Längst kannte sein Freund die Geschichte. »Jaja«, grinste er, »die *camellia sinensis,* später gekreuzt mit wilden Assam-Teesträuchern«.

Das Ergebnis hatte Teekenner in aller Welt begeistert. Wegen des Klimas und der hohen Lage gedieh der Tee hier zwar langsamer als an anderen Orten, sein Flavour war dafür jedoch besonders ausgeprägt. Auch die über der Tasse schwebende Duftnote, nicht nur der Geschmack des Tees selbst wurde beurteilt. Beides zusammen erzielte Höchstpreise.

Zu jeder Plantage gehörte offenbar ein zweigeschossiges Haus oder ein Bungalow für den Besitzer oder Verwalter. Zum Eingangsportal führten immer Stufen, auf denen rechts und links Topfblumen in allen Blau-, Violett- und Dunkelrottönen leuchteten.

»Siehst du die Blumenpracht? Wie interessant!«, staunte Carl, der als Sohn einer Baumschuldynastie einen Blick für die Flora hatte. »Das hätte ich nicht erwartet.«

»Du müsstest es doch wissen: Wo die Engländer sind, ist Gartenkultur! Übrigens, unser Gastgeber, Mr Whitewater, soll eine erwachsene Tochter haben …«

»Hoffentlich ist sie nicht spitznäsig und hässlich. Oder dumm.«

»Oder zu schlau.«

Mit einem heftigen Fußtritt wurde die Abteiltür aufgestoßen. Ein junger Inder mit kurzer schwarzer Weste über einem langen weißen Hemd und einer weißen Hose stellte sich mitten in den Gang. Seine schwarzen Augen glühten, während er eine flammende Rede hielt. Carl und Gustav verstanden die Sprache nicht, vielleicht war es Hindustani. Die Mitreisenden reagierten unruhig.

Es folgte eine Kurzfassung auf Englisch. »Ich bin Mitglied der Kongresspartei. Und ich fordere alle Inder auf, sich dem passiven Widerstand gegen die Kolonialmacht anzuschließen! Unterstützt Gandhi! Jede indische Familie sollte einen Webstuhl besitzen und sich ihre Stoffe selbst weben. Holt euch das Salz aus dem indischen Ozean. Macht euch unabhängig vom britischen Monopol! Es ist nicht recht, dass die Europäer uns in unserem eigenen Land vorschreiben, wir dürften nur bei ihnen Kleidung oder Salz kaufen. Verweigert den Behörden eure Mitarbeit! Indien den Indern!«

Ein britischer Offizier lief rot an. »Unerhört, wieso stoppt niemand diese undankbare Kreatur! Nehmt ihn fest!«

Der junge Inder lachte nur verächtlich, verließ das Abteil so schnell, wie er gekommen war, und sprang vom Zug. Ein aufgeregter Meinungsaustausch hob an, einige Reisende schwiegen aber auch betreten, andere wandten sich gelassen wieder ihrer Lektüre zu.

Carl und Gustav zogen sich in den hinteren Teil des Zuges auf die überdachten Freiluftstehplätze zurück. Hier konnten sie in Ruhe reden.

Carl sog die frische Luft ein. »Welche Wohltat nach der stickigen Schwüle im Tal!«

Immer wieder kreuzte der Zug die Straße, auf der sich Autos oder Fuhrwerke hochquälten. Und sie sahen immer mehr Teesträucher. Da die Plantagen hier sehr viel kleiner waren als beispielsweise in Assam, sprach man in Darjeeling von Teegärten. Zu jedem Unternehmen gehörten Werkhallen für die Verarbeitung, die Arbeiterfamilien lebten in kleinen Dörfern mit mehr oder weniger erbärmlichen Wohnhütten.

Gustav wurde nachdenklich. »Immerhin geht's denen besser als den armen Schweinen, die in Kalkutta auf dem Bürgersteig schlafen und sich in den Pfützen waschen müssen.« Er würde keine Geschäfte mit einer Teegesellschaft machen, die ihre Leute brutal ausbeutete. »Ehrlich gesagt: Ich gönne es ihnen«, bekannte er plötzlich mit Nachdruck, »wenn sie sich vom Joch der Kolonialmacht befreien!«

»Im Grunde bin ich auch auf ihrer Seite. Aber du hast doch selbst gesagt, dass man nicht weiß, wie viele Opfer solche Unruhen fordern«, wandte Carl ein. »Und ob das Volk schon gebildet genug ist, sich selbst zu regieren?« Man mochte ja über die Briten denken, wie man wollte, die Geschichte ihres Aufstiegs zur Weltmacht zeigte, wie man in Perfektion menschliche Stärken, Schwächen und Gier nutzte.

Carl hielt Politik grundsätzlich für ein schmutziges Geschäft. Manchmal stritt er darüber mit Gustav, der ein größerer Idealist und Fantast war als er. Carl sah sich als Realist. Er vermutete, es lag daran, dass sein Vater noch lebte. Der hatte sich mit Begeisterung in den großen Weltkrieg gestürzt und war desillusioniert heimgekehrt. Seine Erfahrungen, von denen er täglich erzählte, hatten den Sohn mitgeprägt. Anders als Gustav, der seinen Vater nur wenige Jahre erlebt hatte, bis er im Krieg sein Leben verlor. »Gefallen für Kaiser, Volk und

Vaterland«, wie es damals hieß, »tapfer und selbstlos«. In der guten Stube der ter Fehns hing golden gerahmt der Druck eines Gemäldes, das Millionen Hinterbliebene in Deutschland zugeschickt bekommen hatten und das sie über die Gräuel des Krieges hinwegtäuschen oder -trösten sollte. Oft hatten sie als Jungen davorgestanden und es ehrfürchtig betrachtet: Der tote Soldat lag äußerlich unversehrt unter den Fittichen eines unendlich milde lächelnden, segenspendenden weiblichen Engels. Für Gustav stand deshalb das Heldenhafte als Ideal über allen anderen Lebenszielen.

Nein, dachte Carl, es stimmt nicht, dass man nichts lernt aus der Geschichte. Jedes Kind übernimmt in gewisser Weise die Lehren seiner Eltern, selbst wenn es sie ablehnt und – bewusst oder unbewusst – dann eben genau entgegengesetzt handelt. Geschichte war eine lange Kette von Verflechtungen. Familiengeschichte ebenso wie die Entwicklung eines Landes. Und wer nur einen Ausschnitt daraus beurteilte, der irrte leicht.

Sie hatten vor der Reise darüber gesprochen, dass man sich in fremden Ländern höflich, freundlich und zurückhaltend aufführen sollte. Carl mahnte also seinen Freund. »Vergiss nicht, keine Diskussionen über Politik!«

Gustav grinste: »Abgemacht, wir lassen uns mit den Engländern auf kein Streitgespräch ein. Und …«

Carl grinste zurück, denn er wusste, was er hinzufügen wollte. Seit ihrer Knabenzeit galt: »…nie soll uns ein Weib entzweien!« Er hielt seinem Freund die Hand hin. »Genau. Wir verfolgen stramm unsere Ziele. Du wirst der beste Händler feinster Tees in Deutschland, und ich werde die großartigsten neuen Rhododendren züchten!«

Gustav schlug ein.

Wenig später erreichten sie auf über zweitausendeinhundert Metern Höhe ihre Endstation: das malerisch gelegene Städtchen Darjeeling, Bergstation, Verwaltungssitz des Bezirks, gesellschaftlicher Mittelpunkt, Ferien- und Kurort, im Sommer sogar Sitz der Regierung Bengalens.

Sie sollten vom Bahnhof abgeholt werden. Allein hätten die beiden Deutschen wohl kaum den verschlungenen Pfad durch die Nebelwälder nach Geestra Valley gefunden, auch wenn die Sandwege nicht mehr so verschlammt waren wie noch vor kurzem während des kleinen Monsuns. Fünf Wochen lang hatte er den Teegarten vom Rest der Welt abgeschnitten.

Ein untersetzter, breitschultriger Mittfünfziger im weißen Leinenanzug empfing Carl und Gustav am Bahngleis. Sein Aussehen erinnerte an einen Waldkauz – breites Gesicht mit kurzer Nase, energischem Kinn und struppige dunkle Augenbrauen über einer dominierenden Hornbrille. Graue Strähnen durchzogen das rötliche Haar und den Schnauzbart. Er machte auf den ersten Blick einen schroffen Eindruck, doch die grauen Augen hinter den Brillengläsern blickten neugierig.

»Willkommen! Ich bin Aldous Whitewater. Hab Sie gleich erkannt.« Sein vom Bergklima gegerbtes und wohl auch vom Alkoholgenuss gerötetes Gesicht legte sich überraschend in Lächelfalten.

»Guten Tag, Mr Whitewater. Danke, dass Sie uns abholen«, sagte Gustav. »Mein Großvater lässt herzliche Grüße ausrichten.«

Der alte ter Fehn war vor über vierzig Jahren selbst einmal in Indien gewesen und hatte deshalb auch stets den Wunsch seines Enkels und Erben, Darjeeling kennenzulernen, unterstützt.

Whitewater nickte. »Danke! Mein Großvater und mein

Vater haben immer mit viel Respekt und Sympathie von dem großen alten Ostfriesen gesprochen.«

Tinley, der Chauffeur, kümmerte sich mit zwei Boys um das Gepäck.

»Keine Kuhscheiße auf den Straßen«, bemerkte Carl sofort.

Das war ein Hinweis darauf, dass in Darjeeling Hindus und damit auch heilige Kühe in der Minderheit waren. Sie logierten in einem Hotel in der Oberstadt. Die Ankömmlinge bewunderten die Kolonialarchitektur und die aufwendigen Holzschnitzereien auf der Veranda.

»Meine Tochter kann Ihnen in den nächsten Tagen die Gegend ein bisschen zeigen«, versprach der Teepflanzer beim Willkommenswhisky vor dem Nachtimbiss. »Aber der First Flush erfordert meine Anwesenheit, wir brechen gleich morgen früh auf.«

Während sie in Klubsesseln vor einer stoffbespannten Wand mit Fotos erfolgreicher Sportmannschaften und mit Stichen aus dem Good old England noch einen Brandy als Absacker tranken, stieß ein Abgesandter des Himalaya Clubs zu ihnen. Er begrüßte die Deutschen herzlich und bot ihnen an, für ihre Sikkim-Expedition die Träger zu bestimmen. Der Verein unterstützte Bergsteigerteams aus aller Welt, die im Himalaya ihre Herausforderung suchten.

»Es stehen mindestens hundert Männer sämtlicher Bergvölker bereit«, sagte er.

»Sobald wir wissen, wann es genau losgeht, werden wir die Mannschaft zusammenstellen«, sagte Carl, er war sich darin mit Gustav einig. »Natürlich sind wir offen und dankbar für Ihren Rat. Wir möchten die Männer aber gern selbst auswählen.«

Gustav und Carl saßen hinten auf der offenen Ladefläche des Lastwagens neben ihrer Ausrüstung und genossen die Fahrt. Die Teegärten Darjeelings verteilten sich auf sieben Täler. Der Teegarten Geestra Valley lag oberhalb des Teesta-Tals südöstlich der Stadt auf knapp tausendsiebenhundert Metern Höhe. Unter optimalen Bedingungen war die Strecke in zwei bis drei Stunden zu schaffen. Allerdings lag meist mindestens ein umgestürzter Baumstamm quer über der Fahrbahn und musste mühsam zur Seite geschafft werden. So auch heute. Hinzu kam dann noch ein hinterhältiges, durch eine Pfütze getarntes Schlagloch. Sie rutschten vom Wege ab, mussten anhalten.

Carl störte das wenig. Er sprang von der Ladefläche, legte den Kopf in den Nacken. Noch nie hatte er so prächtige hohe Bäume gesehen! Sie schienen bis in den Himmel zu wachsen. Die Kronen reckten sich, als stritten sie miteinander um das Licht. Vereinzelt standen dazwischen Magnolien und riesengroße Rhododendronbäume in voller rötlicher Blüte! Am liebsten wäre Carl sofort in den Wald gestürmt. Er kannte diese Wildart aus England. Diesen Rhododendron, den *Rhododendron arboreum,* hatte Sir Joseph Hooker um 1850 in Sikkim entdeckt und in die Königlich Botanischen Gärten von Kew Gardens nahe London mitgebracht. In Sikkim, das von hier aus nur noch wenige Kilometer, aber viele Formalitäten entfernt war, sollte es ganze Wälder davon geben.

Carl konnte sich kaum zurückhalten, doch er blieb beim Fahrzeug und packte mit an, es wurde jede Hand gebraucht. Zu viert brachten sie den Lieferwagen wieder in die Fahrspur. Zum Glück hatte Whitewater im Hotel für alle Fälle einen Picknickkorb füllen lassen, so konnten sie sich nach getaner Arbeit stärken. Als die anderen am Wegesrand aßen, machte Carl mit seiner Leica Fotos von seinem ersten Rhododendron in der Wildnis. Einen halben Tag und einen Reifenwechsel später erreichten sie ihr Ziel.

»Sie kommen! Sie kommen!«, hörte Kathryn die Kinder wieder rufen.

Endlich bogen sie um die Ecke. Drei Tibeter in Festtracht bliesen jetzt zur Begrüßung der Fremden in ihre exotischen Alphörner. Aldous Whitewater schritt in der Mitte, die beiden sonnenverbrannten und sichtlich gut gelaunten Europäer an seiner Seite. Einer war blond, der andere hatte braunes Haar. Sie bewegten sich selbstsicher und lässig.

Kathryn konnte ihr Glück kaum fassen – zwei schneidige Kerle, aus deren Augen die Abenteuerlust nur so blitzte! Ihre Blicke kreuzten sich, innerhalb von Sekunden war klar, was alle drei dachten: Das ist besser als erwartet, wir werden viel Spaß miteinander haben! Kathryn beschlich dazu noch ein anderes Gefühl. Etwas in ihr wisperte: Dein Leben beginnt – das, worauf du immer gewartet hast, ohne genau zu wissen, was es sein könnte, ist soeben eingetroffen! Sie schluckte, kurz senkte sie den Blick, versuchte, ihre Aufregung im Zaum zu halten. Dann atmete sie tief durch.

Der Verwalter Mr Brooks, ein höflicher Mann mit schwarzem Haar, übergab ihrem Vater die weißen Schals für die Begrüßungszeremonie. Feierlich legte Aldous Whitewater jedem Gast einen Schal um den Hals.

»Namaste! Welcome! Willkommen!«

Die beiden Männer verneigten sich und hoben dabei, so viel wussten sie bereits über die Landessitte, die zusammengelegten Hände vor die Brust. Der Chor der Frauen aus dem Dorf, das zur Plantage gehörte, stimmte ein Begrüßungslied an. Es wurde begleitet von rhythmischem Klatschen, den blechernen Klängen eines Saiteninstruments und melodischen, chinesisch inspirierten Flötentönen. Carl war gerührt, Gustav in Hochstimmung. Alle strahlten, auch Kathryn. Immer wieder faszinierte es sie, wie naiv und selbstlos die Freude dieser hart arbeitenden Menschen sein konnte. Jetzt kam ihr Vater auf sie zu und stellte sie den Gästen vor.

»Carl Jonas, sehr angenehm«, sagte der Braunhaarige auf Deutsch, als er Kathryn die Hand reichte.

Er hatte eine große, etwas schiefe Nase, seine Stimme klang warm, tief, vertrauenerweckend. Seine Hand fühlte sich rau an und löste ein Kribbeln in ihrem Nacken aus. Ihre Augen trafen sich – blaue Augen, intensiv mondwindenblau. Kathryns Herz wurde ganz leicht.

Augen zum Darinversinken, seltsam vertraut.

Sie räusperte sich. »Herzlich willkommen!«

»Oh, Sie sprechen Deutsch?«

Das an der Seite gescheitelte, kräftige Haar fiel ihm leicht wellig in die Stirn, mit einer schnellen Handbewegung schob er es energisch zurück.

»Ein bisschen, ich habe einige Monate in Berlin bei Freunden meiner Mutter gelebt und dort eine Höhere-Tochter-Schule besucht.«

Kathryns Vater verstand nur seine Muttersprache. Er schaute seine Tochter fragend an.

»Oh, fantastic!«, kam der Blonde ihm zu Hilfe. »Pleased to meet you, Miss Whitewater. I'm Gustav ter Fehn.«

Er war etwas sehniger, nicht ganz so groß wie sein Freund. Das energische Kinn und der kleine Mund mit scharf geschnittener Oberlippe verrieten Willensstärke. Obwohl er blond war, hatte er dunkelbraune Augen. Apart, dachte Kathryn, erneut verwirrt. Eigentlich müsste doch der Dunkelhaarige die dunklen Augen haben und der Blonde die blauen …

Gustav schaute sie etwas zu lange an, charmant hoben

sich seine Augenbrauen über der Nasenwurzel. Gott, wie er guckte, das fiel doch schon in die Kategorie unschicklich! Kathryn spürte Hitze in sich aufsteigen. Sie hatte nicht viel Erfahrung mit Männern, auch wenn sie gern ihren Freundinnen gegenüber verruchte Andeutungen über ihre wilde, ausschweifende Zeit in Berlin machte. Doch sie besaß einen gesunden Instinkt. Und der sagte ihr, dass unter diesem Blick eine gefährliche Glut lauerte, die eine Frau entflammen und vielleicht sogar verbrennen konnte.

Höflich lauschten sie den musikalischen Darbietungen.

»Lasst uns reingehen, den Gentlemen einen erstklassigen First Flush Darjeeling kredenzen«, schlug der Hausherr vor.

Sie wandten sich dem hellgelb gestrichenen Haus zu, das auf den ersten Blick sehr einladend wirkte. Es war im Kolonialstil erbaut, zweistöckig und mit grünen Bambusschindeln gedeckt. Whitewater erklärte den Gästen, dass die meisten Häuser in der Gegend Bungalows seien, »nach Art der Bengalen erbaut«, so die ursprüngliche Bedeutung des Wortes. Aber auch hier gab es eine rundum verlaufende Veranda, auf der Töpfe mit rot blühenden Geranien standen, und deren Dachtraufe mit einer filigran geschnitzten Holzverzierung abschloss. Weiß gestrichene Holzläden schützten die Sprossenfenster und -türen.

Whitewater ging mit Carl voran, Kathryn und Gustav folgten ihnen die Stufen unter dem spitzgiebeligen Portal hinauf auf die Veranda. Die Arbeiter und Pflückerinnen sangen und tanzten zu ihrem eigenen Vergnügen weiter. Dienstboten schenkten gekühlte Zitronenlimonade aus. Auch die Angestellten genossen die Abwechslung im Arbeitsalltag – alle, vom Verwalter über die Sekretärin und Köchin bis zu den Aufsehern, vom Chauffeur über die Stallburschen und den Nachtwächter bis zu den Gärtnern.

»Dann sind Sie der Enkel des ostfriesischen Teegroßhändlers«, nahm Kathryn das Gespräch wieder auf.

Sie hatte schon gehört, dass der junge ter Fehn ein Jahr lang in London in einem Teekontor gearbeitet hatte, um sich auf die Übernahme der angesehenen deutschen Teefirma vorzubereiten. Etwa zur gleichen Zeit hatte sein Freund Carl Jonas in einer bekannten, auf Rhododendren spezialisierten Baumschule nahe London hospitiert. Er war es, der unbedingt die Exkursion durch Sikkim unternehmen wollte, um dort noch unbekannte Rhododendronwildarten für neue Züchtungen zu entdecken. Und Gustav wollte ihn begleiten – aus Abenteuerlust, wie er in den Briefen vorab mitgeteilt hatte, aber sie würden auch die besten Teeplantagen Nordindiens aufsuchen.

Gustav ter Fehn ist demnach unser Hauptansprechpartner, überlegte Kathryn, geschäftlich betrachtet. Denn er plante, das Sortiment der Marke »ter-Fehn-Tee« über die traditionellen ostfriesischen Mischungen hinaus mit exklusiven, feinen Teesorten im Versandhandel zu bereichern.

»Ja, Miss Whitewater. Und ich hätte nie erwartet, hier eine so charmante junge Dame zu treffen.«

Kathryn errötete.

»Sie haben aber einen kräftigen Sonnenbrand«, sagte sie, um von ihrer Verlegenheit abzulenken.

Carl, der vor ihr ging, drehte sich um. Er schien sie zu durchschauen und zwinkerte ihr zu.

»Nicht der Rede wert«, erwiderte Gustav, obwohl sich die Haut an Stirn und Nase ganz ordentlich pellte.

Carl blieb jetzt stehen und bestaunte das Bergpanorama. Weißgraue Wolken zogen über den blauen Himmel. Über die vorgelagerten Hügel ergoss sich das junge Grün der Teesträucher, in der Ferne säumten Baumgiganten den Besitz.

»Das ist großartig!«, rief er aus. Dann blieb sein Blick an Kathryn hängen, an ihrem vollen Mund, den unverschämt roten Lippen. Die kräftigen Brauen gaben ihren grünen Augen Entschlossenheit – ein aparter Kontrast zum zarten Kinn, das Verletzlichkeit verriet. Der Teint war leicht gebräunt, die Wangen gerötet, im Haar tanzten goldene und kupferne Reflexe. »Einfach unglaublich!«

Kathryn errötete erneut. In ihrem Kopf schwirrte es, sie war doch sonst nicht auf den Mund gefallen. Gut, dass ihr Vater schon ins Haus ging. Wie sollte sie nur auf diese geballte Charmeoffensive reagieren? Verlegen fuhr sie sich durch den Bubikopf.

In diesem Augenblick gellte ein Schrei aus dem Dorf zu ihnen herüber. »Leopard! Der Schneeleopard!«

Augenblicklich brach Panik aus. Die Frauen kreischten, griffen ihre Kinder und flüchteten in die Lagerhalle, wo noch Haufen frisch geernteter Teeblätter lagen und darauf warteten, auf die Trockengitter geschüttet zu werden. Die Männer rannten zum Dorf.

»Was können wir tun?«

Gustav zog eine Pistole aus einem Halfter an seiner Wade, Carl zückte ein scharfes Gärtnermesser, das er immer am Gürtel trug, um jederzeit Reiser von interessanten Pflanzen schneiden, aber natürlich auch, um sich im Notfall verteidigen zu können. Innerhalb von Sekunden waren beide kampfbereit.

Aldous Whitewater raunzte: »Sie kennen sich hier nicht aus. Passen Sie auf meine Tochter auf!«

Die Arbeiter griffen sich Knüppel, andere Waffen und Kochgeschirr, mit dem sie laut trommelnd in die Richtung stürmten, aus der tierische Schreie und Gejammer herüberdrang.

Kathryn dachte nicht daran, sich im Haus zu verstecken.

Auch sie lief ins Dorf, allerdings nicht in die gleiche Richtung wie die anderen, und Carl und Gustav blieb nichts anderes übrig, als ihr hinterherzusprinten. Einige hundert Meter hinter dem nächsten Hügel lag die Ansiedlung, fast hundertfünfzig Hütten standen dort. Zielstrebig bewegte Kathryn sich auf einen kleinen, weiß gestrichenen Bungalow zu und stieß die Tür auf. Es war die Krankenstation. Sie bestand aus nur zwei Räumen. Mit geübten Griffen bereitete die Pflanzertochter alles für eine Notoperation vor. Auf ein Tischchen neben einer Behandlungsliege legte sie Desinfektionsmittel, Betäubungsspritze und Verbandszeug.

Ein Schuss fiel, zwei weitere Schüsse knallten. Kathryn wies stumm mit dem Kopf auf eine Trage, die im Halbdunkel an der Wand lehnte. Sie hatte keine Angst, sie tat schlicht, was getan werden musste. Carl und Gustav griffen sich das Teil und liefen dem Gehör nach zwischen Blumen- und Gemüsegärtchen mit aufgescheuchten Hühnern und kleinen Schweinepferchen bis zum Rand des Dorfes. Kathryn folgte ihnen mit einer Arzttasche. Wo das Palaver und Gelärme am lautesten war, drängten sich Menschen im Schatten eines Mangobaumes um eine gerissene Ziege und einen schreienden, vielleicht achtjährigen, abgemagerten Jungen, der in den Armen eines Mannes lag. Er blutete an der Schulter und am Bein, deutlich waren Kratzspuren großer Krallen zu erkennen. Doch die Verletzungen schienen nicht lebensgefährlich zu sein.

»Ist der Leopard tot?«

»Entwischt«, knurrte ein Dorfbewohner grimmig.

Carl und Gustav legten das Kind vorsichtig auf die Trage, und sie liefen zur Krankenstation zurück. Kathryn sprach dem wimmernden Kleinen auf Nepali gut zu. Sie verstand, was er sagte und übersetzte, dass er wegen eines

Malariaschubs zu Hause geblieben sei und nach der Ziege gesehen hatte, als sie vor Todesangst schrie.

Kathryn verarztete den Jungen, so gut sie es konnte. Sie bat Carl und Gustav, ihr frisches Wasser vom Brunnen zu holen und es abzukochen. Die Familie des Kindes hatte sich vor der Krankenstation eingefunden. Kathryn ging hinaus und beruhigte die aufgeregten Eltern mit ein paar Brocken Nepali.

»Sie müssen die Wunden sauber halten, dann verheilen sie bald.«

Die Mutter war völlig aufgelöst. Kathryn fürchtete, dass sie ihre Anweisungen nicht richtig verstand. Sie wandte sich an die ältere Tochter, die sie als aufgewecktes Mädchen kannte.

»Heißt du nicht Aashmi?«

Das Mädchen nickte schüchtern. Sie hatte ein hübsches ovales Gesicht mit Augenbrauen wie eine chinesische Prinzessin, weiße Zähne und glatte Haut. Normalerweise lächelte sie stets freundlich. Jetzt schaute sie besorgt, aber sie beobachtete auch aufmerksam, was geschah. Kathryn wiederholte ihre Ratschläge.

»Hier sind noch Schmerztabletten und Chinin gegen die Malariaanfälle. Und wenn irgendetwas ist, Aashmi, falls es Komplikationen geben sollte oder sonst etwas, dann zögere nicht, und komm zu mir, ja?«

»Ja, Memsahib. Danke, Memsahib.«

»Gut. Komm mit rein. Ich zeig dir, wie man kalte Wickel gegen das Fieber macht.«

Kathryn bat Aashmi bewusst in die Krankenstation, denn die Familienangehörigen waren Hindus. Und das bedeutete, dass sie als Christin deren Hütte nicht betreten und das Wasser nicht berühren durfte, beides wäre dadurch unrein geworden.

»Respekt, Miss Whitewater!«, sagte Carl, als die Familie mit dem kleinen Jungen gegangen war.

Kathryn lächelte. Mit Erleichterung registrierte sie, dass sich ihre Verwirrung dem Deutschen gegenüber verflüchtigt hatte. »Danke.«

Es roch noch nach Schweiß, Blut und Kampfer. Zügig räumte sie auf, desinfizierte Liege und medizinisches Zubehör.

»Woher können Sie das hier?«

»Ich war bei den Pfadfindern. Hab mich immer freiwillig für die Erste Hilfe gemeldet. Und ich assistiere dem Arzt, der hier alle vier Wochen vorbeikommt.«

»Fabelhaft!« Auch Gustav war sichtlich beeindruckt. »Wir sind übrigens ebenfalls alte Wandervögel! Ist zwar schon schon etwas her, aber …«

»Ach, wirklich?«

Sie begüßten sich wie Pfadfinder überall auf der Welt, reichten sich die linke, »von Herzen kommende« Hand und hoben die rechte bis auf Schulterhöhe, wobei der Daumen den kleinen Finger festhielt – als Zeichen dafür, dass der Starke den Kleinen beschützte. Fast gleichzeitig sagte jeder einen anderen Gruß.

»Allzeit bereit«, »Be preprared«, »Gut Pfad«.

Sie lachten. Wunderbar! Das Steife und Förmliche fiel von ihnen ab. Sie teilten eine wichtige Lebenserfahrung miteinander. Damit bestand zwischen ihnen eine unausgesprochene Übereinkunft. Sie zählten sich alle drei zur jungen Nachkriegsgeneration, die viel auf Kameradschaft hielt. Die Internationale Jugendbewegung hatte sie geprägt. Ohne sie hätten Carl und Gustav nie den Mut aufgebracht, sich so hohe Ziele zu stecken und das Ziel ihrer Kinderzeit auch als Erwachsene konsequent zu verfolgen.

Diese Generation pflegte ein Bild von sich – sie war anspruchslos, was das Materielle betraf, aber idealistisch und gläubig, was die Zukunft, die Natur, ihre eigene Gestaltungskraft und die Freiheit der Gedanken anging. Sie wollte nicht die Fehler der Alten wiederholen und traute sich in moralischen Fragen ein eigenes Urteil zu. Sie begeisterte sich für Wanderungen, Natur, für das Elementare, wandte sich gegen alles Spießbürgerliche.

»Herzlich willkommen!« Kathryns Gesicht leuchtete vor Freude. Auf Deutsch fügte sie hinzu: »Dann können wir uns ja auch duzen.«

»Die Bestie ist schlau. Hat schon mal eine Ziege gerissen. Wir werden jetzt nachts zusätzlich zum Nachtwächter Wachen aufstellen«, sagte Aldous Whitewater, als sie mit Verspätung ihren Tee im großzügigen holzgetäfelten Salon einnahmen.

Das Sofa und ein niedriger Couchtisch standen auf einer erhöhten Wohnebene, so konnte man den Ausblick auch im Sitzen genießen – den Garten mit englischem Rasen und Blumenrabatten und das überwältigende Panorama des Himalayagebirges, das sich in vielen Schattierungen von Grafitblau vor ihnen auftürmte. Es strahlte auch heute, trotz wolkenverhangener Gipfel, Erhabenheit aus. Die Besucher wussten kaum, wohin sie zuerst blicken sollten. An der Wand hinter ihnen hing zwischen anderen Jagdtrophäen das Fell eines Schneeleoparden, der drohend seine Zähne bleckte.

»März 1927«, kommentierte Whitewater grimmig, wohl in Erinnerung an den dramatischen Tag damals.

»Wieso reißt der Schneeleopard nicht einfach Wildschweine in den Wäldern?«, fragte Gustav, der ein wenig vom Jagen verstand. »Wild gibt's ja wohl genug da draußen, normalerweise scheut doch eine Wildkatze menschliche Ansiedlungen, erst recht bei Tage.«

»Gute Frage«, brummte Whitewater. »Kann sein, dass er schwach ist und nur noch fangen kann, was angepflockt ist. Kann sein, dass er verletzt wurde.«

»Von wem? Wer sollte so ein starkes Tier angreifen?«, fragte Kathryn, und mischte sich damit in das Männergespräch ein.

Da keine Damen anwesend waren, mit denen sie sich über Plumpudding-Rezepte oder die neueste Mode unterhalten konnte, nahm ihr Vater die kleine Regelverletzung hin. Insgeheim war er froh, dass sie überhaupt lebhaftes Interesse zeigte. Immer wenn sie ihre melancholischen Phasen hatte, wozu sie seit dem Tode ihrer Mutter gelegentlich neigte, machte sie ihm Angst – mehr Angst, als wenn sie neumodische Forderungen stellte, wie zum Beispiel, das Autofahren lernen oder gar studieren zu wollen. Was er ihr aber alles niemals gesagt hätte, da er es sich kaum selbst eingestand. Denn dann müsste er sich vermutlich einen Teil der Schuld geben – schließlich hatte er seine Tochter nach dem Tod seiner Frau Annabella auf teure Internate nach Europa geschickt, statt sich um sie zu kümmern. Damals dachte er, es sei das Beste für sie, doch gespürt hatte er immer, dass er sie in ihrer Trauer allein ließ und seine Pflichten als Vater vernachlässigte. Nur hatte er in seiner eigenen tiefen Trauer keinen anderen Weg gewusst. Über Gefühle sprach man nicht. Jetzt bedauerte er, dass er kein innigeres Verhältnis zu seinem einzigen Kind hatte.

»Na ja, eine Verletzung könnte viele Ursachen haben«, beantwortete Whitewater ihre Frage. »Es kann einen Unfall durch einen umgestürzten Baum gegeben haben oder durch eine Steinlawine. Oder das Tier hat sich mit einem Stachelschwein angelegt.«

Ein indischer Diener mit Turban und weißen Handschuhen servierte den Tee in einer Silberkanne.

»Ganz ausgeschlossen ist es natürlich nicht«, fuhr der Teepflanzer mit einem Räuspern fort, »dass wieder ein Tiger im Revier ist und dass er den Schneeleoparden verletzt hat.«

Carl schluckte. Das fehlte ihnen gerade noch.

»Jagen Sie, Gentlemen?«

Gustav bejahte.

Carl erwiderte lässig: »Ich jage lieber Pflanzen, Sie wissen schon. Ihre Landsleute haben ja auf diesem Gebiet bedeutende Pioniere hervorgebracht.«

»Richtig, Sir Hooker war einer der größten Pflanzenjäger und Botaniker überhaupt! Mein Großvater kannte ihn, er schätzte ihn sehr.«

Carl konnte seinen Blick kaum losreißen von der herrlichen Aussicht. Wie viele Entdeckungen dort wohl auf ihn warteten?

Im Osten schlängelte sich durch ein tiefes Tal ein breites jadegrünes Band, der Teesta. Der wildeste Fluss des Himalaya brachte das in den Bergen abgeregnete und geschmolzene Wasser nach Süden bis in den Golf von Bengalen. Üppig grüne Teakriesen und blühende Bäume reichten bis an sein Ufer.

»Dahinter ist schon Sikkim!« Kathryn zeigte auf die Wälder jenseits des Flusses, und die beiden Deutschen verloren sich in ihren Gedanken.

Immer wenn Carl sich die Landkarte anschaute, erschien ihm das kleine Königreich wie ein Daumenabdruck, eingequetscht zwischen den viel größeren Ländern Britisch-Indien im Süden, Bhutan im Südosten, Tibet im Osten und Norden und Nepal im Westen. Es faszinierte ihn, dass dieser Staat, der nur gerade so groß war wie die Lüneburger Heide, so viele Extreme in sich barg: Höhen von dreihundert bis zu achttausend Metern, Klimazonen von subtropisch über alpin bis arktisch, und dadurch bedingt ständig wechselnde Flora und Fauna. Carl hatte sich gründlich wie ein Wissenschaftler vorbereitet, alles gelesen, was es zu lesen gab. Sein Herz klopfte vor Erwartung. Die Expedition musste ein Erfolg werden.

Es ging um mehr als seine Entdeckerfreude. Zu teuer war diese Reise, zu groß das finanzielle Opfer, das seine Familie trotz der schlechten wirtschaftlichen Zeiten dafür brachte. Weil er wieder und wieder argumentiert hatte, dass man gerade in Krisenzeiten etwas Besonders anbieten sollte, um sich zu unterscheiden. Sie mussten als Baumschule sowieso in Generationen denken.

Sein Vater hatte ihm schließlich zugestimmt. Er wusste aus eigener Erfahrung, dass eine erfolgreiche Züchtung nicht selten erst den Kindern und Enkelkindern Ertrag brachte – für eine neue Rhododendronsorte konnten gut und gerne zwanzig Jahre ins Land gehen. Und bis auch die Pflanzenliebhaber sie für sich entdeckt hatten, vergingen oft noch mehr Jahre.

Gustav verband mit Sikkim etwas ganz anderes. Er plante, eines Tages Tee aus Sikkim importieren zu können. Noch nie hatte er irgendwo Tee aus diesem kleinen Königreich angeboten gesehen. Wahrscheinlich existierte dort bislang noch nicht mal eine Teeplantage. Aber vielleicht könnte er helfen, sie zu gründen? Wenn er einen geeigneten Mann fände, einen mit Erfahrung und Tatkraft, würde er ihn finanziell unterstützen. Gustav war sich sicher, dass Tee aus Sikkim mindestens so exquisit schmecken würde wie Darjeeling-Tee. Und er hätte zusätzlich einen einzigartigen Exotenbonus, der den Ruf von ter-Fehn-Tee als Marke für Feinschmecker festigen und seine Konkurrenten ausstechen könnte.

Kathryn bot ihm selbst gebackene Teekuchen und Zitronenplätzchen an. Zu gerne hätte sie gewusst, wovon ihre Gäste träumten. Sikkim regte auch seit jeher ihre Fantasie an. Es lag in Sichtweite, doch noch nie war sie dort gewesen. Ihre Chancen, jemals das magische Königreich mit eigenen Augen und allen Sinnen kennenzulernen, waren jedoch nicht sehr groß, das wusste sie. Auf den Internaten und durch das Vorbild der anderen Teeplanzerfamilien war sie auf ihre Aufgaben vorbereitet worden. Sie hatte eines nicht mehr allzu fernen Tages eine gute Partie zu machen, Kinder zu bekommen, sich gesellschaftlich zu engagieren und ihrem Mann und der britischen Krone eine treue Untertanin zu sein. Eigentlich hegte sie selbst auch keine großen Zweifel an dieser Rolle. Man musste seine Pflicht erfüllen, jeder an seinem Platz. Es war nur so unglaublich schade, dass sie keine Abenteuer erleben durfte. Sie durfte ja noch nicht einmal Ärztin werden.

Kathryn unterdrückte ein Seufzen und besann sich wieder darauf, eine gute Gastgeberin zu sein. »Darjeeling gehörte vor hundert Jahren auch noch zu Sikkim.«

»Genau. Da war hier aber auch noch rein gar nichts«, raunzte ihr Vater. »Wir Engländer haben das Gebiet erst urbar gemacht. Na gut, ein paar deutsche Missionare waren auch dabei. Aber wir haben die Wälder gerodet, die Teegärten angelegt und ein Hundert-Seelen-Nest mit Lepcha-Eingeborenen in eine schmucke englische Provinzhauptstadt verwandelt. Die Verwaltung, die Kultur, die Straßen, Eisenbahn, Rechtsprechung – das ist alles britisch.«

Carl sah Gustav scharf an, um ihn an sein Gelübde zu erinnern, nicht zu politisch zu werden. Gustav nickte also nur höflich.

»Wir Whitewaters sind hier in dritter Generation zu Hause«, fuhr der Teepflanzer fort. »Gleich nachdem der

Distrikt 1865 unter britisches Protektorat gestellt worden ist, begründete mein Großvater Geestra Valley.«

Kathryn nahm ihre Tasse. »Trinkt doch, der Tee hat jetzt die richtige Temperatur. Wir halten ihn nicht heiß, weil er auf einem Stövchen oder im Samowar sein Aroma verlieren würde.«

Der helle Aufguss des First Flush schimmerte am Rand der dünnen weißen Porzellantassen hellgrün. Gustav erschnupperte fachmännisch die »Blume«, den Duft, der über der Tasse schwebte.

Carl suchte vergeblich nach Kandis und Sahne für den Tee. Er fand auch keinen Löffel zum Umrühren. Bei den Verkostungen auf den deutlich größeren Teeplantagen in der schwülheißen Tiefebene Assams hatte er nicht genug kriegen können von den kräftigen, malzigen Sorten, deren rotbrauner Aufguss bereits verriet, dass sie die Lebensgeister anregten. Sie entsprachen in etwa dem, was er von zu Hause gewohnt war.

Carl stammte aus dem oldenburgischen Ammerland, das an Ostfriesland grenzte, und in dieser Region tranken die Menschen durchschnittlich elfmal so viel Tee wie der Rest der Deutschen. Da Carls halbe Verwandtschaft ostfriesische Wurzeln hatte, traf sich die Familie fünfmal am Tag zum Ostfriesentee. Sie tranken gemeinsam Tee zum Frühstück, in der Elf-Uhr-Pause, nach der Mittagspause, dann wieder zum Nachmittagsvesper und schließlich noch einmal nach Feierabend gegen neun Uhr. Bei ihm daheim hielt sich jeder für eine begnadete Teenase, aber man kannte eben doch nur die Ostfriesenmischung. Die bestand üblicherweise zu siebzig Prozent aus Assamtee, der Rest setzte sich aus verschiedenen Sorten von Ceylon bis Darjeeling zusammen. Am liebsten tranken sie alle den von ter-Fehn-Tee aus der Spitztüte, den Tee für die breite

Masse, für die, wie Gustav gern erklärte, dreißig verschiedene Teesorten je nach Saisonergebnis anders gemischt wurden, um am Ende doch eine gleichbleibende Qualität und den typischen Geschmack zu erzielen. Die Spitztüte sicherte das Auskommen der Familie seines Freundes, sie war das Standbein. Und die Feinschmeckertees sollten das Spielbein werden.

Natürlich kauften normale Leute auch keine besonders teuren Tees, deshalb hatte Carl bis zu dieser Reise kaum geahnt, welche Höhen und Raffinessen die Teeologie bereithielt. Die besten Assams schmeckten reiner, malziger und, wenn sie abkühlten, cremiger als alles, was er bislang gekostet hatte. Da hatte er sogar erstmals freiwillig auf das gewohnte Sahnewölkchen im Tee verzichtet und verschmerzen können, dass es statt Kandis nur Zucker gab.

Zu Beginn ihrer Indienreise hatte Carl das Chinin, das er zur Malaria-Prophylaxe nahm, nicht gut vertragen. Das Einzige, was er tagelang zu sich nehmen konnte, waren Toastbrot und Assam-Tee gewesen. Recht seltsam fand er es, in einer Gegend, die für ihn am Ende der Welt lag, an jeder Ecke etwas so Vertrautes wie diesen Tee bekommen zu können. Ein Stück Heimat in der Fremde. Dabei, so überlegte er nun, war ja im Grunde das, was er für ein Stück Heimat hielt, das Fremde und hier im fernen Asien zu Hause – genau wie der Rhododendron.

Carl sagte nichts. Dieser vornehme First Flush sollte offenbar jungfräulich ohne Zusätze genossen werden. Er schlürfte vorsichtig, konnte dem Getränk jedoch nicht viel abgewinnen. »Kien Mors in de Büx«, schoss ihm durch den Kopf, das plattdeutsche Urteil für »Schmeckt nach nichts«.

Mr Whitewater schaute triumphierend auf Gustav, seine Miene verriet Stolz.

Gustav pflichtete seinem Gastgeber bei. »Hervorragend!

Blumig zart und elegant. Wie lange lassen Sie ihn ziehen? Fünf Minuten?«

Whitewater nickte. »Ja, und das Wasser darf nur kurz sprudelnd gekocht haben. Dieses Jahr haben wir exakt den richtigen Zeitpunkt für die Ernte erwischt.«

Kathryn flüsterte dem Diener, der diskret abseits stand und auf Anweisungen wartete, etwas zu. Er verneigte sich, ging hinaus und brachte wenig später ein Honigtöpfchen. Mit einem kleinen, verschwörerischen Lächeln stellte Kathryn es neben Carls Tasse. Er sandte ihr einen dankbaren Blick zurück und süßte dann seinen Tee.

»In eurer Heimat trinkt man starken schwarzen Tee und gern gesüßt, nicht wahr?« Es war eher eine Feststellung als eine Frage. »Liegt diese Vorliebe nicht in dem eisenhaltigen rostbraunen Wasser aus den Mooren begründet?«

»Richtig!« Carl verschluckte sich fast.

Das junge Mädchen sah nicht nur goldig aus und konnte Gedanken lesen, es kannte sich auch mit der Teezubereitung aus.

»Die Wasserqualität spielt nämlich eine große Rolle«, meinte sie. »Mit unterschiedlichem Wasser schmeckt der gleiche Tee manchmal völlig anders! Assam eignet sich auch für hartes Wasser, aber Darjeeling braucht weiches, um sein Aroma zu entfalten.«

Der Diener brachte eine weitere Silberkanne. Aldous Whitewater schob seine Tasse vor. »Sie müssen jetzt unbedingt unseren Second Flush vom letzten Jahr probieren, Gentlemen. Er hat das begehrte Muskatelleraroma.«

Tee der zweiten Pflückung von Juni bis Juli war im Gegensatz zur ersten länger haltbar als ein Jahr. Whitewater zeigte den Gästen den trockenen Tee. Er öffnete eine Blechdose, schüttelte sie leicht und schnüffelte selbst hinein, bevor er sie Carl und Gustav hinhielt.

»Da – und sehen Sie unsere feinen silbrigen *tipps.*«

»Hervorragend!«, lobte Gustav.

Die hellen, Tipps genannten Spitzen waren getrocknete Knospen von Teeblüten, sie werteten den Tee mit den im Ganzen gerollten grünlichen Blättern auch optisch auf.

Während Whitewater und Gustav sich nun in ein Fachgespräch vertieften, erkundigte Kathryn sich auf Deutsch bei Carl nach der Anreise der Männer und den weiteren Plänen. Er berichtete in kleinen Anekdoten von ihrer Schiffsreise ab Antwerpen bis Bombay und von ihren Zugfahrten durch Nordindien.

Kathryn erzählte, was sie und ihr Vater für die Gäste in den nächsten Tagen geplant hatten. Am Wochenende würden sie in Darjeeling im Planters' Club, dem traditionellen Treffpunkt der Teepflanzer in der Stadt, einen Empfang mit Abendessen geben – andere Teepflanzer und auch die Verantwortlichen des Himalaya Clubs wurden erwartet.

»Morgen zeige ich euch den Teegarten und die Produktionsstätten. Könnt ihr eigentlich reiten?«

Carl grinste. »Wir kommen vom Land. Es geht schon so einigermaßen.«

»Gut, übermorgen, wenn das Wetter gut ist, könnten wir bei Sonnenaufgang zum Tiger Hill fahren, dem Aussichtspunkt für das Kangchendzöngamassiv. Und anschließend bummeln wir durch Darjeeling.«

Carl stutzte. »Täusche ich mich, oder höre ich da einen winzigen Schweizer Akzent heraus?«

Kathryn lachte ansteckend und warf ihren Kopf in den Nacken. »Ja, grüezi wohl! Es lässt sich nicht ganz verhindern. Ich war auch auf einem Internat in der Schweiz. Aber wenigstens hab ich dort Skilaufen und Bergsteigen gelernt – wenn schon kein akzentfreies Deutsch.«

»Sagen Sie, Mr Whitewater«, fragte Gustav jetzt, »ist eigentlich inzwischen bei Ihnen Post für uns angekommen? Wir warten immer noch auf Genehmigungen vonseiten Sikkims für unsere Expedition.«

»Nein, tut mir leid. Am besten werden Sie in Darjeeling persönlich beim Polizeipräsidenten vorstellig«, schlug er vor. »Er ist General der tibetischen Armee, Spross einer alteingesessenen sikkimesischen Familie.« Gustav war bekannt, dass die vornehmsten Familien in Sikkim, einschließlich der Königsfamilie, Tibeter waren.

»Dabei fällt mir ein«, fuhr Whitewater fort, »ich sollte vielleicht mal wieder die besten Schützen der Region zu einer Tigerjagd einladen.« Er grinste breit. »Möglicherweise befördert das auch Ihr Anliegen. Der Polizeipräsident ist ein begeisterter Jäger. Sie können ihm dann gleich unsere Einladung überbringen.«

Kathryn lächelte. »Ich begleite euch gern und zeig euch, wo alles ist. Aber jetzt bringe ich euch erst einmal in euer Cottage.«

Das schlichte Gästehaus hatte kein fließendes Wasser und keine Badewanne wie das Haupthaus, aber es war gemütlich eingerichtet. Es besaß ebenfalls eine rundum verlaufende Veranda mit Rattanschaukelstühlen. In den beiden Schlafräumen standen je ein schlichtes Feldbett und ein Schrank, in dem kleinen Wohnraum ein Teakholztisch mit Polstersesseln und eine Kommode. Chandra, ein Nepalese mit schwarzer Filzmütze, stand Gustav und Carl als Butler zur Verfügung. Er hatte ihre Kleidung bereits eingeräumt. Die noch verpackte und durchnummerierte Ausrüstung für die Expedition belegte mehr als die Hälfte des Wohnraumes.

Ein Inder huschte durch einen Hintereingang und kontrollierte, ob alles sauber war. Überall in Indien erledigten morgens und abends solche Hilfskräfte, Sweeper genannt, diskret ihre Arbeit. Sie waren aus der Kaste der Unberührbaren und standen für Hindus gesellschaftlich auf der untersten Stufe der Hierachie, doch sie verdienten so gut wie Köche. Das hatte Kathryn ihnen auf dem Weg zum Cottage erklärt.

Als Gustav und Carl sich nach dem Dinner zum Schlafen legten, fanden sie jeder eine heiße Wärmflasche im Bett vor. Gustav warf sie lachend raus, weil er meinte, sie müssten sich an rauere Sitten allmählich gewöhnen, Carl jedoch genoss die angenehme Überraschung – es würde noch früh genug ungemütlich werden. Die Tür zwischen ihren Schlafräumen hatten sie offen gelassen, um sich noch ein wenig unterhalten zu können.

»Kathryn ist ja wirklich ein ganz süßes Mädel«, meinte Gustav.

Carl stimmte ihm zu. »Und zum Glück keine von diesen zimperlichen Ladys.«

»Direkt zum Verlieben!«

»Nee, also das dann doch nicht. Ist ja fast noch ein Schulmädchen, sie erinnert mich an ein junges Füllen, das …«

»…das du bei unserer Ankunft mit deinen Blicken beinahe verschlungen hättest.«

»Junge, hast du eine Fantasie! Ich war nur überwältigt vom Bergpanorama! Aber jetzt lass uns lieber schlafen, ich bin todmüde.«

Am nächsten Morgen empfing Kathryn sie in Reiterhosen, Bluse, Stiefel und Jackett. Mit dem Verwalter Mr Brooks unternahmen sie einen Ausritt durch die Teefelder, die sich wie ein großer, buschiger Paradiesgarten über die Hügel erstreckten. Die Sonnenstrahlen zauberten Reflexe auf die vom Morgentau feuchten Blätter, sie funkelten, als hätte jemand Diamantsplitter über sie ausgestreut.

Auf einem schmalen Bergpfad ritten sie ein Stück hintereinander unter Bäumen zum höchsten Punkt von Geestra Valley. Es roch nach frischem Grün und würzigen Wildkräutern. Carl identifizierte zwischen vielen fremden Gewächsen am Wegesrand Nelke und Kampfer, Rübsamen, schwarzen Pfeffer und Ackerminze. In der kühlen, klaren Luft lag etwas knackig Prickelndes.

Mr Brooks trug eine Khakijacke mit Ledergürtel und einen breitkrempigen Hut, der an einer Seite hochgeschlagen war. Er war Halbinder, sein Vater stammte aus England. Wie alle »Mischlinge« gab er sich britischer als Königin Victoria es je gewesen war. Der Endzwanziger blickte herab auf alle, in deren Adern kein englisches Blut floss, und wahrte Distanz zu ihnen. Dabei war er noch nie in seinem Leben in Großbritannien gewesen. Der Verwalterposten bot ihm eine Chance zum gesellschaftlichen Aufstieg, er verfügte auch wohl über einiges Talent und Disziplin.

»Sind Sie Brüder?«, erkundigte er sich freundlich.

»Nein«, erwiderte Carl, »nur Freunde.«

Gustav grinste. »Schlimmer, wir sind Blutsbrüder.«

Mr Brooks lächelte. Er erzählte ihnen, dass er sie begleite, weil Aldous Whitewater in der Manufaktur unabkömmlich sei. Sein Arbeitgeber müsse das perfekte Timing bei der Teeverarbeitung überwachen.

Kathryn registierte, dass die beiden Deutschen auf dem Pferd eine gute Figur machten. Man sah ihren trainierten Körpern an, dass sie sich intensiv auf die Sikkim-Tour vorbereitet hatten. Und von wegen: Wir kommen vom Land! Kathryn lächelte still in sich hinein. Sie liebte Understatement. Carl saß im Sattel wie ein junger Gott. Aufrecht, elegant, die breiten Schultern nicht übertrieben, sondern ganz natürlich aufgerichtet. Gustav schien mehr den Galopp zu lieben, er legte immer wieder kleine Sprints in Seitenwege ein, inspizierte hier die Pflanzenqualität, dort die Pflücktechnik. Und kehrte hochzufrieden mit blitzenden Augen zurück.

Jetzt ritt er brav im Schritttempo neben Kathryn hinter Carl und Mr Brooks her und erzählte ihr, dass sein Freund in Deutschland seit Jahren Dressurwettbewerbe auf Landesebene gewinne.

»Liegt natürlich nur an seinem Pferd!«, scherzte er extra laut, damit Carl es hören konnte. »Ein prächtiger Oldenburger! Ist auch ein sehr begehrter Deckhengst.«

Kathryn klopfte ihrer Stute Joshi den Hals. Sie spürte, dass Hitze durch ihren Körper flutete. Wie peinlich! Hoffentlich dachte Gustav jetzt nicht, sie sei noch ein kleines Mädchen, das Blümchen für sein Herbarium presste und sonst von nichts eine Ahnung hatte. Dabei kannte sie Berlin, sie wusste aus vielen Erzählungen, wie das Nachtleben war – ein wenig auch aus eigener Erfahrung!

»Wer zuerst an der Wiegestation ist!«, rief sie und preschte vor.

Im Galopp flogen sie durch eine Kastanienallee zur Manufaktur. Gustav wurde Erster, Carl zügelte sein Pferd, um gleichauf mit Kathryn anzukommen, und der arme Mr Brooks bildete keuchend das Schlusslicht.

Wie versprochen führte Kathryn ihre Gäste durch die Hallen, zeigte ihnen die Gärkammern und Anlagen, die einen sehr sauberen, gepflegten Eindruck machten, auch wenn manche Maschine schon etwas altersschwach erschien. Da die beiden Freunde in Assam bereits einige Manufakturen besichtigt hatten, konnten sie Vergleiche ziehen. Mr Brooks gab fachliche Erläuterungen.

Aus Spaß halfen sie Arbeitern beim Zusammenzimmern der Teekisten. Sie malten mit Hilfe von Großbuchstabenschablonen »GEESTRA VALLEY« auf die Seitenteile und verstärkten die Ecken mit Blech. Stolz betrachteten sie ihr Werk.

»Wo eure Kisten wohl landen werden?«, überlegte Kathryn. »Vielleicht als Möbelstück bei einem armen Studenten in Paris ...«

Gustav hob ihre Gastgeberin spontan hoch und stellte sie auf eine Teekiste. Sie lachte überrascht, grüßte dann gespielt huldvoll von ihrem Sockel.

»Bleib so!« Carl machte ein Foto. »Ach, Mr Brooks, würden Sie bitte mal ein Bild von uns dreien machen?«, bat er dann und drückte dem Verwalter die Kamera in die Hand.

Gustav und er stellten sich in Pose und himmelten Kathryn übertrieben an. Die drei alberten herum und lachten.

»Wann denn?«, fragte Mr Brooks verunsichert, er wollte auf keinen Fall ein verwackeltes Foto schießen.

»Jetzt!«, befahl Carl.

In aufgekratzter Stimmung statteten sie der Gärtnerei einen Besuch ab. Dort wurden unter Planen und in Gewächshäusern Teepflanzen vorgezogen. Am Ende des Areals stand, versteckt hinter Mangobäumen, ein von Glyzinien bewachsener achteckiger Glaspavillon im viktorianischen Stil.

»Was gibt es dort zu sehen?«, fragte Gustav.

»Darin hat die selige Mrs Whitewater früher Orchideen gezüchtet«, antwortete Mr Brooks leise.

Kathryn sagte: »Einmal in der Woche gebe ich da jetzt ein kleines Konzert für die Kinder.«

Eines Tages war sie auf die Idee gekommen, den Pavillon nutzen zu können, um in Ruhe auf ihrem Instrument, einer keltischen Harfe, zu üben. Irgendwann hatte sie dann die kleinen Zuhörer entdeckt, die ihr heimlich lauschten. Sie hatte die Kinder eingeladen hereinzukommen. Mittlerweile war es eine feste Einrichtung im Teegarten geworden. Einige Kinder kamen immer, andere nur gelegentlich, große Geschwister brachten ihre kleinen mit. Kathryns Vater tat, als wüsste er nichts davon. Denn das Fraternisieren mit den Einheimischen galt unter den Pflanzern als unschicklich. Kathryn hatte den Eindruck, dass auch viele Eltern nichts von ihrem wöchentlichen Rendezvous mit ihren Sprösslingen wussten oder sich absichtlich unwissend stellten, weil sie fürchteten, religiöse Regeln zu brechen oder die Hausgötter zu verärgern. Sie blickte noch immer nicht durch den Irrgarten der Religionen in Indien, zu viele Götter existierten in diesem riesigen Land nebeneinander. Dafür sorgten Hindus, Buddhisten, Muslime, Christen und unzählige Untergruppen. Viele Nepalesen in ihrem Teegarten verehrten auch Shiva und Buddha zugleich.

»Übrigens, morgen Nachmittag um vier wäre es wieder so weit!« Kathryn lächelte. »Falls ihr Lust habt, schaut vorbei. Jetzt muss ich noch einige Dinge erledigen. Wir sehen uns dann zum Afternoon Tea.«

Die Freunde warfen sich einen Blick zu. Ach herrje, sie wollten die Welt erobern und sollten nun einem Glashauskinderkonzert lauschen! Aber sie waren höfliche Gäste und würden selbstverständlich der Einladung folgen.

Für Gustav stand nun aber erst noch eine fachkundige Verkostung auf dem Programm. Carl wollte die Zeit nutzen, um den Gärtnern des Teegartens über die Schultern zu sehen und sie um Unterstützung bitten. Er wollte schließlich eine ganze Reihe von Stecklingen und Edelreisern mit nach Deutschland nehmen, einige würde er in den nächsten Tagen in Darjeeling von wilden Rhododendren nehmen. Und wenn sie erst von der Expedition durch Sikkim zurückkehrten, musste seine von dort mitgebrachte Ausbeute schnell fachgerecht in die Erde gebracht oder auf andere kleine Rhododendren gepfropft werden, die bereits Wurzelballen besaßen. Nur so konnte Carl hoffen, sie für den Transport nach Europa lebensfähig zu erhalten.

»Was gäbe ich jetzt für einen vernünftigen Ostfriesentee mit Kluntjes und Sahnewulkje!«, flüsterte Carl seinem Freund zu.

Gustav grinste. »Kulturbanause! Du kriegst hier den Champagner unter den Tees kredenzt und weißt es nicht zu schätzen. Komm mit zur Verkostung, da kannst du deinen Horizont erweitern.«

»Nee danke, dieses Schlürfen und Gurgeln ist nichts für mich. Lass mich mal lieber ein bisschen in der Erde wühlen.«

Auf dem gestampften Boden im Glaspavillon lagen geflochtene Schilfteppiche. Nepalesische, aber auch ein paar tibetische und indische Kinder saßen darauf. Sie kabbelten sich kichernd, bis Kathryn eintrat und einen Hocker auf dem erhöhten Teakholzpodest ansteuerte. Sie trug einen indischen Pajama, die traditionelle Kleidung am Hofe südindischer Moguln, der gerade von der internationalen Mode als Strandanzug mondäner Damen wiederentdeckt wurde – eine lange, weite Hose, dazu eine Musselinbluse mit Weste. Kathryn konnte ihr Instrument ebenso bequem wie schicklich zwischen die Beine stellen.

Carl und Gustav saßen an den Seiten auf Teekisten. Mit erwartungsvoll geweiteten Augen beobachteten die Kinder jede Regung Kathryns. Die Memsahib konnte diesem seltsamen Instrument ganz und gar exotische, himmlische Klänge entlocken. Und zwischen den Musikstücken erzählte sie stets ein englisches oder deutsches Märchen – immer auf Englisch.

Kathryn hoffte, dass ihre kleinen Zuhörer dadurch nebenbei ein bisschen besser die Sprache erlernten. Meist erklärte sie vorher einem älteren, aufgeweckten Kind die Geschichte auf Nepali – soweit ihre Sprachkenntnis ausreichte. Was zur Folge hatte, dass im Dorf mittlerweile recht ausgefallene Variationen von »Hans und die Bohnenranke«, »Drei kleine Schweinchen«, »Schneewittchen« oder »Hänsel und Gretel« kursierten.

Die Kinder konnten weder lesen noch schreiben, was sich nach Kathryns Plänen jedoch bald ändern sollte. Sie wollte einen Grundschullehrer einstellen, ihr Vater hatte allerdings bislang seine Zustimmung verweigert. »Dann kommt Indiens Unabhängigkeit noch früher. Willst du das?«, hatte er ihr stattdessen zu bedenken gegeben. Kathryn wusste aber aus Gesprächen unter den Pflanzern, dass es in einigen Teegärten bereits Schulunterricht für die Kinder der Arbeiter und Pflückerinnen gab. Es würde bald zum guten Ton gehören, dass man mehr für die Bildung seiner Leute tat.

Kathryn fühlte sich an diesem Nachmittag etwas aufgeregt, weil sie zwei erwachsene Zuhörer hatte. Doch nach den ersten Tönen vergaß sie, dass Gustav und Carl da waren. Sie ließ sich davontragen von den Klängen ihres Instruments, die wie ein sanfter Regen durch das Glashaus zu perlen schienen. Ihr Gesicht spiegelte jede Gefühlsregung. Sie schloss die Augen, fühlte mit den Fingerspitzen die Vibrationen der Saiten. Vor ihrem geistigen Auge sah sie, wie Carl mit freiem Oberkörper auf seinem Oldenburger Hengst ritt, sie sah seine Muskeln spielen, sah seine schmalen Lenden, mit denen er den sich aufbäumenden Hengst beherrschte … Rasch öffnete sie die Augen wieder und brachte sich in die Realität zurück.

Gustav ertappte sich bei der Vorstellung, weibliche Hände würden so zartfühlend, doch keineswegs zaghaft über seinen Körper gleiten. Sofort verbot er sich weitere Fantasien. Er lenkte sich damit ab, dass er die Kinder beobachtete, die völlig verzaubert wirkten.

Auch Carl gab sich seinen Gedanken hin. Er entwickelte passend zur Musik Visionen von Lichtungen im sikkimesischen Urwald, auf denen wunderbare Rhododendren blühten.

Nach einer Schlusskaskade, die einem tosenden Wasserfall glich, erzählte Kathryn das Märchen von Dornröschen. Manche Passagen übersetzte sie lautmalerisch mit der Harfe. Sie ließ die Dornen pieksen, die Verliebten melodiös schwelgen, die Ohrfeige des Kochs ordentlich knallen – die Kinder hörten und sahen ihr gebannt zu und schienen doch zumindest gefühlsmäßig vieles zu verstehen.

Es gab auch eine wehmütige Passage, die Carl aufhorchen ließ. Er betrachtete Kathryn mit halb geschlossenen Augen, und eine Ahnung beschlich ihn, eine Ahnung davon, dass tief in ihr eine melancholische Geschichte schlummerte, die hervorgezerrt und erlöst werden wollte.

Nach dem Konzert ging Kathryn mit den Gästen noch ein wenig spazieren. Nebel stieg auf, und die frühe Abendstunde zeigte den Teegarten in einem anderen, milden Licht. Die hintere Seite des Glaspavillons hatte sich eine Glyzinie mit ihren lilablauen Blütentrauben erobert, eine kleine Rasenfläche schloss sich an, um die herum mehrere hohe Rhododendronbüsche standen. Carl erkannte gleich die Sorte, eine nicht besonders spektakuläre Züchtung aus Bagshot bei London. Er musste schmunzeln. Es war schon speziell, dass sich ein Pflanzer in der Heimat der Rhododendren eine Spezialzüchtung um die halbe Welt liefern ließ. Ausgerechnet in den Himalaya, wo die meisten Rhododendronarten ihren Ursprung hatten. Aber es gehörte in den Kolonien eben zum guten Ton, einen typisch englischen Garten vorweisen zu können. Die Knospen versprachen ein zartes Rosa, doch einige wenige schon geöffnete Blüten strahlten reinweiß. Carl ging näher heran und schnupperte. Er schloss genießerisch die Augen.

»Erstaunlich«, sagte er, »die wenigsten Rhodos duften. Jedenfalls, wenn sie Frost vertragen. Und das muss diese Sorte ja wohl in dieser Höhe.« Er atmete noch einmal den zarten, leichten Duft ein. »Muss sich um eine besondere Selektion der Waterer-Hybride handeln.«

»Die waren immer schon da«, sagte Kathryn, »solange ich denken kann.« Sie setzte sich auf eine alte Schaukel. »Hier war früher unser grünes Kinderzimmer, ein von hohem Gebüsch umwachsener Spielplatz. Ist ziemlich verwildert inzwischen.«

Gustav und Carl machten es sich auf einer verschnörkelten Eisenbank, die von einem der Büsche überdacht wurde, bequem und scheuchten dabei einen Schwarm grün gefiederter Rosenkopfsittiche auf, die sich schon zur Nachtruhe niedergelassen hatten. Durch die Eisenranken wanden sich herzförmige Mondwindenblätter mit noch geschlossenen Knospen. Carl passte auf, dass er sie nicht zerdrückte.

»Was für einen Rhododendron möchtest du denn finden?«, fragte Kathryn Carl, während sie sich mit einem Fuß abstieß und leicht hin und her schaukelte.

»Ich will besonders winterharte und blühfreudige Sorten züchten. Am besten in Rot. Und kleinwüchsig sollten sie sein«, erklärte er. »Die Leute haben heute kleine Häuser und kleine Gärten. Die ausladenden Rhodosorten, die sich im letzten Jahrhundert der britische Landadel in seine Parks gepflanzt hat, kann sich heute niemand mehr leisten.«

»Wie schade«, bedauerte Kathryn. »Das klingt ja ganz unromantisch.«

»Nein«, widersprach Carl. »Auch kleine Büsche können zauberhaft sein und viele Menschen erfreuen. Denk doch mal an japanische Gärten.«

»Ach, der Herr denkt doch nur ans Geschäft«, zog ihn Gustav auf, eine kleine Revanche unter Freunden für Carls mangelndes Teeverständnis. »Die breite Masse soll bedient werden. Ich weiß gar nicht, was überhaupt so großartig an Rhododendren sein soll. Sie blühen gerade mal drei bis vier Wochen. Wenn du Pech hast, verregnen sie noch früher. Und den Rest des Jahres steht da ein düsteres Gestrüpp mit dunkelgrünen Blättern herum.« Carl setzte eine indignierte Miene auf und tat, als hätte er die unterschwellige Kritik seines Freundes nicht gehört.

»Ich mag die großen am liebsten«, schwärmte Kathryn. »Am schönsten fände ich eine rein rotorangefarbene Blüte. Ach, und duften muss sie. Auf jeden Fall! Und der Strauch muss schon ein bisschen was hermachen.« Im Scherz sagte sie: »Kannst du mir nicht so was züchten?«

Carl grinste. »Klar, ist 'ne Kleinigkeit.«

Aus der Ferne hörten sie das Lachen spielender Kinder und eine Mutter, die zum Abendessen rief. Auf der Spitze des Pavillons saß ein kleiner blauer Vogel und flötete sein Abendlied.

»Aber dafür müssen wir erst mal nach Sikkim«, sagte Gustav nun ganz ernst. »Die Zeit läuft uns davon.«

»Ja, einige Wildarten, die in den niederen Lagen mit feuchtwarmem Klima wachsen, werden jetzt schon verblüht sein.« Carl sprang auf, unruhig wanderte er auf dem Rasen hin und her. »Je höher die Lage, in der die Rhodos von Natur aus gedeihen, desto frosthärter sind sie, und desto später blühen sie«, erklärte er. »Ende April bis Ende Mai ist ideal, wir müssen wirklich bald los. Die Arten am Zemu-Gletscher stehen zum Glück Anfang Juni in Blüte. Ich bin auch sehr gespannt auf das Yumthang-Tal. Man darf den richtigen Zeitpunkt nicht verstreichen lassen.«

Es ist wie beim Teeernten und -verarbeiten, dachte Kathryn, wie mit allem im ganzen Leben. Wenn man doch nur immer so genau wüsste, wann der richtige Zeitpunkt ist …

Der Wind trug von der Manufaktur mit dem Dauergebrumm der Trockungsanlage einen betörenden Duft herüber, wie von edelstem Heu, gemischt mit dem Aroma lieblicher Reben.

Kathryn schnupperte entzückt. »Das sind die ätherischen Öle aus den Teeblättern, die werden beim Fermentieren frei. Hmm … ist dieser Duft nicht einmalig?«

Gustav atmete tief ein. »Weltklasse, direkt berauschend!«

An diesem Abend konnte Kathryn lange nicht einschlafen. Sie schwitzte, rollte sich unruhig hin und her. Eine tiefe Sehnsucht machte sich geradezu schmerzhaft in ihr breit, ohne dass sie wusste, was genau sie so leidenschaftlich erwartete. Irgendetwas, das mit Liebe zu tun hatte natürlich, aber es ging über ihre romantischen Jungmädchenträume hinaus. Sie wollte etwas anfangen mit ihrem Leben, wollte nicht nur dasitzen und auf ihr Glück warten, wollte etwas erleben.

Schließlich stand sie auf, um sich etwas zu trinken zu holen. In Gedanken versunken stand sie in der Küche am Fenster und schaute auf die Veranda hinaus. Plötzlich war ihr, als schleiche eine schmale Gestalt die Treppe in den

Garten hinunter, wo sie im Dunkeln verschwand. Wie seltsam! Oder hatte sie sich getäuscht? War es nur ein Mondschatten der vom Wind bewegten Rhododendronbüsche gewesen? Oder einer der Angestellten, der nach dem Rechten sah? Kathryn öffnete das Fenster. Sie horchte, aber vernahm keine ungewöhnlichen Geräusche außer dem gleichmäßigen Schnarchen ihres Vaters. Sie lächelte.

Seit gut einem halben Jahr war sie wieder zu Hause in Geestra Valley, nachdem sie fünf Jahre lang durch drei verschiedene Internate in England und der Schweiz gereicht worden war. Wegen Aufmüpfigkeit und Verstockheit war sie zweimal von der Schule verwiesen worden. Sie hatte sich so allein gelassen und abgeschoben gefühlt. Sie wollte Ärger machen, damit ihr Vater sie zurückholte, aber er dachte nicht daran. Erst in ihrer Zeit bei den Freunden ihrer Familie in Berlin hatte sie Europa zu schätzen gelernt. Heute verstand sie ihren Vater besser. Sie war erwachsen und konnte nachvollziehen, dass er nach dem Tod seiner Frau und seines einzigen Sohnes nicht die Kraft gehabt hatte, sich um die Tochter zu kümmern. Kathryn hätte ihm gern gesagt, dass sie ihm nicht mehr grollte. Und dass sie ihn liebte. Aber so etwas sagte man nicht, nicht in dieser Familie und nicht im British Empire. Zurückhaltung, Disziplin, Pflichterfüllung – das wurde erwartet. Zwischen ihr und ihrem Vater stand eine gläserne Mauer.

Kathryn seufzte und verließ die Küche. Im Treppenaufgang blieb sie vor dem Foto ihrer Mutter stehen. Es zeigte sie mit einem großen Fuchskragen und einer eng anliegenden Kappe vor einem offenen Automobil. Eine schöne Frau war sie gewesen. Mit dunklen Augen und Haaren – das Vermächnis einer italienischen Linie in der Familie. Kathryn zeichnete sanft mit den Fingerspitzen die Gesichtskonturen ihrer Mutter nach. Annabella Whitewater … Manchmal hörte Kathryn ihre liebevolle feste Stimme, wie sie »Schlaf schön, Katie« sagte in ihrer typischen Wortmelodie. Seit sie erwachsen war, ertappte Kathryn sich ab und zu, wenn sie einen kurzen Gruß aussprach, dabei, dass er klang wie von ihrer Mutter, ein kleines Liedchen, freundlich, verbindlich, offen.

Schlaf schön, Mama…

Wie gern würde sie mit ihr sprechen, sie streicheln, von ihr in den Arm genommen werden. Kathryn vermisste sie so schrecklich! Manchmal überkam es sie wie eine Woge, dann konnte sie kaum atmen vor Sehnsucht. Sie dachte an ihren kleinen Bruder Aldous, Aldou genannt. Er wäre inzwischen zwölf Jahre alt … Kathryn wischte sich die Tränen aus den Augen und drehte sich entschieden um. Ihre Zehen stießen gegen die kalten Messingstangen, die den roten Teppichläufer auf der Treppe festhielten. Einen Moment blieb sie noch stehen, dann gab sie sich einen Ruck und ging nach oben.

Mitten in der Nacht wachte Aashmi vom Stöhnen ihres kleinen Bruders auf. Baburam, alle nannten ihn Babu, hatte immer noch Fieber. Aashmi stand auf und machte ihm kalte Umschläge für Stirn und Waden, so wie Miss Whitewater es ihr gezeigt und wie sie es in der Nacht zuvor auch schon gemacht hatte, dann legte sie sich wieder hin und schlief weiter.

Als Aashmi früh am Morgen erneut erwachte, hatte ihre Mutter schon frisches Wasser von der Wasserstelle herangeschleppt und war dabei, das Frühstück zuzubereiten. Ihr Bruder schlief. Sie legte ihre Hand auf seine Stirn, das Fieber schien weder gestiegen noch gesunken zu sein.

Wie immer erledigte sie ihre Morgentoilette im Dunkeln, aß dann mit ihren Eltern und den beiden kleinen

Schwestern Roti, gebackene Mehlfladen mit scharfer Soße. Dazu tranken sie ungesüßten Tee.

»Ich bleibe heute zu Hause und kümmere mich um Babu«, sagte die Mutter. »Ich will ihm Kräuteraufgüsse machen. Geh du allein, sei fleißig, vielleicht kannst du ein bisschen mehr herausholen, wenn ich schon ausfalle.«

»Soll ich zu Miss Whitewater gehen?«, fragte Aashmi. Die Wichtigkeit, die sie durch die Aufmerksamkeit der Pflanzertochter erfahren hatte, machte sie stolz. Die Kräuteraufgüsse ihrer Mutter nach uralter Tradition mochten ja gut sein, aber die Medizin der Weißen wirkte oft besser. Und sie glaubte auch nicht, was die Alten behaupteten, dass nämlich alle Weißen Dämonen seien. »Sie hat doch gesagt, ich kann jederzeit zu ihr kommen.«

Ihre Mutter winkte ab. »Lass uns noch etwas abwarten.«

Sie fürchtete sich. Vielleicht mussten sie das Dorf verlassen. Die junge Memsahib machte zwar einen freundlichen Eindruck, aber man sollte die Weißen nicht reizen. Ihre Lebenserfahrung sagte ihr, dass man sich am besten unauffällig hielt. Sie würde den Hüttenaltar heute besonders schön schmücken, ihrem Hauptgott Speisen darbringen, ihn mit Räucherwerk erfreuen und um Hilfe bitten.

Aashmi widersprach nicht. Sie machte sich auf zur Arbeit, um sieben Uhr musste sie dort sein. Es war bitterkalt, fröstelnd zog sie die dicke rote Strickjacke enger um ihren Leib.

Die samtblaue Morgenstimmung über den Teehügeln stimmte sie froh, doch sie wollte nicht ihr ganzes Leben als Pflückerin verbringen. Ihre Mutter war achtunddreißig Jahre alt und sah aus wie sechzig. Sicher, dieses Leben war besser als die bittere Armut, der ihre Vorfahren siebzig Jahre zuvor aus Nepal entflohen waren. Ihre Mutter sagte immer: »Sei froh, dass wir dich nicht schon mit vier

Jahren als Sklavin verkaufen mussten.« Das ganze Dorf war damals in einem wochenlangen, entbehrungsreichen Fußmarsch durch die Berge nach Darjeeling gekommen, weil es hieß, dort würden Helfer in den neuen Teegärten gesucht und gut bezahlt.

Doch Aashmi fand ihre Arbeit furchtbar eintönig. Außerdem war vieles so ungerecht. Zum Beispiel, dass die Männer aus der Manufaktur schon drei Stunden vor den Pflückerinnen Feierabend hatten. Die junge Nepalesin liebte schöne Stoffe, sie webte gern. Sie hatte in einer Nähstube die Grundbegriffe gelernt und sich geschickt angestellt. Wenn außerhalb der Erntezeiten in Heimarbeit die Begrüßungsschals für Gäste bestickt werden mussten, fiel ihr immer etwas ein, wie man die Muster noch feiner gestalten konnte. Das wäre etwas, mit dem sie ihren Lebensunterhalt gern verdienen würde.

Pünktlich traf sie am Sammelpunkt ein und stieg mit den anderen Pflückerinnen im Gänsemarsch den Hügel hinauf. Jeder wurde eine Reihe zugewiesen. Die Teesträucher reichten ihr bis zur Hüfte. Geübt flogen ihre Finger über die Spitzen, zupften nur die alle vier bis sieben Tage nachwachsenden jungen Blätter mit der noch zusammengerollten Blüte ab, warfen sie über die Schulter in den Korb. Ach, dieser leidige Flechtkorb – wie oft hatte sie sich darüber schon geärgert! Während der Regenzeit hing er wie eine Zentnerlast an ihrem Kopf und drückte, da konnte sie ihre Stirn unter dem Gurt noch so gut abpolstern. Oft mussten sie sich in den feuchten Feldern gegen Blutegel wehren. Und jeden Abend kam sie dann durchnässt nach Hause in ihre Hütte, wo es durch alle Ritzen zog. Auf dem Boden aus festgestampfter Erde stieg trotz der abgewetzten Teppiche darüber die Kälte hoch. Die Kleidung trocknete nicht richtig, alles war klamm, selbst der Schlafplatz aus Strohsäcken.

Jetzt, in der Trockenperiode, war es auch nicht viel besser. Wenn die Sonne stach, bekam man schnell Kopfschmerzen. Außerdem wuchs der Tee nicht so üppig, und das bedeutete, dass sie viel länger pflücken musste, um auf die gleiche Menge zu kommen wie in der Regenzeit. Schließlich wurde man nach Gewicht bezahlt. Wenn Aashmi einen gemeinen Aufseher hatte, betrog der sie auch noch beim Abwiegen. Seit ein paar Wochen hatten sie einen neuen, Padma hieß er.

»Träum nicht!«, rief er ihr jetzt zu. Aber er lächelte dabei.

Auf einen Stock aufgestützt stand Padma am Anfang der Reihe im Schatten eines Niembaumes, der Schädlinge vertreiben sollte. Die anderen Mädchen und Frauen in ihrer Gruppe tuschelten, lachten, dann stimmten sie ein Lied an. Manche träumten vor sich hin. So verging die Zeit. Aashmi träumte auch – von einem anderen Leben, obwohl sie nicht viel von anderen Leben wusste. Und obwohl ihre Mutter sagte, Träume seien etwas für reiche Leute, und sie solle froh sein, dass sie nicht hungern müsse, und überhaupt sei alles Karma und vorherbestimmt.

In der Mittagspause hetzten die jungen Mütter nach Hause, um ihre Babys zu stillen. Aashmi setzte sich mit den übrigen Frauen in den Schatten. Sie aßen Reis mit etwas Gemüse und einem kleinen Stück Trockenfisch.

»Padma hat ein Auge auf dich geworfen«, sagte eine ältere Frau.

»Ach was!«, wehrte Aashmi verlegen ab.

Doch da rief er auch schon nach ihr. »Komm mal her! Ja, du da, in der roten Jacke!«

Sie eilte auf den Aufseher zu. Padma war vielleicht Anfang dreißig und kräftig. Er sah sie seltsam an.

Als sie außerhalb der Hörweite der anderen war, sagte er: »Du bist mir aufgefallen.«

Aashmi bekam einen Schreck. Er stammte in zweiter oder dritter Generation aus Nepal, wie die meisten Arbeiter in Darjeeling, das hatte ihr eine der anderen Pflückerinnen erzählt. Aber von einem anderen Stamm als ihre Leute, sie war eine Gurung. Überhaupt fand sie ihn unsympathisch. Aus seinem Mund roch es abscheulich, und wenn er lächelte, blieben seine Augen unbeteiligt. Jetzt sah er sie lüstern an.

»Ich kann dir noch was beibringen. Komm doch heute Abend nach Einbruch der Dunkelheit mal in meine Hütte.«

Aashmis Gesicht schien vor Zorn fast so bleich zu werden wie die Silberperle, die sie als Nasenschmuck trug. Mühsam unterdrückte sie ihre wahren Gefühle.

»Ich muss meinen kranken Bruder pflegen.«

»Dann treffen wir uns am Sonntag.«

»Dann muss ich die Wäsche für die Familie waschen und im Dschungel Holz sammeln.«

»Aber doch nicht den ganzen Tag.«

Er griff an ihr Gesäß, dann zog er sie an seinen Körper. Seine Finger bohrten sich so fest in ihre Arme, dass es schmerzte. Ihr wurde übel von seinen Ausdünstungen.

»Nicht!« Hastig machte sie sich los. »Die anderen sehen zu.«

Er lachte dreckig. »Ja, und?«

»Die Pause ist vorbei. Ich muss wieder …«

»Ich krieg dich schon noch!«

Aashmi ekelte sich so sehr, dass sie nichts mehr essen konnte. Schweigend hängte sie sich ihren Korb um und fing wieder an zu pflücken, froh, so vorerst den anderen Frauen, die sie mit unangenehmen Fragen löchern würden, entgehen zu können.

Normalerweise schaffte Aashmi sechs bis sieben Kilo pro Tag. Das war nicht schlecht. Die Besten kamen auf neun bis zehn Kilo. In Assam, hatte sie gehört, pflückten die Frauen zwei- bis dreimal so viel am Tag. Aber die rupften alle Blätter vom Teestrauch, nicht nur die beiden obersten jungen und die Blattknospen wie sie es im Teegarten von Mr Whitewater taten.

Als Aashmi ihre Ernte an diesem Abend vor der Trockenhalle wiegen ließ, verkündete Padma mit verschlagenem Lächeln: »Zehn Kilo.«

Die anderen Frauen flüsterten miteinander. So viel! Was hatte das zu bedeuten? Aashmi wusste sehr wohl, was es zu bedeuten hatte. Das Zeichen war deutlich. Wenn sie ihm nicht zu Willen sein würde, dann würde er in Zukunft auch genauso ungeniert weniger wiegen als sie tatsächlich erarbeitet hatte. Er würde behaupten, ein Viertel ihrer Blätter sei kaputt und die Knospen wären zerrupft und würde ihr den entsprechenden Anteil von der Erntemenge abziehen. Die Frauen redeten manchmal über solche Ungerechtigkeiten. Noch schlimmer war es, wenn ein Aufseher eine Pflückerin beim Oberaufseher anschwärzte, sodass sie zur Strafe einige Tage keine Arbeit bekam oder nur noch zwei bis drei Tage in der Woche. Das reichte kaum zum Leben.

Was sollte sie nur tun?

Lange bevor die Sonne aufging, klopfte jemand an die Tür des Gästehauses.

»Guten Morgen, Sahibs. Ihr Good-Morning-Tea!«, hörten Gustav und Carl eine Stimme.

»Herein!«

Chandra brachte den Gästen heißen Tee ans Bett und entzündete die Petroleumlampen. »Die Memsahib lässt ausrichten, dass heute gutes Wetter ist. Sie möchte mit Ihnen zum Tiger Hill fahren.«

Eigentlich war es noch viel zu früh, aber der Tee weckte ihre Lebensgeister. Die Männer genossen ihren heißen Wachmacher, sprangen aus den Betten und kleideten sich an.

»An diesen Service könnte ich mich gewöhnen«, meinte Carl, als er einen neuen Film in seine Leica einlegte.

Chandra kam noch einmal zurück, räumte das Geschirr wieder ab und sagte mit einer leichten Verbeugung: »Frühstück gibt es im Haupthaus, Sahibs.«

Als Gustav und Carl das Speisezimmer der Whitewaters betraten, war niemand da, abgesehen vom indischen Hausdiener Jay, der mit dem Rücken zur Wand dastand wie ein Wachsoldat vor dem Buckingham Palast. Im Kamin züngelte aber bereits ein Feuer. Wie überall im Haupthaus dominierten in diesem Raum dunkle Holzmöbel, die Wände waren in Pastellfarben gestrichen. Das Apricot, Gletscherblau oder Lotusblattgrün stellte einen schönen Kontrast zu dem polierten Ebenholz und dem Mahagoni mit allerfeinsten Intarsienarbeiten dar. Von den Decken hingen große hölzerne Ventilatoren, auf dem Boden lagen Perser- und Tibetteppiche. Auf einem kleinen Tischchen standen in Silberrahmen Familienfotos.

Gustav zeigte auf das Foto einer schönen Frau mit dunklen Augen, die einen kleinen Jungen auf dem Arm hielt. »Wer das wohl ist?«

»Verstorbene Gattin mit Sohn«, sagte Jay. »Besser nicht davon sprechen.«

»Oh.« Schweigend nahmen die Deutschen Platz. Der Diener blickte verlegen, als er ihnen jetzt Porridge und gebuttertes Toastbrot servierte. »Die Memsahib erwartet Sie nach dem Frühstück in der Manufaktur.«

Sie entdeckten Kathryn mit ihrem Vater in der Halle, in der die angetrockneten Teeblätter auf runden Metallscheiben in großen Kesseln behutsam gerollt und anschließend nach verschiedenen Größen sortiert wurden. Noch ruhten die Maschinen, die sonst ratterten, rotierten und rüttelten und die einen ohrenbetäubenden Krach machten. Im Schein der alten Industrielampen fiel Gustav auf, dass eine der Maschinen nur notdürftig repariert war. Offenbar ging es Geestra Valley wirtschaftlich nicht blendend. Die Konkurrenz aus Indonesien machte seit einiger Zeit allen indischen Teegärten zu schaffen. Und natürlich sparten die durch die Weltwirtschaftskrise gebeutelten Menschen auch überall auf der Welt an Genussmitteln.

Aldous Whitewater winkte ihnen jovial zu.

»Guten Morgen!«, rief Kathryn ihnen fröhlich auf Deutsch entgegen. »Ich wollte nur rasch nach dem Rechten sehen. Wir können gleich los. Tinley holt schon den Wagen.«

Der Teepflanzer erzählte ihnen, dass sie die Feuchtigkeit und Wärme überprüft hätten, die nötig waren, um beste Bedingungen für die Fermentation der aufgebrochenen Teeblätter zu schaffen. Bei diesem Arbeitsgang verlor der Tee die Hälfte seiner Gerbstoffe. Die gerollten Blätter färbten sich von Grün in Rotbraun, und das betörende Aroma konnte sich entfalten. Kathryn sammelte Erfahrungen mit ihrem Vater als Lehrmeister. Dies waren die einzigen Stunden, in denen sich Tochter und Vater nahekamen.

Manchmal erinnerte die Stimmung am frühen Morgen Kathryn an die unbeschwerte Zeit, als ihre Mutter und ihr Bruder noch lebten. Damals hatte ihr Vater ihr so viel beigebracht, auch, mit Schusswaffen umzugehen. Der Dschungel ringsum ist gefährlich, du musst dich wehren können, hatte er gesagt und war sichtlich stolz gewesen, dass sie schon mit zwölf Jahren besser schießen konnte als mancher Erwachsene. Trotz ihrer mädchenhaften Konstitution hatte sie sich durch den heftigen Rückstoß des Gewehrs nicht vom Üben abhalten lassen. Du bist zwar klein, aber zäh!, hatte ihr Vater sie gelobt.

Am Duft erkannte Aldous Whitewater, wann der Prozess der Fermentation abgebrochen werden musste. Dafür kamen die Teeblätter dann für zwanzig oder dreißig Minuten in einen Raum mit trockener, heißer Luft.

»Die Zeit ist unterschiedlich lang«, erklärte Aldous Whitewater. »Schließlich fällt ja auch nicht jede Pflückung gleich aus. Aber je ruhiger man an die Ernte herangeht, desto lieblicher kann der Tee werden.« Er spottete über übereifrige Pflanzer, die schon Anfang März mit den Pflückungen begannen. »Diese Partien schmecken meistens grasgrün und gallig. Wenn man die Blätter einige Tage länger reifen lässt, sind sie weniger bitter.«

»Manche Käufer scheinen den Unterschied aber überhaupt nicht zu merken!«, meinte Gustav.

Kathryn gab ihm Recht. »So viel First-Flush-Darjeeling-Tee, wie in der Welt angeboten wird, gibt's überhaupt nicht!«

Gustav rümpfte die Nase. »Wenn die Leute nur aufs Etikett schauen und nicht auf die Qualität, haben sie's eben nicht besser verdient.«

Tinley fuhr jetzt die Limousine vor, einen alten Austin Heavy. Kathryn nahm vorn neben dem Chauffeur Platz, die beiden Deutschen hinten. Es roch nach altem Leder und warmem Motorenöl.

»Habt Ihr Wollmützen dabei?« Kathryn drehte sich um. »Es ist verdammt kalt so früh da oben, Tiger Hill liegt fast tausend Meter höher als Geestra Valley.«

Die Männer trugen Anoraks mit Kapuzen, die sich wenig später auf der höchsten Erhebung des Bezirks Darjeeling bewährten. Sie waren nicht die Einzigen, die hier den Sonnenaufgang erleben wollten, das sahen sie schon, als sie ausstiegen, um das letzte Stück zu Fuß zu gehen. Ein eng umschlungenes Paar flüsterte sich auf Englisch Koseworte zu, vereinzelt standen Kurgäste aus Darjeeling am Aussichtspunkt, nur notdürftig geschützt vor dem eisigen Wind, der ihnen um die Ohren pfiff. Ein Inder verbrannte wohlriechende Kräuter zu Ehren der Götter. Für ihn lebte auf dem Kangchendzönga sein wichtigster Gott, für ihn war der Berg nicht nur beeindruckend, weil er der drittgrößte der Welt war, sondern der Sitz des Weltenschöpfers Shiva. Endlich ergoss sich das Morgenlicht zartrosa über die höchsten Spitzen des Massivs. Rasch breitete es sich aus.

»Ist das nicht unglaublich schön?«, rief Kathryn begeistert. »Bei klarem Wetter erkennt man von hier aus vier Achttausender auf einen Streich!«

Mit geröteten Wangen zeigte sie auf den Mount Everest und den Kangchendzönga, wobei Letzterer, an der Grenze zwischen Sikkim und Nepal gelegen, aus ihrer Perspektive entschieden den stärkeren Eindruck machte. Zwischen beiden Giganten erstreckten sich schneebedeckte Gebirgszüge. Zwar präsentierten die Gipfel sich an diesem Morgen wolkenverhangen, trotzdem wussten Carl und Gustav, dass ihnen diese Bilder unvergessen bleiben würden. Vor ihnen, auf einer breiten Bergkuppe gut zehn Kilometer entfernt, lag die Stadt Darjeeling. Die schmalen, mehrstöckigen Häuser sahen wie Schachteln aus, die übereinandergestellt worden waren. Hohe Laubbäume reckten ihre schmalen Kronen in den Himmel. Durch die noch dunklen Täler schwebten Wolkenfetzen, als hätten sie sich verirrt.

Etwas unmutig verzog Kathryn nun den Mund, denn innerhalb kürzester Zeit hatten sich noch mehr Wolken vor die Gipfel geschoben, und der Morgennebel verschleierte zunehmend die Aussicht.

»Wie schade!«, rief sie.

»Nein, es ist großartig!«, widersprach Carl.

»Einmalig!«, fand auch Gustav.

Mit jedem Atemzug veränderte sich das Licht. Carl und Gustav versuchten, die fernen Bergzüge von Nepal über Sikkim bis Bhutan zuzuordnen. Diese unendliche Weite! Carl machte seine Schwarz-Weiß-Fotos, doch er bezweifelte, dass sie der Schönheit des Augenblicks gerecht werden konnten. Wolken und Berge, wenige Augenblicke zuvor noch von Fliederfarben zu Rosa changierend, erglühten in Orangerot, schienen zu brennen wie eine Wunde. Dann wandelte sich die Farbe in ein leuchtendes Gelb und ging nun allmählich in strahlendes Weiß über.

Kathryn hatte den Sonnenaufgang am Tiger Hill einmal als Kind mit ihren Eltern in überwältigender Klarheit und Schönheit gesehen. Wie glücklich waren sie damals gewesen! Wie schwer musste es ihrem Vater fallen, ohne seine geliebte Frau zu leben. Es konnte außerhalb der Erntezeiten recht einsam sein in Geestra Valley. Soziale Kontakte zu ihresgleichen gab es nur am Wochenende im Planters' Club in Darjeeling, wo sich die Besitzer der Teegärten trafen und austauschten. Aber selbst dort fand Kathryn es oft eintönig, weil immer die gleichen Leute kamen. Plötzlich empfand sie Mitleid mit ihrem Vater, und es überwog erstmals ihren Groll darüber, dass er sie ins Internat geschickt hatte.

»Schade, jetzt ist alles weiß. Das ist nichts …«

Kathryn wollte sagen … nichts im Vergleich zu dem, wie es sein könnte, doch Gustav schnitt ihr das Wort ab. »Es war fabelhaft«, beteuerte er, »glaub mir.«.

Carl besann sich auf eine ebenso naturwissenschaftliche wie philosophische Erkenntnis. »In Weiß stecken alle Farben des Prismas, so wie im Nichts alle Möglichkeiten stecken.«

Bewundernd sah Kathryn ihn an. »Das gefällt mir!«, sagte sie. »Das klingt wunderschön!«

Der Polizeipräsident sei nicht zu sprechen. Das teilte ihnen an der Pforte des Hauses sehr von oben herab einer seiner Schreiber mit – ein Tibeter in dunkelblauer Tschuba, dem traditionellen Obergewand aus Wolle mit weiten Ärmeln und Gürtel.

Kathryn lüpfte eine Augenbraue. »Das wollen wir doch mal sehen!«

Sie machte kehrt und stapfte ihren deutschen Gästen voran durch ein für Fremde schier unüberschaubares Gewirr von Gassen. Das Gewusel und die Menschen interessierten sie nicht, weder die Mönche mit ihren kahl geschorenen Köpfen in den orangeroten Kutten, noch die Bazare der mongolischen und bengalischen Händler. Im asiatischen Teil der Stadt Darjeeling sah man kaum Europäer. Lautes Lärmen, Lachen und Feilschen mischte sich mit dem Knattern von Handkarren und Hupen. In kleinen Holzbuden kauften die Frauen der Bergvölker ein. Sie trugen gewickelte Röcke aus bunt gewebten Stoffen, dazu Gürtel, mächtige Amulette und Ohrringe aus gehämmertem Silber, verziert mit Türkisen, Granat, Amethyst oder Rauchquarz. Ein Gewürzhändler hielt jedem Passanten, ob Lepcha, Bhotia, Gurung oder Sherpa, seine Currymischungen unter die Nase. Ein anderer pries sein frisch geschlachtetes Geflügel, der Nächste seine Früchte. Inzwischen schien die Sonne warm, Kathryn zog ihre Strickjacke aus, rollte die wollenen Kniestrümpfe herunter und drängte weiter voran.

Carl und Gustav folgten der jungen Frau fasziniert. Mal duftete es nach Ingwer, Zimt und Kardamom, mal nach Räucherstäbchen und würzigen Bergkräutern. Und dann lockten frisch ausgebackene süße Krapfen zum Naschen. Eine Chinesin, die mit einer dampfenden Reisschale auf ihrer Veranda Platz genommen hatte, lächelte den blonden Gustav bewundernd an, was er mit einem vergnügten Zwinkern quittierte.

Zehn Minuten später befanden sie sich in einer völlig anderen Welt. Kathryn hielt vor einem zauberhaften Tudor Cottage, einem Fachwerkhaus, das von Rosensträuchern und Clematis umrankt war, behängt mit Körben voller Fuchsien und Geranien. In der Nachbarschaft standen hinter ordentlich gestutzten Hecken im viktorianischen Stil erbaute Häuser mit Holzschnitzereien an den Giebeln.

»Sam? Bist du da?«, rief Kathryn.

Um die Hausecke bog eine attraktive junge Frau mit Strohhut und Gärtnerschütze, die wohl im Hintergarten gewerkelt hatte. Samantha Cox war seit Kindertagen Kathryns beste Freundin. Sam wohnte hier mit ihrer kränkelnden Mutter, ihr Vater, der Kolonialbeamter gewesen war, lebte nicht mehr. Die Mutter wollte schon seit Jahren wieder zurück in die Grafschaft Kent, weil sie sich in Indien nicht mehr wohl fühlte, doch hätte ein Verkauf ihres Häuschens nur einen lächerlich geringen Preis erzielt, weshalb sie ihre Heimkehr immer weiter hinauszögerte.

Samantha nahm den Hut ab, krauses blondes Haar fiel ihr bis über die Schultern. »O Katie, wie schön dich zu sehen! Und du hast Besuch mitgebracht.«

Erfreut reichte sie Carl und Gustav, die sich ihr gleich vorstellten, die Hand. Mit dem Ellbogen wischte sie sich das zerzauste Haar aus der Stirn, die Männer nahmen einen Hauch von Lavendel wahr.

»Setzt euch doch bitte.«

Sie nahmen auf der Veranda in einer Sitzecke mit hübschen Möbeln im Kolonialstil Platz, und Sam bot ihnen Limonade an.

»Wie geht's deiner Mutter?«, fragte Kathryn mitfühlend.

»Ach, momentan ganz gut. Sie trifft sich gerade mit ihrem Bridge-Club. Aber du kommst zur richtigen Zeit. Gestern ist ein Schwung neuer Modemagazine aus London und Paris in der Stadt eingetroffen. Nur zwei Monate alt!« Die Unruhen durch die Streiks und den zivilen Ungehorsam vieler Inder gegen die britische Kolonialmacht sorgten in letzter Zeit häufig für Verspätungen bei Lieferungen aller Art.

»Fabelhaft, ich werde mich nachher darauf stürzen! Aber deshalb bin ich natürlich nicht hergekommen. Ich wollte fragen, ob du mit deiner Mutter am Samstagabend in den Planters' Club kommst. Es wäre nett, wenn du beim Dinner nach dem Empfang für unsere deutschen Gäste die Tischdame von einem der beiden sein könntest.«

»Wir könnten uns um Sie duellieren«, schlug Gustav mit einem charmanten Lächeln vor.

»Natürlich kommen wir«, antwortete Sam amüsiert, »das lass ich mir doch nicht entgehen.« Sie lachte. »Wir könnten ja auch mal zusammen Rollschuh laufen im Gymkhana-Club.«

»Oh, ist Ihre Mutter so sportlich?«, spaßte Carl.

Jetzt mussten sie alle lachen.

Kathryn wusste, dass Samantha ohne männliche Begleitung kommen würde. Sie hatte ein Verhältnis – mit einem Tibeter. Heimlich trafen sie sich seit einem Jahr. Er stammte aus einer sehr vornehmen Familie und dürfte niemals eine Engländerin heiraten, wenn er nicht mit allen Traditionen brechen und verstoßen werden wollte. Samantha plante seit dem Tod ihres Vaters ebenfalls, nach Kent zurückzukehren. Doch solange sie ihre Liebe wenigstens ab und zu leben konnten, zögerte sie eine endgültige Entscheidung hinaus. Was einen sehr stimulierenden Effekt auf ihre Affäre hatte, denn der drohende Abschied verstärkte die Leidenschaft auf beiden Seiten. Der Verfall der Immobilienpreise als offizielle Ausrede für ihr Bleiben kam ihr gerade recht.

Kathryn schilderte Sam nun das Problem der beiden Deutschen – dass sie immer noch auf eine Einreisegenehmigung warteten und bisher nicht einmal bis zum Polizeipräsidenten vordringen konnten. Natürlich erwähnte sie den jungen Tibeter mit keinem Wort.

Sam lächelte fein. Sie band sich gleich die Schürze ab.

»Kommt nach dem Lunch wieder«, sagte sie zu ihren Besuchern, »dann weiß ich mehr.«

Kathryn, Carl und Gustav vertrieben sich die Zeit in der Oberstadt. Hier, im Stadtteil Cowrasta, präsentierte sich Darjeeling als eine typisch britische Kur- und Verwaltungsstadt, vor der schroffen Kulisse der Gebirge standen vornehme Bungalows und Hotels. Das Wort Cowrasta war nepalesisch und bedeutete »da, wo alle Straßen zusammenlaufen«. Wie es sich für einen Urlaubs- und Kurort gehörte, hatte auch Darjeeling eine Einkaufspromenade zu bieten, Mall genannt. Sie befand sich an der höchsten Stelle der Stadt. Auf einen großen, länglichen Platz mündeten viele Straßen, die gesäumt waren von Cafés und Geschäften, sie boten Textilien oder Kunsthandwerk an. Gut situierte Hitzeflüchtende, Regierungsbeamte und Frauen mit Kinderwagen flanierten hier. Einheimische standen beieinander, diskutierten und beobachteten das bunte Treiben. Hier befanden sich auch das Post- und Telegrafenamt und die anglikanische Kirche St. Andrews im neogotischen Stil, in der sich die Pflanzer, auch Kathryn und ihr Vater, sonntagvormittags zum Gottesdienst trafen. Die meisten pflegten die Nacht von Samstag auf Sonntag im Club in der Stadt zu verbringen.

Die Oberstadt wirkte zwar nicht mondän, aber gediegen, war sie doch für die Untertanen des British Empire seit Generationen eine Insel im »hässlichen« Indien mit seinen heidnischen Sitten und Gebräuchen, gefährlichen Tieren, Seuchen und dem krankmachenden Klima im sumpfigen Urwaldgürtel östlich des Himalayagebirges.

Während Carl nach Fotomotiven Ausschau hielt, inspizierte Gustav das Teeangebot und entdeckte wie erwartet keinen Tee aus Sikkim. Sie warteten geduldig vor einem Geschäft mit folkloristischem Schmuck, als Kathryn nicht widerstehen konnte und rasch hineinhuschte, um zwei Paar Ohrringe auszuprobieren, die sie in der Auslage gesehen hatte. Die auffallenden Gehänge aus gehämmertem Silber unterschieden sich nur durch die eingefassten Schmucksteine. Das eine Paar zierte ein großes, gerundetes Stück Koralle in der Mitte, das andere hatte einen Türkis und einen Kranz kleiner Korallen darum herum. Kathryn konnte sich nicht entscheiden. Spielerisch hielt sie sich von jeder Art ein Exemplar an die Ohren und trat ans Schaufenster. Gustav hob spontan den Daumen für den Ohrring rechts, Carl wies entschieden auf den linken. Kathryn legte dem Verkäufer beide wieder auf den Tresen zurück und kam lachend aus dem Geschäft heraus.

»Es muss ja nicht sein«, erklärte sie, »eigentlich hab ich auch genug Schmuck von meiner Mutter.«

Gustav wollte gern einen Teesalon besuchen.

»Ich schau dann noch schnell bei meinem Schneider herein, er hat etwas für mich in Arbeit«, sagte Kathryn.

»Und ich würde gern ein paar Mitbringsel besorgen«, meinte Carl. »Kommst du mit, Gustav?«

Die beiden Männer kauften Souvenirs für ihre Familien und Freunde. Gustav prüfte weiter das Teeangebot. Auch hier konnte er keine Mischung aus Sikkim finden. Dann reichten ihm und dem Freund der Lärm der Automobile, Pferdewagen und Rikschas, das Hundegebell und Kindergeschrei, und sie setzten sich in einen Teesalon mit Blick auf die Mall, wo ein freundlicher Inder ihnen Tee servierte. Sie sahen fasziniert aus dem Fenster. Kinder in Schuluniform liefen vorbei, Inderinnen in farbenfrohen Saris, auffallend viele schwangere Engländerinnen, die offenbar lieber hier als woanders in Indien ihr Kind zur Welt bringen wollten, und altgediente Militärs, die, das hatte Mr Whitewater ihnen erzählt, ihre Pension in der Stadt mit Pferdewetten verprassten. Aushänge machten auf Veranstaltungen und Sportereignisse aufmerksam. Es gab Tennisturniere, Cricket- und Rugby-Spiele, Pferderennen, Polo, Schulfeste mit Tombola, Bälle, Vogelausstellungen, Tanztees.

Gustav und Carl schwirrte der Kopf von den vielen neuen Eindrücken. Und sie waren erst am Anfang ihres Abenteuers …

Kathryn stand in einem knöchellangen apricotfarbenen Seidenkleid vor dem Spiegel. Das Kleid war körperbetont und hochgeschlossen, die Farbe schmeichelte ihrem Teint und betonte den kupfernen Schimmer in ihrem Haar. Der elegante Rock fiel leicht glockig, wie es jetzt in Paris der letzte Schrei war. Zwei Gehilfinnen des indischen Schneiders steckten hier und dort noch etwas ab.

»Autsch«, entfuhr es Kathryn, als sie von einer Nadel gepiekt wurde. Doch sie beschwichtigte sogleich. »Schon gut, macht nichts, ist nicht schlimm.«

Mr Singh entschuldigte sich seufzend. »Es ist schwer, gute Mitarbeiter zu finden. Man muss ein Gefühl für diese Arbeit haben …« Beflissen zupfte er hier und dort am Stoff, verschränkte die Arme, ging um Kathryn herum. Der noch recht junge, aber sehr erfolgreiche Inder stemmte eine Faust unters Kinn, überlegte, wirkte unzufrieden. »Nein, Miss Whitewater, da fehlt noch was.« Sein Gesicht hellte sich auf, er holte eine der Modezeitschriften, ein neu eingetroffenes Pariser Magazin, blätterte darin und hielt ihr schließlich eine Illustration unter die Nase. »Das ist es! Ein tiefes Dekolleté, ganz elegant mit Wasserfallkragen! Wirklich, Sie können so etwas tragen.«

Kathryn zögerte. Sie fand immer, dass ihr Busen nicht groß genug war. Schön fest zwar, aber so klein … Eine Weile war die Mode ihr in dieser Hinsicht entgegengekommen. Der androgyne Typ bestimmte den Zeitgeschmack. Manche ihrer Freundinnen banden sich sogar mit Bandagen die Brust, um eine knabenhaftere Figur zu bekommen, und die Taille wurde unter geraden Schnitten versteckt. Aber sie selbst mochte weiche Rundungen viel lieber, so wie es jetzt offenbar wieder in Mode kam. Kathryn war sportlich, empfand sich aber als zu schmal und um die Schultern herum zu knochig. Ihr Blick fiel auf eine andere Modezeichnung. Das Kleid hatte ebenfalls einen Wasserfallausschnitt, noch viel tiefer, jedoch im Rücken.

»Das hier ist hinreißend!«, rief sie spontan.

Mr Singh stutzte. Die Pose, in der das Kleid präsentiert wurde, konnte man lasziv bis verrucht nennen. Miss Whitewater war ohne Zweifel ein außergewöhnlich hübsches, apartes, mädchenhaftes Wesen. Aber es erforderte doch wohl sehr viel Selbstbewusssein und Weiblichkeit, ein solches Kleid tragen zu können.

Kathryn bemerkte das kleine Zögern des Schneiders.

Sie wollte sich auch nicht lächerlich machen, deshalb fügte sie rasch hinzu: »Natürlich nicht für mich. Nur so ganz allgemein … Es ist einfach traumhaft!« Heftig schüttelte sie dann den Kopf. »Nein, nein, Mr Singh, es ist in Ordnung, wie es ist, lassen Sie den Ausschnitt dezent. Vorne wie hinten.«

Bedauernd nickte der Mann. »Wie Sie wünschen, Memsahib. Wir liefern Ihnen das Kleid dann rechtzeitig zum Wochenende in den Klub.«

Auf dem Weg zum Treffpunkt mit Carl und Gustav schaute Kathryn noch bei der Post herein. Dort wartete ein postlagernder Brief ihrer Freundin Selma auf sie. Ein Stempel verriet, dass er aus Tel Aviv in Palästina kam. Noch im Postamt riss Kathryn den Brief auf. Mit Selma und ihrer Familie hatte sie ihre Berliner Zeit verbracht, die bisher schönsten Monate ihres Lebens. Selma schrieb, dass sie in Tel Aviv in der ersten Schule für Tanz und rhythmische Gymnastik eine Anstellung als Lehrerin erhalten habe. Ihre Eltern lebten in einem Kibbuz am See Genezareth und hatten die Auswanderung noch nicht einen Tag bereut. Auch Selma war glücklich. Es herrsche eine unglaubliche Aufbruchstimmung im Gelobten Land, schrieb sie. Junge Künstler hätten große Chancen in der Welt der Architektur und des Theaters. Selma war sicher, dass sie in Tel Aviv viel für den modernen Ausdruckstanz erreichen konnte.

Kathryn las den Brief gleich noch einmal, dann faltete sie das Papier wieder zusammen. Erleichtert atmete sie auf. Wie oft hatte sie an die reizende Familie, ihre Gasteltern, Selma und ihre jüngere Schwester gedacht. Es war schade, dass sie nun keine Anlaufstelle mehr in Berlin hatte. Aber schön, dass es allen gut ging und ihr Mut und ihre Hoffnungen nicht enttäuscht worden waren.

Ja, dachte Kathryn, man muss etwas wagen im Leben.

Samantha empfing die drei jungen Leute auf der Veranda mit einem triumphierenden Blick. »Es ist alles in Ordnung. Der Polizeipräsident hat einen Termin für euch freigemacht. Ihr werdet in einer Stunde erwartet.«

Kathryn umarmte sie. »Du bist ein Goldstück!«

Auch Gustav und Carl bedankten sich bei ihr.

Samantha winkte ab. »Hab ich doch gern gemacht.« Dann wandte sie sich an ihre Freundin. »Du, kann ich dich noch mal kurz sprechen?« Sie hakte Kathryn unter und ging mit ihr in den Garten hinters Haus.

»Ich hab eine riesengroße Bitte, meine Süße. Du weißt doch, dass Tsarong und ich uns jede gemeinsame Stunde stehlen müssen, ich stehe unter ständiger Beobachtung und er auch. Wir können uns nur draußen in der Natur treffen …« Ein vieldeutiges, verliebtes Lächeln huschte über Sams Gesicht. »Na ja, also, wir würden einfach liebend gern einmal ein paar Tage ungestört zusammen verbringen.«

Kathryn fand das sehr romantisch und aufregend. »Natürlich, ist ja verständlich.« Dann flüsterte sie: »Ihr passt hoffentlich auf?«

»Aber klar«, erwiderte ihre Freundin energisch. »Ja … und deshalb haben wir uns vorhin überlegt, dass wir versuchen sollten, die Gelegenheit beim Schopfe zu packen. Es wäre großartig, wenn wir mit über die Grenze nach Sikkim könnten. Da drüben kennt uns niemand. Wenn die beiden Deutschen jetzt ohnehin die Einreisegenehmigungen beantragen, dann könnten sie doch offiziell noch zwei Leute mehr im Expeditionstross mitnehmen.«

Kathryn stutzte. »Ist es nicht verdächtig, wenn eine Frau mitkommt?«, fragte sie dann.

»Man könnte sagen, dass sie nur das Geleit der Gruppe bis zur Hauptstadt Gangtok in Anspruch nimmt, um dort Verwandte zu besuchen.«

»Bei den wenigen Engländern, die in Gangtok leben, kennt der Polizeipräsident sicherlich jeden persönlich«, wandte Kathryn ein. »Dann weiß er doch, dass du dort keine Familie hast.«

»Ja, schon …« Verlegen gestand Sam: »Na ja, der Plan ist noch nicht so richtig ausgereift, dafür war die Zeit einfach zu kurz. Tsarong kennt da wohl hinter der Grenze eine einsam gelegene Jagdhütte …« Sie setzte sich in einen Schaukelstuhl, dessen Teakholz vom Alter schon silbergrau war. »Man bräuchte nur diese dumme Einreisegenehmigung, weil die Grenzkontrolle so scharf ist.«

»Ja«, seufzte Kathryn. »Ich weiß, man muss auf dieser abenteuerlichen Hängebrücke über den Fluss, und die Grenzposten würden nicht mal eine Maus übersehen, die von einem Land ins andere zu huschen versucht.« Die Stromschnellen waren zu gefährlich, um den wilden Fluss mit einem Boot zu überqueren.

»Aber Tsarong ist über ein paar Ecken mit dem Polizeipräsidenten verwandt. Beide sind vom Stamm der Bhotia. Deshalb haben Carl und Gustav ja auch die Audienz bekommen.« Sam wirkte jetzt optimistisch. Auch die vornehmen Tibeter pflegten ihre Doppelmoral, genau wie die Briten. »Ach, weißt du, er dürfte zwar nie eine Weiße heiraten, aber vergnügen darf er sich schon – solange alles schön unterm Deckmäntelchen der Verschwiegenheit bleibt.«

»Und ist dir das nicht peinlich?«

»Phh!« Sam schüttelte ihren Wuschelkopf. »Die Jugend ist schnell vorüber. Wenn du richtig verliebt bist, spielen diese spießigen Moralvorstellungen ohnehin keine Rolle.«

Kathryn bemühte sich, einen abgeklärten Eindruck zu machen. »Hmhm«, stimmte sie zu.

»Und wenn er eines Tages mit irgend so einer tibetischen Prinzessin vermählt wird, verkaufe ich das Haus wirklich und reise in die alte Heimat, und da wird kein Mensch je erfahren, was hier war«, fügte Sam hinzu. »Aber ich werde nie eine alte Jungfer sein. Ich werde meine Liebe gelebt haben!«

Kathryn seufzte vernehmlich. Sie hatte in ihrem Leben schon genug Romane gelesen, um zu wissen, dass man am Ende das Ungetane oft bereute.

Ihre Freundin drückte sie rasch an sich. »Hach, wie weise wir heute schon sind!« Amüsiert über sich selbst lachte sie auf. »Was aus uns wohl noch wird?«

Auf dem Weg durchs Zentrum zum Polizeipräsidenten erzählte Kathryn Carl und Gustav von den Plänen Sams und Tsarongs. »Die beiden brauchen auch eine Einreisegenehmigung, und ihr könnt ihnen dabei helfen, sie zu bekommen. Ich fürchte, nur unter dieser Bedingung bekommt ihr …« Kathryn führte ihren Satz nicht zu Ende. Kleinlaut schloss sie: »Eine Hand wäscht die andere, so ist das hier.«

Carl blieb abrupt stehen. Aus den Holzhäusern der steilen Gasse waberten Küchengerüche – Ingwer, Hühnchen und Basmatireis. »Was? Das kommt überhaupt nicht in Frage!«

Auch Gustav war empört. »Nein, also bei aller Liebe, wir können sie doch nicht mitnehmen!«

Kathryn versuchte, die beiden Männer zu beschwichtigen. »Wenn man hier etwas erreichen will, muss man manchmal auf Kontakte zurückgreifen, das ist ein Geben und Nehmen. Und so schlimm wäre es doch nicht …«

»Nicht schlimm? Die beiden halten unsere Expediton auf, die bringen doch bestimmt alles durcheinander«, grollte Carl und verscheuchte einen schwarz-weiß gefleckten Hund, der an seinem Hosenbein schnupperte.

Gustav verdrehte die Augen. »Und die Verantwortung! Wenn einem von den beiden etwas zustößt, was dann? Die junge Dame ist doch sicher noch nicht volljährig. Nein, nein und nochmals nein!«

Kathryn war den Tränen nahe.

»Wir können doch nicht alles über den Haufen werfen. Oder uns gar strafbar machen«, rief Carl aus. »Am Ende landen wir noch im Gefängnis. Hast du eine Ahnung, wie lange wir uns auf diese Tour vorbereitet haben?«

Jetzt wurde Kathryn ärgerlich. »Gerade weil ihr euch so lange vorbereitet habt, wäre es doch wohl das Schlimmste, wenn die Expedition gar nicht zustande käme, oder? Wenn der Traum ausgeträumt ist, bevor er Wirklichkeit werden konnte.«

Meine Güte, dachte Carl, dem die Worte fehlten. Sie redet sich ja richtig in Rage. Kathryns Wangen waren gerötet, die Haare zerzaust, zwischen den Brauen stand eine Zornesfalte, und in den Augen funkelten grüngoldene Sternenschauer.

Gustav schwenkte als Erster ein. »Da ist was dran«, sagte er. »Wenn die Alternative ist, mit zwei Leuten mehr zu reisen oder überhaupt nicht …«

Carl holte tief Luft. »Und sie wollen wirklich nur mit über die Grenze?«

»Ja klar, die beiden legen keinen Wert auf eure Gesellschaft. Die wollen endlich mal ungestört sein. Gleich hinter dem Grenzposten gehen sie eigene Wege.«

»Und zurück kommen sie allein?«

»Ich denke schon. Die Genehmigung sollte kein festes Datum haben. Wegen der vielen Unwägbarkeiten könnt ihr euch ja auch gar nicht festlegen.«

»Aber wenn sie nicht mit uns zusammen, sondern zu zweit zurück über die Grenze gehen?«

»Na, dann können sie immer noch etwas erfinden. Dass einer krank geworden ist zum Beispiel.« Kathryn fiel noch ein Argument ein. »Tsarong kennt sich dort aus. Seine Familie betreibt seit Ewigkeiten Im- und Export auf dem alten Handelsweg zwischen Tibet und Indien, der mitten durch Sikkim führt.«

Der schwarz-weiße Hund begann jetzt zu bellen. Er ließ sich nicht vertreiben, offenbar standen sie in seinem Revier. Ein Straßenhändler rollte seine Garküche mit frittiertem Gemüse an ihnen vorüber.

»Gut«, befand Gustav. »Wir wollen zwar in Gebiete, die kaum je ein Mensch betreten hat, aber in Sikkim existieren schon seit Jahrhunderten auch Verkehrswege. Zwischen den Dörfern und der Hauptstadt Gangtok.«

Carl wollte noch keine Entscheidung treffen. »Wir sehen mal, wie sich das Gespräch mit dem hohen Herrn gleich entwickelt«, sagte er.

Plötzlich kam Kathryn eine wagemutige Idee. Nehmt ihr mich auch mit?, wollte sie fragen, doch sofort war ihr klar, dass Carl und Gustav darauf nur eine Antwort haben würden: Nein, nein und nochmals nein. Und ihr Vater würde ihr ohnehin nie im Leben die Erlaubnis geben.

Als hätte jemand »Sesam öffne dich« gerufen, standen die Tore zum Haus des Polizeipräsidenten ihnen nun offen. Der Schreiber, der sie am Vormittag noch zurückgewiesen hatte, geleitete sie höflich in einen üppig dekorierten Raum. Gustav und Carl staunten nicht schlecht. Sie hatten nicht gewusst, dass die tibetische Führungsschicht derart kultiviert residierte.

»Der chinesische Einfluss ist doch unverkennbar«, entfuhr es Gustav, der aufmerksam die ebenso farbenfroh wie prächtig mit buddhistischen Schutzgottheiten oder anderen religiösen Motiven bemalten Wandbehänge studierte. Er hatte schon einmal von diesen Thangkas genannten Rollbildern gehört, deren Anblick die Meditation vertiefen sollte. Überall hingen oder lagen Stoffe und Überwürfe, mit Blumenranken, Jagdszenen oder Dämonen bestickt, tibetische Teppiche mit landestypischen Mustern in Krapprot, Indigoblau, Gelb und Grün. In einer Schale, die auf einem Beistelltischchen stand, glomm ein Räucherstäbchen, es duftete nach Sandelholz.

Die Sitzmöbel waren niedrig und kunstvoll verziert mit bunt bemalten Schnitzereien. Kathryn erkannte Schneelöwen, Drachen und Pfauen. Sie bewunderte eine alte Buddha-Figur, die im flackernden Schein einer Butterlampe fast lebendig wirkte, und erkannte jetzt erst, dass der Polizeipräsident im Halbdunkel danebensaß. Ein alter Haudegen mit einem runden Gesicht und ausgeprägten Tränensäcken unter den schmalen Augen. Er thronte auf einer gepolsterten Bank, deren breite Rückenlehne einem Betthaupt ähnelte. Vor ihm stand eine reich dekorierte Truhe, die als Tisch diente. Der Tibeter strich bedächtig über das helle Halstuch, das er in den Ausschnitt seines wattierten, gegürteten Seidenkimonos gesteckt hatte. Seine Haare waren zu zwei Zöpfen geflochten und hoch am Hinterkopf zu kleinen Knoten gedreht, über dem Scheitel prangte ein Schmuckstück. Freundlich wirkte er nicht gerade, doch auch nicht böswillig.

Auf Englisch sagte er: »Nehmen Sie Platz!«

Verwirrt überlegten die Deutschen, wo. Kathryn konnte Carl gerade noch elegant davon abhalten, sich auf einem Teetischchen niederzulassen. Sie deutete auf etwas, das er für einen Fußschemel gehalten hatte – offenbar eine Sitzgelegenheit.

Eine Seitentür ging auf, und eine Schönheit in einem

hinreißenden Gewand betrat den Raum. »Meine Tochter«, stellte der Polizeipräsident vor.

Sie bot ihnen Tee an. Carl und Gustav fielen fast die Augen aus dem Kopf, so verblüffte sie die exotische Anmut der jungen Frau, die ihnen nun Porzellanschalen reichte und einschenkte. In diesem Moment fand Kathryn sich in ihrem sportlich strengen Wollkleid ganz unscheinbar, und sie nahm sich vor, sich am Samstagabend für den Klub so richtig herauszuputzen.

Gustav verschluckte sich an dem ungewohnten Tee. Statt feinblumiger Aromen verwirrte der Geschmack von Salz vermischt mit dem von ranzigem Fett seinen geschulten Gaumen. Er schaffte es kaum, das Getränk, auf dem Fettaugen schwammen, nicht auszuspeien. Auch Carl verbarg eine Schrecksekunde.

»Yakbuttertee«, flüsterte Kathryn, sie nippte nur.

Höfliches Geplänkel eröffnete das Gespräch.

Kathryn gab die Einladung ihres Vaters zur Tigerjagd weiter. Und erwähnte, dass schon der Großvater von Gustav ter Fehn und ihr Großvater miteinander Teegeschäfte gemacht hätten. So hoffte sie, den mächtigen Mann von der Zuverlässigkeit ihrer Gäste überzeugen zu können.

Er lehnte sich mit verschränkten Armen zurück und sah sie aus seinen schmalen Augen an. »Können Sie sich vorstellen, weshalb ich bis jetzt gezögert habe, Ihnen die Genehmigung zu erteilen?«

»Vielleicht weil Sie fürchten, es könnte Schwierigkeiten geben wie damals bei Sir Hookers Sikkim-Expedition«, sagte Carl.

Die Miene des Polizeipräsidenten spiegelte Überraschung und Befriedigung. »Wie gut, Sie kennen die Historie. Dann wissen Sie auch, dass es in der Folge von Hookers

Grenzüberschreitung zu kriegerischen Auseinandersetzungen kam.«

Kathryn wünschte in diesem Moment, sie hätte mehr über die Vergangenheit ihrer Heimat gelernt. Doch die Lehrer an ihrer Schule in Darjeeling waren zu beschäftigt damit gewesen, ihnen Glanz und Gloria des Mutterlandes auszumalen, und die Lehrer in den europäischen Internaten hatten meist nicht einmal gewusst, wo Darjeeling oder Sikkim überhaupt lagen. Hoffentlich sprach der Polizeipräsident sie nicht an, sie wollte sich auf keinen Fall vor ihren Freunden blamieren und schon gar nicht durch eine dumme Antwort deren Pläne gefährden.

»Ja, ich kenne die Geschichte«, erwiderte Carl zu ihrer Erleichterung. »Dadurch wurden auch die guten Beziehungen zwischen Sikkim und dem Britischen Empire verstärkt.«

Carl lächelte. Er wusste, das war hemmungslos schöngefärbt. In Wirklichkeit war es so gewesen, dass die Gurkhas, ein besonders kriegerisches Volk aus Nepal, mit ihrer Übermacht Sikkim bedroht hatten und der siebte König von Sikkim die Briten um militärische Unterstützung gebeten hatte. Britische Truppen, die im benachbarten Bengalen stationiert waren, vertrieben daraufhin die Eindringlinge. Im Gegenzug musste Sikkim sich erkenntlich zeigen und Land abtreten. So erhielten die Engländer 1835 als »Geschenk« den Bezirk Darjeeling. Und der König von Sikkim im Gegenzug eine jährliche Apanage aus London. Er war damit ein Vasall der britischen Krone. Das wiederum behagte dem anderen großen Nachbarn Sikkims, Tibet, ganz und gar nicht. Denn schon seit Jahrhunderten betrachtete Tibet Sikkim als seinen Vasallenstaat. Schließlich hatten Lamas, Geistliche aus Tibet, die Ureinwohner Sikkims von ihrem Glauben an Naturgeister zum Buddhismus bekehrt. Zur Krönung der geglückten Missionierung hatte Tibet 1641 den ersten König von Sikkim auf den Thron gehoben, selbstverständlich einen Tibeter. Er begründete die Dynastie, die immer noch regierte. Deshalb gaben auch Adlige tibetischer Herkunft, meist vom Stamme der Bhotia, in Sikkim den Ton an. Kein Wunder, dass Tibet hundert Jahre zuvor die neue enge Verbindung Sikkims mit den Briten ein Dorn im Auge gewesen war.

Carl dachte nicht ohne Respekt an die Frechheit, mit der Tibets Oberhaupt damals die Vereinbarung »Wir tauschen Darjeeling gegen eine Jahresrente für den König von Sikkim« schlicht als ungültig betrachtet hatte. Was aber wiederum zu Spannungen zwischen Tibet und Sikkim führte. Die Zahlungen trafen dann auch nicht immer wie vereinbart ein. Spitzfindige Politiker behaupteten, dieses Geld sei ja eine Art Pacht, und wenn die Pacht nicht einträfe, habe der Pächter auch keinen Anspruch auf das Gebiet. Darum gehöre Darjeeling eben doch nicht den Briten.

Der König von Sikkim bemühte sich sehr, den mächigen Nachbarn Tibet nicht weiter zu reizen. Deshalb zögerte er 1849 monatelang, dem Botaniker Sir Hooker und seinen Männern die Einreise in sein Land zu erlauben. Er hoffte, irgendwann würde der Pflanzenjäger schon die Geduld verlieren. Bis sich Dr. Archibald Campbell, der damals ranghöchste britische Regierungs- und Verwaltungsmensch in Darjeeling, zugleich Arzt und Leiter des Sanatoriums, ganz entschieden an Hookers Seite stellte. Irgendwann riss den Männern der Geduldsfaden. Sie beschlossen und taten dann kund, dass sie eben trotz der ausbleibenden Erlaubnis nach Sikkim aufbrechen würden. Als der König davon erfuhr, erteilte er doch rasch alle Einreisevisa, allerdings bestand er darauf, dass sich die Briten von den Grenzen zu Tibet fernhielten. Dr. Campbell reiste als

Begleiter mit der mehrere Monate dauernden Expedition. Als Hooker es wagte, gegen das ausdrückliche königliche Verbot zu verstoßen und von Sikkim aus bis an die Grenze Tibets vorzudringen, ließ der König ihn und Campbell 1850 demonstrativ ins Gefängnis stecken.

Carl liebte diese Geschichte, seit er sie das erste Mal gehört hatte. Sie war, so fand er, ein schulbuchreifes Lehrstück. Vielleicht hatte sie sogar dafür gesorgt, dass er Rhododendren nicht als langweilige Pflanze im immergrünen Sortiment der heimischen Baumschulen betrachtete. Nein, für ihn umwehte die Sträucher ein Hauch von Exotik, Ferne und Abenteuer!

Carl schmunzelte in sich hinein. Tibet war damals mit der Gefangennahme der beiden bekannten Persönlichkeiten vielleicht beruhigt, aber die Briten konnten sich ein solches Verhalten natürlich nicht bieten lassen. Sie ließen nach diesem Affront Soldaten in Sikkims Hauptstadt einmarschieren. Die Gefangennahme Hookers und Dr. Campbells diente ihnen als ein wunderbarer Vorwand dafür, Darjeeling jetzt endgültig zu annektieren und sich später noch weiterer Gebiete Sikkims zu bemächtigen.

»Es wird sich nicht wiederholen«, ergriff nun Gustav das Wort. Er blickte offen und ernst. Kathryn bewunderte seine Souveränität. »Geschichte wiederholt sich nicht.«

Der Polizeipräsident zog eine Augenbraue hoch. »So? Weshalb sollten wir das Risiko überhaupt eingehen?«

Es bereitete ihm sichtlich Vergnügen, die jungen Männer argumentieren zu lassen. Kathryn spürte, wie ihre Achselhöhlen feucht wurden. Diese Situation war aufregender als ihre mündliche Abschlussprüfung in Mathematik.

»Weil«, antwortete Gustav, »nur Offenheit für Neues die Welt weiterbringt. Nur sie hat schließlich auch Darjeeling zu dem gemacht hat, was es heute ist!«

Er wechselte einen Blick mit Carl. Die Rhododendronsuche in Sikkim, nur ein ganz kleines Webmuster im Teppich der Welthistorie, war eng verwoben mit der Geschichte des Teeanbaus. Das hatte sowohl Carl als auch Gustav immer schon fasziniert: Diese schicksalhafte Nähe der Pflanzen – einmal im fernen Himalaya und zum anderen zu Hause in Ostfriesland und im Ammerland. Die eine Region mit extremen Temperaturunterschieden lag im höchsten Gebirge der Welt, die andere mit ausgesprochen mildem Klima im Flachland am Meer. Gegensätzlicher ging es kaum, und dennoch existierte da diese seltsame Verbindung, die sie darin bestärkt hatte, dass sie unbedingt in den Himalaya reisen mussten.

Ungeniert schlürfte der Polizeipräsident seinen Tee aus der Schale. Seine schwarzen Augen wanderten von einem zum anderen. »Sie meinen die Entstehung der Teegärten?«

»Ganz recht!«

Die Hooker-Geschichte hatte sich kurz nach einer anderen richtungweisenden Begebenheit zugetragen. Ein als chinesischer Bauer verkleideter Brite hatte zwanzigtausend Teesträucher aus China herausgeschmuggelt. Erste Experimente im Distrikt von Darjeeling hatten zuvor bereits gezeigt, wie hervorragend der Tee hier gedieh. Der allererste Teestrauch wuchs ausgerechnet im Garten von Dr. Archibald Campbell. Er hatte anno 1841 versuchsweise Teesamen ausgesät, die er von einer Reise durch China mitgebracht hatte. Das sollte sich noch als großer Glücksfall für die Engländer erweisen. Mit China, dem bis dahin einzigen Teelieferanten, gab es Mitte des 19. Jahrhunderts große Schwierigkeiten. Die Teequelle sprudelte nicht mehr wie einst. Der erste Opiumkrieg zwischen beiden Staaten hatte bereits stattgefunden, ein zweiter sollte folgen. Die Chinesen mussten diese Kriege führen, um sich und ihre Ehre zu retten. Denn die Briten hatten sich angewöhnt, über illegale Zwischenhändler ihren Tee in China mit Opium aus Bengalen zu bezahlen.

Gustav verachtete zutiefst, wie die Krone sich ihre Weltmacht verschafft hatte. Über zwei Jahrhunderte hatte sich ein gefährlicher Kreislauf entwickelt. Aus Schlafmohn, der in Bengalen heranreifte, wurde Opium gewonnen. Die Zwischenhändler waren skrupellose Einzelkämpfer und Kapitäne, die sogenannten »Chinahändler«. Sie erledigten die Drecksarbeit für die britische Krone. Offiziell durfte das natürlich nicht laut werden. Die Regierung machte sich nicht selbst die Hände schmutzig. Sie erteilte lediglich das Monopol auf den Handel der Ostindischen Handelsgesellschaft, einem Zusammenschluss von Kaufleuten in einer Aktiengesellschaft, die halb in Privatbesitz und halb öffentlich-rechtlich war. Das Verfahren hatte sich bewährt. Bevor der Staat Großbritannien in einem fremden Land Kolonialmacht wurde, bereitete vorab stets ebendiese Handelsgesellschaft das Terrain.

Kaum hatten die Engländer angefangen, von Indien aus auf Schiffen Gewürze, Seide, Baumwolle oder andere »Kolonialwaren« zu exportieren, legten sich Piraten auf die Lauer. Ihre Überfälle bedrohten den Handel immer stärker. Die Kaufleute lernten, sich zu wehren, sie forderten zudem militärische Unterstützung aus der Heimat und erhielten sie. Die Handelsgesellschaft agierte nicht nur in Indien, sondern unter anderem auch in China.

Dort waren zu Beginn des 19. Jahrhunderts die meisten kaiserlichen Beamten und, wie es hieß, mehr als die Hälfte der Bevölkerung opiumsüchtig. Da die chinesischen Kaiser ihren Tee nur gegen Silberbarren verkauften, wovon die Briten aber nicht ausreichend besaßen, musste die Ostindische Handelsgesellschaft sich irgendwie mehr von diesem Zahlungsmittel beschaffen. Skrupellos förderte sie deshalb die Drogensucht der chinesischen Führungsschicht. Die Elite ließ sich ihren Stoff, den Schlafmohn, viel kosten. Sie bezahlte also ihr Opium mit Silberbarren bei den Chinahändlern, die erwarben damit Nachschub von der Ostindischen Handelsgesellschaft in Bengalen. Und die konnte dann doch Tee aus China mit Silberbarren bezahlen.

Da Opium aber süchtig macht und wie jede Sucht nach Steigerung verlangt, bis sie in den Tod mündet, entwickelte sich auch dieser Kreislauf höchst ungesund. Die Handelsbeziehungen zwischen England und China gerieten zunehmend aus der Balance. Alles spitzte sich auf ein dramatisches Ende zu. Es war absehbar, dass die einzige Teequelle der Welt für alle Menschen außerhalb Chinas versiegen würde.

Fieberhaft suchten die Briten deshalb nach neuen Anbaugebieten für ihren heißgeliebten und einträglichen Tee. Dafür bot sich nun Darjeeling an. Also mussten sie unbedingt in den Besitz dieser Region kommen.

So erwies sich die Gefangennahme von Sir Hooker und Dr. Campbell auch als entscheidend für den Teehandel. Sie diente als willkommener Anlass, die Angelegenheit endlich klar zu Gunsten der Briten zu regeln. Ihre Truppen brauchten in Sikkims Hauptstadt keine Gewalt anzuwenden. Ein bisschen Säbelrasseln reichte schon – nach einem Monat kamen Hooker und Campbell frei. Die Apanage für den König von Sikkim wurde komplett gestrichen, und in der Hauptstadt Gangtok residierte fortan direkt neben dem Palast ein britischer »Berater«.

Während sie höflich an ihrem salzig-ranzigen Tee nippten, begriffen Carl und Gustav, dass der König von Sikkim noch immer versuchte, sich mit allen Großen gutzustellen und keinen zu verärgern. Aus diesem Grund hatte der Polizeipräsident ihnen bisher keine Zusage erteilt.

»Vielleicht fürchten Sie sogar, wir könnten Spione sein?« Carl lachte, als sei ihm ein besonders guter Scherz gelungen.

Der General musterte ihn scharf. Auch Hooker hatte damals angeblich nur eine botanische Expedition unternehmen wollen. Doch die von ihm aufgezeichneten Landkarten leisteten den britischen Militärs große Orientierungshilfe, als sie später zweimal in Tibet einmarschierten. Die Tibeter fühlten sich bedroht, wenn sich Europäer an ihren Grenzen herumtrieben.

»Selbst ein Zufall oder ein Missgeschick kann erneut für diplomatische Verwicklungen sorgen«, erklärte der Polizeipräsident mit undurchdringlicher Miene. Seine Stimme klang ablehnend.

Kathryn spürte ebenso wie Gustav und Carl, dass es nicht gut stand. Wie konnten sie ihn nur überzeugen, dass sie wirklich nichts anderes als privates beziehungsweise botanisches Interesse zu dieser Reise antrieb?

Gustav hatte plötzlich einen Einfall. Er entschloss sich, den Ursprung ihres Plans zu erzählen. Auch Kathryn hörte die Geschichte zum ersten Mal.

»Sie sind General, nicht wahr?«

Der Tibeter antwortete nur mit einem Lidschlag.

»Mein Vater und der meines Freundes kämpften Seite an Seite im großen Krieg«, begann Gustav, Carls überraschten Blick ignorierend, »und wir waren schon als Kinder Freunde.« Mit der Andeutung eines Lächelns hielt er seine Hand einen halben Meter über dem Boden. »Da waren wir noch so klein.« Dann machte er eine ausladende Geste. »Und die Welt war so groß.«

Carl erfasste jetzt die Absicht seines Freundes, er spielte

den Ball zurück. »Abends trafen wir uns immer am Brunnen eines Nachbarn. Wir saßen auf dem Stein und guckten in den Himmel …«

»Ja, wir beobachteten den Mond und seine Bahn«, erzählte Gustav weiter. »Wir redeten darüber, wie hoch wohl der Himmel sei und wie tief wohl der Brunnen. Erinnerst du dich, Carl?«

Sein Freund nickte. »Manchmal war es ganz still, da regte sich kein Blatt. Von ferne hörte man höchstens eine Kuh brüllen.«

Gustav schluckte. »Eines Abends im November 1916 kam in diese Stimmung mein Großvater. Wir malten uns gerade aus, dass wir, wenn wir groß wären, nach Indien reisen wollten. Nach Darjeeling. Meine Familie ist ja seit Langem im Teegeschäft, Carls Familie hat eine Baumschule, in der Rhododendren gezüchtet werden. Das war unser Kindertraum – nach Darjeeling und nach Sikkim, in das letzte Shangri-La der Welt. Und mein Großvater …«

Er hielt inne, weil seine Stimme kippte. Carl sprach nun weiter. »Der alte ter Fehn setzte sich zu uns auf den Stein. Er sagte: ›Gustav, dein Vater ist gefallen.‹« Carl atmete tief durch. Seine Stimme klang jetzt rauer. »Gustav hörte in der Minute auf zu sprechen. Wochenlang sagte er kein Wort mehr, er war wie versteinert. Bis ich ihn eines Tages anschrie. ›Wie willst du eigentlich in Indien nach dem Weg fragen, wenn du nicht mehr sprichst?‹ Da konnte er endlich weinen und trauern.«

Jetzt ergriff sein Freund wieder das Wort. »Carl hat mich gerettet … und getröstet. ›Eines Tages reisen wir nach Darjeeling‹, sagte er. Diese Idee wurde konkreter, je älter wir wurden. Carl entwickelte eine Leidenschaft für Rhododendren und ich für Tee. So fügte sich eines zum anderen.«

Carl stand auf, schritt hin und her. »Wir gingen beide

nach England, um von Experten unseres Fachs zu lernen und um die Sprache zu studieren. Wir haben hart trainiert, um uns für die Strapazen zu wappnen. Wir haben den Spott anderer Leute ausgehalten und eisern gespart. Aber jetzt sind wir in Darjeeling angekommen.« Carl blieb stehen. »Ja, und deshalb müssen wir auch noch nach Sikkim, Sir.«

Der Polizeipräsident fixierte ihn mit funkelndem Blick und schüttelte den Kopf. Das Perlengehänge an seinem goldenen Ohrschmuck pendelte hin und her. Sie hörten ein Pferdefuhrwerk vorbeirattern, und aus einem anderen Raum drangen Klänge eines exotischen Saiteninstruments, auf dem jemand übte.

Kathryn traute sich kaum zu atmen. Wer würde jetzt noch den heiklen Punkt mit den zwei zusätzlichen Reisenden ansprechen? Würde Gustav das Wort ergreifen oder Carl? Oder sollte sie etwa … Und wäre es nicht doch zu gefährlich? Vielleicht wäre diese Bitte der Tropfen, der das Fass zum Überlaufen brachte. Ratlos ließ Kathryn ihren Blick von Carl zu Gustav wandern und wieder zurück.

»Welche Route wollen Sie nehmen?«, fragte der Tibeter nun streng.

»Über die Flussgrenze«, antwortete Carl knapp, »über die seitlichen Bergkämme bis Gangtok und weiter über die Hochtäler von Lachen und Lachung zum Zemu-Gletscher, wenn alles gut läuft, noch einen Abstecher nach Yumthang.« All diese Orte lagen weit entfernt von der tibetischen Grenze.

Endlich ging ein Lächeln über das Gesicht des Polizeipräsidenten. »Nun, wie ich gehört habe, will ein sehr ehrenwerter Mann, mein Freund Tsarong, sich ein Stück des Weges Ihrer Expedition anschließen.« Sein Freund Tsarong, obgleich deutlich jünger, war doch schon äußerst geschäftstüchtig und hatte ihm bei der Vermittlung eines Grundstückskaufs geholfen. Es gefiel ihm, dass er sich nun mit einem Gefallen bei ihm revanchieren konnte. »Auch eine junge Dame aus Darjeeling würde gern das sichere Geleit in Anspruch nehmen.« Er schnäuzte sich. Die Geschichte hatte sein Kämpferherz gerührt. »Sie erhalten die Genehmigungen.« Schlau blickte er die Fremden aus seinen schmalen Augen an. »Und ich gebe Ihnen einen tüchtigen Lieutenant Colonel mit, Mr Robbins. Er wird Ihnen als Übersetzer und bei Verhandlungen mit den Trägern eine wertvolle Hilfe sein.«

Carl, Gustav und Kathryn wussten nicht, wie ihnen geschah. Am liebsten wären sie in lautes Jubelgeschrei ausgebrochen, aber das geziemte sich nicht in einer solchen Situation. Sie bekamen nicht nur ihre Genehmigung, nein, der Polizeipräsident hatte auch das Problem um Sam und Tsarong gelöst, ohne dass sie irgendetwas hatten unternehmen müssen. Dieser Colonel sollte sie gewiss überwachen, doch sie hatten ja nichts zu verbergen, und ein guter Übersetzer konnte ihnen nur willkommen sein.

Sie bedankten sich sehr freundlich, aber beherrscht. Der Tibeter geleitete sie zur Tür, wo er sich noch einmal an Kathryn wandte.

»Und richten Sie Ihrem Vater aus, dass ich mit Freude an der Tigerjagd teilnehmen werde.«

»Juuchuu!«

Auf dem höchsten Aussichtspunkt der Mall ließen sie ihrer Freude freien Lauf. Gustav umarmte eine Birke, Carl sprang über eine Absperrung und verschreckte eine gouvernantenhafte Engländerin.

Kathryn drehte sich um ihre eigene Achse, bis ihr schwindlig war. »Ich fühl mich richtig beschwipst.« Sie lachte und hielt sich keuchend an den Männern fest. Dann wies sie mit großartiger Geste auf die Stadt. »Das, meine Herren«, sprach sie im Tonfall eines Fremdenführers, »ist Darjeeling. Man nennt die Stadt auch Queen of the Hills!«

Wie ein Zirkusdirektor präsentierte Gustav Kathryn. »Und das, meine Damen und Herren, ist ein Zauberwesen …«

»Jawoll, ein gar königliches Geschöpf!«, fiel Carl übermütig ein.

Er gab Kathryn einen Schmatz auf die Wange, Gustav küsste sie auf die andere. Sie hakten sich bei ihr unter und gingen zu dritt die Promenade entlang, als wollten sie eine Revuetreppe hinabschreiten. Dann blieb Gustav stehen und nestelte etwas aus seiner Brusttasche hervor.

»Wir krönen dich zur Queen of Darjeeling!« Verschmitzt reichte er Kathryn ein kleines Geschenk. Carl zog ein ähnliches Päckchen aus seiner Jackentasche.

Neugierig wickelte Kathryn beide aus. »Nein! Das glaub ich nicht!« Sie schlug eine Hand vor den Mund. »Ihr seid zwei verrückte Kerle! Die Ohrringe – jetzt hab ich sie beide! Ihr habt sie mir gekauft! Ach, Kinder, das ist einfach famos!« Sie warf den Kopf in den Nacken und lachte ihr unwiderstehliches Lachen. Vorsichtig nahm sie je ein Schmuckstück aus der Verpackung. Den Türkis mit den kleinen Korallen von Carl steckte sie ins linke Ohr, den großen Korallenschmuck von Gustav in das rechte. Augenzwinkernd sagte sie: »Und ich ernenne euch hiermit zu meinen königlichen Adjutanten von Darjeeling!«

Auf der Rückfahrt bat Kathryn ihren Chauffeur Tinley, kurz vor der Schneiderwerkstatt anzuhalten.

»Nur einen Moment!«, bat sie. »Es geht ganz schnell.«

Sie sprang aus dem Wagen und riss die Ladentür auf.

Mr Singh drapierte gerade einen Stoff über eine Schneiderpuppe und sah sie erstaunt an.

»Ich hab's mir überlegt, Mr Singh«, sagte Kathryn mit fester Stimme, »machen Sie doch den tiefen Rückenausschnitt.«

Aashmi war verzweifelt. Wie sie es auch drehte und wendete, sie wusste keinen Ausweg. Ihr Bruder fieberte wieder stärker, die Wunde am Arm war ganz heiß. Ihre Mutter machte Kräuteraufgüsse und betete. Ihr Vater bat um eine Sonderschicht in der Manufaktur, wo es seine Aufgabe war, die Blattgrößen und -qualitäten zu sortieren. Und der widerliche Aufseher erwartete sie an diesem Abend. Aashmi huschte nach draußen, um ungestört ihren Tränen freien Lauf zu lassen.

Sie schlich sich an eine Quelle am Dorfrand, wo der Wald begann. Felsbrocken, von Schlingpflanzen bewachsen, boten zur Lichtung hin einen natürlichen Sichtschutz. Das unter einem Felsen hervorquellende Wasser strömte glucksend in einem Bächlein davon. Mit gesenktem Kopf kniete Aashmi am Ufer. Sie weinte ihre Tränen in den Bach. Vielleicht würde sich einer der Götter erbarmen.

Plötzlich knacksten kleine Äste, Schritte kamen langsam näher.

»Aashmi, bist du das?«, raunte eine sanfte Stimme. Ihre Tante Manjushree. Sie war die jüngste Schwester ihres Vaters, ebenfalls Pflückerin, noch wohlgerundet und sinnlich. »Ich hab dich vorhin durchs Dorf schleichen sehen.«

Aashmi erhob sich und schlang ihre Arme um Manjushree. Ihre Tante wartete, bis sie sich ausgeweint hatte. Erst als ihre Nichte sich löste, um das Gesicht mit Quellwasser zu kühlen, fragte sie nach dem Grund ihres Kummers.

»Zu mir kannst du doch offen sprechen, Kleines.« Sie setzte sich auf einen Felsbrocken.

»Padma, mein Aufseher, will, dass ich heute Abend zu ihm komme.«

»Oh!«

Manjushree schwieg eine Weile und dachte nach. »Ich kenne viele Frauen, die nachts heimlich einen der Sahibs oder einen der Aufseher besuchen«, begann sie vorsichtig. »Die europäischen Männer mögen uns, weil wir ein natürliches Verhältnis zu unserem Körper und der körperlichen Liebe haben.«

»Dieser Padma ist ein Widerling!« Aashmi spuckte aus vor Abscheu.

»Aber oft ist es ja nicht zum Nachteil. Es kann auch sehr schön sein …«

Die Tante dachte an ihre eigenen heimlichen Abenteuer. Sie hatte immer Glück gehabt. Einige der Männer, die sonst auf der Plantage den Ton angaben, reagierten besonders dankbar auf weibliche Zuwendung. Manchmal zeigten sie es mit kleinen Geschenken, die sie von ihren Darjeeling-Besuchen aus dem Bazar mitbrachten. Manchmal räumten sie ihnen bei der Arbeit angenehme Vergünstigungen ein. Nicht selten machte es auch einfach beiden Spaß. Ab und zu entstand sogar eine Liebe aus den kleinen Abenteuern. Jeder wusste davon, aber alle stellten sich blind. Die Tante seufzte, Aashmi tat ihr leid. Denn einige Männer verhielten sich auch sehr rücksichtslos. Sie waren schmutzig und benutzten ihre Untergebenen, manchmal sogar brutal, wie ein Stück Dreck. Dazu straften sie sie noch mit Verachtung.

»Du musst vor allem aufpassen, dass du kein Kind bekommst.«

Verzweifelt krallte Aashmi ihre Finger in ihr Gewand.

»Ich will aber überhaupt nicht«, schluchzte sie, zitternd vor Hilflosigkeit und Wut. »Ich kann da nicht hin, lieber würde ich …«

Ja, was denn?, fragte sie sich. Mich umbringen? Den Aufseher umbringen? Weglaufen? Aber wohin denn? Allein durch den Urwald, in dem Schneeleoparden und giftige Schlangen lauerten, ohne Weg und Ziel? Mich schikanieren lassen und zusehen, wie meine Familie langsam daran zugrunde geht?

»Die Memsahib«, flüsterte sie auf einmal mit bleichen Lippen. Ja, sie könnte ihre Rettung sein! »Miss Whitewater hat gesagt, ich darf zu ihr kommen, wenn es Schwierigkeiten gibt.«

Ihre Tante sah sie besorgt an. Nein! Das konnte man nicht machen! Die Eltern und den Oberaufseher und den Verwalter übergehen und sich beschweren. So etwas ging einfach nicht, das verstieß gegen alle Regeln.

»Du weißt ja nicht mit Sicherheit, ob er dich ungerecht behandeln wird, wenn du ihm nicht gefällig bist«, sagte sie. Sie streichelte das verzweifelte Gesicht des jungen Mädchens. »Geh einfach nicht hin und sieh, was passiert«, lautete ihr Rat.

Beim Empfang im Planters' Club hatte Kathryns Vater wieder reichlich dem Alkohol zugesprochen, was ihr peinlich war, und den ewig gleichen Scherz gemacht.

»Alkohol schadet nicht, Gentlemen«, pflegte er mit einem Glas Whisky in der Hand zu dozieren, »im Gegenteil, er konserviert von innen, er konserviert uns wie Mixed Pickles. Hahaha …«

Gustav und Carl hatten noch darüber lachen können. Lord Taintsworth, ein freundlicher älterer Herr, Kathryn schätzte ihn auf Anfang fünfzig, besaß so viel Geld, dass er darüber nicht lachen musste. Er kam aus London, ursprünglich wohl von einer der Kanalinseln, die zwischen Großbritannien und Frankreich lagen, und war zu Besuch bei einem alten Freund, dem Sanatoriumsleiter Dr. Apple. Dessen Gattin wiederum, Marya Apple, Tochter eines bedeutenden Pflanzers aus dem Rungbong-Tal, war eine gute Freundin ihrer Mutter gewesen. Kathryn mochte sie sehr. Sie war eine jener seltenen Frauen, die eine durch echte Kultiviertheit, Güte und Reife gewonnene Schönheit ausstrahlten. Da sie alle Regeln perfekt beherrschte, bereitete es ihr diebische Freude, ab und zu gegen eine zu verstoßen.

»Du siehst hinreißend aus, mein Kind!«

Kathryn hatte ihre kräftigen Haare erst am Nachmittag in Darjeeling in Wellen legen lassen. Statt einer Halskette trug sie ein Art-Deco-Diadem mit Mondsteinen und Perlen mit passendem Ohrgehänge. Diademe trugen normalerweise nur verheiratete Frauen und Mütter, für die Unverheirateten galt eine Blüte im Haar als schicklicher, aber Kathryn hatte an diesem Abend Lust zu einer kleinen Provokation verspürt. In ihren Satinschuhen mit den hohen Absätzen ging sie anders als sonst, der lässig-elegante Hüftschwung trug ihr giftige Blicke einiger Damen ein. Kathryn hatte das Gesicht gepudert, die Lippen in einem dunklen Apricotton geschminkt und ihre Augenbrauen gebürstet. Ehrlich entzückt ergriff Mrs Apple ihre Hand.

»Lass dich anschauen! Deine Mutter wäre stolz auf dich!«

Sie drehte die junge Frau wie ein Tänzer seine Partnerin um die eigene Achse. Kathryn erinnerte sie an ihre Freundin, wie sie im gleichen Alter ausgesehen hatte. Mit Wehmut dachte sie an ihre unbeschwerte Jugendzeit vor dem Weltkrieg. Die Teepflanzer verdienten damals noch sehr gut, in den Metropolen von London über Paris bis New York waren Teesalons und Tanztees en vogue.

»Wunderbar, und diese Linie! Wie eine Elfe, schau doch nur, Arnie!« Ihr Gatte, ein stattlicher, vertrauenerweckender Mann mit grauer, kaum zu bändigender Löwenmähne, nickte wohlgefällig, er unterhielt sich gerade mit Lord Taintsworth über eine Kunstausstellung, die er im Sanatorium organisieren wollte. »O ja, man sieht noch den italienischen Einschlag der Seite deiner Mutter. Bellissima!«

Kathryn errötete.

Lord Taintsworth starrte sie an. Schon an den beiden vergangenen Wochenenden hatte er den Blick kaum von ihr abwenden können. Nur um zu sehen, ob sie es wohl könnte, hatte Kathryn hemmungslos mit ihm geflirtet – kokett konnte sie immer nur zu Männern sein, die sie nicht wirklich reizten –, und sie hatte damit offenbar ein alterndes Herz in Flammen versetzt.

»Miss … Miss Whitewater«, stammelte der Lord. »Darf ich Sie vielleicht zu einer Spazierfahrt einladen?«

Doch Samanthas Mutter war seine Tischdame für den Abend und entließ ihn nicht aus ihrer Aufmerksamkeit. Ohne Unterlass hatte sie sich zu Beginn des Empfangs über die Unzumutbarkeiten des Lebens in Indien beklagt. »Lassen Sie sich warnen, mein Guter. Bleiben Sie nicht zu lange hier. Darjeeling vergiftet ganz langsam das Leben. Hier sind Sie eingesperrt. Gütiger Gott!« Mit gedämpfter Stimme hatte sie enerviert betont: »Und Sie treffen *immer* nur die gleichen Leute …«

Jetzt schenkte sie dem Lord ein vertrauliches Augenzwinkern. »Ich komme gern mit auf eine Spazierfahrt.«

Der Lord gab sich für den Augenblick geschlagen und beschloss, etwas später erneut einen Anlauf bei der reizenden Pflanzertochter zu machen. Samanthas Mutter zupfte ihre

Rüschenbluse zurecht und glättete den Rock ihres altmodischen Kostüms. Sie bemühte sich sichtlich um eine stolze und aufrechte Haltung, wie sie einer Lady gebührte, unterstützt durch ein fischbeinverstärktes Korsett. Der Lord immerhin wäre etwas nach ihrem Geschmack. Beide waren sie etwa gleich alt und verwitwet, Bridge spielte er auch – das verband doch schon einmal. Er sah auch nicht übel aus, die Halbglatze und den kleinen Bauch konnte man bei seinem gesellschaftlichen Hintergrund großzügig übersehen. Auf die Aura kam es an, und über eine solche verfügte er, das hatte sie schon bei ihrer allerersten Begegnung gespürt. Macht und Geld und beste alte Familie strahlte sie aus.

In diesem Augenblick flog die Tür auf, und Samantha rauschte atemlos und deutlich verspätet in den Salon. Sie trug ein gelbes Abendkleid mit Volants, das Haar war zu einem Chignon gedreht, der sich bereits wieder auflösen wollte. Kathryn registrierte gleich die geröteten Wangen ihrer Freundin und wusste, dass sie frisch geküsst von ihrem tibetischen Prinzen kam. Durch Blicke gab sie Sam zu verstehen, dass alles geklappt hatte. Die machte einen kleinen Freudensprung, was ihre Mutter mit Missbilligung beobachtete.

Carl und Gustav wurden derweil von Mr Whitewater umhergeführt und vorgestellt. Sie hatten keine Augen mehr für Kathryn, denn sie lernten jetzt Menschen kennen, deren Teegärten für sie seit Langem Legenden waren, hörten Namen, deren Klang sie berauschte: Marybong, Risheehat, Tukvar, Margaret's Hope, Castleton, Jungpana, Nurbong, Selim Hill, Selimbong, Namring, Teesta Valley, Runglee Rungliot …

Der Honorarsekretär des Himalaya Clubs entführte die beiden Deutschen in den behaglichen Billardraum. Sie klärten noch einige praktische Fragen.

»Alle Pässe und die Ausweise zur Benutzung der Regierungsrasthäuser habt ihr?«, vergewisserte er sich. Sie duzten sich wie Bergsteiger auf der ganzen Welt.

»Ja, und der Proviant ist bestellt«, fasste Carl zusammen, »ein Kurier ist schon unterwegs nach Gangtok, um dort weitere Verpflegung zu beschaffen. Die Ausrüstung ist bereit, bis auf ein paar Wollwesten für die Träger und ein bisschen Emaillegeschirr.«

»Montag wählen wir die Träger aus«, ergänzte Gustav, »einen Koch und die Leibdiener für uns. Colonel Robbins kommt als Übersetzer mit.«

»Als Sirdar kann ich euch einen Sherpa empfehlen, der schon mit Mallory und Irvine unterwegs war. Er hat sich mehrfach als Trägerobmann und Karawanenführer bewährt.« An den Wänden des Billardraumes hingen Fotos der dritten Mount-Everest-Expedition, der Honorarsekretär wies darauf. »Das ist jetzt sechs Jahre her«, sagte er bewegt.

Einen Moment lang hörte man nur das Knacken und Knistern im Kamin, im Hintergrund Stimmengewirr. In der Stille wurde es Gustav und Carl direkt feierlich zumute. Bald war es so weit, es war längst keine Fantasie mehr, es würde auch kein Spiel, sondern eine gefährliche Unternehmung, bei der sie große Verantwortung trugen.

Der Engländer räusperte sich. »Mallory und Irvine verloren beide ihr Leben. Sie sind genau hier vom Planters' Club aus gestartet.« Seine Augen wurden feucht.

»Seid umsichtig«, bat er sie bewegt, »vermeidet unnötige Risiken.«

Carl und Gustav gaben ihm die Hand drauf, bevor sie zum Stehempfang zurückkehrten.

Besonders Gustav genoss die Gespräche, erkundigte sich zurückhaltend und klug, erwarb sich rasch Respekt für seine Kenntnisse und erhielt zahlreiche Einladungen in andere Teegärten, auch, um mögliche Geschäftsbeziehungen zu ter-Fehn-Tee zu prüfen. Carl war froh, dass er sich in Deutschland extra einen Smoking hatte anfertigen lassen. Wahrscheinlich würde er das Ding nie wieder in seinem Leben anziehen, aber hier und jetzt hätte er sich ohne das Kleidungsstück sehr fehl am Platz gefühlt.

Kathryn blickte stolz auf ihre beiden königlichen Adjutanten. Wie strahlend Carl lächeln konnte! So geradeaus und zuversichtlich. Wie gewandt Gustav sich von Grüppchen zu Grüppchen bewegte! Charmant und doch scharf beobachtend. Mrs Apple bemerkte Kathryns liebevollen Blick.

»Welcher von beiden ist es?«, fragte sie.

»Ist was?«

»Na, du weißt schon …« Mrs Apple zwinkerte ihr verständnisvoll zu.

Kathryn machte ein unschuldiges Gesicht und hob die Achseln.

»Mein Ratschlag, Süße«, flüsterte Mrs Apple ihr ins Ohr, »lautet: Carpe diem! Nutze den Tag!«

Statt etwas zu antworten, lächelte Kathryn ihrer mütterlichen Freundin nur schelmisch zu.

»Besuch mich doch recht bald einmal«, sagte Mrs Apple.

»Ja, gerne«, versprach Kathryn, »sobald die First-Flush-Ernte beendet ist.«

Sie fühlte sich in der gastfreundlichen, geschmackvoll und kunstsinnig eingerichteten Villa der Apples immer sehr wohl. Früher hatten die Familien Whitewater und Apple mit ihren Kindern gelegentlich gemeinsame Unternehmungen gemacht. Mit den Kindern der Erntearbeiter hatte Kathryn wie alle Pflanzerkinder nur heimlich gespielt, mit Kreiseln oder Murmeln, Verstecken oder Bäume hochklettern. Mit den Apple-Kindern verband Kathryn die kultivierteren Vergnügungen ihrer Kindheit wie picknicken, Hauskonzerten lauschen oder Vogelschauen besichtigen. Jetzt studierten zwei der drei Söhne im Ausland, der jüngste war gerade aufs Internat gekommen.

»Das ist wirklich schön, ich freue mich! Ich habe nämlich noch etwas für dich … von deiner Mutter«, sagte Mrs Apple geheimnisvoll.

Bevor Kathryn nachfragen konnte, wandte sie sich jedoch anderen Bekannten zu. Die junge Frau war neugierig geworden, denn sie besaß nicht viele persönliche Andenken an ihre Mutter. Jetzt war sie in einem Alter, da sie ihr so gern so viele Fragen gestellt hätte: Was wolltest du als junges Mädchen? Hättest du auch gern studiert? Wie oft warst du verliebt? Wie sehr hast du Vater geliebt – und uns, deine Kinder? Warum schienst du oft traurig, als hättest du ein Geheimnis? War da nicht etwas, das du zu verbergen gesucht hast? Oder hab ich mir das alles nur in meiner kindlichen Fantasie zurechtgesponnen? Wie war das mit deiner italienischen Großmutter? Sind meine melancholischen Phasen ein Erbe von dir? Und die Frage, die sie am meisten bedrückte: Wieso hast du meinen Bruder mitgenommen und nicht mich?

Später beim Dinner – es gab Lammkarree in Minz-Cashew-Kruste – hatte es kaum ein anderes Thema gegeben als den Salzmarsch Gandhis und dass oder ob und falls ja, wann, das indische Volk seine Unabhängigkeit durchsetzen würde.

»Ach, sie werden sich nie einigen«, dröhnte Major Faith, ein dickfelliger Bursche mit hervortretenden Augen und Backenbart, »es sind zu viele unterschiedliche Völker, die zu vielen merkwürdigen Religionen und Sekten anhängen. Eher bringen sie sich gegenseitig um.«

»Na, diese Strategie der Gewaltlosigkeit scheint doch gerade bei den Hindus und den niederen Kasten, die nun mal die Mehrheit bilden, auf Erfolg zu stoßen«, gab sein Gegenüber zu bedenken. »Immer mehr Inder weigern sich, mit unseren Behörden zusammenzuarbeiten. Dieser passive Widerstand bringt gefährlich viel Sand ins Getriebe.«

»Aber wir haben ihre Maharadschas auf unserer Seite«, schaltete sich ein Teepflanzer aus Kurseong ein. »Fünfhundert Fürsten, die wie die Made im Speck leben können, solange sie uns nur die wirklich wichtige Politik überlassen.«

Wie ein Prediger sprach Major Faith weiter. »Wir bringen ihnen doch die Kultur, und es ist unsere verdammte Pflicht und Schuldigkeit, uns nicht abschrecken zu lassen. Das ist nun einmal die Bürde des weißen Mannes.«

Samanthas Mutter seufzte zustimmend, Gustav und Carl wechselten einen scharfen Blick. Sie hielten sich aus der Diskussion heraus. Genauso wie Kathryn und Samantha …

»Aber was wird aus unserem Besitz?« Dr. Apple sprach die bange Frage aus, die alle hier beschäftigte, egal, ob sie mit dem Freiheitswillen der Inder sympathisierten oder nicht. »Was wird aus dem, was wir und unsere Vorfahren aufgebaut haben, wenn Indien sich von der Krone löst?«

Die Antwort wusste niemand. Sollte man jetzt verkaufen und nach Europa zurückkehren? Kein Pflanzer, der mit Herzblut an seinem Teegarten hing, wollte oder konnte das. Jedoch mussten wegen der Wirtschaftskrise immer mehr Familienunternehmen aufgeben. Sie wurden meist von großen Teeaktiengesellschaften geschluckt oder fanden einen privaten Investor wie Lord Taintsworth, bei dessen zahlreichen Beteiligungen nur wenige Kenner durchblickten.

Jemand sprach über die Fulham-Smiths, eine Pflanzerfamilie schottischen Ursprungs aus dem westlichen Darjeeling-Tal. »Er hat sich einen Tag vor der Zwangsversteigerung erschossen, der Verwalter ist auf und davon, seine Frau packt die Sachen für sich und ihre Kinder …«

»Ich hab sie neulich ganz in Schwarz in Darjeeling beim Kaufmann gesehen«, erzählte Samanthas Mutter. »Er wollte nicht mehr anschreiben. Sie hat nicht nach links oder rechts gesehen. Ich hätte sie ja noch gegrüßt, die arme Frau.« Aber einladen kann man sie natürlich nicht mehr, dachte sie, dabei habe ich vor wenigen Wochen noch mit ihrem Mann im Club gesessen, geplaudert und getrunken.

»Habt ihr was bemerkt?«, fragte Mrs Faith mit Schaudern. »Sie verhielten sich doch wie sonst auch … Wir sind noch gemeinsam die Heiratsliste in der *Times* durchgegangen, sie hat sie laut vorgelesen wie immer.«

»Was wird aus den Leuten, aus den Pflückerinnen und Arbeitern?«, fragte Kathryn betroffen.

»Da wird wohl erst mal Schmalhans Küchenmeister«, polterte Major Faith, »aber diese Eingeborenen sind ja an ein karges Leben gewöhnt.«

»Das Unternehmen hat beim ersten Versteigerungstermin keinen Zuschlag bekommen«, wusste ein anderer Gast, »beim nächsten Mal kann ihn dann ein Interessent noch deutlich günstiger ersteigern. Der wird durch neue Maschinen Arbeiter einsparen und die Löhne senken. Die Leute können froh sein, wenn sie in ihrem Dorf bleiben und weiter arbeiten dürfen.«

»Dieser Gandhi will ja, dass ganz Indien wieder dörflich wird«, sagte ein anderer Pflanzer spöttisch. »Der alte Mann mit der Windel hasst Städte. Er will, dass alle wieder in

Dörfern leben. Die Inder sollen sich selbst verwalten und selbst versorgen, nichts mehr aus dem Ausland kaufen. Sie sollen sogar ihre Kleidung selbst weben – was wird aus unseren Tuchfabriken in Manchester?«

Kathryns Vater hatte schon einen roten Kopf, so sehr regte ihn das Thema auf. »Sollen sie von mir aus andere Regionen selbst verwalten«, donnerte er. »Aber Darjeeling haben wir doch erst erschaffen! Unsere Väter und Vorväter haben den Urwald gerodet, Terrassen im Hügelland angelegt, Missernten verkraftet und auf eigenes Risiko mit Teepflanzen experimentiert. Ich selbst habe noch Maschinen auf Ochsenkarren hier hochgebracht. Auf Darjeeling hat kein Inder einen Anspruch!«

»Einige Gurkhas verlangen unabhängiges Gurkha-Land im Bezirk Darjeeling«, warf ein junger Mann ein.

»Davor bewahre uns Gott!«

Aldous Whitewater schlug mit seiner Faust auf den Tisch. Die angerösteten Perlzwiebeln sprangen samt Bratfett auf die weiße Damasttischdecke. Ein nepalesischer Diener, ausgerechnet ein Gurkha, bemühte sich diskret, die Spuren zu beseitigen.

Jetzt endlich, da die Tafel aufgehoben war, die älteren Herrschaften sich ins Rauchzimmer zurückgezogen hatten und ermüdete Damen ins Boudoir, konnte für die Jüngeren und die Vergnügungslustigen der amüsante Teil des Abends beginnen. Nur eine Straße entfernt im Gymkhana Club, dem legendären Vergnügungszentrum Darjeelings, das schon vor dem Weltkrieg gegründet worden war, spielte heute ein Orchester. Die jungen Leute nahmen Rikschas dorthin. Am Nachmittag hatte es geregnet, doch die schwarzen Wolken waren weitergezogen, und der Nachthimmel leuchtete dunkelblau. Sam und Kathryn zogen sich fröstelnd ihre gefütterten Samtmäntel enger um den Leib. Es roch nach Kaminfeuern, nach frischem Birkengrün. Auf der holprigen Strecke sahen sie von den gepolsterten Rikschasitzen aus in dunklen Gärten blühende Magnolienbäume schimmern und darüber Myriaden von Sternen. Natürlich hingen wieder Wolkenfetzen um den Kangchendzönga herum, doch während die Bergkette auf der einen Seite mit den Wolken verschmolz, ließ das Mondlicht auf der anderen Seite die weißen Gipfel glitzern wie Feenstaub. Als sie ausstiegen, zerstäubte eine Brise die Regentropfen, die noch auf den Blättern lagen.

Im Gymkhana bebten schon die Bretter. Nach einem Foxtrott wurde jetzt Walzer gespielt. Beschwingt betraten Kathryn, Samantha, Gustav und Carl den Tanzsaal, in dem nur Europäer feierten. Kathryn hatte einen Tisch für sie reserviert, und sie folgten dem Kellner dorthin. Die meisten Leute hier kannten die beiden jungen Frauen, so grüßten sie in alle Richtungen. Die Musik war zu laut für längere Gespräche.

Kathryn ließ ihr Chiffonjäckchen auf die Stuhllehne gleiten. Der in Falten gelegte Seidenstoff umrahmte in lockerem Fall bis zur Taille einen makellosen Rücken. Ihre Haut, hell und samtweich, hatte einen wunderbaren Schimmer. Ein feiner Flaum im Nacken und die perfekte Linie lösten bei jedem Betrachter den Wunsch aus, mit den Fingerspitzen darüberzufahren und die Silhouette weiter über die seidenbedeckten Hüften entlangzugleiten. Unter dem Stoff zeichnete sich Kathryns festes Gesäß ab.

Sie ging mit Sam die Nase pudern. Gustav pfiff leise durch die Zähne, als er sie von hinten sah, Carl verschluckte sich.

Die beiden jungen Frauen machten sich vor dem Spiegel im Waschraum frisch. »Ach, wie ich dich um deine Abenteuer beneide!« Kathryns Augen funkelten.

»Wieso sprichst du in der Mehrzahl?«, fragte Sam amüsiert.

»Na ja, das Abenteuer zu reisen und dann die Geschichte mit deinem Prinzen …« Kathryn flüsterte, für den Fall, dass hinter den Türen jemand mithörte.

»Er ist kein Prinz, nur ein adliger …«

»Ist doch auch egal«, unterbrach Kathryn. »Ich bin übrigens diese Woche zur Königin ernannt worden: zur Queen of Darjeeling!«

»Gratuliere, Majestät, du siehst auch sehr royal aus mit deinem Diadem.«

»Danke. Du darfst aber weiterhin ganz offen zu mir sprechen«, erwiderte Kathryn hoheitsvoll. Dann wurde sie ernster. »Nein, was ich vor allem meine, ist, dass du rauskommst. Dass du etwas erleben darfst, Sam … Nach Sikkim!« Sie breitete die Arme aus, drehte sich schwärmerisch im Kreis. »Das mystische Königreich! Die Natur soll phänomenal sein, und Heilkräuter sollen dort wachsen wie in keinem zweiten Land. Die endlosen Rhododendronwälder müssen jetzt blühen. Und die Menschen, wie die wohl leben?«

Sie suchte nach Worten, um der Freundin zu vermitteln, was das Eigentliche, das Großartige einer solchen grenzüberschreitenden Reise ausmachte. In den vergangenen Tagen hatte sie so vieles von Gustav und Carl über Sikkim erfahren, hatte deren Aufbruchstimmung gespürt, hatte beim Polizeipräsidenten so mitgezittert und sich mitgefreut, als würde sie selbst reisen. Aber sie musste zu Hause bleiben.

»Warum dürfen nur Männer solche Expeditionen unternehmen? Das ist doch ungerecht!« Kathryn stampfte mit dem Fuß auf.

Die Tür öffnete und schloss sich ständig, Frauen kamen herein, meist zu zweit, und drängten sich mit ihnen vor dem Spiegel.

»Bist du eigentlich in einen der beiden Deutschen verliebt?«, fragte Samantha, davon unbeeindruckt.

Kathryn schüttelte den Kopf, stieß heftig Luft durch die Nase: »Nicht mal meine beste Freundin versteht mich! Nein, bin ich nicht. Wir sind Kameraden.« Dann zuckte sie selbstironisch die Achseln. »Ich bin nur eine verhinderte Abenteurerin.«

Sam legte einen Arm um ihre Schulter und lächelte die Freundin im Spiegel an. »Majestät haben mein volles Mitgefühl.«

Kathryn streckte ihr die Zunge raus, musste dann aber doch lachen.

»Du … kann ich meiner Mutter sagen, dass ich dich für eine Woche besuche?«

Kathryn nickte. »Klar doch.« Es wäre nicht das erste Mal, dass sie Sam half, ihr Geheimnis vor der Mutter zu hüten.

Die Freundin gab ihr einen Kuss auf die Wange. »Danke! Tsarong wird seiner Familie sagen, dass er sich für einige Tage in eine Jagdhütte zurückzieht.« Sie giggelte. »Was ja nicht mal geschwindelt ist …«

Als Sam und Kathryn zu ihrem Tisch zurückkamen, hatten die Männer schon Sekt bestellt. Sie stießen gemeinsam auf den schönen Abend an. Gustav forderte Kathryn zum Foxtrott auf. Er führte sie mit sicherer Hand. Das war angenehm, aber durch seinen Abendanzug fühlte sie, wie angespannt er war, und sie verspürte den Wunsch, diese Anspannung zu lösen, ohne zu wissen, wie sie das anstellen sollte.

Carl tanzte mit Samantha. Beim Walzer wechselten sie die Partner. Die Tanzfläche war zu voll, um dahinzuschweben, doch Kathryn hatte ein herrlich leichtes Gefühl in Carls Armen. Sie bemühte sich, nicht wieder in der Tiefe seiner blauen Augen zu versinken. Deshalb warf sie lachend den Kopf in den Nacken, sobald sich dieser Sog erneut ankündigte.

Carl war genau wie Gustav in Gedanken bei den letzten Vorbereitungen für die Expedition und nur aus Höflichkeit noch mitgekommen. Irgendetwas an Kathryn irritierte ihn jedoch an diesem Abend, er kam aber nicht darauf, woran es lag. Beim Cole-Porter-Song *Let's fall in love* lockerte er die weiße Fliege und öffnete den obersten Knopf. Eigentlich hatte er nur seine Pflichttänze absolvieren wollen, und nun machte es richtig Spaß.

In den Tanzpausen schlürften sie wieder Sekt. Ab und zu kamen Bekannte an ihren Tisch, und Kathryn oder Sam wechselten ein paar Worte mit ihnen, einige Male tanzten sie auch mit anderen Männern. Kathryn überstand irgendwie einen langsamen Walzer mit ihrem langweiligen Dauerverehrer John-Henry, dann winkte Lord Taintsworth, der Sams Mutter offenbar erfolgreich davongelaufen war, von der Bar herüber, und sie musste einen Foxtrott mit ihm über sich ergehen lassen. Er hatte so schweißnasse Hände, dass sie erschauderte, aber immerhin tanzte er ganz passabel.

»Miss Whitewater«, hob er erneut an, als der Tanz endete, »würden Sie mir die Ehre erweisen und mich auf eine Spazierfahrt begleiten?«

»Wohin denn, lieber Lord?«

»Wohin … äh … Sie wollen«, stotterte er.

Kathryn lächelte freundlich, sie empfand Mitleid mit dem älteren Herrn.

»Wie wär's mit dem Botanischen Garten?«, schlug er rasch vor.

»Gut. Warum nicht?« Sie war eine Ewigkeit nicht mehr dort gewesen.

»Nächsten Samstag?«

»Ja, wir sehen uns sicher ohnehin im Club.«

Kathryn ließ sich an ihren Tisch zurückbegleiten, wo sie fröhlich in Empfang genommen wurde. Lord Taintsworth dankte und zog sich sichtlich erleichtert an die Bar zurück. Die Stimmung im Tanzsaal trieb jetzt, zu vorgerückter Stunde, ihrem Siedepunkt entgegen.

»Charleston! Charleston!«, rief die Menge.

Das Orchester erbarmte sich, es steigerte von Lied zu Lied den schnellen, wilden Rhythmus. Die Luft war zum Schneiden, ein stimulierender Mix aus Parfüm, Bohnerwachs, Schweiß, Alkohol, Tabak und Erregung.

Auch Kathryn und ihre Gäste tobten sich auf der Tanzfläche aus. Begeistert sangen sie den Hit *Yes! We have no Bananas* mit – da verlöschten mit einem Schlag die Lichter. Alles rief und lachte durcheinander. Ein Stromausfall war keine Seltenheit in Darjeeling. Beinahe jeden Tag brach einmal die elektrische Versorgung zusammen. Überall standen stets Leuchter bereit, und Streichhölzer lagen in Reichweite.

Man hörte Kichern, Knistern, heftiges Atmen. Eine schrille Frauenstimme rief: »Flegel!« Irgendwo knallte eine Ohrfeige, worauf der empörte Ausruf eines Mannes folgte. »Nicht so schnell!«, grölte jemand, hörbar alkoholisiert, den Dienern zu, deren Aufgabe es war, die Leuchter zu entzünden. Man munkelte, sie ließen sich bestechen, damit die Dunkelphasen länger als erforderlich andauerten.

Kathryn spürte plötzlich heißen Atem in ihrem Nacken. Und jetzt strich eine raue Hand aufreizend langsam von ihrer Schulter über die nackte Haut den Rücken hinunter. Sie stand da wie gelähmt. Es rieselte ganz himmlisch vom Scheitel bis in die Zehenspitzen, ihre Körperhärchen sträubten sich vor Entzücken. Kathryn wagte nicht, sich umzudrehen. Unerwartet fühlte Kathryn sich in starke Arme gerissen und spürte warme Lippen auf ihren. Sie waren weich und zugleich fordernd und drängten ihren Mund mit sanftem Druck, sich zu öffnen. Sie reagierte instinktiv, es fühlte sich richtig an.

Sie hatte die Augen noch geschlossen, als bereits die ersten Kerzen aufflackerten. Ein Pärchen auf dem Weg zur Tanzfläche stupste sie an. Kathryn öffnete die Augen und fand sich allein wieder, machte verwirrt Platz. Ihre Knie waren so weich, dass sie glaubte, keinen Schritt mehr gehen zu können. Irgendwie fand sie zum Tisch zurück, setzte sich zu Sam, Carl und Gustav, die bereits wieder dort saßen. Verstohlen musterte sie die beiden Männer, und ihr Herz klopfte schneller. Ob einer von ihnen …?

Doch Kathryn konnte bei keinem verräterische Spuren erkennen. Und so tat sie, als sei nichts geschehen. Langsam beruhigte sich ihr Herzschlag, nur das Rauschen in ihrem Kopf wollte nicht mehr aufhören.

In den nächsten Tagen überschlugen sich die Ereignisse. Kathryns Vater war am Sonntag nach Kalkutta zu einer Teeauktion gereist und hatte ihr während seiner Abwesenheit die Verantwortung für das Geschehen in und um das Haus übertragen. Die wirtschaftliche Situation von Geestra Valley war, seit er die Leitung übernommen hatte, nie so unsicher gewesen wie derzeit. Doch behielt er seine Sorgen für sich und hoffte, durch seine Kontakte und den guten Ruf seines Teegartens bei den Banken einen weiteren Kredit aufnehmen zu können. Vielleicht verkaufte sich der First Flush ja auch so hervorragend, wie er dieses Jahr gelungen war. Ein angemessener, fairer Preis würde ihm helfen, den Engpass zu überbrücken. Zur Not musste er einen privaten Investor als stillen Teilhaber suchen.

Carl und Gustav suchten zu Beginn der Woche, nachdem Dr. Apple sie medizinisch untersucht hatte, ihre Träger aus und blieben dann in der Stadt in einem Hotel. Am nächsten Tag setzte sich von Darjeeling aus ein Vortrupp in Marsch, am Tag darauf sollte der Haupttrupp mit den Sahibs zu Pferde starten. Es war geplant, dass Samantha und Tsarong erst zwei Kilometer hinter der Stadt zu ihnen stießen. In Darjeeling selbst würde der Aufbruch viel Aufsehen erregen, und sie wären als Mitreisende sofort aufgefallen.

Kathryn kam, begleitet von Tinley, um den Aufbruch der Gruppe mitzuerleben. Zunächst wurde der Name eines jeden Trägers laut vorgelesen. Es waren etwa zur Hälfte Nepalesen von den Stämmen der Gurkha und Sherpa und zur anderen Hälfte Tibeter, vor allem Bhotias. Jeder hatte eine bestimmte Last, für die er fortan verantwortlich war, und erhielt fünfzehn Rupien als Vorschuss. Die Männer gaben das Geld gleich weiter an ihre Frauen, die gespannt zuschauten und ihnen dann halfen, die Lasten so zu polstern, dass sie möglichst wenig drückten. Zum Abschied wurde warmer Reiswein herumgereicht. Jede Frau hängte ihrem Mann einen weißen Segensschal um.

Kathryn hatte zwei besonders schön bestickte Exemplare besorgt. Sie ging an die Spitze und legte Carl und Gustav je einen Schal um den Hals. Ihre Augen wurden feucht, doch sie lächelte aufmunternd.

»Gut Pfad! Kommt gesund wieder.« Wie gerne wäre sie mit ihnen aufgebrochen! Ein scharfer, schneidender Schmerz durchfuhr ihre Brust.

»Passt auf euch auf«, bat sie. »Ich hoffe, ihr findet, was ihr euch wünscht.«

»Auf bald, Queen of Darjeeling!«, rief Gustav mit einem Augenzwinkern. Er küsste sie auf die Wange. Kathryn nahm den Duft von gebügelter Baumwolle mit einer Spur Sandelholz wahr. »Mach uns einen schönen Tee, wenn wir zurückkommen.«

»Auf Wiedersehen, Queen of Darjeeling!« Carl küsste sie auf die andere Wange. »Danke für deine Unterstützung.«

Die Morgensonne glänzte auf seinem welligen braunen Haar, die blauen Augen strahlten so intensiv, wie Kathryn es noch nie gesehen hatte. So sah ein Mensch aus, dessen Traum in Erfüllung ging. Sie versank in diesem Strudel der Gefühle, der ihr Herz zugleich leicht machte und sehnsüchtig.

Carl und Gustav würden ihr furchtbar fehlen.

Als Tinley und Kathryn Geestra Valley erreichten, kauerte vor der Tür des Haupthauses Aashmi.

»Sie ließ sich einfach nicht wegschicken, sie sitzt hier schon seit Stunden«, entschuldigte sich Jay.

»Schon gut, danke.« Kathryn wandte sich an das Mädchen. »Wie geht es deinem Bruder, Aashmi?«, fragte sie gleich alarmiert.

»Nicht gut.«

Kathryn schickte sofort nach einem Arzt. Dr. Smith, der regelmäßig die Teegärten bereiste, musste heute auf einer der benachbarten Plantagen sein. Besorgt sah sie dann wieder nach Aashmi, die immer noch traurig auf den Stufen vor dem Haus saß.

»Bedrückt dich noch etwas anderes?«, fragte Kathryn.

Aashmi nickte sichtlich verlegen, dann brach es aus ihr

heraus, und sie erzählte von Padma und wie er sie bedrängte. »Ich bin an dem Abend nicht zu ihm gegangen«, schluchzte das Mädchen, »und jetzt ist er böse. Beim letzten Mal hat er mir nur vier Kilo Teeernte angerechnet und ins Büchlein geschrieben, obwohl ich mindestens sechs Kilo gepflückt habe.«

»Ich werde dir helfen«, sagte Kathryn, »das verspreche ich dir, doch um der Gerechtigkeit willen soll der Vorarbeiter sich auch äußern können. Erst mal kümmern wir uns um Babu, dann werden wir weitersehen.«

Kathryn beauftragte einen kleinen Jungen, nach dem Aufseher zu suchen und ihn herzubitten, als ein Bote aus Darjeeling kam. Er brachte einen Brief von Samantha. Die junge Frau riss ihn gleich auf und begann zu lesen.

Liebste Kathryn,

meine Mutter hatte einen Schlaganfall. Sie ist bei Bewusstsein, aber halbseitig gelähmt. Es kann sein, dass sie wieder gehen lernt, doch das wird dauern. Mutter braucht jetzt meine Hilfe, ich kann also nicht mit nach Sikkim wie geplant – Carl und Gustav habe ich benachrichtigen lassen, die Einreisepapiere lege ich bei. Tsarong bleibt übrigens auch in der Stadt. Wie schade für ihn. Trotz allem ganz herzlichen Dank für Deine Hilfe.

In aller Eile
Deine Dich treu liebende Freundin Sam

PS: Nein, Du kannst im Moment nichts für uns tun.
PPS: Vielleicht ist es ja ein Wink des Schicksals …

Kathryn schickte den Boten in die Küche, sich etwas Erfrischendes zu trinken zu holen, dann starrte sie wieder auf den Brief ihrer Freundin. Für einen Moment vergaß sie Aashmi. Ach, arme Sam! Sie fühlte aufrichtig mit ihr. Sam hatte sich so gefreut auf ein paar Tage ungestörten Glücks. Und welche Sorgen musste sie jetzt durchstehen! Auch wenn Mrs Cox einem manchmal mit ihrem ewigen Genörgel gewaltig auf die Nerven gehen konnte, Samantha hatte außer ihrer Mutter keine Verwandten in Indien.

Ein Wink des Schicksals, hatte Sam geschrieben. Sollte am Ende sie für ihre Freundin … Kathryn schwankte. Nein, das konnte sie ihrem Vater nicht antun. Er hatte nur noch sie, seine Tochter. Und auch wenn ihr Verhältnis nicht das allerbeste war, ohne seine Erlaubnis in seiner Abwesenheit den Teegarten verlassen, das konnte sie nicht. Die beiden Deutschen wären sicher auch alles andere als begeistert, wenn sie plötzlich da stünde.

Kathryn hatte Gustav und Carl einige Tage zuvor doch noch gefragt, ob sie nicht mitkommen könne. Aber die beiden hatten sie nicht einmal ausreden lassen. Ihr lautes Gelächter war eine deutliche Antwort gewesen. Kathryn spürte, wie sich auf einmal Ärger in ihr breitzumachen begann. Die Männer hätten ihre Bitte zumindest ernst nehmen können, oder? Und immer musste sie sich nach anderen richten. Waren echte Abenteurer nicht Menschen, die eben nicht warteten, bis ihnen etwas erlaubt wurde, sondern Menschen, die auf eigene Verantwortung handelten? Die taten, was sie für richtig hielten?

Kathryns Gedanken rasten. Es wäre schon noch möglich, die Expedition einzuholen. Die Männer ritten im Schritttempo vor den zu Fuß gehenden Trägern auf einem Bergkamm von Darjeeling aus einen weiten Bogen in Richtung Sikkim. Sie aber könnte mit dem Pferd den

Weg durch die Wälder ins Tal hinunter abschneiden. Und Geestra Valley lag ohnehin viel näher an der Grenze als Darjeeling.

Die junge Frau schrak aus ihren Träumen, als der Arzt vorfuhr. Dr. Smith machte sich gleich mit Aashmi und Kathryn auf den Weg zu der Hütte der Familie, um Babu zu untersuchen. Es genügte ihm ein kurzer Blick, um zu erkennen, dass es dem Jungen sehr schlecht ging.

»Das Kind muss dringend ins Krankenhaus. Ich werde es gleich mit nach Darjeeling nehmen«, sagte er zu der besorgten Mutter.

Dr. Smith nahm sich nicht einmal Zeit für einen Tee.

Als Kathryn zurück zum Haupthaus lief, fühlte sie sich auf einmal von allen allein gelassen.

Sie hatte das Hausportal kaum erreicht, als ihr Jay meldete, dass der gesuchte Aufseher aufgetrieben worden sei. »Er wartet im Schreibkontor.«

Kathryn lief ins Haus und stellte den Mann gleich zur Rede. »Stimmt es, dass Sie die Pflückerin Aashmi aufgefordert haben, Sie nach der Arbeit in Ihrer Unterkunft aufzusuchen?«

Padma war unrasiert, seine Kleidung ungepflegt. Er antwortete frech und schien sich keiner Schuld bewusst zu sein. »Das ist doch ganz normal«, antwortete er. »Das ist der Alltag in jedem Teegarten, Miss Whitewater.«

»Und wenn die Pflückerin nicht gefällig ist, was dann? Dann sieht sie schon, was sie davon hat, nicht wahr?«

Der Aufseher gab sich kaum Mühe, sein dreckiges Grinsen zu unterdrücken. »Aber wer sagt denn so was? Die Frauen kommen doch freiwillig. Es macht ihnen sogar Spaß.«

»Ach, das können Sie beurteilen?« Kathryn maß den Mann mit einem hochnäsigen Blick.

»Ihr Herr Vater hätte dafür sicherlich mehr Verständnis als Sie«, erklärte Padma. Er lächelte maliziös. »Und die Frauen freuen sich über kleine Geschenke.«

Irritiert sah Kathryn ihn an. »Was wollten Sie da gerade andeuten? Weshalb sollte mein Vater eine andere Auffassung von Anstand haben als ich?«

Er sagte nichts, zog nur die Augenbrauen hoch, spitzte den Mund und sah dann betont unschuldig auf seine erdverkrusteten Stiefel.

Kathryn wurde zornig. »Antworten Sie! Ich habe Ihnen eine Frage gestellt!«

»Weil Ihr Vater auch nur ein Mann ist …«

»Ich weiß, dass er ein Mann ist. Also, was? Ich verlange eine klare Antwort.«

Es bereitete Padma sichtlich Freude, ihr die Wahrheit zu sagen. »Weil alle im Teegarten außer Ihnen, Memsahib, wissen, dass Ihr Vater regelmäßig abends Besuch von einer Pflückerin bekommt. Seine Verandatür ist stets nur angelehnt.«

Fassungslos starrte Kathryn den Mann an. Nein, das konnte nicht sein. Unmöglich.

Der Aufseher wirkte jedoch sehr sicher.

»Seit wann?«, fragte sie hart.

»Es soll schon zwei Jahre so gehen, munkeln die Dienstboten.«

»Sie lügen!«

»Fragen Sie die anderen … Ich bin ja noch nicht so lange hier. Die Frau heißt Manjushree. Und ist im Übrigen …«, nach einer kleinen Pause vollendete er den Satz mit vor Häme triefender Stimme, »… die Tante der unschuldigen kleinen Aashmi.«

Kathryn maß den Aufseher mit einem eiskalten Blick. »Sie sind unverschämt. Holen Sie sich morgen beim Verwalter Ihre Papiere. Sie erhalten Lohn bis zum Monatsende und verschwinden aus Geestra Valley. Und jetzt raus hier. Sofort.«

Kathryn konnte es nicht glauben. Ihr Vater! Mit einer Pflückerin! Heimlich und seit Jahren!

Aufgebracht wollte sie in sein Zimmer stürmen und nach Beweisstücken suchen, doch auf halbem Weg dorthin hielt sie inne. Nein, das brachte sie nicht über sich. Das Schlafzimmer war das Allerheiligste ihres Vaters, nie hatte sie es in seiner Abwesenheit betreten.

Kathryn war völlig durcheinander. Sie fühlte sich furchtbar und doch so, als würde das Schlimmste erst noch über sie hereinbrechen. Als müsste sie deshalb die Zeit bis dahin möglichst überlegt nutzen.

Kathryn stapfte in die Küche, wo seit ihrer Kindheit die Köchin Yaya wirkte. Der fülligen, gutmütigen Bengalin entging nichts, was in diesem Hause von Bedeutung war. Sie rührte in einem Topf köchelndem Mango-Chutney, als Kathryn eintrat. Yayas hüftlanger, grau melierter Zopf schaukelte hin und her, während sie ein rhythmisches Lied sang.

»Yaya«, fiel Kathryn gleich mit der Tür ins Haus, »stimmt es, dass mein Vater abends durch die Verandatür Damenbesuch bekommt?«

Die Köchin verstummte. Bedächtig rührte sie weiter, fruchtig würziger Duft erfüllte die Küche.

»Bitte, Yaya, sieh mich an und sag mir die Wahrheit.«

Die lebenskluge Frau, die in allen Notlagen ein passendes indisches Sprichwort fand, schaute Kathryn mit ihren großen dunklen Augen an. Sie sprach nicht, aber ihr Blick war voller Bedauern.

»Also stimmt es!«

Yaya nickte kaum merklich, dann wandte sie sich wieder dem Kochtopf zu und sang leise weiter.

Kathryn stand unter Schock. Und sie handelte, wie Menschen unter Schock handeln: kühl, konzentriert, ohne Empfindungen. Klar instruierte sie den verblüfften Verwalter Mr Brooks, dass sie Padma nie wiedersehen wolle.

»Schmeißen Sie ihn raus! Von mir aus kann er noch das Geld für diesen Monat bekommen.«

Mr Brooks starrte die junge Frau mit offnem Mund an. So kannte er Kathryn nicht.

»Und außerdem muss ich für eine Weile weg. Ein dringender Notfall. Bitte, Mr Brooks, kümmern Sie sich inzwischen um alles. Mein Vater wird in wenigen Tagen wieder hier sein.«

Kathryn packte ihre Sachen – wie gut, dass sie es in Gedanken schon einige Male durchgespielt hatte. Sie brauchte Kleidung für große Hitze und für extreme Kälte, ein Gewehr, Munition, Geld, Proviant, einen Schlafsack, Landkarte, Kompass, Taschenlampe, eine Thermoskanne mit Tee, eine Flasche Zitronellaöl gegen die Insekten und natürlich Sams Einreisegenehmigung. Kathryn ließ ihre Stute Joshi satteln und ein Pferd für die Lasten zäumen und bepacken. Ihrem Vater schrieb sie einen knappen Brief. Der Füllfederhalter hinterließ dabei einige königsblaue Tintenspritzer auf dem Papier.

Wie konntest du das nur tun?
Bin in Sikkim.
Kathryn

Hals über Kopf ritt sie los. Sie hoffte, die Expedition am nächsten Tage einzuholen. Erst mal musste sie hinunter zum Fluss, zur Brücke. Sie wusste, wo in etwa der Abstieg am günstigsten war. Zunächst führte der Weg an Teegärten vorbei, dann ging es steil auf serpentinenartigen Pfaden einen Abhang durch einen Wald aus Eichen, Kastanien und blühenden Magnolien zum Teesta hinunter. Vorsichtig tastete sich das Pferd übers Geröll.

Kathryn bebte vor Wut. Ihr Vater, was auch immer sie ihm vorwerfen mochte, weil er sie in Internate abgeschoben hatte, war doch immer eine Autorität für sie geblieben. Der Held ihrer Kindheit und eine moralische Instanz. Sie ballte die Fäuste so stark, dass die Zügel sich schmerzhaft in ihre Handflächen schnitten.

Was ihr Vater getan hatte, kränkte Kathryn zutiefst. Es war ein Verrat an seiner Frau, an ihrer Mutter. Noch dazu mit einer nepalesischen Arbeiterin! Wie konnte er nur? Also hatte sie sich neulich den Schatten auf der Veranda nicht eingebildet. Und alle außer ihr hatten es gewusst! Erst jetzt rollten Tränen über ihr Gesicht. Ihr Vater hatte heimlich eine Geliebte! Die Enttäuschung tat so weh! Moosbehangene Zweige peitschten ihr ins Gesicht, laut schluchzte sie auf. Oh, niemals, nie, nie wieder sollte er es wagen, ihr Vorschriften zu machen!

»Papa!«, rief Kathryn tränenblind. »Ich verstehe dich nicht! Wie konntest du so etwas tun?«

Je näher sie dem Flusstal kam, desto heißer und schwüler wurde es. Zwischendurch stieg sie ab, weil die Steigung zu extrem war. Kathryn atmete schwer, hatte kaum einen Blick für die veränderte Vegetation. Unter Farnbäumen, Palmen und wilden Bananen kämpfte sie sich entschlossen weiter voran. Die Bluse klebte auf ihrer Haut, im Gesicht mischten sich Tränen und Schweiß.

Oh, sie war so wütend! Aber wenigstens verlieh diese Wut ihr die Kraft, endlich das zu tun, was sie wollte. Schon einmal war sie so wütend gewesen, nach dem Tod ihrer Mutter und ihres Bruders. Aber daran wollte sie jetzt nicht denken.

Die Sonne stand schon tief, als Kathryn erschöpft eine schwindelerregend hohe, schwankende Hängebrücke erreichte, die über den Teesta führte. An dieser Stelle hatte sich der Fluss tief in eine Schlucht eingegraben. Ihre Stute lief ein paar Meter über das Bambusholz, dann weigerte sie sich weiterzugehen. Sie weigerte sich aber auch zurückzugehen. Und das Lastpferd machte, was das erste tat. Ein falscher Schritt und sie würden hinunterstürzen. Wütend auf ihr Pferd kämpfte Kathryn wieder mit den Tränen. Aber sie wusste ja, dass ihre Stute keine Schuld traf. Joshi hatte Angst. Wie sie.

Unter ihnen tobte der Fluss, Stromschnellen ließen weiße Gischt aufspritzen, da, wo sie auf die Felsen stießen, die überall aus dem Wasser ragten. Das Sonnenlicht brach sich darin zu Regenbögen, die in allen Farben schillerten. Bei anderer Gelegenheit hätte Kathryn dieses Naturschauspiel sicher wunderschön gefunden. Jetzt war sie nass bis auf die Haut von der Schwüle des Urwalds, und der emporstäubende, gletscherkalte Wassernebel machte sie frösteln.

Mit einer Hand umklammerte sie das raue Wollseil, das seitlich der Brücke gespannt war. Nicht eine Sekunde zu früh, denn ein Tritt des Lastpferdes versetzte der wackeligen Konstruktion eine unerwartete Schwingung. Kathryn glitt aus, und das Seil schnitt sich schmerzhaft in ihre Hand. Es brannte höllisch. Die junge Frau blieb auf den glitschigen Bambusstäben sitzen, einem Nervenzusammenbruch nahe. Sie rieb ihre malträtierten Glieder. Bald würde es dunkel werden. Sie durfte jetzt nicht den Kopf verlieren.

Und auf keinen Fall durfte sie vor Ermattung einnicken.

Jersey

1990 bis 1991

Lady Kathryn kehrte zurück aus ihrer Erinnerung. Immer noch saß sie an ihrem Biedermeiersekretär. Vielleicht wäre es besser, vorher alles aufzuschreiben? Sie blickte auf das leere Blatt Papier, das vor ihr lag, und formulierte in Gedanken den ersten Satz.

Lieber Charles, du hast dein Leben lang geglaubt, dein Vater wäre Lord Alfred Taintsworth, doch in Wirklichkeit bist du weder adlig noch britisch. Dein leiblicher Vater war ein Deutscher, und ihn habe ich mehr geliebt als …

Mehr als was? Als ihr Leben? Als ihren Sohn? Ihre Familie? Ja, es war so verdammt schwer, die richtigen Worte zu finden. Ach, musste sie es denn wirklich sagen?

Aber andererseits hatte Charles ein Recht auf die Wahrheit. Und Miles. Oder tat die Wahrheit nur weh und nützte niemandem? Charles' leiblicher Vater lebte nicht mehr, er wusste nicht einmal … Und so richtig viel Ähnlichkeit, das musste sie zugeben, hatten beide Nachkommen, weder Sohn noch Enkel, mit ihm nicht. Wütend schlug Kathryn mit der Faust auf ihren Sekretär. Warum musste es so kompliziert sein! Immer noch, obwohl sie sich seit nunmehr sechzig Jahren den Kopf darüber zerbrach.

Kathryn blickte wieder aus dem Fenster, stand auf und beobachtete Miles. Eine Woge der Zärtlichkeit für dieses

Kind durchflutete sie. Gerade unterbrach Miles seine Forschungsarbeit, er ließ die Lupe fallen …

Wie bitte? Kathryn stutzte. Sah sie richtig? Das konnte doch nicht angehen! Wenn es das war, was sie jetzt dachte, dann …

Der Schmerz fuhr in sie hinein, nicht spitz wie gewohnt, sondern dumpf, schwer, irgendwo zwischen dem Bauch und dem Brustkorb. Dieses Mal war er zu stark, er machte sie beinahe bewegungsunfähig. Kalter Schweiß brach ihr aus. Alles krampfte sich zusammen, ihr linker Arm fühlte sich lahm an, sie spürte Todesangst, ihr Denken versagte jäh.

Kathryn schaffte es gerade noch, sich zum Bett zu schleppen und brach darauf zusammen. Als der kleine Miles wenig später das Zimmer betrat, atmete sie schwer. Beklommen näherte er sich seiner Großmutter. Sie lag so unnatürlich da auf ihrem Bett, das machte ihm Angst.

»Grandma, hörst du mich?«

Besorgt streichelte Miles ihre Wange. Kathryn zuckte leicht zusammen, ihre Augenlider flatterten, und ihre Gesichtszüge entspannten sich. Sie schien etwas zu hören. Sogar richtig glücklich sah sie aus.

Miles griff nach ihrer Hand. Sie fühlte sich eisig an. Er nahm auch die andere Hand und tat, was seine Großmutter gemacht hatte, wenn seine Hände beim Schlittenfahren zu kalt geworden waren: Er legte sie zusammen und pustete heiß in die Öffnung hinein.

Ein schwaches, freudiges Ja kam über die Lippen der alten Frau. Sie lächelte selig. Auf ihren Wangen zeigten sich feine Grübchen. Miles fragte sich, woran sie wohl dachte. Dann sah er, wie sich der Brustkorb seiner Großmutter hob. Sie atmete ein und mit einem langen, erleichterten Seufzer wieder aus.

Es war ihr letzter Atemzug.

Wenige Wochen nach der Beerdigung von Lady Taintsworth ging tatsächlich ihr heißgeliebter Rhododendron ein. Ihr Sohn Charles war kein Romantiker, doch er hoffte wider alle Vernunft inständig, dass der große Busch im nächsten Frühjahr erneut austrieb. Als es so weit war, und weder Grün noch Blüten das nackte Strauchwerk schmückten, beschloss der Lord, zur Erinnerung an seine Mutter diese viel bewunderte Sorte wiederzubeschaffen. Es gab einige Verwirrung wegen ihres Namens. Während Charles meinte, sie habe Queen of Darjeeling geheißen, vermuteten deutsche Pflanzenkundler, es könne sich um die Rose von Darjeeling handeln. Letztere war nur kurz um 1950 dokumentiert, aber auf rätselhafte Weise wie ausgestorben. Ob es sich nun also um zwei unterschiedliche oder die gleiche Sorte handelte, wusste niemand mit Sicherheit zu sagen.

Charles schickte Fotos an die Rhododendronexperten des Landes, doch keiner konnte diese Sorte liefern. Er richtete Anfragen an Gärtnereien, dann an Arboreten und Botanische Gärten. Korrespondenzen mit beigelegten Fotos wurden ins Ausland versandt. Charles erfuhr, dass auf dem europäischen Festland die vermutlich wenigen letzten Exemplare der Züchtung mit Sicherheit im eisigen Winter 1978/79 erfroren sein mussten.

Für Rhododendronfreunde, das wusste Charles, war die Welt klein. Sie kannten sich über ihre Fachgesellschaften. Nicht wenige Liebhaber trafen sich zu internationalen Kongressen. Und so begann auch unter den Mitgliedern der Deutschen Rhododendron-Gesellschaft bald ein Fachsimpeln und Wettstreiten – besonders im Nordwesten des Landes, und dort hauptsächlich im Ammerland, dem Zentrum der deutschen Rhododendronzucht. Lord Charles pflegte Kontakt zu einem Vorstandsmitglied, Ludwig Brunken. Jener wiederum machte die Recherche zur Chefsache und bat während einer Tagung die Meister auf diesem Gebiet um ihre Meinungen. Dass der *Rhododendron jonasii* in die Ahnenreihe gehörte, war unbestritten. Aber was noch?

»Sie hat geduftet«, überlegte der eine, »also muss der *Rhododendron fortunei* darin stecken.«

Darauf erwiderte der Nächste: »Es kann auch der *Rhododendron discolor* sein.«

Noch einer meinte: »Ich vermute einen Einschlag von Rhododendron ›Metternianum‹.«

»Nee, der kam doch erst 1937 aus Japan.«

»Ja, und?«

»Meinst du vielleicht den *Rhododendron metternichii?*«

»Nein, den meine ich nicht. Die beiden werden immer verwechselt. Das geht übrigens auf einen Beschriftungsfehler zurück.«

»Na, jedenfalls bin ich überzeugt, dass wir es mit einer besonders harten und attraktiven Form des *Rhododendron degronianum* zu tun haben.«

»Wegen der roten Farbe dürfte der Rhododendron ›Britannia‹ mit im Spiel gewesen sein …

»Oder ein Elternteil war die Königin ›Wilhelmina‹ ..«

Charles schwirrte der Kopf. Ludwig Brunken schrieb dem Sohn von Lady Kathryn schließlich: *Es besteht wenig Aussicht, noch jemals ein Exemplar dieser Hybride zu entdecken. Die einzige Möglichkeit wäre eine Nachzüchtung. Aber auch bei diesem Versuch hätten wir mit zwei großen Problemen zu kämpfen. Erstens: Wir kennen nicht exakt die Eltern. Und selbst wenn wir sie kennen würden – entscheidend ist doch, welche Selektion aus der Schar der Nachkommen der ursprüngliche Züchter gewählt hat. Es bliebe also immer nur bei einer Annäherung. Und zweitens: Eine neue Züchtung kann durchaus bis zu zwanzig Jahren benötigen. Wollen Sie wirklich, dass ein solcher Aufwand betrieben wird?*

Lord Charles wollte. Er fühlte sich geradezu verpflichtet.

»Maximilian«, sagte er würdevoll zu seinem Sohn. »Sollte ich dann nicht mehr unter den Lebenden weilen, bitte ich dich, im Angedenken an deine Großmutter dieses Projekt bis zu seiner Vollendung zu verfolgen.«

Der Junge nickte mit großen, ernsten Augen.

Ein Jahr nach Kathryns Tod lobte also ihr Sohn Charles ein stattliches Preisgeld von fünfundzwanzigtausend britischen Pfund für die beste Nachzüchtung aus. Knapp zwanzig Jahre später sollten die Züchtungsergebnisse im Rahmen der größten Rhododendronschau auf dem europäischen Festland, im Ammerland, präsentiert und prämiert werden.

Ammerland

April 2010

»Nur noch vier Wochen bis zur Rhodo«, Gerda massierte die Füße der fast achtzigjährigen Hella ter Fehn mit einer zitronig riechenden Creme und freute sich schon auf den gemütlichen Teil ihres Termins. »Gehst du hin?«

Hella, die mit ihrem praktischen grauen Bob nicht nur aussah wie eine pensionierte Lehrerin, sondern tatsächlich ihr Erwachsenenleben damit verbracht hatte, Kinder für Geschichte und Deutsch zu begeistern, hob unentschlossen die Schultern.

»Mal sehen«, sagte sie mit immer noch fester Stimme, »mit dem Rollator ist es schwierig. Und die Botanik interessiert mich nicht so.«

Stimmt, dachte Gerda, das sieht man an deinem Garten. Das alte Ammerländer Bauernhaus, in dem Hella seit ihrer Pensionierung lebte, wucherte allmählich zu. Das verwilderte Grundstück reichte bis zum Seeuferweg. Nur der Bauerngarten direkt an dem kleinen Fachwerkhaus war einigermaßen gepflegt. Gerda streifte ihrer Kundin die Hausschuhe über, krempelte ihr die Hose herunter und ging sich die Hände waschen.

»Aber dieses Jahr wird's spannend«, rief sie aus der altmodischen Sommerküche in den Wohnraum. »Die Nachzüchtungen der Rose von Darjeeling sollen präsentiert werden. Es geht um dreißigtausend Euro.«

Hella zuckte zusammen. »Rose von Darjeeling?« Diesen Namen hatte sie zuletzt von ihrem sterbenden Vater gehört.

Gerda zupfte vor dem Spiegel ihre freche rotblonde Kurzhaarfrisur zurecht. Für ihre fünfzig Jahre sah sie immer noch flott aus, sie konnte sich auch über einen Mangel an Verehrern nicht beklagen, obwohl sie liebend gern nur noch für einen einzigen da gewesen wäre. Doch der traute sich nicht richtig.

Sie kehrte zurück und rutschte in die Eckbank an den schon gedeckten Kaffeetisch. Das gehörte nämlich zu ihrem Ritual: Sie berechnete nichts extra für den Hausbesuch, dafür revanchierte sich Hella ter Fehn nach der Pediküre mit Kaffee und holländischem Honigkuchen. Gerda schraubte die Thermoskanne auf.

»Ich darf doch?« Sie schenkte zwei Tassen ein und fuhr fort zu erzählen. »Ja, dieser verrückte Lord aus England oder von so einer Insel da in der Gegend, der hat doch vor zwanzig Jahren einen Wettbewerb ausgeschrieben. Wer ihm einen Rhodo züchtet, der ist wie der, den seine verstorbene Mutter so liebte, der kriegt fünfundzwanzigtausend Pfund.«

»Schade«, bemerkte Hella trocken.

»Wieso?«

»Vor zwanzig Jahren war das Pfund viel mehr wert als heute.«

»Na ja«, Gerda verdrehte ihre hübschen Augen, »aber umgerechnet sind das dreißigtausend Euro, und das ist doch nicht schlecht. Dafür muss 'ne alte Fußpflegerin lange feilen.«

Hella ter Fehn hatte viel mehr Geld geerbt, als sie benötigte. Das beruhigte natürlich. Deshalb elektrisierte sie die Nachricht nicht wegen ihres finanziellen Aspektes.

»Weißt du, Gerda«, sagte sie nachdenklich, als sie ihren

Lehnstuhl an den Tisch rückte, »mich hat das gerade richtig getroffen.«

Gerda staunte. Hella ter Fehn war für sie immer die Ruhe in Person.

»Was denn?«, fragte sie gespannt.

»Dieser Name. Ich wusste nie, was er bedeutet. Wer oder was damit gemeint ist.« Hella bemerkte, dass ihre rechte Hand vor Aufregung zitterte und schob sie unter ihren Oberschenkel. »Ich bin ganz geplättet, dass die Rose von Darjeeling ein Rhododendron ist! Ich dachte, es wäre eine Frau …« Das Binsengeflecht vom Sitz des alten Eichenstuhls drückte sich unangenehm in ihre Handfläche, und sie zog sie gleich wieder hervor.

»Aber die Lokalzeitung hat damals groß darüber berichtet …«

»Ich hab damals in Osnabrück gelebt.«

»Ach ja, stimmt. Also, fast jede bedeutende Ammerländer Baumschule wird auf der Rhodo neben der üblichen Leistungsschau auch an diesem ›Rose‹-Wettbewerb teilnehmen. Die machen alle ein großes Geheimnis darum. Ihre Rose-von-Darjeeling-Züchtung soll niemand vorher zu Gesicht bekommen. Das weiß ich von Hein.«

»Hein ist dein Freund, nicht?«

Gerda, deren erstaunlich glattes Gesicht noch nie Make-up gesehen hatte, errötete. »Die einen sagen so, die andern so. *Ein* Freund auf jeden Fall.«

»Und was macht der?«

»Oh, Hein ist vielseitig.« Verlegen rührte Gerda in ihrem Kaffee. Nicht ohne Stolz zählte sie dann auf. »Er fährt Taxi, ist sein eigenes. Und er hat einen kleinen Hof, von seinen Eltern übernommen. Da züchtet er noch ein paar Ammerländer Edelschweine. Und er kümmert sich als Mann für alle Fälle um die Gewächshäuser der Baumschule Jonas.«

Schlagartig verdüsterte sich Hellas faltiges Gesicht. »Jonas! Uäh!« Sie spie den Namen geradezu aus, nahm sich grimmig ein Stück Kuchen mit Kandiskruste und zermalmte es mit ihren Dritten.

Gerda lächelte. Sie hätte den Namen nicht erwähnen sollen! Jeder wusste doch, dass die ter Fehns und die Jonas seit Jahrzehnten verfeindet waren.

»Was ist mit den Jonas?«, wagte Gerda dennoch zu fragen.

Schroff antwortete Hella. »Undankbar und verlogen.« Ihre Miene machte deutlich, dass sie sich dazu nicht weiter äußern wollte.

Einen Moment schwiegen die beiden Frauen, dann fragte Gerda: »Woher kennst du die Rose von Darjeeling?«

»Ich kenn sie ja gar nicht. Hab nur von ihr gehört. Das war ungefähr das Letzte, wovon mein Vater sprach. ›Nun hat die Rose von Darjeeling am Ende doch nur mir allein gehört‹, hat er sinngemäß gesagt. Es klang wie ein Triumph, aber ich hab's nie verstanden.«

Gerda schaute die alte Frau mit großen Augen an.

Hella versuchte, sich genauer zu erinnern. »Er sagte auch, dass er für sie sorge und sie vor Kälte beschütze. Und niemand außer ihm wisse, wo sie stecke. Ich hab immer geglaubt, er fantasiert sich etwas zurecht, das vielleicht mit früher zu tun hat …«

»Hella, das könnte doch bedeuten, dass es noch ein Exemplar gibt von diesem gesuchten Rhodo!«, rief Gerda aufgeregt.

»Wie, hier?«

»Keine Ahnung, wo.«

Hella dachte angestrengt nach. »Könnte ja praktisch überall sein. Außerdem ist mein Vater dreißig Jahre tot. Seitdem hat sich einiges verändert.«

»Das allerdings.«

»Tu mir einen Gefallen«, sagte Hella streng, »und behandle unser Gespräch vertraulich. Mir ist diese Rose von Darjeeling völlig gleich! Geld brauch ich auch keins mehr. Ich will nicht, dass mir hier Leute mit Spaten ums Haus schleichen. Verstehst du das?«

»Klar.«

Gerda hielt viel auf ihre Verschwiegenheit. Ihre Klienten durften sicher sein, dass sie mit ihren Geheimnissen nicht hausieren ging.

Jersey – Ammerland

April 2010

An einem nasskalten Tag im April erreichte den alten Lord Charles Taintsworth auf Jersey ein Anruf aus Bremen.

»Hallo, Charles, altes Haus. Hier spricht Ludwig Brunken. Du erinnerst dich?«

»Aber sicher, mein Freund. Wie geht's, was macht die Deutsche Rhododendron-Gesellschaft? Wir sehen uns doch Mitte Mai in Westerstede in der Jury?«

»Aber gewiss! Du, ich habe da gestern zufällig ein Gerücht gehört …«

Sie telefonierten eine halbe Stunde lang.

Anschließend rief ein aufgeregter Lord Charles seinen Sohn zu sich.

»Max, du musst sofort nach Deutschland reisen. Mir ist ein Gerücht zu Ohren gekommen, wonach wahrscheinlich irgendwo in einem alten Ammerländer Garten noch ein Original der Rose von Darjeeling existiert.«

Maximilian war alles andere als erfreut, er hatte eigentlich mit Freunden eine Woche auf einer Segelyacht vor Mallorca verbringen wollen. Bislang war nur ausgemacht gewesen, dass er seinen Vater zum Wettbewerb zur Rhododendronausstellung begleiten sollte. Aber das war erst in einem Monat.

»Das Original wäre ja tausendmal besser als jede Nachzüchtung«, begründete sein Vater seinen Wunsch. »Und ich will nicht riskieren, dass jemand uns zuvorkommt.«

»Wie stellst du dir das vor? Das ist ja wie die Nadel im Heuhaufen suchen. Hast du nähere Hinweise?«

Charles schüttelte den Kopf. »Aber mein alter Freund Ludwig hat mir ein paar Adressen von Fachleuten genannt, die dir weiterhelfen können.«

Widerwillig übernahm Maximilian den Auftrag. Um seinen Vater zu beruhigen, würde er rasch nach Deutschland fliegen, einmal mit dem Leihwagen durch die Gegend kurven, irgendwo gut essen, vielleicht in der nächst größeren Stadt ein bisschen Sightseeing machen und dann zurückkommen. Es war so gut wie aussichtslos. Erst recht, wenn er nicht direkt nach der Rose von Darjeeling fragen durfte, weil dadurch schlafende Hunde geweckt werden könnten.

Charles zog eine Mappe mit vergrößerten Farbfotografien aus der Schublade. »Hier, du warst ja noch ein Kind … So sah sie aus. Und sie duftete ganz eigen.« Sein Gesicht bekam einen entrückten Ausdruck.

»Ja, ich erinnere mich«, erwiderte Maximilian ungeduldig. Er wandte sich zum Gehen.

»Max? Eines noch«, Charles fuhr sich durchs Haar, »du weißt, manche Leute wittern Geld und werden zu Schleimern oder Hyänen, wenn sie unseren Namen hören. Also, sei bitte ein bisschen vorsichtig.«

Max grinste schief. Das kannte er schon. »Klar, inkognito. Max Whitewater geht auf Reisen, Dad.« So lautete das Pseudonym, das er seit Studententagen manchmal benutzte. Es war, wie er inzwischen herausgefunden hatte, nicht besonders originell gewählt. Die meisten Autoren wählten als Nachnamen den Mädchennamen ihrer Großmutter und als Vornamen den ihres Lieblingshaustiers. Na, wenigstens in diesem Punkt blieb er sich treu: Sein Vorname langte für zwei Identitäten.

Wenn Maximilian Taintsworth das Luxusleben als künftiger Lord und Erbe zu langweilig wurde, schrieb er unter dem Namen »Max Whitewater« Reportagen für eine Reisezeitschrift, die im Londoner Verlag seiner Tante Annabella und ihres Mannes Leroy erschien. Zu deren Zeitschriftensortiment gehörte auch ein Gartenmagazin. Bislang hatte er sich viel zu jung für diesen Themenbereich gefühlt, aber nun würde Max Whitewater wohl über Nacht zu einem neuen Mitarbeiter von *Park & Garden* mutieren.

Der Gedanke an sein anderes Ich munterte ihn ein wenig auf.

Nachdem Max in einem großen weißen Hotel am Zwischenahner Meer eingecheckt hatte, fuhr er mit dem am Bremer Flughafen gemieteten Wagen zu seiner ersten Kontaktadresse, zur Juniorchefin eines seit Generationen auf Rhododendren spezialisierten Baumschulbetriebs. Er nahm nicht die Autobahn nach Westerstede, sondern Landstraßen. Die bemerkenswert flache Landschaft erinnerte ihn an englische Parks: grüne Weiden, Wallhecken und Häuser aus blaurot gebranntem Klinker oder warmrotem Backstein und Ziegeln im gleichen Farbton – vor dem aprilblauen Himmel mit weißen Wolken eine wohltuende Farbkomposition. Die Eichenalleen gefielen ihm, schade, dass die Bäume noch kein Laub trugen. Am Straßenrand und in den akkurat gepflegten Vorgärten leuchteten gelbe Osterglocken. Ab und zu erspähte er ein stilecht restauriertes Bauernhaus mit Eichenfachwerk, Backstein und Reetdach. Max vermutete, dass darin zugezogene Städter wohnten. Zu einigen Baumschulen gehörten Areale wie aus einem Science-Fiction-Film. Es wirkte geradezu spacig, wie dort einige Bäume wuchsen – als hätte man ihre Kronen waagerecht zwischen riesige Zahnspangen gepresst. Dann wieder standen welche reihenweise Spalier. Tolle

Dressurleistung, dachte Max, aber ihm gefielen die Straßenbäume besser, die krumm und schief von wildem Efeu berankt wuchsen, wie es ihnen ein beständiger Nordwestwind seit Jahrzehnten flüsterte.

Obwohl nur gemächlicher Verkehr herrschte, nervte Max der ungewohnte Rechtsverkehr. Er schaute öfter in den Rückspiegel als zu Hause – und musste grinsen, als er jetzt auch sein Gesicht darin sah. Denn er trug die ultrahippe eckige Achtzigerjahrebrille mit der breiten dunkelbraunen Fassung, die ihm eine süße Partymaus neulich bei einer postalkoholischen Shoppingtour durch London-Soho aufgeschwatzt hatte.

In Großbritannien tauchte sein Foto häufiger in den Klatschspalten auf. Nicht etwa, weil er die Presse suchte. Im Gegenteil. Aber als einer der gefragtesten und vermögendsten Junggesellen der Nation landete der zukünftige Lord Taintsworth dort unwillkürlich. Natürlich auch, weil er auf den Gästelisten angesagter Events stand. Dabei sortierte er schon Vieles aus, weil es ihn schlicht langweilte oder ihm zu dumm erschien, doch nicht alle Einladungen konnte oder wollte er absagen. Und wenn ein Hochadliger aus seinem Bekanntenkreis heiratete, spekulierten die Hofberichterstatter vorher tagelang, welche junge Dame wohl dieses Mal den begehrten Maximilian Taintsworth begleiten würde.

Max nahm nicht an, dass sein Konterfei in der norddeutschen Provinz bekannt war, aber diese leichte Verfremdung konnte nicht schaden. Seine blaugrünen Augen jedenfalls erkannte man nicht auf den ersten Blick. Max wuschelte sich mit den Fingern rasch noch die dunkelblonden Haare in die Stirn und grinste in sich hinein.

Er liebte es, dumme Fragen stellen zu dürfen.

»Guten Tag, ich möchte zu Frau Jonas. Sie erwartet mich.« Max' Deutsch war dank einigen Semestern Politik und Jura in Berlin ganz passabel.

»Zur jungen oder zur Mutter?«

»Zur jungen.«

»Ist hinten. Beim Hochbeet.«

»Hochbeet?«

»Ja, ein höher gelegtes Beet. Dem kann Bodenfrost nichts anhaben. Ist auch gut bei Rückenproblemen.« Die Mitarbeiterin der Baumschule, die Max angesprochen hatte, lächelte. »Gehen Sie einfach an der Ausstellungsfläche draußen vorbei, bis zu den Magnolienbäumchen und dann bei den kleinen Japanischen Azaleen rechts.«

»Vielen Dank.«

Die Sonne schien zwar, aber ein kühler Wind fuhr durch die Reihen mit den immergrünen Gehölzen. Einige blühten, einige noch nicht. Erst in diesem Moment ging Max auf, dass es noch einen Punkt gab, den er nicht bedacht hatte: Was, wenn die legendären scharlachroten Blüten der letzten Rose von Darjeeling, falls sie denn existierte, noch nicht aufgegangen waren? Es war schließlich erst April. So ein Mist. Dann müsste er länger bleiben als geplant. Das fehlte gerade noch. Immerhin, sein Hotel verfügte über einen annehmbaren SPA-Bereich. Vielleicht kaufte er sich einfach einen spannenden Thriller und machte eine Woche Urlaub. Hatte seine Großmutter Kathryn ihm nicht immer gepredigt, er solle das Leben genießen?

Max bog bei den in Rot und Orange flammenden Azaleen um die Ecke. Hier standen Rhododendren in Töpfen auf schwarzer Folie. Zwei wahrscheinlich polnische Arbeiter wässerten sie gerade. Dahinter erstreckten sich gläserne Gewächshäuser und Anzuchtflächen, deren halbrund überdachende Planen weit zurückgeschlagen waren. Neben einem Arbeitstisch befand sich ein langes Hochbeet, an dessen Ende ganz in Gedanken versunken eine blonde Frau stand. Wie eine Wassernymphe aus einem alten Märchen, dachte Max. Anmutig, selbstvergessen, fast ein wenig rätselhaft. Sie hatte ihre Wange auf das schulterhohe Hochbeet gelegt und schien sich etwas anzusehen oder etwas zu suchen.

»Guten Tag.«

Sie reagierte nicht auf seinen Gruß. Was zum Teufel machte sie? Was sah sie? Träumte sie?

Max legte am anderen Ende des Hochbeetes seine Wange auf die Erde. Die Sonne schien der Frau ins Gesicht. Er blickte ihr direkt in die Augen, leuchtend blaue Augen, und sein Herz begann zu rasen. Es haute ihm fast die Beine weg. Ich möchte morgens aufwachen und in dieses Gesicht sehen, dachte er. Nie hätte er gedacht, dass ihm so etwas passieren könnte. Tief in seinem Innern musste es schon lange ein Bild von ihr gegeben haben. Was für ein unglaublich klares Gesicht! Diese Augen! Sie schienen durch ihn hindurchzusehen … Und sie hatte eine Haut, von der er ahnte, dass sie sich weich wie Milch und Honig anfühlte. Bestimmt besaß sie Herz und Verstand und Witz. Er wusste es. Das alles wusste er innerhalb weniger Sekunden.

Nein, protestierte ein letzter Rest Vernunft in ihm. So was passiert nicht in Wirklichkeit, nur in Kitschfilmen. Oder doch? In seiner Brust spürte er ein einziges Jubilieren. Es passierte. Ihm. Jetzt gerade.

Abrupt hob Julia Jonas den Kopf. Wer war denn das? Und wann hatte sie zuletzt eine dermaßen scheußliche Brille gesehen? Das Gesicht des jungen Mannes konnte sie nicht richtig erkennen, weil die Sonne sie blendete.

»Moin«, sagte sie.

Der Mann am anderen Ende des Hochbeets hob seinen

Kopf und kam jetzt lässig auf sie zu. Wohl zu lässig, denn er rutschte auf einer nassen Plane aus und strauchelte.

»Oh, sorry«, sagte er verlegen.

»Meine Güte, haben Sie sich verletzt?« Julia wischte ihre Hände an der grünen Gärtnerschürze ab, die sie über Cordhose und Kapuzen-Sweatshirt trug.

»Nein, ich glaube nicht.«

Sein englischer Akzent war unverkennbar, und gleich darauf fragte sie: »Sind Sie der englische Journalist?«

»Ja, Madam, sorry, ja, das bin ich. Max Whitewater.«

»Hallo, Mr Whitewater, Sie brauchen sich nicht dauernd zu entschuldigen. Ich bin Julia Jonas. Wir haben telefoniert.«

Sie reichte ihm die Hand und musterte ihn. Immerhin, abgesehen von der furchtbaren Brille und der verbotenen Frisur war er gut gestylt: dunkle Blue Jeans, Polohemd, Kaschmirpulli und ein olivgrünes Tweedjackett, Lederschuhe.

»Guten Tag, Frau Jonas. Schön, dass Sie sich Zeit für mich nehmen wollen.«

Max brachte ein Lächeln zustande. Ihre Stimme! Sie klang so samtig warm.

»Ehrlich gesagt«, beiläufig zog sie ein Gummiband aus der Hosentasche, raffte ihre blonden Haare zusammen und band sie zu einem wilden Knoten hoch, »so richtig viel Zeit hab ich nicht. Jetzt ist Hochsaison. Und bald beginnt die Rhodo, die findet ja nur alle vier Jahre statt, und wir haben wirklich alle Hände voll zu tun mit den Vorbereitungen.«

Eigentlich konnte sie ihn überhaupt nicht gebrauchen. Julia hätte Max Whitewater am liebsten sofort abgewimmelt. Aber das ging nicht, weil sie gerade erst die Öffentlichkeitsarbeit für die Junggärtner übernommen hatte. Und weil ein Artikel in der angesehenen *Park & Garden* natürlich eine super Werbung wäre.

»Ich will Sie auch gar nicht von der Arbeit abhalten«, beteuerte Max. Er improvisierte rasch. »Es wäre großartig, wenn ich einfach mal einen Tag Mäuschen spielen dürfte. Um zu sehen, wie der Alltag in so einem Baumschulbetrieb abläuft.«

Julia sah wenig begeistert aus, aber sie stimmte zu. Sie bot ihm ein Paar Gummigaloschen an, führte ihn herum und erläuterte ihm den Traditionsbetrieb Jonas, den sie seit dem Tod ihres Vaters zusammen mit ihrer Mutter führte. Ihr Großvater sei ein bedeutender Züchter gewesen. Nein, leider habe sie ihn nicht mehr kennengelernt.

Max machte sich jede Menge Notizen. Er vergaß sofort wieder, was sie sagte, weil er mit allen Sinnen ihre Anwesenheit wahrnahm. Sie hatte Sommersprossen, wie süß, und war da nicht manchmal ein leichter Silberblick? Julia ließ sich über die diversen Vermehrungsmethoden aus.

»Auf dem Hochbeet vorhin habe ich geguckt, ob die Rhodosamen schon sprießen, die ich vor zwei Wochen gelegt habe. Man erkennt es im Gegenlicht an einem sehr zarten grünen Flaum …«

Sie lächelte. Ein breites Julia-Roberts-Lächeln. Ihre strahlend weißen Zähne standen etwas schief, was ihr einen natürlichen Charme verlieh.

»Normalerweise werden Neuzüchtungen in Tonschalen gesät und als kleine Pflänzchen in andere Schalen pikiert. Aber ich wollte sehen, ob sie so nicht vielleicht gleich robuster …«

Wie durch Watte lauschte Max ihrer Stimme, wohlige Schauer liefen ihm über den Rücken. Julia ging weiter, ihre Begeisterung für die Rhododendronzucht ließ ihn schmunzeln.

»Die gebräuchlichste Vermehrungsart ist die Veredelung mit Unterlagen von drei- oder vierjährigen Rhododendren, deren Ballen in diesem Alter durchweg gut durchwurzelt sind.«

Sie hat schöne Rundungen, dachte Max. Wie sie wohl in einem Kleid aussieht? Oder ohne Kleid …?

Sie führte ihn an den Eingang zu einem Kiefernwald, dort stiegen sie auf einen Kleintraktor um.

»Wir fahren jetzt in den Rhododendronpark. Zu Fuß würden wir mindestens einen Tag brauchen«, sagte Julia. »Nur damit Sie mal einen Eindruck bekommen. Ist leider noch ein bisschen zu früh.«

Max nahm seitlich auf dem Notsitz über einem schlecht gefederten Kotflügel Platz. Julia bereitete es sichtlich Vergnügen, über die gemulchten Wege zu knattern, und er hielt sich krampfhaft fest. Es roch nach gehäckseltem Holz. Viele Azaleen blühten schon, einige weiße und rosa Rhododendren auch. Die meisten Knospen der mehrere Meter hohen Büsche waren noch geschlossen, strotzten aber vor Kraft, als würden sie jeden Augenblick aufplatzen. Seitlich führten verschlungene Fußpfade in den Wald.

An einer Lichtung hielt Julia. Sie stiegen ab, und sie zeigte Max die Mutterpflanzen einiger bekannter Hybriden, die ihr Großvater gezüchtet hatte.

»Er soll einen Instinkt dafür besessen haben, welche Sorten zusammenpassen und ein gutes neues Ergebnis bringen«, sagte Julia stolz.

Selbstvergessen lauschte Max ihren Worten. Diesen großen sinnlichen Mund musste man doch küssen, allein der verführerische Schwung der Oberlippe erregte ihn.

»Das ist ein Geheimnis unseres Erfolgs«, sagte Julia. »Der wahre Grund, weshalb bei uns seit über zweihundert Jahren so erfolgreich Rhodos kultiviert werden, ist der humose saure Boden. Und natürlich das milde Klima dank der Nordsee in der Nähe.«

Max fiel etwas ein, was er beim Hotelfrühstück im Touristenprospekt gelesen hatte. So konnte er endlich mal eine kluge Frage stellen. »Stimmt es, dass achtzig Prozent aller in Deutschland verkauften Rhodos aus dieser Region stammen?«

Julia nickte stolz. »Ich glaube, es sind sogar neunzig Prozent«.

In das Tziezledä der Meisen ringsum hämmerte von fern ein Specht, und es brach aus Max heraus: »Der Frühling ist eine wunderbare Jahreszeit, ist er nicht?«

Julia schenkte ihm ein breites Lächeln. Sie antwortete wie im Sprachunterricht. »O ja, er ist.« Dann warf sie einen Blick auf die Zeitanzeige ihres Handys. »So, jetzt müssen wir aber!«, sagte sie.

Sie ratterten zurück. Vor dem Gewächshaus reichte Julia ihren Besucher weiter an einen Mitarbeiter.

»Herr Brunßengerdes kann Sie durch die Gewächshäuser führen. Ich muss ins Büro und komme später wieder.«

Sie eilte davon. Für Max war es, als sei die Sonne hinter einer dunklen Wolke verschwunden. Aber sie hatte ja gesagt, sie käme wieder.

»Sag ruhig Hein. Ich bin Julias Kalfaktor.« Der rotgesichtige Mittfünfziger blitzte den Besucher mit listigen Augen an. »Un du büst?«, fragte er auf Norddeutsch.

»Max Whitewater.«

»Denn komm mal mit, Max.«

Hein stapfte voran. Hinter der Glastür schlug ihnen warme, feuchte Luft entgegen. Hein zeigte sich sehr gesprächig. Schon sein Großvater Hinnerk hatte für die Baumschule Jonas gearbeitet. Hein selbst war lange beim Bund gewesen und hatte die Heizungsanlage einer Kaserne gewartet, bis er mit zweiundfünfzig Frührentner wurde. »Jetzt kann ich endlich tun, wozu ich Lust hab«, scherzte er. »Taxifahren, Schweine züchten und mich um Gewächshäuser kümmern.«

»Ist Taxifahren als Hobby nicht zu kostspielig?«

»Nicht, wenn man der Fahrer ist.« Hein grinste und reichte Max seine Karte. »Wenn du mal 'n Taxi brauchst …«

»Danke, kann durchaus sein. Dieser Rechtsverkehr …« Er verdrehte die Augen.

Hein wies auf Max' Brille. »So eine hab ich auch noch in der Küchenschublade. Trägt man die jetzt wieder?«

Max grinste, lenkte das Gespräch dann aber wieder zurück auf die bevorstehende Rhododendronschau und erfuhr, dass die Baumschule Jonas wie jedes Mal dazu beitragen würde, die große Ausstellungsfläche auf dem Westersteder Marktplatz in ein Blütenmeer zu verwandeln. Ja, auch sie nähmen mit einer Neuzüchtung am Rose-von-Darjeeling-Wettwerb teil. Hein ging voran durch das weitläufige Gewächshaus, nannte Namen, die Max so schnell nicht erfassen konnte und die seine Verwirrung nur noch steigerten. Am Ende öffnete der Kalfaktor die Tür zu einem kleineren Raum.

»So, hier kümmer ich mich darum, dass die Ausstellungspflanzen die richtige Temperatur kriegen. Sollen ja alle genau am gleichen Tag in ihrer schönsten Blüte stehen.« Mit bedeutungsvollem Gesicht hob Hein den Zeigefinger. »Das is 'ne Kunst! Von Natur aus haben die ja alle ganz unterschiedliche Blütezeiten. Die einen wollen schon im April, die anderen erst im Juni … Und das Wetter spielt auch jedes Jahr anders mit.«

Max setzte eine interessierte Miene auf, kritzelte weiter Notizen in seinen Block. Über diesen Aspekt hatte er nie nachgedacht. Das sollte er als Mitarbeiter einer Gartenzeitschrift wohl besser nicht zu erkennen geben. Zum Glück redete Hein fröhlich weiter.

»Dat is so'n Jonglieren, mit mal mehr Wärme, dann wieder 'n paar Tage ins Kalthaus stellen, verstehst du? Aber wir kriegen das hin, dass sich alle Azaleen und Rhodos, die wir präsentieren wollen, auf den Punkt am selben Tag von ihrer besten Seite zeigen.«

Plötzlich schien Hein etwas einzufallen, sein Gesicht verdüsterte sich. Mit scharfem Blick prüfte er, was Max bei sich trug. Er hielt nur seinen Schreibblock und einen Kugelschreiber in der Hand.

»Du hast doch keine Plastiktüte dabei?«, fragte Hein.

»Wie bitte? Eine Plastiktüte? Nein, leider nicht. Brauchen wir eine?«

Hein kam näher, er klopfte kurz auf Max' Jacken- und Gesäßtaschen.

Verblüfft fragte Max: »Hast du noch einen Nebenjob bei der Flughafenkontrolle?«

Was Hein da fühlte – Brieftasche und Autoschlüssel –, schien ihn zu beruhigen. Entspannter trat er wieder einen Schritt zurück.

»Musst entschuldigen, Max. Aber es wird immer schlimmer mit den Dieben.«

»Mit welchen Dieben?«

»Wenn ich so einen mit Plastiktüte übers Gelände schleichen seh, läuten bei mir schon die Alarmglocken! Die Leute nehmen 'n scharfes Messer mit, und kaum guckt man nicht hin, schneiden sie sich einfach einen Reiser ab.«

»Einen was?«

»Einen Reiser. Also, so'n Edelreis, das ist so'n kleines Stück Ast zum Pfropfen«, erklärte Hein. »Bei einigen Sorten kann man die als Stecklinge auch gleich in die Erde tun.«

»Und warum machen die Leute das? Wollen sie billig an besondere Züchtungen kommen, oder was?«

»Ja, diese Schweinebacken! Das machen manche Hobbygärtner, aber was wirklich schlimm ist: Der Rhododiebstahl nimmt Ausmaße an, da muss man schon von organisiertem Verbrechen sprechen!«

Max verstand immer noch nicht richtig, um was es ging.

»Hallo, da seid ihr ja!«

Max bemühte sich, seine Freude nicht zu sehr zu zeigen und fragte Julia gleich, was es mit dem Diebstahl auf sich habe.

Julia stöhnte. »Ach! Unsere langjährigen Bestseller werden seit einiger Zeit gestohlen, offenbar illegal vermehrt und, wahrscheinlich von ausländischen Anbietern, deutlich günstiger auf den Markt geworfen.«

»Ist zum Mäusemelken!«, fluchte Hein.

»Die Ammerländer Betriebe halten zwar noch zusammen«, erklärte Julia, »aber die Konkurrenz anderswo arbeitet mittlerweile zu Dumpingpreisen. Diese Entwicklung bereitet nicht nur uns große Sorgen. Wir kämpfen mit Qualität und neuen Züchtungen dagegen an. Alle, die seriös in dieser Branche arbeiten, hoffen, dass man den Verbrechern bald das Handwerk legt … Aber es ist wohl sehr schwierig, auch wegen Kompetenzschwierigkeiten der Polizei.«

Max stellte noch einige Fragen. Am Ende hatte er begriffen, dass ein Züchter seine Schöpfung bei einer zentralen Erfassungsstelle anmeldete. Er konnte anderen Baumschulen gegen eine Gebühr die Erlaubnis erteilen, diese Kreuzung ebenfalls anzubieten. So lebten viele erfolgreiche Züchter also auch vom Lizenzverkauf. Die illegalen Vermehrer schädigten sie demnach doppelt und dreifach.

»Das ist ja skandalös!« Max war ehrlich empört.

»Wenigstens haben Sie Sinn für Gerechtigkeit.« Julia

lachte. »Kommen Sie, ich zeig Ihnen unsere Neuzüchtungen des Jahres.«

Stolz führte Julia ihn zu den in Kübeln stehenden Pflanzen. Da die Knospen noch geschlossen waren, konnte Max nicht allzu viel damit anfangen. Er bemühte sich um ein paar freundliche Worte über die Blattformen.

Sie lächelte nachsichtig. »Also, wenn Sie schon was über die Rhodos im Ammerland schreiben wollen, dann müssen Sie natürlich bestimmte Parks aufsuchen ...«

Max nickte eifrig. »Ja, ich weiß, ich hab Infomaterial und eine Adressenliste vom Fremdenverkehrsamt. Ich hoffe, dass mir nichts Wichtiges entgeht. Wer sich nicht auskennt, läuft natürlich schnell an den spannendsten Sorten vorbei. Und man sollte sicher auch mit der Kulturgeschichte dieser Parks und Gärten vertraut sein ...«

Er wusste aus eigener Erfahrung, dass man als Einheimischer stets annahm, Bücher und Prospekte könnten einem Auswärtigen die über Jahre gewonnene Vertrautheit mit der Heimat niemals so vermitteln wie eine persönliche Führung.

»Wie lange haben Sie denn Zeit für Ihre Recherche?«, hörte Julia sich sagen.

»Oh ... äh ... so eine Woche.«

Sie kämpfte mit sich. Sollte sie ihm weitere Unterstützung anbieten oder nicht? Nein, dachte Julia, ausgerechnet jetzt passt es einfach überhaupt nicht. Ich kann mich nicht um einen spleenigen Engländer kümmern, wenn die wichtigste Ausstellung der Branche ansteht.

Sie wollte Experten und Besuchern den besten Überblick über ihr Sortiment präsentieren. Und sie hoffte, den Rose-von-Darjeeling-Wettbewerb zu gewinnen. Abgesehen vom Renommee könnte der Familienbetrieb die Siegerprämie nämlich sehr gut gebrauchen.

Julia seufzte ehrlich bedauernd. »Ja, dann wünsche ich Ihnen viel Erfolg und Freude bei den weiteren Recherchen.«

Max überlegte fieberhaft, wie er die junge Frau zu einem Wiedersehen überreden könnte. »Man muss doch ein Bewusstsein in der Bevölkerung schaffen!«, sagte er leidenschaftlich. »Es ist wichtig, dass die Kunden verstehen, wie viel Wissen, Zeit und Mühe hinter einer Rhododendronzüchtung stecken.«

»Das hätte ich nicht besser sagen können!«

Genau das war für Julia der Antrieb gewesen, trotz der Mehrarbeit ehrenamtlich die Öffentlichkeitsarbeit der Junggärtner zu übernehmen.

»Meinen Sie, es wäre möglich …«, Max schenkte Julia sein vielfach bewährtes charmantestes Lächeln, »… hätten Sie diese Woche vielleicht einmal Zeit und Lust, mich zu begleiten?«

Der Blick aus seinen blaugrünen Augen verursachte Julia ein seltsames Prickeln im Nacken. Ich könnte es als einen Tag Bildungsurlaub betrachten, überlegte sie. Bestimmt schadet es nicht, die Klassiker der Rhododendronkultur einmal wieder aufzusuchen.

Kurz entschlossen traf sie eine Entscheidung. »Also gut. Passt es Ihnen übermorgen?«

»Ja, prima.«

»Dann treffen wir uns um elf Uhr im Café am Marktplatz. Sie können es nicht verfehlen.«

Darjeeling – Sikkim

April 1930

Kathryn hangelte sich vorsichtig auf der schwankenden Hängebrücke hoch, um die beiden Pferde nicht noch mehr zu verängstigen. Unter ihnen donnerte der Teesta. Die junge Frau nahm einen Schluck Tee aus ihrer Feldflasche.

Du wolltest ein Abenteuer, sprach sie sich in Gedanken Mut zu, hier ist es. Jetzt mach nicht schlapp, bevor du überhaupt die Grenze zu Sikkim erreicht hast.

Kathryn besann sich auf alles, was sie über Pferde wusste. Pferde waren Fluchttiere, keine mutigen Angreifer. Es war natürlich möglich, dass die Tiere abstürzten. Das Risiko musste sie jetzt eingehen. Es war möglich, dass sie selbst mit ihnen hinunterfiel. Darauf durfte sie keinen weiteren Gedanken verschwenden. Sie musste jetzt die Leitstute spielen und ihnen Mut machen. Wenn sie ihnen Vertrauen einflößen konnte, dann würden sie ihr überallhin folgen.

Kathryn nahm die Zügel wieder fest in die Hand. Mit lang gezogenen Vokalen sprach sie beruhigend auf die Tiere ein. »Wird alles gut, ruhig, ganz ruhig, ja, brav …« Auch sie selbst fühlte sich gleich ein wenig sicherer.

Kathryn drehte den Pferden langsam den Rücken zu. Sie setzte einen Fuß vor den anderen, dabei sprach sie den Tieren weiter gut zu. Sie spürte einen kleinen Ruck, weil ihre Stute zögerte, doch dann entspannten sich die Zügel. Joshi ging vorsichtig hinter ihr her. Das zweite Pferd folgte. So erreichten sie mit den letzten Sonnenstrahlen das andere Ufer.

Jetzt war Kalimpong nicht mehr weit. Ein zivilisierter Ort, der letzte vor der Grenze zu Sikkim. Kathryn war schon zwei- oder dreimal dort gewesen. Allerdings mit ihrem Vater und Tinley als Chauffeur. Es ging nun wieder steil bergauf. Wer es sich leisten konnte, fuhr mit dem Auto den Berg hoch.

Der Erholungsort hatte abwechselnd zu Sikkim und Bhutan gehört, bevor auch er eine Bergstation der Ostindischen Handelgesellschaft und 1865 Teil Britisch-Indiens geworden war. Kinder von Engländern im Bezirk Darjeeling, die nicht auf ein europäisches Internat geschickt werden konnten, besuchten in Kalimpong eine von schottischen Missionaren gegründete Highschool. Außerdem gab es hier einige Wohlfahrtseinrichtungen, die Menschen anzogen. Vor allem aber machten Händler und Pilger in Kalimpong Station, denn der Jelep La, ein Seitenweg der legendären Seidenstraße, war von hier aus gut zu erreichen. Eine einzige, überwiegend brauchbare sandige Straße existierte für den Transit vom tibetischen Lhasa durch Sikkim hindurch bis nach Indien.

Kathryn war froh, dass ihr auf dem Weg der zunehmende Mond leuchtete. Von Geestra Valley kannte sie die Geräusche des nächtlichen Urwalds. Doch musste sie sich eingestehen, dass es einen Unterschied machte, ob man ein unvermutetes Fauchen, Knacken oder den lang gezogenen Ruf eines Raubvogels bei offenem Fenster im eigenen Bett hörte oder allein unterwegs in der Fremde. Sie überholte einige Pilger und erreichte Kalimpong kurz vor Mitternacht.

Die Wirtin einer Pension, bei der sie anklopfte, stellte keine langen Fragen, nachdem Kathryn für sich und das Unterstellen ihrer Pferde eine ziemlich unverschämte Forderung akzeptiert hatte. Am nächsten Morgen frischte sie im Ort ihren Proviant auf. In einem Geschäft mit hübschen Stoffen aus Bhutan kaufte sie ein großes, unscheinbares Pilgergewand. Damit würde sie weniger Aufmerksamkeit erregen. Noch zog sie es nicht an, sondern verstaute es aufgerollt in ihrer Satteltasche. Dann machte sie sich auf den Weg zur Grenze.

Kathryn ließ sich Zeit. Sie wollte auf keinen Fall zu früh auf die Expedition stoßen. Das Risiko, dass sie zurückgeschickt würde, sank mit der Entfernung, die sie schon zurückgelegt hatte. Frühestens im ersten Gästehaus der sikkimesischen Regierung durfte sie auf die Deutschen treffen. Kathryn hatte Carl und Gustav stets sehr interessiert zugehört, wenn sie ihre Pläne besprachen. Sie wusste deshalb, dass die Männer bis zur Hauptstadt Gangtok in Gästehäusern Rast machen wollten. Die lagen jeweils etwa zwanzig Kilometer, einen Tagesmarsch, voneinander entfernt.

Guten Mutes ritt sie in den Tag, verscheuchte die Gedanken an ihren Vater und sein Fehlverhalten. Orangenbäume verströmten ihren Blütenduft, weiße Wolken warfen wandernde Schatten auf die grüne Berglandschaft. Die Flüsse in den Tälern hauchten Nebelschwaden empor.

Kathryn freute sich an dem erhebenden Blick auf den dampfenden Fluss Rangit, der um helle Sandbänke mäandernd an der Landesgrenze in den Teesta mündete. Er galt als Lebensader Sikkims. Durch sein tiefes Tal verlief sogar ein Weg in Richtung Gangtok. Doch kein vernünftiger Mensch wählte ihn, wegen der unerträglichen feuchten Hitze, der schwer durchdringlichen Wildnis und einer extrem hohen Malariagefahr. So bevorzugte auch Kathryn den Weg auf den Höhen seitlicher Bergkämme. Und sie genoss es.

Auf der Stirn spürte sie den kühlen Wind, während ihre Schultern schon angenehm von der Sonne gewärmt wurden. Ihr Herz weitete sich. Der harzige Duft von Pinien, der weite Blick, ihr Ziel vor Augen – sie fühlte sich unglaublich frei. Ein Glücksgefühl strömte durch ihren Körper.

Sie dachte an Gustav und Carl. Die Berührung des Unbekannten im Gymkhana kam ihr wieder in den Sinn. Wie seine Fingerspitzen ihren Rücken gestreichelt hatten … An das Rieseln, das sie ausgelöst hatten, erinnerte sie sich besser als an den Kuss. Sie stemmte sich fester in die Steigbügel, im Rhythmus des Pferdes hob und senkte sich ihr Körper. Kathryn sann darüber nach, wer der Unbekannte wohl gewesen sein mochte. Ihr Dauerverehrer? Sie horchte in sich hinein. Welcher von den beiden Deutschen, falls es einer von ihnen gewesen war, wäre ihr wohl lieber?

Sie konnte ihre Frage nicht beantworten. Und wieso sollte sie auch? Es waren ja nur Gedankenspiele. Handelte davon nicht sogar ein altes deutsches Volkslied? *Die Gedanken sind frei* … Kathryn summte es lächelnd vor sich hin.

In ihrer Berliner Zeit hatte die Tochter des Hauses, die zwei Jahre ältere Selma, sie mitgenommen auf Ausflüge ins Nachtleben der Stadt. Kathryn hatte Kabaretts und Varietés kennengelernt. Klubs, in denen Männer mit Männern tanzten und Frauen Frauen küssten. Selma schwärmte für Ausdruckstanz und expressionistische Kunst. Kathryn hatte alles neugierig beobachtet. Hineingestürzt hatte sie sich nicht. Ihr Instinkt bewahrte sie vor Abgründen, immer schon war das so gewesen. Aber prickelnd fand sie es schon.

In Berlin herrschte eine ganz besondere Stimmung. Viele der Älteren hatten den Weltkrieg erlebt, sie wirkten erfahren und abgeklärt. Das Grauen war in die Ferne gerückt und gab doch den Hintergrund für das vergnügungssüchtige Lebensgefühl in der Metropole. Dass so mancher durch die Schmerzmittel in den Lazaretten des großen Weltkriegs morphinabhängig geworden war, begriff Kathryn erst später. Wie eine Befreiung hatte sie die Monate in der deutschen Hauptstadt empfunden. Allein schon die neue Musik aus Amerika: Charleston, Jazz, Foxtrott! Kathryn trug ihn mit, den Protest gegen alles Leibfeindliche und Verklemmte. Einmal hatten sie auf einer Künstlerparty einen verheirateten Verleger kennengelernt, der sie zu einem Wochenende in seinem Landhaus einlud. Als Selma und Kathryn dort eintrafen, lag seine Frau, eine bekannte Modejournalistin, mit ihrem Liebhaber auf einem Sofa, und der Verleger selbst lief splitternackt durch das Haus, als sei es das Selbstverständlichste auf der Welt.

Eifersucht ist etwas für Kleinbürger, hatte er gesagt und sich zu Kathryns Erleichterung dann doch einen Morgenmantel übergeworfen. Sie schnaubte leise bei der Erinnerung. Ein bisschen peinlich war es ihr mit ihren damals noch nicht mal achtzehn Jahren ja doch gewesen. Heute fühlte sie sich um einiges reifer. Dennoch stand sie den Bohemiens von Berlin viel näher, als es sich für eine wohlerzogene britische Teepflanzertochter geziemte.

Wahrscheinlich hatte die Pfadfinderbewegung sie darauf vorbereitet. Wanderungen an der frischen Luft, Zelten, Kameradschaft, Sport für Mädchen und ein einfaches, aber ehrliches Leben ohne Heuchelei. In ihrer Berliner Zeit sprach man viel über einen Mann, der die deutsche Wandervogelbewegung mitbegründet hatte und der »freie Liebe« predigte. Zehntausende folgten ihm auf seinem Marsch durch die Dörfer Thüringens, in seinen Zeltlagern blieb es nicht bei der Theorie. Das war sogar ihren aufgeschlossenen jüdischen Gasteltern zu viel gewesen. Selmas Mutter, eine Internatsfreundin von Kathryns Mutter, hatte einen deutschen Mediziner geheiratet, der seinen Patienten am liebsten Licht- und Luftbäder verordnete. Kathryn dachte an Selmas Brief, jetzt war die ganze Familie in Palästina. Sie schüttelte den Kopf. Schon verrückt, wie groß die Welt war! Und wie sich doch die Beziehungsfäden rund um den Globus miteinander versponnen …

Sie schaute einem Schwarm bunter Schmetterlinge nach. Ewig hätte sie so weiterreiten mögen. Sie musste jedoch, um die einzige Grenzstation im Norden Bengalens nach Sikkim passieren zu können, bei Pedong wieder tief hinunter in ein Tal, zum Fluss Rangpo. Das war anstrengend. Nun wiederholten sich Klima- und Vegetationswechsel wie am Tag zuvor. Mehrfach hielt Kathryn an. Ihr Kopf glühte, und die Pferde glänzten vor Schweiß. Je tiefer sie stiegen, desto wilder wucherte der Zauberwald. Schlingpflanzen verhängten Bäume, Luftwurzeln versperrten den Weg, und Orchideenkelche verströmten ihren süßen, betäubenden Duft. An jedem Bergbach füllte Kathryn ihren Tropenhelm mit kaltem Wasser und goss es sich über den Kopf. Wie in Trance ging sie Schritt für Schritt weiter.

Erneut dachte sie an ihren Vater. Seit zwei Jahren hatte er eine heimliche Geliebte! Sie konnte es einfach nicht glauben. Aber dann kamen Kathryn andere Gedanken. War das wirklich so schlimm? Ihre Mutter war seit fünf Jahren tot und er ein Mann im besten Alter. Altersmäßig passende, unverheiratete Engländerinnen lebten nicht im Tal. Und es stimmte ja, seit Generationen pflegten die

Sahibs heimlich private Beziehungen zu Arbeiterinnen. Weshalb sollte ihr Vater sich also nicht in eine hübsche Nepalesin verlieben? Sam liebte einen Tibeter, der sehr gut aussah und hervorragende Umgangsformen hatte, Kathryn konnte ihre Freundin gut verstehen. Also maß sie mit zweierlei Maß. Ihr Verstand erkannte das, doch ihr Herz war zutiefst verletzt.

Endlich kam das Ufer des Rangpo, der ein kurzes Stück weiter in den Teesta mündete, in Sicht. Der Fluss nährte sich vornehmlich von Regenwasser, das dunkelgrün scheinende Wasser war klar, nicht verschlammt wie das des Teesta, der aus den Bergen vom Gletscher Zemu herunterröhrte. Auf hellen Sandbänken lagen gigantische Felsbrocken, das Flussbett barg kleine, rund geschliffene Granitsteine.

Die Brücke, die Kathryn passieren musste, um das gegenüberliegende Ufer zu erreichen, wirkte um einiges stabiler als jene, die sie am Tag zuvor überschritten hatte. Direkt auf der anderen Seite befand sich die Grenzstation, das Tor zu Sikkim. Kathryn stärkte sich mit einem kleinen Imbiss. Sie ließ die Pferde trinken und ein wenig ausruhen.

Sorgfältig stopfte sie ihre Haare unter den Tropenhelm – ihre Freundin Sam, deren Einreisepapiere sie vorzeigen würde, war schließlich blond und sie brünett. Dann betrat sie die Brücke. In ihren Ohren rauschte es, sie schaute nicht nach unten. Die Pferde machten dieses Mal zum Glück keine Probleme. Trotzdem dehnten sich die Sekunden zu Minuten und die Minuten zu einer kleinen Ewigkeit. Kaum hatte Kathryn es geschafft, wartete die nächste Hürde auf sie. Die Grenzstation.

Das Tor zu Sikkim ruhte auf zwei dicken, runden, rot lackierten Säulen. Es mutete chinesisch an mit seinen kunstvollen, bunt bemalten Schnitzereien.

»Einen schönen Nachmittag, Officer!« Kathryn grüßte wie eine britische Lady, zeigte kühl ihre Erlaubnis vor.

Keiner der beiden Grenzer schöpfte Verdacht. Sehr korrekt stempelten sie das Dokument ab. Ihr Erstaunen darüber, dass eine weiße Frau allein reiste, war ihnen dennoch anzumerken.

»Ich will die Expedition der beiden Deutschen einholen«, sagte sie wahrheitsgemäß. »Sie müssen hier die Grenze passiert haben.«

Der leitende Offizier bestätigte militärisch knapp: »Sind gegen fünfzehn Uhr hier gewesen, Miss Cox, die Männer werden es heute sicher noch schaffen bis zum Gästehaus.« Er räusperte sich. »Aber Sie, Miss? Es ist zu gefährlich nachts im Urwald.«

Er meine weniger die Räuberbanden, erläuterte er, die eher auf der bengalischen Seite Reisende überfielen, sondern mehr die schroffen Abgründe und die Raubtiere, die erst in der Nacht auf die Jagd gingen. Außerdem habe kürzlich ein Erdrutsch viel Geröll über die Wegstrecke ergossen.

»Da sollte man nicht im Dunkeln entlanggehen.«

Kathryn überlegte. Sie hatte kein Zelt, nur ihren Schlafsack und ein Moskitonetz dabei. Ihr fielen Samanthas Worte ein. *Der Plan ist noch nicht so richtig ausgereift …* Vielleicht war sie doch ein wenig zu impulsiv aufgebrochen. Hatte sie sich eigentlich überlegt, wo sie schlafen sollte? Aber jetzt gab es kein Zurück mehr. Sie straffte den Rücken. Angst durfte sie auf keinen Fall zeigen.

»Wenn ich einen Vorschlag machen dürfte, Miss … Wir haben hier eine kleine Schreibstube mit Feldbett. Sie könnten dort übernachten und morgen früh ausgeruht weiterreiten. Im Laufe des Tages werden Sie den Vorsprung gewiss einholen.« Er öffnete eine Nebentür des Grenzpostenhäuschens und ließ sie hineinschauen.

Kathryn wog die Risiken gegeneinander ab. War sie hier sicherer? Drohte Gefahr von den Männern? Sie trugen Uniform, der Officer schien verheiratet zu sein. Auf dem Schreibtisch stand ein Foto, auf dem eine Frau und Kinder zu sehen waren. Und sie fühlte sich auf einmal furchtbar müde.

»Vielen Dank, ich nehme Ihr Angebot gern an.«

Kathryn schaffte es gerade noch, die Pferde zu versorgen, ihr Moskitonetz aufzuhängen und sich noch einmal mit dem Schutzöl einzureiben. Unter den Türgriff klemmte sie eine Stuhllehne, ihr Gewehr hielt sie griffbereit. Sie war so erschöpft, dass sie bis zum Morgen durchschlief.

Als Kathryn erwachte, empfand sie große Vorfreude. Sie kannte die beiden Deutschen erst kurze Zeit, aber sie vermisste sie schon. Noch heute würden sie sich wiedersehen! Kathryn beschloss, die Expedition inkognito zu überholen und Gustav und Carl zu überraschen.

»Riechen Sie mal«, sagte Colonel Robbins zu Gustav und Carl, »eindeutig Katze!« Der große Haufen im Dickicht nahe einer Wasserstelle war noch schleimig, und man konnte Haare darin erkennen – ein sicheres Zeichen dafür, dass er von einem Raubtier stammte. »Das Tier muss vor nicht allzu langer Zeit hier gewesen sein. Ein Schneeleopard oder Tiger. Die braunweißen Haare sind typisch für Sambahirsche. Die anderen könnten von einem Wildschwein sein.«

Gustav stocherte mit einem Ast darin herum. Er scheuchte einen Riesenmistkäfer mit stacheligen Hinterbeinen auf, der rasch aus seinem Paradies stakste.

»Kein Grund zur Panik«, schaltete sich der Sirdar ein, »solange wir zusammenbleiben und nachts in den Gästehäusern schlafen.« Letzteres würde die nächsten drei Nächte bis Gangtok der Fall sein.

Seit sie sich in Sikkim befanden, hatten sie keine Spuren europäischer Zivilisation wie Kirchtürme, Teeplantagen oder Schulen mehr gesehen. Das Land war wild und einsam, aber nicht menschenleer. In der Ferne erblickten sie hier und da eine Ansiedlung, vereinzelte Bauernhöfe oder ein Kloster. Manchmal hörten sie Gebetsfahnen im Wind knattern.

Carl und Gustav waren sehr zufrieden mit dem bisherigen Verlauf der Expedition. Lieutenant Colonel Frank Robbins erwies sich als angenehmer Reisegefährte. Er war Mitte dreißig, ein verlässlicher Angelsachse mit schmalem Gesicht und eng zusammenstehenden blassblauen Augen. Als junger Mann war er aus Oxfordshire nach Indien gekommen, um als stellvertretender Verwalter eines Teegartens in Darjeeling zu arbeiten. Dabei entdeckte er, dass es ihm Freude bereitete, die Sprachen der Bergvölker zu erlernen. Der Teegarten, ein Familienbetrieb, musste aufgeben, Robbins verlor seine Stellung, fand etwas Neues beim britischen Militär und bewährte sich dort bald als Übersetzer. Er hatte bereits längere Zeit in Sikkim gelebt.

Auch die Träger waren tüchtig und guter Stimmung. Trotz der Sprachhindernisse erzählten sie lebhaft Geschichten von ihren Familien. Die Leibdiener übertrafen sich im Eifer, ihren Sahibs das Leben so angenehm wie möglich zu machen. In den luftigen Gästepavillons von Kalimpong, noch im Bezirk Darjeeling, hatten sie ihnen ungefragt die Schuhe ausgezogen, ein Bad bereitet, frische Hemden herausgelegt und den Schlafsack auf dem Bettgestell ausgebreitet. Ab Gangtok würde der Luxus ein Ende haben, doch bis dahin hatte keiner der Sahibs ein Problem damit, ihn anzunehmen. Die Träger schliefen, wie sie es gewohnt waren, draußen ohne Dach über dem Kopf.

Normalerweise verliefen Reisen im Himalaya so, dass man sich bei Sonnenaufgang in Bewegung setzte, um das Ziel bis zum Mittag zu erreichen, weil man nie wissen konnte, ob ein Wetterumschwung zur Rast zwang. Im Notfall verfügte man so bis zum Einbruch der Dämmerung über einen ordentlichen Zeitpuffer. Carl zog es jedoch vor, frisch und ausgeruht gleich nach dem Aufstehen seine botanischen Forschungen zu betreiben. Er hielt in der Umgebung vor allem nach Rhododendren Ausschau, katalogisierte sie, fotografierte, machte Skizzen und vertraute seinem Botanikträger Blatt- und Blütenproben zum Pressen an. Er erhob dabei keinen wissenschaftlichen Anspruch, denn er wusste, dass er sich begrenzen musste. Carl wollte nur einige wenige seltene Rhododendronarten für seine Züchtungen finden. Und er hoffte auf eine Entdeckung, die vor ihm noch keiner gemacht hatte. Davon würde er Reiser nehmen und, wenn möglich, Pollen und Samen sammeln.

Nur eine Vorhut startete aus diesem Grund bereits bei Sonnenaufgang. Die Kolonne brach erst nach einem späten Frühstück gegen zehn Uhr auf. Einige Eingeborene irritierte es, dass es zwei Anführer gab. Deshalb beschlossen die Männer, dass Gustav als Sprachrohr für beide fungieren und die praktischen Anweisungen erteilen sollte. Carl war das recht, so konnte er sich stärker auf sein Hauptinteresse konzentrieren.

Am Nachmittag erreichten sie ihr zweites staatliches Gästehaus in Sikkim. Vor dem schlichten hölzernen Pavillon hockte ein Pilger auf einem umgekippten Baumstamm. Ein Mann, der das Haus verwaltete, eilte ihnen entgegen und begrüßte sie wortreich mit vielen Verbeugungen.

Colonel Robbins fragte als Erstes, ob es einen Sweeper gebe. Der Mann schüttelte den Kopf, er sagte etwas.

Robbins wandte sich an Gustav. »Sie haben keinen Sweeper, die Bäder sind nicht in Ordnung. Der Mann hier ist Hindu und würde eher sterben, als diese Arbeit zu machen, das ist seiner Kaste nicht würdig.«

Sie standen vor der Wahl, entweder selbst die verschmutzten Aborte zu säubern oder die Parole »Ab ins Gebüsch« auszugeben. Jetzt schaltete der Verwalter sich wieder ein. Der Colonel übersetzte, dass er für eine Gebühr einen Sweeper aus dem nächsten Dorf beschaffen könne. Während Robbins über den Preis verhandelte, prüften Carl und Gustav das nähere Umfeld.

Carl beschlich auf einmal ein seltsames Gefühl. Beobachtete ihn jemand? Obwohl er aufmerksam umherschaute, konnte er nichts Auffälliges bemerken. Sein Verhalten alarmierte jedoch Gustav, der in die Runde spähte, bis sein Blick an dem Pilger hängenblieb. In diesem Moment schob der seine Kopfbedeckung zurück und enthüllte ein von Schlamm verschmutztes Gesicht, das wohl eher einer Frau als einem Mann gehörte. Irritierend grüne Augen blitzten Gustav vergnügt an. Das Gesicht verzog sich zu einem spitzbübischen Lächeln.

Gustav stutzte. Als er die junge Frau erkannte, leuchtete für eine Sekunde auch in seinen Augen Freude auf, doch kaum hatte sein Verstand begriffen, was das zu bedeuten hatte, wechselte seine Stimmung.

»Carl!«, brüllte er zornig und zeigte auf Kathryn, die ihnen jetzt freudig entgegensprang.

Carls Herz setzte einen Moment aus. Er wollte die Arme ausbreiten, ließ sie aber gleich wieder sinken.

»Kathryn! Was machst du denn hier? Wie kommst du hierher?«

Gespannt auf die Reaktion der Männer erzählte Kathryn mit wenigen Worten, was passiert war.

»Auf keinen Fall kommst du mit! Wir geben dich in Gangtok beim britischen Berater ab«, wetterte Carl. »Du kannst von Glück sagen, dass du bisher unbehelligt geblieben bist.«

»Du gefährdest die gesamte Expedition, du bringst uns in Teufels Küche!«, schimpfte Gustav. »Außerdem bist du nicht stark genug für die Anstrengungen!«

»Ich bin eine der besten Tennisspielerinnen Darjeelings!«

»Meine Liebe, was uns erwartet, ist etwas anderes als ein bisschen Höhere-Töchter-Sport.«

»In der Schweiz hab ich Bergsteigen gelernt!«

»Was meinst du wohl, was dein Vater sagt? Du bist ja noch nicht einmal volljährig! Er wird uns zur Verantwortung ziehen.«

»Ich will mit. Und ich kann das, ich war lange genug bei den Pfadfindern.«

»Das ist verdammter romantischer Mädchenkram! Man sollte dir den Hintern versohlen!«

Die Männer zogen sich ins Gästehaus zurück, um die Situation ungestört zu besprechen.

»Wir können sie nicht allein zurückschicken. Das ist zu gefährlich. Gerade jetzt, wo wir wissen, dass eine Raubkatze in der Nähe ist«, überlegte Carl. »Wir müssten ihr zum Schutz mindestens zwei Männer mitgeben.«

»Wir können aber keinen einzigen Mann entbehren.« Gustav fuhr sich über seinen blonden Dreitagebart. »Wir nehmen sie bis Gangtok mit. Dort bringen wir sie irgendwo sicher unter, und auf dem Rückweg nehmen wir sie wieder mit nach Darjeeling zurück.«

Sie riefen Colonel Robbins hinzu und weihten ihn ein.

»Sie ist mit der Einreiseerlaubnis ihrer Freundin Samantha Cox ins Land gekommen. Deren Mutter hatte einen Schlaganfall, deshalb musste sie im letzten Augenblick absagen.«

Robbins schüttelte mit zusammengepressten Lippen den Kopf. »Das geht nicht. Ich muss Meldung machen.« Betrübt blickte er von einem zum anderen. »Und ich kann nicht ausschließen, dass sie dafür in Gangtok ins Gefängnis gesteckt wird.«

Carl zückte eine Schachtel Zigaretten, bot den anderen an und entzündete bedächtig ein Streichholz. »Lieber Lieutenant Colonel«, beschwichtigte er. »Wäre es nicht besser, wenn Kathryn als Samantha Cox harmlos und unauffällig bliebe?«

Gustav pflichtete ihm bei. »Das wäre doch vernünftiger, als wenn Verwaltungsbeamte von Britisch-Indien gegen die Behörden in Gangtok aufgebracht würden, oder?«

»Nun, gewiss, doch wie Sie vermutlich ahnen, soll ich nicht allein übersetzen, sondern auch Obacht geben, dass alles mit rechten Dingen zugeht.«

Gustav korrigierte ihn. »Gewiss, mein Lieber. Vor allem aber doch wohl, um zu vermeiden, dass es zu diplomatischen Verwicklungen kommt.«

»Und unterschätzen Sie Kathryn nicht«, fügte Carl hinzu. »Sobald Sie ihr das Gefängnis von Gangtok in Aussicht stellen, wird die junge Dame die Flucht ergreifen und auf eigene Faust nach Darjeeling zurückreiten. Können Sie das verantworten?«

Robbins kratzte sich den Nacken. Das hier war eine verdammt heikle Angelegenheit.

»Ich werde mir die Geschichte in den nächsten Tagen gründlich durch den Kopf gehen lassen«, sagte er und ging hinaus.

»Das Einfachste wäre«, überlegte Gustav, »Kathryn bliebe freiwillig in Gangtok.«

»Aber das Kind ist leider sehr trotzig«, gab Carl zu bedenken.

»Dann müssen wir dafür sorgen, dass ihr die Lust am Abenteuer bis dahin vergeht ... Als Erstes bestellen wir den Sweeper wieder ab.«

»Du hast Recht.«

Carl grinste. Sie würden auf sie aufpassen, aber dafür sorgen, dass ihr keine Unannehmlichkeit erspart blieb. Gustav grinste zurück, hielt seine Hand hin, und Carl schlug ein.

Als die Männer aus dem Gästehaus traten, schaute Kathryn sie erwartungsvoll an.

»Nur bis Gangtok«, wiederholte Gustav grimmig.

»Wenn du erst mal die sikkimesischen Blutegel kennengelernt hast, wirst du sowieso gern auf den Rest verzichten«, drohte Carl.

Kathryn ließ sich nicht beeindrucken. Die legendären sikkimesischen Blutegel waren doch nur ein Gräuelmärchen für Kinder, und außerdem hatte sie schon in Geestra Valley ab und zu nähere Bekanntschaft mit den lebenden Saugnäpfen gemacht. Die Biester fand sie zwar ekelig, aber deshalb würde sie bestimmt nicht in Hysterie ausbrechen. Die Männer wollten ihr nur Angst machen.

Kathryn erwiderte knapp und bestimmt: »Ich mach die ganze Tour mit, ihr werdet sehen.«

»Na dann!«, sagte Carl mit spöttischem Unterton. »Ich bin schon gespannt, was du bei den Pfadfindern gelernt hast.«

»Und wehe, du jammerst«, fügte Gustav böse hinzu.

»Phh!« Kathryn zuckte nur mit den Schultern und ging

an einen eiskalten kleinen Gebirgsbach in der Nähe, um sich zu waschen.

Gustav sah ihr kopfschüttelnd nach. Nein, dachte er, sie kann auf keinen Fall an der gesamten Expedition bis zum Gletscher hoch teilnehmen. Das gäbe nur Ärger, Kameradschaft hin oder her. Seeleute sagten sogar, eine Frau an Bord bringe Unglück.

Gustav besann sich wieder auf seine Aufgabe als Anführer. Wie jeden Abend gab er letzte Anweisungen und verteilte an die Träger ihre tägliche Fettration und Zigaretten. Er konnte kaum erwarten, was der kommende Tag bringen würde.

Kathryn durfte in einer Ecke des Gästehauses schlafen. Als sie am nächsten Morgen aufbrachen, nahmen Carl und Gustav sie zwischen sich. Wenn es die Gegebenheiten zuließen, flankierten sie die eigensinnige junge Frau, sonst ritten sie hintereinander. Die meiste Zeit schwiegen sie. Sie wollten es Kathryn nicht zu angenehm machen und sich selbst erst gar nicht daran gewöhnen, dass sie ihnen Gesellschaft leistete. Die Stimmung litt darunter, was die Männer verärgerte. Auch die Gespräche zwischen ihnen waren nicht mehr so unbekümmert wie sonst.

Kathryn trug wieder ihre Reitkleidung. Versonnen betrachtete sie die Landschaft. Einige Berghänge waren gerodet und von Menschenhand terrassenförmig angelegt worden. Die Reis- und Hirsefelder leuchteten saftig grün, im aufgestauten Wasser spiegelte sich der Himmel wider.

Sie hatte ihre Sonnenbrille vergessen, was ihr wirklich Probleme bereitete, aber sie beklagte sich nicht. Keine Beschwerde sollte über ihre Lippen kommen! Das nahm sie sich fest vor. Kathryn ahnte, was die Männer im Schilde führten. Sie wollten ihr die Lust am Abenteuer vermiesen. Weshalb sie ihr auch keine Erleichterungen zugestanden. So hätte gut ein Träger ihr Lastpferd übernehmen können. Oder mussten sie den reißenden Bach wirklich unbedingt an der Stelle überqueren, wo es besonders beschwerlich war? Vermutlich wäre es an der Furt ein kleines Stück weiter viel bequemer gewesen. Sie machten außerdem kaum Rast, gerade so viel, wie die Träger benötigten – obwohl gewiss auch die Sahibs die ungewohnten Anstrengungen in den Knochen spürten, als es wieder bergab ging.

Euch werd ich's zeigen, dachte sich Kathryn. Warum konnten Gustav und Carl sie nicht einfach kameradschaftlich in ihrer Mitte aufnehmen? Männer! Sie würde sich nicht mehr alles bieten lassen. Ihr Vater … erneut fühlte Kathryn Wut in sich aufsteigen. Er interessierte sich nicht wirklich für sie, von Liebe ganz zu schweigen. Wie sonst hätte er sie fünf Jahre lang nach Europa schicken können?

Aber sie musste realistisch sein. Ihr Vater erwartete von ihr, dass sie bald eine gute Partie machte. Er wollte die Last ihres Unterhalts loswerden. Dass es wirtschaftlich um den Teegarten nicht allzu gut bestellt war, hatte sie sich längst zusammengereimt. Sie war als Tochter einzig dazu bestimmt, den Geldbeutel ihres Vaters zu füllen und damit seine Stellung zu verbessern. Und nach ihm würde ihr künftiger Gatte bestimmen, was sie zu tun und zu lassen hatte. Verächtlich schnaubte sie durch die Nase. Ihre Zukunft flößte ihr Schrecken ein. Ein spießiges, reglementiertes Leben erwartete sie.

Umso richtiger, dachte Kathryn entschlossen, dass ich jetzt hier bin. Wer weiß, wie es wirklich kommt. Aber jetzt bin ich in Sikkim, wo ich immer hinwollte. Und ich will es mit jeder Faser meines Körpers genießen.

Die junge Frau schloss einen Moment die Augen. Sie

hatte ihr Mantra gefunden. Es lautete: Jetzt ist jetzt, und jetzt will ich glücklich sein.

Die Expeditionstruppe kämpfte sich erneut durch den Dschungel aufwärts. Immer wieder passierten sie tiefe Schluchten. Die vom ewigen Eis gekrönten majestätischen Himalayagipfel, in Kathryns Augen einer der Höhepunkte der Schöpfung, ließen sich stets nur kurz sehen, weil hohe Bäume oder Wolken ihnen die Sicht versperrten. Doch wenn sie sich zeigten, schien es, als würden sie die schroffen Bergketten zu ihren Füßen lächerlich machen.

Wenn Carl mit seinem Fernglas vereinzelte Blüten tropischer Rhododendren ausmachte, unternahm er einen Abstecher in die Wildnis. Die Arten, die er hier fand, gehörten zum Subgenus *vireya*, der ein Drittel aller Rhododendren auf der Welt umfasste. Viele von ihnen dufteten betörend. Einige lockten auch Schmetterlinge oder Nachtvögel an. Manche hatten riesige Blüten oder Blätter von der Länge eines Unterarms. Es faszinierte Carl, in welchen Formen und Farben sie gediehen, in Europa konnten sie nur in geheizten Gewächshäusern überleben. Er fotografierte die Büsche, auch wenn sie für seine Zwecke nicht taugten, weil sie keinen Frost vertrugen. Leider musste er sich den Zugang zu den Rhododendren durch Lianen und andere Schlingpflanzen meist erst mühsam freischlagen. So erlahmte nach einer Weile Carls Begeisterung für die Exotinnen, doch er wurde dadurch offener für die anderen Schönheiten der Natur. Wie viele Grüntöne es gab!

»Schau, dort ist ein Rhodo!« Kathryn drehte sich um. »Wär das was für dich?«

»Ist längst ein alter Bekannter«, antwortete Carl, »dank Sir Hooker.«

Colonel Robbins ritt neben Gustav her. Die beiden Männer unterhielten sich über geeignete Areale für eine Teeplantage. Und über die Charaktere der diversen Völker Sikkims. Die Ureinwohner, die Lepchas, lebten meist als einfache Bauern in Hochlagen, die aus Tibet stammenden Bhotias leiteten viele staatliche und religiöse Ämter, die aus Nepal eingewanderten Gurkhas, Limbus, Sherpas und andere Stämme betrieben erfolgreich Landwirtschaft, Handwerke und Handel.

»Es ist kurios«, sagte der Colonel, »die einen glauben an Naturgeister, die anderen an den buddhistischen Lamaismus und die Nächsten sind überzeugte Hindus.« Er lächelte. »Aber wenn ich eines in meiner Zeit in Gangtok gelernt habe, dann, dass viele an mehreres glauben – oder auch an nichts.«

»Wie meinen Sie das?«

»Na, zum Beispiel die Lepchas. Sie verehren Buddha, feiern Rituale bei den Lamas in den Klöstern und haben trotzdem noch ihren Dorfschamanen, der mit Waldgeistern und Ahnen spricht. Für sie ist das kein Widerspruch.« Robbins lachte. »Und die Sherpas, obgleich Hindus, glauben nicht an das Kastensystem. Was, nebenbei bemerkt, unser Glück ist. Denn mit Hindus, die sich streng an ihre Kastenregeln halten, zu reisen, ist ein Albtraum, ich sag's Ihnen. Da dürfen zum Beispiel Andersgläubige nicht denselben Brunnen benutzen, und alle naselang müssen sie sich von irgendwas reinigen.«

»Umso erstaunlicher, dass sie in Sikkim trotz der Unterschiede friedlich miteinander auskommen«, fand Gustav.

Nach Nepal oder Bhutan, dem Land des Donnerdrachen, einzureisen, war Europäern streng verboten, das wusste er. Nur in Sikkim gab es für sie die Möglichkeit, die verschiedenen Völker näher kennenzulernen.

Nach der Schwüle tat ihnen die kühlere Luft weiter oben wohl, auch wenn der Höhenunterschied fast allen Kopfschmerzen bereitete. Die Lasttiere der Kolonne erklommen die Steigungen hintereinander, bis sie einen Bergkamm erreichten. Hier hielten die Kulis ohne Kommando. Gustav wollte sie zur Ordnung rufen, um seine Autorität zu wahren.

»Lassen Sie die Männer machen«, beschwichtigte Colonel Robbins.

Die Träger spannten unter Gesängen bunte Gebetsfahnen auf. Sie baten die Götter um Beistand und dankten ihnen, dass sie den Pfad beschreiten durften. Auf die Fahnen waren Gebete, Symbole, Mantras und Anrufungen geschrieben.

Einer der Tibeter weihte Gustav und Carl ein. »Wind trägt gute Wünsche zu Göttern. Ist gut für deine Gesundheit, wenn du Fahne aufhängst. Und ist auch gut für Nachbarn, er spürt gute Schwingung.«

»Hokuspokus«, flüsterte Gustav Carl zu.

»Schaden kann's aber nicht«, erwiderte der. »Wenn die Männer daran glauben, fühlen sie sich jedenfalls schon mal besser. Und das ist auch gut für uns.«

Am Nachmittag erreichten sie das nächste Gästehaus. Hier lagerten bereits übel riechende und verwanzte Händler, die unterwegs waren, um eine Herde tibetanischer Ponys nach Bengalen zu treiben. Es gab zwar noch ausreichend Schlafstellen im Haus, doch Carl und Gustav beschlossen, lieber in ihren Zelten zu übernachten.

»Da«, sagte Carl zu Kathryn und warf ihr einen Packen vor die Füße, »unser Reservezelt. Aufbauen kannst du es ja sicher allein.«

Einer der Leibdiener wollte ihr zu Hilfe eilen. Doch Carl hielt ihn zurück. »Sie möchte das allein machen.«

»Aber mit Vergnügen«, flötete Kathryn. Als sie sich unbeobachtet fühlte, biss sie die Zähne zusammen und murmelte: »Charmanter Bursche!«

Sie beobachtete, wie die anderen ihre Zelte aufstellten. Tatsächlich schaffte sie es allein. Die Pfadfinderei hatte sich wohl doch gelohnt.

»Colonel Robbins«, sagte Kathryn schmeichelnd, als sie sich gegen Abend am Lagerfeuer aufwärmte, »ich möchte zu gern die wilden Tiere an der nächsten Wasserstelle beobachten. Es ist jetzt die richtige Zeit dafür. Wollen Sie mich vielleicht begleiten?«

Robbins war ein gelernter Gentleman, noch dazu beeindruckte ihn, dass Kathryn eine Teepflanzertochter war. Und er fand sie wirklich reizend. »Sehr gern, Miss. Ich hole mein Fernglas.«

»Wir wollten auch zum Fluss«, sagte Gustav, der mit Carl die Gewehre reinigte. »Da können wir ja zusammen gehen.«

Kathryn und die Männer wanderten zur nächsten Wasserstelle am Fluss, einer kleinen Bucht mit Sandbänken. Wie meist herrschte Südwind, und sie legten sich so ins Gebüsch, das die Tiere keine Witterung aufnehmen konnten. Nach und nach kamen sie, um ihren Durst zu stillen. Zuerst ein Hirsch, dann kleine Bären.

Das milde Licht der Abendsonne fiel auf Kathryns Gesicht. Sie zwinkerte dem verlegenen Engländer zu, der schon gemerkt hatte, dass er als eine Art menschlicher Puffer zwischen Carl und Gustav auf der einen Seite und Kathryn auf der anderen herhalten musste. Die beiden Deutschen unterhielten sich nämlich leise miteinander, ohne die junge Frau auch nur zu beachten.

»Da drüben, Colonel«, flüsterte Kathryn jetzt zuckersüß, »ist das ein Sambahirsch?«

»Ja, Miss Whitewater.«

»Ach, sagen Sie doch Kathryn zu mir.«

»Ja … äh … danke. Ich heiße Frank, Miss … äh …Kathryn.«

Kathryn sah mit Genugtuung, dass Carl und Gustav zu ihr und Frank Robbins herüberschauten.

Eine Sippe struppiger Affen richtete sich im Baumwipfel zur Nachtruhe ein. Ihr Fell war hellbeige, ihr Gesicht dunkel, sie wirkten possierlich und beinahe menschlich.

»Goldlanguren!«, raunte der Colonel.

Kurz darauf ertönte der schrille Warnruf eines Pfeifhasen. Und in ihrer Nähe ließ sich ein Vogel mit großem orangefarbenem Schnabel und mächtigem Kopf nieder.

»Oh, sieh doch, Frank!«, jubelte Kathryn im Flüsterton, »dieser herrliche Vogel! Wie mag er nur heißen?«

Frank Robbins richtete sein Fernglas ganz woanders hin. Er legte einen Finger an die Lippen und zeigte dann ein Stück flussaufwärts. Dort, am anderen Ufer, kniete ein Schneeleopard und trank Wasser. Nur die Spitze seines langen, kräftigen Schwanzes bewegte sich dabei genüsslich.

Gustav hob sein Gewehr. Ein Leopardenfell in der Eingangshalle des ter-Fehn-Stammhauses in Ostfriesland würde wahrlich Eindruck machen.

Kathryn hielt entsetzt den Atem an. Oh, bitte nicht, dachte sie. Erleichtert sah sie dann, dass Carl eine Hand auf Gustavs Arm legte.

»Er ist zu weit weg«, sagte er leise.

Sein Freund ließ das Gewehr wieder sinken. So beschränkten sie sich darauf, das prächtige Tier zu beobachten. Den Gipfel erreichte das Naturschauspiel, als ein großer schwarzer Vogel herbeiflog und den Leoparden zu necken begann. Die Riesenkatze setzte sich auf die Hinterpfoten und schlug mit der Tatze in die Luft, der Vogel kehrte dennoch mehrfach zurück, er hatte offenbar seinen Spaß an diesem Spiel.

Kathryn hielt sich die Hand vor den Mund, um nicht laut zu lachen. In ihren Augen lag die reine Freude. Sie sah Gustav und Carl an. Beiden fiel es offenkundig schwer, nicht zurückzulächeln. Kathryn spürte, dass die zur Schau getragene Schroffheit nur noch eine dünne Hülle war. Dass darunter ebenso große Freude an der Natur, am Leben, am Abenteuer vibrierte. Diese Gewissheit zauberte ihr ein feines Lächeln ins Gesicht.

Kathryn hatte ihren Spaß daran, dass die Männer sich jetzt noch Strenge auferlegten. Sie wusste, lange würden sie es nicht mehr durchhalten. In ihr jubilierte es längst. Dieses außergewöhnliche Gefühl, das sie bei der Ankunft von Carl und Gustav in Geestra Valley verspürt hatte, erfüllte sie wieder ganz und gar.

Am nächsten und am übernächsten Tag war das Wetter durchwachsen. Sie zogen weiter auf schmalen Pfaden über baumlose Bergkämme. Gelegentlich begegneten ihnen Mönche oder Einheimische, die in geflochtenen Kiepen ihre Ernte zum nächsten Markt brachten. Auf einer Reisterrasse am gegenüberliegenden Berg trieb ein Bauer seinen Pflugochsen an – wodurch Kathryn die große Ruhe in diesem Land, in dem es nicht einmal eine Eisenbahnlinie gab, nur noch mehr bewusst wurde.

Colonel Robbins erzählte von einem Kloster in der Nähe. »Es ist über zweihundert Jahre alt und wirklich sehenswert. Der oberste Lama ist als Rinpoche, als weiser Lehrer, weithin bekannt. Und seine Prophezeiungen treten angeblich immer ein.«

Sie machten einen Umweg dorthin. Robbins hoffte insgeheim, einen entscheidenden Wink zu bekommen. Er wusste immer noch nicht, ob er Kathryns illegale Einreise melden sollte oder nicht. Wenn er es nicht täte, und es käme heraus, könnte er seine Stellung verlieren. Andererseits …

»Sieht aus wie eine Fata Morgana«, staunte Gustav, als er das Kloster in der Ferne erblickte.

Das Gebäude hatte drei Stockwerke, die nach oben hin kleiner wurden, und es wirkte wie ein Schloss aus dem Märchen mit seinen geschwungenen Drachendächern und den vielen bunten Verzierungen. Die rot gestrichenen Säulen am Eingang wiesen gelbe Längsstreifen auf, die Fensterrahmen waren in fröhlichem Türkis gehalten. Gähnende junge Mönche drehten Gebetsmühlen, was, wie der Colonel erklärte, ihr Karma im Speziellen und die Welt im Allgemeinen verbessern sollte.

Je näher sie kamen, desto lauter hörten sie aus dem Kloster fremdartige Gesänge. Sie schauten durch ein Fenster und sahen kahlköpfige Mönche, die sich auf dem Boden hinter langen, niedrigen Tischen gegenübersaßen. Abwechselnd ertönten kehlige Untertongesänge und Meditationsmusik. Die rhythmischen Trommeln, Flöten und Zimbeln klangen in den Ohren der Europäer eher unmelodiös. Doch unter ihren Trägern befanden sich einige Buddhisten, die vor Ehrfurcht erschauerten und dreimal um das Kloster herumschritten.

Ein alter Mönch begrüßte sie. Robbins übersetzte seine Worte. »Falls ihr das Kloster ansehen möchtet, seid ihr willkommen. Ihr müsst aber warten, bis die Andacht vorüber ist.«

Carl ließ fragen, ob er fotografieren dürfe. Es wurde ihm nicht gestattet.

»Diese Räume sind heilig«, sagte der Mönch. »Aber der Rinpoche wird euch gern durch unser Kloster führen.«

Sie nahmen im Vorhof Platz. Die ungewohnten Klänge berührten Kathryn, sie spürte sie körperlich wie ein monotones, aber angenehmes Streicheln. Auch die Männer an ihrer Seite horchten aufmerksam und entspannten sich immer mehr.

Über ihnen ließ sich ein Raubvogel von der Thermik in Spiralen aufwärtstreiben. Sie folgten mit ihren Blicken seiner Flugbahn und verloren dabei allmählich ihr Zeitgefühl.

Endlich empfing sie das geistliche Oberhaupt, Minglin Rinpoche, in einem bis auf den letzten Zentimeter bunt ausgemalten Raum. Flackernde Butterlampen ließen ihre Schatten über die Fratzen und Götterdarstellungen huschen, in denen die Farben Türkis und Korallenrot vorherrschten, überall dazwischen leuchteten Ornamente in Ockergelb und Hellgrün.

Man bot ihnen salzigen Schwarztee mit Ziegenmilch an. Der Rinpoche benetzte eine Fingerspitze mit dem Tee und schnipste die Flüssigkeit als Opfer für die hungrigen Geister, wie er erklärte, in die Luft. Er empfahl ihnen, zur Vorbeugung gegen die Höhenkrankheit regelmäßig diesen Tee zu sich zu nehmen, am besten mit Yakbutter, und schenkte ihnen eine Art Ziegel. Erst später entdeckten Gustav und Carl, dass es sich um zu Pulver zerstampften und gepressten Tee handelte. Sie tranken den *po cha* im Kloster aus länglichen Bambusrohrgefäßen. Gustav fürchtete um seine feinen Geschmacksnerven.

Der weise Lehrer schien ununterbrochen zu lächeln. Auf dem Weg der Erkenntnis übe er schon seit Jahrzehnten Mitgefühl und Barmherzigkeit gegenüber jedem Lebewesen, erklärte der Colonel später. Die verinnerlichte Ethik spiegelte sich auch äußerlich in seinem Gesicht wider.

Minglin Rinpoche erkundigte sich nach dem Ziel ihrer Reise. Robbins übersetzte, dass sie auf der Suche nach Rhododendren seien.

»Ah, *lali gurans* – Rosenbäume!« Der Weise nickte interessiert. »Unsere Nationalblume! Sie wird auch *korlinga* oder *nilo chimal* genannt.«

Carl lauschte aufmerksam, um ja keine Information zu verpassen.

»Seht her, diese Rhododendronblätter nehmen wir wegen ihres Aromas bei Zeremonien zum Räuchern. Ihr Holz sollte man aber auf keinen Fall verbrennen, weil es außerordentlich übelriechend ist.« Minglin Rinpoche verzog angewidert die Nase. Dann lächelte er verschmitzt. »Aber dafür ist es hervorragend geeignet, um daraus Messergriffe zu schnitzen.« Er wusste zudem, dass eine bestimmte Rhododendronart giftig war, zu erkennen an ihrer auffallenden Farbe. Er wies auf einen zinnoberroten Dämon an der Decke des Raumes. »Davor hütet euch! Die Blüten dieser Art haben schon so manches Schaf getötet.«

Kathryn fühlte sich ein wenig beklommen, doch zugleich gut aufgehoben in der Gegenwart des obersten Lamas. Ihr war, als könnte er bis auf den Grund ihrer Seele blicken. Auch Carl und Gustav spürten die Kraft, die von diesem Mann, aber auch von dem Ort, an dem sich das Kloster befand, ausging.

Bald sprachen sie über das Leben im Allgemeinen. Über den Tod und das *samsara*, das ewige Auf und Ab des Lebensrades. Gustav fragte den weisen Lehrer, welches sein Ratschlag an sie sei.

»Hütet euch vor Gier, Hass und Verblendung«, antwortete Minglin Rinpoche. »Stattdessen übt Achtsamkeit. Nehmt wahr, was wirklich ist. Bewertet nicht.« Er lächelte verhalten. »Und glaubt nicht alles, was Lehrer oder Führer euch sagen. Prüft es selbst.«

Wortlos schlürften sie ihren Tee. Der strenge Ziegenmilchgeschmack legte sich hartnäckig auf ihre Zungen.

Doch der Rinpoche hatte auch Fragen an die Gäste.

»Wie viele Männer darf im fernen Deutschland eine Frau haben?«

Kathryn errötete, aber Gustav antwortete gleich, und Robbins übersetzte. »Nur einen, also, einen Ehemann.«

»Ah. Habt ihr vielleicht eine Zeitung mit Fotografien aus der weiten Welt dabei?«

»O ja, wenn ich Euch damit eine Freude machen kann …«, etwas umständlich kramte der Colonel eine zerknitterte *Times* aus seiner Tasche, strich sie glatt und überreichte sie dem Mönch.

»Oh, vielen Dank. Ich habe außerdem von Gläsern gehört, mit denen man sehr weit in die Ferne sehen kann.«

»Ja, wir haben ein Fernglas dabei.«

»Darf ich einmal hindurchschauen?«

»Aber gern. Jetzt gleich?«

Der Rinpoche lächelte ein wenig mehr als sonst. »Es hat Zeit. Möchtet ihr das Kloster sehen?«

»Das wäre fabelhaft.«

Der alte Mann erhob sich mit der Leichtigkeit eines Jünglings und schritt voran. Auf dem Hof übten Novizen einen religiösen Tanz. Der Rinpoche führte sie durch die unteren Klosterhallen. Er zeigte ihnen geschnitzte Masken, prächtige Gewänder und fantasievolle Kopfbedeckungen für Festtage. Als sie wieder draußen waren, wies er auf einen Wasserfall in den Bergen.

»Seit über fünfzig Jahren sehe ich jeden Tag auf das stürzende Wasser«, sagte er. »Es ist immer dasselbe und nie dasselbe.«

Robbins reichte ihm sein Fernglas. Er zeigte ihm, wie man die Schärfe richtig einstellte. Dem würdigen Meister entfuhr ein kleiner Freudenschrei. Er erzählte, dass er erkennen könne, wie sich unten am Wasserfall Menschen wuschen. Eine Frau kämme einem Kind die nassen Haare. Der Lama war sichtlich erfreut. Er rief etwas, und drei andere Lamas eilten herbei. Er reichte ihnen das Glas. Und auch sie äußerten sich begeistert, aber respektvoll über das, was sie zum ersten Mal aus der Nähe betrachten konnten.

Der Rinpoche lud seine Besucher nun ein, Platz zu nehmen und ließ *tsampa* servieren, einen Brei aus gerösteter Gerste.

»Was betrachtet ihr als den Sinn eures Lebens?«, fragte er die kleine Gruppe mit größter Selbstverständlichkeit.

Kathryn fühlte sich im ersten Moment überrollt, doch dann fand auch sie nichts normaler, als sich über dieses Thema auszutauschen. War es nicht das wichtigste überhaupt? Aber was bedeutete »Sinn«? War es gleichbedeutend mit Bestimmung oder mit Karma, gab es so etwas überhaupt? Oder bedeutete es Nützlichkeit oder eher Ziel? Ratlos horchte sie in sich hinein.

»Darüber kann man lange philosophieren«, antwortete Gustav verhalten.

»Nicht lange nachdenken«, riet der Lama, »auf das Herz hören. Was sagt es?«

Eine Weile blieb es still.

»Ich glaube, mein Sinn des Lebens ist es, die Welt etwas schöner zu hinterlassen, als sie jetzt ist«, sagte Carl. »Mit wunderbaren Rhododendronzüchtungen, die länger blühen, Frost aushalten und Menschen erfreuen. Und die natürlich mein Auskommen und das meiner Familie sichern sollten.«

Der Mönch lächelte nur.

Gustav antwortete: »Ich will aus dem, was mein Großvater angefangen hat, eine Dynastie machen. Außerdem will ich die Gesellschaft mitgestalten und Einfluss nehmen.«

Der Lama fragte auch Frank Robbins nach seinem Sinn des Lebens. Er antwortete sehr verlegen. »Ich bin ein unbedeutendes Rädchen im großen Getriebe.«

»Du bist fast schon ein Buddhist«, erwiderte der Lama. »Dir fehlt nur noch mehr Heiterkeit.«

Nun schaute der Mönch Kathryn an. Auf das Herz hören, wiederholte sie stumm. Was sagte es denn? Und dann schoss es aus ihr heraus.

»Ich will Liebe, ein angenehmes Leben und Menschen helfen.«

Der Mönch nickte geheimnisvoll lächelnd. »Strengt euch nicht zu sehr an, eure Ziele zu erreichen. Mit absichtsloser Absicht kommt man am weitesten.«

Er begann seinen Oberkörper schaukelnd vor und zurück zu bewegen, sang mit geschlossenen Augen ein Gebet, während er die Perlen seines Rosenkranzes befühlte. Die dunklen, kehligen Klänge bereiteten Kathryn eine Gänsehaut. Ganz unvermittelt öffnete der Rinpoche die Augen wieder.

»Für jeden von euch wird die Saat aufgehen«, sagte er feierlich, »jedoch anders, als er es erwartet.«

Die jungen Leute schwiegen beeindruckt. Der Mönch erhob sich, legte jedem seiner Besucher einen weißen Schal um, wünschte ihrer Expedition viel Glück und begleitete sie hinaus.

Keiner von ihnen sprach über die Begegnung mit dem weisen Mann. Sie bewegte sie zu sehr. Aber jeder hatte eine Entscheidung für sich getroffen. Ohne sich abzusprechen, unterließen Carl und Gustav es fortan, Kathryn das Leben schwerzumachen, und auch Robbins wusste nun, dass er die junge Teepflanzertochter nicht anzeigen würde. Sie sollte als Samantha Cox unbehelligt mit ihnen reisen.

Am nächsten Tag erreichte die Truppe endlich Gangtok, wo sie zwei Übernachtungen eingeplant hatten, um für den anstrengenden weiteren Weg der Reise gut ausgeruht zu sein. Das hübsche Städtchen mit seinen pagodenförmigen Holzhäusern lag in über zweitausend Metern Höhe auf einem Bergrücken, von dem aus man auf den Fluss Ranipool heruntersah.

Aus der Lagerhalle eines orientalischen Bazars holten sie den vorbestellten Proviant ab. Robbins bat um einen freien Tag. Erst auf Nachfrage rückte er damit heraus, dass die Frage nach dem Sinn seines Lebens etwas in ihm in bewirkt hatte.

»Es gibt in Gangtok eine Frau, die mir viel bedeutet. Sie ist die Tochter eines angesehenen einheimischen Händlers.«

Er hatte sich ihr nie erklärt, weil er der Meinung war, die Unterschiede zwischen ihnen seien zu groß, und es könnte für sie keine gemeinsame Zukunft geben. Aber er hatte sie in all den Monaten in Darjeeling nicht vergessen können. Und nun wollte er sie doch besuchen und sie wenigstens fragen, was sie für ihn empfand.

Gustav und Carl besprachen, dass sie trotz ihrer Entscheidung einen letzten Versuch unternehmen wollten, Kathryn zum Bleiben zu bewegen und sich ihnen erst auf der Rücktour wieder anzuschließen, weil sie sich wirklich um sie sorgten.

»Schau doch nur, Gangtok ist zauberhaft«, sagte Gustav. »Es gibt sehenswerte religiöse Stätten, und der britische Berater soll einen großen englischen Garten angelegt haben. Sicher darfst du dort flanieren. Auf dem Markt werden gewebte Stoffe und famoses Kunsthandwerk angeboten – das lieben junge Frauen doch.«

Kathryn stieg gelassen auf ihr Pferd. Sie hob eine Augenbraue. »Ihr solltet froh sein, dass ich mitkomme. Sicher werde ich euch noch nützlich sein. Ich kann Nepali und weiß viel über Erste Hilfe.«

»Aber es ist lebensgefährlich. Überall drohen Gefahren!«, mahnte Carl. »Allein die Brücken sind ein Albtraum!«

Leidenschaftlich entgegnete sie: »Mein Gott, ich dachte, ihr würdet das verstehen! Ich fürchte keine Gefahren, was ich fürchte, ist ein langweiliges Leben!«

Gustav seufzte resigniert. Sie hatten ihr Bestes getan, verantwortungsvoll zu handeln. Aber wenn sie partout nicht wollte … Und irgendwie empfand er auch Stolz für diese mutige junge Frau. Carl ging es nicht anders, das spürte er.

Kathryn lächelte. »Ach kommt, ich darf das. Ich bin doch die Queen of Darjeeling, oder?«, sagte sie in ihrem charmanten, schweizerisch angehauchten Deutsch.

Carl erwiderte ihr Lächeln, Gustav grummelte noch etwas, doch damit war die Diskussion ein für allemal beendet.

Zwei Tage später verließen sie endgültig die Zivilisation. Hinter Gangtok bogen sie von der Handelsstraße ab in Richtung der kleinen Ansiedlung Lachen.

»Man spricht es Laatschen aus«, erklärte der Colonel, der schon einmal dort gewesen war. »Mit etwas Glück sind wir in vier oder fünf Tagen dort.«

Von Lachen war es nicht weit bis Lachung, und dort in der Nähe lag der Zemu-Gletscher. An seinen Rändern, in einer Höhe über viertausend Metern wuchs frostharter Rhododendron. Auf ihn hatte Carl es wegen der Robustheit abgesehen. Und im Yumthang-Tal, rund dreißig Kilometer nordöstlich von Lachen, hatte schon Sir Hooker die schönsten Rhodos entdeckt. Hier hoffte Carl auf Arten zu stoßen, die seinen künftigen Züchtungen ihre Schönheit verliehen.

Die Träger waren schon Stunden zuvor gestartet. Der breite Weg auf dem freien Bergrücken hinter Gangtok verleitete die Reiter dazu, auf ihren Pferden davonzusprengen. Kathryn juchzte. Diese Weite öffnete Kammern in ihrem Herzen, von deren Existenz sie bis zu diesem Tag nichts gewusst hatte. Sie fühlte sich so leicht, so frei!

Die Männer, auch der Colonel, ließen sich von ihrer überschäumenden Lebensfreude anstecken. Mit geröteten Wangen, wehendem Haar und blitzenden Augen sah sie hinreißend aus.

»Jiehar!«, spornte Kathryn ihre Stute an.

Die drei Männer galoppierten mit ihren Pferden hinter ihr her, und flankierten sie dann, bis sie die Träger erreichten.

Sie kamen jetzt durch Eichen- und Pinienwälder. Manchmal huschte Wild vor ihnen ins Unterholz, mal trollte sich ein kleiner roter Pandabär. Ein Träger trat aus Versehen auf ein Stachelschwein. Kathryn entfernte versiert die Stacheln, desinfizierte die Wunden, und weiter ging es.

An einem See, dessen Wasser türkisfarben schimmerte, stießen sie auf eine Gruppe von Pilgern, die unterwegs waren, weil sie zum Vollmond einen heiligen Berg umrunden wollten. Doch die meiste Zeit bewegte sich die Expedition durch menschenleere, unberührte Natur.

»Wie im Paradies …«, flüsterte Kathryn ehrfürchtig, als sie auf einer Anhöhe die Pferde anhielten.

Die Berge erglühten über Kilometer weit in allen Farben, von Scharlachrot und Rosenrot über Purpur, Creme und Weiß. Sie standen am Rand eines Waldes aus blühenden Rhododendronbäumen. Die Bäume waren bis zu sechs Meter hoch, manche noch höher. Knorrig wie Eichen strebten ihre starken Äste in den Himmel.

»Der *Rhododendron arboreum*«, sagte Carl andächtig.

Gustav bedeutete den Trägern, vor dem Wald eine Rast einzulegen und auf sein Kommando zu warten. Der Colonel blieb bei den Leuten.

Carl sah Gustav und Kathryn an. Allen war feierlich zumute, als müssten sie erst um Erlaubnis bitten, einzutreten. Doch wen? Sie nickten einander stumm zu und ritten dann langsam in die lichte, süß duftende natürliche Kathedrale. Bunte Schmetterlinge flatterten umher, in allen Farben schillernde Vögel flogen von Baum zu Baum, ihr Gesang hallte mehrfach wider. Die Pferde hinterließen ihre Hufspuren auf einem Teppich aus roten, weißen und rosa Blütenblättern. Im Unterholz strotzten hellgrüner Bambus und pinkfarbene Primeln.

Sie hielten die Pferde erneut an und stiegen ab, um möglichst viele Eindrücke in sich aufzunehmen. Vom Regen waren noch einige Stellen sumpfig.

»Das da sind ja … Seht mal hier!«

Carl stürzte begeistert von einem Baum zum nächsten, besah sich die Blätter, schnupperte an Dolden, befühlte Stämme und schüttelte sie. Kathryn drehte sich wie das Mädchen aus dem Sterntalermärchen unter dem Blütenregen, während Carl immer wieder lateinische Fachbegriffe ausrief und die frisch gefallenen Blüten mit vollen Händen in die Luft warf. Einige blieben auf Kathryns Haaren und Schultern liegen. Sie sah aus wie eine Braut.

»Nachkommen!«, rief Gustav.

Die Kolonne mit dem Colonel setzte sich in Bewegung und folgte ihnen. Carl begann zu fotografieren.

Ein besonderer zitroniger Duft ließ sie innehalten.

»Schaut, dort oben!«

Kathryn hatte die Quelle erspäht. Große weiße, glockenförmige Blüten hingen in der Krone eines mit kleineren rötlichen Dolden ausgestatteten Baumes.

»Ach, die *dalhousiae!*«, rief Carl entzückt. Er strahlte. »Diese Rhodos gedeihen als Epiphythen im Geäst anderer Bäume. Ganz ohne Wurzeln.«

»Und wovon leben sie?«

»Von Luft und Liebe.« Gustav lachte, er freute sich zutiefst für seinen Freund.

Carl korrigierte. »Fast richtig. Von Luft und Feuchtigkeit. Ähnlich wie Misteln. Kann man aber nicht in unseren Breiten kultivieren«, bedauerte er. »Höchstens im Tropenhaus.«

Kathryn beobachtete einen Vogel, der seinen Schnabel auf der Suche nach Insekten tief in eine Rhododendronblüte steckte und dann mit pollenüberstäubtem Köpfchen weiterflatterte. Carl faszinierte, wie Kathryn sich darüber freute. Über die kleinen Grübchen in ihren Wangen vergaß er sogar, ein Foto zu machen.

»Verdammt!«, fluchte Gustav plötzlich.

Er schlug sich auf Schuhe und Beine. Ungezählte winzige schwarze Blutegel züngelten durch die Wickelgamaschen und durch die Luftschlitze des Schuhwerks. Kathryn schaute auf ihre Beine, ihr spitzes Iiiihh ging im allgemeinen Geschrei unter. Denn nun klopften alle hysterisch an sich herum, auch die Hartgesottensten unter den Trägern.

Viele Blutegel hatten sich längst festgesaugt und ließen sich nicht so einfach abschütteln.

»Pass auf!«

Carl riss Kathryn zur Seite. Joshi scheute vor dem plötzlichen Aufruhr, nur knapp entging sie dem Hufschlag ihres auskeilenden Pferdes.

»Ans Wasser!«, brüllte Gustav.

Die Träger liefen so schnell sie konnten. Die Reiter saßen blitzschnell auf und galoppierten zum nächsten Bach, wo sie die ekligen Tiere mit Bergpickeln zerdrückten und im eisigen Wasser abspülten. »Verbrennt ihnen das Hinterteil«, sagte Robbins.

Den letzten renitenten, schon mit Blut dick vollgesogenen Exemplaren heizten sie mit glühenden Zigaretten ein.

Kathryn steckte sich schließlich auf den Schreck selbst eine Zigarette an. Gleich musste sie husten.

Carl grinste. Sie konnte förmlich sehen, wie er dachte: Schulmädchen. Sie streckte ihm die Zunge raus und warf die Zigarette in den Bach.

Colonel Robbins schmunzelte.

»Du bist irgendwie verändert, Frank«, sagte Kathryn zu ihm.

Er wurde rot. »Ach, ja?«

»Sag schon, was ist der Grund?«

Er räusperte sich. »Ich hab sie gefragt.«

»Die Händlerstochter in Gangtok?«

Seine Augen funkelten. Er war es nicht gewöhnt, über Gefühle zu sprechen. »Yep!«

Kathryn lächelte verschmitzt. »Wie schön, Frank! Und was bedeutet das?«

Die Röte um seine Ohren verstärkte sich noch. »Dass ich demnächst eine Arbeit in Gangtok suche.«

Sie zogen weiter, es ging stetig bergan. Inzwischen mussten sie auf über dreitausend Metern Höhe sein. Endlich brauchten sie die Blutegel nicht mehr zu fürchten. Dafür bereitete die dünne Luft ihnen immer größere Schwierigkeiten. Kathryn fühlte bei jedem Schritt ein Stechen in der Lunge, sie musste öfter verschnaufen. Der Nebel, der dichter und dichter wurde, kroch in ihre Kleidung. Innerhalb kürzester Zeit war alles klamm.

Die Vogelrufe klangen hier oben anders, einsamer, eher wie lang gezogene heisere Schreie. Das ferne Knattern von Gebetsfahnen drang gedämpft wie durch Watte zu ihnen durch, manchmal war es vermischt mit dem Plätschern eines Baches oder dem Donnern eines Wasserfalls.

Die Rhododendren wurden kleiner im Wuchs, je höher sie kamen. Kathryn fand ihren Anblick im Vergleich zu den Prachtexemplaren, die sie im Wald gesehen hatten, enttäuschend.

»Sie sehen zwar nicht so gut aus«, erklärte Carl, »aber sie sind verdammt widerstandsfähig – das ist gutes Erbmaterial für Züchtungen. Ich hoffe, dass wir auf die winterhärtesten Arten der Welt stoßen.«

Erst spät am Nachmittag begann der Nebel sich aufzulösen. Was sie sah, machte Kathryn sprachlos. Nach den schroffen Schluchten bot sich ihnen jetzt ein Ausblick in eine grandiose baumlose Weite.

Man kann es tausendmal lesen, auf Bildern sehen oder beschrieben bekommen, dachte sie, nichts vermag einen solchen Eindruck richtig wiederzugeben. Diese Größe der Natur muss man am eigenen Leib erfahren. Eigentlich sollte jeder Mensch dieses Privileg haben. Wenigstens einmal im Leben.

Zu ihren Füßen auf einer blumenübersäten Passwiese

mit den schönsten Gräsern nickten neben gelben Orchideen, pinkfarbenen Primeln, Ranunkeln in allen Pastellfarben und diversen, ihr unbekannten Blütenschönheiten zarte, langstängelige lila Glockenblumen im Wind, während Teppiche von Heilkräutern ihre wohltuenden würzigen Aromen verströmten.

Und an diesem Ort erwartete sie die Vorhut mit heißem Tee, knusprigen Keksen und *gilgit,* köstlichen getrockneten Aprikosen. Ein kleiner Ofen spendete ihnen Wärme.

Während Carl sich gleich wieder den seltenen Pflanzen zuwandte, schlug Gustav mit den Trägern zusammen im Bergschatten die Zelte auf. Ihr eigenes Lager bereiteten die Träger ein Stück entfernt davon.

Kathryn versorgte ihre Pferde, dann setzte sie sich mit der Pferdedecke zu Carl auf die Wiese. Er zeichnete eifrig. Sein kräftiges Haar war gewachsen und fiel ihm in die Stirn, was ihm etwas Verwegenes gab. Unbewusst strich er es mit einer Hand energisch zurück. Kathryn schloss erschöpft die Augen und genoss die letzten Sonnenstrahlen des Tages. Sie hörte das Kratzen des Bleistifts auf dem Papier, das Palavern der Träger, das Klappern mit dem Blechgeschirr und rollte sich schläfrig auf der Seite zusammen.

Als sie die Augen wieder öffnete, lag sie immer noch so da, eingemummelt in eine Männerjacke. Carls Blick ruhte auf ihr. Er lächelte nicht, er betrachtete sie ernst, aber wohlwollend und aufrichtig. Kathryn sah in das Mondwindenblau seiner Augen und versank darin. Wieder erfüllte es ihr Herz mit Leichtigkeit und Freude. Alles stand Kopf! Kathryn kam sich vor wie die Glücksmarie im Märchen, die durch einen Brunnen in das Reich von Frau Holle fiel, tief nach unten in einen wolkenlosen Himmel.

»Hey!«, rief Gustav. »Es gibt Rührei, wenn ihr euch nicht beeilt, ist gleich nichts mehr da.«

Kathryn holte sich aus ihren Träumen und sprang auf. Sie merkte erst jetzt, wie sehr ihre Knochen und Muskeln schmerzten. Auch Carl erhob sich. Er steckte sein Büchlein in eine Lederhülle, die er sorgsam mit einem Lederband umwickelte und dann in seine Brusttasche schob.

Als sie mit den anderen im Kreis saßen und aßen, holte Gustav die Karte hervor, und sie verfolgten die Strecke, die sie an diesem Tag geschafft hatten.

»Ungefähr zwanzig Kilometer«, schätzte Gustav. »Unter diesen Bedingungen nicht schlecht. Morgen wird es kälter werden, zieht euch wollene Unterwäsche an. Sirdar, was sagst du, wie wird das Wetter?«

»Es könnte ein schneidender Wind aufkommen«, gab der Sirdar zurück, »aber sonst sieht es gut aus.«

Der Mond ließ Kathryn in dieser Nacht nicht schlafen. Nein, es lag wohl auch an den überwältigenden Naturerlebnissen, dass sie nicht in den Schlaf fand. Und an der Kälte. Sie setzte sich auf, zog noch eine Wolljacke über. Leise verließ sie ihr Zelt, um niemanden zu wecken. Aus dem Zelt von Colonel Robbins klang ein regelmäßig an- und abschwellender Pfeifton, aus dem Lager der Träger wehte vielstimmiges Schnarchen herüber. Ein Pferd scharrte und schnaubte, ein Nachtvogel schrie.

Der Mond schien so hell, dass Kathryn keine Lampe benötigte. Sie konnte ihren Atem sehen. Vorsichtig schlich sie zu einem Felsen und blieb dort wie angewurzelt stehen. Die Wolkenschleier zerrissen in diesem Augenblick, und das Bild, das sich ihr nun bot, wirkte auf sie, als habe jemand den Vorhang zum Jenseits weggezogen. Sie schaute direkt hinein in den göttlichen Himmel! Wenn dort jetzt Engelsscharen auftauchten, würde es sie nicht noch mehr erschüttern können. Mit klopfendem Herzen verharrte Kathryn.

Die gezackte Silhouette der Berge hob sich gegen das tiefblaue Firmament ab. Die Sterne funkelten in Rot und Gelb und Bläulichviolett. Wolkenfetzen schwebten auf halber Höhe. Gestochen scharf erhob sich darüber der Gipfel des Kangchendzönga im Mondlicht.

Kathryn sog tief die kühle Nachtluft ein. Vor dem Schlafengehen hatte Carl auf die Glut des Lagerfeuers einige jener Rhododendronblätter gelegt, die von Mönchen für Zeremonien zum Räuchern verwendet wurden. Es duftete noch danach. Nach frischem Holz, harzig-würzig, ein bisschen wie Weihrauch.

Ein leises Geräusch ließ die junge Frau zusammenfahren. Sie wandte sich um. Carl und Gustav. Sie mussten sie wohl doch gehört haben und nahmen sie nun schweigend in ihre Mitte.

Kathryn lächelte die Männer unter Tränen an. Blickte wieder zum Horizont. Die Wasserfälle und Flüsse in der Ferne schimmerten wie Silberadern.

»Ich weiß, dass ich nie wieder im Leben etwas Schöneres sehen werde«, flüsterte Kathryn.

Carl nahm ihre Hand, Gustav ergriff die andere. Mit allen Sinnen empfingen sie die Magie der Natur.

Nach einer Weile begann Kathryn, vor Kälte zu zittern. »Geh wieder in dein Zelt«, sagte Gustav leise. »Du wirst dich erkälten.«

Sie schüttelte den Kopf. Sie wollte noch nicht, dass es vorüber wäre.

Carl ging fort. Gustav nahm nun auch Kathryns andere Hand, legte beide zusammen und pustete hinein. Sie ließ es sich widerspruchslos gefallen. Gustavs Atem löste wohlige Schauer in ihr aus.

Carl kehrte zurück und stellte sich hinter sie. Er breitete seinen offenen Schlafsack über Kathryns und Gustavs Schultern. Ganz selbstverständlich schmiegte er seinen Kopf von hinten an Kathryns Hals und legte eine Hand wärmend in Gustavs Nacken. Der Freund zuckte überrascht zusammen, doch dann entspannte er sich.

Jeder spürte das Glück des anderen.

Ammerland

April 2010

Am Tag vor ihrem Treffen mit dem englischen Journalisten begleitete Julia Jonas ihre Mutter zu einem Arzttermin nach Bad Zwischenahn. Sie nutzte die Zeit, um kurz in die Boutiquen zu schauen. Sie hatte so gar nichts Schickes mehr und kaufte sich einen langen, blau-beige gemusterten Seidenschal, den sie lässig um den Hals schlagen konnte. Nicht dass sie diesen Max Whitewater beeindrucken wollte, nein. Aber sie musste schließlich die Junggärtner angemessen repräsentieren. Sie hatte seit der Sache mit Lutz erst mal die Nase voll von Männern. Das Einzige, was sie interessierte, waren der Betrieb und die Rhododendronkultur. Sie hätte dem Engländer begegnen können, wenn sie nur zweihundert Meter weiter aus der Fußgängerzone heraus und ins Museumsdorf gegangen wäre. Dort absolvierte zur gleichen Zeit ein ziemlich verwirrter und aufgewühlter junger Mann das klassische Touristenbesichtigungsprogramm: das große reetgedeckte Ammerländer Museumsbauernhaus, in dem es dunkel war und nach Buchenholzrauch roch. Besuchergruppen schoben über den gestampften Lehmboden und bewunderten den köstlichen »Himmel«. Hoch überm offenen Herdfeuer in der Tenne hingen Hunderte von Schinken und Würsten zum Reifen im Rauch.

»Das sind unsere Spezialitäten, meine Herrschaften«,

hörte Max, »das dürfen Sie sich nicht entgehen lassen. Ebenso wenig wie den Ammerländer Smoortaal, am besten gleich nebenan im alten Kornspeicher, der seit Jahrzehnten eine urige Speisegaststätte ist.«

Im kleinen Wohntrakt vorn im Bauernhaus demonstrierte eine Frau an einem Webstuhl, wie früher die Aussteuer gefertigt wurde. Rote Geranien leuchteten vor den Butzenfenstern, in der Küche warf Max einen Blick in die Schrankbetten, sogenannte Alkoven. Er stellte sich vor, mit Julia darin zu kuscheln, während das Herdfeuer prasselte …

Max ließ sich mit der Gruppe treiben – durch den Bauerngarten, in dem niedrige Buchshecken Blumen- und Gemüsebeete umgrenzten und in dessen Mitte eine Rosenkugel blitzte, in der sich die ganze Welt spiegelte. Am Rand stand eine Gartenbank zum Ausruhen.

Mit einem verträumten Lächeln schlenderte er weiter über eine grüne Rasenfläche am Ufer des Zwischenahner Meeres zur Windmühle. Weiße Ausflugsdampfer und Segelschiffe verliehen dem Kurbad Sommerfrischenatmosphäre. Zwei ältere Damen betrachteten sehr aufmerksam einen blühenden Rhododendron. Max hörte, wie die eine andächtig sagte: »Manche Blütenblätter schimmern so zart und durchscheinend, dass man sich wundert, wie sie die dunklen Sprenkel darauf tragen können.«

Diesen Satz schrieb Max sich auf, vielleicht konnte er damit bei Julia Eindruck machen.

Er checkte sein Handy, Julia hatte noch nicht versucht, ihn zu erreichen. Immer noch war er peinlich berührt, wenn er an das lächerliche Gestolpere bei ihrem ersten Zusammentreffen dachte. Dass ausgerechnet ihm das passiert war! Ihm, dem alle Gesellschaftsreporterinnen stets zuerst einen umwerfenden jungenhaften Charme attestierten! Normalerweise brachte er sie problemlos zum Dahinschmelzen. Bislang hatte er noch jede bekommen, die er wollte. Er hoffte, dass er das nicht nur seinem Familiennamen und -vermögen zu verdanken hatte. Max verdrängte diesen unangenehmen Gedanken schnell wieder.

Julia holte ihre Mutter wie verabredet vom Arzt ab.

»Alles okay«, sagte Brigitte Jonas erleichtert, als sie ins Auto ihrer Tochter stieg.

Julia war stolz auf ihre Mutter, die mit ihren achtundvierzig Jahren so jugendlich wirkte, dass sie häufig für Freundinnen gehalten wurden. Brigitte Jonas war kräftig und zupackend, eher der dunkle Typ. Kurze brünette Haare, durchgestuft und gesträhnt, sportlich-praktische Kleidung, aber immer schmückten kostbare kleine Stecker ihre Ohren. Seit vier Jahren gab es einen neuen Mann in ihrem Leben: Eberhard Müller, Witwer mit zwei erwachsenen Söhnen. Er besaß ebenfalls eine Baumschule, eigentlich passte alles wunderbar zusammen. Nur konnte Julia ihn nicht ausstehen. Wahrscheinlich lag es weniger daran, dass sie Eberhard nicht mochte, sondern mehr daran, dass sie überhaupt niemanden an der Stelle ihres zehn Jahre zuvor verunglückten Vaters akzeptieren wollte. Eigentlich hätte man beide Betriebe gut zusammenlegen und durch Synergieeffekte Geld sparen können. Doch daran war bei dem gespannten Verhältnis zwischen Julia und Eberhard einfach nicht zu denken.

Brigitte hatte Eberhard schon öfter vertröstet. »Warte ab, bis sie heiratet. Dann ordnet sich alles von allein.«

Aber nun war die langjährige Beziehung mit Lutz zerbrochen, und die Warterei ging ins Ungewisse weiter.

»Ach!« Julia stutzte. Auf dem Gehweg gegenüber sah sie eine grauhaarige Frau, die ihren mit Einkaufstüten bepackten Rollator energisch vorwärtsschob. »Guck mal, ist das nicht die ter Fehn?«

Brigitte schaute hinüber. »O je.«

Ihr Blick traf den von Hella ter Fehn. Demonstrativ wandten beide sich ab.

Julia schlug aufs Lenkrad. »Kann mir eigentlich mal jemand erklären, was wir mit den ter Fehns haben? Seit ich denken kann, sorgt allein die Erwähnung ihres Namens in unserer Familie für Ekel, Abscheu und Empörung. Aber ich weiß bis heute nicht, was die verbrochen haben.«

Brigitte zuckte mit den Schultern. »So genau weiß ich das auch nicht. Aber alle, dein Großvater Carl, Oma Gesine und dein Vater haben so reagiert. Ich erinnere mich, dass Carl den alten Gustav ter Fehn mal als Verräter beschimpft hat. Und als Feigling, Kriegsgewinnler und Angeber.«

»Herrje, und warum?«

»Ich – weiß – es – nicht.«

»Und die Frau da vorne ist seine einzige Tochter?«

»Ja, sie heißt Hella, war früher Lehrerin. Aber ich kann dir wirklich nicht mehr sagen. Und nun müssen wir auch los, mein Kind! Die Arbeit ruft.«

Max war gut vorbereitet. Er hatte noch die halbe Nacht im Internet recherchiert und sich einige intelligente Fragen zum Thema Rhododendron aufgeschrieben. Der verkehrsberuhigte Westersteder Marktplatz lag im Schatten einer fast tausendjährigen mächtigen Kirche und hieß, wie er einem Schild entnehmen konnte, auch Duz-Platz. Als er im Café bestellte, erklärte ihm die Serviererin, dass man jeden, sogar den Bürgermeister oder den Leiter der Landessparkasse, auf diesem Platz duzen dürfe. Das hätten die Bürger der Kreisstadt hochoffiziell beschlossen.

Julia kam mit dem Glockenschlag um elf Uhr ein bisschen atemlos in das Café gestürmt. Mit einem Blick registrierte Max Jeans, Kurztrench, Seidentuch, Stiefeletten und ein leichtes Make-up, die blonden Haare waren frisch gewaschen und in einem lockeren Knoten aufgesteckt. Sie lächelte geschäftsmäßig, als sie sich setzte, was reichte, um Max' Herz aus dem Takt zu bringen.

»Hallo, *du!*«, sagte er betont kokett.

Er hat eine sympathische Stimme, dachte Julia. Und sie mochte, wie er sich kleidete. Wieder trug er ein Tweedjackett, dazu Pullover und Cordhose. Die Haare hatte er an diesem Tag nicht in die Stirn gekämmt.

»Moin! Ach, dieser peinliche Platz …«, sagte sie und blickte gespielt genervt gen Himmel. »Aber wir können uns trotzdem gern duzen. Nicht nur hier.«

Sie reichte ihm die Hand. »Julia.«

»Max.«

Früher war vieles besser, seufzte Max innerlich, da hätte man Brüderschaft getrunken und sich küssen dürfen.

Julia schlug die Beine übereinander und legte gleich los. »Es gibt zwei Möglichkeiten oder Routen. Ich schlage vor, wir fangen mit den beiden Schlossparks in Oldenburg und in Rastede an. Da finden wir die ältesten Rhodos der Region, fast zweihundert Jahre alt. Und dann sollten wir in den Rhodopark der Familie Hobbie nach Linswege-Petersfeld, der ist unglaublich, ein blühender Urwald, wunderbar angelegt, sogar älter als unserer. Der alte Hobbie war ein toller Mann, selbst mein Großvater hat von ihm gelernt und ihn bewundert.«

»Stopp, nicht so viel, und nicht so schnell.« Max winkte die Serviererin heran. »Was möchtest du trinken?« Er bestellte zwei Latte macchiato. »Was ist die andere Möglichkeit?«

»Eine Rundtour zu den wichtigsten Baumschulen. Da fangen wir am besten gleich hier an, bei Böhljes, das ist eine der ältesten Baumschulen Deutschlands, auf dem Gelände kann man übrigens mit einer Draisine fahren, das ist so ein vierrädriges Gefährt, das auf Schienen läuft, und dann arbeiten wir uns über …«

»Wie viele Baumschulen gibt's denn im Landkreis?«

»Über dreihundertfünfzig.«

»Aah ja … Um noch mal auf die erste Tour zurückzukommen …«

Die Serviererin brachte die Getränke. Julia lehnte sich zurück. Sie lächelte schuldbewusst. Ihr Tempo überforderte viele Leute. Daran war auch ihre letzte Beziehung gescheitert. Ihr Exfreund Lutz hatte ihr vorgeworfen, sie könne nicht abschalten. Aber er war ja auch Beamter. Sie musste so schnell sein, um als Selbstständige den Betrieb am Laufen zu halten. Doch manchmal wünschte sie sich auch mehr Ruhe und Gelassenheit im Alltag.

»Du hast Recht, Max. Nicht zu viel auf einmal.«

»Mich würden ja auch alte Bauerngärten interessieren, etwas Verwunschenes …«

»Hm. Dafür brauchst du eigentlich nur über Land zu fahren und zu gucken. Aber es ist wirklich besser, mit dem Schlosspark Rastede anzufangen. Das ist sozusagen die Keimzelle unserer Rhodokultur.«

»Du bist die Expertin.«

Hauptsache, sie begleitete ihn. Egal wohin.

Die Sonne strahlte vom hellblauen wolkenlosen Himmel. Auf dem Weg zum Auto überquerten sie den Marktplatz mit seinem Springbrunnen, den weißen Laternen und den hübsch bepflanzten Blumenkübeln. Drei Straßen mündeten hier, drumherum standen moderne und alte Gebäude, die Stadtverwaltung, die Sparkasse, zwei Hotels. Ein Hauch der guten alten Zeit war noch zu erahnen.

»Im Hotel Busch hatten früher sicher die Honoratioren ihren Stammtisch … Muss mal schön gewesen sein.«

Max grinste und wies auf den Stilmix.

»Du meinst, bevor sich die Gestalter ins Delirium gepflastert haben?« Julia lächelte verständnisvoll. »Für mich ist er trotzdem der schönste Platz der Welt, weil hier die Rhodo stattfindet. Wirklich ein Jammer, dass du dann nicht mehr da bist.«

Max fiel siedend heiß ein, dass er durchaus anwesend sein würde – als Jurymitglied mit seinem Vater Lord Taintsworth. Spätestens dann würde sie seine wahre Identität erfahren. Er musste es ihr vorher bei passender Gelegenheit beibringen. Ihr Lachen holte ihn aus seinen Gedanken.

»Übrigens, da hinter dem freistehenden Glockenturm haben wir als Schüler Lambrusco getrunken, wenn wir den Unterricht geschwänzt haben. Und das hier ist ein tolles Brillengeschäft.«

Sie spazierten durch die Lange Straße zum Leihwagen, Julia bot an, ihn zu fahren.

Max nahm dankbar an. »Dann kann ich mir während der Fahrt Notizen machen.«

Unterwegs stellte er gleich seine vorbereiteten Fragen.

»Was gibt's Neues von der Züchterfront?«

Julia überlegte, da wäre so vieles zu nennen. Aber sie fasste sich kurz. »Wir können neue Sorten anbieten, die gesünder, frosthärter, kompakter und anpassungsfähiger sind als alte.«

»Und optisch? Gibt's da was Neues?«

»Klar, aber ich finde nicht, dass das Neue unbedingt das Bessere ist.«

»Das darfst du aber jetzt offiziell nicht sagen, oder?«

»O doch, ich sage, was ich denke.«

»Na gut, für die trendbewussten unter den *Park-&-Garden*-Lesern: Was ist neu?«

Julia dachte nach und wog ab. Sie kurvten durch die idyllische Landschaft Richtung Rastede. Max fielen die vielen rotwangigen Radfahrer auf, offenbar war das Radeln hier wie in Holland Volkssport.

»Also, da hätten wir zum Beispiel neue Rhodos in Rubinrot mit schwarzen Flecken oder welche mit außergewöhnlicher Leuchtkraft. Und Blüten, die wie Orchideen aussehen. Oder neue Farbverläufe, zum Beispiel mit einem Saum in Violett und einem Schlund in Weiß.«

Während sie erzählte, gestikulierte Julia lebhaft am Steuer. Max zuckte jedes Mal zusammen, wenn ihnen ein Fahrzeug auf der gefühlt falschen Seite entgegenkam.

Julia fuhr fort. »Es gibt auch neue Sorten in bislang seltenen Farben wie Hellgelb und Orange. Und welche, die viel Sonne mögen oder die sogar Kalk im Boden vertragen. Oder die im Frühling *und* im Herbst blühen. Oder bis spät in den Juni hinein.«

»Was ist von Wildarten zu halten?«

»Die sind interessanterweise bei uns anspruchsvoller als in ihrer angestammten Heimat. Ich persönlich mag sie sehr. Unter Kennern ist da auch gerade ein kleiner Boom zu verzeichnen.«

»Blühen alte rote Sorten eigentlich schon jetzt im April?«

»Ja, es gibt durchaus welche.«

Max schöpfte Hoffnung für seinen Suchauftrag. Er schaute wieder nach draußen und spähte in jeden Garten, den sie passierten.

Am Schlosspark Rastede liehen sie sich Fahrräder aus, um die große Anlage zu erkunden.

»Das war die Sommerresidenz des Herzogs von Oldenburg«, rief Julia.

Sie zeigte Max das Schloss, das sich immer noch im Privatbesitz der Nachfahren befand, und ein gegenüberliegendes klassizistisches Palais. Max war sportlich, aber Radfahren gehörte nicht zu seinen bevorzugten Hobbys. Er hoppelte unsicher mit dem ungewohnten Fortbewegungsmittel über das kräftige Wurzelwerk von Bäumen, die wie dicke Adern aus dem Boden hervortraten. Julia schien über alle Hindernisse zu fliegen. Sie war ihm ein ganzes Stück voraus.

»Halt mal an, ich versteh nur die Hälfte«, rief Max.

Erhitzt schoben sie nun auf Wegen im lichten Schatten der Baumveteranen ihre Räder, und Julia erzählte weiter.

»1777 hat der spätere Herzog das hier gekauft. Damals war der Garten im französischen Stil streng geometrisch gestaltet – eben die bezähmte Natur. Peter Friedrich Ludwig war aber ein moderner Mann und wollte dementsprechend einen modernen Garten. Das war zu jener Zeit der englische Landschaftspark.«

Max merkte, wie er mit seinen Gedanken abschweifte. Er malte sich aus, wie er Julia in seine Arme reißen und küssen würde. Ihr Haar würde sich lösen, sie würde einen kleinen überraschten Schrei ausstoßen, und wenn seine Lippen erst auf ihren … Ihm wurde heiß.

»Sicher sagt dir als Mitarbeiter von *Park & Garden* der Name Lancelot Brown etwas.« Julia sah Max auffordernd an.

»Wie bitte? Lancelot?«, stammelte er. »Du meinst König Arthurs Tafelrunde? Den Freund von Ritter Ivanhoe?«

»Nein, ich meine den bedeutendsten englischen Landschaftsarchitekten des 18. Jahrhunderts!«

»Ach so, *den* Lancelot, klar!«

»Na, bei dem hat der Oldenburger Hofgärtner Carl Ferdinand Bosse gelernt. Bosse erhielt den Auftrag, sich in Rastede um den Park zu kümmern, und er pflanzte hier die ersten Rhododendren. Sein Halbbruder gründete übrigens vor zweihundert Jahren in Rastede die erste Baumschule des Ammerlandes.«

Noch nie hatte Max erlebt, dass allein eine Stimme ihm körperlich ein solches Wohlgefühl bereitete. Hypersensibel reagierten seine feinen Körperhärchen, sie reckten sich, als wäre er im Rausch, schienen kleine La-Ola-Wellen über seinen ganzen Körper zu senden, sobald Julia redete.

Unter ihren Schritten raschelte das vertrocknete kupferfarbene Buchenlaub vom Vorjahr, die Fahrradreifen zerknackten kleine Äste. Zitronenfalter flatterten ihnen voraus. Hellgrüne Kastanienblattfinger und Farne am Wegesrand begannen sich zu entrollen. Max überlegte fieberhaft, wie er bei Julia punkten könnte. Als sie eine Gruppe lila blühender Rhodobüsche erreichten, die sich im Schlossteich spiegelten, zitierte er den Satz, den er im Kurpark aufgeschnappt hatte.

»Manche Blütenblätter schimmern so zart und durchscheinend, dass man sich wundert, wie sie die dunklen Sprenkel darauf tragen können.«

»Stimmt!« Julia schenkte ihm ein erstauntes, warmes Lächeln. So viel Sensibilität hatte sie ihm gar nicht zugetraut. »Einige blühen auch, bevor sie das Laub austreiben. Die finde ich besonders interessant. Und, achte mal drauf, oft verändert sich die Farbe während des Aufblühens.«

»Können wir uns vielleicht hinsetzen? Dann kann ich mir das alles besser aufschreiben …«

Sie setzten sich auf eine Parkbank in den Sonnenschein, und Max erhielt einen Crashkurs in Botanik. Er lernte, dass Rhododendren sich in rund fünfzig Millionen Jahren entwickelt hatten. Gerade mal zwei Arten auch in Mitteleuropa – die Alpenrosen, mit und ohne »Wimpern«.

»Die sogenannte bewimperte Alpenrose war der erste Rhodo, von dem wir schriftlich überliefert haben, dass er in einem Garten gezüchtet wurde«, wusste Julia, »und zwar in England und das bereits 1656. Vor zweihundert Jahren wurden dann gerade mal zwölf Arten in europäischen Baumschulen oder Gärten kultiviert. Zunächst vermehrten Gärtner einfach nur die Wildarten und suchten aus den Nachkommen die schönsten aus, was man Selektion nannte. Aber schon bald versuchten Baumschulen auch erste Kreuzungen. Sie brachten neue Sorten hervor, die in den Zwanziger- und Dreißigerjahren des 19. Jahrhunderts in den Handel kamen.«

»Und wie viele Sorten gibt's heute?«

»Weltweit rund dreißigtausend, dazu sind rund tausend Wildarten bekannt.«

»Was?« Max begrub seine Hoffnung, die Rose von Darjeeling zufällig entdecken zu können.

»Warum kam der Rhododendron eigentlich erst vor zweihundert Jahren in Mode?«

»Ich glaube, er passte um 1800 einfach ideal zum Zeitgeschmack. Außerdem gelangten damals aus den Kolonien ständig für Europäer neue Wildarten in die Gärtnereien. Sie ermöglichten ja erst die tollen Züchtungen in den folgenden Jahrzehnten.«

Julia überlegte, ob sie noch auf die Botanischen Gärten zu sprechen kommen sollte. Bis 1900 entstanden rund zweihundert Botanische Gärten in Übersee, meist in tropischen Regionen. Sie waren auch Laboratorien, in denen die Kolonialmächte neue Geschäftsmöglichkeiten mit »grünem Gold« antesteten, wie etwa Tee, Palmen, Kaffee oder Gummibäume. Manche Gewächse wurden dort kultiviert, sollten erst einmal auf das kalte Klima in Europa vorbereitet werden – was aber nicht immer gelang.

Und die Botanischen Gärten in der Heimat … Abgesehen davon, dass sie eine Freude, Kulturgut, Bildungsstätte, Studienort, Zoo für Pflanzen waren, dienten sie den Regierungen auch als exotische Geschenke und Leistungsnachweis für die eigene Bevölkerung: Schaut, wie mächtig wir sind, was wir alles erobert haben! Abenteuerlust, Forscherdrang und Nationalstolz lagen eng beisammen. In der Zeit der bedeutendsten Rhododendronentdeckungen, im 19. Jahrhundert, war Großbritannien die Weltmacht gewesen. Kein Wunder also, dass man dort heute noch die bedeutendsten Sammlungen von Rhododendronarten und Neuzüchtungen finden konnte.

Ach was, dachte Julia, das weiß Max sicher alles schon, vielleicht sogar besser als ich.

Sie stand auf und sagte begeistert: »Siehst du es? Wir befinden uns in einem begehbaren Gemälde!«

Max erhob sich ebenfalls, er schaute sich um. Die Rhododendrongruppen im Park machten sich überaus malerisch. Auch einzelne Prachtexemplare lenkten den Blick so, dass die Anlage besonders weit, großzügig und romantisch wirkte. Dieses Spiel mit den Sichtachsen war ein wichtiger Teil der Gartenkunst. Nicht nur der Park selbst, sondern auch seine Umgebung wurde einbezogen. Harmonisch verbanden sich Schönes wie die Teiche mit Nützlichem wie Kuhweiden. Sogar der Kirchturm des Ortes schien mit Bedacht ins Gesamtkunstwerk eingebettet.

Max verstand, worauf Julia hinauswollte. »Nichts ist zufällig. Es soll nur so aussehen, als ob …« Und die Kulturlandschaft des Ammerlandes kam dem Ideal des englischen Landschaftsparks ohnehin schon recht nahe.

»Komm!«

Sie schaute ihn über die Schulter an, und Max wünschte, er könnte malen, um diesen Ausdruck festzuhalten. Unternehmungslustig sah sie aus, verlockend, so süß. Die vollen Lippen lächelten unschuldig verführerisch. Ihre Wangen waren rosig von der frischen Luft. Und wieder ging er unter in ihrem Blick: Von einem dunkleren Blau umkreist blitzten auf dem Grunde der Iris Reflexe, silbrig und türkis – wie sie die Sonne manchmal durch kristallklares Wasser auf hellen Sand zauberte.

»Na, komm schon!« Julia entging nicht, dass ihr Gast sie anstarrte, aber sie war ja zum Glück derzeit immun gegen amouröse Abenteuer. »Dahinten kann man immer noch alte Rhodos sehen, die Bosse gepflanzt hat.«

Sie kamen an eine fast sieben Meter hohe Hecke, die den Privatgarten des Schlosses vom öffentlichen Teil des Schlossparks trennte. Erste weiße Blüten brachen auf.

»Leider ohne Schnitt, könnte gepflegter sein«, bedauerte Julia.

»Trotzdem romantisch. Fast so undurchdringlich wie die Rosenhecke um das Dornröschenschloss.«

Max' Stimme hat sich verändert, dachte Julia. Bitte, jetzt keine Komplikationen! Er machte langsam einen Schritt durch die grünen Schatten auf sie zu. Sie spürte wieder ein Kribbeln. Julia wandte sich um und lief rasch weiter.

Abends lud Max sie zum Dank für ihre Führung zum Smoortaalessen in den Bad Zwischenahner Spieker ein. Durch eine niedrige runde Holztür betraten sie das zweistöckige kleine Fachwerkgebäude. Gleich umfing sie der Geruch von mildwürzigem Rauch, an der Wand brannte ein großes offenes Feuer und tauchte den von Geklapper und Gelächter erfüllten Raum in ein behagliches Licht. Unten waren alle Plätze besetzt. Sie stiegen eine Holztreppe nach oben und nahmen am letzten freien Tisch Platz. Aufmerksam studierte Max das Ambiente: blau-weiß karierte Gardinen, bäuerliche Antiquitäten und Zinngeschirr an den Wänden. Ihr Tisch aus massivem Eichenholz war hell vom jahrzehntelangen Blankscheuern. Sie bestellten einen Löffeltrunk.

Der Kellner trug ein rot-weiß kariertes Hemd, ein schwarzes Wams und schwarze Kniebundhosen, die Ammerländer Tracht. Er reichte jedem von ihnen einen großen, schweren Zinnlöffel. Dann goss er Weizenkorn hinein.

»Ah!«, rief Julia. »Bei uns sagt man nach alter Tradition abwechselnd einen plattdeutschen Spruch auf, während man den Schnaps trinkt. Pass auf!

Ik see di. *Ich seh dich.*

Dat freit mi. *Das freut mich.*

Ik sup di to. *Ich trink dir zu.*

Dat do! *Das tu!*

Ik heb di tosoppen. *Ich hab dir zugetrunken.*

Hest 'n Rechten droapen. *Hast den Richtigen getroffen.*

So hebt wi dat immer dohn. *So haben wir's immer getan.*

So schall dat ok wietergohn. *So soll's auch weitergehn.*«

Sie prostete ihm zu, und sie tranken und leckten ihre Löffel dann ab.

Max bestellte zweimal geräucherten Aal und sagte: »Das finde ich auch, so soll's weitergehen.« Sie war einfach zauberhaft. Am liebsten hätte er ihr jetzt gleich gesagt, dass sie den Richtigen getroffen hatte.

Julia wehrte ab. »Wenn ich heute Abend zu viel trinke, kann ich morgen nicht arbeiten, und ich hab ein strammes Pensum zu erledigen.«

»Na komm«, bettelte Max, »einen noch. Das gehört doch zur Öffentlichkeitsarbeit dazu – die Einführung in die Sitten und Gebräuche von Rhodo-Country.«

Max hob wieder den Löffel, den er, vorschriftsmäßig abgeleckt, mit der hohlen Seite nach unten auf den Tisch gelegt hatte, und der Kellner schenkte erneut ein.

»Aber nur noch einen!«, seufzte Julia.

Endlich kamen ihre Aale. Auf Tellern, aber ohne Besteck. Dazu gab's Schwarzbrot. Mit großen Augen verfolgte Max, wie Julia ihrem Aal mit den Fingern das Genick brach, den Kopf abknickte und die Haut abzog. Brutale Sitten!

Er grinste ironisch. »Perfekt fürs erste Date.«

»Dies ist ja zum Glück nur ein Geschäftsessen«, erwiderte sie betont sachlich. »Am besten krempelst du die Ärmel hoch. Nimm lieber die Uhr ab, das Fett kann einem schon mal am Handgelenk entlanglaufen.«

Max nahm seine Armbanduhr ab und legte sie neben seinen Teller.

»Hast du noch Fragen für deinen Artikel, Max?«, fragte Julia, griff ihren Aal beherzt an beiden Enden und begann, genussvoll eine Seite der Gräte abzuknabbern.

»Oh, viele, viele …« Max probierte das feste, fette, geräucherte Fleisch der Delikatesse. »Hm, das ist exzellent, unglaublich gut!«

»Ja, wirklich lecker.«

Der Schnaps wärmte Julia wohlig von innen. Sie hatte ganz vergessen, wie gut so ein Smoortaal schmeckte. Überhaupt war es doch angenehm und entspannend, hier zu sitzen. Sie beobachtete, wie der junge Engländer den Abend genoss, und ihr ging auf, dass sie sich solche kleinen Freuden seit Langem versagte.

Nach dem Essen brauchten sie natürlich noch einen Korn für die Verdauung. Und dann forderte sie der Kellner auf, die Hände wie beim Händewaschen in der Luft über dem Teller zu reiben. Erstaunt befolgte Max die Anweisung. Der Kellner goss ihm Schnaps direkt aus der Flasche über die Hände.

»Welche Vergeudung!«

»Das muss so sein.« Julia schmunzelte, als sie an der Reihe war. »Sonst bleibt der Geruch wochenlang an den Händen. So dauert's nur Tage.«

Beide reinigten sich die Finger danach noch mit Zitronenscheiben. Sie tranken nun Bier und Wasser.

Max hatte sein Jackett ausgezogen, und Julia fiel seine gute Figur auf. Breite Schultern hatte er, einen durchtrainierten Rücken und schmale Hüften – er war wirklich attraktiv.

»Was sind denn so die Schwierigkeiten oder Probleme bei der Rhodozucht?«, kam Max wieder auf ihr Fachthema zu sprechen.

»Ach, ganz schlimm sind Ungeziefer und Krankheiten. Zum Beispiel der Dickmaulrüssler – aber das willst du nicht wirklich wissen, oder?«

»Doch! Erzähl mir mehr.« Betont verträumt stützte Max seinen Ellbogen auf.

»Na gut.« Julias Augen blitzten. »Den Dickmaulrüssler darf man auf keinen Fall ›beerdigen‹. Der legt seine Eier an die Wirtspflanze, und die Würmer, die später daraus schlüpfen, fressen dann die Ballen auf.«

»Frechheit!«

»Oder die Zikade, auch ganz fies. Im August oder September bohrt sie sich in die neuen Knospen. Dadurch können Pilzsporen eindringen, und die Knospen sterben ab.«

»Ich könnte dir noch stundenlang so zuhören.«

»Gefürchtet ist auch das Triebsterben.«

»Zu Recht, würde ich sagen.«

»In diesem Fall muss man die befallenen Triebe rechtzeitig entfernen und vernichten. Leider ist die Liste der übrigen Gefahren lang: Mehltau, Sonnenbrand, Frostschäden, Wurzelhalsfäule …«

Max war fasziniert. Aber sie hätte ihm auch die Tarifbedingungen der Deutschen Bahn vorlesen können … Julia wirkte so aktiv, so fröhlich. Die melancholischen Schübe seiner geliebten Großmutter hatten über Jahrzehnte das Familienleben der Taintsworths geprägt. Doch diese junge Frau machte den Eindruck, als könnte nichts sie aus der Bahn werfen. Max musste sie immerzu anstarren.

»Müssen wir nicht eigentlich noch Brüderschaft trinken?«

Jetzt nahm er die Brille ab. Julias Herz machte einen Hüpfer. So eindringlich sah er sie an, so intensiv mit irisierenden Farbwechseln zwischen Grün und Blau … Julia fühlte sich unter diesem Blick, als wäre sie der wichtigste Mensch auf der Welt. Es fühlte sich aufregend an – und es beunruhigte sie zutiefst. Sie hasste es, die Kontrolle zu verlieren. Seine Hand schob sich langsam über die blanke Eichenplatte in Richtung ihrer.

Julia räusperte sich. »Sag mal, versuchst du gerade, mit mir zu flirten?«

Als Antwort sah er ihr nur weiter in die Augen. Julia spürte Panik in sich aufsteigen. O bitte, lass das! Es wird nur wieder wehtun, dachte sie. Hastig zog sie ihre Hand weg. Mit der anderen nahm sie seine Brille.

»Kannst du überhaupt sehen ohne? Die Gläser sind ja ganz schön stark«, lenkte sie ab.

Die Anspannung war verflogen, und Max erzählte eine lustige Geschichte, wie er als Pubertierender einmal versucht hatte, ohne Brille durch die Welt zu kommen. Er hatte sich, ohne es zu merken, an einem Strand ausgerechnet im Abschnitt für FKK-Anhänger niedergelassen.

Julia lachte. Sie unterhielten sich weiter über Gott und die Welt.

Dass sie die letzten Gäste waren, merkten sie erst, als die Kellner die Stühle auf den Tisch stellten. Beide durften nicht mehr Auto fahren. Max kam zu Fuß in sein Hotel. Er suchte Heins Visitenkarte hervor und rief ihn an, bevor Julia protestieren konnte. Kurz darauf begleitete er sie zum Parkplatz, wo Hein seine leicht schwankende Chefin in Empfang nahm. Er mochte den Engländer.

»Max, wenn du morgen nichts Besseres zu tun hast, kannst du nach Feierabend auf meinem Hof vorbeigucken. Adresse steht auf der Karte. Ich trainier fürs Schweinerennen, findet zur Rhodo statt.«

»Das gehört zwar nicht zum offiziellen Festprogramm«, Julia grinste, »aber ich würd's mir nicht entgehen lassen.«

»Jau«, bestärkte Hein, »und du tust mir damit einen Gefallen.«

»Ehrlich?«

»Er braucht Publikum, damit die Schweine sich an das Gröhlen gewöhnen. Es kommen viele Nachbarn.«

»Bist du auch da?«, wollte Max wissen.

Julia schüttelte den Kopf. »Ich muss arbeiten.«

Max frühstückte am nächsten Tag verspätet. Um den schweren Kopf loszuwerden, schwamm er ein paar Runden im Hotelpool. Mit Pools hatte er kein Problem, doch seine Angst vorm Baden im offenen Meer war geblieben. Wenn im Sommer seine Freunde in die Fluten sprangen, musste er immer noch passen.

Er duschte und genoss im Bademantel die Sonne auf seinem luxuriösen halbrunden Balkon, der unter einer Dachgaube lag und einen weiten Blick übers glitzernde Zwischenahner Meer bot. Max dachte wieder häufiger an seine Großmutter Kathryn, seit er in Deutschland war. An ihrem letzten Tag hatte sie ihm eine Geschichte versprochen, die irgendwie mit der Rose von Darjeeling zusammenhing. Welches Geheimnis mochte sie mit in den Tod genommen haben? Jahrelang hatte er sich darüber den Kopf zerbrochen.

Max nahm sich seine Ammerland-Landkarte und markierte darauf einige Dörfer, in denen er alte Bauerngärten vermutete. Den ganzen Tag über kurvte er auf kleinen Seitenstraßen durch den Landkreis. Er kam durch Orte mit seltsamen Namen: Halsbek, Neuenkruge, Wiefelstede, Linswege, Ocholt, Augustfehn, Apen, Howiek … Im Schritttempo fuhr er an Gärten vorbei, hielt ab und zu, spähte über Zäune, lugte durch Hecken. Einige Male entdeckte er rot blühende Rhododendren, doch es waren immer andere Farbnuancen, andere Sorten als die gesuchte. Diese Methode, das war ihm aber längst klar, vertraute zu sehr auf den Zufall.

Wenigstens gewöhnte er sich dabei allmählich an den Rechtsverkehr. Damals, als Student in Berlin, war er fast nur U-Bahn gefahren, um sich möglichst wenig von seinen Kommilitonen zu unterscheiden. Und in seinem Jahr in Buenos Aires, dem Paris Südamerikas, hatte er vor allem das Nachtleben studiert und sich deshalb ebenfalls überwiegend mit öffentlichen Verkehrsmitteln oder Taxen fortbewegt. Nun zuckelte er gemütlich durch das Ammerland und hing seinen Gedanken an Julia nach.

Er musste sie wiedersehen. Wie stellte er es am besten an? Und wieso war er sich eigentlich sicher, dass sie nicht gebunden war? Natürlich könnte er sämtliche Register ziehen – aus einem Hubschrauber rote Rosen über ihrem Haus abwerfen lassen, mit ihr nach Paris jetten und sie in die Oper entführen, sie auf seine Privatyacht einladen …

Aber zum einen glaubte er nicht, dass er damit wirklich ihr Herz erobern würde, und zum anderen war diese – zugegeben vertrackte – Situation auch ideal, um herauszufinden, wie weit er ohne Vermögen und Familienruf kam. Wenn sie sich jetzt in ihn verliebte, dann um seiner selbst willen.

Im Moment war Hein seine einzige Verbindungsperson zu Julia. Max beschloss, diesen Kontakt auszubauen.

Am Nachmittag telefonierte er mit seinem Vater. »Es ist wirklich wie mit der Stecknadel im Heuhaufen. Ich weiß nicht, wo ich suchen soll. Mach dir keine großen Hoffnungen.«

»Ich glaube, uns verbindet etwas Schicksalhaftes mit diesem Rhododendron«, erwiderte der alte Lord, der keineswegs im Verdacht stand, sentimental zu sein. »Such weiter, mein Junge. Ich habe noch einen Tipp für dich. Du erinnerst dich vielleicht daran, dass die Rose von Darjeeling vor allem im ersten Morgenlicht eine besondere Leuchtkraft besaß. Vielleicht ist es nicht die Frage, *wo* du suchen musst, sondern *wann* ..«

»In Ordnung, Vater«, gab Max zurück, »aber dann muss ich wohl noch etwas länger hierbleiben. Zur Beiratssitzung nächste Woche bin ich auf keinen Fall zurück.«

Pünktlich um sechs Uhr erreichte Max die kleine Hofstelle von Hein Brunßengerdes, die einsam auf dem Lande lag. Er hoffte, dass Julia doch kommen würde. Bestimmt war er ihr nicht gleichgültig. Das hatte er am Abend zuvor gespürt. Sie scheute sich nur aus Gründen, die er nicht kannte.

Ein Dutzend Autos stand bereits am Straßenrand. Einige Bauern knatterten auf Mopeds oder Treckern herbei. Die meisten Besucher trugen noch Arbeitskluft, waren offenbar Monteure, Maurer, Gärtner, Landarbeiter. Hein hieß alle willkommen.

Max begrüßte er mit einem Augenzwinkern. »Moin, Max!«

Sie unterhielten sich ein wenig über den Hof und über die Rhododendronbüsche, die ihn, typisch für diese Gegend, umgrenzten wie andernorts Zäune.

Hein verriet mit listiger Miene: »Ich hab mit Julia gewettet, dass Max gewinnt.«

»Max?«

»Tut mir leid, ich kannte dich noch nicht, als wir das Schwein getauft haben. Rennschweine brauchen kurze Namen, dann kann man sie besser anfeuern. Ist aber eins der besten.«

»Will ich hoffen. Und sie setzt nicht auf Max?«

»Nee, ihr Liebling ist Rudi Ringel.«

»Verstehe. Und glaubst du, sie kommt?«

»Keine Ahnung. So viel Arbeit is jetzt auch wieder nicht. Hab ich ihr gesagt. Und ich kann vor der Rhodo gerne mal 'ne Stunde länger arbeiten. Hab ich ihr auch gesagt.«

Hein wurde von anderen Gästen gerufen. Er machte Max schnell noch mit Gerda bekannt. »Pass mal ein bisschen auf sie auf. Damit sie mir keiner wegschnappt.«

Gerda schnitt Hein eine lustige Grimasse und stellte sich neben Max an die Rennstrecke, die mit Strohballen gesichert war und längs neben dem Schweinestall verlief. Gerda klärte ihn über das Training auf, das offenbar in der Nachbarschaft Kultstatus besaß. Geprobt wurde zweimal pro Woche. Heins Vater überwachte die Bratwürste am Grill und gab Getränke aus. Die meisten Zuschauer brachten etwas mit, sie lieferten es bei ihm ab, und die anderen legten einen kleinen Obolus in einen Spendenkarton. So auch Max, als er knusprige Thüringer Bratwürste für sich und seine neue Bekanntschaft holte.

»Haben Sie auch etwas mit Baumschulen zu tun?«, fragte er Gerda.

»Nee«, lachte sie, »ich bin Fußpflegerin. Muss es ja auch geben.« Sie musterte ihn aufmerksam. »Wissen Sie, dass Sie aussehen wie dieser englische Lord oder was, wie dieser Maximilian?«

Max zuckte kaum merklich zusammen. Gerda erzählte, sie entspanne am besten, wenn sie Klatschzeitschriften lese. Sie kenne sich aus, nicht nur mit Blaublütern der ersten Reihe wie Prinz William und Harry.

»Ehrlich, Sie haben total viel Ähnlichkeit mit diesem Max.«

»Na, das beruhigt mich ja«, rutschte es Max heraus. Doch dann grinste er und sagte: »Schön wär's, nicht?« Gerda lachte.

Mehrere Männer suchten ihre Nähe, ständig scharwenzelte ein Bauer oder Handwerker in den besten Jahren um sie herum. Das Rennen selbst sollte erst eine Stunde später stattfinden. Die Futtertröge im Ziel wurden mit dampfendem Kartoffelmischmasch gefüllt. Amüsiert verfolgte Max das Geschehen. Er fühlte sich in ein fremdes Universum katapultiert.

»Gleich geht's los!«

Gerda war schon ganz aufgedreht, doch wie Max vermutete, wohl eher wegen Hein. Auch der schien ein besonderes Auge auf Gerda geworfen zu haben. Aber immer wenn Hein Anlauf nehmen und zu ihr kommen wollte, drängte sich gerade einer seiner Nebenbuhler vor. Jetzt machte sich wieder einer an sie heran. Er schob sich mit rudernden Armen und herausgestrecktem Bauch selbstbewusst zwischen Gerda und Max an die Rennstrecke.

»Moin, Gerda«, röhrte er heiser und kam gleich zur Sache. »Willst du mit mir am Sonntag zum Tanzen nach Torsholt?«

Gerda lehnte dankend ab. »Moin, Jürgen. Lieb, aber nee. Bin schon mit Hein verabredet.«

»Hein ist 'n Döspaddel, dem gelingt doch nix.«

»Ich kann mich nicht erinnern, dass ich dich hergebeten hätte. Hau ab«, schimpfte jetzt Hein, der gerade wieder zu ihnen stieß.

»Lass man, Jürgen«, Gerda legte beruhigend ihre Hand auf seinen Arm.

»Hau ab!«, wiederholte Hein.

»Ich find Schweinerennen sowieso saublöd«, stieß Jürgen hervor, während er sich zum Gehen wandte. »Man spielt nicht mit Essen.«

»Dumm wie 'n Kilo Silo«, brummte Hein ärgerlich.

Max musste an sich halten, um nicht laut zu lachen.

Als Jürgen sich auf seinem neusten Schlepper vom Acker machte, rief Hein in die Runde: »Seid ihr bereit?«

Das Publikum johlte, letzte Wetten wurden abgeschlossen. Die Schweine hinterm Gitter am Start quiekten und oinkten.

»Die mit den Stehohren sind Ammerländer Edelschweine«, erzählte Gerda, ihre Wangen waren rot vor Aufregung. »Die Schlappohren sind 'ne andere Rasse.«

Aufs Startsignal öffnete Heins Vater das Gatter, und acht rosarote Jungschweine stoben los. Die Leute feuerten ihre Favoriten an, Kinder wurden hochgehoben, Handykameras gezückt. Die Schweine mussten auch noch kleine Hindernisse überwinden. Zwei verlangsamten das Tempo, andere legten danach erst richtig los. Bei einigen sah man die Schlappohren im Wind wehen, was wirklich witzig wirkte. Offensichtlich machte es den Schweinen tierischen Spaß.

Hein ließ seinen Lockruf ertönen. »Foit-foit-foit-foit«.

Das Publikum tobte. Max hörte auf einmal eine Stimme heraus, die ihm augenblicklich die Luft nahm.

»Rudi, Rudi!«

Julia war da! Sie stand am Ziel, hüpfte vor Freude, als ihr Lieblingsschwein Rudi einlief.

Max ging gleich zu ihr. »Hallo! Du bist ja doch gekommen. Hat Rudi gewonnen?«

Julia strahlte. »Erster, Erster!«

»Und Max?«

»Noch unterwegs.«

Lachend zeigte sie auf das Schlusslicht – ein fröhlich grunzendes Schweinchen, das sich jetzt im Kreis drehte, auf der Jagd nach seinem niedlichen Ringelschwänzchen.

»Typisch Männer«, feixte Gerda.

Julia hielt sich eine Hand vor den Mund, um ihr Prusten zu unterdrücken. »Nimm's nicht persönlich.«

Max tat, als müsse er sich ein weltmännisches, amüsiertes Lächeln abringen. Innerlich platzte er fast vor Freude.

»Aber dass du gekommen bist … darf ich das persönlich nehmen?«

Sikkim

Mai 1930

Am Morgen nach der wunderbaren Mondnacht vor dem Kangchendzönga herrschte Befangenheit zwischen Kathryn, Carl und Gustav. Keiner wollte diesem intimen, kostbaren Erlebnis durch eine falsche Bemerkung im Nachhinein etwas von seinem Glanz nehmen. Doch mit der Morgentoilette am Bergbach verschwanden die Sorgen. Das eiskalte Wasser erfrischte sie, das Frühstück stärkte sie, und allen dreien blitzte die Lebensfreude nur so aus den Augen, als sie sich auf ihre Pferde schwangen.

Die Träger ließen sich von der guten Stimmung anstecken. Scherzworte flogen hin und her. Gustav und Carl bemühten sich mit Charme, Kathryn jede Unannehmlichkeit abzunehmen. Alles ging mit allergrößter Selbstverständlichkeit und Leichtigkeit, als hätten sich überirdische Mächte auf ihre Seite geschlagen. Diese glücklichen Stunden prägten sich jedem von ihnen tief ein.

Doch dann kam ein Aufstieg, der viel Kraft von allen forderte. Sie mussten absitzen und vor den Pferden hergehen. Stundenlang. Kathryn hätte weinen können vor Erschöpfung. Bei jedem Tritt fühlte sie das Geröll unter ihren Füßen, sie bekam Blasen, die nach kurzer Zeit aufplatzten. Ihre Beine fühlten sich bleischwer an. Ein Träger hatte eine böse Entzündung am Fuß, da, wo ein Blutegel sich festgesogen hatte.

»Die Wunde schließt sich später als sonst wegen des Blutegelspeichels«, wusste Kathryn, »und wenn du damit barfuß durch Schmutz läufst, infiziert sie sich.«

Der Mann antwortete, der Colonel übersetzte: »Er geht barfuß, um das Fell der Erde nicht zu verletzen.«

Kathryn verarztete den Träger, so gut es ging. »Spätestens am Zemu-Gletscher wirst du freiwillig Schuhwerk anziehen oder im Basislager bleiben müssen.«

Zwei anderen Trägern konnte sie nicht helfen. Sie klagten über heftige Übelkeit, die sich im Laufe von wenigen Stunden zu Erbrechen, Ohrensausen und Schwindel steigerte, einer wies an den Beinen Ödeme auf. Der Sirdar behauptete, es liege daran, dass sie den mit Yakbutter versehenen salzigen Tee nicht regelmäßig zur Vorbeugung getrunken hätten. Carl und Gustav wussten, dass die Höhenkrankheit zum Tode führen konnte.

»Ihr dürft nicht weiter mitkommen«, befanden die Sahibs einstimmig. Sie schickten die Männer in Begleitung zweier anderer Träger zurück. »Wenn ihr die Kranken unten in einem Zwischenlager sicher untergebracht habt und wenn es ihnen besser geht, holt ihr uns wieder ein.«

Sie planten, drei Nächte im gleichen Lager zu bleiben, um sich zu akklimatisieren. Carl unternahm kleine Ausflüge. Er interessierte sich dafür, mit welchen anderen Pflanzen die Rhododendren von Natur aus harmonierten. Unterhalb des Lagers entzückte ihn die alpine Flora mit Echten Schlüsselblumen, dem Steinbrech mit seinen Sternchenblüten, mit Farnen, Blauem Scheinmohn und gelben Greiskräutern, die wie kleine Sonnen strahlten. Sie befanden sich jetzt auf knapp viertausend Metern. Hier überzogen die Rhododendren, obwohl nicht mehr so hoch wie in tieferen Lagen, ganze Hänge und verdrängten alle anderen Pflanzen.

Kathryn war dankbar für die Ruhezeit. Sie brauchte die

Erholung dringend. Am Nachmittag des zweiten Tages sah sie Carl am Lagerfeuer auf einem Felsbrocken sitzen. Er sortierte und beschriftete seine Sammlung. Manchmal rief er seinen Botanikträger, und sie tauschten Pflanzenteile aus oder füllten Staubpollen in Reagenzgläser.

»Kann ich helfen?« Interessiert schaute Kathryn Carl über die Schulter. »Erst wenn man die Blätter und Blüten so nebeneinander sieht, bemerkt man ihre Vielfalt«, sagte sie bewundernd. »Wie viele Varianten es allein vom Blütenstutz gibt!«

»Ja«, Carls Augen leuchteten. »Die einen stehen aufrecht, die anderen fallen locker auseinander … es ist ein Kosmos für sich!«

»Muss schön sein, wenn man sich damit auskennt.«

»Komm, setz dich zu mir.«

Kathryn musste nah an Carl heranrücken, damit sie nicht herunterfiel. Als sie ihn berührte, zuckte sie unwillkürlich zurück, rutschte, aber Carl umfasste rasch mit einem Arm ihre Taille und zog sie fest an sich.

»Huch!«, rief sie erschrocken, fand sich aber im gleichen Atemzug albern.

Carl grinste. »Na, ich beiß doch nicht.«

Sie grinste zurück. »Das würde ich dir auch nicht raten.«

»Ach, was dann?«

»Dann beiß ich zurück.«

Er lachte. Carl hatte wunderbar weiße Zähne, und seit er so tief gebräunt war, strahlten sie noch makelloser als früher schon.

Carl drückte Kathryn ein kleines Reagenzglas in die Hand.

»Halt es ganz ruhig, bitte!« Behutsam streifte er gelbe Staubpollen in die Öffnung.

»Damit befruchtest du später in eurer Baumschule eine andere Sorte?«

»Ja, und mit viel Glück wird die Tochter schöner als Vater und Mutter zusammen.«

Carl sah Kathryn auf eine Art an, die ihr Herz bis zum Hals pochen ließ. Er räusperte sich, blätterte seine Schätze vor sie hin.

»Hier, der *Rhododendron lanatum* blüht cremefarben bis hellgelb, auch an steilen Hängen. Das Schönste daran, finde ich, ist die Glockenform seiner Blüten.«

Kathryn spürte Carls Körper, seine Wärme. Zwischen ihnen pulsierte eine Kraft, die sie in eine seltsame Hochstimmung versetzte. Das konnte kein Zufall mehr sein. Dieses Gefühl hatte sie schon mehrmals in seiner Nähe gehabt. Es war wie ein Versprechen, eine Erwartung großen Glücks. Als berge sie in sich einen bislang unbeachteten Ozean, der jetzt in Schwingung geriet.

»Oder dieser hier: Das Beste am *Rhododendron fulgens* ist seine graurosafarbene Rinde. Sie schält sich sehr apart.«

Kathryn fragte sich, ob Carl es auch spürte. Das musste er doch! Die Sonne schien ihr ins Gesicht. Vorsichtig blinzelte sie ihn von der Seite an. Ihm war ein Bart gewachsen. Ob er sehr kratzte?

»Streich mal sanft mit den Fingerspitzen darüber«, forderte Carl sie auf.

Sie fühlte sich ertappt, errötete verwirrt. »Wie bitte?«

Er hielt ihr ein noch nicht getrocknetes Rhododendronblatt hin. »Na, hier über die Unterseite.«

Ganz langsam fuhr sie über die pelzige Unterseite und sah Carl überrascht an. »Das ist angenehm, ein bisschen prickelig …«

Wie liebevoll er feinste Nuancen der Natur zu würdigen verstand! Sie spürte, dass Carl schneller zu atmen begann. Und er sah sie so seltsam an …

»Äh … solchen Belag nennt man Indumentum. Es gibt

ihn in unterschiedlichen Farben, in Weiß oder in Rot. Oft bildet die andersfarbige Oberseite einen delikaten Kontrast dazu. Äh …«

Weshalb war er plötzlich so unkonzentriert? Ob es an der Höhenluft lag?

»Also, einige Rhodos verdanken dem Indumentum ihren besonderen Reiz. Weißt du, sie müssen nicht immer blühen, um attraktiv zu sein.«

Gustav kam mit einem Klapphocker auf sie zu und setzte sich zu ihnen. »Oh, Biologieunterricht!« Er grinste. Wie oft hatte er sich schon solche Vorträge anhören müssen!

Kathryn hielt Carl ein neues Reagenzglas hin. »Carl befruchtet mich gerade.«

Sie sah, dass Carls Hand zitterte. Mehr als die Hälfte der Pollen ging daneben.

»Und dieser, der *Rhododendron smithii*, wird über sieben Meter hoch. Er blüht scharlach- bis dunkelrot. Besonders hübsch sind diese dunklen Staubfäden …«

Kathryn hatte Carl wieder fasziniert zugehört, aber jetzt nahm sie wahr, dass die lagernden Kulis von Unruhe erfasst wurden.

»Die Männer vom Krankentransport kehren zurück!«, rief Frank Robbins ihnen zu.

Die Träger wurden herzlich willkommen geheißen und bewirtet. Die Höhenkranken seien auf dem Wege der Besserung, erzählten sie. Alle waren erleichtert.

Am Abend nahm Gustav Carl zur Seite. »Ich mach mir Sorgen, mein Junge«, sagte er.

Carl blickte ihn erstaunt an. »Wieso?«

»Du hast vorhin den *Rhododendron hodgsonii* mit einem *smithii* verwechselt.«

»Ach, Unsinn!«, erwiderte Carl ärgerlich. »Wer ist hier der Experte?«

Als Carl sich an diesem Abend in seinem Schlafsack zusammenrollte, dachte er noch lange nach. Doch insgeheim musste er Gustav Recht geben. Etwas geschah mit ihm. Er konnte es nur noch nicht benennen. Hoffentlich bekam er kein Fieber. Der Zemu-Gletscher wartete auf ihn, und er wollte keinen Augenblick ihres aufregenden Abenteuers verpassen.

Nachts hatte es gefroren. Doch die Sonne schien warm, als sie früh mit einer kleinen Gruppe zu Fuß vom Basislager aus zu einer Exkursion aufbrachen. Schon am Vormittag stießen sie auf einen Fluss, den sie zu überqueren beschlossen. Nicht weit entfernt stürzte ein Wasserfall in den Strom. Es gab keine Brücke, aber einige Felsbrocken ragten aus dem Flussbett und bildeten eine Art Straße, die mit Geduld und Geschicklichkeit passierbar schien.

Die Sonne brannte Kathryn heiß in den Nacken, sie war jedoch froh, nicht mehr frieren zu müssen. Außerdem konnte man besser balancieren, wenn die Glieder nicht steif vor Kälte waren.

Gustav und Kathryn schafften es als Erste ans andere Ufer. Ihnen folgte ein Träger, in dessen Gepäck sich unter anderem Carls Kamera befand. Plötzlich, der junge Bhotia hatte etwa ein Drittel der Strecke bewältigt, verlor er das Gleichgewicht. Er rutschte aus, fiel ins Wasser und schrie um Hilfe. Kathryn und Gustav sahen entsetzt, wie er mit der Strömung davongerissen wurde, aber dann schaffte er es, sich an einem Baumstamm festzuklammern, der sich zwischen Felsbrocken verfangen hatte. Das Gepäck hatte er verloren, zum Glück blieb es jedoch ein Stück weiter zwischen zwei Felsbrocken hängen.

Carl zog, ohne weiter nachzudenken, seine Jacke aus und band sich ein Seil um den Bauch. Mit einem Aufschrei beobachtete Kathryn, wie er in den eiskalten Fluss stieg und sich durch die gefährliche Strömung bis zu dem Träger vorkämpfte. Robbins und der Sirdar hielten das Seil fest. Carl zog den Mann aus dem Wasser. Er war bewusstlos, hielt seinen Arm seltsam verdreht. Als er sah, dass der Bhotia keine weiteren schweren Verletzungen hatte, wandte Carl sich um. Vielleicht war seine Kamera noch zu retten … In diesem Moment riss eine Flutwelle das Gepäck fort. Carl fluchte wütend. Seine teure Leica, die Filme mit unwiederbringlichen Aufnahmen – alles verloren!

Die anderen Männer kümmerten sich um den verletzten Träger, der langsam wieder zu sich kam. Er hatte wohl den Arm gebrochen und musste ins Basislager zurückgebracht werden. Auch Carl, völlig durchnässt, konnte die Exkursion nicht fortsetzen. Er winkte Gustav und Kathryn zu, die am anderen felsigen Ufer, umgeben von Gebüsch und Bambus standen und machte durch Zeichensprache deutlich, dass sie zurückkommen sollten. Das Getöse des Wasserfalls hätte seine Worte übertönt.

Gustav setzte gerade den ersten Fuß ins Wasser, als er bemerkte, dass viele der Felsen im Fluss verschwunden waren. Es dauerte eine Schrecksekunde, bis ihm klar wurde, dass die Sonne den Gletscher, der den Wasserfall speiste, so heftig zum Schmelzen gebracht hatte, dass der Wasserspiegel in kürzester Zeit gestiegen war. Ein großer Teil der Felsbrocken war überschwemmt.

»Verdammt! Es hat keinen Zweck«, rief Gustav Kathryn zu. »Der Flusspegel wird noch weiter ansteigen. Wir können da heute nicht rüber.«

»Was bedeutet das?«, fragte Kathryn besorgt.

»Wir müssen warten. Bis morgen früh.« Er imitierte den Singsang englisch sprechender Inder: »Wenn Sonne stärker wird, wird Wasser stärker. Wenn Sonne weniger, auch weniger Wasser.« Er sprang zurück ans Ufer. »Konnte ja keiner ahnen, dass es heute so heiß wird.«

Sie hatten ihre Rucksäcke den Trägern überlassen, die noch auf der anderen Seite standen.

»Wir haben weder ein Zelt«, murmelte Kathryn erschrocken, »noch Proviant …«

Gustav schaute sich um. Die anschwellenden Wassermassen ergossen sich von allen Seiten um die Stelle, die sie für das andere Ufer gehalten hatten. Sie saßen auf einer winzigen Felseninsel fest!

»… noch haben wir einen vernünftigen Lagerplatz«, vollendete er ihren Satz.

»O Gott, und wenn es jetzt auch noch anfängt zu regnen?« Das wäre im wahren Wortsinn ihr Untergang.

Gustav schaute zum Himmel. »Danach sieht es nicht aus.«

Es war tatsächlich das Schlaueste, jetzt die Nerven zu behalten und bis zum nächsten Morgen auszuharren. Schon oft hatte Gustav gehört, dass Bergbäche zu bestimmten Zeiten anschwollen. Er verständigte sich über Zeichensprache mit Carl und ärgerte sich über sich selbst, dass er die Risiken nicht ausreichend bedacht hatte. Aber letztlich war der Unfall nicht vorhersehbar gewesen, nun mussten sie mit der Situation fertigwerden.

Er inspizierte das felsige Gefängnis, scheuchte ein paar Biberspitzmäuse auf, die eilig davonschwammen. »Es gibt keine ausreichend große Fläche, wo man ausgestreckt liegen kann.«

Der Wind trug die Gischt vom Wasserfall wie Schwaden feinsten Regens zu ihnen herüber. Auf allen vieren krabbelten sie über die Geröllbuckel ihrer kleinen Insel und fanden schließlich einen Platz unter einem Felsüberhang.

»Hier können wir immerhin etwas geschützter sitzen und uns sogar anlehnen«, sagte Gustav. »Und sieh mal, was ich hier habe!« Grinsend zog er sein Sturmfeuerzeug und sein Schweizer Messer aus der Hosentasche. Sogar ein Stück Schokolade hatte er dabei.

In den nächsten Stunden schnitt Gustav Gräser, und Kathryn rupfte Bambusblätter, um damit ihr Sitzlager zu polstern. Als die Sonne unterging, entfachten sie ein Feuer. Es stank und qualmte, weil die Zweige feucht waren, und es brachte sie immer wieder zum Husten, aber es wärmte wenigstens etwas.

Gustav wickelte das letzte Stück Schokolade aus, und sie teilten es sich.

Trotz des Feuers begann Kathryn, vor Kälte zu zittern. Wie sollte sie nur die Nacht überstehen? Gustav hob den Arm, lud sie ein, näher zu rücken.

Kathryn kämpfte mit sich. Sie konnte sich ihm doch nicht einfach an den Hals werfen, andererseits fror sie erbärmlich.

»Ja, nun komm schon!«, brummte Gustav ungehalten. »Willst du lieber erfrieren?«

Kathryn versuchte, ihre Befangenheit zu verbergen und rubbelte sich die Oberarme.

»Meine Güte! Kennst du nicht diese uralte Pfadfinderregel?«, fragte Gustav. »Sie lautet: Bevor ihr euch den Tod holt, wärmt euch gegenseitig!«

Kathryn lächelte unsicher. »Na, wenn das so ist …«

Schüchtern ruckelte sie näher an ihn heran. Ach, wie wohltuend! Warm und geborgen! Sie kuschelte sich an Gustav, legte den Kopf, der plötzlich schwer und müde war, an seine Brust und seufzte erleichtert auf.

Gustav zog sie fester an sich, umschlang sie mit beiden Armen, als könnte er sie dadurch vor aller Unbill beschützen. Eine Woge von Zärtlichkeit durchflutete ihn. Er strich ihr über die Haare, ließ die Hand auf ihrem Kopf ruhen. Kathryn fühlte die Wärme. Und sie fühlte noch etwas: Dankbarkeit.

Erstaunt hob sie den Kopf, schaute ihn an. Seine braunen Augen erwiderten ihren Blick voller Wärme.

Sie schwiegen eine Weile, und es fühlte sich richtig an.

Als ihre Mägen anfingen zu knurren, mussten sie lachen. Zu trinken hatten sie ausreichend, aber nichts mehr zu essen.

»Ach, so ein Fastentag kann nicht schaden«, sagte Kathryn.

Sie beschlossen, sich wieder zu unterhalten, um sich abzulenken. Und sie redeten und redeten. Anfangs über die bekannten Persönlichkeiten der Teebranche, dann erzählte Kathryn von ihren Ausflügen mit den Pfadfindern und Gustav von der Kameradschaft in der bündischen Jugend. Das führte sie irgendwann zum Thema Berlin, und Kathryn schwärmte von ihrer Gastfamilie, die der zionistischen Bewegung folgend nach Palästina ausgewandert war, und von den Ausdrucktänzerinnen, die sie in Berliner Theatern gesehen hatte.

»Die konnten alles durch Tanz ausdrücken«, erinnerte sie sich, »auch ihre Visionen … und Menschentypen konnten sie darstellen wie zum Beispiel Prostituierte, Nonne oder »vom Auto überfahrener Mann«. Es war überwältigend, einfach pyramidal! Meine Berliner Freundin hat den modernen Tanz zu ihrem Beruf gemacht.«

Gustav erzählte von seinem Betriebswirtschaftsstudium in München, wo er sich als Mitglied des Akademischen Alpenvereins mit Klettertouren und Überlebenstraining auf den Himalaya vorbereitet hatte. Und von den sagenhaften

Schwabinger Faschingsfesten. Dass er sich dort meist nur als Beobachter gefühlt und selten hatte berauschen lassen, verschwieg er.

Kathryn fragte ihn, ob er eine Braut habe.

»Nichts Festes. Ich wollte mich nicht binden vor der Darjeeling-Reise … Und du? Hast du jemanden?«

Sie beugte sich vor, um das Feuer wieder anzufachen, schüttelte verlegen den Kopf.

Gustav sah den Widerschein des rötlichen Lichts in ihrem Gesicht. Die niedliche Stupsnase, den Schwung ihrer vollen Lippen. Sein Herz klopfte auf einmal wie nach einem Dauerlauf. Und er fror.

»Komm«, seine Stimme klang rau.

In diesem Moment flog eine Sternschnuppe über den Himmel.

»Oh, schau! Jetzt dürfen wir uns etwas wünschen«, rief Kathryn entzückt.

Wieder saßen sie eine Weile nur da, und jeder hing seinen Gedanken nach.

»Erzähl mir noch ein bisschen von Carls und deiner Kindheit«, sagte Kathryn auf einmal.« Eine Frage schoss ihr durch den Kopf, die sie sich schon länger gestellt hatte. »Wie konntet ihr euch als Kinder am Brunnen des Nachbarn treffen, wenn du doch aus Ostfriesland kommst und Carl aus dem Ammerland?«

Gustav lachte leise. »Carls Mutter stammt auch aus Ostfriesland, sie wuchs im gleichen Moordorf auf wie mein Vater. Carl hat seine Großeltern dort oft besucht …«

»Aha, jetzt verstehe ich.«

»Und meine Mutter wiederum ist Ammerländerin. Die Familie meiner Mutter besitzt einen alten Bauernhof am Zwischenahner Meer.«

»Direkt am Meer?«

»Na ja, eigentlich ist es ein See, aber man nennt es Meer.« Er schmunzelte. »Dafür liegt Ostfriesland direkt an der Nordsee. Die ist aber umgekehrt kein See, sondern ein Meer.«

»Ich weiß, ich bin ja Britin. Erzähl mal, wie sieht's bei euch aus?«

Gustav beschrieb so gut er konnte das Typische des Ammerlandes und das Charakteristische Ostfrieslands. Während er erzählte, suchte er dünne, flexible Bambusstäbe zusammen, dann verflocht er sie miteinander, sodass eine Art Gitter entstand.

»Und sind die Leute verschieden? Ich meine, kannst du einen Ammerländer von einem Ostfriesen unterscheiden?«

»Na, es gibt schon ein paar Merkmale. Die plattdeutsche Sprache zum Beispiel, der Zungenschlag und manche Ausdrücke sind anders. Man sagt auch, die Ostfriesen seien mehr geradeaus, weltoffener, weißt du, viele sind auf großer Fahrt gewesen, das prägt. Und die Ammerländer, heißt es, seien mehr der Scholle verhaftet, bauernschlauer, sie hätten immer noch ein Ass im Ärmel.«

»Aha. Und was bist du nun mehr?«

»Immer das, was gerade gefragt ist …« Gustav grinste.

»Also doch mehr ein Ammerländer«, folgerte sie und lachte.

Das schien ihrem deutschen Freund aber nicht recht zu behagen. »Die väterliche Linie ist wohl die entscheidende, oder?«

»Da müssen wir Carl mal fragen. Der kennt sich besser mit Vererbungslehre aus und wie sich was mendelt«, neckte sie Gustav.

»Auf jeden Fall möchte ich lieber in Ostfriesland leben«, sagte Gustav, »auch um den Familienbetrieb in Leer weiterzuführen.«

»Ja, ich weiß, ter-Fehn-Tee hat einen guten Namen.«

»Ich bin das auch meinem Vater schuldig.«

»Du hast ihn doch kaum gekannt.«

»Aber ich fühle mich verpflichtet. Sein größter Wunsch war es, eine Dynastie zu begründen. Er war sehr glücklich über meine Geburt. Mein Großvater und meine Mutter haben mir viel von ihm erzählt. Und Carls Vater auch. Der war nämlich dabei, als er bei Verdun fiel. Im November 1916. Der alte Jonas sagt, mein Vater habe seine Kameraden retten wollen und sich heldenhaft für sie geopfert … Er wurde von einer Granate zerfetzt.«

Kathryn schwieg eine Weile. Wie schrecklich musste diese Nachricht für Gustav damals gewesen sein! Sie überlegte, ob es nicht schwierig für ihn war zu sehen, dass Carls Vater noch lebte. Noch dazu nur deshalb, weil sein Vater gestorben war! Kathryn wusste aus eigener Erfahrung, wie ein solcher Verlust das Leben überschattete. Sie beneidete jede Freundin, die eine Mutter hatte, glühend. Gerade die fürsorglichen Freundinnenmütter, die viel Verständnis für alle Sorgen ihrer Töchter zeigten, konnte sie kaum ertragen. Sie vermied es, diese Freundinnen zu Hause zu besuchen. Unzufriedene Charaktere wie die ewig nörgelnde Mrs Cox waren ihr da lieber. Schmerzhaft fand Kathryn es auch, wenn sie in Gegenwart ihres Vaters einen anderen Mann mit seinem Sohn sah, besonders, wenn der im Alter ihres verstorbenen Bruders war. Sicher hätte ihr Vater auch lieber einen Sohn als eine Tochter. Wahrscheinlich wäre es ihm lieber gewesen, Aldou hätte das Unglück überlebt und nicht sie … Rasch schob sie den quälenden Gedanken wieder zur Seite.

»Er gab sein Leben für das seiner Kameraden …«, wiederholte Gustav aufgewühlt.

Kathryn wagte nicht zu fragen, welcher Nationalität der Feind gewesen war, der Gustavs Vater getötet hatte.

»Damals im Weltkrieg haben auch Deutsche und Engländer aufeinander geschossen«, sagte sie schließlich. »Hoffentlich passiert das niemals wieder.«

Gustav schwieg.

Leise fragte Kathryn: »Glaubst du an Wiedergeburt? Oder an ein Leben nach dem Tode?«

»Nein.«

»Nein?«

»Tot ist tot. Aus und vorbei.«

Gustav stand auf und inspizierte mit einem brennenden Scheit das ruhigere, der Strömung abgewandte Ufer ihrer Insel. Dort, wo sich zwischen Felsbrocken und Schlinggewächsen Wirbel bildeten, vermutete er Fische.

»Kannst du mal halten?«, bat er Kathryn im Flüsterton und reichte ihr die Fackel. »Fische sind neugierig. Das Licht lockt sie an.«

Sie leuchtete ihm nah an der Wasseroberfläche. Und Gustav ließ nun sein Bambuszweiggitter, mit Steinen beschwert, tief ins Wasser eintauchen. An die Seiten hatte er in Ermangelung richtiger Seile die biegsamsten Streben geknotet und sie dann mit Pflanzenfasern oben zusammengebunden. Das Licht des Mondes und der Feuerschein reichten aus, um zu erkennen, dass tatsächlich immer wieder Fische an dieser Seite die kleine Insel passierten, sogar manchmal kurz standen.

»Schneeforellen sind das, glaube ich«, flüsterte Gustav. »Und jetzt aufgepasst!«

Als drei oder vier Fische über der behelfsmäßigen Senke standen, riss er sie mit einem Ruck hoch. Kathryn zog unwillkürlich den Kopf ein, als Fische und Steine auf die Insel flogen. Ein Fisch machte nur einen Salto überm Wasser, einer schaffte es mit heftigen Bewegungen zurück in sein Element, einen verloren sie aus den Augen. Aber ein kleiner Fisch lag zappelnd und glitzernd nah dem Lagerfeuer! Gustav rieb seine Hände mit Sand ein, packte ihn, schlug den Kopf gegen den Felsen und nahm ihn mit Hilfe seines Taschenmessers aus. Sie spießten die kleine Schneeforelle auf einen Ast und brieten sie über dem Feuer.

»Hätte ein wenig raffinierter gewürzt sein können«, scherzte Gustav, »und macht trotzdem Appetit auf mehr. Ist ja weniger als eine Vorspeise.«

Kathryn sprang auf, hüpfte auf der Stelle.

Gustav schaute amüsiert zu. »Musst du austreten, oder tanzt du ›Hungrige Frau, gefangen auf einem Felsen in Sikkim‹?«

Sie kicherte. »Mein Bein ist eingeschlafen. Es piekst und sticht.«

»Setz dich!«

Gustav massierte ihr Bein. Die Durchblutung kehrte allmählich zurück. Seine kundigen Handgriffe lösten kleine, wohlige Schauer in ihr aus.

»Hmm … das tut gut.«

»Besser?«

»Ja, jetzt geht es wieder.«

Sie bedauerte insgeheim, dass er aufhörte, andererseits war sie froh. Weil sie wieder diese dunkle Anziehungskraft spürte, die in ihrem Bauch etwas weckte und zum Strömen brachte, das sehr mächtig schien – ebenso verlockend wie Angst einflößend. Wahrscheinlich gefährlich, unkontrollierbar gewiss. Nein, da war es schon besser, sich zurückzuhalten.

Kathryn entspannte sich und lauschte den Lauten der Natur. Durch das stetige Brausen des Wasserfalls drangen ab und zu Vogelrufe und andere Tierstimmen. Doch plötzlich schreckte sie ein anderes Geräusch auf, einem Donnern ähnlich, dann mehrstimmiges Kläffen und Jaulen.

Ihre Augen erkannten in der Dunkelheit am Ufer schemenhaft, wie ein Sambahirsch vorbeigaloppierte, kurze Zeit später folgte ein Rudel blutrünstiger Wildhunde.

Kathryn rückte wieder näher an Gustav heran.

»Ein bisschen unheimlich ist es hier ja schon. Erzähl mir noch ein wenig. Bist du mehr bei deinem Großvater oder bei deiner Mutter aufgewachsen?«

»Meine Eltern wohnten in einem Dorf nahe dem Städtchen, wo sich das ter-Fehn-Stammhaus befindet. Meine Kindheit hab ich dort auf dem Lande verbracht. Ich begleitete meinen Vater oft zur Arbeit, hab schon früh Teeverkostungen mitgemacht.« Er lächelte in der Erinnerung, dann trübte sich seine Miene. »Aber Mutter und Großvater mochten sich nicht besonders. Er warf ihr vor, sie hätte meinen Vater nur des Geldes wegen geheiratet.«

»Wie furchtbar!«

»Sie konnte das Haus nach Vaters Tod nach dem Krieg nicht mehr allein halten, Großvater wollte sie nicht um Unterstützung bitten. Deshalb zog sie zurück zu ihrer Mutter. Ich war damals dreizehn. Seitdem besuchte ich ihn nur noch in den Ferien.«

»War denn immer klar, dass du den Teehandel übernimmst?«

»Ja, daran gab es nie Zweifel. Es macht mir auch wirklich Freude.«

»Hat deine Mutter wieder geheiratet?«

»Nein. Ich hab entscheidende Jahre in einem reinen Frauenhaushalt verbracht – mit Mutter, Tante und Oma.«

»Das ist ein schweres Schicksal.«

»Na, dafür kann ich Frauen aller Altersgruppen um den Finger wickeln.«

»Ach, ist mir bislang völlig entgangen«, zog sie ihn auf.

Er packte sie und kitzelte sie durch, bis sie um Erbarmen bettelte. Sie kicherte und quiekte vor Vergnügen. Sein Mund war ganz dicht vor ihrem. Seine Augen spiegelten die Glut des Feuers wider. Kathryn fühlte seine Erregung. Sie hörte auf zu lachen, schloss die Augen und erwartete seinen Kuss.

Doch auf einmal veränderte sich die Anspannung seines Körpers. Behutsam ließ Gustav ihren Kopf auf das Bambusblätterpolster sinken. Noch atmete er schneller. Aber er setzte sich wieder aufrecht hin, mit dem Rücken zur Felswand. Sichtlich bemüht um Kontrolle, um Selbstdisziplin.

»Weißt du …«, begann er heiser, mit Bedauern in der Stimme – und verstummte. Er wollte sinngemäß etwas sagen wie: Carl ist mein bester Freund, er ist ein großartiger Kamerad, und wir haben eine Abmachung, die ich nicht brechen will. Aber er brachte es nicht über die Lippen.

Auch Kathryn richtete sich auf und lehnte sich benommen zurück. »In Ordnung, überzeugt«, versuchte sie witzig zu sein. »Ich ziehe meine despektierliche Bemerkung von vorhin zurück.«

Wieder saßen sie eine Weile da, und niemand sagte ein Wort. Man konnte ihren Atem als weißen Hauch sehen, so kalt war es geworden.

Kathryn stand auf, um mit den Händen Wasser aus dem Strom zu schöpfen und zu trinken. »Brrr…« Eine Sprühregenwolke bereitete ihr eine Gänsehaut.

Gustav machte eine besänftigende Kopfbewegung, zwinkernd hob er erneut seinen Arm. »Na, komm schon.«

Vorsichtig begab sich Kathryn wieder in den Schutz seines Armes, und irgendwann nickten sie beide ein.

Carl schlief schlecht. Immer wieder schreckte er aus dem Schlaf auf. Der Verlust seiner Leica schmerzte ihn sehr, aber mehr noch beschäftigte ihn die Frage, was sich jetzt wohl zwischen Gustav und Kathryn auf der kleinen Insel abspielte. Seine Fantasie malte ihm Szenen aus, die er nicht sehen wollte. Bestimmt würden sie sich gegenseitig wärmen, das war ja auch ein Gebot der Stunde, aber dann … Kein Mann, der eine so süße, verführerische junge Frau wie Kathryn in den Armen hielt, konnte sich beherrschen. Er würde sie küssen. Mindestens das.

Unruhig warf Carl sich auf die andere Seite. Als auch das nicht half, wieder in den Schlaf zu finden, setzte er sich auf. Lange vor Sonnenaufgang saß er mit gepackten Sachen neben dem Lagerfeuer.

Colonel Robbins leistete ihm bald Gesellschaft. »Ich bin früh aufgewacht, weil ich mir viele Gedanken mache. Ich weiß nicht, ob ich als Übersetzer in Gangtok genug verdienen kann«, vertraute er Carl seine Sorgen an. »Vielleicht sollte ich besser ein Geschäft aufmachen. Auf gar keinen Fall will ich mit meinem künftigen Schwiegervater zusammenarbeiten.«

»Was für ein Landsmann ist er?«

»Die Familie meiner Braut kommt aus Nepal, Händler, Barbiere, Künstler, sogar ein Brahmane, ein heiliger Mann ist darunter … Alles Hindus, aber zum Glück sind die Nepalesen in Sikkim nicht so streng, sie dulden auch Verbindungen der Kasten untereinander.«

»Na, immerhin.«

»Allerdings schauen sie auf die Bhotias und Lepchas herab.«

»Überall auf der Welt dummer Dünkel.«

»Es ist nur so, mir fehlt das erforderliche Startkapital.«

»Das wird sich schon finden«, meinte Carl.

Colonel Robbins spürte, dass Carl sehr angespannt war. Er konnte sich denken, dass er sich um Gustav und Kathryn sorgte und versuchte, ihn zu beruhigen.

»Den beiden passiert schon nichts. Solange das Wasser nicht steigt, sind sie auf der kleinen Insel sicherer als am anderen Ufer.«

»Ich weiß …«

Carl nickte, doch er klang alles andere als überzeugt. In diesem Moment begriff der Colonel, was ihn wirklich bedrückte. Wie seltsam, dachte er, dass Außenstehende Verliebtheit oft früher erkennen als die Betroffenen selbst! Na, hoffentlich bedeutete das keine Komplikationen …

»Wir sollten los«, sagte er und dachte: Dann wird Carl auf andere Gedanken kommen.

Carl rief den Sirdar. »Seid ihr bereit? Es ist Zeit aufzubrechen.«

Zur selben Stunde saß Gustav auf der kleinen Felseninsel und versuchte, seine Gedanken zu ordnen. Das Erlebnis mit Kathryn hatte ihn zutiefst verwirrt. Er wollte sich in den nächsten Tagen selbst prüfen. Hatte das, was er in diesem Moment für die Pflanzertochter fühlte, Bestand? Ob sie wohl bereit wäre, mit ihm in Deutschland zu leben? Ja, er konnte sich vorstellen, mit ihr eine Familie zu gründen. Kathryn könnte die Mütter seiner Söhne werden. Diese Erkenntnis überwältigte ihn. Damit hatte er nicht gerechnet. Ungläubig und zugleich glücklich dachte er: Die Liebe hat mich gefunden. Aber während der Expedition wollte er sich zurückhalten. Er wollte sein Schicksal nicht herausfordern.

Gustav umschloss Kathryn fester und drückte der Schlummernden zart einen Kuss auf die Stirn. Sie regte sich im Halbschlaf, doch er beruhigte sie gleich wieder.

Der Mond versank hinter dem Kangchendzönga. Mit Sorge beobachtete Gustav, dass Wolken aufzogen. Hoffentlich gab es keinen Regen! Die Welt um ihn herum färbte sich dunkel.

Aber unter den Wolken kündigte sich bald der Sonnenaufgang an. Die Silhouette der Bergkette war in rosenholzfarbenes Licht getaucht. Allmählich wurden die Gipfel sichtbar.

Kathryn zuckte im Traum zusammen, sogleich wiegte Gustav sie besänftigend in seinen Armen. Das Panorama vor seinen Augen erinnerte nun an die Landschaft auf einer alten chinesischen Tuschezeichnung, sie wirkte wie ein Bühnenbild. Aber es war doch keine Aufführung, sondern sein echtes Leben! Er war mitten darin und fühlte sich so lebendig wie noch nie. Gustav schien es, als würde die Welt in diesem Augenblick neu erschaffen – für ihn und Kathryn.

Als Kathryn die Augen aufschlug, sah sie in der Morgendämmerung am Ufer gegenüber Carl und einige Männer unruhig um ein Feuer herumstehen. Erleichtert registrierte sie, dass tatsächlich, wie Gustav es vorhergesagt hatte, wieder alle Steine der Flussstraße aus dem Wasser ragten.

Gustav gab Carl ein Zeichen, dass sie jetzt den Strom passieren würden und bedeutete Kathryn, als Erste zu gehen. Carl empfing sie und dann Gustav mit einer herzlichen, aber stummen Umarmung. Ein deftiges Frühstück erwartete die Ausgehungerten, es roch nach gebratenem Speck und Eiern.

Während sie aßen, suchte Carl verstohlen in den Gesichtern seiner Freunde nach Veränderungen. Nach etwas, das ihm verriet, was in dieser Nacht auf der Insel geschehen war. Kathryn plauderte unbefangen wie immer, aber Gustav – saß er nicht seltsam beseelt und in sich gekehrt da?

Dann schalt Carl sich selbst wegen seines Misstrauens. Es war doch klar, dass sein Freund nach den Unbequemlichkeiten und Sorgen der vergangenen Stunden nicht munter wie immer sein konnte.

Sie brachen das Lager ab. An diesem Tag noch wollten sie den letzten Rastplatz vor dem Zemu-Gletscher erreichen. Es begann zu regnen. Niemand hatte mehr einen Blick für die sich ständig verändernde Vegetation. Es gelang ihnen nur knapp, einer Steinlawine auszuweichen, die durch die vom Himmel kommenden Wassermassen ausgelöst worden war. Die Expedition glich immer mehr einem Trupp Kriegsheimkehrer. Oft mussten sie von den Pferden absteigen und gehen. Der Träger mit dem gebrochenen und nur notdürftig geschienten Arm konnte nicht tragen. Zwei Männer hatten sie wegen der Höhenkrankheit zurücklassen müssen. Ein weiterer Kuli und Carls Leibdiener klagten über heftige Übelkeit, Schüttelfrost und erbrachen sich im Gebüsch.

Kathryn hatte ihre Regel, was sie sich selbstverständlich nicht anmerken ließ, sie aber einige Energie kostete. Gustav schleppte sich bleich neben ihr voran. Besorgt beobachtete sie ihn. Seine Stimme klang heiser. Er nieste ohne Unterlass, und seine Nase war rot geschwollen.

»Ich hab etwas gegen Erkältungen dabei«, bot sie ihm an. »Hast du dir sicher auf der Insel geholt.«

Er schüttelte den Kopf. »Das ist keine Erkältung. Wenn ich so oft hintereinander niese, ist es meine Allergie.« Er schniefte. »Ist nur am Anfang so heftig und auf dem Gletscher sowieso wieder verschwunden.«

Ich hab ganz andere Probleme, dachte Gustav. Er wollte mit Carl über seine Gefühle zu Kathryn sprechen, doch die Gelegenheit war alles andere als günstig.

»Kenn ich schon«, sagte Carl. »Das hat er seit seiner Kindheit. Gustav ist allergisch gegen irgendein Gras, aber die Ärzte haben bislang nicht rausgefunden, gegen welches.«

Kathryn bedauerte Gustav, was Carl gar nicht recht war, sein Mitleid hielt sich in Grenzen. »Wir sollten uns mal um die beiden kümmern, die sich dauernd in die Büsche schlagen«, lenkte er ab. »Die Höhenkrankheit ist es wohl nicht.«

»Aber was dann?«, fragte Kathryn, die im Geiste die möglichen Ursachen und ihre begrenzten Hilfsmöglichkeiten durchging.

Frank Robbins seufzte. »Hoffentlich nichts Schlimmes und nichts Ansteckendes.«

Sie erreichten eine Schlucht, über den Abgrund führte nur eine einzige abenteuerliche Brücke.

»Nicht schon wieder!«, stöhnte Kathryn.

Wenigstens besaßen Carl und Gustav die Größe, ihr nicht unter die Nase zu reiben, dass sie sie ja gewarnt hatten.

Von ihrer Seite aus ragte ein natürlicher Felsenbogen bis zur Mitte der Schlucht. Die andere Hälfte des Übergangs bestand aus Bambusstämmen, die von der gegenüberliegenden Seite einfach herübergekippt worden waren. Den Fluss darunter konnten sie nicht sehen, aber hören – er tobte wie ein Ungeheuer, und das Echo, das von den Felswänden zurückschlug, vervielfachte noch sein Grollen.

Die Gurkhas begannen mit ihren langen, gebogenen Messern aus einem Bambushain Baumaterial zu schlagen. Zwei von ihnen versuchten, auf allen vieren kriechend, mit Querhölzern und Flechtwerk die Stabilität der wackligen und durch den Dauerregen glitschigen Stämme zu verbessern. Aber die geländerlose Konstruktion wirkte immer noch lebensgefährlich. Die Männer beratschlagten, ob sie einen großen Umweg nehmen sollten.

Plötzlich wies einer der Träger auf die andere Seite der Schlucht, und Kathryn erschrak. Zwischen hohen grünen Stauden starrten sie fremdartige, verschmutzte Wesen an. Offenbar waren sie schon eine Weile beobachtet worden. Der Sirdar erklärte, dass es Lepchas seien, die scheuen Ureinwohner Sikkims, die durch die Einwanderung anderer Bergvölker im eigenen Land in die Minderzahl geraten waren. Der mongolische Einfluss war unverkennbar – sie waren klein, hatten muskulöse Arme und flache Gesichter mit schmalen Augen.

Colonel Robbins rief ihnen etwas zu. Sie verschwanden, kehrten aber nach einer Weile mit Verstärkung zurück. Der Sirdar warf ihnen ein Seil hinüber.

»Manche nennen sie auch Waldmenschen oder Elfenwesen«, erklärte der Colonel Kathryn, »weil sie so plötzlich auftauchen und wieder verschwinden. Aber ich denke, diese Männer hier sind Bauern.«

»Sie machen einen gutmütigen Eindruck«, befand Carl. »Schon Sir Hooker hat ihnen ein freundliches Wesen bescheinigt.«

Die Männer auf der anderen Seite des Flusses schlangen das Seil um einen Baumstamm und signalisierten ihnen, dass sie das Seilende zusätzlich festhalten würden. Die Träger auf ihrer Seite taten dasselbe.

Der Sirdar ging voran. Carl folgte langsam mit seinem Pferd. Auch die anderen Teilnehmer der Expedition überquerten im Schneckentempo den Abgrund. Sie nahmen entweder Zügel oder ihre Lasten in die eine Hand, und mit der anderen Hand hielten sie sich am Seil fest.

Kathryn bebte innerlich, als sie an die Reihe kam. Nicht zu sehr anstrengen, das Ziel zu erreichen, hatte der weise Lama ihnen geraten. Absichtslose Absicht, verdammt, was war das? Sie konnte unmöglich beide Pferde gleichzeitig mitnehmen, deshalb leitete sie zunächst Joshi allein. Es hatte aufgehört zu regnen. Die Sonne, die schon tief stand, brach durch die Wolken, und Kathryn wurde wie von einem Bühnenscheinwerfer angestrahlt. Langsam schob sie einen Fuß vor den anderen. Du darfst keine Angst haben, sprach sie sich Mut zu, geh wie über den Schwebebalken beim Turnen.

Carl spannte jetzt mit den Lepcha-Männern zusammen das Seil straff. Gebannt schaute er zu. Großartig machte Kathryn das! Und sah sie nicht hinreißend aus? Ganz in sich selbst ruhend schwebte sie beinahe! Nie war sie ihm so entrückt und begehrenswert erschienen wie in diesem Moment. Carl schloss die Augen halb und blinzelte durch seine Wimpern, er wollte sie nicht durch Blickkontakt irritieren. Inständig wünschte er, sie möge ihre schlafwandlerische Sicherheit behalten.

Nur mit größter Konzentration widerstand Kathryn der Versuchung, nach unten zu schauen. Sie blickte geradeaus, fixierte einen Punkt wie eine Seiltänzerin. Ihre Stute folgte ihr mit tief gesenktem Kopf.

Kaum war Kathryn angekommen, da ließ sie ein Hatschi zusammenfahren – Gustav! Ausgerechnet jetzt überkam ihn ein Niesanfall! Instinktiv umklammerte er fester das Seil, das die Männer auf beiden Seiten ruckartig stärker spannten. Gustav stand ruhig auf der Brücke über dem Abgrund und wartete. Und wartete. Sein Pferd wurde unruhig, es tänzelte, schnaubte, entleerte sich, verdrehte angstvoll die Augen. Lange durfte Gustav nicht mehr in dieser auch für das Tier furchterregenden Position verharren.

Endlich löste Gustav die Hand, um weiterzugehen, da kam ein erneutes Hatschi. Er geriet auf dem schlüpfrigen Bambus ins Schwanken, balancierte die Schwingungen aber gleich aus. Vorsichtig geleitete er sein Pferd auf die andere Seite.

Kathryn schossen Tränen der Erleichterung in die Augen, was Gustav sichtlich glücklich machte.

Carl klopfte seinem Freund auf die Schulter. Dann ging er noch einmal zurück. Er nahm Kathryns Lastpferd an die kurze Leine, und Kathryn hielt vor Angst die Luft an, aber er führte es sicher herüber. Endlich hatten es alle geschafft, der Letzte, ein Gurkha, sogar ganz ohne Seil.

Gustav dankte dem Lepcha-Anführer mit Proviant aus der Zwiebacktonne und einer Handvoll Betelnüsse. Auch Frauen und Kinder drückten sich inzwischen neugierig um sie herum. Sie wirkten fröhlich. Und furchtbar schmutzig.

»Sauberkeit ist ein Konzept, das ihnen partout nicht einleuchtet«, grummelte der Colonel.

»Sie sind ein feiges Volk«, sagte einer der Gurkhas verächtlich. »Diese Lepchas haben noch nie gekämpft.«

Sein Volk galt als das tapferste weit und breit, Gurkhas bildeten seit Jahrzehnten eigene Einheiten im Militär des britischen Empire.

»Vielleicht sind sie nur klug«, meinte Kathryn, »wenn sie sich nicht gegen Eindringlinge aus den Nachbarländern wehren. Denn die sind ihnen überlegen.«

Robbins sprach mit dem Anführer, und er übersetzte. Die Lepchas kamen gerade von der Honigjagd. Nicht weit von der Schlucht bestaunte Kathryn eine gegen den Berg gelehnte lange, aus Bambus und Hanfseilen gefertigte Leiter. Der Anführer zeigte mit dem Finger hoch zu einer wohl zweihundert Meter hohen Klippe, unter der Nester wilder Bienen klebten. Bis dort oben hinauf vermochten die Geschicktesten unter den Lepchas zu klettern. Nicht nur der Honig, auch das Wachs war ihre geschätzte Beute.

»Von wegen feige«, sagte Kathryn.

Der Anführer wollte sie nicht einfach so gehen lassen. Er lud sie ein, ihnen zu folgen. Ihr Dorf bestand aus einer

Ansammlung einfacher Pfahlhütten. Es lag im Wald, wo sie mit Feuerrodung Platz geschaffen hatten, grenzte aber an eine Hochweide, auf der mächtige Yaks mit zotteligen, langen Brusthaaren grasten. Auf den Feldern wuchsen Mais, Spinat, Reis und Kardamom.

Unter den Hütten zwischen den Holzstelzen meckerten Ziegen und suhlten sich Schweine. Das Geflügel lief frei umher. Zu Kathryns großem Erstaunen errichteten zehn Lepcha-Männer innerhalb einer Stunde, nur mit ihren Messern aus Bambusrohr, -streifen und -blättern fünf Gästehäuser – mit je einem Bettgestell, einem Tisch und einem Stuhl. Ein Mann im gestreiften Obergewand, der von allen Bewohnern sehr respektvoll behandelt wurde, kam, um sie zu begrüßen. Er hieß Tachi und war der Schamane des Dorfes.

Colonel Robbins unterrichtete ihn über die Absichten der Expedition. Er fragte im Auftrag von Gustav und Carl, ob gegen angemessene Bezahlung vier Lepcha-Männer mit ihnen auf den Gletscher kommen wollten. Und ob sie einige ihrer Yaks auf der Expedition mitführen könnten. Den robusten tibetischen Rindviechern machten Schnee und Eis nichts aus, und zur Not konnte ihr getrockneter Dung in baumlosen Regionen als Heizmaterial dienen.

Tachi kündigte an, sich mit den Geistern in Verbindung zu setzen sowie seinen Rosenkranz zu befragen und sie später über die empfangenen Botschaften zu unterrichten. Er sagte, die Seelen ihrer Toten würden in die Berge wandern, wo die Götter wohnten. Dort würden sie sich mit den Göttern vereinigen und auf ihre Wiedergeburt warten. Deshalb müsse er vor jedem Eindringen in ihre Region ihre Erlaubnis erbitten. Doch zuvor wollte er die Kranken untersuchen und in den Wald gehen, um Heilpflanzen für sie zu suchen.

Die Bhotias unter den Trägern freuten sich besonders über die Rast. Einige vollführten regelrechte Freudentänze. Sie verstanden sich gut mit den Lepchas.

»Unsere Völker haben schon vor vielen Generationen Blutsbrüderschaft geschlossen«, erklärte einer der Männer.

Eine junge Frau namens Tschuki brachte Kathryn heißes Wasser und sagte etwas, das lustig klang. Jedenfalls lachte sie gutmütig. Kathryn dankte ihr. Sie genoss es, sich endlich einmal wieder gründlich reinigen und die Haare waschen zu können. Dann ließ sie sich auf ihr dickes Lager aus trockenen Bambusblättern sinken. Was für ein Luxus!

Und was für ein Gefühlsaufruhr! Sie fühlte sich unruhig und ermattet zugleich. Sie dachte an ihre Verwirrung in Carls Nähe, an die Nacht auf der kleinen Felseninsel, die Erregung und den Beinahekuss mit Gustav, ihren Balanceakt über dem Abgrund. Sie seufzte.

Wenn nicht bald etwas passierte, würde sie nicht mehr wissen, wohin mit ihren Emotionen.

Auf das horchen, was wirklich ist, hatte der Lama ihnen geraten. Wenn sie an Gustav dachte, reagierte ihr Unterleib. Wenn sie an Carl dachte, spürte sie ihr Herz. Ihren Kopf hielt sie eh nicht mehr für zurechnungsfähig. Darin rauschte und drehte sich alles.

Müsste sie sich denn überhaupt entscheiden zwischen ihren beiden Freunden? Welche Rolle spielte es schon, wer sie im Gymkhana Club geküsst hatte? Wer würde sie lieben, wie sie wirklich im tiefsten Innern war? Auch mit ihren dunklen Seiten und ihren Schwächen? Sie träumte von einem Mann, der sie erkannte. Der ihr sagte, wie sie wirklich war oder sein könnte. Und der ihr die Freiheit ließ, diejenige auch tatsächlich zu werden.

Den ganzen Tag über war Robbins Übersetzerkunst an allen Ecken und Enden benötigt worden. Da er nicht überall gleichzeitig sein konnte, liefen einige Übersetzungen von Mund zu Mund über mehrere Personen, von Lepcha-Dorfbewohner zu Bhotia-Träger und weiter zu Sherpa-Träger zu Kathryn, die das Nepalesisch interpretierte. Doch was sie an diesem Tag an Informationen gesammelt hatte, schien ihr mehr als fragwürdig. Ob sich da nicht doch Fehler eingeschlichen hatten wie bei einer Stille-Post-Runde?

Kathryn hatte verstanden, dass die Lepcha-Frauen Vielmännerei betrieben! Die nette freundliche Tschuki beispielsweise hatte ganz legal drei Ehemänner! Und angeblich entschied die Linie der Mütter, zu welcher Familie man gehörte.

Kathryn schloss die Augen. Sie wusste nur wenig über die Vorfahren ihrer Mutter. Weder großmütterlicherseits noch großväterlicherseits. Und über ihre Mutter selbst wusste sie auch kaum etwas. Ach, ihre Mutter …

Mama, wo bist du jetzt nur?, dachte sie. Zwei heiße Tränen rannen ihr aus den Augenwinkeln, aber das spürte Kathryn schon kaum mehr. An diesem Tag war so viel geschehen. Sie hörte weder den Eulenruf noch das metallische Gequake eines Laubfroschchores, der Gustav und Carl in den Hütten nebenan schier wahnsinnig machte. Kathryn schlief zwölf Stunden lang wie ein Stein.

Doch noch bevor sie die Augen öffnete, wusste sie, dass dieser Tag wieder einer ihrer grauen Tage werden würde. Dass die Melancholie sie erneut in ihren Klauen hielt. Ihre Glieder fühlten sich schwer an, jede Bewegung war eine Qual – als ob sie eine Greisin wäre. Sie empfand nur dumpfe Trübsal, Hoffnungslosigkeit und die lähmende Angst, unter einer Schlammlawine zu ersticken.

Manchmal konnte diese Angst in Panik umschlagen. Am besten kümmerte sie sich nicht darum.

Kathryn wollte nur liegen bleiben und abwarten, bis es vorbei war, weitergezogen wie ein Tag Dauerregen. Niemand sollte sie stören. Kein Mensch würde ihre seltsamen Anwandlungen verstehen, sie verstand sie ja selbst nicht. Auslöser war ihre Erschöpfung. Doch die Ursache?

Immerhin wusste sie, dass die Melancholie ebenso zuverlässig verging, wie sie plötzlich aufzutauchen pflegte. Kathryn ließ den Sahibs ausrichten, dass sie einen Tag Ruhe brauche. Als Tschuki ihr den Schamanen zu Hilfe schickte, lehnte sie ab. Sie rührte auch das Reisgericht, das Tschuki ihr brachte, kaum an.

Irgendwann schaute Carl nach ihr, doch da schlief sie. Ihr Gesichtsausdruck spiegelte eine tiefe seelische Erschöpfung wider. Carl betrachtete sie erschrocken, auch gerührt. Ihm war, als würde diese junge Frau insgeheim schon lange einen zähen Kampf in ihrem Inneren führen. Was erlitt Kathryn, und wogegen kämpfte sie?

Carl zog sich leise und ohne eine Antwort gefunden zu haben aus ihrer Hütte zurück.

Der Schamane hatte alle Hände voll zu tun, um die Kranken mit Heilmitteln zu versorgen. Er gab dem Träger und Carls Leibdiener, die unter den gleichen Krankheitssymptomen litten, je ein Stück von der Wurzel der Leopardenblume.

»Nur zu, zügig kauen!«

Robbins übersetzte die Anweisungen. Widerwillig kamen die Kranken der Aufforderung nach.

»Werden Zunge und Rachen heiß?«, fragte der Schamane.

Beide nickten. »Brennt wie Chili«, ächzte der Träger.

Der Lepcha nickte zufrieden. Das sei der Beweis dafür, sagte er, dass es sich um eine Lebensmittelvergiftung handle. Er bereitete einen Sud aus der Wurzel, ordnete an, dass die Männer außerdem nur Milch und Reis verzehren dürften.

»Ihr werdet zwei Tage hohes Fieber haben«, kündigte er an. »Dann seid ihr entgiftet und wieder gesund.«

Eine Dorfversammlung wurde einberufen. Nach ausgiebigem Palaver und nach einer Zeremonie mit viel Räucherwerk verkündete der weise Mann: »Ihr dürft auf den Gletscher ziehen. Unsere Männer werden euch als Yakführer begleiten. Aber vorher müssen wir gemeinsam ein Opferfest feiern.«

Dafür waren einige Vorbereitungen erforderlich, auch der Mondstand musste berücksichtigt werden. Die Frauen kochten Gerichte aus Reis, Kartoffeln, Zwiebeln, Chili und Huhn. Eine Ziege wurde geschlachtet. Und die Männer gingen auf die Jagd, auch die Gäste.

Die Lepchas schossen mit Pfeil und Bogen. Sie bewegten sich unglaublich unauffällig durch den Wald. Carl fürchtete fortwährend, er könnte beim Schießen aus Versehen einen der Männer treffen und war froh, als sie endlich ein Reh und zwei Wildschweine erlegt hatten.

Gustav versuchte den ganzen Tag, eine Gelegenheit zu finden, mit Carl zu sprechen. In Ruhe. Aber immer kam etwas dazwischen. Irgendwann beschlich ihn der Verdacht, Carl suche sich vielleicht absichtlich ständig Aufgaben, die ihn von ihm fortführten oder ablenkten. Mal musste er nach einer seltenen Pflanze schauen, mal legte er sein Gewehr auf eine Taube oder Ente an und durfte nicht angesprochen werden.

Gustav wusste, dass es ihm mehr als schwerfallen würde, über zarte Liebesgefühle zu reden, selbst mit seinem besten Freund. Er wusste nicht, wie er seinen Zustand in Worte fassen sollte. Und je länger er überlegte, desto dümmer kam er sich vor. Wollte er sich etwa bei seinem Freund die Erlaubnis zum Verliebtsein abholen?

Am nächsten Tag, sie gingen mit den Einheimischen zum Fischfang an den Fluss, hatte sich Gustav durch das ständige Gedankenkreisen in eine aggressive Stimmung gebracht. Er brauchte keine Genehmigung für die Liebe! Schon gar nicht von dem Kerl, für den er seit Tagen und Wochen solche Strapazen auf sich nahm. Bloß für dieses immergrüne Gestrüpp. Der sollte mal ganz ruhig sein, der hatte da gar nichts zu melden. Er konnte lieben, wen er wollte! Gustav schnaubte wütend vor sich hin.

»Ist was mit dir?«, fragte Carl schließlich. »Macht das die Medizin von dem Schamanen?«

»Ach, verdammt, du kannst mich mal!«, fuhr Gustav ihn an, heiser von seiner Allergie.

»Mann, bist du gereizt!«

Carl schüttelte den Kopf. Eigentlich hatte er ja mit Gustav über seine Gefühle für Kathryn sprechen wollen. Seit sie über die Lepcha-Brücke geschwebt war, dachte er Tag und Nacht an sie … Mehr und mehr beschäftigte ihn auch die Frage, welches Geheimnis sie barg. In seinem Herzen blühte eine zarte Knospe auf. Aber wenn Gustav sich dermaßen grob aufführte, würde er den Teufel tun und ihn einweihen! Er brächte es womöglich noch fertig und trampelte auf der zarten Knospe herum, dieser ungehobelte Bursche! Und außerdem: Was gingen Gustav seine Gefühle an?

Zwei Tage nach ihrer Ankunft im Dorf ging es Kathryn besser. Langsam erholte sie sich. Während Gustav und Carl mit einigen Männern ein zweites Mal auf die Jagd gingen, um auch ihre Vorräte aufzufrischen, spielte sie mit Tschukis Baby. Andere Kinder, die schon laufen konnten, gesellten sich dazu. Wenn Kathryn ihnen etwas gab, etwas Gerstenzucker oder eine Blume, nahmen sie es stets mit zusammengehaltenen Händen höflich entgegen. Sie teilten untereinander ohne Aufforderung von Erwachsenen und erwiderten jedes Geschenk, indem sie Kathryn ein Gegengeschenk brachten. So war es offenbar bei den Lepchas Sitte.

Umgeben von piepsenden Küken half Kathryn vor der Hütte beim Gemüseputzen und sah Tschuki zu, wie sie mit ihren schmalen, kleinen Händen ruhig und ausdauernd werkelte. Erstaunt sah Kathryn, dass sie Rhododendronblütenblätter in eine Marinade einlegte. Die junge Lepcha-Frau erzählte dabei von sich und dem Leben mit dem Stamm. Kathryn verstand, dass sie alle drei Jahre ihr Dorf verließen und an einer anderen Stelle im Urwald ein neues aufbauten. Und dass jedes Kind, bis es acht Jahre alt wurde, abends in den Armen eines erwachsenen Verwandten einschlief, egal ob bei Vater, Mutter, Großvater oder Tante. Und dass ihr Volk noch nie einen Krieg angefangen hatte. Tschuki war sehr stolz darauf.

Später bat Kathryn den Schamanen, ihm bei seiner Arbeit zusehen zu dürfen. Der Lepcha gestattete es ihr. Für den Sherpa mit dem Armbruch bereitete er wie am Tag ihrer Ankunft eine Arzneimischung aus Mistelblättern, Gewürzzwiebeln und einer speziellen himalayaischen Rinde zu.

»Die Zwiebel sorgt dafür, dass die Schwellung schneller zurückgeht«, erklärte er und strich die Paste auf einen Lappen, den er um den Bruch wickelte. »Du darfst kein Hirsebier trinken und kein Schweinefleisch essen«, schärfte der Schamane dem Träger ein, »nur Eier und Hühnerfleisch. Damit wird dein Bruch innerhalb von fünfundzwanzig Tagen vollständig heilen.«

Kathryn sah, wie der Schamane mit Gewöhnlichem Wasserdost, einer Pflanze, die auf feuchten Wiesen und an Ufern von Bächen gedieh, eine Blutung stoppte. Der Wald war seine Apotheke. Er zeigte Kathryn Rhododendronblätter, die er Chimul nannte, und behauptete, sie würden gegen Rheuma und bei Ischiasleiden helfen. Er mischte erneut einen Trank gegen Gustavs Allergie. Doch die Medizin allein mache es nicht, erklärte er Kathryn, auch das vorgezeichnete Schicksal eines Patienten und die Astrologie spielten eine Rolle. Wobei der Schamane offenbar in einigen Fällen wirkungsvoll für Unterstützung sorgen konnte. Für jeden Kranken erbat er Heilung von den Göttern. Er glaubte fest daran, dass gegen böse Geister gesungene Gebete halfen.

Endlich war es so weit. Die Kranken fühlten sich ausnahmslos besser, und der Schamane sagte, das Fest könne nun beginnen.

Als Kathryn aus ihrer Hütte kam, stand Carl davor. Beide Hände hatte er auf den Rücken gelegt.

»Du versteckst etwas vor mir! Was hast du da?«

Er lächelte. »Mach die Augen zu, und streck die Hände aus!«

Folgsam schloss sie die Augen. Spürte, wie er ihr etwas in die Hände legte.

»Jetzt kannst du die Augen wieder öffnen!«, sagte Carl.

Kathryn gehorchte und schaute hin. Es war ein zarter, geflochtener Kranz aus Bluebells, hellgrünem Farn und kleinen pinkfarbenen Rhododendronblüten.

»Oh, der ist ja zauberhaft!«

Vorsichtig nahm Carl den Kranz und setzte ihn auf ihren Kopf. Sie war überrascht und gerührt und wusste, dass sie errötete, und das machte sie noch verlegener. Er kam ihr mit seiner Wange ganz nah.

»Eine Krone für die Queen of Darjeeling!«, flüsterte er ihr ins Ohr.

Seine Lippen berührten ihr Ohrläppchen, ihre Nackenhärchen sträubten sich vor Entzücken. Kathryn legte unwillkürlich den Kopf in den Nacken, öffnete ihre Lippen etwas, sah Carl in die Augen. Wie tief man da hineinfallen kann, dachte sie, tiefer und tiefer bis auf den reinen kristallklaren Grund, und dennoch schwebt man! Alles drehte sich, als er sie mit einem Arm um die Taille fasste und an sich drückte und den anderen Arm fest um ihre Schultern legte, sodass sie Brust an Brust atmeten. Sie zitterte, ihre Knie schmolzen wie Yakbutter in der Höhensonne, und wahrscheinlich wäre sie, hätte er sie nicht gehalten, zusammengesackt. Sein Körper fühlte sich so warm und fest und sicher und fordernd und ungewohnt und doch vertraut an, seit Ewigkeiten hatte sie diesen Moment ersehnt.

Auf einmal wurde ihr schwarz vor Augen, und sie fiel in ein tiefes schwarzes Loch. Kathryn nahm nichts um sich her mehr wahr.

Erschrocken fing Carl sie auf und trug sie in die Hütte. Als er sie auf ihr Lager legte, schlug Kathryn die Augen auf.

Carl lächelte sie an. »Wir können es langsam angehen lassen«, sagte er zärtlich. »Wir haben alle Zeit der Welt.«

Die Lepcha-Männer klatschten und sangen, der Schamane tanzte. Er widmete nach uralten Ritualen die Opfergaben verschiedenen Göttern. Die Luft war erfüllt vom Duft köstlicher Speisen, würziger Räuchereien, süßer Blüten und nassen Laubes.

Kathryn stand unter den Zuschauern zwischen Carl und Robbins. Als Gustav zu ihnen stieß, bewunderte er gleich Kathryns blumigen Kopfschmuck.

»Selbst geflochten?«, fragte er.

Sie verneinte. »Er ist von Carl.«

Das Lächeln um Gustavs Mundwinkel erstarrte, schweigend wandte er sich ab.

Kathryn hatte keine Gelegenheit, sich Sorgen zu machen, denn das Zeremoniell war beendet, und es gab ein Festmahl mit *maruwa*, einem Gebräu aus zerstampfter, gegorener Hirse. Alle setzten sich auf den Dorfplatz in einen Kreis und sogen das Getränk durch dünne Bambusrohre aus einem großen Bambusbehälter, der in der Mitte stand. Sogar kleine Kinder schlürften daraus. Es schmeckte wie eine Mischung aus Bier, Stachelbeersaft und Johannisbeermost. Die Europäer waren härtere Sachen gewohnt und machten sich keine Gedanken über den Alkoholgehalt. Wenn es sogar Kinder trinken durften! Vielleicht lag es an der Höhenluft, am geringen Sauerstoffgehalt, dass sie dennoch bald berauscht waren.

Tschuki kam zu Kathryn und stellte ihr stolz ihren jüngsten Mann vor.

»Ihr ältester Mann Sonam geht mit uns auf den Gletscher«, übersetzte Robbins verlegen, denn die alltägliche Lepcha-Sprache enthielt einige obszöne Vokabeln. »Und die beiden hier freuen sich, dass sie dann … äh … endlich mehr Zeit füreinander haben.«

Dann habe ich die Geschichte mit der Vielmännerei doch richtig verstanden, dachte Kathryn.

Das Gelächter wurde immer lauter und die Stimmung unbefangener. Paare verschwanden in ihre Hütten. Auch Colonel Robbins wollte noch wie jeden Abend einen Tagesbericht für seine Braut schreiben.

Als leichter Graupelregen einsetzte, verzogen sich auch die Letzten unter Dächer, einige Lepchas brachten noch die Essensreste in Sicherheit. Die Lichter in den Hütten verloschen nach und nach.

Kathryn warf kleine Zapfen ins Feuer, die darin knackten, ein dichtes Blätterdach schützte sie vor der Nässe. Nachdem es ruhiger geworden war, spürte sie die Spannung zwischen Carl und Gustav, und das gab ihr ein schlechtes Gefühl. Natürlich, sie war der Grund. Dabei wollte sie doch alles andere als die guten Freunde gegeneinander aufbringen.

Kathryn hob den Blick, sah in Carls Augen, und ihr Herz wurde weit. Sie lächelte zaghaft, empfand großes Glück ... Und dann sah sie Gustav an, der so viel Sehnsucht und Begehren aussandte, dass sich ihr Herz augenblicklich zusammenkrampfte. Ihn mochte sie doch auch!

Plötzlich platzte es aus ihr heraus: »Können wir es nicht genauso halten? Warum muss es ein Problem sein, wenn ...«

Sie erschrak ein wenig vor ihrer eigenen Courage. Hoffentlich hielten die beiden sie nicht für moralisch verderbt! Aber andererseits waren sie moderne junge Menschen. Und spürten Carl und Gustav nicht ebenso wie sie, dass es ein Wahnsinn war, sich gegenseitig für etwas so Wunderbares wie das, was ihnen jetzt gerade widerfuhr, zu bestrafen?

Die Männer reagierten schon mit ihrer Körpersprache ablehnend.

»Du meinst so was wie Liebe zu dritt?«, fragte Gustav entsetzt. Er verschränkte die Arme fest vor seiner Brust. »Niemals, auf gar keinen Fall!«

Carl musterte Kathryn befremdet. »Wenn man richtig liebt, braucht man keinen Dritten.«

Kathryn ärgerte sich darüber, dass sie den Mut aufgebracht hatte, das Thema anzusprechen. »Ach, so meine ich es doch nicht. Wie ihr es sagt, klingt es irgendwie ganz plump ... Ich weiß selbst nicht genau, wie es gehen soll, ich wollte aber einmal mit euch zusammen darüber nachdenken, ob es denn immer so sein muss, wie die Konventionen es vorgeben.«

»Die Konventionen hier geben ja offenbar etwas anderes vor als bei uns zu Hause und bei dir …«, rutschte es Carl mit einem Grinsen heraus.

Kathryn lächelte. »Ja, stell dir vor, schlimmer noch als im wilden Berlin, wo eine verheiratete Frau ein Verhältnis haben kann, sind hier einige Frauen sogar mit mehreren Männern gleichzeitig verheiratet!«

Gustav ließ sie, wenn auch ungehalten, teilhaben an seinem Wissen aus der Vorbereitung auf die Reise. »Es gibt tatsächlich einige Himalayavölker, die Polyandrie, also Vielmännerei, erlauben. Aber, liebe Kathryn, die Gründe dafür sind nicht besonders romantisch.«

»Ach, sind sie nicht?«

Kathryn sah Gustav enttäuscht an. Sie fühlte sich an diesem Abend so hemmungslos offen und beschwingt. Ob der Schamane ihnen vielleicht ein Rauschmittel irgendwo hineingetan hatte? Vielleicht so etwas wie eine enthemmende Sag-die-Wahrheit-Droge? Hoffentlich gab es wenigstens von dem einheimischen Bier keinen schlimmen Kater.

»Nein«, gab Gustav zurück. »Es hat schlicht den Grund, dass es hier oben zu wenig zu essen gibt und dass der Nachwuchs überschaubar gehalten werden muss. Wenn sich zwei oder drei Männer eine Frau teilen, kommen weniger Kinder zur Welt, als wenn jeder Mann eine oder sogar mehr Frauen hätte.«

»Schade«, sagte Kathryn mit schwerer Zunge. »Dass es nicht aus Liebe geschieht, meine ich …«

»Außerdem sind es meist Brüder oder männliche Verwandte, die eine gemeinsame Frau haben«, fügte Gustav hinzu. »Und wenn einer von ihnen stirbt, wird sie weitervererbt. Es bleibt sozusagen in der Familie.«

»Aber ich wollte ja auch nicht sagen, dass wir nun leben sollten wie die Lepchas«, entgegnete Kathryn hilflos.

»Sondern?«

Sie war den Tränen nahe. Warum waren die beiden nur so stur und unbeweglich, wieso halfen sie ihr nicht? Sie wollte doch auch für Carl und Gustav etwas Besseres als öde Konventionen.

»Ich weiß es nicht!«, brach es da aus ihr heraus, und sie feuerte eine ganze Handvoll Zapfen in die Flammen.

Carl schaute nachdenklich auf die kleinen Funkenfeuerwerke. »Was du meinst, geht vermutlich in die Richtung Liebe ohne Besitzdenken, oder?«

Dankbar nahm Kathryn seine Anregung auf. »Ja, vielleicht, ja, das kann gut sein.« Sie nahm Carls Hand, mit der anderen ergriff sie die Gustavs. »Es ist einfach so: Ich mag euch beide sehr.« Sie holte tief Luft und bekräftigte. »Wirklich sehr!«

Die Männer drückten ihre Hand.

»Ich mag dich auch sehr«, sagte Carl.

»Und ich dich auch!«, bekannte Gustav. »Sehr.«

Kathryn schöpfte neuen Mut. »Und deshalb möchte ich nicht, dass eure Freundschaft leidet. Und ich will auch nicht, dass meine Freundschaft zu euch leidet, also, ich meine, zu einem von euch, also zu dem anderen …« Sie verhedderte sich so, dass sie weder den Satz noch den Gedankengang beenden konnte.

»Kommt drauf an, wer der eine und wer der andere ist«, spottete Carl.

»Soll das jetzt heißen, der eine bekommt Liebe und der andere Freundschaft?«, fragte Gustav nüchtern. »Oder beide bekommen Liebe und dürfen nicht eifersüchtig sein?«

Kathryn musste kichern. Auf einmal kam ihr die Situation sehr skurril vor. »Keine Ahnung.« Sie zuckte die Achseln. »War ja nur mal so eine Überlegung.«

»Dann lass sie uns auch bitte konsequent durchspielen«, verlangte Gustav. »Angenommen, du würdest zwei Männer lieben, mit Leib und Seele … Heiraten könntest du bei uns nur einen. Kinder bekommen könntest du selbstverständlich von beiden. Aber wie sollte das im normalen Leben funktionieren?«

Kathryn schwieg. Darauf wusste sie keine Antwort. So weit hatte sie überhaupt noch nicht gedacht.

»Mir ist es sehr wichtig, Söhne zu bekommen«, erklärte Gustav. »Und bei aller Liebe und Freundschaft zu Carl, ich möchte schon, dass später einmal mein leiblicher Sohn die ter-Fehn-Familientradition fortführt.«

»Hm.« Das sah Kathryn ein. Immer wollen die Männer Söhne statt Töchter, dachte sie dennoch mit leichter Verbitterung, in Darjeeling wie in Ostfriesland. Dann siegte wieder ihr Humor. »Es muss ja nicht bis zum Äußersten kommen. Ans Heiraten und Kinderbekommen hab ich nun wirklich noch nicht gedacht. Es geht doch erst einmal darum, wie wir in den nächsten Tagen und bis zum Ende der Expedition mit unseren Gefühlen zurechtkommen.«

»Ich finde es gut, dass wir darüber reden«, sagte Carl zu Gustav. »Du erinnerst dich an unseren Schwur.«

Gustav blickte seinen Freund offen an. Er nickte nur. Worte waren jetzt überflüssig. Carl stand auf, ging zu ihm, auch Gustav stand auf. Sie umarmten sich nach Männerart, klopften sich auf die Schultern. Nie sollte ein Weib sie entzweien. Sie wollten nicht gegeneinander kämpfen.

Kathryn beruhigte diese Geste. »Und erinnert ihr euch an den Lama?«, fragte sie. »Er hat gesagt, man soll nicht bewerten, sondern das spüren und anerkennen, was wirklich ist. Können wir nicht danach leben? Wenigstens bis wir wieder in Darjeeling sind?«

»Es wird nicht funktionieren«, sagte Gustav. »Ich möchte dich küssen und Carl eine reinhauen.«

Carl lachte. »Wenigstens bist du ehrlich. Lasst uns schlafen gehen. Morgen wollen wir zum Gletscher.« Er hielt einen Moment inne, dann schloss er ernst: »Da sind wir auf Leben und Tod aufeinander angewiesen.«

Der Zemu-Gletscher lag vor ihnen wie eine gigantische helltürkisfarbene gläserne Zunge. Auf halber Höhe des Kangchendzönga leckte sie sich in einer Länge von fast dreißig Kilometern u-förmig durchs Gebirge.

»Das ist noch mal eine Steigerung!«, sagte Kathryn respektvoll. »Ich hab ja in der Schweiz schon Gletscher gesehen, aber der Zemu ist um ein Vielfaches beeindruckender.«

Und über allem thronte der drittgrößte Berg der Welt!

Gustav strich sich Eiskristalle aus seinem blonden Vollbart, die braunen Augen sprühten vor Begeisterung, als er über die ungeheuren Nordostabstürze zum Grat mit den fünf Gipfeln emporblickte. »Am liebsten würde ich mit einer Spitzentruppe von Bergsteigern aus dem Akademischen Alpenverein den höchsten Gipfel des Kangch erobern!«

Carl grinste. »Ich würde den Riesen am liebsten umrunden. Wie mag wohl die Vegetation auf der gesperrten nepalesischen Seite im Westen aussehen?«

Kathryn lächelte verschmitzt. Das war typisch für die beiden! Besser hätte man den Unterschied zwischen ihnen kaum charakterisieren können.

Carl und Gustav erkannten den Schalk in ihren Augen, und ihnen huschte ein jungenhaftes Grinsen übers Gesicht.

Sie war einfach süß, zum Verlieben! Beide dachten in diesem Augenblick dasselbe: Die letzte Entscheidung lag nicht bei ihnen, den Männern. Wenigstens hatten sie darüber gesprochen. Die Andeutungen, das Erahnen, Zaudern, Zweifeln und Zurückschrecken gehörten der Vergangenheit an.

Robbins beobachtete erstaunt, wie vertraut und, ja, ein besseres Wort fiel ihm dafür nicht ein, wie liebevoll Carl, Gustav und Kathryn miteinander sprachen und sich gegenseitig halfen. Dann korrigierte er nach einer Weile seine Beobachtung vor sich selbst. Jeder der Männer verhielt sich liebevoll Kathryn gegenüber, was von ihr erwidert wurde. Untereinander gingen Carl und Gustav zwar kameradschaftlich miteinander um, fair, aber es schien Colonel Robbins, als sei da unterschwellig etwas Frostiges an die Stelle des alten lockeren Kumpeltons geraten.

Sie zogen über steinige Moränen am Rande des Gletschers weiter wie winzige Käfer durch eine weite Geröll- und Eiswüste.

»Das Gletschereis ist eigentlich gepresster uralter Schnee«, wusste Robbins, »kilometerdick.«

Die Oberfläche war teils aufgeraut, wie von einem Riesen mit der Hacke bearbeitet, teils glatt und fest. In den Gletscher hinein hatten Schmelzwasser und Flüsse eigentümliche Höhlen gewaschen. Sie faszinierten mit Farbschattierungen von Türkis über Grün bis zu fast Schwarz in ihrem Innersten, Sonnenstrahlen zauberten funkelnde Reflexe hervor. Einige zusammengeschmolzene Schneefelder am Rande des Gletschers wiesen dramatische rost- bis blutrote Umrisse auf.

»Ich finde, es sieht fast etwas unheimlich aus«, gestand Kathryn.

Carl verstand, aber beruhigte sie. »Die Färbung ist harmlos, sie stammt von einer Flechtenart.«

An einem gurgelnden und immer wieder türkisweiß aufschäumenden Fluss sahen sie einen Schneeleoparden. Die Sonne schien vor einem tiefblauen Himmel auf die schneebedeckten Gipfel. Wer eine hatte, setzte sich eine Sonnenbrille auf. Tschukis ältester Mann Sonam besaß ein beeindruckendes Exemplar mit einem feinen Gitter aus geflochtenem Yakschwanzhaar. Einige Kulis mit langen Haaren warfen sie sich wie einen Vorhang vor die Augen und befestigten sie unter ihren Tragegurten an der Stirn. Der Sirdar wies sie darauf hin, dass bei diesem Wetter mit Schneelawinen zu rechnen sei. Er mahnte zur Vorsicht und schlug einen kleinen Umweg vor, der sicherer sei.

Die Yaks erwiesen sich als außerordentlich trittsicher und anspruchslos. Auch unter Schnee scharrten sie auf den Moränen noch erfolgreich nach Nahrung. Hier oben wuchs kein Baum, kein Strauch mehr. Nur noch Gras, Flechten, ab und zu sah man eine Gruppe Edelweiß und winzige, kriechende Rhododendren, die alles überwucherten, auch das Geröll, was das Gehen sehr erschwerte.

Kathryn machte keinen Hehl aus ihrer Enttäuschung. »All dieser Aufwand für solch langweilige Bodendecker?«

Sie wusste selbst nicht, was sie erwartet hatte. Irgendetwas Großes, Buntes, Überwältigendes, auf jeden Fall eher Baum als Strauch, aber ganz gewiss nichts solchermaßen Gewürmartiges.

Doch Carl begeisterten die blühenden Teppiche. »Der *Rhododendron nivale!* Garantiert winterhart!«, jubelte er und nahm Proben von rot und weiß blühenden und von welchen mit silbrigem Flaum auf der Blattunterseite. Zwei Stellen markierte er mit einem robusten, wetterfesten gelben Band.

Er traf eine Vereinbarung mit Sonam, der einen zuverlässigen Eindruck machte. Er sollte gegen Bezahlung im Herbst, wenn die Samenkapseln reif waren, an diesen Stellen einige davon einsammeln, sie in Gangtok zur Post bringen und Carl nach Deutschland schicken.

»Vielleicht klappt es mit den Reisern, die ich nehme«, erklärte Carl Kathryn. »Vielleicht klappt es mit den Pollenproben, die ich jetzt abstreifen kann. Aber Samenkapseln, zur richtigen Zeit geerntet, versprechen den größten Erfolg. Sicher ist sicher.«

Carl musste lachen über Kathryns offensichtliche Enttäuschung. »Ich werde damit etwas Neues züchten. Vielleicht nicht nur aus zwei Arten, Vater und Mutter, sondern indem ich jeweils einen Abkömmling von zwei komplett unterschiedlichen Eltern miteinander kreuze. Das geht dann über zwei Generationen. Manchmal lösen erst die Enkel ein, wovon man geträumt hat.« Mit Gesten unterstrich Carl seine Ausführungen. Kathryn schaute ihn zweifelnd an. Sie hatte die Vererbungslehre mit den Mendel'schen Regeln nie richtig begriffen, doch Carl war sich sicher. »Das Ergebnis wird dir gefallen. Vertrau mir!«

Wie er da vor ihr stand am Gletscher, strahlend und selbstsicher, hätte sie ihm wahrscheinlich alles geglaubt. Seine Überzeugungskraft wirkte auf Kathryn ebenso anbetungswürdig wie erotisch. Und sie wären sich wohl in die Arme gesunken, wenn nicht zwangsläufig alle Männer der Expedition Zeugen geworden wären. Auch Gustav suchte Kathryns Nähe. Er jagte Kathryn ab und zu mit einem feurigen Blick eine Gänsehaut über den Körper, aber es war klar, dass alle drei eine Eskalation der Situation vermeiden wollten.

Unterschwellig bewirkte die Dreieckskonstellation jedoch genau das Gegenteil – angestachelt durch den Konkurrenten begehrten Carl und Gustav Kathryn nun noch mehr.

Und sie? Kathryn spürte die Schwingungen natürlich, genoss sie wohl auch halb bewusst. Manchmal, wenn Carl und sie sich heimlich anschauten, blieben ihre Blicke lange miteinander verschmolzen. All das verwirrte sie derartig, dass sie beschloss, sich nur noch auf die bergsteigerischen Herausforderungen zu konzentrieren. Kathryn lauschte den Erzählungen der Träger über einstürzende Schneebrücken und den riesigen zotteligen Yeti, der Schneemensch war angeblich zuletzt fünf Jahre zuvor hier am Zemu-Gletscher gesichtet worden.

Gustav verlor sich in seinen Gedanken. Er malte sich seine und Kathryns Zukunft in Ostfriesland aus. Es passte doch hervorragend – die Teepflanzertochter und der Teehändler. Sicher würde sein Schwiegervater ihm Rabatte gewähren und die besten Ernten verkaufen. Kathryn war gebildet und würde sich auch in den besseren Kreisen mühelos bewegen können. Mit ihr könnte er das Haus ter Fehn wunderbar repräsentieren, und es war zu erwarten, dass sie hübsche, gesunde Kinder zur Welt bringen würde. Sie würden ein gastfreundliches Haus führen und häufig Geschäftsfreunde aus aller Welt empfangen. Kathryn könnte für ihre einflussreichen Gäste auf der Harfe spielen. Man würde ihn beglückwünschen und beneiden um seine schöne, kultivierte Frau. Und er würde sie lieben und ehren auf ewig. Wenn nicht Carl seine Pläne vereitelte. Wie sollte er sich dann verhalten?

Carl dagegen träumte, wie er auf einem mit weißem Leinen bedeckten großen Lager hinter rosenumrankten Fenstern inmitten einer lieblichen Parklandschaft prall vor Begierde sein sturmgeladenes Herz öffnen und Kathryn küssen würde, aus vollem Ernst küssen, wie ein altes Liebesgedicht sagte. Wenn das Warten endlich ein Ende hätte, würde sie ihre taufrischen Blütenarme um ihn schlingen, ihn mit tiefgründigen Augen anschauen, ihren Rosenschoß öffnen und sich ihm entrückt hingeben. Sie würden ihre geheimsten Sehnsüchte teilen.

Nicht eine Sekunde zweifelte Carl daran, dass Kathryn ihn wollte.

Im Laufe dieses Tages wurden sie mehrfach Zeugen von Lawinenabgängen. Es begann mit einem Rauschen und Zischen, wenn sich die Schneemassen lösten und hinabstürzten, und endete mit einem Donnern, wenn sie endlich auf dem Gletscher in blendend weißen Wolken zerstoben. Atemlos verfolgte Kathryn jedes Mal dieses Schauspiel. Je nach Lichteinfall schillerten die Schneenebel in allen Regenbogenfarben, während das Echo gewaltig von den Bergen widerhallte.

Sie machten Feuer mit getrocknetem Yakmist und aßen geröstete Schafsleber. Ihr Lager schlugen sie im Bergschatten auf dem Gletscher auf. Von hier aus konnten sie weit hinein in das Königreich Sikkim schauen.

»Hast du denn nun, was du wolltest?«, fragte Gustav Carl.

»Wie meinst du das?«

»Hast du deine Rhododendren?«

»Im Grunde ja«, antwortete Carl, aber er wirkte nicht ganz zufrieden. »Für die Robustheit ist jetzt gesorgt, doch für die Schönheit noch nicht … Da bin ich noch auf der Suche.«

»Dann können wir morgen in Richtung Yumthang-Tal marschieren?«

»Genau.« Carl seufzte wohlig. »Dort soll es auch heiße Quellen geben. Ach, das könnte mir jetzt gefallen, ein schönes heißes Bad!«

Als sie sich in ihren Zelten schlafen legten, herrschte

noch schönstes Wetter, doch mitten in der Nacht schlug es um. Heftiger Schneefall setzte ein. Und dann begann ein Schneesturm.

Kathryn erwachte vom Zusammenbruch ihres Zeltes. In Panik kroch sie mit dem Oberkörper unter das Klapptischchen neben ihrem Bett, halb lagen ihre Beine unter dem Bettgestell. Beides ließ ihr Luft und Raum, schützte sie vor dem erstickenden Gewicht des Schnees.

Kathryn schrie, sie schrie aus Leibeskräften.

Die Schlammlawine! Sie schlug um sich, schmeckte Nasses, Kaltes, versuchte, mit den Händen zu graben, es gelang nicht. Ihr Albtraum war mit einem Mal real, die mit Geröll durchsetzte Lawine rollte über sie hinweg, wollte sie erdrücken, ihr den Atem abschnüren.

»Mama!«

Ihr Herz raste. Und dann hörte sie nichts mehr um sich herum: kein Echo, keinen Laut. Spürte nur dumpfe Isolation.

»Mama! Wo bist du? Mama, Aldou! Hilfe … Hilfe!«

Ihr blankes Entsetzen stieß allein auf Eiseskälte und Dunkelheit.

Kathryn erwachte in seinen Armen. Um sie herum war immer noch alles schwarz und frostig.

Wie er es zu ihr geschafft hatte, wusste er selbst nicht mehr. Als er, von Kathryns Schrei wach geworden, begonnen hatte, sich zu ihr vorzuarbeiten, hatte es einen weiteren Schneerutsch gegeben. Vermutlich war Neuschnee abgegangen und hatte sie beide ein Stück mitgerissen. Er konnte nicht einschätzen, an welcher Stelle des Gletschers sie sich nun befanden. Unverantwortlich, jetzt weiterzugraben – die Gefahr, in eine der zahlreichen Gletscherspalten zu rutschen, war zu groß.

Kathryn schrie wieder. Panisch bäumte sie sich auf, stieß sich den Kopf an etwas Hartem. Ihr Überlebensraum schien sich vergrößert zu haben. Zwei Menschen fanden Platz darin, zum Atmen, Liegen, Sitzen.

»Psscht!« Die Männerstimme beruhigte sie. »Gustav wird uns retten, die Männer werden uns finden.« Starke Arme hielten sie fest. »Wir müssen Ruhe bewahren und warten.«

»Aber, die Lawine, Papa! Der Schlamm, er bringt uns um!«

Kathryns Geist bewegte sich zwischen Albtraum, Vergangenheit und Gegenwart. »Mama! Wo bist du? Aldou?«

»Ruhig, ganz ruhig! Alles wird gut.«

Diese Stimme …

Plötzlich sank Kathryn mit einem leisen, verzweifelten Wimmern in sich zusammen.

»Carl?«

Endlich begriff Kathryn. Die Schlammlawine, das war vor langer Zeit gewesen. Ihre Mutter und ihr Bruder lebten schon seit Jahren nicht mehr. Das jetzt war ein Schneerutsch am Zemu-Gletscher. Und der Mann, der sie in den Armen hielt, war nicht ihr Vater, sondern Carl.

»O Gott!« Kathryn schluchzte. »Sie sind ja schon tot, schon lange …« Dieses Mal würde es auch sie treffen. Vielleicht war ihr Papa dann mit ihr zufrieden. Wenn sie auch starb. »Jetzt weiß ich es wieder«, flüsterte sie schockiert.

Carl hielt sie fest in seinen Armen. Kathryns Entsetzen übertrug sich auch körperlich auf ihn. Jeder Zentimeter ihres Körpers verkrampfte sich in Todesangst. Und dann ihre Erkenntnis. Sie traf ihn ebenso blitzartig. Wie Frosthauch über einem gehäuteten Herzen spürte er ihren Schmerz.

Carl glaubte, nicht mehr atmen zu können. Tränen liefen ihm die Wangen hinunter und gefroren sogleich in seinem Bart. Das also war ihr Geheimnis, das quälte sie so … Sie hatte eine Schlammlawine überlebt, die ihre Mutter und ihren Bruder getötet hatte.

»Es war nicht deine Schuld!«, sagte er intuitiv.

Plötzlich konnte Kathryn wieder klar denken. Wieso wusste Carl, was sie fünf Jahre lang vor sich selbst verheimlicht hatte?

Man hatte ihr damals am Krankenbett gesagt, dass ihre Mutter und ihr Bruder bei einem Unfall mit der Pferdekutsche einen Abhang hinuntergestürzt und zu Tode gekommen seien. Kathryn wusste zwar noch, dass sie mit den beiden zusammen zu einer Spazierfahrt aufgebrochen war, aber alles andere war wie ausgelöscht gewesen. Und gleichzeitig hatte sie immer das Gefühl gehabt, dass sie sich gegen etwas ganz Furchtbares abschotten müsste. Jetzt wusste sie es wieder. Sie erinnerte sich auf einmal nicht nur an den Tag, sondern auch an die Sekunden vor dem Unglück und währenddessen. Ihr Unterbewusstsein hatte die grauenvollsten Minuten ihres Lebens bislang unter einem schwarzen Schleier verborgen gehalten.

»Aber … aber ich hab gesagt: Lasst uns zum Mangohügel fahren, zum Mangohügel … da blühen die schönsten Blumen …« Sie schluchzte. »Und Mama sagte: Nein, das ist zu gefährlich … und dann hielt sie doch am Hügel an, und ich sprang auf die Wiese … und sie wollte doch nur mich zurückholen …«

Tagelang hatte es geregnet, es war Monsunzeit. Die Hänge oberhalb des Mangohügels gehörten zum Geestra-Valley-Teegarten, sie galten von jeher als unsicher. Es gab dort nicht mehr genug Bäume, die mit ihren Wurzeln das Erdreich halten konnten.

»O Gott, ich bin schuld an ihrem Tod!«

»An Erdrutschen in Darjeeling sind meist die Teepflanzer

selbst schuld«, sagte Carl mit fester Stimme, »weil sie zu viele Wälder gerodet haben, aber ganz gewiss nie und niemals ein junges Mädchen, wie du es damals warst.«

Kathryn weinte und weinte, und sie hatte das Gefühl, niemals wieder aufhören zu können. So hatte sie nie zuvor um Mutter und Bruder weinen können. Wütend war sie gewesen, trotzig, ungehorsam, aufmüpfig. Und an manchen Tagen unendlich traurig, melancholisch. Oder sie hatte Angstzustände gehabt, regelrechte Panikattacken.

Carl versuchte nicht, sie am Weinen zu hindern. Wortlos wiegte er sie in den Armen.

»Wieso sind sie gestorben? Und wieso habe ich überlebt?«, schluchzte sie.

Carl wusste keine Antwort darauf.

Schließlich flüsterte Kathryn bitter: »Es war also einfach nur ein Zufall?«

Wieder sagte er nichts. Und dann spürte sie auf einmal seine Lippen auf den ihren. Sie waren rau vom Bergklima, sie jagten ihr Schauer durch den Leib. Zärtlich fuhr er über ihren Mund, küsste ihre Mundwinkel, die Wangen, die Augenlider, den Hals. Kathryn wagte sich kaum zu rühren, sie wollte jede der zartesten Empfindungen spüren. Es kribbelte am Rücken, stieg den Nacken empor, kroch unter die Kopfhaut, durchströmte sie heiß bis in den Unterleib. Carls Zunge spielte gegen ihre Zähne, öffnete ihren Mund. Sie fieberten einander entgegen, verschmolzen in einem langen, sanften Kuss.

Wieder begann Kathryn zu weinen, aber zugleich weitete sich ihr Herz. Genau das war es, darauf hatte sie gewartet, das hatte sie vermisst, ohne es zu kennen. So musste es sein.

»Und wenn wir jetzt sterben?«, flüsterte sie irgendwann und dachte: Dann habe ich das wenigstens erlebt.

»Wir werden nicht sterben«, raunte Carl. »Jedenfalls nicht heute oder morgen. Gustav holt uns hier raus. Und dann beginnt unser Leben erst richtig.«

»Wieso bist du so sicher, dass Gustav uns retten wird?«, fragte Kathryn. »Vielleicht ist er auch verschüttet.«

»Ich weiß es einfach.« Er hatte im vergangenen Winter mit Gustav genau durchgespielt, wie man sich in Notsituationen wie dieser verhielt. »Wir sitzen ja nicht unter einer Lawine fest, sondern in einer Schneehöhle.«

»Wir könnten hier heraus?«

»Ja, aber ich würde zurzeit davon abraten. Es ist da draußen bitterkalt, ein scharfer Wind weht, und vermutlich verdecken die Schneewehen auch die gefährlichen Spalten.«

»Wir hocken wirklich in einer Schneehöhle?«, wiederholte sie ungläubig.

Er lachte leise. »Der Neuschnee backt hervorragend.«

Die Höhle hatte er gegraben, als Kathryn noch bewusstlos gewesen war. Die natürlichen Gegebenheiten am Hang hatten sich dabei als hilfreich erwiesen. Carl hatte eine kuppelförmige Decke geformt und ein tunnelartiges Loch gebaut, durch das er so gerade selbst hindurch passte. Zum Glück lag es im Windschatten. Zu ihrem Schutz hatte er diesen Ausgang mit lockeren Schneebrocken verschlossen. So kam nicht zu viel kalte Luft hinein.

»Hast du denn gar keine Angst? Nie und vor nichts?«

»Hältst du mich für einen Dummkopf? Natürlich gibt es Dinge, die ich fürchte.«

»Was fürchtest du am meisten?«

Er dachte eine Weile nach. »Den Krieg … eine erneute Inflation, dass einem ein Zeppelin auf den Kopf fällt oder geliebte Menschen verunglücken …«

»Und deine Hauptangst?«

Sie spürte die Wärme seiner Hand durch die dicke Kleidung auf ihrer Schulter. Nachdenklich meinte er: »Tja, wahrscheinlich das Wohl unserer Baumschule ... Unsere Familie ist seit vierhundert Jahren auf dem gleichen Flecken im Ammerland nachgewiesen, wir besitzen einiges an Land und Anwesen. Uralten Mischwald, Weiden, das Baumschulgelände, Häuser.«

Kathryn nickte in die Dunkelheit.

»Die Inflation hat uns ein Vermögen gekostet. Danach gab's zwar wieder ein paar fette Jahre für Baumschulen wie uns, aber am Schwarzen Freitag im letzten Oktober haben auch wir sehr viel Geld verloren ... Eigentlich hätten wir uns diese Expedition nicht leisten können. Ich habe mich trotzdem stark gemacht dafür, ich setze alles auf die Spezialisierung auf Rhododendron ...«

Sie ließ ihre Fingerspitzen zärtlich über seinen Bart gleiten. »Das klingt auch alles sehr einleuchtend, was du mit deinen Züchtungen vorhast.«

»Das ist es auch. Aber sollte ich mich verkalkulieren oder großes Pech haben, zerstöre ich eine vierhundertjährige Tradition.«

Kathryn konnte diese Sorge gut nachvollziehen. Genauso hing sie doch am Teegarten ihrer Familie, und Geestra Valley bestand noch nicht einmal einhundert Jahre lang.

Ungewohnt ernst sagte Carl: »Wir sind ja doch für mehr als nur für uns selbst verantwortlich. Eine Familie wurzelt in der Vergangenheit und reicht über die Gegenwart hinaus. Wir sind das Mittelstück.«

Kathryn nickte wieder. »Geestra Valley ernährt außerdem ein ganzes Dorf.«

»An unserer Baumschule hängen auch viele Arbeitsplätze, und wenn ich die Leitung übernehme, werde ich für meine Eltern sorgen müssen«, sagte er, und dann: »Frierst du?«

»Nein, halt mich nur weiter so …«, flüsterte sie. »Dann bleibt mir ganz warm.«

»Das muss der Iglueffekt sein.«

Er küsste sie wieder. Es war besser als alles, was Kathryn je erlebt hatte.

Als sie wieder denken konnte, sagte sie: »Du warst es nicht.«

»Was war ich nicht?«

»Im Gymkhana Club… Da hat mich jemand im Dunkeln geküsst.«

»Unerhört!« Er übertrieb absichtlich. »Einfach so? Ohne zu fragen?«

Sie lachte leise.

Seine Hand schob sich unter ihren Anorak und unter dicke Schichten von Wolle. Langsam strich er über ihren Rücken.

»Oh!«, seufzte sie entzückt. »Aber *das* warst du …«

Diese kleinen elektrischen Fünkchen unter ihrer Haut hatte er schon einmal zum Sprühen gebracht – mit der Berührung, die im Gymkhana Club dem Kuss vorangegangen war.

»Ich hoffe, du verzeihst mir«, neckte er sie. »Es war einfach zu verlockend … Aber wenn ich den Kerl erwische, der die Früchte geerntet hat …«

Kathryn lag einfach nur selig ergeben in seinen Armen. Wie absurd, dachte sie, wir befinden uns in Lebensgefahr, hier und jetzt, und ich schwebe! Es tangiert mich nicht. Liebe und Tod, irgendwie schien ihr, als läge beides sehr nah beieinander.

Auf einmal schreckte sie auf. »Was war das?«

Etwas Nasses hatte Kathryn mitten auf der Stirn getroffen – Kondenswasser, das von der Decke tropfte. Carl hob verwirrt den Kopf. Er fühlte sich wie betrunken. Plötzlich fiel ihm ein, dass sie beide mit dem Ausatmen Kohlendioxid in die Luft der Höhle brachten, was langsam und unmerklich zum Ersticken führen konnte. Carl kroch zum Ausgang und nahm die Schneebrocken weg.

»O mein Gott, ist das kalt!« Kathryn begann zu zittern.

»Ich verschließe den Ausgang gleich wieder«, sagte Carl, »aber wir brauchen ein wenig frische Luft.« Er begann, seine Umgebung nach etwas Brauchbarem abzutasten. Schließlich fand er eine Zeltstange, mit der er nach oben hin vorsichtig ein kleines Luftloch bohrte. »Ich glaube, man sieht schon die Morgendämmerung …«, machte er Kathryn Mut.

Die Kälte kroch ihnen zunehmend in die Glieder, wegen der geringen Bewegungsmöglichkeit konnten sie kaum etwas dagegen tun.

»Was glaubst du, wie lange dauert es noch, bis sie uns finden?«

»Sie werden bald anfangen, nach uns zu suchen, sobald es hell genug ist, die Gletscherspalten zu erkennen.«

Carl legte seine Wange an ihre. »Ist besser, wenn wir uns bis dahin wach halten.«

Vor allem mussten sie weiter Ruhe bewahren. Panik würde sie umbringen. Carl wusste, dass ein falscher Schritt da draußen einen neuen Schneerutsch oder sogar eine Lawine lostreten konnte. Der Schnee würde sich in Mund und Atemwege pressen und wie Beton um ihre Körper legen. Er würde großen Druck ausüben, die Durchblutung absterben lassen und ihnen kaum eine Überlebenschance lassen. Doch all das verschwieg er Kathryn lieber.

Ihr kam unvermittelt eine Idee. »Hast du noch die gelben Markierungsbänder für die Rhododendren?«

Carl kramte mit ungelenken Bewegungen in seiner Jackentasche. Er verstand gleich, was sie beabsichtigte. »Yep! Kluges Mädchen!«

Er nahm die Zeltstange, verknotete ein gelbes Band an der Spitze, spießte es noch sicherheitshalber auf und bohrte die Stange mit dem Erkennungszeichen erneut behutsam durch die Decke. Carl hoffte inständig, dass es nicht von Neuschnee oder Verwehungen verdeckt würde.

Kathryn schmiegte sich wieder in seine Arme. »Wer ist eigentlich dieser Hooker?«, fragte sie, um einen furchtlosen Ton bemüht. »Dauernd höre ich von ihm, aber ich hab wohl gerade Kreide geholt, als er im Unterricht dran war.«

Sie hörte das Lächeln in Carls Stimme, als er anhob, ihr Hookers Geschichte zu schildern.

»Es war einmal ein kleiner Junge namens Joseph«, begann er, als ob er ein Märchen erzählen wollte, »der lebte im schottischen Glasgow und interessierte sich für nichts so sehr wie für die Pflanzenwelt. Da fügte es sich gut, dass sein Vater Botanikprofessor war. Joseph begleitete ihn schon im Alter von sechs Jahren so oft es ging zu den Vorlesungen und lauschte aufmerksam. Kein Wunder also, dass er als junger Mann bereits ein Experte war und darauf brannte, in fernen Ländern neue Pflanzen zu entdecken. Glücklicherweise hatte sein Vater gute Kontakte, unter anderem zu Sir Joseph Banks, jenem berühmten Botaniker, der Captain Cook auf seinen Weltumseglungen begleitet hatte und nun Vorsitzender der Botanischen Gesellschaft war. Er sorgte dafür, dass der Vater, also der Professor, die Leitung der Königlichen Botanischen Gärten in Kew bei London übertragen bekam.«

»Wirklich? Ich war mal mit der Klasse dort.« Dieser Ausflug gehörte zu den wenigen positiven Erinnerungen ihrer Internatszeit in England. Gleich nach dem Tod ihrer

Mutter dorthin abgeschoben, unglücklich, nicht zu den Scherzen ihrer Mitschülerinnen aufgelegt, zur Außenseiterin abgestempelt, hatte für Kathryn damals eine Ära der Demütigungen begonnen, an die sie nicht gern zurückdachte. »Der bedeutendste botanische Garten der Welt, sagt man … Wirklich fabelhaft … Und erst die prächtigen alten Tropenhäuser!«

»Ja. Und Sir Banks sorgte auch dafür, dass der junge Joseph Dalton Hooker an einer Forschungsreise mit dem Schiff in die Südpolregion, nach Neuseeland und Tasmanien teilnehmen durfte. Die war, nebenbei bemerkt sehr schlecht bezahlt. 1847 konnte er endlich eine Expedition nach Nordindien und in das Königreich Sikkim anführen.«

»Wie lange war er unterwegs?«

»Mindestens vier Jahre. Dabei wäre er beinahe schon in Ägypten hängen geblieben.«

»Wie das?«

»Der junge Mann war während ihrer Zwischenstation am Nil so vertieft in das Studium der Landesflora, dass er sein Schiff verpasste.«

»O je.« Kathryn hatte völlig vergessen, in welcher Notlage sie selbst sich gerade befanden. »Ich wette, die Pflanze war eine hübsche Ägypterin! Wie hat er sich gerettet?«

»Er organisierte sich ein Kamel.«

»Nein!«

»Doch! Und ritt damit quer durch die Wüste. Offenbar konnte er sich darauf immerhin so gut festhalten, dass er im nächsten Hafen rechtzeitig genug ankam, um doch noch auf sein damals hochmodernes Dampfschiff zu kommen.«

Kathryn lachte. »Aber in Darjeeling saß er dann eine ganze Weile fest, nicht wahr?«

»Ja. Der König von Sikkim befürchtete, wohl nicht ganz

zu Unrecht, neben der Pflanzenforschung könnte auch Spionage betrieben werden – die Landkarten, die bei solchen Expeditionen erstellt wurden, dienten später auch dem britischen Militär. Und das missfiel dem mächtigen Nachbarn Tibet.«

»Ich verstehe, deshalb auch jetzt noch dieses Theater vor eurer Einreise …«

»Genau. Allerdings wartete mit Hooker damals ein Tross von über fünfzig Trägern, Pflanzensammlern, Köchen, Wächtern und Ornithologen auf das Startzeichen. Und jeder Tag kostete viel Geld. Schließlich wurde es Dr. Archibald Campbell zu dumm.«

»Er repräsentierte das Empire in Darjeeling und war als Sanatoriumsleiter der Vorgänger von Dr. Apple, nicht?«

»Er drohte mit dem Einmarsch von Soldaten.«

»Ach, muss denn immer Gewalt die Lösung sein?«

»In diesem Fall reichte die Androhung. Jedenfalls erhielt Hooker nach sechs Monaten Wartezeit doch die Genehmigung, Sikkim zu durchforsten. Allerdings mit der strikten Auflage, nicht die Grenze nach Tibet zu überschreiten. Hooker und seine Männer, einschließlich des inzwischen befreundeten Campbell, machten in den kommenden Monaten die wunderbarsten Entdeckungen. Allein sechsundzwanzig bislang nicht bekannte Rhododendronwildarten in Sikkim, über vierzig insgesamt auf dieser Forschungsreise. Aber was tat der Trupp an der Grenze?«

»Ich glaube, diesen Teil der Geschichte kenne ich … Er überschritt sie!«

»Genau. Hooker und Campbell landeten im Gefängnis. Die britische Regierung drohte mit einer Invasion, beinahe wäre es zu einem Krieg gekommen. Der König von Sikkim musste weitere Gebiete abtreten und finanzielle Einbußen hinnehmen. Und Hooker schrieb darüber Reisetagebücher, die er Darwin widmete.«

»*Dem* Darwin?«

»Eben jenem Charles. Sie waren gute Freunde. Hooker verteidigte sogar dessen revolutionäre Schriften über die Evolution vor den aufgebrachten Professoren an der Universität von Oxford!«

»Ach! Und kennst du Hookers Reisetagebücher?«

»Na klar. Sein Vater gab sie heraus, sie wurden Bestseller und lösten in Europa eine wahre Rhododendroneuphorie aus! Vor allem in den feinen britischen Kreisen.«

»Damit fing es also an …«

»Yep! Ohne Hooker wären wir beide jetzt nicht hier.«

»Verrückt, oder? Was ist aus Joseph geworden?«

»Oh, er unternahm noch viele Forschungsreisen. Unter anderem nach Palästina, nach Marokko und in die Vereinigten Staaten.«

»Und immer hat er die Pflanzen erforscht?«

»Ja, einige in Südafrika sind sogar nach ihm benannt. Er übernahm später von seinem Vater den Posten als Direktor der Botanischen Gärten in Kew und lebte noch lange hochangesehen. Er starb erst ein paar Jahre vor dem Weltkrieg mit vierundneunzig Jahren. Seiner Witwe bot man eine Beisetzung in Westminster Abbey neben Darwin an.«

»Oh, welche Ehre! Der Traum eines jeden aufrechten Briten«, spottete Kathryn. »Wie reagierte Mrs Hooker?«

»Sie lehnte ab.«

»Wie konnte sie nur?«

»Er sollte bekommen, was er sich gewünscht hatte: ein Grab nahe Kew Gardens und seinen geliebten Rhododendren.«

»Ach, wie schön. Das gefällt mir.«

Kathryns kalte Hand schlich sich in Carls Handschuh.

Er umfing sie mit seiner Hand und streichelte sie mit dem Daumen.

Nach langem Schweigen fragte er: »Wie war sie?«

»Wer?«

»Deine Mutter …«

Kathryn zögerte. »Schön, lieb, zurückhaltend. Eine gute Mutter … Manchmal hatte sie etwas Trauriges …«

Sie fehlte ihr so unsagbar. Gelegentlich, an belebten Orten, wenn Kathryn eine Frau sah, die ihrer Mutter glich, dann stellte sie sich vor, dass sie es wirklich sei. Kathryn wollte in diesen Momenten nichts von ihr. Sie wollte nur da sitzen oder stehen, wo sie gerade war, und zusehen, wie sich ihre Mutter bewegte, wie sie lebte. Sie erlaubte sich den Selbstbetrug, um wenigstens in ihrer Einbildung wieder deren Aura zu spüren.

Carl strich eine Träne von ihrer Wange. »Glaubst du an Gott?«

»Wer? Ich?« Kathryn wunderte sich, dass er ihr die Frage stellte, und dann wunderte sie sich auch wieder nicht. »Es wechselt. Ich bin mir nicht sicher. Aber wenn es ihn gibt, wie konnte er dann so etwas zulassen?«

Carl seufzte. Er wusste keine Antwort.

Heiser fragte sie: »Was glaubst du?«

»Na ja … Mir geht's ähnlich. Im Alltag, da …« Er unterbrach sich. »Aber manchmal, wenn ich mir eine einzelne Blüte ansehe, ein Wunder, das nie ein Mensch erschaffen könnte, dann bin ich ganz durchdrungen von …«, er räusperte sich, »… ja, dann weiß ich, dass es etwas Göttliches gibt.«

Gustav, der eigentlich nicht an Gott glaubte, führte an diesem frühen Morgen ununterbrochen Zwiegespräche mit ihm, während er, Robbins und mehrere Träger nach Carl und Kathryn suchten. Ein Teil der Männer war bei den Pferden in einem Lager am Rande des Gletschers geblieben. In das unheimliche Brausen des Schneesturms hinein betete Gustav: »Lass sie bitte überleben, nimm mir nicht meinen besten Freund und meine zukünftige Frau. Nimm mir dafür irgendwas anderes, aber bitte nicht die beiden wichtigsten Menschen in meinem Leben!«

Der Schneesturm ließ bei Sonnenaufgang nach. Mit Steigeisen und Sicherheitshaken pickelten sie sich über den Gletscher vorwärts, stapften an einer Sicherheitsleine mit großen Abständen zueinander durch Schneeverwehungen, Gustav und der Sirdar immer voran.

»Hierher!«, rief Robbins auf einmal. Er hatte das gelbe Band entdeckt.

Gustav war als Zweiter zur Stelle. Kathryn und Carl hörten das Einschlagen der Pickel. Sie riefen. Carl hielt den Ärmel vor seine Augen, als ein Schwall Schnee in ihre Höhle fiel. Kathryn blinzelte in das Licht, sah die Gesichter von Robbins und Gustav über sich und weinte vor Erleichterung. Gemeinsam zogen die beiden Männer sie heraus.

Gustav bedeckte Kathryns Gesicht mit vielen kleinen frohen Küssen. Carl drückte er an sich. Dann drehte er ihnen abrupt den Rücken zu und brüllte mit erhobenen Armen hoch zum Gipfel des Kangchendzönga: »Gott sei Dank!«

Robbins und Gustavs Leibdiener rieben ihnen die Gliedmaßen, um den Kreislauf wieder in Schwung zu bringen.

»Ihr habt ein unglaubliches Glück gehabt!«, sagte der Colonel.

Die Sonne hatte so viel Kraft, dass der Schnee im Laufe des Tages dahinschmolz. Carl und Kathryn hatten außer

Prellungen und ein paar Frostbeulen keine Verletzungen. Kathryn erzählte Gustav, dass durch die Lawine ihre Erinnerung an den Unfall vor fünf Jahren zurückgekehrt war.

»Jetzt kannst du das Kapitel endlich abschließen«, sagte er froh.

Über das, was sonst noch geschehen war, schwiegen Kathryn und Carl. Kathryn und Carl wollten nicht länger bleiben oder in einem Zelt zur Erholung schlafen. Beide drängte es nach einer kurzen Erholungspause weiter. Allein die Ankündigung heißer Quellen, zwei Tagesetappen entfernt, übte auf alle eine große Anziehungskraft aus. Einmal verirrten sie sich, indem sie einer Wildspur folgten, die sich im Dickicht verlor.

Gustav unterrichtete sie, dass eines der Yaks Bisswunden im Nacken aufwies. »Da hat eine Raubkatze ihre Eckzähne ins Fleisch gehauen. Sieht aus wie eine Schusswunde.«

Colonel Robbins war beunruhigt. »Das Tier könnte wiederkommen oder uns folgen.«

Carl schenkte Kathryn einen aufmunternden Blick. Wird schon nicht so schlimm werden, sagte er. Sie antwortete mit einem bezaubernden Lächeln. Carls Stimme klang wärmer und behutsamer, sobald er sich an Kathryn wandte, selbst wenn er nur eine praktische Anweisung weitergab. Als Carl sich einmal unbeobachtet fühlte und die klare, sonnenwarme Luft im Bewusstsein des wiedergewonnenen Lebens tief einsog, streichelte Kathryn ihn mit ihren Augen. Und manchmal summte sie glücklich vor sich hin, ohne es zu merken.

Gustav registrierte sehr wohl all diese kleinen Zeichen. Mit der Hellsichtigkeit des Verliebten spürte er auch die geheimen Freudenfunken zwischen Kathryn und Carl. Sie brannten sich ihm schmerzhafter in die Haut ein als Glutstückchen.

Was mochte sich zwischen den beiden in der Schneehöhle abgespielt haben? Kathryns Mund erschien Gustav sinnlicher denn je. Er dachte an ihre gemeinsame Nacht auf der Felseninsel. Warum war ich nur so dumm?, dachte er wütend, ich Idiot halte mich an unsere Vereinbarung. Aber Carl macht sich natürlich hemmungslos an sie ran … Gustav marschierte verbissen weiter. Er wurde immer schweigsamer. Freiwillig übernahm er die erste Zeltwache. Er würde ohnehin nicht in den Schlaf finden.

Das einzige Tier, das sich in dieser Nacht in die Nähe ihres Lagers wagte, war jedoch nur ein Wildesel.

Der Sonnenaufgang färbte den Himmel flamingofarben. Der Weg in das atemberaubend schöne Yumthang-Tal, das in voller Blüte stand, verlief sanft und unbeschwerlich. Über Primelteppiche ging es vorbei an Rhododendren, Ahorn und Edeltannen, deren harziger Geruch die Luft köstlich würzte. Mitten durch das Tal floss gemächlich ein breiter Fluss.

Sie lagerten am Rande des ausufernden Flussbetts zwischen gebleichtem Geröll. Carls Herz sang vor Freude: ein Rhododendron schöner, seltener und exotischer als der andere! Manche wuchsen als Baum, andere als Strauch. Er machte sich an die Bestimmungen, ordnete zu, was Hooker schon entdeckt hatte, und deckte seinen Botanikkuli mit Proben ein. Allein wanderte er weiter. Viele der bunten Vögel schienen keine Angst vor Menschen zu kennen. Carl setzte sich auf einen umgestürzten Wacholderstamm, um ihrem Gesang zu lauschen. Er fühlte sich wie im Paradies. Eine Sultansmeise mit gelbem Schopf hüpfte über Steine, die von Flechten mit geheimnisvollen Mustern überzogen waren. Fingerkräuter, die er noch nie gesehen hatte, blühten neben Enzian, Steinbrech, Mohn und Eisenhut. Eine Taube mit grünen Flügeln labte sich an einem Bach.

Und er war verliebt!

Doch eine feine kleine Stimme in ihm störte das Paradies. Sein Gewissen wisperte: Du musst es Gustav sagen.

Carl hatte keine Vorstellung, wie tief Gustavs Gefühle für Kathryn gingen, nur dass er sich auch Hoffnungen machte, war ihm klar. Und dass es schwierig werden würde.

Ach, sagte Carl zu sich, noch nicht jetzt. Es hat Zeit.

Lieber schaute er weiter in den Garten Eden. Sein Blick blieb auf einer Anhöhe an einem allein stehenden prächtigen Strauch hängen. Dessen Proportionen wirkten geradezu perfekt. Carl erstarrte. Das war er! Der Rhododendron, der wahrscheinlich den Namen *Rhododendron jonasii* erhalten würde, war etwa drei Meter hoch und trug orangerote glockige Blüten, die an lichtdurchschimmertes hauchdünnes Wachs erinnerten.

Ehrfürchtig näherte Carl sich und besah jedes Detail. Tatsächlich, er hatte eine bislang unbekannte Art entdeckt. Der aufrechte Blütenstand verlieh dem Busch etwas Stolzes. Die dunkelgrünen Blätter glänzten. Jede einzelne Blüte leuchtete auf geheimnisvolle Weise von innen heraus – wie Kathryn, wenn sie lächelte.

Sorgfältig nahm er mehrere Reiser, und er verknotete sicherheitshalber gelbe Bänder im Geäst und um einen Baumstamm daneben. So würde der Lepcha Sonam ihn im Herbst wiederfinden können.

Carl setzte sich mit einigem Abstand vor den Rhododendron, um sich dessen Bild für immer einzuprägen.

Gustav zählte und überprüfte die Lasten samt Proviant. Er war am Morgen aus einem seltsamen Traum erwacht, der ihn immer noch beschäftigte. Zusammen mit Kathryn und Carl hatte er im Bett gelegen, und sie hatten sich alle drei ganz selbstverständlich geliebt. Was ihn daran erschütterte, war nicht eigentlich die Fantasie von Sex und Liebe zu dritt, sondern dass sein Körper im Traum sehr lustvoll auf den männlichen Körper Carls reagiert hatte. Selbst jetzt in der Erinnerung spürte er noch einen Nachhall …

Aber er fühlte sich doch nicht vom eigenen Geschlecht angezogen, er doch nicht! Ja, er hielt viel von Freundesliebe, doch nur im edlen kameradschaftlichen Sinn. Alles andere kam niemals in Frage. Mal ganz abgesehen davon, dass solcherlei Andersartigkeit verboten war und mit Gefängnis bestraft wurde.

Gustav schüttelte den Kopf und ging weiter seiner Arbeit nach. Über dieses Thema wollte er vorerst nicht weiter nachdenken.

»Was riecht hier eigentlich so verfault?«, rief Kathryn.

Ihre feine Nase erschnupperte eine heiße Schwefelquelle. Wie Sonam wusste, galt diese Quelle neben zahlreichen anderen im Yumthang-Tal als heilig und heilend.

»Das Wasser hilft besonders gut bei Rheuma und Ischiaserkrankungen«, übersetzte Robbins.

Es gab eine offenbar des Öfteren genutzte, von Büschen geschützte Stelle, an der sich die heiße Mineralquelle mit Flusswasser in einer natürlichen Gesteinswanne vermischte.

»Und gegen Frostbeulen?«

Kathryn wartete die Antwort nicht ab. Sie zog sich hinter einem Gebüsch aus und hängte ihre Sachen darüber. Zuerst tunkte sie nur vorsichtig die Zehenspitzen ins Wasser, dann glitt sie ins Becken.

»Ahhh!«, entfuhr es ihr.

Es roch wirklich nicht besonders, aber wie wohl es tat!

Dass ihr ganzer Körper von den Anstrengungen schmerzte, wurde ihr erst in diesem Augenblick bewusst, doch bald schon fühlte sie sich herrlich entspannt.

»Jiehar!«

Kathryn konnte in dem vielleicht fünf Quadratmeter großen Becken an einer Seite sitzen wie auf einer Steinbank im Wasser oder sich mit den Händen am Rand festhalten und den Körper treiben lassen. Beides bescherte ihr den größten Genuss.

Sie schaute zum Himmel hoch. Eine blasse Sichel ließ sich blicken, obwohl es noch hell war. Wie hoch wohl der Mond sei, das ging ihr jetzt durch den Kopf, hatten Carl und Gustav sich als Kinder immer gefragt und von Orten wie diesem geträumt … Bestimmt konnte man von hier aus auch wunderbar die Sterne beobachten.

Kathryn hörte ein Plätschern und wandte sich um. Mit dem Lächeln eines Faun tauchte Gustav in seiner ganzen männlichen Pracht in das Becken ein.

Er grinste sie an. »Hallo, Schönheit!«

Kathryns Scham währte nur kurz. Sie kniff ein Auge zu und grinste zurück. »Es ist wunderbar!«

Sein Blick verdunkelte sich. »Du bist wunderbar!«

Gustav begehrte sie mehr denn je. Mochte sie Carl ruhig anhimmeln, zwischen ihnen war auch etwas! Und hatte sie nicht angedeutet, sie könnte auch zwei Männer lieben? Das wäre immer noch besser als ganz auf sie zu verzichten. Er würde um sie kämpfen, vielleicht könnte er sie doch noch für sich gewinnen.

Gustav kam näher. Seine Hand suchte nach einem Halt und streifte ihre Taille. Dann blieb sie auf ihrem Rücken liegen. Er schwamm direkt vor sie. Ihre nackten Körper trennten nur noch Millimeter.

Kathryn fand die Situation nicht unangenehm. Eher prickelnd und aufregend und verwirrend. Sie spürte unter Wasser sein Geschlecht, hart und weich zugleich, und es verschlug ihr den Atem.

»Heureka! Ich hab ihn gefunden!«, jubelte Carl schon von weitem.

Er lief ins Lager, schickte Sonam zur Fundstelle, damit er sie sich merkte, und fragte dann Robbins, wo Carl und Kathryn seien. Mit hochrotem Kopf wies der Colonel in Richtung der heißen Quelle.

Carl war schlagartig alarmiert. Ohne auch nur einen Moment nachzudenken, lief er los. Was er sah, ließ sein Herz höher schlagen.

Was sollte er tun? Gustav unter Wasser tauchen? Kathryn herausziehen? Sich hinter den Büschen verstecken und abwarten, wie sie sich verhalten würden?

Während er noch überlegte, riss Carl sich schon die Kleidung vom Leib und sprang zu den beiden in die heilige Quelle.

»Heureka!«, rief er noch einmal.

Gustav sah ihn erst verdutzt an, dann spiegelte sich tiefe Enttäuschung in seinem Gesicht. Kathryn begann zu lachen. Plötzlich fand auch Carl die Situation komisch. Und dann prustete Gustav los. Alle drei lachten die Anspannung fort. Ihr hysterisches Gelächter erfüllte das ganze Yumthang-Tal. Sie tauchten sich gegenseitig unter, balgten sich, prusteten erneut los. Schließlich ließen sie sich einfach nur treiben. Kathryn versuchte, ihre Brüste mit den Armen zu verstecken, was ihr mit zunehmender Entspannung gleichgültiger wurde. Eine eigentümliche, wohlige Erregung erfasste alle drei. Das Glitzern ihrer Augen unter halb gesenkten Lidern sagte: Ich weiß, was du denkst, und ich fände das auch ganz prickelnd. Doch keiner wagte den nächsten Schritt, eine eindeutige Geste oder ein offenes Wort. Sie schwelgten einfach in dem erotischen Gefühl.

Und sie sprachen weiter nur mit den Augen. Wir würden eine Grenze überschreiten, sagten sie, und das könnte alles kaputt machen. Lassen wir es also besser bleiben.

»Du hast ihn gefunden?«, fragte Kathryn schließlich. »Wen hast du gefunden?«

»Meinen Rhododendron!«

»Nein« rief sie mit dunkler Stimme. »Wo? Wie sieht er aus, wie groß ist er, und welche Farbe hat er? Duftet er?«

»Morgen«, antwortete Carl träge, »morgen zeig ich ihn euch.«

»Oh … morgen erst?«

Ein Kuckuck rief.

»Hab ihn vorhin gesehen. Smaragdgrün war er, der Kuckuck. Nicht so grau wie bei uns. Hübsches Ding.«

»Die Chinesen nennen den blutrot blühenden *Rhododendron repens* Kuckucksblume«, erinnerte Carl sich. »Sie sagen: Wenn er seine Kelche öffnet, ruft der Kuckuck einen ganzen Tag lang bis in die Nacht, bis seine Kehle so rot ist wie die Blüte.«

»Wie poetisch«, seufzte Kathryn schwärmerisch. »Was heißt Rhododendron eigentlich?«

»Es ist griechisch«, antwortete Carl. »*Rhodo* für Rose und *dendron* für Baum, also Rosenbaum.«

»Das klingt wunderbar.«

Das Schwefelwasser hatte seine Wirkung entfaltet, sie fühlten sich grenzenlos ermattet.

Kathryn sah auf ihre Fingerkuppen. »Ich fange an zu schrumpeln, eindeutig zu früh für mein Alter.«

»Steig du zuerst aus, wir gucken auch nicht«, schlug Gustav vor.

»Du kannst doch nicht für mich sprechen«, entgegnete Carl empört. »Ich gucke.«

»Also bitte!«, rief Kathryn energisch.

Brav schauten die beiden weg, als sie aus dem Wasser kletterte. Kathryn zog sich rasch an. Und dann, als die Männer aus dem Wasser stiegen, hielt sie sich die Hand vor die Augen, aber sie sah zwischen den Fingern hindurch. Carl und Gustav waren gut gebaute, schöne Männer. Doch ihr Äußeres half ihr bei ihrer Entscheidung nicht weiter. Fühlen musste sie es. Körperlich und seelisch.

Nachdenklich lief sie zum Lagerplatz zurück. Hatte sie denn nicht längst ihre Entscheidung getroffen? In sich hineinhorchen und wahrnehmen …

Kathryn legte sich in ihr Zelt, obwohl es erst Nachmittag war. So gelöst wie nach diesem Bad hatte sich ihr Körper schon lange nicht mehr angefühlt. Und auch ihre Seele war von einer großen Anspannung befreit. Endlich wusste sie, weshalb sie diese melancholischen Phasen und diese Albträume überfielen. Ob sie jetzt seltener werden oder sogar verschwinden würden? Und ja, Carl hatte wohl Recht. Sie traf keine Schuld. Es war nur ein verdammter Zufall gewesen. Ein Zufall, ein Zufall, ein Zufall.

Lieber Gott, schick mir ein Zeichen, dachte sie, dann nickte sie ein.

Kathryn träumte von ihm, sie fiel wieder in den blauen Himmel. Das war eindeutig. Alles in ihr jubilierte, als sie erwachte. Ja, ja, ja!

Es war noch hell, sie hatte höchstens eine Stunde geschlafen. Vor dem Zelt am Lagerfeuer hörte Kathryn Carl und Gustav leise miteinander reden. Sie stand auf und ging zu ihnen. Kathryn schaute in Carls Augen. Die Magie wirkte wie bei ihrer ersten Begegnung.

Als Gustav sah, wie die beiden sich anschauten, begriff er, dass er sich etwas vorgemacht hatte. So hatte Kathryn ihn nie angeschaut. Jetzt wusste er es sicher – er konnte Kathryn nicht haben.

»Auf, auf, Freunde! Ich zeig euch jetzt den *Rhododendron jonasii*«, rief Carl guter Dinge.

»Lass mich, das Gesträuch interessiert mich nicht«, winkte Gustav ab.

Er wollte nicht mitkommen. Zu bitter war die Erkenntnis. Wieso Carl und nicht er? Warum war immer er der Dumme? Wieso hatte Carls Vater den Weltkrieg überlebt und seiner nicht? Der Schmerz und seine Wut auf Carl loderten erneut auf. Dieser erbärmliche Hund! Er sollte ihn gefälligst verschonen mit seinem Glück.

Doch Carl drängte. »Du musst einfach dabei sein! Wer bitte, wenn nicht du?«

Auch Kathryn bettelte. »Komm schon, Gustav! Davon habt ihr doch so lange geträumt!«

Er gab schließlich nach.

Der Weg war nicht ungefährlich, er fiel zu einer Seite ab, doch für einen geübten Kletterer wie Carl normalerweise kein Problem. Er ging voran.

»Das ist er, gleich sind wir da«, versprach Carl. Schon konnten sie seinen Rhododendron auf der Anhöhe sehen.

Aber seine Muskeln, vom Schwefelbad ermüdet, reagierten nicht so wie gewohnt. Plötzlich machte er einen falschen Schritt, zögerte, stolperte, fing den Fall mit einer Schulterrolle auf und rutschte den Hang hinunter auf einen Abgrund zu.

»Halt!«, schrie Kathryn.

Carl versuchte, sich an Pflanzen und Steinen festzuhalten, glitt aber immer wieder ab. Erst kurz vor dem Abgrund schaffte er es, sich mit den Händen in kniehohem

Rhododendrongestrüpp festzukrallen. Seine Beine fanden keinen Halt mehr, hingen schon über der tödlichen Tiefe. Ein großer Steinbrocken, den er selbst beim Hinunterrutschen gelöst hatte, rollte auf seinen Kopf zu, er konnte gerade noch ausweichen. Doch die Erde um das flache Wurzelwerk des Busches begann zu bröckeln.

»Hilfe!«, schrie Carl.

Gustav stand bewegungslos neben Kathryn. Er konnte sich nicht rühren. Ein Gedanke schoss ihm durchs Hirn: Wenn Carl jetzt abstürzt, ist Kathryn frei für mich.

Entsetzt nahm er wahr, dass Kathryn ihn mit weit aufgerissenen Augen anstarrte.

Ammerland

April 2010

»Ich finde das Thema Rhododendren inzwischen so faszinierend, dass ich meiner Verlegerin vorgeschlagen habe, ein Buch über seine Kulturgeschichte zu schreiben.«

Julia zog skeptisch die Augenbrauen hoch. »Das wäre sicher lohnend und verdienstvoll, Max. Aber auch eine große Herausforderung …«

Sie sahen zu, wie die Rennschweine über ihre Futtertröge im Ziel herfielen.

»Äh …«, war alles, was Max herausbrachte. Kaum war diese Frau in seiner Nähe, hatte er das Gefühl, dass sein IQ sekundenschnell auf Reserve sank. Es reichte gerade noch für die Überlebensfunktionen, aber für mehr nicht. »Und deshalb dachte ich, also, falls …«, startete er einen neuen Versuch, aber irgendwie hatte er den Faden verloren. Wenn sie lächelte, stellten sich ihre Augen schräger.

»Ja?«

Amüsiert betrachtete Julia den englischen Journalisten. Dass er ihr so viel Aufmerksamkeit schenkte, schmeichelte ihr. Aber so leicht ließ sie sich nicht umgarnen. Seit der Enttäuschung mit Lutz hatte sie sich auf eine männerfreie Erholungspause eingestellt. Sie wollte abends mit einer Gesichtspackung und dicken Socken vorm Fernseher hocken, Tanzfilme oder Tango-Videos auf Youtube gucken – sie liebte Tango. Sie wollte weder über ihr Urlaubsziel noch über ihre Wochenendgestaltung diskutieren, aber dafür endlich arbeiten können, wann, wo und wie lange sie Lust hatte. Vor allem würde sie dem Freund ihrer Mutter nicht freiwillig die Baumschule Jonas überlassen, sondern beweisen, dass der Betrieb auch ohne »Synergieeffekte« konkurrenzfähig war. Sonst müsste sie sich eines Tages womöglich noch mit dessen Söhnen in der Geschäftsleitung herumschlagen. Nee, das kam überhaupt nicht in Frage.

»Also, ich hab mich gefragt …« Max kämpfte immer noch mit sich.

»Was hast du dich gefragt?«, half sie ihm auf die Sprünge.

»Falls es klappt mit dem Buchprojekt, darf ich dich dann noch mal anrufen? Du könntest mir sicher gute Tipps geben …«

Julia nickte gnädig. »Warum nicht? Wenn's um Fachliches geht, bin ich gern behilflich.«

Diese Zustimmung nahm Max als seine persönliche Siegestrophäe vom Schweinerennen mit ins Hotelzimmer und in seine Träume.

Am nächsten Morgen checkte Max seine E-Mails: eine Aufsichtsratssitzung, ein Beirats- und ein Ausschusstreffen, zwei Empfänge und eine Party – allein für diese Woche. Außerdem warteten diverse Wohltätigkeitsprojekte, die seine Großmutter ins Leben gerufen hatte und die er fortführte, auf sein Erscheinen. Und dann häuften sich auch noch Anrufe und SMS-Botschaften von Freunden, die wissen wollten, wie er denn dieses Jahr den 1. Mai, seinen einunddreißigsten Geburtstag zu zelebrieren gedenke.

Im Sommer wird nachgefeiert, ließ Max die Meute wissen.

Bin ich so?, fragte er sich plötzlich. Wenn ein Fremder, wenn beispielsweise Julia sich aufgrund seiner Mails ein Bild von ihm machen sollte, dann müsste er beziehungsweise sie zu dem Ergebnis kommen, er sei ein vergnügungssüchtiger Verwalter seines künftigen Erbes. Ein Verwalter, kein Gestalter. Wenn es nach Max ginge, würde die Macht der Taintsworths genutzt werden, um die Steueroase Jersey von ihrem schlimmsten Makel zu befreien. Er würde sich politisch dafür einsetzen, dass Diktatoren nicht länger ihr Blutgeld – durch Ausbeutung, Kriminalisierung und Unterdrückung ihres Volkes angehäuft – in Finanzunternehmen auf der Insel Jersey reinwaschen konnten. Dort wurde nämlich nicht lange nachgefragt, woher große, oft von Strohmännern überwiesene Summen aus dem Ausland kamen. Sie legten das schmutzige Geld an und zahlten es nach einer Weile mit satten Gewinnen für beide Seiten als Ertrag aus seriösen Geschäften wieder aus. Max hatte oft mit seinem Vater darüber diskutiert. Doch der vertrat die Meinung: Hauptsache, wir Taintsworths verweigern uns solchen Geschäften. Was die anderen Banken machen, ist nicht unsere Sache.

Ein Vorstoß wie er Max vorschwebte, würde sicherlich viel Unruhe auf die Kanalinsel bringen, und nicht nur dorthin. Max, der halb in London und halb auf Jersey lebte, wartete darauf, die Geschicke von Taintsworth zu übernehmen. Aus Respekt vor seinem Vater hielt er sich noch zurück. Na ja, sein Leben war gegenwärtig nicht gerade unerträglich, und er genoss es durchaus. Aber der Tag würde kommen. Die Welt wurde immer ungerechter, immer mehr gespalten in Superreiche und Superarme. Max wollte im System etwas ändern und eben nicht nur ab und zu Bedürftige unterstützen. Dafür würde er kein blaublütiges Püppchen und keine Londoner Partymaus an seiner Seite gebrauchen können, dann wünschte er sich eine zupackende Frau mit Herz und Verstand. Eine wie Julia Jonas.

Max instruierte seinen Privatsekretär, er möge ihm den Rücken freihalten und erst wieder nach der Rhododendronausstellung Termine für ihn annehmen.

Im Linsweger Rhododendronpark der Familie Hobbie kam Max mit einem Landsmann ins Gespräch. Mr Douglas, ein seriöser älterer Herr aus London, schien eine Menge Ahnung von Gehölzen zu haben. Mit seinem Regenschirm wies er auf meterhohe blühende Rhododendren.

»Wie in Yunnan, nicht wahr? Wunderbar angelegt, ich glaube die Hügel und der Teich sind ganz neu.«

»Leider kenne ich Südchina nicht aus eigener Erfahrung«, erwiderte Max lächelnd. »Mich erinnert's an die Paradiesdarstellungen in der Mormonenbibel, der perfekt gepflegte Garten Eden. Waren Sie schon öfter hier?«

»O ja, viele Male. Er ist nicht nur der größte, sondern nach meiner Meinung auch der schönste Rhodopark Europas.«

Sie plauderten über die Skulpturen, die in diesem Zauberwald ausgestellt waren, und Mr Douglas empfahl Max, unbedingt den »Park der Gärten« am Nordufer des Zwischenahner Meeres aufzusuchen.

»Dort wurde vor zehn Jahren eine fantastische Idee realisiert, ein ganzer Park aus vielen kleinen unterschiedlichen Themengärten. Leider machen sie dieses Jahr erst am 1. Mai auf. Sie haben doch sicher davon gehört, oder?«

»Ja, natürlich«, antwortete Max wohlerzogen. »Gibt es dort nicht einen Bereich mit historischen Rhododendren?«

»Ich weiß nur, dass es einen ›Garten der empfehlenswerten Rhododendren‹ gibt.«

Mr Douglas spazierte eine Weile neben ihm her. Sie genossen die Ruhe. Noch ergossen sich nicht Busladungen voller Touristen in den Park, noch sah man nur Individualisten, Paare oder vielleicht mal Gartenarbeiter in kleinen Gruppen.

»Bleiben Sie länger?«

»Auf jeden Fall lange genug, um den ›Park der Gärten‹ aufzusuchen«, erwiderte Max, der es gewohnt war, unbestimmte Auskünfte über sein Privatleben zu erteilen.

Hellhörig wurde er, als Mr Douglas von der digitalen Deutschen Genbank Rhododendron sprach, die zur Rhododendronausstellung offiziell vorgestellt und der Öffentlichkeit zugänglich gemacht werden sollte.

»Drei Jahre lang haben Experten dafür über zwanzig Rhododendronsammlungen geprüft. Sie sollen mehr als zehntausend Pflanzen fotografiert und beurteilt haben. Mit Stammbäumen bis zu den Wildarten zurück. So können auch seltene Sorten erhalten bleiben.«

Max lauschte wie elektrisiert. »Aus was für Sammlungen stammen sie?«

»Soweit ich weiß, aus botanischen Gärten, Baumschulen, öffentlichen Anlagen und Privatgärten.«

»Ach, Privatgärten auch?«

»Ja, das Ganze organisiert die Landwirtschaftskammer Niedersachsen, in deren Lehr- und Versuchsanstalt für Gartenbau läuft alles zusammen.«

»Und die befindet sich auf dem Gelände des ›Parks der Gärten‹?«

»Soweit ich weiß.«

»Wie interessant.« Max bemühte sich um eine freundlich-gelangweilte Miene. Endlich eine heiße Spur. Ob man ihm dort mehr über die Rose von Darjeeling sagen konnte?

Der Pfad gabelte sich, und die Männer verabschiedeten sich. Jeder ging in eine andere Richtung weiter.

Max telefonierte mit seiner Tante, der Verlegerin Annabella Apple, in London. Er weihte sie in seine Pläne ein und bat sie zu veranlassen, dass auf der Homepage von *Park & Garden* als Mitarbeiter der Redaktion »Max Whitewater« aufgeführt wurde. Anschließend vertröstete er seinen Vater. Und danach rief er Julia an. Er erklärte ihr, dass er nun tatsächlich den Auftrag erhalten habe, ein Buch über die Kulturgeschichte des Rhododendrons zu schreiben, »mit Schwerpunkt auf dem Ammerland«. Irgendwie musste er ja begründen, weshalb er nicht abreiste.

»Ich bleibe bis Pfingsten, bis zum Ende der Rhodo«, verkündete Max.

»Wo wohnst du eigentlich?«

Er nannte den Namen des Hotels.

»Schön, aber teuer! Da kannst du ja nicht so lange wohnen bleiben«, meinte Julia. »Ich wüsste eine hübsche Pension. Die Zimmer kosten nur ein Drittel, das Frühstück ist super, und du hast dort deine Ruhe.«

Max fühlte sich eigentlich recht wohl in seinem modernen Wellnesshotel, aber er willigte natürlich ein.

Julia erwartete Max in engen Jeans und Stiefeletten und einem hüftlangen türkisfarbenen Pullover im Hotelfoyer, um ihn zur Pension zu bringen.

»Du hast eine neue Brille!« Seine Augen waren kein bisschen mehr versteckt.

»Super entspiegelt, Brillenhaus Bruns. Sind wir doch vorgestern dran vorbeigegangen. Ich hab dem Besitzer einfach einen schönen Gruß von dir bestellt«, Max lächelte verschmitzt. »War doch in Ordnung, oder? Er hat sie mir innerhalb eines Tages fertig gemacht.«

»Du bist wirklich verrückt.« Julia schüttelte lachend den Kopf.

»Übrigens … falls du Lust hast: Ich jogge gern frühmorgens … das ginge ja dann auch nicht von deiner Arbeitszeit ab. Willst du nicht mitlaufen? Ich bräuchte nämlich dabei auch fachliche Beratung …«

Julia hatte schon öfter daran gedacht, vor der Arbeit zu joggen. »Mein innerer Schweinehund ist leider größer als der legendäre Wels im Zwischenahner Meer.«

»Ein Wels? Was ist das?« Manchmal fehlten Max doch einige deutsche Vokabeln.

»Ein Fisch. Unser Wels ist angeblich dreieinhalb Meter groß und frisst Dackel. So 'ne Art Nessy.«

»Klingt sympathisch.« Max grinste, er spann seine Geschichte weiter. »Also, ein Kapitel möchte ich über die schönsten Privatgärten schreiben. Ich hab herausgefunden, es gibt im Landkreis zwei ausgewiesene Rhododendronrouten, eigentlich für Radfahrer. Fünfunddreißig und irgendwas über vierzig Kilometer lang. Die möchte ich nach und nach ablaufen.«

Julia knabberte kurz auf ihrer Unterlippe herum. »Okay, ich mach mit.« Sie sah ihn betont herablassend an. »Aber nur joggen, nicht flirten, ja?«

»Um Gottes willen, doch nicht morgens vor Sonnenaufgang!«

Julia lächelte. »Gut, dann wär das ja auch geklärt.«

Ihr fiel noch etwas ein. »Es gibt tolle Privatgärten, die zur Blütezeit ihre Gartenpforte für Besucher öffnen. Die Adressen finde ich für dich raus.«

Max holte Julia vom nächsten Tag an jeden Morgen um Viertel vor sechs ab. Anfangs fluchte Julia über ihren Muskelkater, Max war eindeutig in besserer Kondition, doch schon nach einer Woche freute sie sich auf ihren Frühsport und nannte Max ihren Personal Coach. Sie stöpselte sich auch keine Musik mehr in die Ohren, wie in den ersten Tagen, sondern genoss nach Max' Intervention den Gesang von Amsel, Drossel, Fink und Star.

Tagsüber klapperte Max die ultimativen Rhododendrontipps ab, damit er Julia am nächsten Morgen etwas über seine Recherchen berichten konnte. Zwei- oder dreimal begegnete er Mr Douglas wieder, der offenbar eine ähnliche Rundreise wie er unternahm. Sie unterhielten sich immer ein wenig und tauschten Empfehlungen für Sehenswürdigkeiten aus oder für Lokale, in denen man anständig Tee trinken konnte.

Bald wurde der künftige Buchautor von einem hilfsbereiten Rhododendronexperten zum nächsten gereicht. Das Ammerland, aber auch Orte im benachbarten Ostfriesland waren schließlich voll davon. Alle versorgten ihn mit kleinen Anekdoten. Ab und zu begleitete Julia ihn. Max lernte nun eine andere Seite der Region kennen, nicht die bäuerliche, sondern eine sehr kultivierte.

Julia registrierte, dass Max ausgezeichnete Umgangsformen hatte, und ihr gefiel, dass er seine Manieren nicht benutzte, um andere Menschen damit zu beschämen. Er bewegte sich leicht schlaksig, mit lässiger Eleganz und Weltläufigkeit. In ihrer Nähe allerdings stolperte er, stieß gegen Tischkanten und Schränke, verschüttete Kaffeesahne und kippte Vasen um, er vergaß, was er sagen wollte, und wiederholte sich manchmal wie ein Grenzdebiler.

Max fehlte auch bei keinem Schweinerennentraining. Schon beim dritten Mal grüßten ihn die Nachbarn wie einen alten Bekannten. Einmal half er Gerda, sich von dem aufdringlichen Jürgen loszueisen.

»Dass der es überhaupt noch wagt, hier aufzukreuzen«, schimpfte sie. »Hein hat ihm doch schon eine klare Ansage gemacht.«

Manchmal traf Max »zufällig« Julia, manchmal nicht. Dann nutzte er die Gelegenheit und entlockte Hein Informationen über Julia. Und zu Rhododendren, getarnt als Fangfragen. »Sag mal Hein, du kennst dich ja wirklich gut mit Rhodos aus, nicht? Was ist noch mal …?« Mit den Antworten glänzte er am folgenden Tag Julia gegenüber. Manchmal glaubte Max schon selbst daran, dass er dieses Buch schreiben würde.

Begeistert wandelte er durch den versteckt liegenden privaten Maxwaldpark bei Westerstede. Nicht nur wegen seines Namens fand er ihn besonders sympathisch. Er galt als ältester Rhododendronwaldpark, und falls es Kobolde und Waldgeister gab – hier lebten ganz gewiss welche! Auch als Laie erkannte Max, dass es sich um ein Kleinod der Gartenkultur handelte. Überall malerische Motive: Fingerhut und Bluebells, rankende alte Rosen, ein Laubengang aus Linden, der zum duftenden Kräutergarten führte. Auf dem Moosrasen des Taxusgartens blühte noch ein Meer von gelben und weißen Osterglocken. Der Besitzer war ein Privatgelehrter, der kulturhistorische Standardwerke über Parks und Backsteinbauten der Region verfasst hatte und Max bereitwillig Auskunft gab.

Wenn Max außerhalb des Landkreises Ammerland recherchierte, kam er sich oft vor wie der Mann, der nachts im Schein einer Straßenlaterne nach seinem Schlüssel suchte, weil es dort so schön hell war, obwohl er ihn ganz woanders verloren hatte. Doch gewissenhaft arbeitete Max weiter seine Liste ab. Er fuhr nach Wiesmoor, an einem schnurgeraden kilometerlangen Kanal entlang, wo riesige moderne Gewächshausanlagen industriellen Charakter hatten. Bei einem anderen Tagesausflug holte er sich unter der Riesenkuppel des Botanika-Treibhauses neben dem Bremer Rhododendronpark jede Menge naturwissenschaftlichen Background. Allmählich dämmerte ihm, dass er sich die variantenreichste Pflanzengattung auf dem Erdball ausgesucht hatte.

Max streifte durch den Park der alten ostfriesischen Häuptlingsburg Lütetsburg nahe der Stadt Norden, wo sich Rhododendrongruppen in Gewässern spiegelten, die einen kleinen Privatfriedhof umschlossen, der die »Insel der Seligen« genannt wurde. Auch hier hatten oldenburgische Hofgärtner namens Bosse, der Halbbruder und ein Sohn des ersten Bosse, wunderbare Blickachsen angelegt. Vom künstlich aufgeschütteten Unico-Hügel aus konnte Max sogar die Nordsee sehen. Er entdeckte Freundschaftshütten, Treffpunkte für empfindsame Seelen, und allerlei Sinnsprüche eines verstorbenen Schlossherrn, eingeritzt in die Parkbänke, die ihre Besucher in eine andere Epoche versetzten. Max musste lachen und nahm sich vor zu beherzigen, was er auf einer dieser Bänke las:

Fast endlos scheinet der Pfad hier.
So scheinet das Leben dem Jüngling.
Und ach, wie täuschen sich beide.

Er musste langsam mal zum Angriff übergehen.

Am nächsten Morgen färbte rosiges Licht dicke Regenwolken, die von Nordwesten am Horizont aufkamen, während die letzten Sterne verblassten. Um kurz nach sechs erhob sich die in Orangerosa glühende Scheibe über der aprilgrünen Landschaft, und Julia und Max joggten direkt in den Sonnenaufgang hinein.

Die Luft war kühl und klar. Vogelgesang und Kiwitt-Rufe begleiteten ihren Lauf vorbei an Weiden, auf denen schwarzbunte Kühe knietief im Morgennebel standen. Gemeinsam den Tagesbeginn auf diese Weise zu erleben hatte etwas sehr Intimes.

Max spähte immer wieder in die Bauerngärten am Wegesrand. Er konnte inzwischen viele rote Rhododendronsorten voneinander unterscheiden: ›Scarlett Wonder‹, ›Baden-Baden‹, ›Bengal‹ zum Beispiel, sie blühten schon jetzt, Ende April. Eine große Orientierungshilfe war für ihn, dass er nach einem ungefähr drei Meter hohen Busch Ausschau halten musste, so groß sollte die Rose von Darjeeling inzwischen mindestens sein. Manchmal, wenn eine Anlage sehr weitläufig oder uneinsehbar war, schwang Max sich über den Gartenzaun oder schlüpfte durch eine Hecke und lief mitten hindurch. Anfangs hatte Julia protestiert. Sie befürchtete, ein Hofhund oder eine Alarmanlage könnte sie erschrecken. Doch mittlerweile fand sie diese Entdeckungsschlenker spannend, geradezu aufregend! Viele der Höfe oder auch Gutshäuser waren ihr seit ihrer Kindheit vertraut, aber nur von der Straßenansicht her, und Julia lernte ihre Heimat nun neu kennen. Allein hätte sie sich das nie getraut. Dass Max getrieben war von der Hoffnung, irgendwo möge ihm das legendäre scharlachrote Leuchten der Rose von Darjeeling ins Auge fallen, konnte sie nicht ahnen.

Sie hatten schon wunderschöne Stimmungen erlebt in der natürlichen Parklandschaft mit ihren Wallhecken, Weiden und Wäldern, mit der farbenfrohen Rhododendronpracht und betäubend duftenden Azaleen, mit Wiesenkerbel an Wegen unter blühenden Birken, Hainbuchen und Fliederbüschen – doch die Rose von Darjeeling blieb verschollen.

Max bekam ein zunehmend schlechtes Gewissen, weil er Julia gegenüber nicht mit offenen Karten spielte. Doch er wollte sie erobern, bevor sie von seiner wahren Identität wusste. Max wollte sicher sein, dass sie ihn um seiner selbst willen mochte.

»Igitt!«, fluchte Julia, als es zu regnen begann.

Das letzte Stück bis zum Auto rannten sie um die Wette. Max war einige Sekunden vor ihr am Ziel. Aber er lehnte so lässig mit einem Arm abgestützt am Auto, als warte er schon seit Stunden auf sie.

»Ach, du auch hier?«

»Angeber«, zischte sie atemlos. »Du bist so was von arrogant!«

»Ich bin nicht arrogant, ich bin nur besser und schneller als du.«

Grinsend streckte sie ihm die Zunge raus. Max zog sich die Sweatjacke aus, sein T-Shirt war schweißnass. Muskeln und Sehnen zeichneten sich unter dem Stoff ab und ein flacher Bauch, sein Brustkorb hob und senkte sich schnell.

»Dafür keuchst du aber ganz schön«, konterte Julia.

Sie spürte seine Körperwärme, die testosterongeschwängerte Aura, die ihn umgab … Ist ja direkt sittenwidrig, dachte sie, wie er hier seinen männlichen Sex-Appeal zur Schau stellt!

Der Regen wurde stärker. Julias Wangen glühten noch, doch jetzt sah Max sie mit einem Blick an, der sie frösteln ließ. Sie stellte sich unter einen Baum, um nicht noch nasser zu werden.

»Du wirst unterkühlen«, sagte Max, holte ein Handtuch aus dem Kofferraum und begann, Julias Nacken und Schultern abzurubbeln. Langsam und gefühlvoll.

Schauer rieselten ihr den Rücken hinunter bis in die Zehenspitzen. Hmhm, fühlte sich das gut an … Zu gut! Am liebsten würde sie sich jetzt einfach in seine Arme fallen lassen. Verdammt, sie hatte lange keinen guten Sex mehr gehabt. Jetzt, wo sie so schön durchblutet war vom Laufen, spürte sie ihren Körper besonders intensiv. Und der signalisierte ihr gerade schamlos: volle Einsatzbereitschaft, bitte nutzen! Abrupt nahm sie das Handtuch an sich und trocknete sich allein weiter ab.

»Keine Intimitäten!«, sagte sie streng.

»Schade …« Max lächelte. Wie süß zerzauselt und erhitzt sie aussah! Zum Anbeißen.

Julia entging dieser Blick keineswegs. »Beherrsch dich!«

»Ich hab nichts gesagt.«

»Aber gedacht.«

»Die Gedanken sind frei.«

Max blickte über ihren Kopf aufs weite Land. Sie betrachtete sein Gesicht. Phänomenal, wie seine Augenfarbe je nach Tageslicht und Umgebung zwischen Grün und Blau changierte! Ihr erster Eindruck hatte sie getäuscht. Wenn er die Haare wie jetzt aus der Stirn trug, sah er alles andere als tollpatschig aus. Gegen ihren Willen konnte sie den Blick nicht abwenden. Zwischen den Augenbrauen entdeckte sie eine steile Falte. Trotzdem schien seine Mimik immer nur eine winzige Regung entfernt zu sein von einem charmanten Lächeln, das sagte: Die Lage ist ernst, aber nicht hoffnungslos. Und wenn einer sie in den Griff kriegt, dann wir zwei beide.

Max war noch nicht rasiert. Er schien einen ziemlich kräftigen Bartwuchs zu haben. Und dieser volle Mund … die energische, scharf geschnittene Oberlippe, die sinnliche Unterlippe. Eine Mischung aus Intelligenz, Entschlossenheit und … ja, Sexappeal. Wie er wohl küsste?

Langsam ließ der Regen nach, tatsächlich schien die Sonne sich durch die Wolken zu kämpfen. Und nun flog wieder dieses Lächeln über sein Gesicht. Er zeigte in den Himmel.

»Siehst du, ein Zeichen! Du sollst dich mit mir versöhnen: Da wächst gerade ein Regenbogen. Sagt man das so auf Deutsch? Er wächst?«

»Schön.« Verwirrt drückte Julia Max das feuchte Frotteetuch in die Hand. »Man sagt eher, er entsteht, Regenbögen entstehen.«

Max warf das Handtuch ins Auto, er trocknete sich mit seiner Sweatjacke ab.

Was ist mit mir los?, dachte Julia, irgendetwas Seltsames geschieht da gerade mit mir.

Max sah sie an. »Ist was? Bist du jetzt sauer?«, fragte er.

»Quatsch! Alles in Ordnung.«

Max lächelte schelmisch. »Dann bin ich ja beruhigt.«

Sie stiegen ein, und Max fuhr los. Julia schenkte ihm ein breites Lächeln, um zu zeigen, dass alles gut war. »Was steht denn als Nächstes auf deinem Programm?«

»Der Rhodopark in Gristede ...« Max seufzte. »Ich glaub, danach kann ich nicht mehr. Ich brauche eine Auszeit.«

»Genehmigt.«

»Von Rhodos, nicht von dir.«

»So wirst du nie Experte.«

»Ich will ja nicht enden wie du.«

»Was soll denn das nun wieder heißen?«

»Nie Zeit fürs Vergnügen ...«

»Ach, und was machen wir jetzt gerade?«

»Ha!« Max triumphierte. »Zum ersten Mal hast du zugegeben, dass es ein Vergnügen ist, mit mir zusammen zu sein.«

Julia schüttelte den Kopf wie eine alte Frau, die sich unverstanden von der Welt fühlte, aber insgeheim lächelte sie.

Max wurde ernster. »Nein, ehrlich, ich wollte dich fragen, ob du nicht am 1. Mai meinen Geburtstag mit mir feiern möchtest. Ein bisschen Vergnügen kann doch nicht schaden ... Ich bin allein, fern der Heimat, vergiss das nicht ...«

»Am 1. Mai? Das ist Samstag. Tut mir leid, da hab ich schon tausend Sachen vor.«

Max schwieg enttäuscht.

»Aber …« Julias Streichelstimme schaltete auf samtweich. Eigentlich hatte sie schon überlegt abzusagen. Wahrscheinlich kam zu dieser Party bei Bekannten in Bad Zwischenahn auch ihr Ex Lutz mit seiner neuen Flamme. »Ich hab eine Einladung zum Tanz in den Mai am Freitagabend. Du könntest mich begleiten, und wir feiern in deinen Geburtstag hinein.«

Max strahlte über das ganze Gesicht. »Wunderbar!«

Im Rhododendronpark Gristede verliebte Max sich in einen *Rhododendron yakushimanum*. Das kleinwüchsige Gehölz stammte von einer japanischen Insel und war erst in den Dreißigerjahren des vergangenen Jahrhunderts entdeckt worden. Seine Blüten, als Knospen rosa, später weiß, galten auch unter Kennern als perfekt geformt. Er vertrug, was sehr ungewöhnlich war, sogar direkte Sonne und glänzte auch außerhalb der Blühzeit mit dem silbrigen Flaum unter den Blättern durch besonderen Charme.

Von weitem erkannte Max jenseits einer Rasenfläche mit Teich und einem neuen, großzügigen Glaspavillon Mr Douglas. Sie winkten sich kurz zu.

Dieser Park mit Schaugarten gehörte zur Baumschule Johann Bruns, der größten Baumschule Europas, die auch die Champs Élysées mit Platanen und die Villengärten russischer Oligarchen mit ausgewachsenen Laubbäumen versorgte. Er wirkte auf Max modern, repräsentativ, effizient. Der Straßenlärm störte ihn, als er durch einen Nadelmischwald mit chinesischen Mammutbäumen, japanischem Ahorn und alten Kiefern über den weich federnden Boden ging. Doch die Vielfalt an großblütigen

Rhododendren und an Freilandazaleen beeindruckte ihn. Max nahm gelegentlich spaßeshalber Haltung an, als er mit den Bruns-Züchtungen, die Namensschildchen trugen, eine wahre Promigalerie abschritt. Offenbar liebte man es, neue Hybriden nach Präsidenten oder ihren Gattinnen zu benennen, was auf Gegenliebe zu stoßen schien, denn alle Namensgeber hatten, wie ebenfalls vermerkt war, »ihren« Rhodo persönlich feierlich getauft.

Auf dem Rückweg erwarb Max in einer Baumschule einen kleinen eingetopften *yaku*, wie die Verkäuferin ihn kurz nannte. Noch blühte er nicht, aber er war mit Knospen übersät. Die Verkäuferin versicherte, er könne problemlos auf dem Balkon gehalten werden. Max nahm sich vor, ihn auf die Dachterrasse seines Londoner Penthouses zu stellen. Sein erster eigener Rhododendron. Jetzt war er wohl tatsächlich infiziert.

Seine Errungenschaft passte gut in eine etwas größere Plastiktüte. Damit schlenderte Max stolz durch die Reihen anderer zum Verkauf angebotener Gehölze. Interessant, wie gemischt auch das Publikum war. Die Leidenschaft für Rhododendren ging offensichtlich durch alle Schichten und Nationalitäten. Max sah Leute, denen er den Besitz eines Privatparks zutraute, und solche, die vielleicht nur einen Schrebergarten gepachtet hatten. Er hörte Japaner, Polen und Engländer sprechen. Max setzte sich auf eine Bank, um sich Notizen zu machen. Auch einige Fragen, die er Hein stellen wollte, schrieb er auf. Beschwingt und in Vorfreude auf seine Verabredung mit Julia machte er sich schließlich auf den Weg zum Parkplatz. Im letzten Moment bemerkte er, dass er seinen neuen Schützling auf der Bank hatte liegen lassen und kehrte schnell um. Erleichtert sah Max, dass seine Tüte noch dalag.

In seinem Zimmer, das über einen kleinen Balkon verfügte, öffnete Max die Tüte, um seinen *yaku* nach draußen zu stellen. Bei Licht und Luft würde er sich dort problemlos bis zu seiner Abreise halten, danach sollte er, das hatte man ihm geraten, in einen etwas größeren Topf umgepflanzt werden. Doch in der Plastiktüte lag kein *Rhododendron yakushimanum*, sondern nur ein Bündel diverser Rhododendronzweige, ein nasses Handtuch und zerknitterte Pläne, ihm unverständliche Computerausdrucke in einer slawischen Sprache. So ein Mist! Er hatte offenbar seine mit einer für den Müll bestimmten Tüte vertauscht. Max ärgerte sich. Wahrscheinlich war sein kleiner Rhodo längst als Abfall entsorgt worden. Er warf das Zeug weg. Und tröstete sich damit, dass er hier an der Quelle saß. Am nächsten Tag konnte er sich einen Ersatz besorgen.

Sein Blick fiel auf das Frotteetuch, mit dem Julia sich abgetrocknet hatte. Max hatte es mit hochgenommen und nachlässig auf sein Bett geworfen. Er griff es sich und schnupperte daran. Wie gut es roch! Nach Frau und Frühling, nach Rose und Kamille und pfeffrigem Ingwer … Auf Jersey, am Leuchtturm von Corbière, gab es eine Bucht mit wilden Kräutern. Wenn nach einem Sommerregen die Sonne darauf schien, stiegen betörende Aromen auf – daran erinnerte er sich jetzt. Max warf sich aufs Bett. Er streckte seine langen Beine aus und legte sich das Tuch mit Julias Duft übers Gesicht.

»Ich will ja nichts gesagt haben, Julia, aber irgendwie kommt mir dieser Engländer seltsam vor. Mit dem stimmt was nicht …« Hein sah Julia aus seinen treuen Augen an. Er war vielleicht etwas ungebildet, aber nicht dumm.

»Ach, was«, wehrte sie ab.

»Nee, das haben andere auch schon gemerkt«, beharrte Hein. »Max ist kein Zeitungsfritze, glaub mir das. Wenn der man nicht spioniert …«

»Wie bitte? Das ist doch lächerlich!«

»Doch, wahrscheinlich für die Konkurrenz, für eine englische Baumschule. Der schnüffelt rum. Er will rausfinden, woran wir hier arbeiten, rein züchterisch.«

Julia schüttelte heftig den Kopf.

»Oder er gehört zur Internationalen Jury …«

»Warum sollte er dann schnüffeln? Das ergibt doch keinen Sinn.«

Natürlich war Julia nicht entgangen, dass Max' Rhodowissen extrem schwankte. Mal kannte er sich in Spezialfragen besser aus als mancher Fachmann, dann wieder verhaspelte er sich oder ließ ungewollt erkennen, dass er von den einfachsten Grundregeln des Gartenbaus keinen Schimmer hatte.

»Ach, Hein… Meine Freundin Louise in Hamburg, die Redakteurin, behauptet immer, dass man einen echten Journalisten an seinem gesunden Halbwissen erkennt.« Julia zog den Verdacht ins Lächerliche.

Aber um Hein – und sich selbst – zu beruhigen, rief sie Louise an. Sie bat sie, zu recherchieren, was über einen Journalisten namens Max Whitewater bekannt war.

Max konnte es kaum abwarten bis zum Freitag. Um sich abzulenken, machte er am Abend einen Spaziergang durch den illuminierten Kurpark von Bad Zwischenahn. Mehrfach beschlich ihn dabei das Gefühl, beobachtet zu werden. Aber da er sich das nicht erklären und auch keinen »Verdächtigen« ausmachen konnte, schlenderte er weiter die Promende am Seeufer entlang auf einen langen, modernen Flachdachbau mit Pergola zu, die Wandelhalle.

Auf der Terrasse vor dem Eingang stand an eine Mauer

gelehnt ein ungepflegter Mann etwa in seinem Alter. Als Max näher kam, pfiff er durch die Zähne. Meinte er ihn? Max schaute irritiert um sich. Ob nicht doch jemand hinter ihm angesprochen war?

»Hey, du!«

Der Kerl fixierte Max aus zugekniffenen Augen. Er löste sich von der Mauer und kam aufreizend langsam näher. Er roch übel nach Zigaretten. Max sah Tätowierungen am Hals und an den Armgelenken.

»Gib Beweise! Bring morgen hierher, steck da rein.« Der Typ zeigte mit schwarzgeränderten Fingernägeln auf einen Rosenkübel. »Morgen Abend, zehn Uhr. Wenn nicht, Ärger!«

Max verstand überhaupt nichts. »Wie bitte? Welche Beweise?«

Was sollte das?

Eine große Gruppe munterer grauhaariger Moorbadkurlauber in beigefarbenen Windjacken lief an ihnen vorbei und lenkte ihn einen Moment ab.

»Wenn nicht, großer Ärger!«, hörte Max noch einmal die Drohung.

Als sich endlich alle Best Ager vorbeigeschoben hatten, war der Fremde verschwunden.

Das muss ein Missverständnis gewesen sein, dachte Max. Aber ein beklemmendes Gefühl blieb zurück.

Darjeeling

Mai bis Juni 1930

Es waren nur Bruchteile von Sekunden. Gustav sah in Kathryns Blick sein eigenes Zögern. Ihr Ausdruck wechselte von Fassungslosigkeit zu Flehen. Schon wieder rieselte Erde, der Strauch, an dem sich Carl festkrallte, knackte, knarzte und lockerte sich.

Kathryn stürzte los, um Carl zu helfen. Da endlich reagierte auch Gustav.

»Bleib da!«, brüllte er und rannte an ihr vorbei. Vor dem Abgrund warf er sich auf den Bauch, packte Carl an den Armen und zog ihn dann langsam, aber kraftvoll den Hang hoch.

»Ruhig, ich hab dich!«, keuchte Gustav, »halt still.«

Endlich war der Freund in Sicherheit und lag schwer atmend neben ihm. Als Gustav sich umdrehen wollte, merkte er, dass Kathryn sich als Gewicht auf seine Beine gesetzt hatte. »Kannst du denn nie tun, was man dir sagt?«, fuhr er sie an.

Doch Kathryn hatte nur Augen für Carl. Auf allen vieren kroch sie zu ihm, schlang ihre Arme um ihn. Sie küssten sich.

Gustav stand auf, klopfte sich den Schmutz von der Hose und ging. Das Liebespaar bildete ein eigenes Universum. Für ihn interessierte sich kein Mensch. Gerade noch wütend und eifersüchtig, fühlte Gustav nur eine unendliche Leere.

Die Rücktour nach Darjeeling schafften sie in weniger als der Hälfte der Zeit, die sie für den Hinweg benötigt hatten. Sehr herzlich verabschiedeten sie sich von Sonam und den anderen Lepchas und bedankten sich für ihre Hilfe.

Gustav blieb kurz angebunden und übellaunig, oft schloss er sich dem Vortrupp an. Er war wütend auf Carl. Und er haderte mit sich selbst. Dass er tatsächlich gezögert hatte, nur kurz, aber dennoch, dass er seinen eigenen Vorteil abgewogen hatte und dabei von Kathryn ertappt worden war, dafür schämte er sich. Das passte nicht zu seinen Idealen. Mit zusammengepressten Lippen nahm er wahr, wie es zwischen Carl und Kathryn funkte. Sie aßen wenig, erzählten viel, dann wieder schwiegen sie gemeinsam mit glückseligem Lächeln. Etwas Flirrendes umgab sie. Gustav mied sie, wo es nur ging.

Carl und Kathryn bemühten sich, ihre Gefühle diskret zu verbergen. Sie litten süße Qualen, wenn sie dicht beieinander liefen oder ritten, ohne sich berühren zu können, und wenn sie nachts in Zelten nebeneinander den Atem des anderen hörten. Jeder Mann, von Robbins bis zum dümmsten Sherpa, hatte längst begriffen, dass die beiden verliebt waren. Manchmal rief Carl Kathryn, um ihr eine seltene Pflanze zu zeigen. Sie liebte es, wenn er ihr Geschichten darüber erzählte, wie eine Rhododendronwildart entdeckt worden oder wie es gelungen war, eine phänomenale neue Sorte zu züchten.

Einmal abends nahm Carl sie vor dem Lager an die Hand und führte sie in einen Wald. Es war schon dunkel, aber angenehm mild. Moos und Gras bedeckten den Boden, Hunderte tanzender Glühwürmchen funkelten in grünlichem Feuer. Sie legten sich nebeneinander ins Moos. Carl streckte den Arm aus, und Kathryn legte ihre Hand in seine. Sie spürte seine Wärme, seine Energie. Eine wunderbare Innigkeit verband sie.

Bis zu ihrer Ankunft in Darjeeling bildeten sich Carl und Kathryn ein, sie hätten ihr Geheimnis mit allergrößtem Geschick für sich bewahrt.

Wie naiv Kathryns Einschätzung, auch ihre Teilnahme an der Expedition betreffend, gewesen war, merkte sie erst zu Hause. Natürlich hatte sich nicht nur in Sikkim, sondern über Hirten, Händler und Kaufleute längst auch bis Darjeeling herumgesprochen, dass sie, die hübsche neunzehnjährige Teepflanzertochter Kathryn Whitewater und nicht etwa Samantha Cox sich einer Forschungsreise zweier Deutscher auf der Suche nach Rhododendren angeschlossen hatte. Die bessere Gesellschaft von Darjeeling genoss den Skandal. Man ließ sich jede Einzelheit auf der Zunge zergehen. Unverheiratet, mit drei attraktiven weißen Männern wochenlang im Urwald!

Yaya war die Einzige, die sie bei ihrer Rückkehr in Geestra Valley in die Arme nahm. »Dein Vater … viel wütend letzte Zeit … viel Alkohol«, warnte die Köchin sie vor.

Carl machte sich sofort daran, in der Gärtnerei des Teegartens seine Stecklinge einzupflanzen, die Reiser zu veredeln, die Pollen fachgerecht zu lagern und seine Ausbeute an Blättern und Blüten zu sortieren. Diese Arbeit würde ihn noch eine Weile beschäftigen. Gustav kündigte an, die drei Wochen bis zu ihrer Abreise mit Besuchen und Verkostungen in anderen Teegärten Darjeelings nutzen zu wollen. Endlich wollte er sich dem widmen, was ihn wirklich interessierte. Er hatte zudem beim Empfang im Planters' Club etliche Einladungen erhalten, die in andere Täler führten, sodass er mehrfach unterwegs übernachten würde. Es war in den Teegärten üblich, dass Gäste wegen der umständlichen An- und Abreise mindestens eine Nacht blieben.

Gustav mietete sich für diese Rundtour einen alten Ford und einen indischen Fahrer, dem er ein dickes Trinkgeld versprach, wenn er nicht wie üblich im Leerlauf die Berge hinunterrollte, um Benzin zu sparen.

»Es ist auch zu deiner eigenen Sicherheit«, erklärte er dem Fahrer, als er in Geestra Valley seine Sachen einlud, »mit der Motorbremse kannst du besser reagieren.«

Gustav hatte sich nur eine kurze Erholung in Geestra Valley gegönnt. Er ertrug die Nähe zu den Verliebten kaum noch. Schon am zweiten Tag nach ihrer Ankunft machte er sich auf den Weg. Kathryn kam, um sich von ihm zu verabschieden.

»Pass auf dich auf«, sagte Kathryn herzlich, »wir werden dich vermissen.«

»Viel Erfolg!«, wünschte Carl.

Er hatte Erde an den Händen und winkte nur. Insgeheim war er froh, dass der miesepetrige Freund für eine Weile aus seinem Umfeld verschwand.

Gustav winkte zurück. Er warf Kathryn einen letzten Blick zu – brennend, traurig, verletzt. Sie versuchte ein aufmunterndes liebevolles Lächeln, doch es fiel eher hilflos aus. Sie würde ihm niemals etwas vorwerfen, denn schließlich hatte er Carl gerettet. Aber vergessen konnte sie nicht, was geschehen war.

Kathryn begleitete Carl in die Gärtnerei. »Mein Vater hat sich in sein Zimmer zurückgezogen, bislang wollte er mich nicht sehen«, sagte sie bedrückt. »Er ist, glaube ich, schon wieder betrunken. Anscheinend hat er den Teegarten schon eine Weile vernachlässigt. Ich muss mich dringend um die Geschäfte kümmern – heute Nachmittag werde ich Ware nach Darjeeling bringen, aber ich bin morgen vor Sonnenuntergang wieder hier.«

Carl zog Kathryn in eine ruhige Ecke des Gewächshauses. Behutsam nahm er sie in die Arme.

»Ach«, tröstete er sie, »wenn er wieder nüchtern ist, sieht alles anders aus. Bestimmt ist er glücklich, dass du wieder heil zurück bist.« Sehnsüchtig fragte er: »Seh ich dich morgen Abend?«

Sie nickte, ihre Augen leuchteten wieder. »Hinterm Pavillon bei der Schaukel … Und jetzt muss ich versuchen, mit meinem Vater zu sprechen.«

»Wie kann ein junges Mädchen dermaßen seinen Ruf ruinieren?« Ihr Vater brüllte, so hatte Kathryn ihn noch nie erlebt. Zornesröte stieg ihm ins Gesicht. »Wie wollen wir jetzt noch einen anständigen Mann für dich finden?«

»Ausgerechnet du richtest hier? Bist du etwa ein anständiger Mann?« Verächtlich schmetterte sie ihm ihre Widerrede entgegen.

Jay und Yaya verkrochen sich in die Küche. Sie ließen die Tür einen Spalt offen und lauschten. Sie kannten Miss Whitewater nur als freundliche oder allenfalls einmal melancholische Memsahib.

Jetzt hörten sie ein Krachen, als ob Porzellan zu Bruch ginge. Mr Whitewater und die Memsahib brüllten sich an – es war angsteinflößend. Der Hausdiener und die Köchin verstanden nicht alles. Es ging scheinbar auch um die nepalesische Pflückerin, die den Herrn nachts besuchte. Und darum, dass Kathryn einfach einen Aufseher eigenmächtig rausgeworfen hatte.

Plötzlich herrschte Ruhe.

»Sie werden doch nicht …«

Yaya schrie leise auf und hielt sich die Hand vor den Mund. Sie hatte ihren eigenen Mann nach einer Messerstecherei verbluten sehen. Ein unglücklicher Hieb reichte und …

Jay schlich zum Salon. Yaya folgte ihm, beide spähten sie um die Ecke und atmeten erleichtert auf.

Vater und Tochter lagen sich weinend in den Armen.

»Ich hab mir solche Sorgen um dich gemacht, Kathylein«, murmelte Aldous Whitewater und drückte sie fest an seine Brust. Er strich mit zitternder Hand über ihren Kopf. »Du bist doch der einzige Mensch, den ich noch habe …«

Sie schluchzte nur.

»Mein Kind, ich hab dich doch lieb.«

»Ach, Papa …« Kathryn legte ihre feuchte Wange an seine, die Bartstoppeln kratzten. Sie nahm den typischen Geruch ihres Vaters wahr, frisch gewaschenes Leinen, Tee, Tabak und Pferdeleder. Fest schlang sie ihre Arme um ihn. »Ich…«, sie konnte kaum sprechen, »ich hab all die Jahre geglaubt, dass du böse auf mich bist, weil ich überlebt habe … und nicht Mama und nicht Aldou.«

Er sah sie erschüttert an. »Wie kannst du nur so etwas denken?«

»Ich dachte, du bist böse auf mich, du kannst meinen Anblick nicht ertragen, du gibst mir die Schuld und hättest viel lieber deinen Sohn behalten und nicht mich … weil ich dir nicht so nützlich sein kann, weil ich doch nur ein Mädchen bin …«

»Ach Kathryn, mein Kleines, meine liebe Tochter!« Er drückte ihren Kopf an seine breite Brust. »Es stimmt. Ich konnte deinen Anblick nicht ertragen. Aber doch nur deshalb, weil du deiner geliebten Mutter von Tag zu Tag ähnlicher wurdest. Und ich fühlte mich der Aufgabe nicht gewachsen, dich durch das Leben zu begleiten …« Er brach ab und flüsterte: »Verzeih mir, mein Kind, verzeih mir!«

Yaya und der nepalesische Butler sahen sich an. Ihnen liefen Tränen über die Wangen. Sie nickten aneinander zu – dieser intime Augenblick der Versöhnung sollte Vater und Tochter allein gehören. Leise schlichen sie wieder davon.

Kathryn fuhr in den Planters' Club, bevor sie all die vielen Dinge, die sie in der Stadt zu erledigen hatte, anging. Sie musste dort übernachten, für die Rückfahrt nach Geestra Valley würde es danach zu spät sein.

Die Gespräche im Boudoir des Klubs verstummten, als die junge Pflanzertochter eintrat. Sie grüßte freundlich. Mrs Faith hielt inne mit ihrer Handarbeit, gab einen Ton zwischen Räuspern und Piepsen von sich und hielt dann ihren Stickrahmen hektisch vors Gesicht – und viel zu nah. Mrs Vergotten tat so, als hätte sie den Gruß nicht gehört. Sie ignorierte Kathryn und ließ sich nun eine Spur zu laut weiter über ihr Rezept für Zitronencreme aus. Die Frau neben ihr tuschelte etwas.

Kathryn setzte sich mit einem Modemagazin und einer Tasse Tee in einen gepolsterten Rattansessel vor den Kamin. Die Frauen nahmen ihren Gesprächsfaden wieder auf.

»Bei diesen Wildererbanden scheint es sich um ehemalige Arbeiter zu handeln.«

»Ja, zwei Männer vom bankrottgegangenen Fulham-Smith-Teegarten sollen erkannt worden sein.«

»Wenn sie nicht mehr genug zu essen haben und ihre Kinder sonst verhungern …«, wandte eine mitfühlende Seele ein.

»Aber deshalb darf man doch nicht kriminell werden!«

»Sie sollen es in Wirklichkeit auf die Felle von Schneeleoparden abgesehen haben«, berichtete Mrs Faith mit schriller Stimme, stolz auf ihr Insiderwissen. »Und neulich haben sie einen angeschossen!«

»Der reißt jetzt Schafe und Ziegen auf den Koppeln. Wussten Sie, dass solch eine Bestie mit einem Satz fünfzehn Meter weit springen kann?«

»Man ist ja seines Lebens nicht mehr sicher. Hoffentlich wird das Tier bald erlegt!«

»Hach, ich hätte zu gerne einen Mantel aus Schneeleopardenfell«, seufzte Mrs Vergotten schwärmerisch. »Dafür braucht man sechzehn Felle, wussten Sie das auch, meine Liebe?«

»Man sagt, den Wilderern geht's um Medizin. Die Chinesen zahlen horrende Summen für die Knochen der Großkatzen. Sie werden zerrieben und sollen … äh … müde Männer wieder … leistungsfähiger machen.«

Ein unterdrücktes Kichern läutete das nächste peinliche Schweigen ein, während dem Kathryn die Blicke in ihrem Nacken spürte.

Zwei Ladys, die am Fenster saßen, kommentierten schließlich eine Heiratsanzeige in der *Times*.

»Ja, man muss schon einen tadellosen Ruf haben, wenn man eine solche Partie machen möchte«, stichelte die eine unverkennbar in Richtung Kathryn.

Die andere erwiderte mit hämischem Unterton: »Oder man muss außerordentlich vermögend sein, nicht wahr? Aber wenn beides nicht der Fall ist …«

»Die Tugend einer Frau ist ihr höchstes Gut«, säuselte die erste daraufhin.

Kathryn blätterte durch das Magazin, ohne dessen Inhalt zu erfassen. Sie hatte gewiss keinen glorreichen Empfang erwartet, aber auch nicht solche Gehässigkeiten! Diese dummen alten Puten! Machten sich zu Wärterinnen ihres eigenen Frauengefängnisses! Aber den Gefallen würde sie ihnen nicht tun, sie würde sich weder schämen noch entschuldigen oder in irgendeiner Weise klein vor ihnen machen.

Sie setzte sich in ihrem Sessel eine Spur gerader. Und blätterte noch ein Magazin durch. Dann ertrug sie die Spannung nicht mehr. Kathryn verließ das Boudoir mit einem höflich hervorgepressten Gruß, der mit eisigem Schweigen beantwortet wurde.

Der Polizist an der Mall, der sie sonst immer mit einem Tippen an seine Mütze grüßte, wandte sich zur Seite. Als Kathryn zwei Warenpakete mit Tee am Bahnhof abgab, kam es ihr vor, als sei der Ton des Beamten heute respektloser, sein Blick frecher als sonst. Aber sie ließ sich nichts anmerken.

Auf der Straße atmete Kathryn tief durch. Wie sollte das weitergehen? Wie könnte sie in Zukunft hier leben, wenn sie derart geschnitten wurde? Ach, dachte sie, darum kümmere ich mich später. Sie hatte noch einiges zu erledigen. Behörden, Post, Lebensmittel. Zunächst stattete sie ihrem Schneider einen Besuch ab. Auf dem Weg dorthin fiel ihr auf, wie laut und lärmig doch die Stadt mit all den Menschen, Fuhrwerken, den hupenden und klingelnden Handkarren war.

Der junge Mr Singh mit den abstehenden Ohren wenigstens behandelte sie respektvoll und servil wie immer. Der Schneidermeister beklagte sich bei ihr, wie er es schon bei ihrer letzten Anprobe getan hatte, wie schwierig es sei, geeignetes Personal zu finden.

Plötzlich hatte Kathryn eine Idee. Aashmi … das wäre etwas für sie. Von Yaya hatte sie gehört, dass das Mädchen unglücklich war mit der Arbeit als Pflückerin und eigentlich auch viel zu klug dafür.

»Darf ich Ihnen ein hübsches, sehr fleißiges und für

Handarbeiten talentiertes Mädchen als Lehrling empfehlen?«, fragte sie. Sie pries ihm Aashmi derart an, dass er kaum ablehnen konnte. Erst recht, nachdem sie ihre letzten Argumente vorgebracht hatte. »Sie ist behutsam, gewiss würde sie nie eine Ihrer Kundinnen mit der Nadel pieksen.« Der Vollständigkeit halber erwähnte sie noch: »Die Familie des Mädchens stammt aus Nepal, sie ist eine Gurung.«

»Mich interessiert nicht, wo einer herkommt«, sprach Mr Singh würdevoll, »mich interessiert, wo er hinwill.«

»Oh«, lächelte Kathryn anerkennend. »Ich bin sicher, Aashmis Ziele harmonieren aufs Beste mit den Ihren.«

Mr Singh erklärte sich bereit, Aashmi eine unbezahlte Probezeit zu gewähren. Zwei ernst dreinschauende Inder, die sie nie zuvor gesehen hatte, betraten den Laden und verschwanden grußlos hinter einem Vorhang zur Anprobe. Kathryn kramte in ihrer Handtasche und gab dem Schneidermeister die Summe, die Aashmi in dieser Zeit als Pflückerin verdient hätte.

»Zahlen Sie dem Mädchen das Geld als Lohn für die Probezeit. Aber sagen Sie ihr nicht, dass es von mir kommt, ja?«, bat sie.

Kathryn kümmerte sich auch noch um eine geeignete Unterkunft. Sie wusste selbst nicht genau, weshalb sie sich so für Aashmi einsetzte. Einfach nur, weil sie das Mädchen gern hatte? Weil sie ihr zum richtigen Zeitpunkt über den Weg gelaufen war? Schon wieder ein Zufall? Trieb ein schlechtes Gewissen sie an, weil sie, die Briten im Allgemeinen und ihre Familie im Speziellen, schon so lange von der Knochenarbeit der Nepalesen profitierten? Oder wollte sie einfach etwas Gutes tun, weil es für sie leicht war und in ihrer Macht stand?

Kathryn konnte sich keine Antwort auf ihre Fragen geben, aber sie spürte, dass es sie zutiefst befriedigte, dem Mädchen helfen zu können.

Kathryn schaute auch bei Samantha vorbei. Und sah rasch, dass die Freundin mit der Pflege ihrer halbseitig gelähmten Mutter voll ausgelastet war. Sie machte einen erschöpften Eindruck und hatte kaum Zeit für sie. Sam und Kathryn konnten sich nur kurz über die wichtigsten Ereignisse austauschen.

»Diesem Major Robbins ist gekündigt worden«, sagte Sam. »Es tut mir so leid, es ist ja letztlich meinetwegen geschehen.«

»Eher wohl meinetwegen«, erwiderte Kathryn betreten.

»Na, jedenfalls sagt Tsarong, dass der Polizeipräsident die Konsequenz daraus ziehen musste, dass Robbins ihn für dumm verkaufen wollte.«

Kathryn schwieg einen Moment betreten, dann platzte es aus ihr heraus: »Sam, ich bin verliebt!«

»Ich sehe es, Süße.« Sam blickte ihre Freundin liebevoll an. »Es ist Carl, hab ich Recht?«

»Woher weißt du …«

»Intuition …«

Sam kam vertraulich näher, Kathryn nahm ihren vertrauten Lavendelduft wahr.

»Und … habt ihr schon …?«

Kathryn wand sich. »Nein … ja, also noch nicht richtig …«

Sams Mutter rief nach ihr. »Augenblick noch, Mutter, ich komme gleich!«

»Weißt du, ich bin … also… ich hab noch nie …«, stammelte sie und errötete. »Muss man da etwas besonders beachten?«

Sam lachte leise. Ihre Mutter rief erneut, lauter und energischer.

»Sollte ich sie vielleicht kurz begrüßen?«, fragte Kathryn.

»Ach, nein«, verlegen wehrte Sam ab, »das regt sie nur unnötig auf.«

In Wahrheit war selbst Mrs Cox der Skandal um Kathryn nicht entgangen, und eines hatte sie ihrer Tochter bereits unmissverständlich klargemacht, sie wünsche nicht, dass Samantha weiterhin Kontakt zu »dieser Person« halte. Denk an deinen Ruf!, hatte sie eindringlich gewarnt.

»Sorry, Süße, ich muss mich kümmern«, schloss Sam bedauernd. »Du machst bestimmt alles richtig. Folge einfach nur deinem Gefühl. Und wenn's nicht gleich klappt«, sie zwinkerte ihr zu, »dann hilft üben, üben und nochmals üben.«

Kathryn spürte mehr Ameisen im Bauch als vor der Überquerung der Lepcha-Brücke. Was hatte Sam gemeint mit »Wenn's nicht gleich klappt ...«? Was zum Teufel konnte denn da schiefgehen?

Länger als nötig bummelte Kathryn über die Mall. Sie studierte die Auslagen und die aktuellen Presseangebote. Eine Tageszeitung verkündete, dass seit dem Ende des Salzmarsches bereits hundertfünfzig Inder verhaftet worden seien. In Chittagong war es zu schweren Ausschreitungen gekommen. In Südafrika erhielten die weißen Frauen das Wahlrecht. Wieso eigentlich nur die weißen?, fragte sich Kathryn. Und ein großes Foto zeigte eine junge Frau mit Fliegerkappe neben einem Doppeldecker. Die Bildunterschrift lautete: Die siebenundzwanzigjährige Amy Johnson fliegt allein von London nach Australien.

Kathryn hatte es nicht eilig, in die feindselige Atmosphäre des Planters' Club zurückzukehren. Sie vermisste Carl. Seit ihrer Rückkehr aus Sikkim hatten sie sich unter allerlei Vorwänden nur zweimal im Teegarten gesucht und gefunden und für nicht mehr als ein paar Zärtlichkeiten Zeit gehabt.

Vor der Eingangstür des Klubs straffte sich Kathryn noch einmal. Sie würde sofort nach oben auf ihr Zimmer gehen und sich zur Ruhe legen. Widerwillig betrat sie die Lounge, wo sie sofort von Marya Apple begrüßt wurde. Als Tochter einer mächtigen Teepflanzerfamilie war der Planters' Club auch nach ihrer Heirat ihr zweites Zuhause geblieben. Mit einem strahlenden Lächeln und offenen Armen rauschte sie auf Kathryn zu.

»Oh, da bist du ja, meine Liebe. Ich bin so stolz auf dich! Die britischen Frauen erobern die Welt. Gerade ist eine Frau aus London im Alleinflug in Kalkutta zwischengelandet! Und du hast es gewagt, Sikkim zu erobern – mit mehr Mut als Kleidern im Gepäck! Großartig … Du musst uns unbedingt besuchen und von deinen Erlebnissen berichten. Komm auf unsere nächste Soiree, ich werde dir eine Einladung schicken.«

Marya Apple küsste Kathryn auf die Wangen und herzte sie wie eine eigene Tochter. Mindestens ein Dutzend Leute verfolgte die Szene konsterniert aus den Augenwinkeln.

Interessante Persönlichkeiten auf der Durchreise, renommierte und junge, vielversprechende Künstler waren oft bei den Apples zu Gast. Sie machten Musik, lasen aus ihren Werken, berichteten von der neuesten Mode in Europa und brachten frischen Wind nach Darjeeling. Einladungen ins Haus Apple waren außerordentlich begehrt. Musisch und intellektuell weniger ambitionierte Teepflanzer schätzten den guten Kontakt zu Dr. Apple als dem Leiter des Sanatoriums, sie fürchteten allerdings eines: das Gästebuch des Hauses, in das jeder eine geistreiche Würdigung zu schreiben gebeten wurde.

»Lord Taintsworth fragt ständig nach dir«, plauderte Marya Apple charmant, »er wird dein Tischherr sein.« Sie senkte die Stimme. »Und außerdem hab ich doch noch etwas für dich ...«

Unter den Lauschenden machte sich Neid breit. Allmählich verstummten auch die letzten Gespräche, die sich eben noch um Politik gedreht hatten – um die kürzlich erfolgte Inhaftierung Gandhis wegen seines, wie es allgemein hieß, Feldzugs der Gehorsamkeitsverweigerung gegen die britische Kolonialregierung. Und um die dadurch ausgelösten Demonstrationen der Unabhängigkeitsbewegung. Kathryn versprach Mrs Apple zu kommen.

Unter dem Vorwand, müde zu sein, zog sie sich in den ersten Stock zurück, wo der Boy ihr sofort eine heiße Wärmflasche und einen Gute-Nacht-Tee brachte. Nur wenig später klatschten bereits die ersten Damen im Planters' Club darüber, wie mutig doch die junge Miss Whitewater sei und dass sie es gewiss noch weit bringen werde.

Es dämmerte schon, als Kathryn in den Garten ging und sich auf ihre alte Kinderschaukel setzte, die noch immer an dem knorrigen Baum hinter dem Glaspavillon hing. Tief nahm sie den Duft der letzten Blüten des weißen Rhododendrons in sich auf. Sie hörte Schritte, die sich langsam näherten, und spürte dann, wie jemand ihr von hinten die Augen zuhielt. Die Hände fühlten sich rau an, und sie wusste gleich, wer es war.

»Carl!«

Kathryn umklammerte die Seile und beugte sich mit geschlossenen Augen weit zurück, wie ein Kind, das Aufschwung nehmen will. Carl neigte sich über sie und küsste sie zärtlich. Er roch nach Wald, nach Holz und grünem Farn. Kathryn genoss das doppelte Schwindelgefühl.

»Komm, schubs mich an!«, rief sie übermütig.

»Wie die Queen of Darjeeling befiehlt.«

Erst als sie in den höchsten Höhen schaukelte, öffnete sie die Augen wieder. Ihre Haare flogen auf und nieder. Sie warf den Kopf in den Nacken, schaute in den Himmel und dann auf Carl, der sich vor sie auf den Rasen gestellt hatte: die Hände lässig in den Hosentaschen, ein breites Grinsen im Gesicht.

»Fang mich auf!«

Er breitete die Arme aus, und sie sprang. Er hielt sie, stolperte, absichtlich ging er zu Boden, ließ sich mit ihr auf dem Bauch auf den Rücken fallen. Sie rollten über das Gras, küssten sich spielerisch, dann immer wilder und leidenschaftlicher.

Keuchend lag Carl über ihr. Er strich ihr das Haar aus der Stirn, umschloss ihr Gesicht mit beiden Händen. Sie spürte seine Erregung, sein Drängen – und ihre Sehnsucht, sich ihm hinzugeben. Ihre Herzen pochten heftig. Sie tauschten einen dunklen Blick. Worte waren überflüssig. Beide wussten, dass Gustav außerhalb übernachtete, sie hatten das Gästehaus für sich.

Carl half Kathryn aufzustehen. Sie klopften sich das Gras von der Kleidung und liefen zum Gästehaus. Außer Atem betraten sie den dunklen, warmen Raum, in dem Carls Bett stand. Chandra hatte, wie immer zum Abend hin, schon den Kamin angemacht. Carl legte Holz nach und entzündete eine Kerze.

»Möchtest du etwas trinken?«

Mit geröteten Wangen stand Kathryn in der Mitte des Schlafraumes. Ihre Brust hob und senkte sich erwartungsvoll. Ihre grünen Augen wirkten in ihrem nach der Expedition stark gebräunten Gesicht heller, geradezu magisch. Carl las darin Neugier, auch Angst.

»Ist es das erste Mal?«, flüsterte er.

Sie nickte. Er nahm ihre Hände und führte sie sanft an

seine Lippen. Verschämt erinnerte sie sich, dass sie an den Fingern noch blaue Tintenklekse von der Büroarbeit hatte. Doch er sah weiter nur tief in ihre Augen.

»Ich werde vorsichtig sein«, versprach er.

Carl umarmte sie, drückte sie fest an seinen Körper. Und endlich küssten sie sich, wie er es sich schon oft ausgemalt hatte, »aus vollem Ernst«. Es war kein Spiel und kein Scherz. Sein Mund trank von ihrem, seine Erregung entzündete ihre Leidenschaft. Sie sanken aufs Bett, zerrten sich die Kleidung vom Leib. Und dann endlich lagen sie Haut an Haut. Spürten die Kühle, die Glätte, die Wärme, die Hitze, die Feuchte des anderen.

Umschlungen lernten sie einander und sich selbst ganz neu kennen. Sie verständigten sich ohne Worte – in einer Sprache, die Kathryn sofort verstand. Die ihr vorkam wie vor langer, langer Zeit erlernt, vergessen und endlich wiedergefunden. Ihre Hände strichen, noch zaghaft und ungeübt, über seinen Körper. Ihre Fingerspitzen ertasteten die Haare auf seiner warmen Brust, bewunderten die Muskeln und Sehnen unter seiner sensiblen straffen Haut. Sie fühlte seine Anspannung, als er begann, mit einem Knie ihre Schenkel auseinanderzuschieben. Kathryn schloss die Augen, sie schmolz dahin.

Als er in sie eindrang, spürte sie einen kurzen leichten Schmerz. Sein Rhythmus war stark, kontrolliert. Kathryn hielt still, bis sie merkte, dass es ihre Empfindungen verstärkte, wenn sie ihm entgegenkam, und sie ließ sich fallen in den Aufruhr ihrer Gefühle. Es war schön, aufregend, überwältigend … aber zu schnell war es vorüber.

Mehr noch als die Lust jedoch beglückte sie die Nähe – endlich nicht mehr allein, endlich verstanden und erkannt, endlich lieben und geliebt werden!

Im Teegarten lief die zweite Ernte des Jahres auf Hochtouren, der Second Flush wurde gepflückt, getrocknet und verarbeitet. Kathryn kümmerte sich um tausend Dinge gleichzeitig. Die Liebe verlieh ihr Energie, sie kam mit wenig Schlaf aus.

Erst jetzt fand Kathryn Zeit, Aashmis Eltern aufzusuchen und sie um ihr Einverständnis zu bitten, das Mädchen gehen zu lassen. Dem Vater schien es gleichgültig zu sein, ob seine Tochter in Darjeeling eine Lehre machte oder nicht. Der Mutter passte es nicht recht, weil ihr eine wichtige Arbeitskraft fehlen würde. Aber Kathryn hatte dafür gesorgt, dass ihr Sohn wieder gesund geworden war, und überhaupt konnte man der jungen Memsahib nicht ernsthaft widersprechen. Außerdem hatte sie noch zwei kleinere Töchter. Mindestens eine von ihnen würde sicher ihr Leben als Teepflückerin in Geestra Valley verbringen und damit später, wenn sie nicht mehr arbeiten konnten, das Wohnrecht der Eltern im Dorf sichern. Das war nämlich die große Angst aller Pflückerfamilien, im Alter davongejagt zu werden. Auch Männer und Frauen, deren Familien schon Jahrzehnte in einem Teegarten zu Hause waren, mussten ihr Häuschen verlassen, wenn kein Nachkomme dem Unternehmen mehr nützlich sein konnte.

»Aashmi wird als Schneiderin deutlich mehr verdienen und die Familie später mit schöner Bekleidung oder mit Geld besser unterstützen können als als Pflückerin«, erklärte Kathryn. »Und es wird sie glücklicher machen als das Leben hier.«

Aashmis Mutter blickte sie erstaunt an. Sie erwiderte nichts. Aber Kathryn verstand auch so – Glück war in ihrem Lebensplan nicht vorgesehen, Glück war Luxus, den sich nur andere leisten konnten. Sie verabschiedete sich schnell.

Aashmi kam ihr auf dem Pfad von der Wiegestation entgegen. Sie hatte Feierabend. Ihre Füße streiften durch duftendes Zitronengras, das am Wegesrand stand und noch Spuren vom letzten Regen trug. Aashmi sah einem bunten Schmetterling nach und träumte davon, ein Festgewandt mit einer Schmetterlingsbordüre anzufertigen.

Erfreut, aber auch etwas verlegen begrüßte sie Kathryn. Auf Englisch stammelte sie ein Dankeschön für das, was Kathryn für sie getan hatte. Ihr Bruder war wieder gesund, und es gab einen neuen Aufseher, der ihr nicht zu nahe trat. Kathryn winkte ab, doch sie wusste selbst, wie wenig selbstverständlich eine solche Behandlung für Arbeiter war.

»Aashmi, hättest du Lust, eine Schneiderlehre zu machen?«

Aashmis sichelförmige Augenbrauen hoben sich. »Wer? Ich?«, fragte sie.

»Ja, du! Ich hab für dich eine Stelle bei meinem Schneider Mr Singh in Darjeeling gefunden. Der versteht sein Handwerk, da kannst du richtig was lernen. Was sagst du?«

Aashmi sagte gar nichts. Ihre mandelförmigen schwarzbraunen Augen guckten erst ungläubig, dann breitete sich darin eine ebenso tiefe wie weite Freude aus. Kathryn schien es wie das Aufatmen eines Gefangenen, dem ein Tor zur Freiheit geöffnet wurde.

Dieser Augenblick war auch für sie überwältigend. Wie einfach konnte man einen anderen Menschen glücklich machen! Das Aufleuchten in Aashmis Augen war ihr größter Lohn. Kathryn wünschte sich, solche Momente noch oft erleben zu dürfen.

»Ich weiß nicht, was ich sagen soll«, flüsterte Aashmi schließlich ehrfürchtig. Sie hob beide Hände an ihre Wangen. »Eine Lehre? Wirklich?« Ihre Gebete waren erhört worden! Aashmis Augen glänzten, ihre Stimme vibrierte vor Freude. »Ja, natürlich will ich das!«

Kathryn lächelte. »Ich nehme dich bald mit nach Darjeeling. Ein Zimmer habe ich auch für dich gefunden, in einem Heim für unverheiratete weibliche Lehrlinge. Da ist es sauber und ordentlich, und du brauchst vor niemandem Angst zu haben.«

Nach ihrer ersten Nacht mit Carl hatte Kathryn geglaubt, jeder müsste ihr von der Stirn ablesen können, was geschehen war. Doch kein Mensch machte eine einzige Bemerkung.

Selbst ihr Vater schien nichts zu bemerken. Kathryn war überglücklich, dass sie sich endlich ausgesprochen hatten. Eine Riesenlast war von ihr abgefallen. Endlich konnte sie ihm auch einige Fragen stellen. Sie wollte wissen, weshalb er ihr nie Näheres über die Umstände des Unfalls erzählt hatte.

»Ich hatte doch einen Blackout, Papa. Ich konnte mich weder an die Schlammlawine erinnern noch daran, dass du mich herausgezogen hast. Ich weiß nur, dass ich irgendwann im Bett lag, und der Arzt kam.«

Tagelang hatte sie bewusstlos im Krankenhaus gelegen. Ihre Mutter und ihr Bruder waren schon beerdigt, als sie wieder zu sich kam. Sie hatte sich nicht von ihnen verabschieden können. Sie waren einfach weg gewesen. Ohne jede Vorwarnung oder Ankündigung. Verschwunden. Für immer.

Ihr Vater kratzte sich am Kinn. »Ja, weißt du, ich dachte, wenn du dich an das Schrecklichste nicht mehr erinnerst, dann ist das vielleicht besser für dich. Ich wollte es dir nicht mit Gewalt ins Gedächnis zurückrufen. Dann quält es dich nur noch mehr, dachte ich.«

»Dabei war es genau umgekehrt. Es hat mich mehr gequält, weil ich es nicht wusste, oder richtiger, weil ich es verdrängt hatte.«

Aber da war noch etwas, das sie schon lange beschäftigte. »Was ist mit Mamas Familie? Wieso kenne ich meine Verwandten mütterlicherseits nicht?«

»Ihre Eltern sind früh gestorben, und sie hatte keine Geschwister. Ihr Vater war auch Teepflanzer, im Mirik-Tal …«

»Ja, ich weiß. Das ist eine abgelegene, schwer zu erreichende Gegend.«

»Damals nur per Pferd. Ihr Vater hatte schottische Wurzeln. Ihre Mutter stammte wohl aus Norditalien, oder deren Mutter. Genaueres über die italienische Verwandtschaft ist mir nicht bekannt. Man hatte sich aus den Augen verloren. Wahrscheinlich waren es einfache Leute, und sie legten keinen Wert auf weiteren Kontakt.«

Die Antwort enttäuschte sie ein wenig. Kathryn war gespannt, was Marya Apple ihr noch über ihre Mutter erzählen konnte – und was sie ihr geben wollte.

Kathryn war erleichtert, dass ihr Vater Gustav und Carl keine Vorwürfe machte. »Ich weiß, wie dickköpfig meine Tochter sein kann«, sagte er Carl gegenüber. »Eher bin ich Ihnen wohl zu Dank verpflichtet, dass Sie sie mir heil zurückgebracht haben.«

Immer wieder folgte Kathryn einem Impuls und gab ihrem Vater im Vorübergehen einen Kuss auf die Wange oder umarmte ihn spontan. Er reagierte überrascht, gerührt.

»Ich hab ja jetzt fünf Jahre nachzuholen«, lächelte sie.

Und Aldous Whitewater, der sich immer noch schwertat mit väterlichen Zärtlichkeiten und wohl auch bis an sein Lebensende nicht über die Schatten seiner Erziehung würde springen können, drückte Kathryns Arm oder lächelte dankbar zurück.

»Ich habe mir heute all jene Hänge im Teegarten angesehen, die bei starken Regenfällen besonders erdrutschgefährdet sind«, berichtete Carl eines Abends beim Dinner nach einem seiner Ausritte in die Natur. Diese Stellen waren leicht zu erkennen. Sie sahen aus wie von einer riesigen Tigerkralle in den Berg geritzt: gelbe Erde zwischen dem Grün der Teesträucher. »Und wenn Sie erlauben, Mr Whitewater, würde ich gern einen Vorschlag machen, wie man das Risiko vermindern könnte.«

»Ja ja, ich weiß schon«, sagte der Pflanzer, »eigentlich müssten wir mehr Terrassen bauen und den Wald wieder aufforsten. Ist aber zu aufwendig. Schön in der Theorie, aber Theorie und Praxis …«

»Nein, was ich meine, ist etwas anderes«, unterbrach Carl und strich mit der Linken entschieden das kräftige gewellte Haar zurück, das ihm gleich wieder in die Stirn fiel.

Skeptisch bedeutete der Hausherr ihm, er solle weiterreden.

»Also, wenn Sie die Reihen der Teesträucher dort nicht länger längs, sondern quer pflanzen würden …«

»Quer zu was?«, unterbrach Whitewater.

»Zur Laufrichtung der Wasserströme, die sich bilden, wenn es in der Monsunzeit heftig regnet.«

»Ja, in Ordnung, und weiter?«

»Dann hätten Sie eine natürliche Barriere gegen den herunterlaufenden Schlamm. Entlang der Höhenlinien gesetzt würden die Teepflanzen dazu beitragen, das Erdreich zu festigen.«

Der alte Whitewater zog eine Braue hoch. »Das ist …«, er machte eine Bewegung als scheuerte der Hemdkragen am Hals, »das ist … ein durchaus annehmbarer Vorschlag.«

»Das ist genial!«, rief Kathryn begeistert. »Wieso sind wir noch nicht selbst darauf gekommen? Die Sträucher im Ostteil müssen ohnehin bald durch junge ersetzt werden. Dann könnten wir es doch bei der Gelegenheit ausprobieren.«

Aldous Whitewater nickte nur. Er brummte etwas vor sich hin. Neue Teepflanzen brauchten sieben bis acht Jahre, bevor sie Ertrag brachten. Diesen Ausfall konnten sie sich nicht leisten. Überhaupt musste er dringend mit seiner Tochter über die bevorstehende finanzielle Katastrophe sprechen. Und vielleicht auch andeuten, dass es um seine Gesundheit nicht allzu gut stand. Sein Herz machte nicht mehr richtig mit. Dr. Apple hatte ihm dringend zu mehr Ruhe geraten. Vor allem dürfen Sie sich nicht aufregen, hatte der Arzt gesagt. Aldous Whitewater wollte sich ja auch nicht aufregen, man zwang ihn nur fortwährend dazu! Die schlechten Teeauktionspreise! Die billigen Absagen der Banken! Die unsicheren Zeiten und vor allem das unverschämte Angebot dieses Lords!

Aber mit Kathryns Rückkehr und ihrer Versöhnung war wieder Freude in sein Leben zurückgekehrt. Und er wollte seine Tochter, die sichtlich aufblühte, nicht gleich wieder belasten. Er gönnte ihr die unbeschwerten, glücklichen Tage!

Kathryn bedauerte, dass ihr Vater nicht mehr Enthusiasmus an den Tag legte. Manchmal beschlich sie das Gefühl, dass ihn trotz ihrer glücklichen Versöhnung noch etwas bedrückte. Doch dann sagte sie sich, dass ihr Blick wohl verstellt sei. Weil sie selbst derzeit so glücklich war, so unglaublich glücklich, und dieses Glück leider nicht zum Maßstab für andere nehmen konnte.

Fast jeden Abend schlich Kathryn sich zu Carl ins Gästehaus, wo er schon ungeduldig wartete. Jay, Chandra, Yaya, der Verwalter Mr Brooks, ein Dienstmädchen und der

Nachtwächter wussten längst Bescheid. Und damit bald ganz Geestra Valley, außer Aldous Whitewater.

Manchmal brachte Kathryn eine Leckerei, Pralinen oder etwas zu trinken mit. Manchmal unternahmen sie noch einen Ausritt durch den von spätnachmittäglichem Glanz übergoldeten Teegarten. Ab und zu schauten sie gemeinsam im Dorf nach dem Rechten. Dabei bewunderte Carl Kathryns Art, mit den Leuten umzugehen und ihnen mit kleinen Dingen Freude zu machen.

»Wieso tust du das?«, fragte er. »Andere junge Damen in deinem Alter kümmern sich um ihre Kleider und vergnügen sich mit Freundinnen.«

»Reiner Egoismus«, sagte Kathryn selbstironisch, dann trat ein ernster Ausdruck in ihre Augen. »In meinem ersten Mädchenpensionat in England war ich sterbensunglücklich. Mutter und Bruder waren tot, der Vater weit weg. Um mich herum dumme Gänse und strenges Lehrpersonal. Ich hangelte mich von Tag zu Tag. Da konnte ein freundliches Lächeln helfen, wieder einen Tag zu überstehen.«

Carl nickte. Ja, kleine Gesten vermochten ein schweres Herz leichter zu machen. Man wusste es, doch man handelte zu selten danach. Er dachte an ihre gemeinsamen Stunden in der Schneehöhle. Gewiss spielte das traumatische Unglück, der Verlust von Mutter und Bruder, eine entscheidende Rolle für ihr Verhalten. Wahrscheinlich litt sie immer weiter unter dem Schuldbewusstsein.

»Quält dich noch die Frage, warum du überlebt hast?«

Kathryn blickte Carl überrascht an. Sie zuckte die Schulter. »Vielleicht. Ich weiß nicht.« Wie klug er war! Er kannte sie offenbar besser als sie sich selbst. Zögerlich gab sie zu: »Wahrscheinlich. Ja, schon … Ich glaub, das hört auch nie auf, solange ich lebe.«

Kathryn und Carl liebten sich, sooft sich die Gelegenheit bot. Und irgendwann passierte es. Liebe und Lust katapultierten sie beide in eine andere Dimension! Staunend sahen sie sich in die Augen. Ein Wunder! Gewiss war das, was sie gerade erlebten, zuvor noch nie anderen Menschen widerfahren. Nicht so! Sie hatten sich eingeigelt in ihrer eigenen Welt. Die glühenden Holzscheite knackten, als einzige Lichtquelle erleuchteten sie den Raum schwach rötlich. Regen pladderte aufs Dach und gegen die Scheiben.

Carl zeichnete mit dem Finger die Konturen von Kathryns Gesicht nach. Sie tauchte ganz tief in das Blau seiner Augen hinein. Selbst auf dem silbrig hellen Grund, auf dem winzige Diamanten glitzerten, schien es von kristallener Klarheit. So hoch ist der Mond, dachte Kathryn, so hoch wie seine Augen tief sind. Sie räkelte sich genüsslich.

»Darjeeling – weißt du, was das bedeutet?«, flüsterte sie.

Er schüttelte den Kopf.

»Es ist der Legende nach der Ort, wohin die Götter diamantene Blitze schleudern. Darjeeling heißt übersetzt ›Land der Blitze‹.«

Er strich über ihr Haar. »Du bist wunderschön«, flüsterte er.

Kathryn lächelte. »Es hat mir gefallen, was du dem weisen Mann in dem Kloster gesagt hast. Über den Sinn deines Lebens …«

Carl betrachtete ihr zartes Profil, die langen dunklen Wimpern, die er vorhin noch auf seiner Haut gespürt hatte. Er konnte sich nicht sattsehen an Kathryn. Und er war süchtig nach ihrem betörenden Eigenduft.

»Hmm …«

Carl schob ihr die Haare im Nacken hoch. Am Haaransatz kringelten sich Löckchen, die in seinem Atem zitterten.

»Ja, dass man die Welt ein bisschen schöner hinterlassen soll, als man sie vorgefunden hat«, fuhr sie nachdenklich fort. »Aber das ist gar nicht so einfach. Für dich wohl, mit deinen Rhododendren. Nur für andere, für mich zum Beispiel … wenn man es wirklich praktisch umsetzen will, wenn man es ehrlich meint …«

Er umarmte sie und presste sie an sich. »Das findet sich«, raunte er. Behutsam umfing er ihre Brüste, küsste die frechen Spitzen, die sich gleich nach mehr reckten. Seine Hände wanderten über ihren Körper, suchten und fanden jede geheime Stelle. »Komm, mach erst mal meine Welt schöner …«

Kathryn lachte glücklich. Mit Carl war alles gut. Sie versuchte seine Mundwinkel zu küssen, doch er war schneller und drückte seine Lippen auf ihre.

»Ach, lass mich doch mal!«

Sie lachten und alberten, kabbelten sich. Und liebten sich noch einmal. Das Begehren entzündete in Carls Augen gefährlich brizzelnde Fünkchen. Wenn er sie so ansah, schmolz Kathryn augenblicklich dahin. Überwältigt von lustvoller Sehnsucht schlang sie ihre Beine um seinen Körper.

Ihre Lippen waren feucht und prall. Küssen schien das einzig Normale, Richtige zu sein, lebenswichtig wie Atmen. Sie schwangen sich auf eine Energiewelle ein, die sie gemeinsam weitertrug. Kathryn schloss die Augen, um ihn besser fühlen zu können, und Carl stöhnte vor Lust. Sie reagierte ohne Scham, hatte die Körpersprache schnell erlernt. Jedes Mal, wenn sie sich liebten, fühlte es sich intensiver und ein wenig anders an als alle anderen Male zuvor.

Manchmal wusste Kathryn nicht, wo sie endete und er begann. Mit ihm zu verschmelzen fühlte sich an wie im Weltall treiben, außerhalb von Raum und Zeit und den Begrenzungen der eigenen Körperlichkeit. Verbunden mit etwas, das größer war als sie selbst, etwas Göttlichem. Es hob sie über die reine Lust und das Fleischliche hinaus.

»Ich hab dich schon gekannt, bevor wir uns trafen«, flüsterte Carl ihr ins Ohr.

»Genauso kommt es mir auch vor«, flüsterte sie zurück.

Eine einzige weiße Rhododendronblüte vom alten Strauch hinter dem Pavillon schwamm in einer Schale auf dem Klapptisch neben Carls Bett. Ihr zarter blumiger Duft vermischte sich mit dem Wohlgeruch ihrer Liebe.

Nach einer dieser Nächte, die sie mit Carl verbrachte, sah Kathryn, als sie sich zurück ins Haupthaus schlich, eine Gestalt vor der Veranda. Es war Manjushree, die Geliebte ihres Vaters. Sie erschraken beide und blieben stehen. Der Mond schien in Manjushrees weiches, frauliches Gesicht. Kathryn war noch so erfüllt von Liebe und Glück, ihr Herz noch so weit geöffnet, dass sie nicht anders konnte, als Sympathie zu empfinden. In diesem Augenblick fühlten sie sich einander nahe. Sie waren nicht Memsahib und Untergebene, sondern einfach zwei junge Frauen, die gerade ihrem Liebesnest entschlüpft waren. Manjushree legte einen Finger vor ihre Lippen, sie tauschten einen verschwörerischen Blick. Kathryn wusste nun, sie konnte sich darauf verlassen, dass Aashmis Tante sie nicht verraten würde. Und Manjushree wusste, dass Kathryn schweigen würde.

Gustav kostete sich durch die Tees des Kurseong-Tales. Er grollte, beneidete und vermisste Carl zur gleichen Zeit. Er verzehrte sich nach Kathryn, und je unerreichbarer sie erschien, desto heftiger begehrte er sie.

Selbstdisziplin hatte jedoch schon immer bei ihm an oberster Stelle gestanden, deshalb machte ihn der Aufruhr seiner Gefühle fast wahnsinnig. Gustav war sich selbst fremd.

Mit erschöpfenden Dauerläufen versuchte er, zu mehr

Ausgleich zu gelangen. Er badete in eiskalten Bergbächen. Einen Abend nahm er das unmissverständliche Angebot einer Verwalterwitwe an. Die dralle Mittvierzigerin hatte ihn schon während einer Führung durch den Teegarten mehrfach wie zufällig berührt. Sie lotste ihn in den Pferdestall und drängte ihn gleich gegen eine Boxentür. Zwischen Zaumzeug und Ledersattel verlor Gustav die Kontrolle über sich. Er warf die Witwe ins Heu, badete in wogenden Brüsten und ausladenden Hüften und vergaß alle guten Manieren.

Die Witwe bat ihn, länger zu bleiben. Doch die kleine Affäre hatte nur kurz seinen Körper besänftigt, seine Seele befand sich noch immer in Aufruhr. Gustav glühte, und diese Lady würde sein Feuer nicht löschen können. Er bedankte sich bei ihr und zog weiter.

Schlimmer als das, vernichtender als seine Liebessehnsucht aber fühlte sich das ätzende Gift der Eifersucht an – dass er ausgerechnet Carl beneiden musste! Dass er nicht mit seinem besten Freund über alles sprechen konnte!

Zwischen zwei Übernachtungseinladungen hatte er drei Tage Zeit, die er in einem Hotel in Darjeeling verbrachte, weil er Geestra Valley meiden wollte. Während seines Aufenthalts traf er sich auch mit Colonel Frank Robbins. Sie begrüßten sich wie alte Freunde. Als Robbins berichtete, dass er nach seiner unehrenhaften Entlassung keine Chance mehr sah, vom britischen Berater in Sikkim als Übersetzer beauftragt zu werden, machte Gustav ihm ein Angebot.

»Du hast doch Erfahrungen als stellvertretender Verwalter eines Teegartens, mein Lieber. Ich möchte in Deutschland und Europa gerne den ersten und einzigen Super-Deluxe-Tee aus Sikkim anbieten.« Robbins guckte verständnislos. Dann begann er zu verstehen und wurde rot um die Ohren. »Du denkst, du meinst … Aber das …«

»Ja, das kostet. Ich kann dir nur einen Zuschuss geben und eine Abnahmegarantie, über die wir noch näher sprechen müssten. Was denkst du?«

Robbins musste nicht lange überlegen. »Das ist höchst akzeptabel.«

Er wusste, dass auch seiner Braut das Leben in der Natur, zumal in den für den Teeanbau geeigneten Regionen Sikkims, sehr zusagen würde.

Die Pläne für dieses Unternehmen lenkten Gustav zumindest zeitweise vom Kummer um seine enttäuschte Liebe ab.

Am Morgen der Soiree bei den Apples schickte Lord Taintsworth eine Nachricht: Er erlaube sich, Kathryn mit seinem Chauffeur am Abend abzuholen. Und Mrs Apple ließe durch ihn anfragen, ob sie ihre Harfe mitbringen könne.

Carl wollte nicht mitkommen. Er bat Kathryn, ihn zu entschuldigen. Er verbrachte seine Zeit lieber mit Pflanzen als auf gesellschaftlichem Parkett. Kathryn bedauerte das zwar, doch die Aufmerksamkeiten des Lords schmeichelten ihr. Er machte ihr den Hof nach allen Regeln der Kunst. Als junger Mann hatte er gewiss nicht übel ausgesehen. Sie sah in ihm eine Vaterfigur. Er sprach interessant von der Kanalinsel Jersey und erzählte Anekdoten über Begegnungen mit bekannten Adligen und Unternehmern. Dabei ließ er dezent durchblicken, dass der Name seiner Familie in mehrfacher Hinsicht gleich nach dem der Rothschilds genannt wurde.

Immer wieder führte er galant Kathryns Hand an seine Lippen. Ihr schien, er versuchte sogar, den Bauch einzuziehen. Was ihr ein kleines Lächeln entlockte, das der Lord als Zeichen der Ermutigung wertete.

»Sie erwähnten einmal, dass Sie gern Medizin studieren würden. Wie ernst ist es Ihnen damit?«, fragte er.

»Ja, ich wollte es immer gern. Aber mein Vater ist strikt dagegen. Ich möchte ihn nicht verletzen …« Kathryn überlegte. »Und wenn ich ganz ehrlich bin, manche Krankheiten sind doch recht eklig. Inzwischen glaube ich, dass es mir wohl in erster Linie darum geht zu helfen.«

»Das kann man ja auf vielfältige Art und Weise«, meinte er, wie ihr schien, erleichtert. »Unsere Familie ist bekannt für ihr karitatives Engagement.« Er schilderte einige wohltätige Projekte, die sie beeindruckten.

Die Apples hatten wieder eine begnadete Pianistin zu Gast. Kathryn sollte sie im Salon auf der Harfe begleiten. Sie stellte Stuhl und Instrument in die richtige Position, nahm Platz. Beklommen schaute sie in die vorderen Sitzreihen der feinen Gesellschaft. Ernste, würdige und eingebildete Gesichter musterten sie kritisch. Täuschte sie sich? Nicht wenige darunter wirkten, als warteten sie nur darauf, sie gnadenlos mit Hohn und Spott zu übergießen.

Kathryns Augenlider begannen zu flattern. In ihrem Magen machte sich ein flaues Gefühl breit. Hoffentlich konnte sie noch spielen! Seit Sikkim war sie abgesehen von der letzten Märchenstunde, wo sie H. C. Andersens *Das hässliche kleine Entlein* erzählt und musikalisch interpretiert hatte, nicht zum Üben gekommen. Sie schaute auf die schwarz-weißen Bodenfliesen, um sich zu sammeln und zu beruhigen. Bestimmt würde die kluge Marya Apple, die beste Freundin ihrer Mutter, sie nicht unbedacht einer Meute zum Fraß vorwerfen.

In ihrem knöchellangen türkisfarbenen Crêpe-de-Chine-Kleid mit silbriger Spitze sah Kathryn hinreißend aus. Die Damen tuschelten, weil sie zwei unterschiedliche silberne Ohrgehänge trug, eines mit einem Türkis in einem Korallenkranz, das andere nur mit einer Koralle. Was Kathryn selbst nicht bewusst war: Die Liebe ließ ihre Augen strahlen, die Haut rosig schimmern, und sie machte ihre Bewegungen geschmeidiger.

Die Pianistin war eine konzerterfahrene ältere Australierin. Sie gab den Einsatz und spielte mit frischem Schwung. Präzise, doch unkonventionell. Ob Elgar oder Chopin – ihre Freude an der Musik riss Kathryn mit. Auch das Publikum konnte nicht anders, als begeistert zu sein.

Drei Zugaben mussten sie spielen! Der Applaus tat Kathryn wohl wie warmer Balsam. Dankbar lächelte sie, anmutig und wunderschön, und zog damit auch die letzten moralinsauren Zweifler auf ihre Seite. Nach den klassischen Musikstücken wählte die Pianistin nun flotte Salonmusik zum Mitsingen. Mrs Apple strahlte vor Zufriedenheit.

Bei dem siebengängigen Dinner wurde Kathryn von der Hausherrin und den anderen Gästen ausführlich zu ihren Abenteuern in Sikkim befragt. Lebhaft berichtete sie von Flora und Fauna und von den Erlebnissen mit den Lepchas. Sie konnte es sich nicht verkneifen, die Vielmännerei zu erwähnen. Darauf reagierte die Gesellschaft, durch gute Weine in Stimmung gebracht, mit allerlei Scherzen.

Die neuen Einträge im Gästebuch bestätigten, dass es allen gefallen hatte. »Es war ein gelungener Abend« konnte man darin lesen, »Unvergesslich!« »Wunderbar, einmalig – Gastfreundschaft und Unterhaltung auf höchstem Niveau«.

Lord Taintsworth stand in der Halle der Apple'schen Villa, um Kathryn zum Planters' Club zu begleiten, wo sie übernachten wollte. Als sie an der Garderobe in ihren Samtmantel schlüpfte, kam Marya Apel auf sie zu und nahm sie zur Seite. Sie überreichte ihr einen Briefumschlag.

»Diesen Brief hat deine Mutter erhalten, kurz bevor sie deinen Vater heiratete. Sie wollte nicht, dass er den Inhalt erfährt und hat ihn mir gegeben. Ich denke, es ist in ihrem Sinne, dass ich ihn heute an dich weiterreiche.«

Erstaunt nahm Kathryn den vergilbten Umschlag entgegen. Die Briefmarke war alt, der Poststempel ließ sich bei genauem Hinsehen entziffern: 7.8.1909.

»Bitte, Kathryn, lies den Brief nicht gleich, sondern in Ruhe. Und wenn du anschließend mit jemandem reden möchtest, ich bin jederzeit für dich da, mein Liebes.«

Marya Apple küsste sie auf beide Wangen. »Und noch mal ganz herzlichen Dank für dein göttliches Harfenspiel und für deine Sikkim-Erlebnisberichte.«

Dr. Apple verabschiedete sich an der Haustür mit beiden Händen von ihr. »Und bitte erinnere deinen Vater daran, dass er unseren Termin nicht wieder vergisst.«

»Was für einen Termin?«

»Ach, er weiß schon …«

»Ja, mach ich …« Kathryn nickte verwundert.

Der Lord wartete an der Tür auf sie.

»Können wir zu Fuß gehen?«, bat Kathryn. »Mein Instrument können wir auch morgen abholen.« Ihre Wangen glühten von all den Aufregungen und vom guten Wein.

»Selbstverständlich, gern«, beeilte er sich, ihr gefällig zu sein. »Und natürlich bringt mein Chauffeur Sie morgen zurück.«

Schweigend spazierten sie durch enge steile Gassen in Richtung Chowrasta. Es war kühl und roch nach Kaminfeuern.

Kathryn überlegte, was wohl in dem Brief stehen könnte. Vielleicht sollte sie wirklich nicht gleich hineinschauen. Irgendetwas hemmte sie. Ihr Leben gefiel ihr endlich genau wie es war. So glücklich hatte sie sich als Erwachsene nie zuvor gefühlt: Versöhnt mit ihrem Vater, verliebt in Carl … Besser konnte es nicht werden.

Ich werde den Brief noch eine Weile ungelesen lassen, nahm sie sich vor. Kaum traute sie sich, als ihre Nase lief, nach dem bestickten Stofftaschentuch in ihrer Tasche zu suchen. Ihr schien, sie könnte sich an dem Stück Papier darinnen die Finger verbrennen. Kathryn sah nicht die Sterne, spürte nicht die romantische Stimmung. Lord Taintsworth jedoch öffnete die Juninacht das Herz. Dieses zauberhafte Wesen neben ihm, das schon Mut und Eigensinn bewiesen hatte, Eigenschaften, die er durchaus an einer Frau schätzte, ja sogar voraussetzte, um mit ihr den Rest seines Leben verbringen zu können, dieses junge Blut weckte in ihm Gefühle, die er sich nicht mehr zugetraut hätte! Wegen Kathryn Whitewater war er überhaupt nur so lange in Darjeeling geblieben. Ihr Vater hatte ihn kürzlich um eine erhebliche Investition in den Teegarten von Geestra Valley gebeten. Der Familienbetrieb stand kurz vor dem Ruin. Vom kaufmännischen Standpunkt aus wäre seine Beteiligung eine eher zweifelhafte Angelegenheit. Niemand konnte wissen, wie lange die Briten in Indien noch die Herren sein würden. Und danach? Wenn die Inder eines Tages alle Teegärten übernähmen, würden sie wohl kaum angemessene Entschädigungen dafür zahlen.

Es lohnte sich also nicht, gutes Geld in Geestra Valleys Kassen zu schaufeln – es sei denn, der Teepflanzer wäre sein Schwiegervater. Das hatte er Aldous Whitewater auch unmissverständlich klargemacht.

»Ich danke Ihnen, Lord Taintsworth, dass Sie mich begleitet haben«, sagte Kathryn liebenswürdig. Sie standen vor dem Planters' Club. Kerzenlicht schimmerte durch die Fenster. Der Strom war offensichtlich wieder mal ausgefallen.

Lord Taintsworth nahm ihre Hände in seine. »Kathryn …«, er räusperte sich, »ich darf Sie doch so nennen?«

Sie lächelte. »Aber sicher!«

»Liebste Kathryn …« Er hatte sich eine kleine, eloquente Rede zurechtgelegt. Doch jetzt überholte der eine große Gedanke alle anderen, und es brach aus ihm heraus: »Wollen Sie mich heiraten?«

Sein Antrag kam völlig unerwartet. Kathryn wusste nicht, was sie sagen sollte. Ihr fiel kein einziger vernünftiger Satz ein.

»Sie müssen nicht sofort antworten«, sagte er hastig. »Denken Sie darüber nach. Ich wollte Sie auch nicht überfallen. Es ist nur … ich denke schon so lange an Sie … und ich, ja, ich bin nicht mehr der Jüngste. Aber …« Mit ihr würde er das Wagnis noch einmal eingehen. Einen anderen Menschen zu lieben, sich auf ihn einzulassen trotz der erheblichen Verletzungsgefahren, die er in seinem Leben schon kennengelernt hatte. Sie war jung und könnte ihm Erben schenken. Er könnte sie noch formen und ihr helfen, zu einer Persönlichkeit zu reifen, die einst sein Haus in seinem Sinne weiterzuführen imstande wäre.

Der Lord wusste, dass er kein Adonis war. Er hatte ein Doppelkinn, Tränensäcke, seinen Bauch konnte er nicht mehr verbergen. Aber er wusste auch, dass er neben seinem Vermögen und seiner gesellschaftlichen Reputation als Mensch einiges zu bieten hatte. Bildung, Humor, Zuverlässigkeit. Würde sie seine Qualitäten erkennen? Seine Augen bekamen einen flehentlichen Ausdruck.

Kathryn empfand Mitleid. O je, wie sollte sie ihm nur zu verstehen geben, dass seine Idee völlig abwegig war, ohne ihn zu verletzen? In den Romanen, die sie gelesen hatte, baten die Heldinnen oft um eine Bedenkzeit. Dann könnte sie nächste Woche formvollendet ablehnen, »nach reiflicher Überlegung«.

»Ja«, stammelte sie. »Ich … äh … fühle mich sehr geehrt. Und ich bitte um eine Bedenkzeit.«

Erleichtert, dass er zumindest nicht gleich einen Korb erhalten hatte, nahm Lord Taintsworth ihre Bitte an. »Natürlich. Ich sagte ja, lassen Sie sich Zeit, denken Sie in Ruhe darüber nach. Und …«, nun klang seine Stimme deutlich fester, »sprechen Sie auch mit Ihrem Herrn Vater darüber.«

»Mach das nicht noch mal!«

Carl erdrückte Kathryn fast, als er sie nach ihrer Rückkehr aus Darjeeling im Gästehaus in die Arme schloss.

»Was?«

»Mich zwei Tage und eine Nacht lang allein lassen. Nie wieder, hörst du?«

Sie lachte, doch es war ihm ernst. »Ich habe dich so vermisst, ich leide schon an Entzugserscheinungen.«

Er presste sie an sich, und ganz deutlich spürte sie, was er meinte.

»O je, das ist ja alarmierend. Was kann man denn da machen?«

»Du kannst mich lieben, jetzt sofort! Und bleib die ganze Nacht bei mir. Ich möchte endlich einmal morgens neben dir aufwachen.«

Danach schwebten sie noch lange auf ihrer Liebeswolke. Irgendwann schliefen sie ein, wachten auf, liebten sich wieder und hielten sich umfangen, jede Körperzelle aufs Höchste sensibilisiert.

Sie erzählten sich von ihrer Kindheit, vertrauten sich große Pläne und alte Wunschträume an und malten sich eine gemeinsame Zukunft aus.

»Du wirst sicher ein berühmter Rhododendronzüchter, und ich werde dich auf weiteren Reisen durch die Welt begleiten.«

Entzückt von dieser Vorstellung schmiegte sich Kathryn an ihn, den Kopf in der weichen Kuhle seiner Achsel. Ihre Lippen streiften seine warme Haut.

»Wir sollten nach China gehen«, murmelte Carl, »nach Yünnan, dort wachsen fantastische Wildarten ...«

Er schilderte, wie französische Missionare dort einst als erste Europäer auf Pflanzenjagd gegangen waren. Während Carl sprach, hörte Kathryn mit einem Ohr am Brustkorb seinen Herzschlag, und sie spürte die Vibrationen seiner tiefen Stimme. Hier bin ich zu Hause, fühlte sie, an genau dieser Stelle. Solange ich hier liegen kann, wird es egal sein, in welchem Land wir sind.

»Und nach China schauen wir uns in Alaska um, wegen der Winterhärte.«

»Pyramidal, ich wollte immer schon eine Fahrt mit dem Schlittenhund machen!«

»Unsere neuen Sorten werden wir auf den besten internationalen Gartenbauausstellungen präsentieren ...«

»... und sämtliche Medaillen abräumen. Oh, ich freu mich schon auf die Chelsea Flower Show!« Die traditionsreiche Blumenschau im Londoner Stadtteil Chelsea war alljährlich im Mai *das* gesellschaftliche Ereignis, König George V. und Königin Mary pflegten am Eröffnungstag vorbeizuschauen. »Ich werde mir einen passenden Strohhut mit Rhodoblüten anfertigen lassen.«

Wieder lachten sie albern und ausgelassen, wie man es nur sein kann, wenn man sich rundum geliebt fühlt. In dieser Nacht blieb Kathryn bis kurz vor dem Sonnenaufgang.

Es war noch sehr kalt, als sie erwachte. Kathryn zog sich an und strich Carl mit einer unendlich zärtlichen Geste das Haar aus der Stirn. Mit geschlossenen Augen zog er sie an sich.

Sie flüsterte: »Ich muss jetzt los, Chandra bringt dir gleich den Tee ans Bett, und mein Vater erwartet mich bald in der Welkstation.«

Carl knurrte unwillig. Er öffnete die Augen, sah durch das Fenster die Morgendämmerung. »Eine halbe Stunde hast du noch Zeit, oder?« Er setzte sich auf und sprang aus dem Bett. »Ich komm mit raus.« Er zog sich rasch an und nahm eine Wolldecke mit.

Sie traten gemeinsam aus dem Gästehaus. Hand in Hand gingen sie zu ihrem Platz hinter dem Glaspavillon. Auf der Bank unter dem Rhododendron legte Carl seinen Arm um Kathryn, sie kuschelten sich unter der Wolldecke aneinander und wärmten sich. Schweigend schauten sie dem Sonnenaufgang zu. Singvögel bejubelten das Schauspiel.

Über den Nebeln in den Tälern staffelten sich Bergsilhouetten in Blaugrautönen, darüber erhob sich ein weiter Himmel in Farben von hellgelb über hellblau bis lilablau. Leichte Dunstschleier verliehen ihm etwas Transparentes, Leuchtendes. Als steckte dahinter ein Geheimnis und dahinter noch eines. Als sei dieses Geheimnis eine göttliche Wirklichkeit, die kein Mensch zu Lebzeiten erblicken durfte.

Wolken erglühten an den Rändern erst rosa, dann in Orange mit flüssigem Gold – bis die Sonne darüber erstrahlte und die Welt in ein zuversichtliches rosagelbes Licht tauchte.

Carl räusperte sich. Er war kein großer Kirchgänger, aber nun ging ihm ein Psalm durch den Sinn. Halblaut zitierte er ihn. »Und nähme ich Flügel der Morgenröte und flöge bis ans äußerste Meer, du wärest doch bei mir …«

Kathryn schloss die Augen, sog tief den Rhododendronduft ein.

»In sechs Tagen reisen wir ab«, sagte Carl. Er zog Kathryn enger an sich.

»Ich weiß.«

Was sollte dann werden? Ihr Herz klopfte heftig. Sie spürte Tränen aufsteigen und senkte rasch den Kopf.

Carl legte einen Finger unter ihr Kinn. »Sieh mich an«, bat er mit rauer Stimme.

Sie hob den Blick, ihre grünen Augen schimmerten feucht.

»Kathryn, kannst du dir vorstellen, in Deutschland zu leben?«

»Es gibt nur eines, was ich mir *nicht* vorstellen kann«, antwortete sie, »und das wäre, in Zukunft ohne dich zu leben.« Sie versuchte ein komisches Lächeln, zuckte die Achseln. »Das geht einfach nicht.«

»Ich liebe dich!«

Jetzt rollte doch eine Träne ihre Wange hinunter. »Ich liebe dich auch!«, flüsterte sie, weil ihre Stimme versagte.

Carl rutschte von der Bank und vor Kathryn auf die Knie. Er hielt ihre Hand. »Kathryn Whitewater, willst du mich heiraten?«

»Ja!« Noch nie hatte ein Flüstern so glücklich geklungen. »Ja, ich will dich heiraten!«

Kathryn hielt es für besser, ihren Vater vorsichtig vorzubereiten, bevor Carl offiziell bei ihm um ihre Hand anhielt. Sie wartete ungeduldig ihre gemeinsamen morgendlichen Arbeitsrituale während des Second Flush ab. Erst als sie auf der Veranda ihren Elf-Uhr-Tee einnahmen, kam sie auf Privates zu sprechen.

»Ich hab dir Post aus Darjeeling mitgebracht«, begann Kathryn und reichte ihm drei Umschläge, von denen einer sehr amtlich aussah. Sie nahm einen frisch gebackenen

Ingwerkeks aus einem Silberschälchen. »Ich soll dir viele Grüße von den Apples ausrichten, der Doc erwartet dich zu Eurer Verabredung. Du sollst den Termin nicht wieder vergessen … Was für einen Termin denn?«

Ungefragt hielt der indische Diener Aldous Whitewater einen Brieföffner auf einem Tablett hin. Der Teepflanzer öffnete mit einem mürrischen Brummen.

»Ach, er meint, da wär was mit meinem Herzen, er will's gründlich untersuchen. Dabei hatte ich neulich nur eine Kreislaufschwäche. Lag am Wetterwechsel.«

»Neulich?«

»Ja, als du in Sikkim warst.«

»Was ist passiert? Wieso sagt mir das niemand?«

Ihr Vater blickte kurz auf. »Weil ich es allen verboten habe. Darum. War nur ein kleiner Schwächeanfall.«

Kathryn schnappte nach Luft. Sie öffnete den Mund.

Bevor sie auch nur ein Wort herausbrachte, begann ihr Vater zu grinsen. »Dr. Apple sagt, vor allem soll ich mich nicht aufregen. Also verhalte dich entsprechend.«

Kathryn schloss den Mund wieder. Mist! Hoffentlich war es nichts Ernstes. Hoffentlich hatte ihr Vater Recht.

Sie legte den angeknabberten Keks auf ihre Teeuntertasse. Keine Aufregung … Bedeutete das etwa, dass auch positive Überraschungen gefährlich sein konnten? Sie überlegte. Ja, sicher, gab sie sich schließlich selbst die Antwort. Erregung jeder Art wirkte sich auf die Blutgefäße und die Herzfunktion aus.

Ihr Vater zog das Schreiben aus dem amtlich aussehenden Umschlag und las es. Sein Gesicht wechselte die Farbe, wurde erst blass, dann rot und wieder blass. »Diese Schurken! Diese Verbrecher!«

»Einen Gin!«, rief Kathryn. Jay eilte davon, die Medizin zu holen, und war blitzschnell wieder zur Stelle. »Da!«, forderte sie ihren Vater auf. »Trink das. Und reg dich nicht auf.«

»Noch einen!«, verlangte ihr Vater, nachdem er das Glas in einem Zug geleert hatte. Eine Ader an seiner Schläfe trat bläulich pochend hervor.

»Also, bitte: Was ist los?«, wollte Kathryn wissen.

»Wir sind erledigt«, stieß ihr Vater hervor. »Ruiniert, insolvent, zahlungsunfähig. Das Schreiben ist die Ankündigung einer Zwangsversteigerung.«

Bleich lauschte Kathryn den Worten ihres Vaters. Dass es schlecht stand, hatte sie ja geahnt, aber so schlecht?

»Ich bin alle Banken durch, alle in Frage kommenden Investoren. Sie sind durch die Wirtschaftskrise selbst am Kämpfen oder fordern Dinge, die man nicht akzeptieren kann.«

»Was zum Beispiel?«

»Die Big-Tea-Limited-Gesellschaft würde unter unserem guten alten Namen minderwertigen Tee auf den Markt bringen, den sie in tieferen Lagen mit Maschinen ernten.«

»Das kann ja wohl nicht wahr sein! Ist so was denn überhaupt erlaubt? Und was wird aus den Leuten im Dorf? Siebenhundert Pflückerinnen, Arbeiter, Kinder …«

»Die können sehen, wo sie bleiben.« Whitewater kippte den zweiten Gin. »Einige dürfen vielleicht für lächerliche Löhne putzen oder verpacken helfen. Der Teegarten wird sie nicht mehr alle vernünftig ernähren können.«

»Ich brauch auch einen Gin!«, stöhnte Kathryn.

Der Diener holte noch ein Glas, schenkte ihr ein und stellte ihnen die Ginflasche dann auf den Tisch.

»Sie werden hungern und verwahrlosen«, sagte ihr Vater. »Wie die Leute von Fulham-Smith, seit er sich erschossen hat und sie nach England zurück ist.«

»Das können wir doch nicht zulassen!«

»Wir haben nichts mehr zu entscheiden, mein Kind«, sagte Aldous Whitewater mit gebrochener Stimme. »Unsere Zeit läuft ab. Diese Weltwirtschaftskrise macht alles kaputt!«

»Was ist mit Lord Taintsworth? Er hat Geld ohne Ende und gilt als hervorragender Geschäftsmann …« Kathryn hatte seit ihrer Rückkehr nicht mehr an ihn und seinen Heiratsantrag gedacht.

Ihr Vater schnaubte wütend. »Ja, das ist er, ein berechnender Geschäftsmann!«

»Ein Geschäftsmann muss berechnend sein«, wandte Kathryn ein, »das ist per se nichts Verwerfliches.«

»Ich habe abgelehnt!«, donnerte er.

»Du sollst dich nicht aufregen, Papa. Was hast du abgelehnt?«

Er zögerte.

»Nun sag schon!«

»Er wollte dich dazu«, schnaufte er. »Ich lass mir doch nicht meine Tochter abkaufen! Darüber hinaus müsstest du nach Jersey ziehen, wo sein Anwesen liegt.«

»Moment …« Kathryn nahm einen großen Schluck Gin. Sie kombinierte. Lord Taintsworth hatte sie gebeten, ihn zu heiraten, und ihrem Vater angeboten, in die Teeplantage zu investieren? »Das heißt, er würde dir das Geld geben, wenn ich seine Frau werden würde?«

»Genau.«

»Und wenn ich Nein sage …«

»… steigt er nicht in das Geschäft ein.«

Kathryn war verwirrt. Weshalb hatte der Lord sie dann ausdrücklich gebeten, »Ihren Herrn Vater« wegen des Heiratsantrags zu konsultieren?

Aldous Whitewater haute mit der Faust auf den Tisch. »So ist es, und ich habe Nein gesagt.«

»Wieso hast *du* Nein gesagt? Darf ich das nicht selbst entscheiden?«

»Gott, bist du dickköpfig. Du willst doch nicht im Ernst erwägen, diesen alten Knaben zu ehelichen, wo du seit Wochen verliebt in deinen Carl bist …«

»Du weißt …?«

»Kind, ich bin alt und krank und mittellos, aber nicht dumm.«

»O je.«

»Du kennst doch das indische Sprichwort …«

»Welches?«

Er lächelte grimmig. »Das, was Yaya so gern zitiert …«

Sie imitierte Yayas Tonfall. »Ist kein Tiger in den Bergen, will der Affe König werden.«

»Nein! ›Es ist besser, sich in einen Brunnen zu werfen, als einen alten Mann zu heiraten.‹«

Kathryn grinste schräg. Der Alkohol wirkte um diese ungewöhnliche Tageszeit besonders schnell. Unvermittelt brach sie in Tränen aus. »O Papa, das ist ja alles ganz fürchterlich!« Sie legte den Kopf auf die Tischplatte. »Ganz und gar unaussprechlich fürchterlich …«, schluchzte sie.

Immer hatte sie angenommen, ihr Vater wollte sie möglichst »gewinnbringend« verheiraten, wie es seit Jahrhunderten in guten britischen Familien Sitte und Brauch war, und nun verhielt es sich genau andersherum! Schön eigentlich. Verrückt. Doch ihr Vater ohne Geestra Valley – undenkbar! Das würde ihn umbringen. Und all die Menschen im Dorf, die seit Generationen hier ihre Heimat und ihr Auskommen hatten!

Aber andererseits …

»Ich kann wirklich nicht so einen alten Mann heiraten«, ihre Zunge war schon schwer, »wo ich endlich die Liebe meines Lebens gefunden hab! Das kann doch nun wirklich kein Mensch von mir verlangen!«

»Das verlangt ja auch kein Mensch von dir!«, erwiderte ihr Vater. »Ich verbiete es dir sogar ausdrücklich. Du sollst glücklich werden.«

Als Kathryn am Nachmittag in ihrem Zimmer mit einem Brummschädel erwachte, hoffte sie, dass alles nur ein böser Traum gewesen sei. Doch es war kein Traum, sondern bittere Realität. Verzweifelt suchte sie nach einem Ausweg. Sie zermarterte sich das Hirn. Ihr Vater erschien nicht zum Dinner. Er hatte sich eingeschlossen und weitergetrunken. Kathryn wusste, dass sie nichts herunterbekommen würde. Sie ging nach draußen, um einen klaren Kopf zu bekommen und setzte sich auf die kleine Bank, auf der sie am Morgen bei Sonnenaufgang noch der glücklichste Mensch der Welt gewesen war.

Carl fand sie blass und verweint vor. Er erschrak. »Hat er dir etwa verboten, mich zu heiraten?«, fragte er kampflustig. »Dann entführ ich dich eben!«

»Im Gegenteil. Er hat mir verboten, Lord Taintsworth zu heiraten!«

»Und das macht dich unglücklich?« Belustigt setzte er sich neben sie.

Sie berichtete ihm, was sich ereignet hatte.

Carl nahm sie in den Arm. »Wir werden einen Ausweg finden. Wie viel Geld braucht ihr denn?«

Kathryn nannte eine Summe, die deutlich höher war als das, was Carl über seine Familie rasch hätte organisieren können. Sein Vater hatte kürzlich sogar einen großen Stapel gut gelagerter Eichenstämme, ein begehrtes Baumaterial im Ammerland, verkaufen müssen, um ausreichend Bargeld für die Rhododendronexpedition aufbringen zu können. Eigentlich hatte das Holz zur Aussteuer seiner kleinen Schwester gehört. Carl überschlug rasch andere Möglichkeiten. Vielleicht konnten sie ein Stück Land oder ein Haus verkaufen? Ihnen gehörten abgesehen vom eigenen Wohnhaus und der Gärtnerei samt einiger Nebengebäude zwei Geschäftshäuser. Doch er erinnerte sich noch zu gut an seinen letzten Spaziergang durch seinen Heimatort. Selbst der Gang durch die Hauptstraße hatte etwas schaurig Erschütterndes gehabt: Ein blindes Schaufenster reihte sich an das andere. Wegen der steigenden Arbeitslosigkeit sanken die Grundstücks- und Häuserpreise seit Monaten. Die Leute mussten verkaufen, und die Preise wurden weiter gedrückt. Aber seine Familie besaß einen ausgezeichneten Leumund. Sie waren seit vierhundert Jahren ansässig, sie verfügten über beste Kontakte.

»Ich werde versuchen, in Deutschland Geld aufzutreiben«, versprach Carl. »Meine Familie kennt Gott und die Welt.« Er würde Himmel und Hölle in Bewegung setzen.

Kathryn nickte. »Ich bitte dich, nicht jetzt bei Vater um meine Hand anzuhalten. Wir müssen ihn vor jeder zusätzlichen Aufregung abschirmen.«

Carl küsste sie. Er hielt sie fest in seinen Armen.

Sie sah tief in seine mondwindenblauen Augen und fühlte sich getröstet.

Wie Kathryn am nächsten Tag von ihrem verkaterten Vater erfuhr, sollte die Zwangsversteigerung bereits in zwei Wochen stattfinden. Sie war schockiert.

»Ich wusste es schon länger«, gestand er tief zerknirscht, »ich hab's nur nicht wahrhaben wollen.«

»Verdammt! Dann haben wir ja überhaupt keine Chance mehr, etwas zur Rettung zu unternehmen!« In zwei Wochen würden sich Carl und Gustav noch auf hoher See befinden, wie sollte Carl so schnell einen Investor auftreiben?

Obwohl noch jede Menge Arbeit auf sie wartete, ließ Kathryn ihr Pferd satteln und preschte davon: durch den Teegarten, durch ein Stück Wald, hinauf auf eine Anhöhe. Erst als ihre Stute Schaum vor dem Maul hatte und nass geritten war, hielt Kathryn an. Sie klopfte Joshi den Hals.

»Tut mir leid, braves Mädchen!«

Kathryn ließ das Pferd grasen, stapfte ein Stück durchs hohe Gras, bis sich der Aufruhr in ihr etwas gelegt hatte. Ratlos setzte sie sich unter einen Baum – und bemerkte jetzt erst, dass sie sich auf dem Mangohügel befand. Sie war seit dem Unglück nicht mehr hier gewesen.

Ihr Vater hatte hohe Felsblöcke als Grabsteine für ihre Mutter und ihren Bruder, die hier ihre letzte Ruhe gefunden hatten, aufstellen lassen. Von dieser Stelle aus überschaute man Geestra Valley mit dem Dorf in seiner ganzen Schönheit.

Kathryn stand auf und ging zu den Gräbern. Nur die Namen und Geburts- und Todesdaten waren eingemeißelt. Mit den Fingerspitzen fuhr sie darüber, das körnige Gestein hielt noch Sonnenwärme gespeichert.

»Mama, Aldou, ich bin's, Kathryn.« Ihre Stimme brach.

In diesem Augenblick fiel es ihr wie Schuppen von den Augen. Endlich wusste sie, warum sie hatte überleben dürfen: damit sie Geestra Valley retten konnte.

Doch was würde das bedeuten? Würde es bedeuten, dass sie auf Carl verzichten müsste? Sollte das wirklich die Lösung sein? Könnte sie das, ohne daran zugrunde zu gehen?

Der Wind fuhr über die Anhöhe, streifte sie wie mit einer messerscharfen Klinge. Kathryn hörte eine Bö näherkommen und wieder davonfegen. Sie fröstelte.

»Ach, Mama, was soll ich nur tun? Kannst du mir nicht ein Zeichen geben? Bitte, gib mir ein Zeichen!«

So viel Verkehr zwischen dem Teegarten und Darjeeling wie am nächsten Tag hatte es selten gegeben. Manche Wagen begegneten sich auf halber Strecke, hupten oder hielten für einen kurzen Plausch der Insassen. Tinley fuhr ohne Unterlass Kisten mit dem neuen Second Flush zum Bahnhof. Aldous Whitewater setzte sich selbst hinter das Steuer seiner Limousine, um den Termin bei Dr. Apple wahrzunehmen. Kathryn hatte ihn so inständig gebeten, dass ihm nichts anderes übrig blieb. Sie kündigte an, dass sie mit Tinley nachkommen und persönlich mit Dr. Apple sprechen würde. Vorher musste sie noch einige dringende Arbeiten erledigen. Sie nahm auch Aashmi mit nach Darjeeling.

Gustav kehrte an diesem Tag zurück, und Carl begrüßte ihn freudig. »Wie war's? Erzähl, alter Junge!«

»Mach ich später.«

Es wurde Zeit, die Sachen für die Rückreise zu packen, einige Kisten mit Tee für Deutschland mussten vorgeschickt werden.

»Die Whitewaters sind gerade in Darjeeling. Kannst du mir den Ford für zwei Tage ausleihen?«

»Ja, sicher.«

Gustav musste sich eingestehen, dass Carl fabelhaft aussah: ein strahlender junger Mann in der Blüte seines Lebens, von der Liebe geküsst, genauer gesagt, von Kathryn geliebt. Es war schwer erträglich für Gustavs wundes Herz.

»Es gibt schlechte Nachrichten. Der Teegarten steht kurz vorm Ruin«, eröffnete Carl ihm. Er nannte die Summe, die Geestra Valley retten konnte.

Gustavs einziger Kommentar war ein kurzer Pfiff durch die Zähne.

»Könnte die Firma ter-Fehn-Tee nicht investieren?«

»Nicht in dieser Höhe!«, wehrte Gustav scharf ab. »Ich werde in Zukunft mit Frank Robbins zusammenarbeiten. Er plant, einen Teegarten in Sikkim zu eröffnen. Hab ihm gerade einen Zuschuss dafür versprochen. Außerdem wollen wir bald unsere normalen Tees auch in Beuteln anbieten – das ist die Zukunft fürs Massengeschäft. Die Maschinen dafür sind teuer und schon bestellt.«

»Ich hatte befürchtet, dass es zu viel ist … Übrigens …«, Carl übermittelte ihm die große Nachricht ohne Vorgeplänkel. »Kathryn und ich … wir wollen heiraten.«

Gustav fühlte sich, als hätte ihm jemand ätzende Säure in die Speiseröhre geschüttet. Er bekam kaum Luft. Der jäh aufflammende Schmerz in seinem Innern machte ihn sprachlos.

»Ist noch nicht offiziell, behalt's vorerst für dich.« Carl versuchte, das unangenehme Gefühl aus Mitleid und schlechtem Gewissen, das in ihm aufstieg, zu ignorieren. Er wollte sich sein Glück nicht trüben lassen. »Wir haben uns in Sikkim ineinander verliebt.«

Gustav hätte Carl packen und würgen können. Als ob er das nicht längst wüsste! Und als ob es ihm nicht ganz genauso ergangen wäre – in Sikkim verliebt! Nur dass sie sich für diesen Gärtner entschieden hatte.

Gustav brachte lediglich ein schlappes »Ach!« heraus, weil er befürchtete, sonst Gift und Galle spucken zu müssen. Mit größter Mühe riss er sich zusammen und setzte hinzu: »Herzlichen Glückwunsch!« Er hoffte, es klänge ein wenig munter.

Wieder stieg Hass in ihm auf. Hätte er ihm doch am Abgrund einfach auf die Hände getreten!

Carl kannte seinen Freund gut genug, um dessen Verzweiflung zu spüren. Mit einem inständig bittenden, offenen Blick sagte er leise: »Ich wünsche mir sehr, dass es nicht zwischen uns steht …«

Damit war Gustavs Edelmut überstrapaziert. »Tja, man kann im Leben nicht alles haben«, antwortete er bitter, fast triumphierend. In einem Ton, der das Gespräch für beendet erklärte, fügte er noch hinzu: »Der Fahrer sitzt bei Yaya in der Küche.«

»Ja, dann bis morgen«, erwiderte Carl enttäuscht. Bis dahin, so hoffte er, würde sich sein Freund wieder gefangen haben.

Carl gab in Darjeeling bereits einen großen Teil aus seiner kostbaren Rhododendronausbeute für die Schiffspassage auf. Außerdem wollte er ein Telegramm an seinen Vater nach Deutschland schicken. Das erledigte er als Erstes, nachdem er die Stadt am späten Nachmittag erreicht hatte.

Brauche ein Vermögen, er nannte die Summe, aber keine Einzelheiten, denn ihm war klar, dass sich der Inhalt des Telegramms leicht herumsprechen könnte. *Chancen? Eilt. Carl*

Als Absender gab er das Windamere Hotel an, wo er diese Nacht logierte. Eine kostbare Nacht, die er sonst noch mit Kathryn hätte verbringen können. Doch er wollte die Antwort auf das Telegramm sofort erfahren.

Kathryn und Tinley holten Aashmi, die sich tränenreich, aber glücklich von ihrer Familie verabschiedet hatte, am Nachmittag ab. Sie fuhren zunächst in das Ledigenheim, wo Kathryn dem Mädchen half, seine wenigen Habseligkeiten in dem neuen Zimmer zu verstauen. Dann gingen sie gleich in die Schneiderei. Kathryn wunderte sich kaum noch darüber, dass es ihr vorkam, als brächte sie eine jüngere Schwester auf den Weg.

»Ich wünsche dir viel Glück, Aashmi. Ihnen noch einmal vielen Dank, Mr Singh. Ich bin sicher, Sie werden es nicht bereuen.«

Aashmi stand in Mr Singhs Schneiderladen wie eine Wasserlilie in der Wüste. Sie fühlte sich, als sei sie völlig fehl am Platze, aber sie war fest entschlossen, das Handwerk zu erlernen. Ihr Arbeitgeber in seinem maßgefertigten Anzug flößte ihr großen Respekt ein, doch seine samtenen Augen und die abstehenden runden kleinen Ohren nahmen Aashmi sofort für ihn ein.

Ihr Vater befand sich bereits wieder auf dem Heimweg, als Kathryn Dr. Apple aufsuchte. »Ich unterliege der Schweigepflicht«, sagte der Arzt mit unglücklichem Gesicht. »Dein Vater hat mir untersagt, irgendjemandem Auskunft über seinen Gesundheitszustand zu erteilen. Auch dir nicht.«

Kathryn spürte, wie ihr das Blut aus dem Gesicht wich. Ihre Beine zitterten. »Dann kann es wohl nichts Gutes sein«, folgerte sie. »Wenn man es mir verheimlichen muss …«

Der Mediziner schwieg, sein mitfühlender Blick sprach Bände.

Kathryn atmete schwer. »Was kann ich tun, um ihm zu helfen?«

»Er verträgt keinen Alkohol, keinen Tabak und keine Aufregung. Aufregung ist das Schlimmste.«

Kathryn traf sich mit Tinley am Bahnhof, niedergeschlagen fuhr sie mit ihm nach Hause. Es war schon dunkel, als sie in Geestra Valley ankamen. Im Zimmer ihres Vaters brannte Licht. Kathryn klopfte.

»Komm rein!«

Seine tiefe Stimme klang müde, zermürbt. Auf dem Tischchen vor seinem Kamin lagen alte Fotos aus der Glanzzeit Geestra Valleys. Und Hochzeitsfotos ihrer Eltern. Daneben stand eine Flasche Gin.

Ihr Vater hatte gerötete Augen. Kathryn stellte sich vor das wärmende Feuer, rieb ihre Oberarme. Sie suchte nach aufmunternden Worten. Aber alles, was ihr in den Sinn kam, erschien ihr unpassend. Sollte sie ihn mahnen, nicht zu trinken? Er wusste doch selbst, dass es ihm schadete. Sollte sie sagen: Du darfst nicht zurückblicken, nicht sentimental werden? Das klang anmaßend.

Sie räusperte sich, schaute ihn mit einem Lächeln an. »Ich wollte dir nur noch eine gute Nacht wünschen.«

Er lächelte, in seinen Augen standen Trauer, Schmerz und Liebe. »Gute Nacht, Katie.«

Als Kathryn wenig später im Bett lag – das erste Mal seit einer gefühlten Ewigkeit ohne Carl –, fiel ihr der Brief wieder ein, den Mrs Apple ihr gegeben hatte. Plötzlich wieder hellwach holte sie den vergilbten Umschlag aus ihrem Abendtäschchen. Sie stopfte sich ihr Kopfkissen als Rückenlehne zurecht und setzte sich auf. Der Brief war an ihre Mutter adressiert. In kunstvoll verschnörkelter Schrift mit brauner Tinte stand auf dem Umschlag geschrieben: An Miss Annabella McCullen persönlich. Kathryn öffnete ihn und begann zu lesen.

Darjeeling, im August 1909
Sehr verehrte, liebe Annabella,
als langjähriger Justitiar und Freund des Hauses habe ich Ihnen nach dem viel zu frühen Tode Ihrer Eltern anlässlich Ihrer nun bevorstehenden Hochzeit, zu der ich

Sie ganz herzlich beglückwünsche, einige Umstände aus Ihrer Familiengeschichte zur Kenntnis zu bringen. Dass Sie das einzige Kind des Teepflanzers Henry McCullen und seiner Ehefrau Emily aus dem Mirik-Tal sind, hat einen Grund: Ihre hochgeschätzte Frau Mutter konnte keine Kinder bekommen. Sie gab daher nach einigen Jahren der kinderlosen Ehe ihr Einverständnis, dass ihr Gatte den Wunsch nach einem Nachkommen anderweitig zu erfüllen suchte.

Als das aus Nepal stammende Dienstmädchen Bina Chaudhary guter Hoffnung war, begaben sich Ihre Frau Mutter und ebenjene als Zofe auf eine längere Europareise. In Florenz kamen Sie in einem Privatsanatorium zur Welt. Als Mutter wurde Emily Louisa McCullen in die Urkunden eingetragen. Außer mir und nun auch Ihnen hat kein weiterer lebender Mensch Kenntnis von diesen Umständen, und Sie können gewiss sein, dass ich weiterhin Schweigen darüber bewahren werde.

Mit diesem Brief erfülle ich den letzten Wunsch Ihres Herrn Vaters.

Hochachtungsvoll …

Kathryn musste den Brief mehrfach lesen, um dessen Inhalt und Gewicht zu erkennen. In ihren Adern floss nicht italienisches Blut, sondern nepalesisches! Sie war die Enkeltochter eines Dienstmädchens!

Kathryn ließ den Brief auf ihre Bettdecke sinken. Im Eiltempo durchlebte sie eine wilde Folge von Emotionen. Sie war niederer Abstammung! Sie fühlte sich getäuscht, gekränkt, beleidigt. Dann schämte sie sich ein wenig vor sich selbst. Konnte sie denn beurteilen, was für ein Mensch diese einfache Frau aus Nepal gewesen war? In welcher Notlage sie sich befunden hatte? War sie vielleicht gezwungen worden? Vielleicht hatte sie ihren Großvater aufrichtig geliebt. Vielleicht sogar auch dessen Frau. Vielleicht hatten sie ja sogar eine unkonventionelle, aber glückliche Beziehung zu dritt gelebt! Und wieso sich dafür schämen? Ob Bina noch lebte? Ihre Eltern hatten im September 1909 geheiratet, da war ihre Mutter Annabella zwanzig Jahre alt gewesen. Ihre Großmutter müsste demnach, wenn sie selbst auch etwa zwanzig bei der Geburt gewesen war, jetzt Anfang sechzig sein. Dann konnte sie sich ja noch bester Gesundheit erfreuen.

Kathryn dachte einen Moment nach. Dann fiel ihr ein, dass der Rechtsanwalt versichert hatte, kein lebender Mensch wüsste außer ihm noch davon. Vielleicht könnte sie ihn sprechen? Allerdings stammte der Brief aus dem Jahr 1909. Der »langjährige Justitiar« war heute, einundzwanzig Jahre später, vermutlich längst verstorben.

Kathryn stand auf und setzte sich vor den dreiteiligen Spiegel ihrer Frisierkommode. Aufmerksam studierte sie ihr Gesicht. Sah man etwas Nepalesisches darin? Vielleicht die dunklen, kräftigen Augenbrauen? Oder die ovale Gesichtsform? Hatte sie als Einzige in der Familie grüne Augen, weil sie ein Mischling war?

Sie wusste nicht einmal, welchem Stamm ihre Großmutter angehört hatte. War sie eine Sherpa oder Gurung mit letztlich tibetischen Wurzeln oder vielleicht eine Hill-Bahun, also eher indischen Ursprungs? Über hundert unterschiedliche Volksgruppen lebten in Nepal, die Bevölkerung bildete ein Mosaik aus Minderheiten.

Ach! Kathryn klappte einen Flügel des Spiegels so heftig zu, dass er einen Sprung bekam. Blödsinn! Sie wurde durch diese Nachricht kein anderer Mensch.

Oder doch?

Kathryn kramte in ihrem Gedächnis. Was hatte ihre Mutter ihnen eigentlich von ihrer eigenen Kindheit berichtet? Von einer Amme, einem Kindermädchen, das auch später im Haushalt der McCullens schaltete und waltete, hatte sie immer gut gelaunt erzählt. Doch der Name war ein anderer gewesen … Bibi. Genau – die Zärtlichkeitsform von Bina. Jetzt fiel es Kathryn wieder ein. Bibi war bereits gestorben, als Annabella noch in einem Mädchenpensionat lebte.

Ob sie noch mehr Kinder bekommen hatte? Von ihrem Großvater oder von einem Nepalesen? Dann lebten heute vielleicht noch Verwandte von ihr im Mirik-Tal. Und was wäre eigentlich, wenn Manjushree von ihrem Vater schwanger würde? Die Kinder von Engländern und Einheimischen – das war seit Jahrzehnten ein Tabuthema. So tabu, dass Kathryn nie darüber nachgedacht hatte.

Ihre Gefühle wirbelten durcheinander. Mal war sie wütend auf ihren Vater, dass er immer noch meinte, sie bevormunden zu können. Dann tief besorgt wegen seines Herzens. Und froh, dass sie sich versöhnt hatten. Dann wieder ärgerlich – er konnte doch nicht einfach riskieren, dass eine mittellose Frau ein Kind von ihm bekam, ihr Halbgeschwister … Und wieder später spürte sie ihre tiefe Liebe zu ihm und Dankbarkeit dafür, dass er ihr erlaubte, mit Carl glücklich zu werden.

In dieser Nacht fand Kathryn lange keinen Schlaf.

Die Antwort aus Deutschland erreichte das Telegrafenamt Darjeeling an nächsten Tag. Carl riss es dem Boten in der Tür seines Hotelzimmers ungeduldig aus der Hand.

»Keine Chance. Lage schlecht. Gruß. Vater«

Carl fluchte.

Nun gut, dann musste er sich eben etwas anderes einfallen lassen. Nach kurzer Zeit siegte seine Zuversicht. Bestimmt würden sich in Deutschland neue Möglichkeiten ergeben.

Carl gab die Kisten auf und ließ sich gleich darauf zurück nach Geestra Valley chauffieren.

»Das kann doch kein Zufall sein, oder?«, fragte Kathryn.

Sie saß mit Carl auf der Bank hinter dem Glaspavillon und hatte ihm alles berichtet: vom Heiratsantrag des reichen Lords und auch, dass ihr Vater schwer herzkrank war, ihre Großmutter eine Nepalesin und dass die Zwangsversteigerung schon in zwei Wochen stattfinden würde. Carl wurde ungehalten.

»Denkst du etwa ernsthaft darüber nach, den alten Taintsworth zu heiraten, damit es die fremden Leute im Dorf ein bisschen besser haben?« Er packte sie an den Schultern, schüttelte sie und schaute ihr in die Augen. »Kathryn, wir lieben uns! Wir gehören zusammen, das größte Glück der Welt ist zum Greifen nah!«

»Ich lieb dich doch auch, aber ich bin völlig durcheinander!«

Sie konnte erst recht nicht klar denken, wenn er sie so anschaute. Kathryn machte sich los und setzte sich auf die Schaukel. Unruhig kippelte sie hin und her, zog mit den Schuhspitzen Bahnen durch den Sand unter ihren Füßen.

Carl versuchte es mit sachlichen Argumenten. »Ein solches Opfer wäre völliger Unsinn. Wenn Indien demnächst unabhängig wird, müsst ihr Engländer ohnehin das Land verlassen …«

Kathryn schüttelte den Kopf. »Dazu wird es so bald nicht kommen. Das dauert mindestens noch eine Generation.«

»Woher willst du das wissen?«

»Die Krone entlässt Indien nicht freiwillig. Eine britische Regierungskommission, die drei Jahre lang Material gesammelt und sich beraten hat, gab gerade das Ergebnis bekannt: Indien ist noch nicht fähig, sich selbst als unabhängiges Land zu regieren.«

Carl spuckte verächtlich aus. »Solche Ergebnisse sind parteiisch und gelenkt. Ist doch klar. Du kannst nicht wirklich unsere Zukunft von einem dämlichen manipulierten Kommissionsbericht abhängig machen!«

»Nein, natürlich nicht!«, antwortete sie gequält. »Da kommt eben vieles zusammen … Wir haben uns doch darüber unterhalten, dass niemand nur für sich allein verantwortlich ist. Dass es Verpflichtungen gibt …«

»Ja. Aber wir leben in modernen Zeiten. Wir müssen nicht die Jugend unserer Eltern nachleben.«

»Hast du nicht selbst gesagt, wir hätten etwas aus der Vergangenheit in die Zukunft weiterzugeben?«

»Herrje! Das heißt aber nicht, dass wir unbedingt einem vorgezeichneten Weg folgen müssen. Ich bewundere jeden Menschen, der seinen eigenen Weg geht und nach seinen eigenen Regeln handelt!«

»Dann könntest du auch mit eurer vierhundert Jahre alten Tradition brechen?«

»Im Prinzip ja, aber in diesem Fall entspricht der vorgezeichnete Weg genau dem, was ich am liebsten machen möchte.«

Sie schwiegen. So hatten sie noch nie miteinander gesprochen. Kathryn fragte sich, ob Carl für sie auf seinen Familienbetrieb verzichten würde. Angenommen, er würde Geestra Valley übernehmen können … Immerhin hatte er sich neulich ja schon Gedanken darüber gemacht, wie man die Teesträucher pflanzen könnte, um Schlammlawinen zu verhindern.

Sie traute sich kaum, ihm diese Frage zu stellen. Aber sie wollte doch Klarheit. »Kannst du dir vorstellen, hier …«

Er unterbrach sie. »Ich muss mich korrigieren. Unsere Baumschule im Ammerland liefert mir sogar die Basis für das, was ich als meinen Lebensinhalt sehe. Denn bislang spielten die Rhododendren eine untergeordnete Rolle. Aber mit den neuen Züchtungen …«

Kathryn schaute ihn unglücklich an. Das war es nicht, was sie hatte hören wollen.

Carl deutete ihren Blick richtig und sprang auf. »Ach, Kathryn!« Er stellte sich hinter sie, beugte sich hinunter, schloss seine Arme um sie. Die Wange in ihr Haar geschmiegt, flüsterte er ihr ins Ohr: »Du bist meine über alles Geliebte. Die Frau meines Lebens. Für dich würde ich Kohlen schaufeln, als Hausdiener arbeiten oder sogar Soirees bei den Apples besuchen.«

Kathryn lächelte wehrlos. Und ergab sich dem süßen Rieseln, das Carls Berührungen in ihr auslösten. Er machte zwei Schritte um die Schaukel herum, zog sie hoch und hielt sie fest an sich gedrückt. Sie seufzte, als ihre Knie weich wurden und die Beine wegzusacken drohten.

»Siehst du«, murmelte er sanft und schloss die Augen, »du kannst gar nicht anders. Wir gehören zusammen.« Sie erwiderte seinen Kuss. Als er die Augen wieder öffnete, lag in seinem Blick eine Ernsthaftigkeit, die sie noch nie an ihm gesehen hatte. »Und ich kann auch nicht anders.«

Zwei Tage und Nächte lang zermarterte Kathryn sich das Hirn. Aber sie kam zu keinem Ergebnis, das ihr, in allen Konsequenzen durchdacht, noch richtig erschien. Und schließlich wollte sie nicht länger grübeln.

Sie hatte plötzlich ein Bild vor Augen, von dem sie sich

nun vertrauensvoll leiten ließ. Oft hatte sie Carl dabei zugesehen, wie er unterwegs am Standort besonderer Rhododendren Schlämmproben machte, indem er drei oder vier Zentimeter Erde in ein verschließbares Glas mit Wasser füllte, umrührte und abwartete, wie schnell sich welche Schichten absetzten. Jetzt kann man nichts weiter tun, als warten. Hektik schadet, denken nützt nichts, hatte er ihr beim ersten Mal erklärt. Nach einer Weile war das Wasser wieder klar, und man konnte ganz genau erkennen, aus wie viel Steinchen, Humus, Lehm, Sand oder was auch immer sich der Boden zusammensetzte. Carl notierte sich solche Zusammensetzungen in seinem Büchlein in Steckbriefen. Und genauso würden sich auch ihre Gefühle sortieren. Kathryn wandte sich einfach wieder ihren Tagesaufgaben zu.

Carl beobachtete sie nachdenklich. Dieses Verhalten war wohl Teil ihrer schlafwandlerischen Sicherheit. Er begriff, dass er sie gewähren lassen musste. Außerdem wartete auch auf ihn viel Arbeit. Er gab den bewässerungsfähigen Transportkisten für seine Pflänzchen, Stecklinge und Reiser, die er mit Hilfe der Teegartenarbeiter gezimmert hatte, die letzten Hammerschläge. Er sorgte dafür, dass jeder Rhododendron die richtige Erde erhielt und dass sie nicht zu fest angedrückt wurde. Auch diese Kisten sollten wie ihre Expeditionsausrüstung vor den Passagieren verfrachtet werden – aber so, dass sie unterwegs kontrolliert werden konnten. Deshalb musste Carl erneut mit Tinley und dem Lastwagen nach Darjeeling fahren.

»Ich hoffe, dass wir bei Einbruch der Dunkelheit wieder zurück sind«, sagte er zu Kathryn.

Sie tauschten einen sehnsüchtigen Blick. Es wäre ihre vorerst letzte Gelegenheit für eine gemeinsame Nacht.

»Ich hoffe es auch!« Sie schaute zum Himmel empor. »Aber jetzt kann jeden Tag der Monsun beginnen. Dann bleib um Gottes willen in Darjeeling! Wir bringen dann morgen dein restliches Gepäck mit.«

»Ich bin so schnell wie möglich wieder bei dir. Jede Stunde ist kostbar.«

»Ich bitte dich inständig«, wiederholte Kathryn, »denk an die Erdrutsche, es könnten Schlammlawinen …« Sie sprach es nicht aus. Carl verstand.

Natürlich musste sie an das Unglück denken. An ihren Albtraum. Er nickte. »Gut, ich verspreche es.«

»Ich komme auf jeden Fall mit zum Bahnhof.«

Gustav hatte Kathryn nach seiner Rückkehr nur kurz begrüßt, seitdem vermied er es, mit ihr zusammenzutreffen. An diesem Nachmittag unternahm er einen Abschiedsritt durch den Teegarten Geestra Valley. Dunkle Wolken verdeckten den Blick auf die Berge und hingen in den Tälern. Vor allem im Westen in Richtung Darjeeling ballte sich Bedrohliches zusammen. Aber es regnete noch nicht, ab und zu sah man sogar Fetzen vom blauen Himmel.

Gustav ritt am Rande des Dschungels zu der Anhöhe, über die Kathryn die Abkürzung zum Teesta genommen hatte, um ihre Expedition einzuholen. Er schaute in Richtung Sikkim. Das Grün leuchtete jetzt vor dem grauen Hintergrund, warm angestrahlt von einer tief stehenden Sonne, und sein Herz zog sich vor Schmerz härter zusammen. Er musste mit einem Kapitel seines Lebens abschließen. Mit dem Abenteuer Darjeeling hatte er seine Liebe verloren und seinen Freund. Und wenn er nun ganz mit dem Leben abschließen müsste, es würde ihm, so glaubte er in diesem Augenblick, nicht viel ausmachen.

Mit gestrafften Zügeln wandte er sich ab, setzte das Pferd mit sanftem Druck wieder in Bewegung. Diesmal wählte er die Strecke über die andere Seite des Tales, die ihn erst durch den Urwald und dann am Dorf entlangführte. Der Wind frischte auf, er blies ihm kräftig ins Gesicht.

Als Gustav kurz vor dem Dorf einen Pferch passierte, in dem die Arbeiter ihre Schafe hielten, stürmte es schon beinahe. Er wusste nicht genau, was es war, doch mit dem Instinkt eines Jägers witterte er auf einmal Gefahr. Verhielten sich die Schafe unruhiger als sonst? Gustav stieg ab und zog sich mit dem Pferd hinter einen Baum zurück, der von buschigem Unterholz umgeben war. Er hatte ein Gewehr von Mr Whitewater dabei – es drohte immer die Gefahr, unterwegs von einem Wildschwein oder auch von einer Banditenbande angegriffen zu werden. Gustav spitzte die Ohren, er hörte angstvolles Blöken, doch der Sturm übertönte mit einem unheimlichen Heulen alle anderen Geräusche. Vielleicht beunruhigte der bevorstehende Monsun die Tiere. Sie verdrehten ihre hervortretenden Augen, drängten sich in einer Ecke des Pferchs zusammen. Er sah keinen Hirten weit und breit. Wahrscheinlich hatte er sich vor dem nahenden Unwetter in Sicherheit gebracht.

Gustav nahm das Gewehr vom Sattel, entsicherte es, blickte sich um und erschrak. Ein Schneeleopard! Die schwarzgrau gefleckte Riesenkatze lauerte in knapp fünfzig Metern Entfernung mit angelegten Ohren und hatte wohl noch keine Witterung aufgenommen – der Wind stand günstig für Gustav. Das Tier schwenkte den Kopf hin und her, ohne die Schafe auch nur eine Sekunde aus den Augen zu lassen. Gustav riss das Gewehr hoch und zielte. In diesem Moment sprang der Schneeleopard mit kraftvoller Eleganz über das Gatter. Als er kurz vor den panischen Schafen den Boden wieder berührte, schoss Gustav. Das Raubtier jaulte auf, bemerkte den menschlichen Feind, schaute auf sein verletztes Hinterteil, bewegte Kopf und Vorderbeine vor und zurück, als sei es unschlüssig, ob es die Wunde lecken, angreifen oder sofort fliehen sollte. Gustav, vom Jagdfieber gepackt, schlich näher, immer das Tier im Visier, bis er kurz vor dem Gatter stand. Blut hämmerte in seinen Schläfen, er biss sich auf die Unterlippe.

Der Schneeleopard fixierte ihn, ließ ein lang gezogenes warnendes Knurren hören. Erneut hob er zum Sprung ab, flog mit ausgebreiteten Vorderpfoten direkt auf Gustav zu. Der sah in die schwarz geränderten fahlgelben Augen der Katze, nahm den bestialischen Gestank wahr, der von ihr ausging, sah die Reißzähne im weit aufgerissenen Maul. Das ist ein Tod, der meines Vaters würdig ist, dachte Gustav. Kathryn würde schon sehen, was sie davon hatte, einen Helden zu verschmähen.

Er feuerte noch einen Schuss ab, dann spürte er einen heißen Schmerz in seinem Oberarm und einen Aufprall von ungeheurer Wucht. Gustav sah rote Spiralen, die in Schwärze aufgingen, dann sah er nichts mehr.

Der Wind verwehte die Seiten in dem Buch, das Kathryn mit zum Mangohügel hochgenommen hatte. Sie las nicht, sie dachte auch nicht nach, sie hockte sich ans Grab ihrer Mutter und horchte in sich hinein. Spüren, was ist. So hatte der weise Lama gesagt.

Ja, sie war sich sicher. Sie hatte ihre Entscheidung getroffen.

Der Wind blies stärker, und sie pfiff nach Joshi. Im Galopp ritt Kathryn zurück, übergab ihr Pferd dem Stallburschen. Sie machte die Gegenprobe auf ihrer Bank unterm Rhododendron. Auch wenn sie wusste, dass es schmerzen würde, aber sie brauchte diese letzte Bestätigung. Zu viel stand auf dem Spiel. Dieses Mal konnte sie nicht mehr wie ein trotziges Kind handeln.

Regenwolken verdüsterten den Himmel zunehmend. Eine grünlich graue Färbung ließ die Umgebung seltsam unwirklich erscheinen. Kathryn schloss die Augen, wieder horchte sie in sich hinein.

Ja, so stimmte es.

Sie spürte plötzlich etwas Warmes in ihre Hand schlüpfen. Als sie die Augen öffnete, sah sie, dass es die klebrige Hand eines kleinen nepalesischen Mädchens war, das sie mit großen Mandelaugen anblickte. An der anderen Hand hielt es ein Brüderchen, das gerade gehen lernte.

»Märchen, Memsahib?«, sagte das Mädchen erwartungsvoll lächelnd. Sie wollte Kathryn zum Glaspavillon ziehen. »Musik, Memsahib!«

»Heute nicht«, vertröstete Kathryn es. »Gleich gibt es Regen. Geht schnell nach Hause!«

In diesem Moment hörte Kathryn einen Schuss. Sie war sich nicht sicher, aus welcher Richtung er kam, weil der Wind sich verstärkt hatte. Kathryn rannte auf den Vorplatz der Manufaktur zu. Der Verwalter stürzte aus seinem Büro. Da folgte ein zweiter Schuss.

»War das im Dorf?«

»Vielleicht Jäger?«

»Bei dem Wetter?«

»Ich reite los …«

»Nein, warten Sie …«

Der Verwalter holte sein Pferd, als einige der Arbeiter herbeigelaufen kamen. »Schneeleopard!«, rief einer von ihnen, »deutscher Sahib tot!«

Nur wenig später zogen zwei Männer mit einem Handkarren über den Hügel. Sie hatten eine Leiter daraufgelegt und Gustav festgebunden.

Kathryn riss dem Verwalter die Zügel aus der Hand, bestieg sein Pferd und ritt ihnen entgegen. Mit einem Satz sprang sie ab. Sie hob Gustavs Augenlid hoch, fühlte seinen Puls.

»Er lebt!« O lieber Gott, vielen Dank, vielen Dank! »Bringt ihn zur Krankenstation.«

Als Gustav wieder zu sich kam, blickte er in das Gesicht eines Engels … Kathryn. Besorgt und liebevoll beugte sie sich zu ihm hinunter.

»Bin ich schon im Himmel?«

Erleichtert lachte sie auf. »Nein, wir leben noch! Aber der Schneeleopard ist tot.«

Die Neugierigen, die vor der kleinen Krankenstation gewartet hatten, zogen beruhigt wieder von dannen.

»Auch gut …«

»Du müsstest bald wieder auf dem Damm sein. Abgesehen von ein paar Prellungen hast du nur eine Fleischwunde am linken Oberarm. Ich hab sie desinfiziert und verbunden. Zum Glück bist du gegen Tetanus geimpft.« Sie grinste. »Die Krallenspuren werden dekorative Narben hinterlassen, damit kannst du bis an dein Lebensende die Damenwelt beeindrucken.«

Gustav grinste zurück, setzte sich auf.

Sie ergriff seine Rechte, legte ihm ihre linke Hand auf die Schulter. »Danke!«

Verlegen und beglückt führte Gustav ihre Hand an seine Lippen, um einen Kuss darauf zu drücken. »Ich danke dir.«

Kathryn wandte sich ab. »Kannst du aufstehen? Oder hast du vielleicht Kopfschmerzen, wird dir schwindlig? Dann leg dich lieber noch eine Weile nach nebenan, du könntest eine leichte Gehirnerschütterung haben.« Mit dem Kinn wies sie aufs zweite Zimmer der Krankenstation, durch die geöffnete Tür sah man ein Krankenbett. »Ist frisch bezogen.«

Gustav stand vorsichtig auf. Er fasste sich prüfend an den Kopf.

»Nein, alles gut. Aber ich könnte jetzt einen Schluck vertragen auf den Schreck.«

»Klar!«

Kathryn hatte immer Whisky in der Krankenstation. Er gehörte ebenso wie Gin und Chinin zur medizinischen Grundausstattung einer Pflanzerapotheke. Sie schenkte zwei Scotch ein, goss in ihr Glas noch etwas Wasser.

»Für mich pur, bitte«, sagte Gustav.

Sie setzten sich ans Fenster, zwei einfache Stühle standen dort an einem Tischchen. Der Wind hatte sich gelegt, schwere Wolken hingen beinahe unbewegt am Himmel.

»Sieht ziemlich düster aus.«

Gustav nahm einen großen Schluck. Er genoss, wie das Brennen den Hals hinunterlief. Der Whisky schmeckte nach Nordsee und rauem Klima. Plötzlich freute er sich auf Ostfriesland, auf lange Spaziergänge am Deich mit Blick aufs weite Meer.

»Ich hoffe, dass Carl in Darjeeling bleibt«, sagte Kathryn besorgt. Sie entzündete eine Kerze, die sie auf einer Teeuntertasse mit verblichenem Blümchenmuster festtropfen ließ und auf den Tisch stellte. »Manchmal dauert es zwar Tage, bis der Regen losbricht. Aber wenn man ausgerechnet dann gerade unterwegs ist …« Entschlossen kippte sie ihren Drink hinunter, der sie gleich von innen wärmte und etwas beruhigte.

»Carl ist ein Sonntagskind«, sagte Gustav bitter.

»Tatsächlich?«

»Ja, er kam wirklich an einem Sonntag zur Welt. Sonntagskindern passiert nichts, sagt seine Mutter immer.«

»Noch einen?«, fragte Kathryn.

Gustav nickte. »Der Leopard stank bestialisch.«

»Er hatte einen abgebrochenen, vergifteten Bambusspeer in der Flanke. Wahrscheinlich von Hirten, die ihre Herde bedroht sahen. Oder von Wilderern. Drumherum war alles stark entzündet, es schwärte richtig ekelig.« Kathryn schenkte nach. »Die Männer meinen, dass er deshalb zu schwach für die freie Wildbahn war und Haustiere gerissen hat.«

Die Aufregung hatte Kathryns Wangen gerötet. Es war das erste Mal, dass Gustav sie seit ihrer Rückkehr aus Sikkim wieder richtig ansah. Aus dem jungen Mädchen war in wenigen Wochen eine sinnliche junge Frau geworden. Ihre Schultern hatten das Füllenhafte verloren, ihre Lippen waren eine einzige Versuchung. Gustav drängten sich Bilder auf, wie sie mit Carl … Er schüttelte kurz heftig den Kopf, als wollte er seine Gedanken verscheuchen.

»Trink«, forderte Kathryn ihn auf. »Deine Nerven müssen sich beruhigen.« Sein Blick streichelte ihr Gesicht.

»Tja. Abschied … Was soll man sagen …«

»Tja. Schon komisch, hier auf der Krankenstation begann euer Besuch, und hier endet er.«

Kathryn nippte an ihrem zweiten Glas. Sie hatte keine Ahnung, was oder wie viel Gustav von Carl über die aktuelle Situation in Geestra Valley wusste. Noch eine Weile sprachen sie über Belangloses, erinnerten sich an Erlebnisse in Sikkim. Gustav schenkte sich erneut nach, gab Wasser in seinen Drink und reichte Kathryn den Whisky pur. Endlich fasste er sich ein Herz.

»Kathryn, nimm mich!«

Sprachlos schaute sie ihn an.

»Heirate mich, nicht Carl.«

»Aber …«

»Mit mir wirst du viel glücklicher werden. Du musst nicht Tag für Tag im Blumenladen stehen und Primeln und

Torferde verhökern. Du musst nicht bei jeder Temperatur im Gewächshaus arbeiten, Azaleen entlausen und ausgebeulte Hosen tragen. Du kannst in einer schönen Villa wohnen, sie nach deinen Vorstellungen einrichten und dich ganz der Familie und dem gesellschaftlichen Leben widmen.«

Gustav wusste, dass er nichts zu verlieren hatte.

Kathryns Reaktionen waren durch den Alkohol schon stark verlangsamt. Was hatte er da gerade offenbart?

»Kathryn, ich liebe dich«, hörte sie ihn jetzt sagen.

Das traf sie. Welche Frau trifft es nicht, wenn man ihr eine Liebeserklärung macht?

Kathryn beugte sich langsam vor. Sie schob ihre zusammengelegten Hände über den Tisch und umschloss damit Gustavs Hände. Als müsste sie ein aufgeregtes Kind beruhigen.

»Hör mal zu, Gustav. Ich liebe dich auch.« Er wagte nicht, seine Hände zu bewegen. Bevor das Glücksgefühl, das sich in ihm ankündigte, ihn ganz und gar durchströmen konnte, setzte Kathryn hinzu: »Aber eben nicht so wie Carl.« Sein waidwunder Blick tat ihr weh. Sie wollte ihn trösten. »Weißt du, wenn Carl nicht gewesen wäre, hätte ich mich sicher in dich verliebt.«

»Dann muss ich ihn also umbringen.« Gustav wusste selbst nicht, ob er es ernst oder spaßig meinte.

Kathryn wertete seine Worte als schwarzen Humor. »Das würde nichts nützen. Dann müsste ich dich hassen.«

»Oh.«

Sie schwiegen. Gustav fühlte sich, als hätte man ihm einen Einblick ins Paradies gewährt und ohne Vorankündigung den Vorhang wieder fallen lassen.

»Erinnerst du dich an den Mond über dem Kangch?«, fragte er.

»Natürlich. Diesen Anblick werde ich nie vergessen.«

»Ich auch nicht.«

»Komm, darauf stoßen wir an.« Ihre Gläser schlugen hart gegeneinander. »Und bitte, halte Carl die Freundschaft!«

»Das kann ich nicht versprechen.«

»Versuch's«, bat sie. »Versprich mir, dass du es aufrichtig versuchst.«

»Na gut.«

Die Kerze war fast heruntergebrannt, sie begann unruhig zu flackern. Gustav seufzte schwer. »Dann lass uns mal langsam zu Bett gehen.«

»Brauchst du noch ein Schmerzmittel?«

Er verzog das Gesicht. Im Moment reichte der Alkohol. »Gegen den Kater morgen wahrscheinlich …«

Kathryn kicherte. »Stimmt, ich nehm mir auch gleich was mit.«

Sie holte ein Röllchen Tabletten aus dem Medizinschrank. Und auf einmal wurde sie doch sentimental.

»Weißt du, was ich wirklich gerne noch mal wissen möchte?«

»Nein, was?«

»Wer mich damals im Gymkhana geküsst hat, als der Strom ausfiel. Sei ehrlich, Gustav: Warst du das?«

Er lachte unfroh. »Würdest du den Täter denn wiedererkennen?«

»Ich glaub schon.«

»Na dann, zum Abschied …«

Gustavs Gesicht kam näher. Seine braunen Augen schienen zu glühen. Sie verrieten eine große Traurigkeit, aber auch jäh aufflammende, mühsam unterdrückte Leidenschaft. Kathryn schaute ihn an wie hypnotisiert. Was für ein gut aussehender, erotischer Mann er doch war … Er nahm sie in die Arme. Er fühlte sich sehniger und kompakter an als Carl, sein ganzer Körper stand unter Hochspannung. Der Geruch von gebügelter Baumwolle und Sandelholz, vermischt mit Schweiß, stieg Kathryn in die Nase. Sie schloss die Augen. Die erste Berührung ihrer Lippen durchfuhr sie beide wie ein Stromschlag. Die Tabletten rutschten aus dem Röllchen, hüpften klackernd über den Boden. Gustav küsste Kathryn leidenschaftlich, heftig und rücksichtslos. Er presste seine Lippen hart auf ihre, bohrte seine Zunge in ihre Mundhöhle, stieß zu – es war atemberaubend, überwältigend und Fleischeslust pur. Sie schmeckte etwas warmes Salziges, Blut.

Nein, er war es auch nicht. *Daran* hätte ich mich erinnert, war das Letzte, was sie dachte.

Schweren Herzens war Carl eine weitere Nacht im Hotel Windamere geblieben, weil es sehr danach ausgesehen hatte, dass er in einen Wolkenbruch geraten würde. Gäste, die aus dem Westen kamen, waren bereits durchnässt.

Es ärgerte ihn, als er morgens feststellen musste, dass der Monsun doch noch auf sich warten ließ. Wenigstens brauchten die anderen dann aber auch heute auf der Strecke zwischen Geestra Valley und Darjeeling noch nicht Unterspülungen und Schlamm zu fürchten. Er ging zum Bahnhof, um dem Aufseher letzte Anweisungen und ein gutes Trinkgeld für die Betreuung seiner Rhododendren zu geben.

Die ganze Zeit über dachte Carl an Kathryn. Er versuchte, sich in ihre Situation zu versetzen. Welche Gedanken, welche Gefühle mochten sie jetzt bewegen? Wie würde sie sich entscheiden?

»Kathryn!«, stöhnte Gustav.

Er presste sie an sich, spürte ihre Brüste durch ihre dünne Bluse und verlor den Verstand. Ihre Taille unter seiner Hand, ihr duftendes Haar, ihre vollen, halb geöffneten Lippen – alles an ihr erregte ihn. Die Frau, die er liebte, nach der er sich verzehrte, wehrte ihn nicht ab. Sie ließ seine Berührungen auch nicht nur über sich ergehen, sondern reagierte mit ebensolcher Glut. Überwältigt von Begierde und Verzücken drückte er sie keuchend gegen die Wand.

»Du willst es auch!«, stieß er hervor. Jede ihrer Bewegungen, jeder Laut, der ihr entfuhr, bewies es ihm.

Er hob sie hoch, trug sie zum Bett in das kleine Zimmer nach nebenan. Sein Herz besaß sie längst, jetzt gab er ihr sein ganzes Sein. Gustav erlebte Momente größter Seligkeit.

Er drang in sie ein, und als sie ihn umschloss, spürte er nur die Gegenwart, wusste nichts mehr von Vergangenheit und Zukunft.

Kathryn, feucht von Schweiß und Lust, war nicht mehr bei Verstand.

Am nächsten Morgen reichte Kathryns Erinnerung an den Abend mit Gustav gerade bis zum Kuss. Eine kleine verletzte Stelle an ihrer Lippe sprach ja auch Bände. Wie sie in ihr Bett gelangt war, wusste sie nicht. Sie hatte einen ziemlich wilden Traum gehabt, der körperlich sehr aufregend, ja erregend gewesen war, aber Näheres bekam sie nicht mehr zusammen. In ihrem Kopf hämmerte eine Hundertschaft kleiner Bauarbeiter. Sie fühlte sich grauenvoll.

Auf ihrem Nachttisch lagen Kopfschmerztabletten. Sie tapste ins Bad, spülte mit einem Glas Wasser zwei Tabletten herunter und hoffte auf Besserung. Sie warf sich ihr blaues Kleid über. Die Luft schien zu stehen, draußen vor dem Fenster regte sich kein Blatt. Immer noch hingen dunkle Wolken über dem Tal.

Als sie den Salon betrat, sah Kathryn, dass Gustav und ihr Vater schon gefrühstückt hatten. Ihr Vater sei schon in der Manufaktur, sagte Jay. Sie wunderte sich. Aldous Whitewater steckte in diesen Tagen den Kopf eigentlich lieber in den Sand. Entweder betrank er sich in seinem Zimmer und lief mit nackten Beinen in Lodenmantel und Gummigaloschen durchs Haus, oder er beaufsichtigte die Second-Flush-Ernte wie immer, als stünde der Ruin nicht unmittelbar bevor.

»Dieses Jahr hat unser Tee wieder ein prächtiges Muskateller-Aroma!«, rief er ihr über den Lärm der Rollmaschinen zu.

Kathryn war klar, dass er nicht anders konnte, er hatte kein anderes Verhalten gelernt.

»Bringst du Gustav und mich gleich nach Darjeeling?«, rief sie zurück.

Kathryn fand Gustav beim Packen im Gästehaus, Chandra klappte gerade Carls Koffer zu und brachte ihn dann nach draußen.

»Das Gepäck bitte in den Austin Heavy«, sagte sie, »mein Vater fährt uns.«

Gustavs Augen blitzten auf, als er sie in der Tür stehen sah. Sein Körper reagierte sofort, er wäre am liebsten auf der Stelle über sie hergefallen, um sie wieder und wieder und wieder zu lieben. Mit gezielter Atmung rang er um seine Beherrschung.

»Guten Morgen, Gustav!« Kathryn versuchte ein Lächeln. »Brummt dein Schädel auch so?«

»Guten Morgen, Kathryn.«

Ein prüfender Blick auf ihr unschuldiges Gesicht sagte ihm, dass sie sich nicht erinnerte. Verlegen setzte sie sich aufs Bett. Seine Lippen waren geschwollen. Sie errötete.

Er hatte allerdings noch andere Blessuren – vom Dornengebüsch, in das er beim Angriff des Schneeleoparden gefallen war.

»Du, das mit dem Kuss gestern Abend …«, druckste sie, »… das müssen wir Carl ja nicht unbedingt sagen, oder?«

Gustav schüttelte den Kopf. Wusste sie denn wirklich nichts mehr? Die unvergesslichsten Minuten seines Lebens, in denen eine ganze Ewigkeit gelegen hatte, waren spurlos an ihr vorübergezogen?

Ja, er musste sich wohl damit abfinden. Sein größtes Glück war für sie nur Fleischeslust im Rausch gewesen. Und schon vergessen.

Er atmete schwer.

»Nein«, sagte er heiser, »natürlich nicht.«

»Ich hab tatsächlich eine Erinnerungslücke. Keine Ahnung, wie ich in mein Zimmer gekommen bin …« Beklommen musterte sie ihn.

Sie hoffte auf eine harmlose Erklärung, so viel begriff Gustav. Und er liebte sie. Er wollte, dass es ihr gut ging.

Sie waren beide eingeschlafen. Er hatte sie fest umschlungen gehalten. Im Schlaf hatte sie »Carl« gemurmelt. Daraufhin hatte er sie hochgehoben, zum Haus getragen – und war Manjushree in die Arme gelaufen. Sie hatte geholfen, die betrunkene Kathryn in ihr Zimmer zu bringen. Hatte sie ausgezogen, gewaschen, in ihr Bett gelegt und die Tabletten, die Gustav ihr in die Hand gedrückt hatte, auf dem Nachttisch deponiert.

Gustav zögerte so lange mit der Antwort, dass Kathryn Angst bekam. Sie erinnerte sich an seine Liebeserklärung. Und an den Kuss, der wenig Ähnlichkeit mit dem Gymkhana-Kuss gehabt hatte. Aber danach? O Gott, sollte sich da etwa mehr …

»Keine Sorge«, lächelte Gustav endlich auf seine charmante Art mit hochgezogenen Augenbrauen. »Nach dem Kuss, den ich mir zum Abschied ja wohl redlich verdient hab, bist du beschwipst nach Hause entschwebt.«

»O mein Gott!« Erleichtert lächelte sie zurück. So war es wohl gewesen. »Ich dachte schon …«, sagte sie.

Sie waren regelrecht auf der Flucht vor dem Monsun. Es dräute, aber brach nicht durch. Über Darjeeling lag eine niederdrückende Stimmung, in der sich die Menschen gereizt anfuhren. Aldous Whitewater lud Carl und Gustav im Planters' Club zum Abschiedslunch ein. Da der Zug nur einmal am Tag morgens um Viertel nach neun losfuhr und sie deshalb noch eine Übernachtung benötigt hätten, bot er den beiden an, dass Tinley sie mit dem Lastwagen runter nach Siliguri bringen könne. So wären sie wesentlich schneller dort.

»Dann erreicht ihr noch heute den Zug nach Bombay.« Die über zweitausend Kilometer lange Strecke von Siliguri bis in die Hafenstadt dauerte zwei Tage. Der Toy Train hatte für Carl und Gustav seinen Reiz verloren, und so nahmen sie das Angebot dankend an.

»Wir haben noch gut zwei Stündchen Zeit«, verkündete Whitewater nach einem Blick auf seine Taschenuhr. »Schlage vor, wir ruhen etwas und treffen uns um vier Uhr mit Sack und Pack am Wagen.«

Carl gab dem Concierge im Windamere ein dickes Trinkgeld, damit er das Zimmer erst später räumen musste und kurz wegschaute, als Kathryn durch die Hotellobby ging und die Treppe hochstieg.

»Nur noch zwei Stunden!«

Kaum hatte Carl die Hotelzimmertür verschlossen, lagen sie sich auch schon in den Armen.

»Ich liebe dich!«

Ich bin süchtig nach dieser Frau, dachte Carl. Mein Leben wird nie wieder sein wie vorher, weil ich weiß, dass es sie gibt.

Ich will dir noch so viel sagen, dachte Kathryn. Aber es mündet doch alles in diesem einen Satz: »Ich liebe dich!«

Mehr Worte brauchten sie jetzt nicht.

Sie liebten sich mit einer Intensität und Verzweiflung, wie sie nur die Aussicht auf eine Trennung, womöglich für immer, auszulösen vermag – als könnten sie einander unter die Haut kriechen, dem anderen die Erinnerung für immer in jede Zelle einprägen.

»Es wird Zeit, Carl.«

»Ja.«

Sie umklammerte das Metallgestell am Fußende des Bettes, als brauchte sie einen Halt. Ihre Fingerknöchel traten weiß hervor. »Ich muss dir noch etwas sagen.«

Sein Herz setzte einen Takt aus. Ihm war, als würde die Luft in seine Lungen zurückgepresst.

»Ja?«

Sag es nicht, betete er innerlich. Ich weiß, was du sagen willst, aber ich will es nicht hören, niemals. Bitte, sprich es nicht aus!

Doch sie öffnete den Mund. »Ich … ich kann dich nicht heiraten.«

Carl brachte keinen Ton heraus. Genau das hatte er befürchtet. Er hatte es nicht wahrhaben wollen und auf eine wundersame Wendung gehofft.

Jähzorn flammte in ihm auf. »Nein!« Nackt sprang er aus dem Bett. »Dein Vater hätte dir verbieten sollen, mich zu heiraten!«, brüllte er zornig vor Enttäuschung. »Dann wärst du mit mir durchgebrannt!«

»Carl, bitte …« Ihre Mundwinkel zuckten.

Ein Blick in ihre Augen bestätigte ihm: Sie hatte ihre Entscheidung als erwachsene Frau getroffen, in eigener Verantwortung, wohl überlegt. Wie entsetzlich!

Bei all seinen Gedanken um Kathryn war Carl schon vorher klar geworden, dass sie sich so entscheiden musste. Ja, sie wäre nicht seine Kathryn gewesen, wenn sie alles, ihren Vater und die Menschen in Geestra Valley in ihrer Notlage einfach hinter sich gelassen hätte, um mit ihm zu gehen.

Carl schwieg.

Ihre Augen flehten. »Bitte, verstehst du das? Verzeihst du mir?«

Er machte einen schweren Schritt auf sie zu. Und noch einen. Mit herabhängenden Armen stand er nun ganz nah vor ihr. Sie spürte seinen Atem, seine Körperwärme, sie sehnte sich schon wieder angespannt nach seiner Umarmung. Ohne sie fühlte sie sich unvollständig. Aber er nahm sie nicht in die Arme, was kaum auszuhalten war und ihr als Vorbote der Qualen erschien, die sie erwarteten.

»Ich verstehe es, Kathryn … Das macht es ja so schwer …«

Seine Augen schimmerten dunkel vor Schmerz. »Und ich liebe dich dafür nur noch mehr.«

Kathryn hatte nicht die Kraft, Carl und Gustav mit vielen Worten alles Gute für die Reise zu wünschen. Um vier Uhr waren sie startklar, und Tinley warf den brummenden Motor an. Gustav saß neben ihm, Carl wollte hinten auf der Ladefläche reisen. Allein.

»Ist auch alles gut verschnürt?«, fragte Aldous Whitewater, um seine Rührung zu verbergen. »Nicht dass da eine Kiste verrutscht in den Serpentinen.«

»Leb wohl.«

Kathryn legte Gustav einen weißen Segensschal um. Er strich ihr zärtlich über die Wange, seine Augen glühten. Carl beobachtete die vertrauliche Geste befremdet. Er und Gustav maßen sich in einem eifersüchtigen Blickduell.

»Bitte bleibt Freunde«, flüsterte Kathryn, als sie Carl den Schal umlegte. »Leb wohl, Carl!«

»Auf Wiedersehen!«

Aldous Whitewater und seine Tochter blieben für die Nacht im Planters' Club. Sofort nach dem Dinner zog sich Kathryn in ihr Zimmer zurück. Du musst es gleich tun, sagte sie sich und holte aus einer Schachtel einen Bogen ihres feinsten Briefpapiers hervor.

Lieber Lord Taintsworth, schrieb sie mit königsblauer Tinte in schwungvoller Schrift, *es würde mich freuen, wenn wir unseren verschobenen Besuch im Botanischen Garten bald nachholen könnten.* Da sie seinen Heiratsantrag nicht ausdrücklich ablehnte, war dies praktisch ein Ja.

Kurz nachdem sie den Boy mit ihrer Botschaft losgeschickt hatte, begann der Himmel zu grollen. Einzelne schwere Tropfen platschten gegen das Fenster. Der Strom fiel wieder einmal aus. Die grünlich graue Atmosphäre verdunkelte sich zusehends unter graphitschwarzen Donnerwolken. Kathryn verzichtete darauf, eine Kerze anzuzünden. Sie trat hinaus auf die Galerie vor ihrem Zimmer und hielt das Gesicht in den Regen. Der Sturm peitschte ihr Haar, zerrte an ihrer Kleidung, sie suchte mit dem Rücken Halt an der Mauer. Irgendwo schlug Wellblech gegen einen Mast. Vor Aufregung kreischende Mütter holten ihre Kinder ins Haus.

Jetzt brach das Unwetter mit voller Wucht los. Innerhalb weniger Minuten schossen Sturzbäche die Straßen herunter, und der Verkehr kam zum Erliegen. Die Götter schleuderten ihre Blitze auf Darjeeling, wie Zornesadern zuckten sie über den Bergen. Der Regen glich nun einem Wasserfall. Zwischen Blitz und Donner lagen nur noch Sekunden. Kathryn sank ganz langsam zu Boden, durchnässt bis auf die Haut. Direkt über ihr krachte es markerschütternd.

Kathryn weinte hemmungslos.

Kathryns Brief löste bei Lord Taintsworth bange und hoffnungsvolle Erwartung zugleich aus. Sie hatte ihm geschrieben und seiner Einladung zu einem Ausflug zugestimmt. Er wusste es zu würdigen, dass ihm tatsächlich noch eine Chance gewährt wurde. Im besten heiratsfähigen Alter hatte er einmal aus Standesdünkel zu lange gezaudert und eine große Liebe verloren. Die folgenden Jahrzehnte verflogen mit harmlosen Romanzen, Pflichtterminen an der Seite seiner Mutter, Geschäften, Reisen, der Jagd auf Raufußhühner oder Tiger, dem Besuch von Debütantinnenbällen und, seltener, von Bordellen. Seine Zeit verging ohne Herzbewegendes. Was durchaus in seinem Interesse lag. Erschütterungen trachtete er zu vermeiden. Doch Kathryn rührte etwas in ihm an. Er sah Anmut und Süße in ihrer jugendlichen Erscheinung, viele gute Anlagen kombiniert mit einem reizvollen Eigensinn. Deshalb war er fest entschlossen, sie mit sehr viel Geduld zu formen.

Nachdem Kathryn ihn Wochen zuvor versetzt hatte und nicht zur verabredeten Spazierfahrt zum Botanischen Garten erschienen war, hatte er sich kaum noch Hoffnungen gemacht. Er hatte sich auch keineswegs eingebildet, dass sie seinen Antrag annehmen wollte, weil sie von seiner Erscheinung überwältigt wäre. Wahrscheinlich beeindruckte sie selbst der gesellschaftliche Aufstieg in die

Welt der Aristokratie weit weniger als die meisten anderen Frauen. Was in seinen Augen ihre Attraktivität zusätzlich steigerte. Kathryn dachte fortschrittlich. Deshalb glaubte sie, dass sie nicht zwangsläufig den Anweisungen Älterer folgen müsste, sondern mutig tun sollte, was ihr selbst als das Richtige erschien. Vor allem glaubte sie tatsächlich, dass sie die Zügel für ihr Leben allein in die Hand nehmen könnte.

Die erneut geplante Spazierfahrt in den Botanischen Garten fiel wegen des Monsuns ins Wasser. Der Lord konnte es aber nicht abwarten, Kathryn zu treffen, um letzte Gewissheit zu bekommen, und bat sie, mit Mrs Apple als Anstandsdame, zu sich in die von ihm gemietete Villa.

Kathryn trug an diesem Tag ein hellgrünes Sommerkleid aus Crêpe Georgette, das sie noch blasser machte, als sie ohnehin schon war. Sie fühlte sich erschöpft und seltsam von sich selbst entfremdet. Als sähe sie einen Spielfilm, in dem eine Frau ihre Rolle spielte. Diese fremde Frau sprach höflich mit Mrs Apple, als sie nebeneinander im Fond der Limousine saßen, die Lord Taintsworth ihnen geschickt hatte. Sie fragte, was für ihre Mutter Annabella das Wissen um ihre leibliche nepalesische Mutter Bina bedeutet habe.

Marya Apple wusste nicht viel darüber. »Ich glaube, sie hat sich nicht dafür geschämt. Sie hatte ja ihre Kinderfrau aus Nepal sehr lieb. Aber sie verschwieg es, weil sie wusste, dass ihre Herkunft einen gesellschaftlichen Makel bedeutete, auch für ihren künftigen Ehemann, deinen Vater. So ließ sie einfach alles beim Alten.«

»Weshalb wollte sie dann, dass ich den Brief bekomme?«

Marya Apple räusperte sich. »Sie hat ihn mir nicht direkt für dich gegeben. Sie rechnete ja lange noch nicht mit ihrem Tod. Sie vertraute ihn mir lediglich zur Aufbewahrung an, damit er in Geestra Valley nicht durch einen dummen Zufall einmal in unbefugte Hände geriete. Aber ich kannte sie doch recht gut und glaube, dass ich in ihrem Sinne gehandelt habe.«

»Lebt der Anwalt noch, der den Brief geschrieben hat?«

»Nein, es sei denn, er wäre inzwischen über hundert Jahre alt. Ich erinnere mich an ihn. Als ich ein Kind war, ging er bereits am Stock.«

»Oh, wir sind da.«

Marya Apple schaute Kathryn liebevoll an. »Schade, dass wir keine Tochter haben. Drei Söhne … das ist schon was Besonderes, aber mit Töchtern kann man einfach anders reden.« Sie lachte auf. »Na ja, die Schwiegertöchter werden ja hoffentlich noch kommen …« Dann zeigte sie doch ein wenig Sentiment. »Ich hoffe von Herzen, dass du die richtige Entscheidung triffst. Für deinen Vater bist du auf jeden Fall ein Segen.« Sie küsste Kathryn auf die Stirn. »Ich werde mich gleich dezent im Hintergrund halten«, Marya Apple zwinkerte vielsagend, während der Butler des Lords ihnen mit einem großen Schirm entgegeneilte und die Wagentür aufriss.

Tatsächlich bewunderte Mrs Apple wenig später im Salon ausgiebigst die Sammlung feinen Knochenporzellans von Wedgwood. Der Lord führte Kathryn in den Wintergarten.

Das Licht zahlreicher Kerzenleuchter schimmerte durch das üppige Grün ausgewählter Pflanzen, das monotone Prasseln auf dem Glasdach verriet, dass es sich eingeregnet hatte. Sie gingen umher, plauderten ein wenig über die Orchideenzucht des Lords und die Vorzüge eines Wintergartens.

Dann blieb Lord Taintsworth abrupt stehen. »Haben Sie

es sich überlegt? Wollen Sie meine Frau werden?«, fragte er, als ob er Angst habe, sich später nicht mehr zu trauen.

Kathryn antwortete ernst. »Ja, ich will.«

Er kam näher, und sie befürchtete, dass er sie jetzt küssen wollte. Sie sah die Perlennadel an seiner hellblauen Seidenkrawatte und schloss die Augen. Hoffentlich wurde ihr nicht übel. Sie nahm den Geruch von teurem italienischem Eau de Cologne wahr, ganz entfernt auch den von Tabak. Dann spürte sie seine Lippen auf ihren. Kathryn verkrampfte sich, ihre Lippen blieben fest verschlossen.

Er hielt ihre Nervosität für ein Zeichen mädchenhafter Scheu und lächelte, etwas enttäuscht zwar, doch entschlossen, ihre Zurückhaltung als tugendhaft zu interpretieren. Mit der Zeit würde sich das schon ändern. Er sah Sexualität zwar auch wie die Mehrheit der Upper Class als unkultivierte Verhaltensweise an, der man sich nur kontrolliert und sparsam dosiert hingeben sollte, doch seine Pflichten als Ehemann würde er mit Freude nach Kräften erfüllen. Und die Taintsworths brauchten einen Stammhalter.

Jetzt öffnete Kathryn die Augen und wurde rot. Der Lord war entzückt. Sie kam ihm vor wie das Ideal seiner viktorianischen Jugendzeit. Er küsste sie auf beide Wangen. Mit eleganter Geste nahm er von einem Tischchen ein Kästchen. Er ließ den Schnappverschluss aufspringen – auf schwarzem Samt funkelte ein von Brillanten eingefasster Smaragd, ihr Verlobungsring.

»Er stammt aus dem Schatz eines Maharadschas in Rajasthan … Wir sollten jetzt Du sagen, meine Liebste.« Lord Taintsworth steckte Kathryn den funkelnden Ring an. »Nenn mich Alfred.«

Kathryn schluckte. »Danke … Alfred!«, hauchte sie, beinahe geblendet von der Schönheit des Schmuckstücks.

Der Ring passt nicht zu den Ohrringen von Carl und Gustav, dachte sie, und schalt sich gleich darauf, dass sie ausgerechnet im feierlichen Augenblick ihrer Verlobung solche unangemessenen Gedanken hatte.

Wie sie da so versonnen vor ihm stand, konnte Alfred nicht anders. Er zog sie noch einmal in seine Arme und küsste sie. Diesmal leistete Kathryn keinen Widerstand.

Bin ich jetzt käuflich?, fragte sie sich, bevor sie verwundert spürte, wie heiß die Lippen des Lords waren, wie weich und zugleich fordernd, und wie sie mit sanftem Druck drängten, dass sich auch ihre Lippen öffneten. Wie sie es schon einmal erlebt hatte …

»Sie … Du hast mich im Gymkhana geküsst!«, rief Kathryn fassungslos.

Er lächelte stolz, zum ersten Mal bemerkte sie in seinen Augen auch einen jungenhaften Schalk.

»Vater, ich habe mich mit Lord Taintsworth verlobt.«

Aldous Whitewater regte sich weit weniger auf als sie erwartet hatte. Es war nur ein schwaches Aufbäumen, ein nochmaliges Nachfragen der Form halber. »Und was ist mit Carl?«

Kathryn zuckte zusammen. »Das war nur eine Liebelei ohne Zukunft«, behauptete sie, aber sie kreuzte die Finger hinter dem Rücken.

Aldous Whitewater ahnte zwar, dass seine Tochter nicht die Wahrheit sprach, doch die Aussicht, Geestra Valley retten zu können, hinderte ihn daran, dem weiter nachzugehen.

Gustav und Carl sprachen in der Bahn bis Bombay kaum ein Wort miteinander. Die Spannung zwischen ihnen steigerte sich, je näher sie ihrem Ziel kamen.

Gustav kämpfte mit sich, ob er Carl nicht einfach die Wahrheit sagen sollte. Wie würde er reagieren, wenn er hörte, dass seine angebetete Kathryn mit ihm, Gustav, geschlafen und dass es ihr gefallen hatte?

Als sie ihre Fracht auf dem Schiff kontrolliert und ihre Kajüte bezogen hatten, ausgerechnet noch eine Doppelkajüte, setzte Carl sich zu ihm. »Sie heiratet den Lord«, sagte er.

Damit hatte er nicht gerechnet. Gustav war so schockiert, dass ihm sein Freund sogar leidtat. Kurz badete er in der Vorstellung, sie hätte Carl verschmäht, weil sie sich überraschend an die Nacht mit ihm erinnert und gemerkt hätte, dass sie in Wirklichkeit ihn liebte. Aber Gustav war Realist. Nein, Kathryn wollte Geestra Valley, das Familienunternehmen, die Tradition, ihren Vater, das Dorf retten. Und sicher, so überlegte Gustav, behagte es ihr auch mehr, ihr Leben als Lady zu verbringen. Hatte er ihr den arbeitsreichen Alltag in einer Baumschule nicht abschreckend genug geschildert?

Um nur ja nichts Verräterisches zu sagen, spaßte Gustav. »Andere Mütter haben auch schöne Töchter.«

Carl schaute ihn mit einem vernichtenden Blick an. »Du bist ein Idiot. Lass mich einfach in Ruhe.«

Bis Deutschland sprachen sie nur noch das Allernötigste. In Deutschland sprachen sie überhaupt nicht mehr miteinander. Ihre Verwandten verstanden nicht, weshalb. Wer fragte, erhielt keine Antwort und gab es irgendwann auf. Aber die Familien ter Fehn und Jonas gingen sich fortan aus dem Weg.

Es war nicht leicht für Aashmi, plötzlich Schneiderlehrling in Darjeeling bei Mr Singh zu sein. Da gab es vieles, an das sie sich erst gewöhnen musste. Sie trug zum Beispiel jetzt geschlossene Schuhe und musste ihren Nasenschmuck ablegen. Sie vermisste ihre Familie und das Dorf. Die Schnitte der Kleider, die Mr Singh und seine Mitarbeiter für die englischen Damen nähten, entsprachen zunächst nicht ihrem Schönheitsideal. Und ihr Englisch ließ noch zu wünschen übrig. Doch sie brauchte auch nicht mehr so früh aufzustehen und arbeitete in geheizten Räumen. In den Waschräumen des Lehrlingsheimes floss Wasser aus der Wand, das Licht kam von der Zimmerdecke.

Mr Singh war ein strenger, aber korrekter Lehrherr. Er sah, dass Aashmi sich Mühe gab. Deshalb verzieh er ihr kleine Fehler. Und sie lernte schnell.

»Du bist talentiert«, lobte er das Mädchen, als es ihm seinen ersten Zuschnitt präsentierte. Er war sauber gefertigt, die Nahtzugaben präzise mitberechnet. »Gut, Aashmi! Als Nächstes zeigst du mir, dass du genauso gut nähen kannst.«

Wenig später präsentierte sie ihm ihre Nähte, fein und gleichmäßig waren sie, und wieder war er zufrieden. Zum ersten Mal lächelte sie ihn an. Licht fiel durch Mr Singhs abstehende Ohren und ließ sie rosarot erscheinen, was auf seltsame Weise ihr Zutrauen zu ihm steigerte.

Allmählich verlor Aashmi ihre Schüchternheit. Sie gab dem frechen Gesellen sanft Contra. Sie fand Anschluss an andere Lehrmädchen, die auch im Heim wohnten. Gemeinsam gingen sie ab und zu in ein Kino oder spazierten an ihrem freien Tag über die Mall.

Aashmi fühlte sich wohl mit ihrem Leben, wie es jetzt war.

Ammerland

Mainacht 2010

»Was haben die denn vor?«

Max wunderte sich über eine muntere, bunt zusammengewürfelte Truppe von Leuten, einige mit Rosenschere und Gartenhandschuhen bewaffnet, die der Dorfmitte zustrebte. Julia saß neben ihm im Auto. Sie befanden sich auf dem Weg zum Tanz in den Mai.

»Och, die wollen sicher einen Maibaum aufstellen.«

Max fuhr langsamer. Der Geruch von Bratwürsten und angekokeltem Stockbrot drang durchs geöffnete Autofenster. Ein Mann spielte sich auf dem Akkordeon warm. Kinder hüpften aufgeregt umher.

Julia grinste. »Das ist ein alter Ammerländer Brauch. Wird in fast jedem Dorf gepflegt.«

»Erzähl mehr. In London gibt's so was nicht.«

Sie erklärte ihm, dass meist die Vereine dazu aufriefen. »Man trifft sich am 30. April, bastelt eine Krone mit Bändern und Papierblumen. Die Männer fahren mit dem Trecker in den Wald und schlagen eine hohe Birke. Und dann wird die Krone befestigt und der Maibaum auf dem Dorfplatz aufgestellt.«

»Witzig! Und dazu wird getanzt? So richtig wie früher?«

»Meistens ja. Anschließend in der Disco. Aber in einigen Orten gibt's noch Volkstanz unterm Maibaum, zum Beispiel in Bad Zwischenahn.«

»Können wir uns das ansehen, bevor wir auf die Party gehen?«

Julia zuckte mit den Achseln. »Ja, sicher …«

Sie erklärte ihm den Weg.

»Du bist so heimatverbunden. Hast du je etwas anderes machen wollen als den Familienbetrieb weiterzuführen?«

»Richtig ernsthaft hab ich nie darüber nachgedacht«, erwiderte sie nachdenklich. »Nach dem Tod meines Vaters war klar, dass ich so früh wie möglich meiner Mutter unter die Arme greifen muss.« Unter anderen Umständen hätte sie vielleicht Landschaftsarchitektur studiert.

»Wärst du unglücklich ohne den Betrieb?«

»Du stellst Fragen …«

Julia überlegte. Es war nicht einfach, in Zeiten wie diesen einen mittelständischen Betrieb profitabel zu führen. Nicht nur die Energiepreise stiegen. Sie fühlte sich oft wie der Frosch, der in die Milchkanne gefallen war und strampelte und strampelte, um nicht zu ertrinken – immer in der Hoffnung, dass unter ihm endlich feste Butter entstehen möge. Dass die Banken- und Eurokrise nicht nur in der Tagesschau stattfand, sondern zunehmend ihr Leben zum Schlechteren veränderte, machte sie zornig. Der Mittelstand bröckelte immer mehr weg, und man konnte kaum etwas dagegen tun! Ihr Urgroßvater hatte sich in der Nachkriegszeit noch als Abgeordneter im Kreistag engagiert. Aber ihr fehlten Zeit und Energie. Alle Power steckte sie in den Betrieb. Manchmal konnte sie schon verstehen, dass Lutz es nicht mehr ertragen hatte an ihrer Seite. Aber das alles wollte sie Max jetzt nicht erklären.

»Natürlich gibt's Dinge, auf die ich gut verzichten könnte«, antwortete sie fast ein wenig ungehalten. »Man muss sich zum Beispiel mit Klimaregeltechnik beschäftigen, für die Gewächshäuser. Und mit der Partikelfilterpflicht für die dieselbetriebenen Baumaschinen, die wir einsetzen. Neulich war wegen eines Förderbandes für die Eintopfungsarbeiten ein Vertreter da, der mir stundenlang was von der ›Distribution kleinvolumiger Güter‹ erzählt hat.« Sie lachte. »Also, wenn der Laden auch ohne so was laufen würde, und ohne Buchhaltung und den ganzen grässlichen Steuerkram – wunderbar! Nur auf die Rhodos könnte ich niemals verzichten.«

Es war nicht einfach, im Kurort einen Parkplatz zu finden. Mehrere hundert Leute hatten sich auf dem Vorplatz des großen Bauernhauses im Museumsdorf versammelt, und die Jugendtrachtengruppe löste gerade die Kindergruppe ab.

»Das ist ja unglaublich! Ich fühle mich in eine andere Epoche versetzt!«, rief Max.

Das Publikum schunkelte. »Im Teeniealter ist das natürlich besonders spannend«, erzählte Julia vergnügt. »Drei junge Männer bewachen bis zum Morgen den Maibaum bei einem Lagerfeuer. Die Jugendlichen des Nachbardorfes versuchen, ihn zu stehlen. Und die Mädchen helfen, die Jungs abzulenken.« Sie giggelte in Erinnerung daran, wie sie die Bewacher des Nachbarortes einst gemeinsam mit ihrer Freundin Louise zu so viel Alkoholgenuss verleitet hatte, dass sie einschliefen – und der Raub für Westerstede gelang. Eine Schmach für das Nachbardorf!

Max zwinkerte ihr zu. »Ich kann mir gerade gut vorstellen, wie du als Teenie warst! Sicher die Wildeste von allen!«

Julia streckte ihm die Zunge aus.

»Dafür bist du heute die vollendete Dame«, bemerkte Max spöttisch.

Sie hatte sich für die Party mehr geschminkt als sonst. Dichte, schwarz getuschte Wimpern betonten das leuchtende Blau ihrer Augen, der dunkelrote Lippenstift ließ ihre Lippen glänzen wie pralle Süßkirschen. Das blonde Haar trug sie offen, nur am Hinterkopf etwas antoupiert. Es wellte sich und schmeichelte ihrem leicht gebräunten Teint.

Julias Freunde, die einen hochmodernen Industriebetrieb führten, wohnten in einer historischen weißen Villa direkt am See. Ihr Garten war mit herrlichen Rhododendren bestückt.

»Fast alles Züchtungen meines Großvaters«, bemerkte Julia stolz, als sie zur Blauen Stunde über den knirschenden Kies der Auffahrt fuhren. Fackeln wiesen ihnen den Weg.

Nachdem sie ihre Garderobe abgelegt hatten, betraten Julia und Max das mit duftendem Birkengrün geschmückte Wohnzimmer. Auf der Treppe, die sich von hier aus in den Garten zur Seeseite hinabschwang, verbreiteten Windlichter eine heimelige Stimmung. Sie prosteten sich mit einer Begrüßungsmaibowle zu.

»Du siehst umwerfend aus!«, sagte Max. Julia trug ein Wickelkleid mit einem psychedelischen Muster in allen Blau- und Grüntönen, die man sich nur vorstellen konnte, es war zudem verführerisch tief ausgeschnitten. »Ich werd schon vom Hingucken high!«

Julia dankte lächelnd. Sie fand, dass auch Max richtig was hermachte – ausgewaschene Blue Jeans, feine Lederschuhe, cooler Gürtel, dunkelblaues Hemd und dunkelblauer Blazer – nicht overdressed, trotzdem mit Stil. Außerdem hatte auch er durch das morgendliche Joggen eine leichte Bräune bekommen. Wenn er heute mal nicht gegen Stehtische stolperte und Gläser umstieß, konnte sie sich sehr gut mit ihm sehen lassen.

Die Party war schon in vollem Gange. Ein DJ sorgte für Musik, einige Gäste tanzten Discofox zu Popklassikern, andere bedienten sich am Buffet mit mediterranen Spezialitäten. Auf dem Rasen plauderten kleine Grüppchen mit Rauchern in weißen, halb offenen Zeltpavillons. Daneben stand ein Riesentrampolin.

Als Teenager hatte Julia hier mit Schulfreunden das Ansegeln gefeiert. Die Clique hatte sich auf einige Boote segelkundiger Mitschüler verteilt, mit einer Kiste Bier im Schlepptau waren sie dann über den See auf die Nordseite nach Dreibergen gekreuzt und wieder zurück. Sie hatten flirten und knutschen geübt und viel Spaß gehabt. Völlig überdreht hatten sie dann bei Maritas Eltern im Garten Schnittchen vertilgt und abends auf dem Trampolin große Sprünge in den Sternenhimmel gemacht. Zuletzt im Sommer vor der Jahrtausendwende … Solche Unbeschwertheit hatte Julia seitdem nie wieder empfunden.

»Ach, das waren Zeiten! Wir sind stundenlang auf dem Ding hier herumgehüpft … Hallo, Marita! Danke für die Einladung. Das ist Max Whitewater. Ein Journalist von *Park & Garden* aus London. Ich beichte ihm gerade nach und nach all meine Jugendsünden.«

Marita rief nach ihrem Mann, herzlich hießen die beiden sie willkommen. Die Gastgeberin machte Julia mit einem diskreten Blick darauf aufmerksam, dass sich Lutz und seine neue Freundin im Nebenraum befanden. Durch eine geöffnete Flügeltür konnte Julia das Paar sehen. Es stand allein an einem Stehtisch.

Vor diesem Moment fürchtete Julia sich seit Monaten. Nur ein einziges Mal hatte sie Lutz' neue Errungenschaft bisher gesehen – allerdings, als sie schon längst nicht mehr mit Lutz zusammen war. Sie hatte sie damals nicht sonderlich interessant gefunden. Ein Allerweltstyp mit spitzer Nase, einem langweiligen Haarschnitt und uninspirierten Ökoklamotten. Und jetzt lebte diese – wie Lutz verbeamtete – Französischlehrerin an der Seite des Mannes, mit dem Julia sich vier Jahre lang ihre Zukunft ausgemalt hatte. Kein Sterbenswörtchen hatte er bei ihrer Trennung über seine Neue verloren. Julia hatte erst Wochen später durch Freunde von ihr erfahren.

Lutz arbeitete beim Finanzamt. Er legte Wert auf eine, wie er es formulierte »ausgewogene Work-Life-Balance«, und die war ihm mit Julia angeblich zunehmend schlechter gelungen. Ach, alles dumme, vorgeschobene Gründe, dachte Julia auf einmal wieder wütend. Er hatte einfach eine andere Frau getroffen, die ihm besser gefiel. Kein Mann beendete eine lange Beziehung, weil ihm plötzlich grundsätzliche Unverträglichkeiten aufgingen. Männer machten immer nur Schluss, wenn sie schon eine Neue hatten. Im Gegensatz zu Frauen, die sich eben nicht von einer Beziehung in die nächste stürzten.

Max folgte den Blicken der sichtlich nervösen Julia, und da er durch geschicktes Ausfragen von Hein wusste, dass ihr Verflossener Lutz hieß und dass dieser Lutz eine Neue hatte, reimte er sich den Rest zusammen.

»Wollen wir uns den Garten ansehen?«

Julia nickte stumm. Unten traf sie Bekannte. Sie kamen ins Gespräch, tranken noch mehr von der köstlichen Maibowle, die nach frischem Waldmeister und Ingwer schmeckte. Ein Paar erzählte, dass es in der nächsten Woche auf der Fehn-Route durch Ostfriesland radeln wollte.

»Da könnten wir auch mal entlangjoggen«, schlug Max vor, der aufmerksam zugehört hatte. »Kanäle, Windmühlen, urige Dörfer … das klingt gut.« Und sicher gab es dort auch jede Menge Bauerngärten.

Julia zuckte mit den Achseln. »Meinetwegen. Aber mir wird langsam kalt.«

Sie gingen wieder hoch.

»Ich hol uns was zu trinken«, sagte Max. »Was möchtest du?«

»Einen trockenen Weißwein, bitte.«

In diesem Moment sah Julia, dass Lutz sie bemerkte. Er zuckte zusammen, murmelte seiner Freundin etwas zu und raffte sich dann auf. Sie würden sich schließlich immer wieder über den Weg laufen, und es war besser, einen freundschaftlichen Umgang zu pflegen. Lutz kam auf Julia zu.

»Hallo, Julia.«

Mist, es tat noch weh. Der Klang seiner Stimme ging in tiefere Bereiche ihres Gefühls, die ihr Verstand noch nicht bearbeitet hatte.

»Hallo, Lutz.«

»Gut siehst du aus. Wie geht's dir?«

»Danke gut.« Er erwartete ja wohl nicht, dass sie ihm ein Kompliment über sein Aussehen machte.

»Ich würde dich gern mit Susanne bekannt machen.« Er sprach es französisch aus, »Süsan«.

Wie affektiert, dachte Julia. Also gut, bringen wir's hinter uns. »Ja gerne.«

Sie folgte ihm, er stellte sie vor. Julia musterte Susannes Gesicht. Sie *war* langweilig.

Jetzt stieß Max zu ihnen. »Ah, da bist du, Julia!« Er reichte ihr das Glas Weißwein. Julia übernahm die knappe Vorstellungsrunde. »Max, Susanne, Lutz. Susanne ist Französischlehrerin.« Auch sie sprach den Namen übertrieben französisch aus.

Bevor sie fortfahren konnte, sagte Max: *»Enchanté, Madame!«* und parlierte in perfektem Französisch mit der Lehrerin; Susanne hatte deutlich Schwierigkeiten, ihm zu folgen. Lutz verfolgte das Ganze mit einem dümmlichen Gesichtsausdruck.

Julia genoss die Szene. Sie musste sich richtig anstrengen, ihre Freude nicht zu zeigen.

Der DJ legte jetzt einen Tango auf. Max lächelte Lutz und Susanne entschuldigend an. »Komm, sie spielen unser Lied, Darling.«

Darling! Unser Lied! Was erlaubte er sich? Alles war so gut gelaufen. Kein Stolpern, kein kaputtes Glas ... Warum musste Max das Schicksal noch weiter herausfordern?

»Ich kann keinen Tango!«, zischte Julia ihm ins Ohr, als er sie vor den Augen aller auf die Tanzfläche zog.

»Aber ich«, flüsterte er zurück. »Lass dich einfach führen, vertrau mir!«

Und schon spürte sie eine Hand auf ihrem Rücken, die andere hielt ihre Rechte, und ihr Ellbogen lag hoch auf seinem. Noch drei andere Paare versuchten es auf der Tanzfläche. Julia schloss die Augen. O Gott, dachte sie und schickte ein Stoßgebet gen Himmel. Noch peinlicher kann's ja wohl nicht werden. In der Tanzstunde hatte sie zwar die Tangogrundschritte gelernt, aber das war lange her. Und sie ließ sich nicht gut führen, immer schon hatten sich die Jungs darüber beschwert.

Max hielt sie fest und sicher. Sein linkes Bein drängte gegen ihr rechtes, unwillkürlich wich sie einen Schritt zurück. »Vor – vor – Wie-ge-schritt.« Sie erinnerte sich an den Sprechgesang ihres alten Tanzlehrers. »Rück – seit – Schluss.« Julia hörte auf die Musik, spürte den Rhythmus. Und dann die Promenade. »Vor-vor-Schluss-seit. Vor-seit-Schluss.« Sie mochte Tangomusik, sie liebte Tangovideos. Und sie erkannte die Komposition mit Bandoneon, Klavier und Streichinstrumenten – *Libertango* von Astor Piazzolla, ein echtes Gänsehautstück.

»Sieh mich an!«

Julia schlug die Augen auf. Max' Blick, ernst und konzentriert, fuhr mitten in sie hinein, in ein Energiezentrum tief unterm Bauchnabel. Einen Moment lang bekam sie, erschrocken über so viel Intimität, kaum Luft. Max ging leicht in die Knie, und sie machte es nach. Er glitt mit elegant schleifenden Schritten übers Parkett, beschrieb mit der Zehenspitze langsam einen Halbkreis, sie machte das Gleiche spiegelverkehrt mit der Spitze ihres Pumps. Max führte sie mit den Armen und dem Oberkörper. Neigte er sich vor, wich sie zurück. Und umgekehrt. Sie tanzten, und Julia musste sich anpassen, wenn sie nicht komplett dumm dastehen wollte.

Ruckartig drehte Max den Kopf. Dieser Blick! Es kribbelte unter ihrer Kopfhaut, auf dem Rücken, überall ... Julia dachte nicht mehr, sie schloss wieder die Augen, ließ es geschehen. Sie versank in der Musik. Geschmeidig folgte sie den abrupten Wechseln zwischen lang und schleichend, kurz und zackig. Die Melodie klang herzzerreißend sehnsuchtsvoll. Julia spürte sie körperlich: atemlos, dunkel, pulsierend, süß und gefährlich.

Kleine Schweißperlen brachen Max aus den Poren. Er hatte sich nicht getäuscht. Diese Frau in den Armen zu halten war etwas Besonderes! Julias Anspannung fühlte er ebenso wie ihre Bereitschaft, sich hinzugeben.

Sie spielten ein uraltes Spiel. Aus dem Bauch heraus und doch mit Beherrschung. Es war ein ritualisiertes Locken, Kämpfen, Sichzuneigen und wieder Abstoßen. Ein Balzen und Verführen, das sich unerträglich langsam steigerte, immer feuriger und leidenschaftlicher. Die anderen Tanzpaare gaben auf.

Alle Partygäste schauten zu. Bewundernd. Neidvoll. Knisternde Erotik erfüllte den Raum. Es gefiel Julia, sich führen zu lassen. Zum ersten Mal in ihrem Leben. Es erregte sie. Und ihn auch, wie ein letzter Blick aus seinen

Augen verriet, bevor er sie mit einer Drehung so tief hinunterbog, dass ihre Haare den Boden berührten.

Lutz erkannte die Frau auf der Tanzfläche nicht wieder. Das war Julia? Susannes schmales Lächeln fror ein. Als die Musik endete, applaudierten alle anderen Zuschauer begeistert. Damit überbrückten sie die Verlegenheit, die Julia empfand, als sie wieder in die Realität zurückkehrte.

»Holst du mir noch mal das Gleiche wie vorhin?«, bat sie Max nach einem Räuspern.

»Wow, wo hast du den denn her?«, flüsterte eine Bekannte.

»Kann ich mir den mal ausleihen?«, fragte eine andere.

Julia lächelte nur, sie war immer noch außer Atem und fühlte sich etwas schwindelig. So sinnlich wie gerade eben hatte sie sich selten gefühlt! Und noch nie hatte ein einziger Blick sie derart im Innersten getroffen. Sie drehte sich um.

Dort stand Lutz, und er starrte sie verblüfft an. Ach, tat das gut! Lutz tanzte nicht, abgesehen von Pflichttänzen bei offiziellen Anlässen. Das ist was für Schwule und Hampelmänner, pflegte er zu sagen. Wieso hatte sie diesem Langeweiler nur so lange hinterhergetrauert? Nein, selbst wenn er jetzt mit einem Strauß roter Rosen vor ihr knien würde, wollte sie ihn nicht mehr, sie wollte ihn überhaupt nicht mehr. Sollte er doch mit seiner »Süsan« selig werden.

Bester Laune nahm Julia ihren Weißwein in Empfang.

Um Mitternacht gratulierte sie Max zum Geburtstag. Sie hauchte ihm einen Kuss auf die Wange und überreichte ihm ein kleines Geschenk. Er packte es aus, ein Klappmesser mit rotem Griff.

»Das ist ein erstklassiges, scharfes Gärtnermesser«, erklärte Julia.

Damit hatte er überhaupt nicht gerechnet. »Ich werde es in Ehren halten«, dankte Max gerührt. Den Kuss hätte er gern angemessen erwidert, aber nicht vor allen Leuten. »Was hältst du davon, wenn wir mal schauen, ob der Maibaum schon geklaut wurde?«

Julia holte ihren Sommermantel, und sie spazierten langsam am Seeufer in Richtung Kurpark. Sie fühlte sich beschwipst und aufgekratzt. Beiden war klar, worauf die Situation hinauslief.

»Dein Ex ist ein Blödmann«, konstatierte Max.

»Warum sollte ich dir widersprechen?«

Julia vergrub nervös ihre Hände in den Manteltaschen. Es war noch recht frisch, keine laue Maiennacht, aber es roch schon vielversprechend nach mildem Seewasser und Frühlingsblüten. Schweigend schlenderten sie weiter.

Wo man am meisten fühlt, weiß man nicht viel zu sagen, ging Max eine Gedichtzeile durch den Kopf. Wie wahr!

»Heute eröffnet der ›Park der Gärten‹«, sagte er schließlich. »Ich bin gespannt auf diese Gendatenbank für Rhododendren …«

»Ja, das ist eine feine Sache. Sollte unbedingt in deinem Buch vorkommen.«

»Die Baumschule Jonas nimmt doch auch teil am Rose-von-Darjeeling-Wettbewerb, oder?«, fragte er vorsichtig. »Wäre es nicht ungeheuer spannend, dazu in der Gendatenbank zu forschen?«

Julia winkte ab. »Wir gehören ja zu den Trägern und sind mit unserer Rhodosammlung auch vertreten.«

»Ach so …«

»Es ist ganz toll, was sie da machen. Aber bislang haben sie noch nicht mal ein Drittel aller Rhodowildarten und -sorten erfasst. Und du kannst sicher sein: Wenn es dort nähere Hinweise zum Stammbaum der Rose von Darjeeling gäbe, hätte sie schon längst einer der Züchter abgegriffen.«

»Das leuchtet ein.«

Julia blieb stehen. Vergnügt blitzte sie Max an. »Ich will ja den Mund nicht zu voll nehmen, aber ich hege große Hoffnungen, dass wir mit unserer Nachzüchtung gewinnen werden!«

»Und woher nimmst du diese Hoffnung?«

»Behalt es bitte für dich, ja?«

Max nickte. »Ich … äh … ich muss dir auch noch was erklären, Julia …«

Doch sie hörte gar nicht richtig hin. »Mein Vater, Gerd Jonas, hatte 1991, als der Wettbewerb ausgeschrieben wurde, ganz andere Voraussetzungen als die Mitbewerber.«

»Wieso?« Max wies auf eine einsame Bank. »Wollen wir uns setzen?«

Julia nahm Platz. »Er hatte eine genauere Vorstellung als andere Züchter davon, welche Sorten einst gekreuzt worden waren, denn er war im Besitz eines Stammbuches innerhalb der Darjeeling-Reiseaufzeichnungen seines Vaters. Du weißt doch, mein Großvater, Carl Jonas, war ein bekannter Züchter …«

»Ja?« In Max' Hirn begann es zu rattern.

»In diesem Büchlein hat er eng mit Bleistift in einer altmodischen Handschrift, Sütterlin oder so ähnlich, Notizen gemacht«, fuhr sie fort, »das meiste sind botanische Beobachtungen, Skizzen, auch Ausrüstungslisten gibt es und Beschreibungen der Reisestationen.«

»Klingt ja abenteuerlich …«

»Die Notizen waren meinem Vater zu mühsam zu lesen, glaub ich. Ich hab's später auch mal versucht, aber es ist echt schwierig. Na, jedenfalls hat mein Großvater immer auf der linken Seite in Druckbuchstaben nur Stammbucheinträge notiert, also, welche Sorte er womit gekreuzt hat: Vater, Mutter, Großeltern, so was eben … und manchmal daneben charakteristische Blätter oder Blüten gezeichnet.«

»Und danach hat dein Vater seine Neuzüchtung vorgenommen?«

»Genau.«

»Wo ist denn das Büchlein heute?«

»Im Safe, es gehört zu den Familienschätzen.«

»Wann genau war dein Großvater in Darjeeling?«

»Ich glaub, um 1930 herum … Er war auch in Sikkim und hat von dort diverse Rhododendren beziehungsweise Vermehrungsmaterial mitgebracht. Viele unserer heutigen Bestseller haben wir dieser Reise zu verdanken, zum Beispiel den *Rhododendron jonasii.«*

»Moment mal«, hakte Max ein, *»dein* Großvater hat ursprünglich die Rose von Darjeeling gezüchtet? Das ist ja der Hammer!«

Die Falte zwischen seinen Augenbrauen vertiefte sich. 1930 hatte seine Großmutter Kathryn im Teegarten ihrer Familie in Darjeeling gelebt. Und auch sie hatte in jenem Jahr an einer abenteuerlichen Expedition mit Pflanzenjägern durch Sikkim teilgenommen. Max dämmerte, dass es einen direkten Zusammenhang geben musste.

»Aber wieso habt ihr dann kein Originalexemplar mehr davon in eurer Baumschule?«

Julia zuckte mit den Achseln. »Keine Ahnung. Ich war noch zu jung, um solche Fragen zu stellen. Heute ist niemand mehr da, der sie beantworten könnte. Ich erinnere mich, dass mein Vater sagte, wir dürften Oma nichts von der Nachzüchtung verraten. Es sollte eine Überraschung werden.« Julia ahnte nicht, dass Max gerade im Begriff war, einem Familiengeheimnis auf die Spur zu kommen, und erzählte unbefangen weiter. »Aber mein Vater ist in der Silvesternacht 1999 bei einem Verkehrsunfall gestorben. Da war ich knapp sechzehn. Für mich war ganz klar, dass ich sein Lieblingsprojekt, die Nachzüchtung der Rose von Darjeeling für ihn fortsetzen würde …«

Julia fröstelte. Wieder stand alles ganz lebendig vor ihr. Sie hörte, wie die Polizisten nachts an ihrer Haustür klingelten. Sie sah den ungläubigen, schockierten Blick ihrer Mutter. Und dann ihren Vater aufgebahrt in der Leichenhalle. So kalt, so fremd. Er könnte heute noch leben, dachte Julia, und fühlte, wie ihr heiße Tränen die Wangen herunterliefen. Still weinte sie im Dunkeln vor sich hin.

Max hatte ihren letzten Worten nicht zugehört. Er bemühte sich, eins und eins zusammenzuzählen. Seine Großmutter musste diesem Carl Jonas damals begegnet sein. Hatte seine Großmutter ihm diese Geschichte an ihrem achtzigsten Geburtstag erzählen wollen?

Julia wischte sich verstohlen die Tränen weg. Plötzlich wünschte sie, Max würde sie in die Arme nehmen und trösten. Einfach nur ein bisschen festhalten. Doch Max schaute irgendwohin in die weite Ferne. Julia nestelte nach einem Taschentuch.

Max war konfus. Er wollte sich nicht verraten, nichts Falsches sagen. Natürlich plante er, Julia die Wahrheit über sich zu sagen, lange schon. Aber erst musste er wissen, wie das alles zusammenhing. Er wollte sie nicht verletzen und keine Gerüchte in die Welt setzen, erst in Ruhe nachdenken … Ein Scherz, ein lockeres Wort musste jetzt her. Das half immer.

»Tolle Party. Danke, dass du mich mitgenommen hast. Auch schön, mal andere Leute als immer nur Rhodoexperten zu treffen.« Max lachte. »Die erkenn ich inzwischen aus hundert Metern Entfernung: rote Wangen, Körper vorgebeugt, ausgebeulte Cordhose, Gürtel zu eng geschnallt, praktische Vielzweckweste überm Pullover, und das alles am liebsten in einem verwaschenen Grünbraunbeige –

wahrscheinlich, damit sie im Garten nicht auffallen … Und dann erst ihr Vokabular: Unterarten, Varietäten, Spezies, pyramidaler Stutz, auffällige Fleckzeichnung …«

Julia sprang wütend auf. »Du bist so was von unsensibel!« Da zeigte sie ihre verletzliche Seite, was sie sonst nie tat, und diesem Kerl fiel nichts Besseres ein, als sich über die Menschen lustig zu machen, die ihn seit Wochen bei seiner Recherche unterstützten.

»Jetzt will ich dir mal was sagen, Max Whitewater! Du hast keine Ahnung von Rhodos. Du bist botanisch auf Vorschulniveau!«

Max schaute sie völlig entgeistert an. Was um Himmels willen hatte er falsch gemacht? »Sorry, aber ich hab gerade …«

Jetzt kam Julia erst richtig in Rage. »Du bist denkbar ungeeignet, ein Buch über Rhododendren zu schreiben, weil dir die Liebe, die Begeisterung und die Leidenschaft dafür fehlen. Wie diesen Idioten, die Rhodos zur Industrieware degradieren, unsere Parks und Gärten mit billigen, ach so robusten, megalangweiligen Nullachtfünfzehn-Sorten überschwemmen! Wenn du die Faszination nicht spürst, solltest du es besser sein lassen. Solange dir beim Anblick der Blüten nicht das Herz aufgeht, hast du überhaupt nichts verstanden!« Sie drehte sich um und stapfte davon.

Wie vor den Kopf geschlagen irrte Max durch den Kurpark. Womit nur hatte er Julia erzürnt? Was für ein hässliches Ende eines wunderschönen Abends. Dabei waren sie sich doch so nahegekommen …

Max ließ sich schließlich auf einem Holzanleger nieder. Er schlug die Arme um seine Knie und lauschte dem Plätschern der Wellen, dem Rascheln im Schilf. Wohlige Schauer liefen ihm den Rücken hinunter, als er sich an den Tango erinnerte: brizzelige hocherotische Fünkchen waren da geflogen, und ein unglaublich schwereloses Hochgefühl hatte ihn und Julia verbunden. Genau das wollte er wieder erleben! Manche Empfindung machte schon beim ersten Mal süchtig fürs Leben.

Ein feiner Duft schwebte durch die Nachtluft. Max stand auf, folgte der süßen Spur, die zart war wie ein Schmetterlingskuss. Sie zog seine Aufmerksamkeit auf eine Rhododendrongruppe, die im Lichtkegel einer Laterne stand. Und zum ersten Mal seit seiner Kindheit betrachtete Max eine Blüte richtig. Nicht einfach zu Recherchezwecken, sondern mit innerer Anteilnahme. Die Blütenkelche – innen hell schimmernd, am Saum rosa, außen dunkelrosa – schienen dünner als Seide und hielten sich doch aus eigener Kraft. Duftig, voller Poesie, wie frisch gewaschene Bettwäsche für eine kleine Prinzessin! Und diese Staubfäden: filigrane Kunstwerke, die auf schwankenden hohen Stängeln winzige Pakete von Goldkörnchen trugen.

Max staunte. Eigentlich war so eine Blüte ein Wunder! Er schnupperte daran – und sehnte sich nach Julia. Plötzlich wusste er, was sie gemeint hatte. Und was einst seine Großmutter empfunden haben musste, wenn sie glücklich neben ihrer blühenden Rose von Darjeeling im Garten werkelte.

Max ging zu Fuß in die Pension zurück. Unterwegs sah er, dass der Maibaum noch stand. Der Morgen kündigte sich bereits an, als er sein Zimmer betrat. Irgendetwas stimmte nicht. Es kam ihm so vor, als sei es in seiner Abwesenheit diskret durchsucht worden.

Darjeeling

Juli bis August 1930

Über eine Zwangsversteigerung von Geestra Valley sprach niemand mehr, das Schuldenproblem war dank Lord Taintsworth gelöst. Zu sehen, wie ihr Vater auflebte, gab Kathryn Trost. Sobald sie allein war und auf die Schauspielerei verzichten konnte, sackte sie in sich zusammen. Sie weinte viel, aber ließ es niemanden sehen. Nachts, wenn heiße Tränen über ihre Schläfen ins Kissen liefen, weil sie Carl so sehnlichst vermisste, spürte Kathryn ihren Kummer am deutlichsten. Unerbittlich fraß er sich wie ein Riss Millimeter für Millimeter durch ihr Herz. Sie träumte wieder von der Schlammlawine, verfiel in Melancholie. Aber nicht nur an diesen grauen Tagen mochte sie kaum etwas essen, sie hatte gar keinen Appetit mehr und übergab sich häufig. Kathryn hegte größte Befürchtungen ihre Hochzeitsnacht betreffend. Wenn sie sich jetzt schon ständig übergeben musste, wie sollte es dann erst werden? Dass Alfreds Kuss ihr nicht zutiefst zuwider gewesen war, bedeutete keineswegs, dass sie weiteren Intimitäten freudig entgegensah. Wenn Carl sie damals im Dunkel des Gymkhana nicht so alle Sinne erregend gestreichelt hätte, wäre sie ja kaum bereit gewesen für den Kuss des Lords. Sie erinnerte sich an die Parole älterer Damen, die sie hinter vorgehaltener Hand an jüngere weiterflüsterten: Die Augen schließen und an England denken … Jedes Mal, wenn sie ihr Bett mit dem Lord würde teilen müssen, wird es ihr wie ein Verrat an Carl vorkommen.

Noch konnte man die Strecke zwischen Darjeeling und Geestra Valley trotz der Regenfälle überwinden, es dauerte allerdings dreimal länger als sonst. Damit begründete Kathryn, weshalb sie Alfred nicht so oft sehen konnte wie er es sich wünschte, um die Hochzeitsvorbereitungen voranzutreiben. Ein wenig Zeit blieb ihr also noch.

Eines Morgens riss Kathryn beim Überstreifen eine Naht im Oberteil ihres blauen Kleides. Kurz entschlossen zog sie stattdessen Reithose und Bluse an und ging in die Küche.

»Yaya, wo ist der Korb mit den Sachen für die Flickfrau?«

Yaya nahm ihr das Kleid ab, inspizierte die Naht und nickte. Schon eine Weile beobachtete die Köchin Veränderungen an der jungen Frau.

Sie stemmte ihre Arme in die Hüften. »Essen kein Frühstück, Memsahib, und spucken. Brust wird runder.« Ihre wissenden braunen Augen sagten den Rest.

»Nein!«

»Doch.«

»Nein! Yaya, du bildest dir etwas ein …«

Yaya schüttelte den Kopf, ihr schwerer Zopf schwang hin und her.

»Nein …« Kathryn hob eine Hand vor ihren Mund. Zögernd legte sie die andere auf ihren Bauch. »Oder doch?«

Yaya nickte lächelnd.

Aufgewühlt zog sich Kathryn in ihr Zimmer zurück. Ja, es stimmte, ihre Regel war ausgeblieben. Und überhaupt würde das vieles erklären, was ihr an sich selbst seit Wochen seltsam erschienen war. Helle Freude schoss ihr in Herz und Bauch! Ein Baby! Von Carl! Das Kind ihrer Liebe! Das würde sie heilen.

Aber wie sollte sie es dem Lord, sie korrigierte sich selbst in Gedanken, Alfred, sagen? Er würde sie wohl kaum noch heiraten wollen, wenn er wüsste, dass sie das Kind eines anderen erwartete.

Aashmi durfte Mr Singh immer häufiger bei Anproben anspruchsvoller Kundinnen zur Hand gehen. Das machte sie stolz. Sie trug jetzt selbst genähte westliche Kleidung aus einfachen Stoffen. Aber in kräftigen Farben und Mustern, die ihr dunkles Haar und ihr schönes exotisches Gesicht betonten.

Eines Abends, als sie noch spät zu zweit mit Hochdruck an einer Änderung für Mrs Faith arbeiteten, begann der Schneidermeister, der sich normalerweise britischer als ein Gentleman benahm, von Indien zu sprechen. Dass es für die Nation besser wäre, unabhängig zu sein, weil die Briten ihre Schätze ausplünderten, sich bereicherten auf Kosten der wahren Einwohner.

»Auch wenn sie Gandhi und Nehru ins Gefängnis gesperrt haben, das wird die Sache nicht aufhalten!«

Aashmi fühlte sich geehrt, dass ihr Lehrherr über Themen mit ihr sprach, über die eigentlich nur Erwachsene diskutierten. Sie drehten sich um eine Sache, die sie insgeheim schon lange wütend machte: dass das Leben so ungerecht war. Aber konnte man wirklich etwas dagegen tun? War nicht alles von den Göttern vorherbestimmt und gewollt?

Es gefiel ihr, wie Mr Singh beim Reden Leidenschaft entwickelte. Mit Feuer in der Stimme und in den Augen ließ er sich sogar zu einem agitatorischen »Indien den Indern!« hinreißen.

»Ich bin aber eine Gurung«, erwiderte Aashmi ein wenig ratlos. Mit anmutiger Geste reichte sie ihm Stecknadeln an.

Er schob sie sich zwischen die Zähne. »Auch du bist eine Inderin«, sagte er aufrichtig.

Immer wieder kamen ernste indische Männer in langen weißen Hemden und kurzen schwarzen Westen. Mr Singh zog sich mit ihnen zu vertraulichen Gesprächen zurück. Aashmi bereitete den Tee für die Männer, die rauchten, diskutierten und sehr wichtig taten.

Eines Tages, nachdem wieder ein Dutzend Aufständischer festgenommen worden war, nahm Mr Singh Aashmi zur Seite. Er schärfte ihr ein: »Du darfst niemandem, auch nicht Miss Whitewater, von den Männern erzählen, die mich manchmal besuchen. Ist das klar?«

»Kommen Sie dann ins Gefängnis?«, flüsterte Aashmi.

Ihr besorgter Gesichtsausdruck schmeichelte ihm. Mehr als das. Mr Singh musste sich eingestehen, dass ihm sein jüngstes Lehrmädchen nicht gleichgültig war.

»Würde es dir etwas ausmachen?«

In ihren Augen sah er Sterne funkeln, die schmalen Brauen erinnerten ihn an Mondsicheln. Er spürte ein aufregendes Gefühl, das er noch nicht kannte, als müsste nach langer Regenzeit gleich der Himmel aufreißen … Eines wusste er in diesem Moment bestimmt: Er wollte das Mädchen beschützen.

Aashmi nickte stumm. Ihr Herz pochte schneller.

Er drückte ihr einen Kuss auf die Lippen. »Halte ihn nur schön verschlossen, diesen süßen Mund. Dann wird mir nichts geschehen.«

Aashmi nannte ihn weiterhin Mr Singh. Er öffnete ihr die Augen. Er lehrte sie die Liebe und die Grundlagen des Schreibens und Lesens. Dank ihm verstand sie immer besser, was um sie herum geschah.

Die Kolonialherren antworteten mit Gewalt auf die Unabhängigkeitsbestrebungen des indischen Volkes. Sie knüppelten die Gewaltlosigkeit propagierenden Inder reihenweise nieder, vor den Augen der Weltöffentlichkeit, die sich darüber empörte und zunehmend mit Gandhi und seinen Anhängern sympathisierte. Die Briten nahmen in Indien zehntausende Menschen fest, folterten und schlugen sie.

Ohne jede Vorwarnung stürmte eines Abends, als die Männer wieder endlose Debatten im Hinterzimmer führten, ein Trupp britischer Militärpolizisten die Schneiderwerkstatt von Mr Singh. Aashmi brühte gerade in der kleinen Küche Tee auf. Für sie interessierten sich die Männer in Uniform nicht. Sie flüchtete hinter einen Umkleidevorhang, als Mr Singh mit einem Gewehrkolben blutig geschlagen und wie die übrigen Inder beschimpft und abgeführt wurde.

Mr Singh kehrte nicht zurück. Das Geschäft blieb geschlossen. Aashmi ging jeden Morgen in die Nähe und schaute, ob die amtliche Verplombung an der Eingangstür entfernt worden war, doch nichts veränderte sich. Außer dass es kälter wurde.

Nach einer Woche fasste sie sich ein Herz. Seit dem frühen Morgen lag Schnee wie ein Laken über Darjeeling, und es schneite weiter. Aashmi kletterte durch das Hinterfenster in die kleine Küche der Schneiderei. Sie lieh sich einen schlichten, eleganten Wollmantel mit passendem Muff aus. Er war für eine Kundin bestimmt, die ihn noch nicht abgeholt hatte. Aashmi suchte die Polizeiwache auf und erkundigte sich nach ihrem Lehrherrn.

Perplex über die Unverfrorenheit dieses seltsamen nepalesischen Mädchens, das zu wissen begehrte, was man Mr Singh vorwarf, holte der Diensthabende den Polizeibericht hervor.

»Verschwörung«, lautete der Vorwurf.

Aashmi beteuerte, Mr Singh sei ein ehrenwerter Mann und treuer Untertan der Krone. Im Muff knetete sie ihre schweißnassen Hände. Aber sie log, ohne rot zu werden. »Er verehrt unseren König Georg V. Er hat viele Kundinnen aus bester Gesellschaft, die Ihnen das bestätigen könnten. Zum Beispiel Miss Whitewater aus Geestra Valley oder Mrs Faith, die Frau von Major Faith.«

Der Diensthabende versprach, um sie loszuwerden, dass er den Fall prüfen werde.

Am nächsten Morgen sah Aashmi, dass die Plombe von der Geschäftstür entfernt worden war. Sie rannte über die Straße, wobei sie beinahe von einem Pferdefuhrwerk angefahren worden wäre, und riss die Tür auf. Die vertraute Klingel klang in ihren Ohren schöner als Harfenmusik! Dann erschrak sie. Vor den Regalen mit den Stoffballen stand Mr Singh. Er stützte sich mühsam an seinem Verkaufstresen ab. Der Schneider war übel zugerichtet, ein Auge glänzte rot zugeschwollen, an den Rändern war es dunkel unterlaufen. Er schien seit Tagen nichts gegessen zu haben. Dennoch lächelte er, als er sie sah: Aashmi flutete den Raum mit Licht.

»Lass uns heiraten«, sagte er statt einer Begrüßung.

»Ja, Mr Singh! Das ist eine gute Idee«, gab Aashmi zurück. Sie kam näher. »Allerdings werden meine Eltern es nicht erlauben.«

Vorsichtig nahm sie seine Hand und führte ihn zu einem Stuhl. Dann schloss sie den Laden von innen ab.

Mr Singh seufzte tief. »Ich tauge nicht zum Helden«, sagte er. »Ich kann die Gewaltlosigkeit nicht durchhalten. Mein Auge ist kaputt, weil ich mich gewehrt habe. Es war ein Reflex.«

Aashmi nickte stolz. Viele Männer ihres Volkes kämpften als Gurgha-Soldaten, wurden gerühmt für ihre Tapferkeit. Obwohl sie Gandhi verehrte, war es ihr immer schwergefallen, einen Mann zu bewundern, der stillhielt, wenn andere ihn schlugen.

Sanft zog Mr Singh Aashmi auf seinen Schoß. »Weißt du, ich hab ein für allemal genug von Politik. Diese Woche im Gefängnis hat mir gereicht. Sie haben mich zwar entlassen, und ich weiß, das habe ich dir zu verdanken, aber sie stellen mich vielleicht bald vor Gericht.« Er machte sich keine Illusionen mehr. »Dann werden sie mich schuldig sprechen. Es gibt Zeugen, die unter der Folter gegen mich ausgesagt haben. Und anschließend werden sie mein Geschäft schließen. Lass uns irgendwo hingehen und ganz neu anfangen.«

»Wir gehören unterschiedlichen Kasten an, wir beten zu verschiedenen Göttern, wir haben kein Geld.« Nüchtern zählte Aashmi die Hindernisse auf, die sich ihnen in den Weg stellen würden.

Mr Singh grinste, und weil sein Auge dabei schmerzte, zuckte er zusammen.

Er legte kurz seine Stirn an ihre Schulter. Dann richtete er sich wieder auf. »Wer hat gesagt, dass es einfach wird?«

Ammerland

Juli bis September 1930

Carl verfolgte die Geschehnisse in Indien aufmerksam in der deutschen Presse. Die Unruhen endeten nicht, obwohl Gandhi im Gefängnis saß. Mit Demonstrationen und Generalstreiks protestierten Inder aus allen Provinzen gegen die Kolonialherren.

Immer wieder überlegte Carl, wie er Kathryn doch noch für sich gewinnen könnte. Sein Herz fühlte sich wund an. Sie mussten sich wiedersehen. Ganz tief in seinem Innern fühlte er die Gewissheit, dass sie sich in diesem Leben noch einmal begegnen würden. Aber er war kein Mann, der schmachtende Liebesbriefe schrieb. Und sie hatte sich klar geäußert. Das musste er respektieren. Außerdem wollte er sich nicht lächerlich machen. Und er konnte momentan nicht helfen, das finanzielle Problem von Geestra Valley zu lösen.

Die wirtschaftliche Lage zu Hause entwickelte sich katastrophal. Die Holländer boten Rhododendren deutlich billiger an als sie. Die Arbeitslosigkeit stieg, Menschen hungerten, Kommunisten und Nationalsozialisten lieferten sich Saalschlachten. Carls Eltern ließen ihn spüren, dass die Indienreise viel Geld gekostet und sich nun gefälligst bald zu rentieren habe. Seine Mutter war sich nicht zu schade, beim Umtopfen oder Füttern der Arbeitspferde zu helfen, ihre ergrauten Haare trug sie noch immer mit der Brennschere gewellt zu einem tiefen Umschlagknoten gesteckt, sie wirkte stets wie eine Dame. Früher hatten sie für alles Hilfskräfte gehabt, jetzt packte jeder überall mit an. Sogar seine kleine verwöhnte Schwester ging stundenweise in den Verkauf.

Neben seiner regulären Arbeit in der Baumschule beschäftigte Carl sich abends und am Wochenende mit der Vermehrung und Züchtung von Rhododendren. Nur knapp die Hälfte der Reiser und Jungpflanzen hatte die Schiffspassage überstanden – zum Glück lebten die Wildarten, von denen er sich am meisten versprach. Einige vermehrte er durch Stecklinge, was aber nicht mit jeder Art klappte. Andere durch Absenkung einzelner Zweige, die bereits Triebe aufwiesen, unter die Erde, wo sie nach einer Weile feine Wurzeln austrieben und irgendwann abgetrennt werden konnten. Auch das funktionierte nicht immer. Wieder andere vermehrte er durch Veredelung – er pfropfte die Reiser auf bereits drei Jahre alte sogenannte Unterlagen, also auf den Grundstamm erprobter, robuster Rhododendren wie ›*Cunningham's White*‹. All diese Versuche erforderten viel Wissen, Zeit und Geduld.

Die viel größere Herausforderung bestand nicht in der Vermehrung, sondern in der Züchtung. Carl probierte auch bei der Kreuzung neuer Hybriden unterschiedliche Methoden aus. Ob die Pollen aus Sikkim noch fruchtbar waren, musste die Zeit zeigen. Carl wartete einen besonders schönen sonnigen Morgen ab, um damit einige spätblühende Sorten zu bestäuben. Das war eine aufregende Prozedur. Zuerst spannte er im Gewächshaus große weiße Baumwolllaken auf.

Als ein Gärtnerlehrling die Glastür offen ließ, fuhr er ihn an. »Bist du von allen guten Geistern verlassen, Bruno?«

Der Junge erschrak. Was sollte so schlimm daran sein, wenn ein bisschen frische Luft hereinwehte?

»Hierher darf sich jetzt keine Biene verirren«, erklärte Carl, dem sein barscher Ton leidtat. »Wenn sie mit fremden Pollen diese ausgewählten Blüten befruchtet, können wir die ganze Kreuzungsserie auf den Kompost werfen. Verstehst du? Und jetzt raus hier. Stell dich vor die Tür und pass auf, dass nicht auch nur eine winzige Mücke reinfliegt!«

Carl nahm wieder Pinsel und Lupe in die Hand. Vorsichtig tupfte er nach und nach die zuvor in Pollen getauchten Pinselhärchen auf die Blütenstempel.

»Halt! Der Juniorchef bestäubt gerade!«, wehrte Bruno unterdessen mit wichtiger Miene den Kalfaktor Hinnerk ab, der das Gewächshaus betreten wollte.

Endlich war der Schöpfungsakt beendet. Carl hätte zufrieden sein können. Aber irgendetwas fehlte noch. Irgendeine Inspiration, eine Komponente, die er nicht bedacht hatte. Er kam nicht darauf, was es sein sollte.

Ungeduldig wartete Carl auf die Samen, die im Herbst mit der Post kommen sollten. Davon versprach er sich am meisten, auch wenn der Weg über die Aufzucht mit Samen der langwierigste war. Er hoffte, dass der Lepcha-Mann Wort hielt. Die kriechenden Rhododendren aus vier- bis fünftausend Metern Höhe versprachen ein einträgliches Geschäft, weil gerade Steingärten sehr populär wurden, und dafür passten sie ideal. Aber auch besondere Blütengröße, Eleganz und Farben wurden vom Publikum bewundert. All das würde Carl züchten!

Sein Vater las abends in seinem lindgrünen Polstersessel direkt neben dem Volksempfänger das Neueste aus der Fachzeitschrift *Die Gartenwelt* vor. Meistens ging es in den Berichten leider um Absatznot und Überproduktion deutscher Rhododendren, also musste sein Unternehmen erfolgreich werden.

Im Spätsommer erhielt Carl Kathryns offizielle Vermählungsanzeige mit geprägtem Wappen und dunkelgrüner verschnörkelter Schreibschrift auf Büttenpapier.

»Meine Herren, sieht das vornehm aus!«, sagte seine Mutter, die ihm über die Schulter sah.

Carl aber las gar nicht richtig. Er verschwand am darauf folgenden Wochenende zu einer ausgedehnten Wanderung im Moor. Nach stundenlangem Marsch stand er vor einem der Sümpfe, aus denen man schon ab und zu eine Moorleiche gezogen hatte, die dann im Naturhistorischen Museum in Oldenburg ausgestellt wurde. Carl wippte in den Knien: Der von Moos und Wollgras bewachsene Torfboden unter ihm federte um mehrere Zentimeter nach. Nur einen Schritt weiter, hinter strohigen Pfeifengras- und dunkelgrünen Binsenbüscheln begann, für Ortsfremde kaum erkennbar, das flüssige Moor.

Die Hitze schien vom Boden aufzusteigen, die Luft flirrte. Vierflüglige Libellen umflogen kleine, fleischfressende Sonnentaupflanzen mit ihren klebrigen Tröpfchen. Der Wind trug den Geruch einer späten Heuernte mit sich und brachte das Laub vereinzelter Birken zum Rascheln. Ansonsten hörte Carl nur das Summen von Insekten. Weit und breit kein von Menschen rührender Laut.

Carl spürte eine unheimliche Energie.

Die ältesten Moorleichen waren missgebildete Kinder gewesen, ausgestoßen rund zweitausend Jahre zuvor. Später waren Napoleons Soldaten durch das Moor marschiert. Manche Magd, die ein uneheliches Kind erwartete, hatte sich hier aus Angst vor der Schande das Leben genommen, mancher Großbauer hatte Unerwünschtes versenkt.

Ganz langsam sackte man ein ins Moor. Der Sog zog nächtliche Wanderer, die von gespenstischen Irrlichtern aus Naturgas vom Wege abgebracht worden waren, wie unter einem Zeitmikroskop hinab. Zum Schluss, so wussten alte Leute zu erzählen, sah man nur noch die Arme aus der breiigen braunen Masse ragen und dann nur noch eine gespreizte Hand zucken. In ihrer Jugend hatten Carl und Gustav einmal mit einer Leiter ein halb eingesunkenes Schaf gerettet.

Ein Schritt nur, und alle Qualen hätten ein Ende. Carl ging in die Knie.

Kathryn, seine Kathryn, war jetzt die Frau eines anderen! Ein anderer Mann durfte ihre zarte Haut streicheln, seine Nase in ihrem Haar vergraben, sie küssen, lieben und ihr Lust verschaffen. Dieser blaublütige Greis durfte sie jeden Morgen beim Aufwachen anschauen, mit ihr lachen, weinen, seinen Alltag, seine Gedanken und Pläne teilen. Ein anderer würde der Vater ihrer Kinder werden.

Carl glaubte, dieses Gefühl keine Sekunde länger ertragen zu können. Er brüllte seinen Schmerz hinaus in die Weite der Natur.

Am späten Sonntagabend kehrte er zurück.

»Wo warst du, Junge?« Seine Mutter hatte sich Sorgen gemacht.

»Ich hab eine Stelle ausfindig gemacht, wo wir gute Torferde für unsere Rhodos herholen können. Hinnerk kann morgen gleich mit dem kleinen Fuhrwerk hin.«

Carl schickte Glückwünsche zur Hochzeit und in einem silbernen Rahmen das Foto, das Kathryn auf einer Teekiste stehend beim Herumalbern mit ihm und Gustav als ihre treuen Adjutanten zeigte. Er hatte überlegt, ob er Gustav abschneiden sollte, aber das wäre ihm dann doch zu kleinlich erschienen. In der Lokalpresse hatten sie sich sogar noch eine Weile als die Blutsbrüder feiern lassen, die gemeinsam eine abenteuerliche Reise unternommen hatten. Das hatte ihnen einen gewissen regionalen Ruhm eingebracht, der beiden fürs geschäftliche Renommee nützte. Doch der private Kontakt war abgebrochen. Carl konnte das maliziöse Grinsen einfach nicht mehr ertragen, das Gustav aufsetzte, sobald es um Kathryn ging. Und Gustav fand, dass Carl sich reichlich undankbar aufführte. Schließlich hatte er ihm das Leben gerettet.

Auch Gustav erhielt die Vermählungsanzeige.

»Denen konnte es ja nicht schnell genug gehen«, murmelte er bitter.

Er leitete inzwischen die Teefirma und hatte alle Hände voll zu tun. Sein Großvater hatte ihm die Geschäfte gleich nach seiner Rückkehr aus Indien übergeben. Der alte Herr hatte genug gearbeitet, eine Generation länger als ursprünglich geplant. Und da er immer davon geträumt hatte, einmal im Leben Capri zu sehen, führte ihn seine erste Reise im Ruhestand auf die italienische Insel. Dort war er nach einem Besuch der Blauen Grotte in den Armen einer italienischen Edelprostituierten gestorben.

Gustav warf die Karte bedächtig in den Kamin. Der Schmerz leckte an seinen Eingeweiden wie das Feuer am handgerissenen Büttenpapier. Gustav sagte es laut: »Vorbei ist vorbei.«

Er musste sich jetzt der Zukunft widmen. Der Zukunft von ter-Fehn-Tee, des deutschen Teehandels allgemein und der Zukunft Deutschlands.

Darjeeling – Jersey

Sommer 1930 bis Sommer 1931

Nach einer auffallend kurzen Verlobungszeit heirateten Lord Taintsworth und Kathryn standesamtlich in Darjeeling mit einer kleinen Feier im Planters' Club. Dabei bat die Braut Mrs Apple um einen Gefallen, den jene erst im Herbst erfüllen konnte. Die kirchliche Trauung fand Wochen später auf Jersey in einer alten Dorfkirche statt.

Kathryn hatte Alfred gebeten, Aashmi und Mr Singh in ihre neue Heimat mitnehmen zu dürfen. »Diese Menschen sind für mich ein Stück alte Heimat«, begründete sie ihren Wunsch.

Alfred fand, sie hätten ausreichend Personal in Greenville Manor, aber er konnte seiner jungen Frau kaum etwas abschlagen. Vor allem, seit sie ihm die Ursache für ihre fast ununterbrochene Übelkeit anvertraut hatte. Er wurde Vater – mit dreiundfünfzig Jahren!

Dass Mr Singh im Gefängnis gewesen war, erzählte Kathryn ihm nicht. Dass Aashmi nie gelernt hatte, in einem kultivierten Haushalt nützlich zu sein, verschwieg sie ebenfalls. Das Schicksal der beiden Liebenden bewegte Kathryn ganz einfach. Aufgaben für sie würden sich schon finden.

Das alte Herrenhaus auf Jersey flößte Kathryn größten Respekt ein. Hoffentlich war sie den Anforderungen gewachsen! Als sie den Park des Anwesens, der von zwölf Gärtnern in Ordnung gehalten wurde, das erste Mal durchschritt, fühlte sie sich auf eigenartige Weise mit Carl verbunden. Seltene Bäume, Rhododendren und Riesenfarne, zehn Sorten Bambus, Rosen und Kamelien, ein Nussgarten, ein Orchideenhaus und ein würzig riechender Küchengarten erwarteten sie. Das Klima behagte ihr gleich. Der Obergärtner staunte nicht schlecht über die Rhododendronkenntnisse der jungen Frau des Lords. Von einem bestimmten Strauch wusste sie im Gegensatz zu ihm, dass er von Sir Hooker aus Sikkim mitgebracht worden war, was ihr Verhältnis zunächst etwas belastete. Als Kathryn den Mann bat, im Frühjahr unter ihrem Fenster blaue Mondwinden zu pflanzen, belehrte er sie von oben herab, dass der korrekte Ausdruck dieser Rankpflanze Himmelblaue Prunkwinde oder *Ipomoea tricolor* sei. Sie öffne ihre Trichterblüten morgens und nicht abends zum Mondschein wie die weißen Mondwinden. Auch sie, führte er aus, blühe nur einen Tag, und manche Leute hielten sie für Unkraut.

Kathryn reagierte keineswegs beleidigt. »Danke für die Erklärung«, lächelte sie. »Ich möchte doch dazulernen. Mir gefällt Ihr Sinn für Farben im Garten. Deshalb werden Sie sicher nicht zu jenen törichten Leuten gehören, die dieses himmlische Blau geringschätzen. Ich glaube, wir werden noch sehr gut zusammenarbeiten.«

Die feine Society von Jersey nahm Kathryn zurückhaltend auf. Nach der Geburt eines rundum gesunden, strammen Sechseinhalbmonatssohnes tuschelten die Leute eine Weile. Aber der Einfluss des Lords, Kathryns Harfenkonzerte, ihre liebenswürdige Art als Gastgeberin und sicher auch ihre Schönheit sorgten dafür, dass man allgemein bald zu der Überzeugung gelangte, sie sei eine Bereicherung für das gesellschaftliche Leben auf der Insel.

Während Mr Singh sich als Hausschneider nützlich machte, kümmerte sich Aashmi als Kinderfrau um den kleinen Charles. Kathryn stillte ihren Sohn selbst, auch nachts. Sie zündete dann nur eine Kerze an. Oft schaute sie dabei aus dem Fenster auf den Mond über dem Park. Das schmatzende Saugen des Kleinen an ihrer Brust bescherte ihr Schmerzen und wohlige Schauer zugleich, wie ihre Gedanken an Carl. Sie liebkoste ihren Sohn, seinen Sohn, mit einer Zärtlichkeit, die Alfred bald eifersüchtig machte, und die sie sich deshalb vor allem für die Nachtstunden aufhob.

Kathryn und Alfred hatten selbstverständlich, wie es in den höheren Kreisen üblich war, getrennte Schlafzimmer. An ihres schloss sich ihr privater Salon an. Dahinter kamen das Kinderzimmer und Aashmis Kammer. Manchmal trug Kathryn – nur hier – die Ohrringe, die sie von Carl und Gustav bekommen hatte. Dann legte sie den Smaragdring ab, weil die Schmuckstücke ja nicht zueinanderpassten. Auf ihrem Sekretär stand der Silberrahmen mit dem Foto, das Carl ihr zur Hochzeit geschickt hatte. Aber es gab Zeiten, da sie das Bild umdrehte, weil sie die Erinnerung an ihr unbekümmertes Glück von einst nicht ertrug.

Zwischen den grauen Tagen betätigte Kathryn sich in den karitativen Stiftungen und Vereinen, die das Haus Taintsworth von jeher förderte. Und sie begann, sich darüber hinaus wohltätig zu engagieren.

Wenn Alfred abends an ihre Tür klopfte, bat sie ihn freundlich herein. Er trug meist einen blassblauen seidenen Hausmantel mit einer schwarzen Kordel um den Bauch. Zum Glück erschien er immer frisch gebadet. Im Bett mit ihm schloss sie die Augen und dachte an England. Wenn Alfred nach wenigen Minuten von ihr herunterrollte, lag sie meist noch in der gleichen Position wie vorher.

Sofort anschließend pflegte sie ein heißes Schaumbad zu nehmen. Alfred verabschiedete sich mit einem Handkuss und ging zum Schlafen in sein Gemach.

An den Wochenenden hatten die Taintsworths in der Regel Gäste auf Greenville Manor. Kathryn lernte die Vorbereitungen zu überwachen, die Bewirtung ebenso wie das Unterhaltungsprogramm, das von Lesungen über Konzerte, Jagdvergnügungen, Picknicks, Tennis- oder Krocketspielen bis zu Kostümbällen reichte.

Der kleine Charles bekam nicht alle, aber sehr viel der Liebe, die Kathryn Carl nicht schenken konnte.

Berlin

Herbst 1930

Als Gustav als Landesverbandsvorstandsmitglied nach Berlin zu einer Tagung seiner Berufsvereinigung fuhr, lernte er beim Abschlussbankett im Hotel Adlon die Tochter eines Reichsministers kennen. Eveline, genannt Ivy, war ein knabenhafter Typ mit kurzem dunkelbraunem Haar, schmalen Hüften und ererbter Arroganz. Dass sie von Kindesbeinen an mit Politikern und Offizieren vertraut war, weil Prominenz in der elterlichen Wilmersdorfer Villa ein- und ausging, imponierte Gustav. Außerdem konnte sie fechten, Auto fahren und nahm bei einem verarmten russischen Baron Tennisstunden. Ihre Haut war bronziert mit einem Spezialöl.

»Wonach duften Sie, schönes Fräulein?«, fragte Gustav bei ihrem ersten Tanz, einem Foxtrott.

»›Le Sein‹ von Jean Patou«, antwortete der Chiffontraum in seinen Armen und zitierte leicht spöttisch den Werbeslogan. »Das Freiluftparfum, das Parfum sportlicher Kameradschaft.«

»Genau mein Geschmack!« Er schenkte ihr sein charmantestes Lächeln.

Sie verliebte sich in die hochgezogenen Augenbrauen und in das Himalaya-Bombay-Odeur, das den vielversprechenden Teegroßhändler umgab.

»Der junge Mann hat Biss«, sagte auch ihr Vater nach der ersten Begegnung. »Der will hoch hinaus.«

Ivy war in den Zwanzigern als typisches Flapper-Girl durch Berlin getanzt: ein bisschen verrucht, mit tiefschwarz gefärbtem Garçon-Haarschnitt, geschminkten und hell gepuderten Knien – aber am Ende doch sehr behütet und konservativ, wenn es um die Wahrung ihrer Privilegien ging. Die Wirtschaftskrise vermieste ihr inzwischen den Spaß. Das Elend der Metropole ödete Ivy an. Sie fühlte sich reif für ein solides Leben in einer ostfriesischen Kleinstadt.

»Aber natürlich musst du dahin«, sagte Carls Mutter, »nach allem, was ihr zusammen erlebt habt.«

Carl wollte eigentlich absagen, aber dann reiste er doch zur Hochzeit von Gustav und Ivy, die im Spätherbst in Berlin gefeiert wurde – nur wenige Wochen, nachdem es bei den deutschen Reichstagswahlen einen Rechtsruck gegeben hatte, der das westliche Ausland schockte. Die antidemokratischen Nationalsozialisten galten als große Gewinner dieser Wahl. Im Landkreis Ammerland hatten sie es sogar auf knapp sechzig Prozent gebracht. Carl hielt viele für ungehobelte Dummköpfe, aber er fand gut, dass sie sich für höhere Zölle der holländischen Konkurrenz einsetzen wollten.

Während der Zugfahrt in die Reichshauptstadt kam er mit einem gebildet aussehenden älteren Herrn ins Gespräch, der ihn warnte. »Das war jetzt für lange Zeit die letzte demokratische Wahl in Deutschland.«

Da Carl allein kam, hatte man ihm eine Freundin Ivys als Tischdame zugewiesen. Sie sah hübsch aus, ging ihm allerdings mit ihrem Geplapper über die Filmstars von Babelsberg gewaltig auf die Nerven. Nie hatte Carl sich weniger auf einer Hochzeit amüsiert.

Die Stimmung im Lande befand sich in einem epochalen Umbruch, das spürte er auch an diesem Abend.

Das Brautpaar ging zwischen den Tänzen von Tisch zu Tisch, um mit jedem Gast ein paar persönliche Worte zu wechseln.

»Schon gesehen?«, fragte Gustav Carl mit einem kräftigen Schlag auf die Schulter.

»Was gesehen?«

»Das Fell des Schneeleoparden, den ich in Darjeeling erlegt habe. Liegt auf dem Geschenketisch.«

»Ach, wirklich?« Carl drehte sich mit suchendem Blick um.

Da sah er es: angeberisch ausgebreitet, samt aufgerissenem Maul. Ivy himmelte ihren Großwildjäger an.

»Ist ja großartig.«

»Das Hochzeitsgeschenk vom alten Whitewater. Es geht ihnen wieder gut …«

Gustav machte eine kleine Pause. Er genoss das Wissen, das er Carl aufgrund seiner geschäftlichen Korrespondenz mit Geestra Valley voraushatte. Aber Carl tat ihm nicht den Gefallen, sich nach Kathryn zu erkundigen. Also verkündete Gustav auch ohne Aufforderung: »Die neue Lady Taintsworth ist übrigens schon guter Hoffnung.«

Carl brauchte mehrere Schrecksekunden, bis er sich wieder fing, dann wiederholte er nur: »Ist ja großartig.« Ebenso gut hätte Gustav ihm ein Messer zwischen die Rippen stechen können.

Am liebsten hätte Carl sich besinnungslos betrunken, doch in dieser Runde wollte er sich keine Blöße geben. Der Vater der Braut gehörte der Zentrumspartei an, der bürgerlichen Mitte, der auch Carls Familie seit langem nahestand. An der Festtafel saßen aber auch einige Gäste in NS-Uniform, die zu später Stunde laute Kampflieder anstimmten. Und Gustav stieß fröhlich mit seinen neuen Freunden an.

Carl nutzte den Berlin-Aufenthalt noch, um neue Kontakte zu Großabnehmern ihrer Baumschulerzeugnisse zu knüpfen. Er schaute sich auch in verschiedenen Parks um. Besonders interessierte er sich für die Rhododendren, die Otto Schulz, der Gärtner der Königlichen Porzellan Manufaktur KPM mehr als vierzig Jahre zuvor gezüchtet hatte. Die Porzellanmaler liebten es damals, Blüten in einem neuen weichen und sehr plastisch wirkenden Stil auf dem weißen Gold zu verewigen. Gerne ließen sie sich von den Blumen im eigens dafür angelegten Firmengarten anregen. Lange Zeit wuchs dort als einziger Rhododendron nur der zwar schön großglockige, aber ansonsten doch recht schlichte *griffithianum* in Weiß. Carl lächelte wehmütig – den hatte er auch in Sikkim gesehen, sogar in Rosa.

Immer wieder hatten sich die Maler bei Otto Schulz beklagt, dass sie etwas Aufregenderes als Vorbild bräuchten, Rhododendronblüten in kräftigen Farben oder mit origineller Musterung. Das ließ den Obergärtner nicht ruhen. Er begann, den *Rhododendron griffithianum* mit anderen Sorten zu kreuzen, und letztlich bereicherte er damit die Jugendstilkunst, denn seine Resultate übertrafen in ihrer Schönheit alle Erwartungen. Sie boten den Malern prächtige Farbenspiele – einige waren innen andersfarbig als außen, andere entzückten das Auge mit einem gekräuselten Saum, manche sahen richtig kokett aus, mit dunklen Flecken im Kelch wie Sommersprossen. Die meisten allerdings vertrugen keinen Frost. Als Schulz kurz nach der Jahrhundertwende in den Ruhestand ging, versuchte er, seine Hybriden beziehungsweise die Rechte daran zu verkaufen, doch keine Baumschule in Deutschland zeigte Interesse. Auch Carls Großvater Jonas wusste von dem Angebot, verpasste aber die Chance. Eine holländische Firma in Boskoop kaufte dem Berliner sein Lebenswerk schließlich für einen Spottpreis ab. Sie züchtete mit dem Schulz'schen Material sehr erfolgreich weiter und bedrohte inzwischen als größte Konkurrenz die Existenz vieler deutscher Baumschulen. Carl seufzte. Heute forderte nicht nur *Die Gartenwelt* in ihren Leitartikeln »Der deutsche Markt den deutschen Rhododendren!« Was für seltsame, unvorhersehbare Auswirkungen der Wunsch der Porzellanmaler zeitigte! Hätte sich doch sein Großvater damals früher um das Angebot gekümmert!

Man muss seine Chance beherzt nutzen, dachte Carl, als er durch ein Gewächshaus streifte, in dem einige Schulz'sche Züchtungen überlebt hatten. Man darf nicht zu lange zögern. Aber hatte er denn überhaupt gezögert? Nein. Er hatte Kathryn doch einen Heiratsantrag gemacht. Die Umstände waren dagegen gewesen. Dass seine Liebste so schnell ein Kind von dem Lord erwartete, traf ihn schlimmer als die Vermählungsanzeige. Irgendwie hatte er immer noch ein unvernünftiges Fitzelchen Hoffnung gehabt, dass Alfred Taintsworth vielleicht frühzeitig dahingerafft oder überraschend eine Geldquelle sprudeln würde und Kathryn und er doch … Aber nun …

Carl nahm es auch Gustav übel, dass er sich so schnell mit einer anderen getröstet hatte. Er selbst sah andere Frauen nicht einmal an. Er bemerkte sie überhaupt nicht: Weder die schmachtenden Blicke der Ammerländer Bauerntöchter beim Erntedankfest noch die Avancen der Bürgertöchter beim Reiterball. Auch so manche Ehefrau wäre gern für ihn schwach geworden. Schlange hätten sie gestanden für den gut aussehenden, weitgereisten Erben der Baumschule Jonas.

Aber Carl wollte sie alle nicht.

Ammerland – Ostfriesland

Herbst 1930 bis August 1937

Mürrisch reiste Carl zurück. Als er zu Hause ankam, warteten dort zwei Briefsendungen auf ihn. Der große Umschlag trug Stempel aus Gangtok, der andere aus Darjeeling. Der Lepcha-Mann hatte sein Versprechen gehalten! Ein Lächeln huschte über Carls Gesicht. Tschukis ältester Ehemann Sonam schickte, mithilfe eines Schreibers, der auf dem Markt in Gangtok seine Dienste anbot, die Rhododendronsamen. Wie Carl es ihm eingeschärft hatte, in unterschiedlichen, verklebten Tüten, auf die er selbst Monate zuvor die jeweiligen Rhododendronblüten aufgemalt hatte.

Die Handschrift auf dem Brief aus Darjeeling kannte er nicht. Sie sah kultiviert aus, wie die einer Dame. Aber Kathryns war es nicht und konnte es auch nicht sein, sie lebte ja längst auf der Kanalinsel zwischen England und Frankreich.

Nervös wog Carl den Brief in seiner Hand. Er hielt den Umschlag an sein Ohr und schüttelte ihn. Es raschelte darin. Carl ging in sein Arbeitszimmer. Er setzte sich an seinen schweren Eichenschreibtisch. Der Brief kann nicht von Kathryn sein, wiederholte er innerlich. Aber er spürte, dass er eine Botschaft von ihr enthielt. Mindestens fünf Minuten saß er so da, spürte sein Herz rasen, konnte keinen klaren Gedanken fassen. Endlich nahm er vorsichtig seinen Brieföffner und schlitzte das Kuvert auf. Zwei verschlossene Umschläge fielen heraus, außerdem ein Kärtchen, das mit Marya Apple unterzeichnet war. *Kathryn bat mich, Ihnen im Herbst die reifen Samenkapseln des Rhododendrons hinter dem Glaspavillon zu schicken*, schrieb sie.

Carl schüttelte den einen Umschlag, bis dessen Inhalt fühlbar in einer Ecke versammelt lag. Dann schnitt er ihn auf. Die Samen waren mittlerweile aus den Kapseln herausgesprungen, winzigste dunkelbraune Pünktchen. Behutsam legte Carl die Kostbarkeit zur Seite. Im anderen, kleineren Umschlag steckte ein Kärtchen. Darauf standen in Kathryns schwungvoller Handschrift nur drei Worte: *Für den Duft*.

Natürlich! Das war es, was er vergessen hatte! Der eher unscheinbare Rhododendron über ihrer Bank in Geestra Valley – das Naheliegende hatte er damals übersehen und keinen Ableger mitgebracht.

Fortan war Carl wie ausgewechselt – beseelt von der Idee, diesen Duft, ihren Duft, wieder zu schnuppern, ihn auferstehen zu lassen und ihrer Liebe damit einen Hauch Ewigkeit zu verleihen. Er wollte für Kathryn einen Rhododendron züchten, so wie sie ihn sich gewünscht hatte. Carl wusste jetzt, welche Eigenschaften der unterschiedlichen Rhododendren er kombinieren musste: die Härte vom Zemu-Gletscher, die Farbe und wächserne Leuchtkraft aus dem Yumthang-Tal und den Duft aus Geestra Valley!

»Carl, es ist nicht gut, dass ein junger Mann in deinem Alter allein ist«, sagte seine Mutter eines Tages. Knapp drei harte Arbeitsjahre lagen hinter ihm und allen im Betrieb, der die schweren Zeiten dank Qualität und Zuverlässigkeit überstanden hatte. »Dein Vater und ich, wir würden uns auch gern bald aufs Altenteil zurückziehen. Diese neuen Verhältnisse sind nichts für uns.«

Der alte Jonas hatte jahrelang als Mitglied der Zentrumspartei im Kreistag gewirkt. Seit der Machtübernahme der NSDAP im Januar 1933 war Schluss damit. Aber Friedrich-Wilhelm Jonas hielt mit seiner Meinung trotzdem nicht hinterm Berg. Allmählich wurde es gefährlich. Seine Frau hatte ihn davon überzeugt, dass es besser sei, zu privatisieren.

»Wenn du eine Frau gefunden hast, will er dir die Leitung der Baumschule übergeben.«

Bei aller Liebe und allem Respekt seinem Vater gegenüber kam es immer häufiger zu Reibereien, weil Carl andere Vorstellungen vom Geschäft hatte als sein alter Herr. Und so machte die Aussicht auf Alleinverantwortung ihn offener für die weiteren Vorschläge seiner Mutter.

»Was hältst du von Gesine?«, fragte sie ein paar Tage später betont beiläufig.

»Gesine? Welche Gesine meinst du?«

»Na, die von nebenan, die Älteste von Tütjers.«

»Ach so.«

Der Bauer, dessen Weiden an ihre Baumschule grenzten, hatte eine große Viehwirtschaft, einen Sohn und vier Töchter. Alles stramme Ammerländer Deerns, wie er stolz zu sagen pflegte, blond, munter, mit rosigen Wangen und von zupackender Art.

»Die Gesine wär nicht verkehrt.«

Und, wie Mutter Jonas von Gesines Mutter wusste, auch wohl schon lange in Carl verschossen.

Ein Jahr später waren Carl und Gesine verheiratet. Ein weiteres Jahr später, 1935, kam ihre erste Tochter zur

Welt: Katharina, Kathrin gerufen. 1937 erblickte Stammhalter Gerhardt Carl Friedrich-Wilhelm Jonas das Licht der Welt. Großvater Friedrich-Wilhelm feierte das Ereignis gebührend. Er genoss mit dem Zinnlöffel reichlich aus der »Kaltschale«, nach altem Brauch zu diesem Anlass in Branntwein mit Zucker eingelegte Rosinen, und zog dann durch den Ort, wo er in jeder Gastwirtschaft eine Runde Schnaps und Bier spendierte. Dabei kam es zu einem Wortwechsel mit einem früheren Baumschulgehilfen, den er wegen schlechter Leistungen hinausgeworfen hatte, und der sich nun in NS-Uniform wichtig vor ihm aufbaute und große Reden schwang.

»Was faselst du da von den neuen Zeiten?«, herrschte der alte Jonas ihn an. »Ihr braunen Proleten seid schneller wieder verschwunden, als ihr denkt.«

Wirtin Marga stand hinter der Theke und flüsterte: »Wenn das man nich' Ärger gibt.«

Den gab es bereits zwei Tage später. Friedrich-Wilhelm Jonas wurde zu einer offiziellen Anhörung vorgeladen.

»Carl, ist nicht dein alter Freund Gustav inzwischen ein einflussreicher Mann?«, fragte seine besorgte Mutter. Es waren schon Leute wegen weniger schlimmer Äußerungen eingesperrt worden.

Carl wusste aus den Zeitungen, dass Gustav sich bei großen Anlässen mit seiner Gattin gern neben Parteibonzen fotografieren ließ. Er war in verschiedenen Gremien und im Reichsvorstand seiner Berufsvereinigung in Bremen aktiv. Und er verdiente sich dumm und dämlich mit seinen Teebeuteln, seit er damit die Wehrmacht beliefern durfte, deren Aufbau im Frühjahr 1935 begonnen hatte.

Carl überwand sich und rief Gustav an. Der tat erfreut. Carl schilderte ihm knapp die Sachlage und fragte ihn, ob er etwas für seine Familie tun könne. Gustav lud ihn zu einem Besuch ein.

In der Eingangshalle der Teefirma ter Fehn hing das Fell des Schneeleoparden. Eine Sekretärin holte Carl am Empfang ab und brachte ihn in das Chefzimmer.

Gustav hatte zugenommen. Unter der dunkelbraunen Nadelstreifenweste wölbte sich ein kleiner Bauch. Er sah zufrieden aus.

Befangenheit und Freude mischten sich, beides versteckten die Männer hinter Schulterklopfen und lauten Scherzen.

»Nimm doch Platz!« Sie ließen sich in tiefe Ledersessel sinken.

»Cognac? Zigarette, Zigarre?«

»Gibt's hier auch Tee?«

Gustav lachte. Einen Moment lang war es wie früher.

»Gut, also Cognac und Tee.«

Gustav wies auf ein offenes Wandregal, das mit handbeschrifteten Blechdosen gefüllt war: Tees aus aller Welt, in allen Qualitäten. Carls Blick tastete die Reihen ab, blieb hängen bei den Darjeelings. Ja, es gab noch immer »Geestra Valley«, in zig Varietäten.

»Was hört man denn so?«, fragte er scheinbar leichthin.

Gustav wusste natürlich gleich, was er meinte. »Kathryn hat ihr zweites Kind bekommen, eine Tochter. Müsste jetzt auch schon laufen können. Heißt nach ihrer Mutter Annabella und hat noch einen beeindruckenden Rattenschwanz an Adelsnamen …«

Carl spürte einen feinen Stich ins Herz. Er ließ sich nichts anmerken. »Sieh an …«, sagte er nur und tat, als studiere er weiter die Auswahl des ter-Fehn-Teesortiments.

»Da!«, Gustav wies stolz auf eine Dose in der obersten Reihe.

Carl entzifferte: Robbins' Hope. FTGFOP. Sikkim. Mühsam erinnerte er sich an die Bedeutungen der Abkürzungen. »Fine ... tippy, golden ...flowery ... orange ... äh ... pekoe. Richtig?«

»Pyramidal! Frank, du weißt doch: unser alter Colonel Robbins, hat dieses Jahr seine erste Teeernte geschickt. Aus seinem Teegarten in Sikkim. Eine Rarität, nur was für Kenner. Sehr elegant. Willst du den probieren?«

Wie doch die Zeit vergangen war! Carl schnalzte zwar anerkennend mit der Zunge, aber er lehnte ab. »Ich nehme lieber eine ordentliche Ostfriesenmischung mit viel malzigem Assam und Kluntje und Wulkje.«

Wenig später knisterte der rotbraune Tee über einem dicken weißen Kluntje, durch den sich noch ein Faden zog. Klar, im Hause ter Fehn gab's nur beste Qualität. An dem weißen Zwirn war hochkonzentrierte Zuckerlösung in einem Kristallisationsgefäß wochenlang zu edelstem Kandis herangewachsen. Und sie tranken natürlich aus den typischen dünnwandigen Porzellantassen mit handgemalter Ostfriesenrose: rosarote Blüte, grüne Blätter, stilisierte rotbraune Knospen auf weißem Grund.

Gustavs Sekretärin stellte die Kanne auf ein Messingstövchen und verließ diskret den Raum. Carl starrte auf die Tasse.

»Eigentlich ist es ja eine Bauernrose«, meinte Gustav mit Blick auf das Porzellandekor, »eine Pfingstblume, oder?«

»Ich schätze, es handelt sich um eine *Rosa centifolia*, die Rose der Maler«, korrigierte ihn Carl. »Alte Sorte, so von 1700, schön voll, hundertblättrig, winterhart ...«

»Sicher?«

»Nee.« Carl grinste, er wollte Gustav nicht gleich zu Beginn ihres Gesprächs verärgern.

Mit einem zierlichen silbernen Schwanenlöffel schöpfte er aus einem Schälchen aufgerahmte Milch ab, ließ sie mit einem geübten Schlenker aus dem Handgelenk rundherum am Rande in die Tasse fließen und beobachtete, wie sie schwer und tief in den Tee sank. Konzentriert wartete er ab, bis die Sahne in kleinen Explosionen zu cremefarbenen Wölkchen an die Oberfläche aufstieg, sich ausbreitete und langsam zur Ruhe kam.

Gustav zündete sich eine Juno an. »Wie geht's denn der Familie?«

»Danke, bestens.«

Auch Gustav war inzwischen Vater. »Unsere Tochter Hella wird nächsten Monat fünf.«

»Habt ihr noch mehr Kinder?«

»Nein.« Beinahe wäre ihm herausgerutscht: nur eines, nur ein Mädchen.

»Und wie gefällt es deiner Frau in Ostfriesland?«

»Ivy vermisst Berlin ein bisschen, sie ist ja eine echte Großstadtpflanze.« Ständig lag sie ihm in den Ohren, dass man hier auf dem flachen Land mit niemandem gesellschaftlich auf dem gleichen Niveau verkehren könne, das kulturelle Angebot sei auch gleichbedeutend mit Ödnis, und wenn sie das alles vorher gewusst hätte … »Aber wir bauen uns jetzt in Bremen direkt am Park ein nettes Häuschen.«

»Und das Stammhaus?«

»Es reicht, wenn ich ein- bis zweimal pro Woche hier bin. Die Zugverbindungen von Bremen hierher sind ausgezeichnet. Da kann ich während der Fahrt noch arbeiten. Ansonsten wird meine Verbandsarbeit in Bremen sicher zunehmen. Und ich bin dann auch näher an Berlin. Was macht bei dir die Arbeit?«

Carl berichtete vom Stand seiner Rhododendronzucht.

»Die ersten Erfolge sind da, wir haben dieses Jahr eine Silbermedaille und zwei Bronzemedaillen gewonnen. Seit zwei Jahren geht's aufwärts, wie überall. Die Städte investieren wieder in ihre Grünflächen, die Deutschen bauen wieder Häuser, die Lust zur Gartenbetätigung steigt deutlich. Wir können uns nicht beklagen.«

»Reitest du eigentlich noch Dressur?«

»Nur hin und wieder, aber keine Wettbewerbe mehr. Dafür fehlt die Zeit mit Betrieb, Frau und zwei Kindern …«

»Ja, wem sagst du das? Wenn unser neues Haus fertig ist, will ich unbedingt Rhododendren von dir für den Garten haben.«

»Sehr gern! Kommt vorbei und sucht euch was aus. Ihr habt die freie Auswahl.«

Gustav nickte dankend und hob sein Cognacglas. »Auf dein Wohl!« Genüsslich blies er Ringe in die Luft. »Sie haben eine Tibet-Forschungsstelle gegründet«, fuhr er zu plaudern fort und schenkte nach. »Wusstest du das? In einer Forschungs- und Lehrgemeinschaft, die sich ›Das Ahnenerbe‹ nennt. Himmler persönlich ist der Kurator.«

»Reichsführer-SS Heinrich Himmler?«

»Genau der. Dieser Verein hat mich kürzlich angeschrieben. Wir sollen von unseren Erfahrungen in Sikkim berichten.«

»Mich haben sie nicht angeschrieben.« Carl nahm an, dass Gustav sich bei den Parteigenossen durch seine Abenteuergeschichten selbst ins Gespräch gebracht hatte.

»Man vermutet den Ursprung der arischen Rasse in der Region in und um Tibet. Sag mal, du hast doch damals Fotos gemacht …«

Normalerweise trank Carl vormittags keinen Alkohol. Vielleicht deshalb reagierte er impulsiver als es sonst seine Art gewesen wäre.

»Mensch Gustav, was soll so was wohl? Merkst du nicht, dass das Verbrecher sind?«

»Du solltest besser auf deine Wortwahl achten.«

»Sie vermessen Gesichter, Nasen, Stirnhöhe und Kinnbreite, als wären Menschen Tiere. So ein Blödsinn – was sagt das aus? Oder warum dürfte ich nach diesen Nürnberger Gesetzen niemanden heiraten, der …«

Gustav fiel ihm ins Wort. »Aber gerade du als Züchter, du müssest das doch verstehen! Das Erbgut …«

Jetzt ließ Carl Gustav nicht ausreden. »Der Unterschied, mein Lieber, ist der, dass Menschen eine Seele haben. Eine Seele kann man nicht züchten, sie ist ein Geschenk! Sie kann in jeder äußerlichen Hülle existieren. Gut und Böse sind eine Frage des Gewissens, nicht der Abstammung. Darum sagt das Äußere nichts über den inneren Wert aus! Und abgesehen davon«, Carl sah seinen früheren Freund eindringlich an, »können Menschen sich ändern.«

In Gustavs Augen flackerte kurz Unsicherheit auf. Carl witterte die Bereitschaft für ein echtes Gespräch. Früher hatten sie nächtelang diskutiert.

»Gustav«, er klang nun milder gestimmt, »du hast dich da in was verrannt. Ich weiß, du willst das Gute. Aber du unterstützt das Böse.«

Als falle ein Vorhang, nahmen Gustavs braune Augen wieder einen entschlossenen Ausdruck an. »Wo gehobelt wird, da fallen Späne«, erwiderte er in zackigem Ton. »Wegen der Erinnerung an schöne gemeinsame Zeiten will ich diesmal nichts weitergeben – und deinen alten Herrn aus dieser Sache raushauen … Ich denke, mit fünf ausgewachsenen Ammerländer Eichen, die ihr vor der Zentrale der Gauleitung Weser-Ems einpflanzt, wird es erledigt sein. Aber ich warne dich …«

Carl versuchte noch einmal, an Gustavs Gewissen zu

appellieren. »Wie sie die Juden ausgrenzen und zu Untermenschen erklären, findest du das in Ordnung?«

»Bei uns leben kaum Juden, ich kenne nur ein paar schlitzohrige Pferdehändler. Die werden umgesiedelt in den Osten. Rücksicht bedeutet Schwäche, das schadet dem Volk. Der Führer weiß schon, was er tut.«

Carl schüttelte den Kopf. »Du bist verblendet.«

Gustav sprach nur noch in Parolen. Wahrscheinlich dachte er auch nur noch in Parolen. Wo blieben Herz und Verstand? Am liebsten hätte er Gustav noch ganz andere Sachen an den Kopf geworfen. Doch er wollte die Rettung seines Vaters nicht gefährden.

Eine Weile sprach keiner von ihnen. Unangenehm laut erfüllte nun das Ticktack der alten friesischen Languhr den Raum. Das dunkle Eichengehäuse mit den glänzenden Messinggewichten war Carl seltsam vertraut. Er kannte diese aus Holland stammende Uhr. Schon als kleinen Jungen hatte sie ihn fasziniert – ein technisches Wunderwerk aus der Zeit des Barock, das ihnen Gustavs Großvater einmal erklärt hatte. Im Halbrund über dem Ziffernblatt auf einer gemalten Meerlandschaft bewegten sich mit jedem Sekundenschlag drei aus Messing gehämmerte Segelschiffe auf den Wellen vor- und zurück. Halb zwölf mittags. Die Glocke schlug mit hellem Pling. Genau wie damals.

Ratlos sahen die Männer sich an. Was war nicht alles passiert seit ihren Kindertagen, als sie sich immer zur Blauen Stunde am Brunnen getroffen hatten!

Carl wusste heute, wie hoch der Mond war – so endlos wie seine Sehnsucht nach Kathryn. Und er ahnte, wie tief der Brunnen war – wie die Abgründe im Menschen, selbst in jenen, denen man einmal bedingungslos vertraut hatte.

Auch Gustav berührte die sentimentale Stimmung, die mit dem Glockenklang durchs Zimmer schwebte. Er vermisste die Freundschaft mit Carl aufrichtig. Manchmal träumte er, sie wären wieder gemeinsam unterwegs. Zwei schneidige Kerle, die Freud und Leid miteinander teilten. Neulich, nach einer Harzwanderung, als es schon dämmerte, hatte er sich gedankenverloren umgedreht in der Erwartung, Carl marschiere selbstverständlich neben oder gleich hinter ihm. Doch niemand war da gewesen. Und das hatte ihm Tränen in die Augen getrieben.

Abgesehen vom missratenen Ende ihrer Darjeeling-Reise stand heute noch etwas ganz anderes zwischen ihnen. Gustav hatte sich eingelassen auf die neuen Machthaber, er unterstützte sie durch seine Parteimitgliedschaft und durch seine Arbeit im Berufsverband. Das Männerbündische der Nazi-Organisationen ersetzte ihm die Freundschaft mit Carl. Ja, es erhöhte in seinen Augen noch den Wert von Freundschaft über das rein Private hinaus. Und das hatte er doch gewollt, damals als sie dem Lama ihre Lebensziele offengelegt hatten: Großes bewegen, Einfluss nehmen. Lediglich mit der Dynastie hatte es noch nicht geklappt. Nur ein Mädchen. Und Ivy zeigte sich nicht sehr entgegenkommend. Doch das behielt Gustav für sich. Er hatte keinen Freund mehr, mit dem er über Intimes sprechen konnte.

»Auf das Wohl der Volksgemeinschaft!«, prostete er zum Abschied pathetisch.

»Tschüss, Justav«, antwortete Carl aus Trotz extra salopp.

Als er durch die Augusthitze nach Westerstede zurückfuhr, öffnete er das Autofenster so weit es ging. Über den sattgrünen Weiden flirrte die Luft. Die schwarz-bunten Kühe erschienen ihm wie eine Fata Morgana. Es war jedoch nicht nur die Augusthitze, die ihm zu schaffen machte. Carl fühlte sich zwar erleichtert wegen seines Vaters, doch auch tieftraurig.

Seine Eltern saßen am runden Holztisch in ihrer schattigen Lindenlaube. Sie wohnten jetzt in einem kleineren, neu gebauten Häuschen neben dem Haupthaus, in dem Carl mit seiner Frau Gesine und Tochter Kathrin lebte – und seit ein paar Tagen auch mit Baby Gerdchen. Carls Eltern hatten sich einen pflegeleichten eigenen Garten mit viel Rasen und Ziergehölzen angelegt. Der imposante Steingarten mit einem Bächlein und einer kleinen Brücke diente auch als Schaugarten für Kunden. Die Großfamilie Jonas nahm alle Mahlzeiten gemeinsam ein, und da Carls Eltern nie etwas anderes als Arbeit kennengelernt hatten, packten sie auch beide weiter kräftig mit an. Allerdings gönnten sie sich eine längere Mittagspause.

Friedrich-Wilhelm Jonas las, wie stets nach seinem Mittagsschlaf, in der Lokalzeitung *Der Ammerländer.* Carl betrachtete seinen Vater. Er war immer noch ein stattlicher Mann, wenn auch die Haare schütter geworden, das gerötete Gesicht und die Hände von der Baumschularbeit vorzeitig verwittert waren. Von ihm hatte er die intensiv blauen Augen.

Carls Mutter trug eine gestärkte Blaudruckschürze, hatte auf dem Schoß eine Schüssel und vor sich auf dem Tisch einen großen Topf stehen. Sie entsteinte Schattenmorellen, die sie nachher zusammen mit der Haushälterin einkochen wollte. Der Vorratskeller mit den Regalen voller bunt gefüllter Weckgläser war immer schon ihr ganzer Stolz gewesen.

Carl setzte sich zu seinen Eltern. Er stibitzte eine Handvoll Früchte aus dem Erntekorb. »Die Sache ist erledigt«, sagte er und spuckte einen Kern in die Hecke. »Kostet uns fünf ausgewachsene Eichen für die Gauleitung Weser-Ems.«

»Pffhht!« Sein Vater grummelte Verächtliches von »Proleten« und »Pack« und »Bald ist der Spuk doch sowieso vorbei«.

Seine Mutter jedoch seufzte hörbar erleichtert auf. »Nun bist du auch dem jungen ter Fehn was schuldig, Friedrich-Wilhelm«, sinnierte sie.

»Papperlapapp, der soll sich mal nicht so haben!« Mühsam hielt der alte Jonas an sich. »Langsam reicht's mir!«

»Aber ist doch wahr«, beharrte sie. »Was gerecht ist, muss gerecht bleiben!«

Ihr Mann stemmte sich mit beiden Armen am Tisch hoch. »Ich will euch jetzt mal was sagen. Der Vater von Gustav war kein Held. Er war ein Feigling, ein Nervenbündel. Der ist durchgedreht, als er den Kanonendonner und die Granaten hörte. Schrie rum, kriegte Panik, wollte aus dem Schützengraben hochklettern und rauslaufen. Er hätte uns alle verraten vor dem Feind.«

Carl und seine Mutter erstarrten. Ungläubig sahen sie Friedrich-Wilhelm an. Der zwei Jahrzehnte alte Mythos des tapferen Soldaten ter Fehn zerplatzte wie eine Seifenblase.

»Warum hast du dann jahrelang etwas anderes erzählt?«, wollte Carl wissen.

»Ich hab nicht jahrelang, sondern nur ein einziges Mal was anderes erzählt, um den kleinen Jungen zu trösten. Die anderen haben es dann immer wiederholt. Der lütte Gustav tat mir leid. Konnte ich ihm sagen, dass wir seinen Vater zweimal zurückgeholt haben und dabei unser eigenes Leben riskierten? Beim dritten Mal ist er uns direkt ins Sperrfeuer der Franzosen entlaufen. Und aus war's.«

Carls Mutter holte tief Luft. »Hoffentlich erfährt Gustav es nie«, sagte sie leise. »Das würde er nicht verkraften.«

Carl stand auf. Ohne ein weiteres Wort ging er ins Haus. Seine Frau Gesine war in ihrem gemeinsamen Schlafzimmer, wo sie gerade das Baby stillte. Sie saß in einem geflochtenen Schaukelstuhl am offenen Fenster, der Kleine nuckelte zufrieden. Im Kinderbettchen hielt die zweijährige Kathrin, halb freigestrampelt, ihr Mittagsschläfchen. Sie atmete mit regelmäßigen Zügen.

Gesine lächelte Carl an, ihre Wangen gerötet, erhitzt, und bedeutete ihm, leise zu sein. Sie trug ihre weizenblonden Haare jetzt in der schicken Olympiarolle nach innen gedreht, ein paar lockige Strähnchen klebten an der Schläfe. Die Sonne schien auf einen Feldblumenstrauß, der auf der Fensterbank in einem blau lasierten Tonkrug stand.

Carl lächelte zurück. Er sah das Bild wie ein Gemälde. »Glückliche junge Mutter daheim« müsste es wohl heißen. Vorsichtig näherte er sich auf Zehenspitzen über die Holzbohlen, die trotz der Läufer quietschten und knarrten, wie er schon des Öfteren im Anschluss an seine Kegelabende frühmorgens hatte feststellen müssen.

Er stellte sich neben seine Frau, legte einen Arm um sie und strich seinem Sohn über das Köpfchen. Eigentlich müsste ich jetzt wunschlos glücklich sein, dachte er. Was kann ein Mann sich mehr wünschen?

Aber er war nicht glücklich. Er hatte doch einmal erlebt, wie es sich anfühlen konnte: leicht, schwebend, himmelhoch, ganz verinnerlicht und doch weit. Damals mit Kathryn, das war das große Glück gewesen. Ein Gefühl von Angekommensein. Jetzt spürte er in sich Unruhe, Getriebensein.

Gesine schmiegte ihren Kopf an seinen Arm. Sie schaute mit ihren treuen blassblauen Augen zu ihm hoch, nahm seine Hand, hielt sie an ihre erhitzte Wange. Eine Haut wie Milch und Honig. Carl mochte Gesine, er schlief auch nicht ungern mit ihr. Aber die körperliche Liebe mit ihr unterschied sich zu seinen Erlebnissen mit Kathryn wie die Hügel von Dreibergen zum Kangchendzönga, wie der Schein einer Petroleumlampe zum Sonnenaufgang am Tiger Hill, wie der Geruch von Ammerländer Butterkäse zum betörend berauschenden Duft frisch aufgebrochener Teeblätter. Das Ziehen in seinem Herzen, die verlockende Süße von Kathryns Küssen, die spirituelle Dimension in der Ekstase – all das fehlte ihm in seiner Ehe.

Gesine hatte den Nachbarssohn Carl schon angehimmelt, als sie noch zur Schule ging. Nicht nur, weil er bis nach Indien reiste. Überhaupt, weil er so ein schmucker Kerl war und weil ihr Herz immer schneller klopfte, sobald er in ihre Nähe kam. Das passierte ihr heute noch manchmal. Doch für solchen Schmalz wie in Liebesromanen und Filmen hatte sie keine Zeit. Es gab immer etwas zu tun, und sie arbeitete gern mit ihren Händen. Sie umarmte auch gern – ihre Kinder und andere Menschen, die sie mochte, und Tiere. Der Impuls brach einfach aus ihr heraus, sofern sie sich nicht eingeschüchtert fühlte.

Sie hätte es aber dennoch schön gefunden, wenn Carl ihr einmal eine richtige Liebeserklärung … Aber so wichtig war es auch nicht. Obwohl, manchmal wünschte sie es sich doch sehr. Wie in diesem Moment. Ein bisschen hatte sie ja gehofft, wenn sie ihm den ersehnten Stammhalter schenkte, dann würde er es endlich sagen. Sie schaute noch einmal, glücklich und bittend, zu ihm hoch. Carl fühlte sich sichtlich unbehaglich, wie unter Druck gesetzt. Er schluckte. Gesine dachte: Er ist zu gerührt, um zu sprechen. Sie drehte seine Hand, küsste die raue Innenseite, und nun traute sie sich es zu sagen, zum ersten Mal und auf plattdeutsch. »Ik hev di leev.«

Carl räusperte sich. »Ik di ok.«

Was verbindet uns?, fragte er sich. Gewohnheit, Vertrautheit, Zuverlässigkeit. Gesine machte nicht viele Worte, war nicht übermäßig gefühlsduselig, erwartete keine romantischen Verrenkungen von ihm.

Manchmal ging sie ihm auf die Nerven. Mit ihrer Schlichtheit, ihrer Fantasielosigkeit, mit dem ewigen Geruch nach säuerlicher Muttermilch und nach Kuhstall, weil sie ihre Eltern auf dem Hof nebenan natürlich oft besuchte.

Aber sie war tüchtig, handfest, ehrlich und freundlich, auch seinen Eltern gegenüber. Gründe genug, dankbar zu sein.

Carl strich ihr die Strähnchen zurück und gab ihr einen sanften Kuss auf die weiche Stirn. »Wir sind ein gutes Gespann, Gesine.«

Jersey

Sommer 1937

Kathryns Vater war bei seinem ersten Besuch auf Jersey überwältigt von seinem Enkelsohn Charles. Der sechsjährige kleine Kerl mit der großen Brille war seinem Großvater so ähnlich, wie der es nur hätte erträumen können.

»Mein kleiner Uhu«, sagte der alte Mann gerührt.

Obgleich Aldous Whitewater nur zwei Jahre älter war als der Lord, akzeptierte Charles ihn gleich als Großvater. Seit der ihm das ersehnte Hündchen geschenkt hatte, waren die beiden unzertrennlich. Sie blieben es bis zum Ende der sechs Wochen, die Whitewater bleiben konnte.

Kathryn nahm mit Alfred den Nachmittagstee auf der Terrasse und blickte versonnen ihrem Vater nach, der mit Charles an der Hand durch den Garten spazierte. Ja, sie hatte richtig entschieden. Ihrem Vater ging es gut. Geestra Valley schrieb wieder schwarze Zahlen, sie hatten sich mit Alfreds Investition eine neue Welkanlage und eine moderne Rollmaschine anschaffen können, und für die Kinder des Dorfes gab es jetzt richtigen Schulunterricht.

Dass sie es richtig gemacht hatte, wusste Kathryn zum ersten Mal ganz sicher an dem Tag, als Aashmi, nachdem ein Bote die Post gebracht hatte, mit einem Brief wedelnd zu ihr gelaufen war. »Memsahib, Memsahib! Von meinem kleinen Bruder, eigenhändig geschrieben!«, sprudelte es aus ihr heraus. Vor Aufregung war sie in die alte Ansprache ihrer Arbeitgeberin verfallen. »Die Familie ist wohlauf. Und er schreibt, dass unsere Eltern ein Zimmer an das Häuschen angebaut haben!«

Zufrieden beobachtete Kathryn jetzt, wie Großvater und Enkel mit dem fröhlich springenden Hündchen hinter einem Hügel verschwanden. Später sagte Charles, dass diese Spaziergänge und Gespräche mit seinem Großvater ihm Halt für sein ganzes Leben gegeben hätten. Ihm sei damals schon klar geworden, dass er weder Interesse an den typischen Beschäftigungen der Aristokratie noch tiefere Neigung zur Botanik verspüre, wie seine Mutter, die ihn stets in diese Richtung zu beeinflussen suchte. Händler und Kaufmann wie sein Großvater, das wollte er werden.

»Schau doch, Alfred«, sagte Kathryn.

Der Lord musterte wohlgefällig seine junge Frau. Sie trug an diesem Tag ein fliederfarbenes Twinset zum grauen Rock, die Strickjacke leicht über die Schulter geworfen. Eine doppelreihige Perlenkette schmückte ihren Hals, dazu hatte sie schlichte Perlenohrringe angesteckt. Sie lächelte nachsichtig.

»Nicht mich sollst du anschauen, guck nach draußen. Großvater und Enkel… Ich glaube, für meinen Vater ist es mehr als Balsam, weißt du … nach dem Tod seines Sohnes und Stammhalters.« Um ihre Rührung zu verbergen, studierte sie erneut die Fotos, die ihr Vater aus Darjeeling mitgebracht hatte.

Alfred nickte. Er liebte seinen Sohn über alles. Selbst falls in ihm je kurz der Gedanke aufgekommen wäre, dass Charles nicht sein leibliches Kind sein könnte – er hätte sich niemals gestattet, ihn zu Ende zu denken.

»Es muss grausam gewesen sein, Frau und Sohn gleichzeitig zu verlieren«, sagte er. »Ich weiß nicht, ob ich das überleben würde. Aber … bitte nimm es mir nicht übel, Kathryn …«

Sie hob ihren Blick von den Schwarz-Weiß-Aufnahmen, die den Unterricht in der Schule von Geestra Valley dokumentierten. Irgendetwas an Alfreds Stimmlage irritierte sie.

»Was soll ich nicht übel nehmen?«

»Ich weiß nicht recht, wie ich es dir beibringen soll …«

»Nur geradeheraus, mein Lieber.«

»Ich denke, Charles' Begeisterung für seinen Großvater ist auch ein Zeichen dafür, dass der Junge mehr männliche Führung möchte und braucht.«

Kathryn sah ihren Mann verständnislos an. »Wieso? Du bist doch da …«

Es stimmte nicht ganz. Alfred war oft in Geschäften unterwegs, von denen Kathryn nur wenig verstand. Es hatte etwas mit Banken und Geld zu tun, und damit, dass Jersey zwar in britischem Kronbesitz war, aber weder Teil des Vereinigten Königreichs noch eine Kronkolonie. Die Regierung der Insel hatte Jersey eigene Finanzgesetze gegeben. Auf diesen Sonderstatus war man stolz. Davon profitierten auch die Taintsworths, die in Saint Helier ein Unternehmen für Finanzdienstleistungen besaßen. Alfred hatte sich zwar aus dem Tagesgeschäft zurückgezogen, doch die Kontaktpflege zu illustren Privatkunden nahm ihn immer noch sehr in Anspruch.

Deshalb fügte Kathryn schnell hinzu: »Und außerdem werden wir bald einen Hauslehrer für Charles einstellen.«

»Eben darüber wollte ich mit dir reden. Du verzärtelst ihn. Er braucht jetzt eine harte Hand, eine angemessene Erziehung, wenn er einmal fähig sein soll, sein Erbe anzutreten.«

»Ich verzärtel ihn nicht«, widersprach Kathryn gekränkt,

aber wusste im gleichen Augenblick, dass es stimmte. Sie verwöhnte den Jungen und überschüttete ihn mit ihrer Liebe. All ihre Sehnsucht nach Carl wandelte sie um in mütterliche Fürsorge Charles gegenüber. Und wenn sie ihre grauen Tage hatte, die bei allen mit Rheumaschüben entschuldigt wurden, litten natürlich auch die Kinder. Sie wurden dann von ihr ferngehalten.

Kathryn spürte einen dicken Kloß im Hals. Sie ahnte, was jetzt kommen würde.

»Ich will, dass mein Sohn auf ein angesehenes englisches Internat kommt. Nämlich dahin, wo schon ich und meine männlichen Vorfahren erzogen worden sind.« Kathryn verstand, warum. Die Kinder der wichtigen Familien sollten sich schon früh kennenlernen.

Trotzdem entfuhr ihr eine ungewohnt giftige Bemerkung. »Und von dem ihr alle einen Schaden zurückbehalten habt!«

»Ach, das sind doch nur Klischees! Letztlich hat es uns nicht geschadet.«

Höchstens, was die sexuellen Neigungen angeht, dachte der Lord. Sicher hatte er seine Vorliebe für französische Gouvernanten mit Schlagstöcken der Zeit im Internat zu verdanken. Doch dieses kleine Geheimnis war bei Denise im Edelbordell von Saint Helier gut aufgehoben.

»Aber Charles ist doch noch so klein!«, wandte Kathryn verzweifelt ein. Sie versuchte, Zeit zu gewinnen. »Können wir nicht wenigstens noch ein paar Jahre warten?« Ihr fiel ein weiteres wichtiges Argument ein. »Es wäre auch für Belle viel schöner, mit einem Bruder aufzuwachsen. Sie ist jetzt vier und, erinnere dich, in diesem Alter … Ach, die Zeit bis zum Schulbeginn ist doch so unendlich prägend! Das sagen auch die neusten wissenschaftlichen Studien. Bitte, Alfred! Lass uns noch zwei Jahre …«

Kathryn stand auf und ging auf ihren Mann zu. Sie umschloss seine Hände. »Bitte!«

Alfred gab sich geschlagen. Er nickte. »Also gut, noch ein Jahr, aber dann. Sonst verpasst er den Anschluss, es geht um Kontakte fürs Leben.«

Kathryn wachte schweißgebadet auf. Wieder hatte sie von der Schlammlawine geträumt. Der Alb wollte sie nicht verlassen, er quälte sie nur mit anderen Details als früher. Manchmal sah sie nun ihre Mutter in der zähen Masse untergehen oder hörte ihren Bruder schreien. Manchmal fühlte sie Eiseskälte dazu, schmeckte Schnee. Und in dieser Nacht hatten die Naturgewalten ihr ihren Sohn Charles entreißen wollen.

Kathryn lag lange wach. Sie dachte an Carl. Mit ihm hatte sie keine Angst mehr gehabt. In seinen Armen wäre jetzt alles gut. Sie sehnte sich so sehr nach ihm, dass es schmerzte. Neulich auf den Klippen im Norden der Insel hatte sie einen Moment lang geglaubt, wie die Möwen in den tiefblauen Himmel abheben zu können – als würde das mächtige Sehnen nach Carl ihr Flügel und die Kraft zum Fliegen verleihen. Manchmal, wenn sie intensiv an ihn dachte, mit allem, was sie zu bieten hatte, nicht nur in Gedanken, sondern mit jeder Faser ihres Seins, dann kam es ihr so vor, als empfinge sie eine Antwort von ihm. *Ich denke an dich, ich kann dich auch nicht vergessen, ich liebe dich bis in alle Ewigkeit, und wir werden uns ganz gewiss wiedersehen. In diesem oder in einem anderen Leben.*

Sie wälzte sich im Bett und grübelte. Durfte man eine große Liebe einfach ziehen lassen? Gab es nicht auch so etwas wie eine Verpflichtung gegenüber dem Schicksal, wenn es einem schon bescherte, worauf andere Menschen bis an ihr Lebensende vergeblich warteten … Hätte sie nicht dieses Geschenk annehmen müssen – ohne Bedenken, ohne Bedingungen, ohne zu fragen? Was bildete sie sich eigentlich ein? Dass sie ihr eigenes Leben lenken konnte? Freier Wille – was für ein Hohn! Wie glücklich hätte sie wohl werden können?

Seit Kathryn Darjeeling verlassen hatte, gab es aber noch einen anderen Traum, der sich immer und immer wiederholte. Ein Mann, dessen Gesicht sie nicht erkennen konnte oder wollte, nicht Carl, das wusste sie ganz sicher, begehrte sie. Er presste sie an sich und schlief mit ihr. Wild, leidenschaftlich, hemmungslos. Wenn Kathryn diesen Traum hatte, erlebte sie häufig im Schlaf einen Orgasmus. Gelegentlich wurde sie auch kurz vorher halbwach. Dann presste sie die Beine zusammen, lockte damit die lustvollen Wellen näher und ließ sich von ihnen davontragen. Mit Alfred kam sie nie zum Höhepunkt. Ein Jammer, dachte Kathryn manchmal, wie viel Energie da brachliegt. Ihre Sexualität schlummerte in ihr wie eine zusammengerollte Katze. Und Kathryn blieb nichts anderes, als sie möglichst zu ignorieren.

Ein grauer Tag begann, wieder einmal. Schon bevor Kathryn aufstand, spürte sie Kopfschmerzen und Übelkeit, fühlte sich unausgeruht, nervös, unglücklich. Entmutigt zog sie das Kissen über ihren Kopf. O Gott, nicht schon wieder! Doch das Karussell der zerstörerischen Gedanken feierte längst ein Fest: Es ist egal, wie ich es anfange und wie sehr ich mich anstrenge. Es reicht nicht, es kommt immer aufs Gleiche hinaus. Ich verliere die Menschen, die ich am meisten liebe. Ich verdiene es offenbar nicht, wirklich glücklich zu sein. Besser, ich bin gar nicht erst glücklich. Sonst passiert etwas Schlimmes. Ich sehe es ganz klar und deutlich. Es wird böse enden. Es kann nur böse enden.

Kathryn versuchte mit aller Kraft, sich gegen den unheilvollen Sog zu wehren. Es geht vorbei. Morgen, übermorgen oder spätestens überübermorgen siehst du die Welt mit anderen Augen. Du weißt es. Denk an deinen Sohn, an Carls Sohn, der Junge braucht dich. Denk an deine niedliche Annabella. Sei dankbar. Du bist bevorzugt, andere haben kein Dach über dem Kopf und müssen hungern. Nimm dich selbst nicht so wichtig. Was ist schon so wunderbar an dir? Du kannst anderen helfen. Damit gibst du deinem Leben einen Sinn. Nutze deine Privilegien dafür.

Ja, das werde ich tun, sobald die Kräfte zurückkehren, dachte Kathryn. Sie stand auf, suchte ihre Medikamente, schaffte es gerade noch ins Bad, bevor sie sich übergeben musste. Ab diesem Punkt half nichts mehr. Keine Gedanken. Die Lawine riss sie mit sich. Nur noch Übelkeit spürte sie nun und unendliche Traurigkeit.

Aashmi hörte die verräterischen Geräusche. Sie schloss kurz die Augen. Arme Lady Kathryn! Der böse Dämon quälte sie wieder. Aashmi, die immer noch schlicht geschnittene Kleider in leuchtenden Farben trug, kümmerte sich um die Kinder. Sie hatte die kleine Annabella ja schon als Amme gestillt. Aashmi und Mr Singh hatten 1931 im schottischen Gretna Green geheiratet und 1932 selbst ein Baby bekommen. Ihr Sohn Mohandas war ein Jahr älter als das Mädchen, das meist Belle genannt wurde. Mr Singh träumte davon, in Saint Helier ein Schneideratelier zu eröffnen. Darauf sparten sie beide, doch Aashmi wusste jetzt schon, dass sie sich nur schwer von Kathryn und den Kindern würde trennen können.

Sie ging nach unten, um seiner Lordschaft mitzuteilen, dass heute für ihre Ladyschaft wieder ein grauer Tag war.

Alfred nahm es zwar nicht ohne Bedauern, aber längst routiniert zur Kenntnis. Er hatte mit seinem Leibarzt über dieses Krankheitsbild gesprochen, nachdem schon diverse Koryphäen aus London seiner Frau nicht hatten helfen können. Und dieser lebenserfahrene Mediziner meinte, es sei eine Kombination aus vielem.

»Man könnte nach einem Etikett suchen: Migräne, Rheuma, Depression … Doch letztlich ist es bei Lady Kathryn wohl eine seelische Verletzung aus der Vergangenheit, die sie auf diese Weise bewältigt. Diese grauen Tage sind ihr Ventil, um Schlimmeres zu verhindern. Und nicht alles lässt sich heilen. Leider. Höchstens lindern.«

Kathryn selbst hatte oft das Gefühl, eine Macht, auf die sie keinen Einfluss hatte, kehre alles Unglück in ihr zusammen zu diesen Graue-Tage-Häufchen, damit sie den Rest der Zeit unbeschwerter und glücklicher sein konnte.

Wer Kathryn am nächsten Tag frisch und ausgeruht die Treppe hinunterlaufen sah, hätte nicht für möglich gehalten, dass diese gut aussehende, tatendurstige Frau noch wenige Stunden zuvor durch die Hölle gegangen war.

Ihr neu gegründeter »Arbeitskreis für sanfte Heilmethoden« erwartete sie unten in der Halle. Gemeinsam gingen sie in den Westflügel des Herrenhauses, um über ihre nächsten Aktivitäten zu beraten. Vor einiger Zeit hatte Kathryn dort eine »Apotheke Gottes« eingerichtet, sie präsentierte jetzt das Angebot. Jeder Einwohner ihrer Gemeinde, der mit einem Alltagsleiden zu kämpfen hatte, konnte vorbeikommen und sich von einer geschulten Mitarbeiterin kostenlos naturheilkundliche Tees, Tropfen, Kräuterkissen oder Öle abholen.

Das Wissen des Lepcha-Schamanen hatte Kathryn so beeindruckt, dass sie den Arbeitskreis zur Erforschung traditioneller Heilweisen mit heimischen Pflanzen ins Leben gerufen hatte. Den Vorsitz hatte der örtliche Apotheker übernommen, der aus einer normannischen Familie stammende Louis Laurent. Er war erst Anfang dreißig, noch unverheiratet und ein großer Bewunderer Kathryns. Sie ließ sich seine Schwärmerei gern gefallen, tat aber so, als bemerke sie sie nicht. Zu ihrem leisen Erstaunen zeigte sich Alfred nicht die Spur eifersüchtig. Monsieur Laurent brachte die Jugendlichkeit in ihr Leben, die Alfred und seinen Freunden fehlte. Von ihm lernte sie auch eifrig den französischen Dialekt, in dem viele Insulaner immer noch sprachen, das Patois, denn sie wusste, dass die Sprache ihr am besten Zugang zu den Einheimischen verschaffte.

Wo es ging, unterstützte der Apotheker die junge Lady, die oft diskret half, wenn Menschen in Not geraten waren. Sie bat die Betroffenen stets, Stillschweigen darüber zu bewahren, aber es sprach sich natürlich trotzdem herum.

Einmal bat sie ihn um Rat für eine Landarbeiterfrau, die bereits ihr zwölftes Kind zur Welt gebracht hatte und völlig erschöpft war. Er erteilte Kathryn praktische Ratschläge zur Empfängnisverhütung, die sie an diese und später auch an andere Frauen in Not weitergab. Dabei machte er sie mit Heilpflanzen vertraut, die das Schwangerwerden zumindest erschwerten, erklärte ihr Wirkungsweisen, Anwendungen und Dosierungen. Kathryn nutzte ihr Wissen auch für sich selbst, zwei Kinder reichten ihr. Ihre Aufgaben lagen jetzt auf einem anderen Gebiet. Sie konnte helfen.

Als Monsieur Laurent Kathryn einmal für ihre Wohltätigkeit lobte, gestand sie ihm: »Mein Lieber, das ist der pure Egoismus. Ich brauche das freudige Aufflackern in den Augen der Menschen. Meine Seele ernährt sich davon wie ein Vampir von Blut.« Sie lächelte. »Ganz ehrlich, wenn die Leute wüssten, wie gut es tut, würden sie viel mehr Gutes tun!«

Kurz entschlossen entwickelte der Apotheker daraus einen Werbeslogan für ihre jährliche Wohltätigkeitstombola: Gutes tun tut gut.

Kathryns Tage waren ausgefüllt, und es gelang ihr manchmal, mit ihrem Engagement für weniger Privilegierte ihre Sehnsucht nach Carl wenigstens zu betäuben.

Ammerland

Frühsommer 1939 bis Sommer 1940

Gustav und Ivy schritten die Reihen blühender Rhododendren in der Baumschule Jonas ab.

Ivy zeigte auf die besonders spektakulären Exemplare. »Ich will einen Farbenrausch!«, rief sie mit hoher Stimme und tänzelte, schmalhüftig wie eh und je, in ihrem großstädtischen Nadelstreifenkostüm auf wildledernen Plateauabsätzen von einer Azalee zur nächsten.

»Das sind alles sommergrüne Azaleen«, bemerkte Gesine. »Die gehören zwar auch zu den Rhododendren, aber sie werfen eben im Winter ihre Blätter ab. Wollt ihr das? Wie wichtig ist euch denn eine immergrüne Belaubung?« Gesine hatte für den Besuch der ter Fehns ihr bestes Alltagskleid angezogen, damit Carl sich ihrer nicht zu schämen brauchte. Die Kittelschürze, die sie sonst immer darüber trug, hatte sie an diesem Tag weggelassen. Aber sie fühlte sich wie eine Milchkuh neben einem Rennpferd. Das weltgewandte Auftreten der berlinernden Dame aus Bremen bereitete ihr Unbehagen. Deshalb zog sie sich auf das Fachwissen zurück, das sie sich mittlerweile angeeignet hatte. »Diese roten Sorten hier sind auch nur bedingt winterhart.« Sie wies auf eine niedrige, weiß blühende Sorte. »Diese Wildart dagegen stammt direkt aus dem Himalayagebirge, von einem Gletscher. Die ist durch Frost gar nicht kaputt zu kriegen.«

Ivy schmollte. »Ich will was kolossal Buntes.«

Carl und Gustav gingen rauchend hinter ihren Frauen her.

»Was ist denn aus dem besten Rhododendron aller Zeiten geworden?«, fragte Gustav jovial. »Dem, der Schönheit und Winterhärte in sich vereint?«

Carl lächelte fein. Er führte die Gäste in den hinteren Teil der Anzuchtfläche. Auf dem Weg dorthin wies er auf besondere Arten und Sorten hin, die er von ihrer Sikkim-Expedition mitgebracht oder weiter veredelt hatte, und empfahl auch das eine oder andere für den neuen Besitz der ter Fehns in Bremen. Schon im vergangenen Herbst hatten sie dort einiges gepflanzt, er kannte den parkähnlichen Garten. Schließlich wies Carl auf ein großes Beet, das an einem langen Gewächshaus endete.

»Davon verspreche ich mir am meisten«, sagte er ernst. »Das ist schon die dritte Kreuzungsserie, da stecken Zemu-Gletscher und Yumthang-Tal drin.« Den Duft von Geestra Valley ließ er unerwähnt.

Die Sträucher trugen gelbe, beschriftete Bänder. Gustav erinnerte sich, dass Carl damals mit ähnlichen Bändern jene Rhododendren in der Wildnis markiert hatte, deren Samen ihm später zugeschickt werden sollten.

»Junge, Junge!« Erinnerungen überrollten ihn. Zügig schritt er zu einem Strauch und las die Beschriftung auf dem Bändchen: Queen of Darjeeling. Carl beobachtete ihn gespannt. Er registrierte das Aufleuchten und kurz auch einen wehmütigen Ausdruck in Gustavs Augen.

Gustav schnaubte leise durch die Nase. »Queen of Darjeeling …«.

Bitte sag jetzt nichts, nicht vor unseren Frauen, dachte Carl. Ihre Blicke trafen sich. Es war, trotz aller Entfremdung, ein Blick unter Männern. Ohne Worte verstanden sie sich, wie früher. Gustav signalisierte: Natürlich verrate ich nichts, das ist allein unsere Geschichte.

»Schön«, sagte er dann, »wird sicher ein Prachtexemplar. Wann ist es denn ausgereift?«

»Das kann noch drei bis vier Jahre dauern, je nachdem, vielleicht blüht sie auch erst in fünf Jahren. Dann muss sie noch die Frostprobe bestehen. Man weiß es nie ganz genau.«

Das Wetter war schon mild genug, um den Nachmittagstee in der Laube zu trinken. Zu Ehren der Gäste hatte Gesine das Geschirr mit der Ostfriesenrose eingedeckt.

Während die Kinder miteinander spielten, unterhielten sich die Erwachsenen. »Die Queen of Darjeeling will ich auf jeden Fall«, sagte Gustav. »Bin ja sozusagen Geburtshelfer gewesen!« Er lachte. »Reservier schon mal zehn Stück für mich.«

»Wird gemacht.«

»Aber …«, Gustav beugte sich vor, »der Rhododendron braucht einen deutschen Namen.«

»In Zeiten wie diesen«, stimmte Ivy bei. Sie ließ sich inzwischen auch lieber mit »Eva« ansprechen.

»Hast du eine Idee?«, fragte Carl unterschwellig aggressiv.

Gustav wedelte ratlos mit den Unterarmen in der Luft. »Tja … äh …« Sein Blick fiel auf die Teetasse, und er erinnerte sich an ihr Gespräch fast zwei Jahre zuvor, als er den alten Jonas vor größeren Unannehmlichkeiten bewahrt hatte.

»Wie wär's mit Rose von Darjeeling?«

»Rose von Darjeeling …« Carl überlegte. Was mischte sich dieser Kerl eigentlich in seine Namensgebung ein!

»Das klingt doch hübsch!«, rief Gesine aus.

»Ja, wirklich, wunderschön!«, flötete auch Ivy.

»Mal sehen …« brummte Carl.

Gustav klatschte in die Hände. Er fand seinen Einfall genial. »Ein paar könnten wir auch in Aue pflanzen, Ivy, was meinst du?«

Ivy nickte.

»Dann reservier uns mal gleich zwanzig Stück!«, sagte Gustav. »Wir nutzen ja jetzt das alte Bauernhaus am Zwischenahner Meer, das ich von meiner Mutter geerbt habe, als Wochenendhaus. Wir haben in der Nähe eine Jagd. Unsere Wohnung in Leer ist vermietet, seit wir in die Villa nach Bremen gezogen sind.«

Nach dem Tee unternahmen die beiden Paare einen Spaziergang durch den Kiefernwald. Ihre Sprösslinge spielten, beaufsichtigt von der Haushälterin, derweil hinter den blühenden Rhododendronbüschen Verstecken. Kathrin war eindeutig die Wildeste, Gustavs Tochter Hella, ein typisches Einzelkind, stellte sich ungeschickt an. Gerdchen konnte schon gut laufen, er begann gerade mit dem Sprechen und quiekte vor lauter Lebensfreude über alles und jedes.

Missmutig registrierte Ivy, dass der Waldboden ihre Wildlederpumps verdorben hatte. Gesine beobachtete es mit Schadenfreude, als sie zurückkehrten zum Haupthaus, wo die Haushälterin zum Abendessen rief, zu dem auch Carls Eltern erwartet wurden. Es gab Maischolle mit Maibockbier.

Sie mieden Themen, die zu einem politischen Streit hätten führen können. Vorsichtig sprachen die Männer schließlich darüber, ob es Krieg geben würde oder nicht.

Gustav war überzeugt davon. »Unter uns: Ich bereite im Verband die Einführung und Organisation von Bezugsscheinen für Tee mit vor. Wenn es Lebensmittelkarten geben wird, dann wird ja wohl mit Knappheit gerechnet. Der Grund für Versorgungsschwierigkeiten kann nur ein Krieg sein.«

Im August 1939 erhielt Carl seinen Gestellungsbefehl. »Jetzt ist es so weit«, sagte er mit dumpfer Stimme und ließ sich aufs Sofa sinken. Das blieb sein einziger Kommentar.

Carls Mutter sagte zum Abschied: »Vergiss nicht, du bist ein Sonntagskind.«

Carls Töchterchen Kathrin blies für ihn auf ihrer Mundharmonika *Muss i denn, muss i denn zum Städtele hinaus* … Gerdchen juchzte. Er verstand gar nicht, warum sein Vater auf einmal so betrübt war.

Gesine hatte ein Foto von sich und den Kindern machen lassen. »Hier«, sagte sie, »damit du uns nicht vergisst.«

Am 1. September begann der Zweite Weltkrieg.

Immer wenn Carl in Kriegsjahren das Familienfoto betrachtete, bedauerte er, dass er nicht mehr Zeit mit seinen Kindern verbracht hatte. Dass er, wie es üblich war unter ganzen Kerlen, auch geglaubt hatte, er könnte erst etwas anfangen mit dem Nachwuchs, wenn er alt genug wäre. Alt genug wofür?, fragte er sich, als um ihn herum Maschinengewehre, Panzer und Granaten alles zerstörten. Alt genug zum Lieben und Geliebtwerden war jeder Mensch vom ersten Atemzug an. Jeder Säugling war schon vollkommen – zum Streicheln, Schmusen und Lachen, zum Sichkümmern, Sorgen und Spielen war es nie zu früh. Wieso hatte er das für so gering erachtet?

Friedrich-Wilhelm Jonas, der Senior, übernahm wieder die Bürde der Verantwortung, Gesine stand ihm tatkräftig zur Seite. Carl schrieb Feldpostbriefe aus Polen, schickte Pakete mit Champagner und Stoffen aus Frankreich, dann wurde er an die Ostfront versetzt, und die Abstände zwischen den Lebenszeichen, die seine Familie erreichten, vergrößerten sich.

Gesine hatte nicht eine unbeschwerte Minute mehr, sie tat keinen Atemzug ohne Sorge um ihren Mann. Alle hofften, dass Carl den Krieg unbeschadet überlebte.

Jersey

Juni 1940

»Die Krauts kommen immer näher«, sagte Lord Alfred besorgt.

Er schenkte Kathryn und sich Brandy aus der Kristallkaraffe ein. In kurzer Zeit hatte die Deutsche Wehrmacht Luxemburg, die Niederlande, Belgien und halb Frankreich überrollt. Sie befand sich auf dem Marsch in Richtung Kanalküste.

»Es ist absurd«, sagte Kathryn und wurde blass. »Ich habe Freunde unter den Deutschen, und die Vorstellung, dass sie auf Engländer schießen und Engländer auf diese Freunde …«

Alfred sah sie scharf an. »Sag so etwas nie mehr laut. Die Nazis sind bald hier.«

Kathryn dachte, träumte, hoffte und fürchtete insgeheim, dass Carl und Gustav unter den feindlichen Soldaten wären und dass sie sich bald durch einen unglaublichen Zufall wiederbegegnen würden. Was dann?

»Churchill wird die Kanalinseln nicht verteidigen lassen«, sagte Alfred ernst. Er räusperte sich. »Er möchte, dass ich nach London in seinen Beraterstab komme.«

Kathryn sah ihren Mann mit großen Augen an. »Was bedeutet das?« Sie wusste, dass Alfred Sir Winston Churchill aus dem Ersten Weltkrieg kannte. Der neue Premierminister Großbritanniens hatte erst vor nicht allzu langer

Zeit, am 13. Mai 1940, in seiner Antrittsrede angekündigt: »Ich habe nichts zu bieten als Blut, Mühsal, Tränen und Schweiß.« Drei Tage zuvor hatten die Deutschen ihre Großoffensive an der Westfront eröffnet.

»Es ist eine große Ehre, wenn er mich ruft. Ich will der Krone dienen.« Alfred wusste bereits mehr, als offiziell bekannt war. »Jersey wird entmilitarisiert, um die Bevölkerung nicht zu gefährden. Wenn wir alle Soldaten abziehen, haben die Krauts keine Veranlassung, Bomben auf Jersey zu werfen.« Sicher hatte der Regierungschef diese Entscheidung mit dem König abgesprochen, denn ihm gehörten als »Herzog der Normandie« die Kanalinseln gewissermaßen privat. »Außerdem«, sagte der Lord, »außerdem soll die Bevölkerung evakuiert werden. Auf freiwilliger Basis.«

Kathryn war schockiert, dass sie ihr Zuhause, ihre neue Heimat, kampflos den Feinden überlassen sollte. Und zugleich drängten sich Bilder in ihr Bewusstsein, die Carl oder Gustav in Uniform auf Jersey zeigten.

»Gut. Je weniger Blutvergießen, desto besser«, erwiderte sie schließlich gefasst.

Die Taintsworths besaßen ein Stadthaus in London. Kathryn überlegte, was alles zu packen war. Ihr Sohn Charles lebte bereits seit einigen Monaten in dem von Alfred ausgewählten Internat.

Die Evakuierung fand im Juni 1940 statt. Wie viele der Einwohner entschieden sich auch Aashmi und Mr Singh in letzter Sekunde, doch auf Jersey zu bleiben. Mr Singh hatte ein knappes Jahr zuvor endlich sein Schneideratelier in Saint Helier eröffnet und wollte nicht noch einmal von vorn anfangen.

»Die Deutschen haben große Sympathie für Gandhi«, erklärte er Kathryn und Alfred. »Sie werden einem indischen Schneider nichts tun.«

Aashmi weinte, als Kathryn sie zum Abschied umarmte. »Ich kann euch ja verstehen. Viel Glück.«

Der Lord überreichte Mr Singh einen Schlüssel für das Herrenhaus. »Vielleicht können Sie ab und zu nach dem Rechten sehen.« Das Ehepaar versprach es.

Niemand ahnte, dass sie sich fünf Jahre lang nicht sehen würden. Ein Fünftel der Bevölkerung ließ sich evakuieren, gut zwanzigtausend Menschen. Die meisten blieben. Woher auch sollten sie wissen, dass ihre Heimat für fünf Jahre zu einem Gefängnis für sie werden würde?

Am 1. Juli 1940 besetzten die Deutschen Jersey. Sie glaubten zunächst noch, der Blitzkrieg würde sich mit einer raschen Eroberung Großbritanniens fortsetzen. Hitler schlachtete es propagandamäßig weidlich aus, dass mit der Besetzung der Kanalinseln deutsche Soldaten auf englischem Boden standen. Als ein Quartier wählten die Offiziere Greenville Manor.

Der erst sechsjährige Mo Singh, Aashmis Sohn, wurde von ihnen mit kleinen Dienstbarkeiten beauftragt und als eine Art Maskottchen angenommen. Die Deutschen fanden ihn putzig, er achtete mit kindlichem Ernst darauf, dass die Salons pfleglich behandelt wurden. Wenn einer der Offiziere mit schmutzigen Stiefeln durch die Räume marschierte, holte er unaufgefordert Besen und Schaufel. Der Junge fühlte sich verantwortlich für das Herrenhaus, er liebte es mehr als sein eigenes Zuhause.

London

Juli bis August 1940

Lord Taintsworth lief in London zu Hochform auf. Kathryn staunte über ihren Mann. Seit er gebraucht wurde und sich in den Machtzirkeln des British Empire bewegte, lernte sie – nach zehn Jahren Ehe – einen ganz anderen Alfred kennen. Die Lebensgefahr stimulierte ihn wie andere Menschen die Liebe.

»Die deutschen Bomber brauchen nur fünf Minuten, um über den Ärmelkanal zu fliegen«, warnte er. »Wenn sie London angreifen, solltest du mit Belle nach Schottland ziehen.«

»Wir schauen mal, wie sich die Königsfamilie verhält«, sagte Kathryn. »Solange sie bleibt, bleiben wir auch.«

Alfred arbeitete bis zu sechzehn Stunden am Tag. Kathryns Respekt für ihn stieg. Wie rührend unpraktisch er sich jedoch im Alltag anstellte, bemerkte sie erst im neuen Umfeld. Er war noch nie in seinem Leben U-Bahn gefahren und hatte keine Ahnung, wie man ein Busticket löste.

Im August 1940 begannen die Deutschen ihren Großangriff auf England. Ab September bombardierten sie Tag und Nacht britische Städte, vor allem London. Das ganze Land versuppte in Tarnfarben, nachts verdunkelte man Fenster und sonstige Lichtquellen. Das Leben war vollkommen anders als gewohnt. Bedroht, intensiv, gefährlich, ganz gegenwärtig im Hier und Jetzt.

Kathryn verdrängte, dass sie um deutsche Freunde bangte. Sie hasste die Feinde, die sich nicht mehr auf militärische Ziele beschränkten, sondern ohrenbetäubend laut über die Dächer flogen, Häuser zerstörten, Menschen töteten, Elend brachten. Kathryn quälten keine Schlammlawinenträume mehr. Ihre Tage der Melancholie blieben angesichts der realen Bedrohung aus. Als sie nach einem Luftangriff die zerstörten Häuser rund um die stehen gebliebene St. Paul's Cathedral sah und beobachtete, dass die Menschen, noch während die Qualmwolken über die Ruinen zogen, statt weißer Fahnen trotzig die Nationalflaggen hissten, erfasste auch sie glühender Patriotismus. Die Bombardierung stärkte nur den Widerstandgeist des britischen Volks. Es schien, als spielten Standesunterschiede keine Rolle mehr. Die Royals blieben, und Kathryn blieb auch.

Kathryn hatte sich wie die meisten Londoner angewöhnt, nicht gleich beim ersten Alarm Schutz zu suchen, sondern zu warten, bis sie das Knattern und Brummen der Flugzeugmotoren hörte. An diesem Tag hatte sie sich beim Schlangestehen verspätet. Alles war rationiert: Butter, Fleisch, Benzin, Kleidung. Man versuchte, die Situation mit Humor zu meistern. Der Obst- und Gemüsehändler hatte ein Schild ins Fenster gehängt. *Yes! We have no bananas.* Kathryn musste an das rauschende Fest mit Carl und Gustav im Gymkhana Club denken, als sie alle diesen Gassenhauser mitgesungen hatten. Eine Ewigkeit war das her!

Wieder einmal heulten die Alarmsirenen. Big Ben schlug zur vollen Stunde. Kathryn beeilte sich, sie musste Belle noch von einer Freundin abholen.

»Ich durfte heute beim Sport der Schiedsrichter sein«, erzählte ihre Tochter stolz. Sie war ein niedliches Mädchen mit kupferfarbenen Locken und großem Bewegungsdrang.

»Nächstes Mal darf ich wieder den Anpfiff machen, hat Miss Miller gesagt. Guck mal!« Stolz zeigte sie ihrer Mutter eine kleine silberfarbene Trillerpfeife an einem Halsband.

»Schön, Liebling. Komm, wir müssen uns beeilen.«

Kathryn sah schon die hellgelben Nasen der Messerschmitt-Jäger, das rote Blitzen des Flakfeuers. Mit Annabella an der Hand lief sie zum nächsten U-Bahn-Eingang. Mehr als hundert Menschen standen dort, bewegten sich jedoch diszipliniert hinunter und suchten sich Lagerstätten, notfalls würden sie dort übernachten. Kathryn fand nur noch Platz auf den Stufen einer Rolltreppe. Um ihre Tochter zu beruhigen, pfiff sie *Yes! We have no bananas.*

Die Einschläge kamen näher. Es klang, als sei da draußen ein höllisches Inferno ausgebrochen. Druckwellen überrollten sie, blockierten ihre Ohren, die Wände und die Rolltreppe vibrierten. Kinder weinten. Kathryn legte schützend den Arm um ihre Tochter.

Die Luft war hier oben nicht so stickig wie ganz unten im Tunnel, wo die Menschen dicht an dicht, zum Teil mit Wolldecken und Kissen, neben den Gleisen lagen. Doch jetzt drang der Geruch von Verbranntem ein. Angstschreie gellten. Glühende Trümmer stürzten hinunter. Kathryn riss Annabella an sich und ergriff die Flucht, sprang mit einem Satz von der Treppe. Ein stechender Schmerz schoss durch ihren Knöchel. Panik brach aus, Belle riss sich los, ätzende Dämpfe erfüllten die Luft. Kathryn hustete, sie sah nichts mehr.

»Annabella? Belle? Wo steckst du?«

Aber nun riefen und brüllten alle Menschen durcheinander, offenbar hatte es Tote und Verletzte gegeben. Es roch nach verbranntem Fleisch. Kathryn irrte durch das Gedränge, sie hatte vollkommen die Orientierung verloren.

»Belle! Belle! Mein Kind!«

Sie lief und hielt wieder inne, wandte sich um, hustete und musste gleichzeitig aufpassen, nicht niedergetrampelt zu werden. »Annabella!« Ihre Stimme überschlug sich. Wo um Himmels willen sollte sie suchen, wo konnte ihr kleines Mädchen stecken?

»Hilfe, bitte helfen Sie mir!«

Eine verletzte Frau lag am Boden und zerrte an Kathryns Mantel. Kathryn wollte es nicht bemerken. Sie musste ihre Tochter suchen. Die Luft wurde knapp. Tränen und Schmutz erschwerten zusätzlich das Sehen. Kathryns Knöchel schmerzte so sehr, dass sie kaum auftreten konnte. Nie wieder wollte sie um irgendetwas bitten, wenn sie nur Annabella heil zurückbekäme!

Sie hörte Pfiffe, kurz, rhythmisch. Es konnte das Signal eines Bobbys sein, jeder Polizist in London besaß eine Trillerpfeife und benutzte sie gern und häufig. Aus der Ferne klangen schrille, lang gezogene Töne. Kathryn lauschte angestrengt, um die Richtung besser orten zu können. Jetzt hörte sie es wieder. Kurze, rhythmische Pfiffe – das war der Anfang von *Yes! We have no bananas!* Das musste Belle sein.

Kathryn kämpfte sich zu ihrer Tochter durch. Sie saß zusammengekauert, vom Schreck gezeichnet, aber unverletzt, in einem engen Spalt unter der Rolltreppe. Kathryn zog sie hervor, und Annabella schlang ihre Arme um sie. Dann fuhr sie mit ihren kleinen Fingern über Kathryns Gesicht.

»Du weinst ja, Mummy.«

»Vor Glück, du kluges Kind, vor lauter Glück!«

Als sie wieder auf die Straße traten, säumten Hunderte von Bränden den Horizont. Flammen peitschten gen Himmel, einige so nah, dass Kathryn es knistern hörte. Feuerwehrleute riefen, eine Rotkreuzschwester half ihr, stützte sie und begleitete sie nach Hause.

»Wir werden es ihnen vergelten«, sagte Alfred am Abend grimmig. »Und du musst jetzt endlich mit Belle aufs Land ziehen. Ich verbiete dir, länger hierzubleiben.«

Kathryn zog eine Augenbraue hoch. Da wusste er, dass er einen Fehler gemacht hatte. Sein Schwiegervater hatte ihm einst, als er bei ihm um die Hand seiner Tochter anhielt, gesagt: »Wenn man will, dass sie etwas tut, braucht man es ihr nur zu verbieten.«

Der Lord ließ sich in seinen Lesesessel fallen und schnaufte.

»Alfred«, sagte Kathryn. »Es ist doch verrückt. Zuerst haben wir Berlin bombardiert, dann haben sie als Vergeltung unsere Städte angegriffen. Und so geht's nun immer weiter … Vergeltung ist die dümmste Erfindung der Menschheit. Da gibt es nie einen Anfang und ein Ende, und immer fühlt sich jeder im Recht.« Ihr Mann wollte widersprechen, aber Kathryn fuhr fort. »Nach dem, was ich heute erlebt habe, steht mein Entschluss fest. Wir bringen Belle aufs Land zu deiner Schwester, und ich bleibe hier. Ich will dich unterstützen. Und außerdem werde ich einen Schwesternhelferinnenkurs machen.«

Kathryn blickte ihren Mann entschlossen an. Er wusste, Widerspruch war zwecklos.

Ostfriesland – Bremen

1940 bis 1942

Gustav meldete sich freiwillig zu den Gebirgsjägern, wurde aber als UK, unabkömmlich, eingestuft. Er hatte sich weiter um die Bezugsscheine für Tee zu kümmern. Es gab viel zu organisieren. Teeimporteure mussten ihre Bestände an die Heeresversorgungsstellen abgeben. Vorräte der Teeeinzelhändler waren zur geregelten Verteilung an bestimmte Firmen abzuliefern. Gustav fuhr einmal pro Woche mit dem Zug nach Leer, um in der eigenen Firma nach dem Rechten zu sehen. Zunehmend genoss er diese Ausfahrten zurück in seine alte Heimat. Zum einen, weil der trockene Humor und die Tiefstapelei der Ostfriesen einen wohltuenden Gegenpol zum hochnäsigen provinziellen Hanseatentum der Bremer Kaufleute bildeten, zum anderen, weil ihm Ivy das Leben zur Hölle machte. Sie spielte permanent die Beleidigte. Der Dauerflunsch hatte sich tief in ihre einst attraktiven Gesichtszüge eingegraben. Vom Mund führten zwei Falten zum Kinn, die Gustav selbst dann, wenn sie nicht klagte oder auf feine Art stichelte, stets vermittelten: Ich hab mir das alles anders vorgestellt, das Leben hatte mir so viel mehr versprochen, und auch du hast mich enttäuscht!

An einem späten Sonntagnachmittag im Herbst 1940 machte Gustav dennoch einen Versuch. Er öffnete einen guten Moselwein, den Ivy gerne trank. Das Feuer im Kamin prasselte gemütlich, der Blick aus ihrem repräsentativen Wohnzimmer auf den Park zeigte, dass er es zu etwas gebracht hatte. Ivy trug einen chamoisfarbenen seidenen Hausanzug mit passenden Pantöffelchen und übte zum Wunschkonzert der Wehrmacht, das aus dem Volksempfänger klang, Tanzschritte, die sie neulich im Kino bei Lilian Harvey gesehen hatte. Von hinten trat Gustav an sie heran. Er reichte Ivy mit der Rechten das Weinglas, legte seine andere Hand auf ihren Unterleib und presste sie an sich. Sie spürte seine Erregung, langsam und verächtlich schob sie seine Hand von ihrem Körper.

»Hella kann jeden Augenblick vom Spielen zurückkommen.«

Die Männer ihrer Freundinnen befanden sich alle im Feld, einige als hochrangige Offiziere, einige waren schon befördert worden – blendende Erscheinungen in ihren Uniformen. Wie hatte sie sich doch getäuscht in Gustav. Für einen Helden und Abenteurer hatte sie ihn gehalten. Jetzt hockte er in seinem Teekontor, während andere ihr Leben riskierten.

Ivy ließ ihn nur noch selten in ihr Bett. Sie wusste, dass er sich nichts so sehr wünschte wie einen Sohn. Nur deshalb wollte er mit ihr schlafen, und nicht etwa, weil er sie liebte oder verführerisch fand. Das kränkte sie als Frau, und darum verweigerte sie sich. Sie wusste, dass er einmal unsterblich in eine andere verliebt gewesen war. Manchmal im Schlaf murmelte oder stöhnte er undeutlich einen Namen.

Gustav begriff Ivys Verhalten nicht. Er bot ihr doch alles, was sie sich nur wünschen konnte. Dass sie nicht mehr umschwärmt wurde wie vor fünfzehn Jahren in Berlin, das lag doch in der Natur der Sache. Aber sie führten ein großes Haus, hatten Personal. Es gab kaum einen wichtigen Empfang in der Region, zu dem sie nicht eingeladen wurden.

Doch neuerdings quälte sie ihn auch noch mit aus der Luft gegriffenen Beschuldigungen. »Du gehst fremd!«, kreischte sie jetzt wieder. »Gib's endlich zu! Du treibst es mit so einer rotblond gelockten, sommersprossigen Schlampe! Mit einer, die leicht zu unterhalten ist und die über alles lacht, was du sagst!«

»Nein!« beteuerte Gustav wahrheitsgemäß. »Ich betrüge dich nicht, Ivy.«

»Aber ich weiß es genau.«

»Wie kannst du etwas wissen, das nicht existiert?«

»Ich habe sie im Traum gesehen!«, schleuderte sie ihm in grimmiger Anklage entgegen, triumphal, als sei sie ihnen auf die Schliche gekommen. »Euch beide hab ich gesehen, in eindeutiger Situation.«

»Im Traum?«, wiederholte er fassungslos. »Ivy, du bist ja nicht bei Verstand!«

»Eva, bitte!«

»Jetzt reicht es aber!« Gustav versuchte, seinen Zorn im Zaum zu halten. Er atmete tief durch. »Du bist überreizt. Es gibt keinen Grund, eifersüchtig zu sein. Aber wenn du so weitermachst, kann ich für nichts garantieren …«

»Ach!«, ihre Stimme überschlug sich. »Du drohst mir?« Ivy knallte die Flügeltür des Wohnzimmers so fest zu, dass die geschliffenen Glaseinsätze klirrten.

In was für ein Leben bin ich eigentlich geraten?, fragte sich Gustav. Wie konnte es passieren, dass ich mit einer Frau, die ich weder liebe noch verstehe, ja nicht einmal verstehen will, ausgerechnet bei den Kaffeesäcken in Bremen gelandet bin? Und das auch noch als Handlanger einer Partei, die mir immer suspekter wird.

Während seiner regelmäßigen Bahnfahrten nach Leer fiel Gustav eines Tages eine rotblond gelockte, sommersprossige Frau auf. Sie stieg in Oldenburg zu. Wahrscheinlich wäre sein Blick nicht an ihr hängen geblieben, wenn sie nicht genau dem Bild jener »Schlampe« entsprochen hätte, von der Ivy seit Monaten fantasierte.

Wochenlang lächelten Gustav und die Rotblonde sich nur an. Sie wurden unbekannte Bekannte. Dann grüßten sie sich. Und schon in diesem Stadium wussten sie beide, wohin es führen würde.

Schließlich unterhielten sie sich. Die junge Frau, Hendrike, tat Gustav wohl mit ihrer Freundlichkeit. Ihr Mann war bei der Marine, Kinder hatten sie noch keine. Sie arbeitete als Hauswirtschafterin auf einem Gut in Ostfriesland. Man verabredete sich zu einem Essen, man kam sich näher.

Gustav mietete eine kleine Wohnung in Leer. Offiziell, um in den unsicheren Kriegstagen auch mal über Nacht bleiben zu können, denn immer öfter brachten Sonderzüge fürs Militär die Fahrpläne durcheinander. Aber hauptsächlich, um sich dort mit Hendrike den Freuden der Liebe hinzugeben.

Die Ostfriesin war unkompliziert, lustig und warmherzig. Hendrike sah ihr Arrangement ganz pragmatisch. Sie mochte Gustav, sie brauchte ab und zu einen Mann im Bett, und er besserte ihre Teeration deutlich auf.

Zu Beginn des Krieges sollten gemäß den neuen Rationierungsmaßnahmen jedem Ostfriesen wie jedem anderen Deutschen pro Monat nur zwanzig Gramm Tee zustehen, was zu einem Aufschrei der Empörung geführt hatte. Der normale Pro-Kopf-Verbrauch lag mehr als zehnmal höher. Gustav warnte die Verantwortlichen in Berlin.

»Die sonst so treuen und gutmütigen Ostfriesen sind bereit, für ihren Tee auf die Barrikaden zu steigen. Die Volksstimmung im Bezirk Weser-Ems ist angespannt, die Menschen reagieren äußerst ungehalten. Ich empfehle aus der Kenntnis des ostfriesischen Charakters heraus, die monatliche Teeration mindestens zu verdoppeln.«

Tatsächlich erhöhte man die Ration daraufhin in so genannten Teetrinkerbezirken auf vierzig Gramm pro Monat, allerdings wurde sie nach einiger Zeit auf dreißig Gramm gesenkt.

Tee galt nun als »der schwarze Hausfreund«, als zweite Währung und Tauschobjekt. Für ordentlichen Tee tat ein Ostfriese einiges. Hendrike verabscheute die aus Aromastoffen und Zucker gepressten Teetabletten, bei denen einige ihrer Landsleute und Leidensgenossen Trost suchten. Da machte sie sich doch lieber ein paar schöne Stunden mit Gustav ter Fehn und nahm dessen Dankbarkeit in Form einiger Päckchen qualitativ guten Tees an – auch wenn er nicht so kräftig schmeckte wie die Vorkriegsware und im Aufguss heller schien. Gustav behauptete, es sei besonders feiner Tee aus einem Königreich im Himalayagebirge. Das nahm sie ihm nicht ab. Aber er schmeckte besser als diese Teetabletten oder das Gesöff aus Brombeerblättern.

Was niemand sonst wusste, war, dass Gustav große Bestände seiner Sikkim-Tees von Colonel Robbins kurz vor Beginn des Krieges nicht ganz ordnungsgemäß deklariert und gebunkert hatte. Etliche Blechkisten lagerten im Alkoven, einem der traditionellen Schrankbetten in seinem Ammerländer Ferienhaus am Zwischenahner Meer. Ihr Inhalt half ihm, Päckchen für Päckchen sorgfältig abgefüllt, durch die schweren Jahre.

Westerstede

April 1946

Gesine riss eine Reihe kleiner Rhododendren nach und nach aus der Erde und warf sie auf einen Haufen. Sie achtete nicht darauf, ob die Wurzelballen verletzt wurden, denn es war völlig egal. Die Sträucher würden sowieso zerhäckselt werden. Dabei zeigten sich schon Knospen und erste Blüten daran. Gesine wischte sich mit dem Ärmel die Wuttränen von den Augen. Ach, es nützte ja nichts, sich aufzulehnen gegen die Verhältnisse! Sie musste diese schlimme Zeit überstehen, irgendwann würde es schon wieder alles besser werden. Bestimmt. Hoffentlich. Wenn Carl doch nur endlich zurückkehrte … Der Krieg war nun schon fast ein Jahr vorüber, aber die Familie hatte immer noch nichts von ihm gehört. Ob er noch lebte? Und wenn ja, wie mochte es ihm ergehen?

Gesine richtete sich auf, massierte ihr schmerzendes Kreuz und wollte gerade ins Haus gehen, als ein ostfriesisch gerolltes R ihre Aufmerksamkeit erregte.

»Brrr …«

Ein einfaches Pferdefuhrwerk, das von einem braunen Ackergaul gezogen wurde, hielt direkt vor dem Eingang der Baumschule. Der Kutscher trug Hut, einen teuren Mantel und brauchte ziemlich lange, um herunterzuklettern, obwohl er noch gar nicht so alt schien. Als er endlich stand und sich eine Gehhilfe vom Wagen angelte, erkannte Gesine den Mann.

»Mensch, Gustav! Gustav ter Fehn! Du lebst noch!«

Er humpelte auf sie zu. »Gesine, wie schön, dass du auch noch am Leben bist.« Sie umarmten sich.

»Und die Familie?«, fragte sie.

»Alles bestens.«

Bevor er die Gegenfrage stellen konnte, schaute Gesine fragend auf sein steifes Bein. Normalerweise pflegte Gustav abzuwinken, er kommentierte die Amputation nicht. Sollten die Leute doch glauben, er sei als Soldat verwundet worden, aber Gesine wollte er nichts vormachen.

»Bomben auf Bremen, September 42«, sagte er knapp.

Beinahe jede Nacht erlebte Gustav diese Minuten aufs Neue. Er hatte im Hafen zu tun. Erst warf die britische Royal Air Force Sprengbomben, dann Brandbomben. Gustav hörte, wie sie im Fallen jaulten. In panischer Angst rannte er so schnell er konnte – und wurde von einer Druckwelle durch die Luft geschleudert. Balken krachten. Ungläubig sah er vier Meter von sich entfernt in seinem schwarzen polierten Budapester-Schuh seinen rechten Fuß bis zum Knöchel liegen. Er traute sich nicht, auf sein Bein zu sehen. Das konnte doch nicht sein! Er hatte keinen Schmerz gespürt. Auf einmal drangen Schreie anderer Verletzter in sein Bewusstsein. Gustav spürte unter sich eine heiße klebrige Flüssigkeit, zwang sich mit aller Gewalt hinzuschauen. Er sah sein Blut strömen. Ich laufe aus, ich verblute, dachte er heftig zitternd. Das war's. Und kein bisschen heldenhaft.

Ein Fremder kam und band ihm mit einem Gürtel das Bein ab. Gustav verlor das Bewusstsein. Als er wieder erwachte, hatten Notärzte sein Bein oberhalb des Knies amputiert.

»O Gott!« Gesine seufzte tief. »Aber dass du lebst! Das ist das Wichtigste. Komm rein ...« Sie wischte ihre erdverschmierten Hände an ihrer Arbeitshose ab, nestelte verlegen an dem Tuch herum, das sie über der Stirn verknotet trug. »Leider kann ich dir keinen Tee anbieten.«

Sie führte ihn in die große Küche, in der zwei Frauen hantierten. Eine kochte, die andere wusch etwas. Beide nickten nur kurz zum Gruß. Es roch nach Kohleintopf. Zwei Flüchtlingsfamilien waren bei den Jonas einquartiert, außerdem hatten entfernte Verwandte, die in Oldenburg ausgebombt worden waren, im großen Haus Zuflucht gefunden. Alle gaben sich redlich Mühe, höflich und sauber zu bleiben. Dennoch führte die ungewohnte Enge häufig zu Gereiztheiten. Jeder schloss seine Lebensmittel weg.

Gustav zog ein Päckchen Tee aus seiner Manteltasche, als Gesine sich am Waschbecken in der Küche die Hände wusch. »Ich hab welchen mitgebracht«, flüsterte er.

Er betrieb seit Kriegsende einen lukrativen Schwarzhandel mit geschmuggeltem Tee. Hendrikes Bruder Tammo half ihm dabei. Hendrike hatte die beiden zusammengebracht. Seine Geliebte kümmerte sich zwar inzwischen wieder um ihren heimgekehrten Ehemann, aber sie hatten sich in Freundschaft getrennt. Tammo lebte als Krabbenfischer im Rheiderland, jenem dünn besiedelten, vom Rest der Nation vergessenen Zipfel Deutschlands zwischen Emsmündung und Dollart an der Grenze zu Holland. Schmuggel gehörte hier seit Jahrhunderten zum normalen Leben.

Gustav fand Wege, wie der Tee von Colonel Frank Robbins aus Sikkim unter Umgehung der Zollbehörden in die Nähe der deutschen Grenze gelangte, Hendrikes Bruder schaffte die heiße Ware nachts mit seinem Fischkutter über die Grenze, manchmal auf eine der ostfriesischen Inseln, manchmal in einen kleinen Sielhafen an der Küste.

Für andere Teehändler blieben die Zeiten schwer, denn an freie Teeimporte war noch nicht zu denken. Gustav ter

Fehn aber gelang es, nebenbei ein kleines Vermögen zu verdienen. Niemand sonst war eingeweiht, auch nicht Ivy. Sollte die Sache auffliegen, drohten ihm mehrere Monate Gefängnis.

»Oh!« Gesine öffnete die knisternde Teetüte. Mit geschlossenen Augen sog sie den Duft ein. »Ach, wie herrlich!«

Die beiden Frauen in der Großküche von Gesine Jonas spürten, dass Gustav ein besonderer Gast war. Sie zogen sich zurück, um die Hausherrin mit ihm ungestört zu lassen.

Gesine bot Gustav den Lehnstuhl am Küchentisch an und setzte Teewasser auf. »Magst du ein Schinkenbrot?« Ohne eine Antwort abzuwarten, nahm sie einen großen Laib Schwarzbrot in den Arm. »Hungern müssen wir nicht.« Sie zwinkerte Gustav zu, während sie sich mit dem Messer unbekümmert zum Körper hin durch den Laib vorarbeitete. »Meine Eltern haben ja den Bauernhof nebenan, und an jeder Hausschlachtung wird der Ortspolizist gebührend beteiligt.«

Erst nachdem Gustav sein Schinkenbrot verspeist hatte, fragte er: »Was ist mit Carl?«

Gesines Augen füllten sich mit Tränen, die sie schnell energisch wegwischte. »Die letzte Nachricht stammt noch aus Kriegszeiten … Einige Kameraden meinten, er ist beim Russen in Gefangenschaft.« Sie holte ein Taschentuch unter ihrem Ärmel hervor, um sich zu schnäuzen. »Wir können nur das Beste hoffen und beten.«

Gustav hatte Carl um einen Gefallen bitten wollen, deshalb war er gekommen. Das ging nun also nicht.

Gesine tat ihm leid. Jeder wusste, dass die russische Gefangenschaft wegen des Klimas und der Arbeitsbedingungen in den Lagern die schlimmste war. Wer in einem

Bleikohlebergwerk schuften musste, verreckte nach und nach an Bleivergiftung. Andere starben an der Kälte. Oder an Hunger und Erschöpfung. Oder an Seuchen. Oder an Grausamkeit, gewachsen aus einem Hass, den Deutsche einst selbst gesät hatten. Und die Wenigen, die zurückkehrten, waren gebrochen.

»Carl ist ein ganz zäher Bursche«, sagte Gustav mit belegter Stimme. »Ich hab ihn doch erlebt, damals im Himalaya – ein wahrer Überlebenskünstler! Mach dir mal keine Sorgen, Gesine.«

Sie lächelte unter Tränen. »Nein, natürlich nicht. Er ist ja ein Sonntagskind …«

»Mama!« Ein kleiner Junge mit leuchtend blauen Augen kam weinend in die Küche gelaufen. »Die anderen Kinder nehmen mir immer meinen Teddy weg!« Gesine hatte für ihre Kinder aus Stoffresten Teddys genäht und Gesichter daraufgestickt.

»Ach, Hansi, sei ein großer Junge. Die anderen Kinder haben überhaupt kein Spielzeug mehr. Leih ihnen den, du kriegst ihn doch zurück.« Sie reichte ihm ein Stückchen trockenes Brot. Selig daran kauend vergaß der Junge seinen Kummer gleich.

»Das ist Onkel Gustav, gib ihm schön die Hand.«

Der Kleine machte sogar einen Diener. Als die Kinder nach ihm riefen, trollte er sich wieder nach draußen.

Gesine lächelte stolz. »Unser Kleiner. Carl war nach seiner Verletzung bei Stalingrad 1942 auf Genesungsurlaub zu Hause.«

»Nummer drei«, sagte Gustav, »gratuliere.« Da hatte Carl nun sogar zwei Söhne. Nur ihm war kein Erbe beschieden.

Seit sein rechtes Bein nur noch halb da war, ihm aber doppelt wehtat, weigerte Ivy sich, ihn nackt überhaupt nur anzusehen. Sein Anblick stieß sie ab.

»Hauruck, hauruck!«

Von draußen drang Getöse in die Küche. Durch die Sprossenfenster sah Gustav, dass auf dem Baumschulgelände größere Erd- und Rodungsarbeiten mit Pferd und Wagen im Gange waren. Männer mit Prinz-Heinrich-Mützen zogen an Sträuchern mit schweren Ballen.

»Was ist denn da los?«

»Ach!« Jetzt rollten doch Tränen über Gesines Wangen. »Hast du es denn nicht mitgekriegt? Eine Katastrophe! Wenn Carl das wüsste …«

Schluchzend zog sie unter der Wachstuchdecke des Küchentischs eine Schublade auf, nahm ein Schreiben der Alliierten Militärbehörde heraus und reichte es Gustav.

»Mein Schwiegervater ist auch ganz fertig. Die Arbeit von Generationen …« Gesine konnte nicht weitersprechen.

Gustav las die behördliche Anordnung. Alle Baumschulflächen mussten geräumt und gerodet werden, sie sollten wegen der Hungersnot auf Ackerbau und Viehzucht umstellen.

»So ein Blödsinn!«, kommentierte Gustav empört. »Das mag ja in den Städten eine gute Idee sein. Aber hier? Es gibt doch genug Weiden für die Kühe, und eher sollte man da noch einen Acker mehr umpflügen, um zusätzlich Kartoffeln und Gemüse anzupflanzen …«

»Wir müssen sämtliche Ziersträucher und Zierstauden entfernen, das heißt auch, alle Rhododendren werden vernichtet«, Gesine putzte sich die Nase. »Natürlich versuchen wir zu retten, was zu retten ist. Mein Schwiegervater sorgt gerade dafür, dass die Rhodos, die wir am besten verkauft haben, umgepflanzt werden in unseren privaten Kiefernwald.« Aber sie hatten zu wenig Zeit und Mitarbeiter. »Was guter Boden für Rhodos ist, passt nicht für Gemüse und umgekehrt. Wir müssen jede Menge Erde austauschen. Es ist ein Wahnsinn!«

Gesine seufzte. Das wuchs ihr alles über den Kopf. Drei Kinder, die fremden Leute im Haus, ständig klopften unterernährte Städter mit Rucksäcken an die Tür und wollten gegen ihre letzten Wertgegenstände Speck oder Butter eintauschen. Was hatte sie sich schon alles eingehandelt: Kochtöpfe, Bügeleisen, Kleiderstoffe, Teppiche, Meißener Porzellan, eine Jugendstilbrosche, zwei Teppiche, Leinentücher, die bis an ihr Lebensende reichen würden – gegen Obst, Mehl, Kartoffeln, Speck, Gemüse, Öl, Rübensirup. Das Schlimme war: Wenn man einem aus Mitleid oder Sympathie was gab, kamen zehn andere hinterher. Manche klauten, was sie sonst nicht kriegen konnten. Eigentlich klaute jeder irgendwie. Was er nicht selbst brauchte, nützte ihm als Tauschobjekt. Im Kohlenpott setzten sich die Frauen von Bergarbeitern nachts um drei in den überfüllten Hamsterzug nach Oldenburg und versuchten auf dem Lande die Extraration Tee, die ihre Männer für die harte Arbeit unter Tage erhielten, in Essbares zu tauschen.

Nein, Gesine wollte nicht jammern, andere hatten es viel schwerer. Aber leicht war es, verdammt noch mal, auch nicht. Sie musste sich nämlich zudem um ihre Familie kümmern. Ihr Bruder litt an den Folgen einer Kriegsverletzung. Granatsplitter in seinem Rücken wanderten und machten ihm das Leben an manchen Tagen zur Hölle. Gesine hetzte in den wenigen Arbeitspausen nach nebenan und half auf dem Hof mit. So blieb in der Baumschule immer etwas unerledigt, jetzt wo die französischen und polnischen Zwangsarbeiter fort waren, die man ihnen während des Krieges als Ersatz für die eingezogenen Gärtner und Arbeiter zugeteilt hatte. Und dann noch ständig die Sorge um Carl! Sie hatten ja alle inzwischen die Berichte heimgekehrter Soldaten gehört.

Gesine gab sich einen Ruck. »Wir müssen nach vorn sehen«, sagte sie. »Die Welt geht nicht davon unter, ob wir ein paar Topf- und Schnittblumen mehr oder weniger haben.«

»Wie kommst du jetzt darauf?«

»Wir dürfen ja auch die Treibhäuser nicht mehr beheizen, weil die Bevölkerung im Winter friert. Das ist Energievergeudung, findet die Militärregierung.«

»Gesine, sag, wenn ich irgendwas für euch tun kann …«, bot Gustav an. »Wir, Ivy, Hella und ich, wir wohnen ja jetzt in Aue, im alten Bauernhaus am Zwischenahner Meer, weil die Amis unsere Villa in Bremen konfisziert haben. Da ist einiges an Wald drumherum. Brennmaterial und Aale und Tee könnte ich dir jederzeit besorgen.«

Gesine lächelte schon wieder. »Ach, so 'n schöner Smoortaal, das wär mal wieder was Feines. Meine Schwiegermutter hat bald Geburtstag, wenn du uns da was zukommen lassen könntest? Was würde dir denn im Gegenzug gefallen? Schinken? Eine schöne luftgetrocknete Mettwurst?«

Sie einigten sich auf Mettwurst gegen Räucheraal.

»Und wenn Carl zurückkommt«, Gustav sagte absichtlich nicht »falls«, sondern »wenn«, »dann gebt mir bitte sofort Bescheid!«

Nachdenklich kutschierte Gustav über die bucklige Straße aus hochkant verlegten roten Klinkersteinen unter einer noch nicht ausgegrünten Eichenallee durch das Ammerland in Richtung Ostfriesland. Viele andere Bäume auf den Windschutzwällen zwischen den Ländereien und Weiden flirrten schon hellgrün im klaren Aprillicht. Die Hufe klackerten hohl, es roch nach Pferd und Pferdeäpfeln. Irgendein Gedanke wollte zu ihm, hing zum Greifen nahe in der Luft, aber Gustav bekam ihn nicht zu fassen …

Er legte eine Rast am Kanal im Augustfehner Hof bei

der immer gut gelaunten Emmi ein. Gestärkt ließ er seinen Zossen eine Stunde später durch Holtgast traben, wo sich die Landschaft weitete und Ostfriesland begann. Der Kiebitz rief, unter dem hohen Himmel kreisten Möwen. Gustav roch das Wasser der Jümme. Über den eingedeichten Fluss und das flache grüne Land schweifte sein Blick viele Kilometer in die Ferne bis zu einer Reihe winzig klein scheinender Pappeln am Horizont. Gustav atmete tief durch. Es gab nicht viele Regionen auf der Welt, wo sich sein Inneres dermaßen schlagartig öffnete.

Und da fiel es ihm ein: Was war mit der Queen of Darjeeling oder richtiger der Rose von Darjeeling? Das hatte er Gesine fragen wollen. Durch den Krieg und Carls Einberufung war er nicht mehr dazu gekommen, seine zwanzig reservierten Exemplare abzuholen. Viel war seitdem geschehen … Stimmte es wirklich, dass er einmal im Himalaya gewesen war? Dass er einmal eine Frau aus tiefstem Herzen geliebt hatte? Dass er einst mit ihr und seinem besten Freund magische Augenblicke hatte erleben dürfen, in denen sie sich miteinander, mit der Welt und dem Kosmos verbunden fühlten? Der Phantomschmerz in seinem Bein holte ihn in die Gegenwart zurück.

»Hü!«

In Leer belieferte Gustav seine Abnehmer, die auf dem Schwarzmarkt Handel trieben. Er selbst begab sich dort, wo regelmäßig Razzien stattfanden, nicht in Gefahr. Am späten Nachmittag spannte er das Pferd wieder vor den Wagen und fuhr zurück. Als er Westerstede erreichte, war es schon dunkel und empfindlich kalt geworden. Erst wollte er am Haupthaus klingeln, doch dann entschied er sich anders.

Gustav stapfte zu dem Platz hinter dem langen Gewächshaus, wo Carl ihnen kurz vor Kriegsbeginn seine hoffnungsvollste Rhododendronzüchtung gezeigt hatte. Links und rechts des Weges lagen diverse ausgebuddelte Ziersträucher und Rhododendronbüsche. In der dunklen Erde klafften Löcher, viel Bestand war offenbar schon abtransportiert worden. An anderen Stellen hoben sich Haufen von Pflanzen mit Wurzelballen, aufgeschichtet wie fürs Osterfeuer, gegen den diesigen Abendhimmel ab. Gustav rätselte, ob sie wohl zur Vernichtung oder für eine Umsiedlung in den Kiefernwald bestimmt waren. Endlich erreichte er die gesuchte Stelle. Auch hier häuften sich ausgegrabene Rhododendren. Gustav suchte und fand rasch die Exemplare mit den gelben Bändchen und der Aufschrift Rose von Darjeeling.

Eigentlich standen sie ihm ja sowieso zu. Und bevor sie nun zu Brennmaterial geschreddert, im Moor versenkt oder tatsächlich im Osterfeuer verbrannt wurden, war es doch besser, er nahm sie mit. Natürlich hätte er Gesine ausdrücklich um Erlaubnis bitten können. Aber sie hatte doch am Vormittag schon einen sehr überforderten Eindruck gemacht. Sie wusste auch wohl kaum, was diese Züchtung Carl wirklich bedeutete.

Und wenn Carl längst tot war?

Gustav überlegte nicht länger. Im Schutz der Dunkelheit zog er unbeobachtet zehn der immergrünen Sträucher an die Straße und hievte sie hinten auf seinen Pferdewagen. Mehr schaffte er nicht. Er beruhigte das nervös schnaubende Pferd. Müde, aber heiter wie nach einem gelungenen Streich, fuhr Gustav in die Nacht hinaus.

Georgien, Kaukasus

Frühjahr 1946 bis Frühjahr 1947

Die Baracke stank, an die harte Pritsche hatte Carl sich inzwischen gewöhnt. Er kämpfte seinen täglichen aussichtslosen Kampf gegen die Wanzen. Mit dreihundert Mann waren sie in das Lager gekommen, jetzt lebten hier noch einhundertachtzig. Der Rest war tot oder im Lazarett.

Angeekelt schob Carl seine Essensportion dem Pritschennachbarn rüber. »Du kannst meine haben, Jupp.«

Er verschmähte die kleinen Salzfische aus dem Kaspischen Meer, weil er wusste, dass er davon wieder Oedeme bekommen würde. Jupp, früher Arzt in Bochum, redete ihm jedoch zu.

»Los, iss das Zeug, Carl«, sagte er. »Das ist unsere einzige Eiweißquelle.«

Nur alle vierzehn Tage gab es die Fische. Sonst ernährten sie sich wie alle anderen deutschen Kriegsgefangenen von zwei Wassersuppen am Tag, in denen zwei Esslöffel Graupen schwammen. Wenn sie beim Steineklopfen für den Straßenbau in Tiflis die normale Arbeitsleistung erbracht hatten, erhielten sie am Abend vierhundert Gramm nasses Brot. Carl achtete wie alle darauf, dass seine Ration aufs Milligramm genau abgewogen wurde. Und obwohl es schwer im Magen lag, schlang er das Brot so schnell er konnte herunter. Wenn er mit der Arbeitskolonne rauskam, entdeckte er in den kurzen Ruhezeiten, die man ihnen gönnte, manchmal Essbares, was andere für Unkraut hielten. Vitaminreiches Grünzeug, das er mit einigen Mitgefangenen teilte.

Otto, ein anderer seiner Kameraden, hatte eines Tages gesagt: »Im Wald sind jetzt die Brombeeren reif, ich hab welche gesehen. Hab einen solchen Heißhunger drauf!«

Bei nächster Gelegenheit verschwand Otto während der Arbeit mit einem Alueimer aus der Kolonne und sammelte Brombeeren. Als er mit dem vollen Eimer aus dem Wald zurückkehrte, schossen die Aufseher. Sie konnten sich durch Erschießen einen Urlaub verdienen. Otto fiel vornüber. Die Wachen drehten ihn mit ihren Gewehrkolben um. Aus Ottos Brust sickerte rotes Blut und vermischte sich mit den blaulila Flecken der zerdrückten Brombeeren – ein Anblick, den Carl nie vergessen würde.

Dieser Tag hatte ihn gelehrt, sich unauffällig zu verhalten. Er legte sich auch an diesem Abend schlafen wie immer.

Als Carls Einheit sich im Januar 1945 auf der Hohen Tatra, einem Gebirgszug in den Karpaten, ergab, hatten die Männer gehofft, in US-amerikanische Gefangenschaft zu geraten. Das waren sie auch, doch dann lieferten die Amis sie den Russen aus. Und die steckten sie in Güterwaggons gen Osten.

»Ha, ich denke, du bist ein Sonntagskind«, hatte Jupp gehöhnt.

Dreißig Tage und Nächte verbrachten die Soldaten in den überfüllten Waggons. Sie verfolgten die Route, auf der sie gen Osten rollten – Budapest, Bukarest, Rumänien. Einige Soldaten fürchteten Sibirien mehr als den Tod und versuchten, sich umzubringen. Doch bei Rostow machte der Zug plötzlich einen scharfen Knick in Richtung Süden.

Lauter Jubel toste durch die Waggons. »Wir fahren nicht nach Sibirien!« Sie blieben im bekannten Teil der Welt!

Als Carl im Kaukasus ausstieg, schien die Sonne. Helles Licht, schöne hohe Berge, angenehmes Klima. Kaukasus, die Heimat vieler wunderbarer Blumen, auch vieler Rhododendren. Am wichtigsten aber war: Die Georgier hassten die Deutschen nicht. Sie galten als die Italiener der Sowjetunion, südländisch, lebenslustig. Im Laufe seiner Gefangenschaft verstand Carl, dass sie sich von Moskau bevormundet und gegängelt fühlten. Doch Moskau war weit. Und die Feinde der Russen nicht zu hassen war auch eine Art Protest gegen die Mächtigen im Kreml.

Das Leben war hart, die Arbeit bitter, im Vergleich zu Sibirien jedoch eindeutig die bessere Alternative. Carl stumpfte mit der Zeit ab, sein Herz war wie von einer Gipshaut umfangen. Er machte seine Arbeit, auch im Winter barfuß, er aß, er schlief. Es kam vor, dass er sich – viele Gefangene machten das – für eine oder zwei Stunden vom Straßenbau aus der Kolonne entfernte, in Tiflis an die Haustüren klopfte und um etwas zu essen bat. Oft wurde ihm etwas gegeben. Carl schämte sich zu betteln. Aber es war immer noch besser, als zu verhungern.

Vor dem Lager stand ein großer Baum. Manchmal kletterten Kinder hinein und sangen ihnen etwas vor. Einmal spielte ein Mädchen etwas auf der Mundharmonika. Da kamen Carl die Tränen.

Manchmal träumte er von zu Hause. Er saß mit seinen Eltern in der Laube und spuckte Kerne von saftigen Schattenmorellen in die Büsche. Er sah eine riesige Schüssel dampfender Kartoffeln vor sich. In seinem schönsten Traum sah er die Rose von Darjeeling aufblühen und Kathryn daran schnuppern.

Zwei Fotos waren ihm geblieben. Das von Gesine und

den Kindern – er strich auf dem mehrfach gebrochenen Fotopapier, wenn er sich unbeobachtet fühlte, mit der Hornhaut seiner Fingerspitzen über die Gesichter – und das Foto von Kathryn auf der Teekiste in Darjeeling. Sie war sein Licht, sein Grund zu überleben. Ihr Wesen schien ihm näher als das von Gesine. Manchmal fühlte er, dass sie genau jetzt an ihn dachte.

»Mensch, Carl«, sagte Jupp. »Du glühst ja.«

Er hatte Typhus. Monatelang blieb Carl im Lagerlazarett, wo er sich auch noch mit Ruhr infizierte. Als eine doppelseitige Lungen- und Rippenfellentzündung hinzukam, überstellte man Carl ins Hauptlazarett. Dort musste er sich mit zwei anderen Kranken eine der eng nebeneinander aufgebauten Pritschen teilen. Neben der Tür stand allerdings ein Bett, in dem immer nur ein Kranker lag, derjenige, der dem Tod am nächsten war. In der ganzen Zeit, die Carl hier verbrachte, hatte noch keiner dieses Bett lebendig verlassen.

Carl wurde gleichgültig. Er dämmerte die meiste Zeit im Fieberwahn vor sich hin. Als er einmal kurz aus seinem Delirium erwachte, erkannte er am veränderten Lichteinfall, dass jetzt er derjenige war, der in dem Einzelbett lag. Zum ersten Mal in seinem Leben spürte er keine Zuversicht mehr. Das war im Mai 1946.

Carl träumte im Fieberwahn. Nein, diesmal war es mehr als ein Traum, denn es fühlte sich alles ganz real an. Carl spürte deutlich, wie seine Seele sich löste und erhob, sie blieb nur noch durch einen feinen silbernen Faden mit seinem siechen Körper verbunden und reiste um die Welt, sie flog, nein, sie wurde magisch angezogen von einem einzigen Ziel … Kathryn. Carl sah die geliebte Frau vor sich, es musste ihr Schlafzimmer auf Jersey sein, und er konnte empfinden, was in ihr vorging.

Kathryn wälzte sich unruhig in ihrem Bett hin und her, sie machte sich Sorgen um ihn. Seit Wochen spürte sie immer weniger das mit Worten kaum fassbare Von-Herz-zu-Herz-Gefühl, das sie sonst all die Jahre hatte wahrnehmen können, wenn sie sich nur dafür öffnete. Gerade in den letzten Tagen fühlte es sich so an, als würden irgendwo in weiter Ferne Carls Kräfte dramatisch schwinden.

Hatte man im Krieg nicht öfter Geschichten gehört von Frauen, die ganz genau die Todesminute ihres Geliebten an der Front empfunden hatten?

Kathryn wusste, dass er in allergrößter Not war, dass er in Lebensgefahr schwebte. Plötzlich schreckte sie hoch und schaute mit weit aufgerissenen Augen ins Dunkel. »Carl?«, flüsterte sie wider alle Vernunft, »bist du hier?«

Carl sah, wie Kathryn aufstand, ihren Morgenmantel überzog und in den Garten hinaustrat. Die Rhododendren blühten. Barfuß ging sie über den feuchten Rasen. Sie schloss die Augen. Intuitiv ließ sie sich leiten. So kam sie zum gelben *Rhododendron luteum*. Tief sog sie seinen Duft ein.

»Carl, wo immer du bist«, sagte sie leise, während sie ihr Gesicht dem Mondlicht zuwandte, »ich schicke dir meine ganze Kraft und Liebe. Halte durch, steh auf, geh weiter, gib nicht auf! Wir werden uns wiedersehen.«

Die georgische Lagerärztin machte ihren Kontrollgang. Erstaunt registrierte sie, dass der Mann auf dem Einzelbett immer noch atmete.

Sie verfügte, dass er und einige andere Kranke bei den milden Temperaturen mit ihren Pritschen vor das Lazarett ins Sonnenlicht gelegt werden sollten. Die Medikamente reichten bei weitem nicht für alle Patienten. So war sie immer wieder zu Willkürakten gezwungen. Manchmal half ein fremder Reiz als Anstoß für Heilungsprozesse. Mehr als sterben konnte dieser Deutsche nicht.

Das Gelände um das Lazarett herum wirkte vernachlässigt, verwildert. Zwischen Gerümpel und Gebüsch blühten auch Rhododendren, darunter ein gelber *luteum*, dessen betäubender Duft Carls Nase kitzelte.

»Kathryn …« Er öffnete die Augen.

Die Ärztin beugte sich über den Deutschen mit den welligen braunen Haaren. Es war wirklich ein Wunder, dass er immer noch nicht tot war. Er sah sie an. Carls blaue Augen gefielen ihr. Die Liebe in seinem Blick … Sie wusste, dass sie nicht ihr galt. Aber dieser Ausdruck berührte etwas tief in ihr.

Aus einem Gefühl heraus, das sie nicht näher bestimmen konnte, gab sie ihm von den kostbaren Medikamenten und machte seine Genesung zu ihrem erklärten persönlichen Ziel. Sie besuchte ihn jeden Tag, versorgte ihn, baute ihn langsam wieder auf.

Im Herbst kam Carl wieder in das Arbeitslager. Als im Frühjahr 1947 eine Kommission eintraf, um zu prüfen, wer nach Deutschland zurückgeschickt werden sollte, gehörte Carl zu seiner großen Überraschung dazu. Die Männer mussten vor der Kommission, die hinter einem großen Tisch saß, defilieren, sich von allen Seiten zeigen. Carl erkannte die Lagerärztin wieder. Beide, längst geübt in der Beherrschung von Gefühlen, ließen sich nicht anmerken, dass sie einander kannten. Carl ging absichtlich schleppender.

Der Kommissionschef kannte solche Tricks. »Der ist doch noch jung, der kann noch arbeiten«, meinte er nach der Begutachtung

Die Lagerärztin warf einen Blick in ihre Akten. Wie beiläufig erwähnte sie: »Oh, dieser Mann stand unter Tuberkuloseverdacht.«

»Nichts wie weg mit dem!« Der Leiter hatte seine Entscheidung getroffen.

Ammerland

Frühling 1947

»Frau Jonas«, rief die Haushälterin aufgeregt, »da ist ein R-Gespräch. Wollen Sie das annehmen?«

Gesine eilte ins Büro. »Ja, Jonas?«

»Einen Augenblick, bitte«, flötete das Fräulein vom Amt.

Eine ferne Männerstimme, rau und kratzig, klang durch den schwarzen Hörer. »Gesine? Ich bin's.«

Gesines Herz setzte einen Schlag aus. »Carl?«

»Ja. Ich bin jetzt in Münster, komm mit dem nächsten Zug nach Westerstede.«

»Carl!«

»…«

Gesine hörte ihn atmen. »Wir holen dich ab.«

»Ja … Bis dann.«

Es klackte in der Leitung. Das Geräusch bedeutete wohl, dass Carl aufgelegt hatte. Gesine hielt den Hörer mit beiden Händen umklammert, ließ sich auf einen Besucherstuhl sinken.

»Carl lebt …«, flüsterte sie. Die Haushälterin starrte sie mit Tränen in den Augen an. Gesine sprang auf. »Carl lebt!«, rief sie so laut sie konnte. »Carl lebt! Er kommt heute!«

Sie sah an sich herunter, fuhr mit den Händen durch ihr Haar. O Gott, nur noch wenige Stunden, um sich zurechtzumachen. Und er wollte sicher etwas Ordentliches essen. Wo steckten die anderen alle?

»Kinder!«

Die Vorfreude auf die Heimkehr war viel größer gewesen als das Gefühl, das Carl beim Wiedersehen mit seiner Familie tatsächlich empfand. Zum ersten Mal sah er seinen Vater weinen. Gesine, die Kinder, selbst Westerstede – alles war ihm fremd. Unsicher, fast gefühllos, wanderte er in seinem schäbigen Armeemantel mit den anderen durch seinen Heimatort nach Hause. Das hatte er sich oft so ausgemalt, wie er vom Bahnhof nach Hause gehen würde. In den Vorgärten spross Gemüse, da blühten keine Blumen, kaum Frühlingssträucher.

Nach dem Essen, dem Tee, den ersten Gesprächen, dem ersten Bad und dem ersten Schlaf hatte Carl nur einen Wunsch – er wollte seine Rhododendren sehen. Früh morgens suchte er die Stelle, wohin er die Rose von Darjeeling gepflanzt hatte. Schon auf dem Weg dorthin traute er seinen Augen nicht. Er irrte durch einen riesigen Gemüsegarten, vorbei an zart keimendem Grün, an Reihen mit jungen Möhren, Kohlrabi, Weißkohl, Bohnen … Vor dem länglichen Gewächshaus lag ein großer Kartoffelacker. Kein Rhododendron, nicht einer!

Carl klingelte seinen Vater aus dem Bett.

»Wir mussten …«, Friedrich-Wilhelm erklärte seinem Sohn die Anordnung der Alliierten. »Aber vielleicht wirst du im Wäldchen fündig.«

Carl durchkämmte den Kiefernwald, wieder und wieder, in der Hoffnung, sie irgendwo doch zu entdecken. Immerhin, einige seiner Züchtungen hatten dort überlebt, auch ihre Brot-und-Butter-Rhododendren, aber nicht eine einzige Rose von Darjeeling. Nicht eine!

In den folgenden Tagen funktionierte Carl wie ein Automat. Er sprach kaum. Gesine und die Familie gaben sich alle erdenkliche Mühe, ihn zu schonen, aufzumuntern und zu stärken. Seine Mutter besorgte unter schwierigsten Umständen Zutaten für seine Lieblingsspeisen. Kathrin bemühte sich um seine Anerkennung, indem sie davon erzählte, wie erfolgreich sie in der Schule war. Gerd entwickelte eine Nacktschneckenfalle. Der kleine Hans zeigte ihm sein Bilderbuch von Max und Moritz. Mit dem Finger wies er auf die Darstellung der beiden in Teig eingebackenen Spitzbuben, an denen das Federvieh knabberte.

»Das ist lustig, nicht?«, rief Hansi lachend. Aber sein Vater verzog keine Miene.

Gesine umarmte ihn oft. Carl ließ es sich allenfalls gefallen, doch nach drei Wochen ertrug er diese Art der Kümmerei nicht mehr. Er machte Gesine Vorwürfe. »Wieso hast du dich nicht um meine Darjeeling-Züchtungen gekümmert? Warum hast du sie nicht bewahrt? Ich begreife es nicht!«

Da platzte auch ihr der Kragen. Sie schrie zurück: »Was bildest du dir ein? Wir hatten hier andere Sorgen. Hast du eine Ahnung, was wir in den letzten Jahren durchgemacht haben?« Gesine stemmte ihre Arme in die Hüften und zählte auf, wonach er sie nie fragte. »Englische Tiefflieger haben deinen Sohn Gerd die Lange Straße herunter verfolgt, das Kind war völlig verstört. Anderthalb Jahre lang feuerten die Flakgeschütze auf dem Wasserturm Tag und Nacht aus vollen Rohren mit einem Höllenlärm. Alle Flugzeuge, die Wilhelmshaven oder Bremen oder Hamburg oder Berlin angreifen wollten, sind in großen Pulks genau hier rübergeflogen. Da wirst du wahnsinnig! Die Ausgebombten kamen zu uns, die wollten Platz und was zu essen. Dann im März 45 die ersten Flüchtlingstrecks aus Ostpreußen! Wir hatten auf einmal ein Drittel mehr Einwohner … Jeder hatte etwas Schreckliches erlebt, viele tickten nicht mehr richtig. Und dazu drei kleine Kinder und immer die Angst um dich …« Sie brach schluchzend ab.

Carl drehte sich um. Er ging nach draußen.

Später, vor dem Einschlafen, entschuldigte er sich bei seiner Frau. Aber Gesine spürte, dass er ihr den Verlust ewig nachtragen würde. Sie verstand ihn nicht. Schließlich ging es doch nur um ein paar Sträucher.

»Schön, dass du da bist. Aber nicht erschrecken«, warnte Gesine Gustav. »Carl hat sich verändert. Holundertee oder Muckefuck?«

»Ordentlichen Tee natürlich.« Gustav grinste und reichte ihr eine knisternde Spitztüte.

»Danke.«

»Er sitzt in seinem Büro. Aber er arbeitet kaum. Er starrt Löcher in die Wand. Seit Wochen.« Sie seufzte schwer. »Abgesehen davon, dass ihm natürlich der Krieg und die Gefangenschaft in den Knochen stecken, macht es ihn fertig, dass so viele seiner Züchtungen verloren sind. Er trauert ja direkt um diese Rose von Darjeeling …« Hilflos hob sie die Schultern. »Da kann man nichts machen.«

In Gustavs braunen Augen blitzte es auf. »Das würd ich so nicht sagen. Warte mal ab, Gesine!«

Carl lächelte nicht, als er Gustav erblickte. Seine Augen waren die eines Mannes, der alles gesehen hatte. Gustav konnte kaum verbergen, wie schockiert er war.

»Wir müssen uns nichts vormachen«, sagte Carl nur. »Setz dich.«

Als Gesine den Tee brachte, schwiegen die beiden sich an. Sie verließ schnell wieder den Raum.

Carl klagte sich und Gustav an. Auf seinem Schreibtisch lagen Zeitungen mit Fotos aus deutschen Konzentrationslagern.

»Hast du das gewusst? Du konntest doch immer so gut mit den Parteibonzen.«

»Die Amis haben Filme gezeigt von den wandelnden Skeletten und von Leichenbergen im KZ. Wir mussten sie ansehen. Konnte gar nicht so viel kotzen, wie ich wollte. Das hab ich wirklich nicht gewusst.«

»Du hast dich selbst verraten«, sagte Carl nüchtern. »Deine alten Ideale. Kam dir denn nie ein Verdacht, dass du Verbrechern dienst?«

Gustav hatte bislang solche Gespräche gemieden. Was nicht bedeutete, dass die Schuldfrage nicht in ihm arbeitete.

»Doch«, antwortete er zögernd. »Die Erkenntnis kam schleichend … Erst denkt man: Ist schon nicht so schlimm. Dann denkt man: Eigentlich müsste ich jetzt aufstehen und protestieren, dass es so nicht geht!«

»Wann war das bei dir?«

»Als ich das erste Mal in Berlin auf einer Parkbank das Schild sah FÜR HUNDE UND JUDEN VERBOTEN. Aber man zögert. Wieso sagen die anderen nichts? Und man sieht, was denen passiert, die den Mund aufmachen. Und dann steckt man auch schon knietief mit drin, hat den richtigen Zeitpunkt zum Aufhören, Umschwenken oder Fliehen verpasst. Man weiß, es ist Unrecht, es ist ein Verbrechen.« Er schnäuzte sich. »War das im Krieg nicht genauso? Erzähl mir nicht, du hättest keine Gemeinheiten begangen. Und du hättest nicht mitgejubelt, als wir im Blitzkrieg siegreich durch Europa marschiert sind.«

Carls Gesicht färbte sich tiefrot.

»Also spiel hier nicht das arme Opfer«, fuhr Gustav fort. »Ich hab jedenfalls keine Menschen umgebracht.«

»Direkt vielleicht nicht, aber wir haben alle unser Scherflein zur Katastrophe beigetragen …« Carls Stimme klang verbittert. Doch er beschloss, sich zu verteidigen. »Im Feld unterscheidest du irgendwann nur noch nach Feind oder Freund. Sonst wirst du irre. Jeder Feind, den du ausschaltest, ist einer weniger, der die Frauen und Kinder zu Hause umbringen kann. Oder du denkst: Wenn du ihn nicht erschießt, erschießt er dich. Verdammt, so war's doch auch!«

Gustav sah, wie sehr das Gespräch Carl anstrengte. Doch er hinderte ihn nicht daran fortzufahren. Carl sollte sich ruhig auskotzen.

»Das Absurde wurde mir immer dann am deutlichsten, wenn ich gegen Engländer kämpfen sollte«, sagte Carl. »Aber falls das mit dem Umbringen gerade ein Vorwurf war. Vielleicht hab ich ja genau den ausgeschaltet, der sonst dich umgebracht hätte!«

»Du meinst, so wie mein Vater im Ersten Weltkrieg …«

Carl erwiderte darauf nichts. Überhaupt konnte er diese verlogene alte Geschichte nicht mehr hören. Und außerdem führte Aufrechnen zu nichts.

»Wusstest du eigentlich«, fragte er stattdessen, »dass ich um ein Haar nach Jersey abkommandiert worden wäre? Doch dann gefiel es Adolf, die Ostfront zu eröffnen und uns Russland überfallen zu lassen.« Er steckte sich eine selbst gedrehte Zigarette an. »Was hätte ich denn tun sollen? Das macht mich wirklich verrückt … Ich weiß nicht, an welchem Punkt ich was hätte anders machen können!«

Gustav nickte.

Er wollte, dass Carl ihn auch verstand. Eigentlich wollte er sich selbst besser verstehen. »Es gab wohl eine Phase, wenn ich da Gleichgesinnte erkannt hätte, die sich gemeinsam mit mir hätten starkmachen wollen – ich hätte vielleicht Widerstand geleistet.«

»Wetten, diese Phase begann erst, als wir aufgehört hatten zu siegen?«

»Stimmt. Aber es stand ja nicht nur das eigene Leben auf dem Spiel, auch das der Familie.«

»Erst versteckt man sich hinter einer Maske«, sagte Carl schleppend, »und irgendwann wird man dann tatsächlich so. Wir sind alle feige.«

»Vielleicht wäre manches doch anders gekommen, wenn ich eine andere Frau an meiner Seite gehabt hätte«, überlegte Gustav. »Ich glaube, mit Kathryn wäre ich ein besserer Mensch geworden …«

Er sah, wie sich Carls Augen verdunkelten.

Beide schwiegen eine Weile.

Gustav sprach als Erster. »Wir müssen jetzt neu anfangen.«

»Ja. Das müssen wir.«

Wieder stockte das Gespräch. Gustav betrachtete seinen alten Freund. Mehr noch als der Anblick der ausgemergelten Gestalt erfüllte ihn dessen traurige Ausstrahlung mit Entsetzen und Mitleid. Ihm, Gustav, war ein Unterschenkel abhandengekommen, schlimm genug, aber Carl fehlte etwas, das immer seine Persönlichkeit ausgemacht hatte – seine unerschütterliche Zuversicht.

»Du könntest mir beim Neuanfangen helfen«, sagte Gustav.

»Wie?«

»Du weißt, dass die Amis die Entnazifizierung sehr viel strenger betreiben als die Engländer«, Gustav schnitt eine Grimasse. »Ihr habt Glück mit den Tommys in Niedersachsen.« Es war ein offenes Geheimnis, dass die britische Militärregierung nur noch die ganz schweren Fälle verfolgte.

»Aber in Bremen, wo ich ja nun leider vor ein paar Jahren meinen ersten Wohnsitz hinverlegt hab, bestimmen die Amerikaner. Und die wollen mich als ehemaligen Wehrwirtschaftsführer drankriegen.«

Carl pfiff durch die Zähne. Daher wehte der Wind! »Verstehe, ich soll dir einen Persilschein ausstellen …«

»Ja, verdammt! Ich krieg kein Bein an Land – welch treffender Ausdruck –, solange das Entnazifizierungsverfahren gegen mich läuft. Und wenn's schlecht ausgeht, erst recht nicht.« Er wollte endlich wieder seriös als Geschäftsmann arbeiten. »Schreib mir doch ein paar Zeilen«, bat er Carl. »Dass ich kein Nazi war, sondern ein anständiger Mensch, und dass ich deinen Vater vor dem KZ bewahrt habe.«

Carl lächelte unfroh. Endlich war es einmal umgekehrt – er musste Gustav retten. Ein bisschen ließ er ihn zappeln, merkte aber, dass er dieses Gefühl nicht genießen konnte.

»Klar, das kann ich dir schwarz auf weiß geben.«

»Danke, alter Kumpel.«

Carl sah die Erleichterung in Gustavs Augen. Ihm war, als fiele jetzt ein Stück der Gipshaut von seinem Herzen ab.

Mit einer Kopfbewegung wies er auf das Holzbein seines Freundes. »Scheiße, das …«

Gustav klopfte drauf. »Hab mich damit abgefunden. Berge erklimmen is' natürlich nich' mehr.« Er sah den leeren Blick seines Freundes. »Andere hat's schlimmer getroffen.«

»Tja. Gesine sagt, ich soll nicht so ein Theater um ein paar Sträucher machen. Aber ich kann's nicht mehr wiederholen. Die Kraft und die Zeit hab ich nicht. Die ganzen Jahre – einfach futsch, vergeudet …«

Die Sonne kam durch, sie warf ihr Licht an die holzverkleidete Wand und aufs Parkett. Die Kinder spielten draußen Räuber und Gendarm, ein Singvogel tirilierte sein Lied. In Gustavs Innerem legte sich in diesem Moment ein Schalter um.

»Tja, mein Lieber«, er grinste und imitierte den Singsang indisch sprechender Inder. »Du keine Rhodos, ich keinen Nachfolger, wir beide keine Kathryn.«

Was sollte dieser plötzliche Stimmungswandel? Carl sprang auf. »Arschloch!«

»Carl, Carl, Carl!«, rief Gustav aus. »Schreib mir den Wisch für die Amis, und dann mach dich klar. Wir beide unternehmen gleich eine Spritztour nach Leer. Mensch, Junge, wir leben! Es ist doch endlich tiefster Frieden!« Er stand auf und schob den verdutzten Freund in Richtung Schreibtisch. »Los, mach schon.«

Als sie wenig später mit Gustavs holzbefeuertem Spezialauto durchs Ammerland in Richtung Ostfriesland tuckerten, sang Gustav lauthals *Ausgerechnet Bananen.* Carl dachte: Nun ist er komplett übergeschnappt. Er fühlte sich immer noch isoliert von allem, eingesperrt in den längst überflüssigen Schutzpanzer. Darinnen erreichten ihn allerdings immer vernehmlicher Klopfzeichen. Gustav schmetterte nun *Ich wollt, ich wär' ein Huhn.*

Die Lebenslust des verrückten Beinamputierten an seiner Seite blieb nicht ohne Auswirkung auf Carls Gemüt. Als würden Hühner gegen eine Gipshülle picken, dachte er. Seltsames Bild. Wie kam er bloß darauf? Ach, Max und Moritz! Zum ersten Mal seit langer Zeit lächelte er.

Ostfriesland

1947 bis 1950

In Leer hielten sie vor dem ter-Fehn-Stammhaus. Gustav führte Carl nicht hinein, sondern außen herum in den Garten.

»Da, guck, mein Freund. Wie konntest du vergessen, dass du ein Sonntagskind bist?«

Im Halbschatten großer Bäume am Rande der Rasenfläche wuchsen vier gut einen Meter hohe Rhododendren, übersät mit halb geöffneten scharlachroten Knospen, ein paar auch schon ganz geöffnet! Edler Blütenstutz, gut geformte Blätter, alles wohl proportioniert. Carl stand da wie angewurzelt.

Gustav lachte. »Steck mal deine Nase rein!«

Ungelenk ging Carl auf den ersten Strauch zu. Er roch an einer geöffneten Blüte. Ja! Das war der Duft, ihr Flair, Kathryns Duft, der Duft ihrer Liebe. Zum Niederknien.

»O mein Gott!«, flüsterte Carl.

Er legte seine Arme sanft um den Rhododendron. Ja, ja, ja. Sie lebte. Sie hatte überlebt. Er prüfte die drei anderen Darjeeling-Rhododendren. Ungläubig, überwältigt. Behutsam knipste Carl eine Blüte heraus und hielt sie gegen die Sonne. Wächsern durchscheinend, schöner als erträumt!

Gustav setzte sich auf einen Gartenstuhl und klopfte sich vor Freude auf sein Holzbein.

Carl wandte sich zu ihm. »Du alter Verbrecher! Woher hast du sie?«

Gustav erzählte es ihm. »Sechs sind mir eingegangen. Ich wusste ja nicht genau, wo und wie man sie am besten pflanzt. Und im letzten Winter war es ja auch gemein kalt hier.«

Dass ihm nur fünf eingegangen waren, dass er noch eine Rose von Darjeeling versteckt auf dem Grundstück seines Bauernhauses am Zwischenahner Meer gepflanzt hatte und dass diese sich sogar von allen am besten entwickelte, das verschwieg er. Es war immer gut, noch ein Ass im Ärmel zu haben.

»Ich hab gedacht, wenn du mir den Persilschein nicht ausstellst, dann erpresse ich dich mit diesen Rhodos.«

Carl schaute ihn ernst an. »Hättest du?«

Gustav antwortete ehrlich. »Ich weiß es nicht …«

Carl grinste. »Aber sicher hättest du!« Er boxte Gustav gegen die Schulter. »Komm, lass uns den ganzen Mist hinter uns lassen. Das ist alles ewig her.«

Gustav verstand. »Das war ja auch ihre letzte Bitte an uns.«

Carl nickte. Bitte bleibt Freunde, hatte sie beim Abschied gesagt.

»Hat ja nur siebzehn Jahre gedauert.«

Sie umarmten sich.

Die Flächennutzungsauflagen der Alliierten wurden 1947 aufgehoben. Familie Jonas konnte mit dem Wiederaufbau der Rhododendronkulturen anfangen. Viele Büsche machten sich im Kiefernwald wunderbar und blieben dort. Carl erholte sich nicht nur körperlich, auch seine Zuversicht kehrte zurück. Liebevoll kümmerte er sich um seine Kinder. Kathrin kam in die Pubertät, Gerdchen mit seinen zehn Jahren demonstrierte schon mit Hingabe seinen grünen Daumen, und Hansi brachte die Familie mit seinen altklugen Fragen und Aussprüchen zum Lachen.

Drei der Rose-von-Darjeeling-Rhododendren hatte Carl aus Gustavs Garten in die Baumschule geholt und inzwischen auch vermehrt, dafür durfte sein Freund sich Ersatz aussuchen. Ein Exemplar behielt Gustav.

Gartengestaltung stand für die Bevölkerung in den ersten Jahren nach dem Krieg natürlich nicht an erster Stelle, sie musste ihr Geld in lebenswichtigere Güter investieren.

»Wartet es nur ab«, prophezeite Carl, »wenn die Häuser und Städte und Parks wieder aufgebaut werden, dann läuft bald auch unser Geschäft.«

Tatsächlich wiesen bald schon alle Anzeichen auf Erfolg – die Nachfrage von Privatkunden und Großhandel, von Kommunen und Baugenossenschaften zog an. Carls Rhododendren erhielten auf Ausstellungen wieder Auszeichnungen.

Nachdem Gustav im Entnazifizierungsverfahren nur als »Mitläufer« eingestuft worden war, plante er, sich endgültig von Ivy zu trennen. Doch sie erkrankte schwer. Wie sich erst im Laufe von Monaten herausstellte, litt sie an Muskelschwund. Für Gustav war es eine Frage des Anstands, Ivy in dieser Situation nicht allein zu lassen. So gifteten sie sich weiter gegenseitig an. Sie zogen wieder in das Stammhaus nach Leer und verkauften die Villa in Bremen. Obwohl er nicht gläubig war, dachte Gustav manchmal, Ivys Gezeter sei die Strafe Gottes für die Verblendung während seiner Nazijahre. Aber das hinderte ihn nicht daran, wieder nach seiner alten Devise zu verfahren: vorbei ist vorbei.

Gustav kehrte zurück zum Teegeschäft seiner Vorfahren. Die Schwarzmarktgeschäfte gab er auch nach der

Währungsreform noch nicht völlig auf. Zwar waren endlich wieder freie Teeeinfuhren erlaubt, doch noch einige Jahre lang verhinderten extrem hohe Teesteuern einen Aufschwung seiner Branche. Er musste also auf andere Art Geld verdienen. Irgendwie, dachte Gustav, sind wir doch alle Verbrecher.

Ammerland

April 1951

»Carl«, fragte Gesine eines Tages verwundert, »wieso reibst du dir eigentlich neuerdings immer die Hände nach dem Waschen mit Melkfett ein?«

»Och, hab ich doch immer schon ab und zu gemacht«, antwortete Carl. Er fühlte sich ertappt.

Gesine schüttelte nur den Kopf. Seit sie ihn kannte, hatte er raue Hände, und nie hatte sich irgendein Mensch daran gestört.

Sie nahm noch ein Stück selbst gemachten Butterkuchen mit Zuckerkruste vom Blech. Gesine war draller denn je, aber es stand ihr. Nach den Hungerjahren galten Frauen mit üppigen Kurven als sehr attraktiv. Zudem hatte Gesine, die jetzt einundvierzig war, sich auch endlich von der Dauererschöpfung der schlimmen Zeit erholt.

Zufrieden kauend bot sie ihm ein Stück an. »Ist noch schön warm. Willst du auch?«

»Nein, danke.« Carl verrieb die letzten Reste Melkfett und krempelte seine Ärmel wieder herunter. »Es klappt übrigens.«

»Was klappt?«

»Wir nehmen dieses Jahr an der Chelsea Flower Show teil. Ich erwarte nicht, dass wir eine Medaille gewinnen. Aber es wird Zeit, dass wir uns wieder international mit unseren Züchtungen präsentieren. Die Konkurrenz schläft nicht. Ich häng noch eine Woche dran und werde unsere alten Vorkriegskontakte zu Rhodospezialisten erneuern.«

»Du fährst nach London?«

»Ja.«

»Allein?«

»Ja.«

Schade, dachte Gesine. Aber es war ja klar. Sie musste sich um die Kinder kümmern. Und einer musste ja auch die Firma beaufsichtigen. Im Mai herrschte Hochbetrieb. Sie konnten nicht immer wieder Friedrich-Wilhelm vom Altenteil holen. Der mischte außerdem wieder in der Lokalpolitik mit und hatte wenig Zeit.

»Du brauchst doch Hilfe beim Aufbau und so …«

»Ja, über den Veranstalter hab ich mir drei Leute zur Unterstützung bestellt. Einen jungen Gärtner, Bill heißt er mit Vornamen, wohnt in einem Vorort, und noch zwei Jungs. Das ist deutlich billiger, als wenn ich unsere Leute mitnehmen würde.«

Das sah Gesine ein. Sie seufzte ein bisschen enttäuscht. »Wann genau ist das?«

»Die Blumenschau wird am 22. Mai eröffnet.«

»Oh, dann bist du ja an deinem Geburtstag gar nicht hier …«

»Erinner mich nicht daran. Sechsundvierzig ist wirklich kein Alter, das man besonders feiern müsste.«

»Unsinn«, widersprach Gesine. Carl sah hervorragend aus. Seit er wieder Dressur ritt, hatte sich seine Haltung gestrafft. Die grauen Schläfen gaben ihm etwas Vornehmes, fand seine Frau insgeheim, und seine Augen leuchteten immer noch knieerweichend himmelblau. Sie schmollte ein wenig. »Ich hab aber doch schon eine Überraschung für dich …«

»Dann heb sie auf, bis ich zurückkomme. Oder pack sie mir in den Koffer.«

»Aber wirklich erst an deinem Geburtstag aufmachen.«

»Versprochen.«

Kurz vor Carls Abreisetermin wurde bekannt, dass in London eine Variante der Spanischen Grippe kursierte, die nach dem Ersten Weltkrieg Millionen Todesopfer gefordert hatte.

»Carl, überleg's dir noch mal«, bat Gesine.

Er lachte nur. »Wer Typhus, Ruhr und eine doppelseitige Lungenentzündung überstanden hat, den kann so 'ne Grippe auch nicht umhauen.«

Ammerland

Mai 2010

Dicke graue Wolken zogen über den Westersteder Kirchturm hinweg, aber wenigstens regnete es nicht. Mindestens hundert Leute werkten auf dem abgesperrten Marktplatz: Gartenbaufachleute, Landschaftsarchitekten, Männer vom Bauhof … Große Mengen von Torfmull wurden aufgeschüttet, Beete angelegt, im Ortskern hallte es wider vom Zimmern hölzerner Treppen und Brücken, Gabelstapler brachten die ersten weniger empfindlichen Pflanzen. Grüne Formgehölze, Linden und Kiefern sollten neben diversen Stauden den Rahmen für die farbenprächtigen Rhododendren bieten.

Julia unterbrach die Arbeiten an ihrer Ausstellungsparzelle immer wieder, um Kollegen zu begrüßen – von den zweihundert Ausstellern kamen knapp neunzig aus dem oldenburgisch-ostfriesischen Raum. Julia war froh, dass sie mit den Vorbereitungen so viel zu tun hatte. Da blieb wenig Zeit, über Max nachzudenken. Er hatte sich seit der Nacht des 1. Mai weder telefonisch gemeldet noch war er morgens zum Joggen gekommen. Warum entschuldigte er sich nicht einfach?

Wie hatte er nur so taktlos sein können? Vielleicht hatte er etwas überhört … Anders war sein Versuch, auf Kosten der Rhodozüchter witzig zu sein, während sie überwältigt von Erinnerungen an ihren Vater todtraurig neben ihm saß, kaum zu erklären. Natürlich hatten sie beide auch Bowle und Wein getrunken ... In der Dunkelheit war ihm wahrscheinlich entgangen, dass sie plötzlich hatte weinen müssen.

Julia schaute über den Platz auf die eifrigen Rhodoexperten aus aller Herren Länder – und musste plötzlich hell auflachen. Wenn sie ehrlich war, sahen viele tatsächlich genauso aus, wie Max sie beschrieben hatte. Ach ... Und der Tango war wirklich sensationell sinnlich gewesen ... Julia beschloss, Max zu verzeihen, wenn er sich wieder meldete.

Und wenn er es nicht tat? Sie spürte einen scharfen Schmerz in der Brust. O nein, bitte nicht! Gerade war sie fertig mit Lutz. Endlich! Bloß keinen Liebeskummer jetzt, nicht schon wieder. Sie schob die Gedanken beiseite.

»Nein, so nicht!«

Julia korrigierte ihren Gärtnergehilfen, gab weitere Anweisungen und besprach mit dem Elektriker, wie er die Beleuchtung installieren sollte. Als sie die Aufbauten in den Zelthallen inspizierte, klingelte ihr Handy.

Es war nicht Max, wie sie gehofft hatte. Sondern Louise, ihre Freundin aus Hamburg. »Hallo, Süße! Es gibt tatsächlich in dem Verlag einen Max Whitewater. Er schreibt öfter für das Reisemagazin, steht aber auch im Internetimpressum von *Park & Garden.* Obwohl er für die, soweit ich feststellen konnte, bislang noch nichts geschrieben hat. Seine Reiseberichte sind klasse. Der Typ hat Witz und einen guten Stil.«

Julia fiel ein Stein vom Herzen. »Vielen, vielen Dank!«

»Das Einzige, was ich persönlich etwas seltsam finde«, merkte Louise noch an, »ist, dass bei Whitewaters Geschichten nie ein Foto vom Autor steht. Normalerweise zeigt man gern so was wie ›Unser Autor auf den Pyramiden‹ oder ›Unser Mitarbeiter beim Baden im Toten Meer‹ …«

»Hmm. Na ja. Vielleicht ist er nicht eitel.« Aber das glaubte Julia eigentlich doch eher nicht. Max war durchaus eitel. »Ach, ist auch nicht so wichtig, vielleicht ein Zufall.« Hauptsache, es gab ihn, den Journalisten Max Whitewater.

Wenn Julia aus ihrem Schlafzimmer sah, schaute sie auf eine Rhododendronhecke. Sie hatte einen angerosteten Tisch und einen alten Gartenstuhl davorgestellt, die sie gern als Stillleben passend zur Jahreszeit dekorierte. Neben dieser Hecke konnte sie, wenn sie die Gardine zur Seite schob, auf den Parkplatz gucken.

Doch auch am nächsten Morgen stand dort kurz vor Sonnenaufgang kein VW-Golf. Enttäuscht zog Julia die Gardine wieder vor. Allein zu joggen machte ihr keinen Spaß. Lieber wollte sie ihre Lieblinge begutachten.

Sie ging zum kleinen Gewächshaus, in dem Hein nach Absprache mit ihr die Ausstellungsrhododendren mit täglich neu bestimmter Temperatur ihrem optimalen Blütezustand entgegentrieb. Auch ihre Nachzüchtung der Rose von Darjeeling befand sich hier.

Als sie die Tür öffnete, kam ihr sofort irgendetwas ungewöhnlich vor. Beim Betreten der Halle merkte Julia, dass es viel zu warm war, geradezu bullig heiß! Und die Luft war furchtbar trocken. Entsetzt schaute sie sich um. Mehrere Rhodos standen in praller Blüte – so sollten sie doch erst in ein paar Tagen aussehen! Einige Azaleen wirkten sogar schon angewelkt, über ihren Höhepunkt hinausgereift.

»HEIN!«, brüllte Julia. Hein war noch nicht da. Sie riss Türen und Fenster auf, regelte die Temperatur.

Der gesamte Betrieb befand sich in Aufruhr, als Hein endlich eintraf. Er war fassungslos, konnte sich den Regulierungsunfall auch nicht erklären. »Es … es tut mir wirklich leid«, stammelte er. »Ich hab alles wie immer gemacht, wie besprochen …«

»Lass uns retten, was zu retten ist«, erwiderte Julia.

Sie gingen Pflanze für Pflanze durch, entschieden, welche ins Kalthaus sollte und welche noch wie viel Wärme vertrug. Hein kam am Abend wieder, um alles gemeinsam mit Julia ein zweites Mal zu kontrollieren.

»Ach, Hein«, fragte sie bei dieser Gelegenheit, »war Max eigentlich in letzter Zeit mal wieder beim Schweinerennen?«

»Nee, den ganzen Mai hab ich ihn noch nicht gesehen. Isser wech?«

»Keine Ahnung. Verabschiedet hat er sich jedenfalls nicht.«

Julia überlegte, ob sie Max anrufen sollte. Vielleicht erwartete er von ihr eine Entschuldigung? So ganz fair war es sicher nicht gewesen, was sie ihm an den Kopf geworfen hatte. Aber nein, sie lief keinem Kerl hinterher! Und außerdem wollte er bis zur Rhodo bleiben. Spätestens bei der Ausstellung würde sie ihn wohl wiedersehen.

Max brauchte Zeit zum Nachdenken. Er unternahm lange, einsame Spaziergänge am Seeufer und versuchte, die Puzzleteile sinnvoll zusammenzufügen. Es war doch gut möglich, dass seine Großmutter Kathryn und Julias Großvater Carl ineinander verliebt gewesen waren und eine Affäre gehabt hatten. Vieles deutete darauf hin. Sein Vater war 1931 geboren – vielleicht war er sogar der Sohn von Carl Jonas … Hieß nicht »Carl« auf englisch »Charles«? Max erinnerte sich dunkel: In der Familie machte man gelegentlich Scherze darüber, dass Charles als recht propere Frühgeburt zur Welt gekommen sei. Natürlich hatten alle angenommen, die Leidenschaft sei mit Alfred durchgegangen und Kathryn sei dem Charme des Lords schon vor ihrer Ehe erlegen …

Max grübelte. Sollte er seinem Vater sagen, was er herausgefunden hatte – und was er vermutete? Wie würde er das verkraften? Und wenn er, Max, und Julia den gleichen Großvater hätten, wäre dann ihre Liebe eigentlich schon Inzucht?

Ein altes, sepiafarbenes Foto von seiner Großmutter kam ihm in den Sinn. Als kleiner Junge hatte er es oft fasziniert betrachtet, weil seine Oma darauf so jung aussah. Es zeigte sie mit zwei ihm unbekannten Männern in Darjeeling. Damals war sie noch nicht verheiratet gewesen. Sie stand in übermütiger Pose auf einer Teekiste, während die Männer daneben mit ihr flachsten. Konnte nicht einer der beiden Carl Jonas sein?

Max nahm sich vor, dieses Foto zu suchen. Kurz entschlossen buchte er den wöchentlichen Direktflug von Bremen nach Jersey. Zwei Tage später konnte er via London locker wieder zurück im Ammerland sein.

Das Foto stand immer noch in einem Silberrahmen auf dem früheren Sekretär seiner Großmutter. Ihr Salon und Schlafzimmer dienten seit ihrem Tode als Unterkunft für Ehrengäste der Familie. Max wickelte das Bild sorgfältig ein. Er sah noch einige alte Fotoalben durch, doch die brachten ihn nicht weiter. Abgesehen von ein paar Aufnahmen von Geestra Valley begannen sie alle erst mit ihrem Leben als Herrin von Greenville Manor.

Seine Eltern waren nicht zu Hause, sondern beim Mai-Festival in Chester, einer Kleinstadt an der walisischen

Grenze, wo sie jedes Jahr mit Freunden auf der ältesten Rennbahn Englands die Eröffnung der Pferderennsaison feierten. Dass er seinen Vater nicht auf Greenville Manor antraf, war Max ganz recht. Denn er wusste immer noch nicht, ob er jetzt schon mit dem alten Herrn über seinen unglaublichen Verdacht sprechen sollte. Nein, wohl besser nicht. Mit knapp achtzig einen anderen Vater zu bekommen, dürfte wohl ein ziemlicher Schock sein. Als Überbringer einer solchen Nachricht sollte man sich daher sehr sicher sein.

Max dachte ständig an Julia. Er zweifelte nicht mehr daran, dass sie in ihn verliebt war. Und er brannte darauf, ihr zu beweisen, dass er inzwischen ein echter Rhododendronliebhaber geworden war. In Gedanken feilte er an einer kleinen Rede, mit der er sie überzeugen wollte.

Doch sein Rückflug fiel aus. Auf den Flughäfen herrschte über Nacht Chaos. Eine Aschewolke aus einem isländischen Vulkan mit unaussprechlichem Namen legte den Flugverkehr in Europa und vor allem über den britischen Inseln tagelang lahm. Max musste warten. Er hätte Julia anrufen können. Aber das erschien ihm angesichts der Umstände unpassend. Er nutzte die Zeit, um mehr über die Verhältnisse anno 1930 in Darjeeling und Sikkim in Erfahrung zu bringen. Sikkim gehörte erst seit den Siebzigern des letzten Jahrhunderts zu Indien. Vor über achtzig Jahren durften nur handverlesene Europäer einreisen und diese Wenigen dürften einander mit größter Wahrscheinlichkeit bekannt gewesen sein.

Vier Tage vor Eröffnung der Rhodo hatte Max sich immer noch nicht bei Julia gemeldet.

»Diese Pflanzcontainer sind verkehrt!« Gereizt fauchte sie ihre Gärtner an. »Wie oft soll ich das noch sagen?

Nehmt TEKU-Töpfe, die sind besser.« Ihre Mutter machte einen großen Bogen um sie.

Hein schloss die Tür zum Gewächshaus mit den Ausstellungspflanzen auf, Sekunden später alarmierte ein markerschütternder Fluch Julia. Sie rannte über den Hof, stürzte zu ihren kostbarsten Pflanzen – und brach bei deren Anblick in Tränen aus.

»Nein, nein, nein!« Zu früh geplatzte Knospen, verwelkte Blüten, erschlafftes Azaleengrün … Der Anblick tat Julia körperlich weh. Wieder herrschte ein tödliches Klima für ihre Rhododendren: der Raum überheizt, kaum noch Feuchtigkeit in der Luft. Wer machte so was?

Hein beteuerte bestürzt: »Ich hab gestern Abend alles noch mal doppelt und dreifach überprüft …«

»Ja, ich glaub dir, Hein, das ist nicht deine Schuld, das sieht nach Sabotage aus.«

Julia rief die Polizei. Die Spurensicherung kam und nahm Fuß- und Fingerabdrücke. Sie entdeckten ein defektes Kippfenster, durch das jemand eingestiegen sein konnte. Aber die Beamten machten Julia wenig Hoffnung, dass sie den oder die Täter finden würden.

»Haben Sie eventuell einen Konkurrenten in Verdacht?«

Kreidebleich hockte Julia auf einem umgekippten Blumenkübel. »Das hat keinen Stil«, sagte sie. »So was macht man nicht in Züchterkreisen. Nein, das trau ich keinem unserer Konkurrenten zu.«

Ihre Mutter schaltete sich ein. »Aber diese Kriminellen, die Rhodos zu Dumpingpreisen in die Baumärkte bringen …«

»Was sollten die davon haben, Ihre Ausstellungsstücke kaputt zu machen?«, fragte ein Polizist.

Sein Kollege bemerkte trocken: »Günstige Preise sind an sich auch nicht strafbar …«

Ratlos schauten Julia und ihre Mutter sich an. Es stimmte, das machte keinen Sinn. Hein erzählte den Polizisten vom Preisgeld, das für die beste Nachzüchtung der Rose von Darjeeling ausgeschrieben war.

»Fünfundzwanzigtausend Euro für eine einzige Pflanze, das ist allerdings ein starkes Motiv«, meinte der Uniformierte. »Hat denn in letzter Zeit vielleicht jemand daran verstärktes Interesse gezeigt?«

Mehrere Augenpaare ruhten auf Julia. Ihre Mutter, Hein, der Obergärtner, die Gesellen und Gehilfen … Jeder hatte doch mitbekommen, dass Julia seit Wochen von einem neuen Verehrer umschwärmt wurde.

»Nein!«, sagte Julia entschieden. Das glaubte sie einfach nicht.

Die anderen schauten skeptisch. Doch keiner sprach aus, was er dachte.

Als die Polizisten und die Spurensicherung gegangen waren, machte Julia einen neuen Plan für die Ausstellung. Ob sie die Rose-von-Darjeeling-Nachzüchtung noch präsentieren konnte? Die Blüten hatten ziemlich gelitten und an Ausstrahlungskraft verloren.

Einige Ausstellungspflanzen befanden sich zum Glück im Kalthaus bei Temperaturen unter zwölf Grad, weil ihre Blütezeit hinausgezögert werden musste. Sie waren alle tadellos. Einige der Hitzeopfer ließen sich immerhin noch in der hinteren Reihe gut anschauen.

»Wir nehmen einfach mehr von den Azaleen draußen und setzen stärker auf die Farbeffekte«, beschloss Julia.

Entsprechend mussten ihre Leute nun alles umorganisieren. Ihre Highlights, einige neue Jonas-Hybriden, würden fehlen. Aber für Laien würde sich immer noch ein wunderschönes Gesamtbild ergeben.

»Julia«, sagte Hein, »du weißt, ich mag den Max. Aber

findest du nicht, dass er sich verdächtig benommen hat? Sollten wir der Polizei nicht doch einen Tipp geben?«

»Ich denk darüber nach, Hein.«

Ihr war zum Heulen zumute. Deprimiert strich Julia durch den alten Jonas'schen Kiefernwald. Zwischen hohen Baumkronen fiel weiches Spätnachmittagslicht auf die Rhododendren darunter. Julia nahm die verborgenen Pfade, um möglichst niemandem zu begegnen, aber bei dem unfreundlichen Wetter waren ohnehin kaum Besucher im Park. Sie ging noch einmal alle Gespräche, die sie mit Max geführt hatte, durch. Es sprach einiges gegen Max. Eigentlich fast alles. Vielleicht war er doch nicht der Journalist, vielleicht hatte er nur dessen Namen benutzt. Und wieso meldete er sich seit dem 1. Mai nicht mehr? Das machte ihn doch verdächtig. Ein Regenschauer setzte ein. Da ließ auch Julia ließ ihren Tränen freien Lauf.

Zwei Tage lang hatten sie alle Hände voll zu tun mit der Bepflanzung. Am Samstag war die Eröffnung. Am Freitagnachmittag, als alle Vorbereitungen abgeschlossen waren, hatte Julia es satt, auf ein Lebenszeichen von Max zu warten. Ihre Gedanken drehten sich im Kreis. Sollte er wirklich etwas zu tun haben mit den Sabotageakten? Es gab nur einen Weg, das herauszufinden. Sie musste ihn mit den Ungereimtheiten konfrontieren.

Entschlossen klopfte Julia eine Stunde später an Max' Zimmertür. »Der junge Mann ist vorhin erst von seiner Reise zurückgekommen«, hatte die Pensionswirtin ihr gesagt. Wo war er wohl gewesen?

»Julia!«

Max strahlte sie an. Er zog sie ins Zimmer und wollte sie umarmen, aber sie wehrte ihn ab.

»Max, ich will jetzt die Wahrheit wissen! Was ist los, und wer bist du wirklich?«

Verlegen fuhr er sich durchs Haar. »Komm, setz dich.«

Julia ließ sich auf einem altmodischen Cocktailsessel nieder.

Max ging nervös auf und ab. »Also, die Sache ist folgende…«

Und dann, endlich, enthüllte er ihr seinen wahren Hintergrund: dass sein Vater Charles Taintsworth war, jener Lord, der 1991 die begehrte Prämie ausgelobt hatte. »Er ist inzwischen neunundsiebzig und versessener denn je darauf, die Blüten der Rose von Darjeeling noch einmal zu sehen.«

»Du hast mich also belogen!«, konstatierte Julia aufgebracht. Sie sprang auf. »Glaub nicht, dass ich mit dir noch irgendetwas zu tun haben will!«

Unglücklich sah Max sie an. »Ich wollte dir schon noch die Wahrheit sagen … Aber dann … Hör doch erst mal zu …«

Sie schnaubte vor unterdrücktem Zorn, aber ihre Neugier siegte. Unwillig setzte sie sich wieder.

Max erzählte von dem Gerücht. Und von seiner Großmutter Kathryn, die 1930 in Darjeeling im Teegarten ihres Vaters Aldous Whitewater gelebt hatte.

Ungläubig hörte Julia zu. Jetzt verstand sie endlich. Ihr Großvater war damals ebenfalls im Himalaya gewesen, die Rose von Darjeeling musste ein Bindeglied zwischen seiner und der Biografie Kathryn Whitewaters sein. Weshalb war nie ein Wort darüber in ihrer Familie erwähnt worden?

Max holte vorsichtig ein Foto aus seiner Reisetasche. »Guck mal.«

»Das ist mein Großvater!«

»Neben meiner Großmutter!«

»Das ist ja verrückt!« Dahinter steckt bestimmt eine romantische Liebesgeschichte, dachte Julia sofort. Und das in meiner Familie … Wahnsinn!

Max war hingerissen. Ihre Augen leuchteten noch intensiver blau als sonst. Was für eine märchenhafte Farbe, dachte er, wie die Trichterwinden von Greenville Manor.

»Muss ich dich jetzt mit Eure Lordschaft oder so anreden?«, fragte sie spöttisch.

»Nun werd nicht komisch. Aber wir sollten uns das Darjeeling-Notizbüchlein deines Großvaters einmal näher ansehen, oder?«

»Ja, das sollten wir!«

Sie fuhren nach Westerstede in den Betrieb. Julia holte das Büchlein aus dem Safe. »Mist! Ich kann diese altdeutsche Schrift nicht lesen!«, schimpfte sie nach einigen vergeblichen Bemühungen.

Ihre Mutter war bei ihrem Lebensgefährten, die konnte sie nicht fragen. Doch wenn schon ihr Vater damals aufgegeben hatte, würde ihre Mutter den Text wohl kaum entziffern können. Auch Max scheiterte.

»Aber guck mal, die Zeichnungen … die sind ja super! Ich glaube, die schöne Schlafende auf der Bergwiese, das könnte meine Großmutter sein.«

Mühsam dechiffrierte Julia darunter tatsächlich ein *Kathryn, Sikkim, Mai 1930.*

Max rückte ganz nah an Julia, um mit in das Büchlein zu schauen. Ganz vorsichtig wagte er den Versuch, ihr einen Arm um die Schulter zu legen.

»Lass das!«, fauchte sie. »Ich bin sauer, du hast mich wochenlang an der Nase herumgeführt. Ich kooperiere nur vorübergehend mit dir, um diesem Geheimnis auf die Spur zu kommen.«

Max grinste unverschämt charmant und siegessicher.

»Es wäre übrigens trotzdem keine Inzucht«, sagte er beiläufig. »Hab mich erkundigt. Auch wenn wir denselben Großvater haben, wäre eine Liebesbeziehung zwischen uns nicht illegal.«

»Das interessiert doch wirklich niemanden!«

Er schenkte ihr einen überlegenen »Und-ich-krieg-dich-doch«-Blick. Sie kommentierte ihn mit einem verächtlichen Phh!

Julia schlug das Büchlein zu. Sie studierte wieder das Foto. »Hast du eine Ahnung, wer der andere Mann ist?«

»Nein, bedaure …«

»Wir müssen systematisch vorgehen … Erst einmal sollten wir klären, wie das Gerücht, dass in irgendeinem Ammerländer Bauerngarten noch ein Original der Rose von Darjeeling blüht, zu deinem Vater kam.«

»Er hat es von einem alten Bekannten von der Deutschen Rhododendron-Gesellschaft. Mehr weiß ich nicht.«

»Kannst du ihn nicht fragen?«

»Wenn's wichtig wäre, hätte er es mir sicher gesagt. Aber gut …«

Max versuchte seinen Vater telefonisch zu erreichen, was ihm aber nicht gelang. »Mein alter Herr ist noch so sehr 20. Jahrhundert!«, seufzte er. »Er verschmäht die Technik am Mann. Mit Handy würde er sich fühlen wie ein Lakai, behauptet er.«

Julia schmunzelte wider Willen. Schließlich erwischte Max den Privatsekretär seines Vaters telefonisch. Lord Taintsworth befinde sich auf dem Flug nach Deutschland, erklärte der, versprach aber, sich kundig zu machen und am nächsten Tag zurückzurufen.

Max nahm sich ein Herz. »Da wir uns nun ohnehin gedulden müssen, würde ich dir gerne etwas zeigen, im Kurpark«, sagte er. Er wollte Julia so gern versöhnlich stimmen und um Verzeihung bitten. Offen und ernst schaute er sie an. »Kommst du mit?«

Sie rang mit sich.

»Gewähr uns wenigstens einen Waffenstillstand. Bitte.«

»Also gut …«

Während der Fahrt spürte sie, wie gern sie mit ihm zusammen war. Julia lächelte verstohlen.

Sie unterhielten sich nicht. Als sie in Bad Zwischenahn parkten, gingen gerade die Straßenlaternen an. Max nahm Julia an die Hand und freute sich, dass sie es geschehen ließ. Es fühlte sich einfach gut an. Er hatte es eilig. Zügig strebte er über die Grünfläche dem Rhododendron entgegen, bei dessen Anblick es in ihm Klick gemacht hatte. Der Busch hob sich mit klaren Konturen gegen einen saphirblau leuchtenden Himmel ab. Der um einige Nuancen dunklere See spiegelte noch Streifen vom hellen Widerschein der untergegangenen Sonne am Horizont. Man konnte das Wasser riechen. Und die Rhododendren.

»Da! Schau mal, riech mal …«, sagte er und blieb stehen.

Verwundert blickte Julia zuerst auf ihn, dann auf den Rhodo. Sie schnupperte und betrachtete aufmerksam die Blüten. »Eine *Williamsianum*-Hybride, es könnte sich um die Sorte …«

»Halt, keine Expertise!« Er legte einen Finger vor ihren Mund. »Ich möchte, dass du nachvollziehen kannst, was ich hier neulich nachts erlebt habe.« Max lächelte nachsichtig, als Julia misstrauisch die Stirn runzelte. »Sie hat mich zuerst mit ihrem Duft angelockt. Dann stand ich davor und fragte mich: Wie kommen die Blüten da eigentlich hinein – oder heraus? Woher weiß das Gehölz, wie es blühen soll?« Er sah, dass Julia ihm gebannt und mit einem kleinen Lächeln in den Augen lauschte. »Könntest du, Julia, könnte irgendein Mensch oder Unternehmen, das fähigste modernste Hightech-Firmenkonsortium, eine einzige Blüte von solcher Schönheit herstellen? Auch ein Züchter ist nicht Erzeuger, sondern nur Geburtshelfer.«

Das Lächeln verschwand aus Julias Augen. Er meinte es wirklich ernst. Und es stimmte. Ein alter Rhodoexperte, den sie sehr verehrte, pflegte überraschende Züchtungsergebnisse zu kommentieren mit dem Satz: Der Mensch denkt, Gott lenkt.

»Es ist ein Wunder!«, sagte Max, und seine tiefe angenehme Stimme vibrierte. »Der Zauber der Dolden, die lebendige Schönheit … Das Universum spiegelt sich in einem Tropfen, in einer Zelle – und in einer Rhododendronblüte. Dies ist doch der Beweis, dass es Wunder gibt. Auch wenn wir nicht fähig sind, mit unserem kleinen Hirn das große Ganze zu erfassen. Und warum, verdammt noch mal, sollte es dann nicht noch ein paar Wunder mehr geben?«

Julia schluckte bewegt. Max kam ganz nah, er legte zärtlich seine Arme um sie und schaute ihr tief in die Augen. »Ich meine, vielleicht ist es doch möglich, dass uns ein Wunder wie die Liebe begegnet …«

Ihre Augen füllten sich mit Tränen. Ja, vielleicht gab es sie doch – die echte wahre Liebe. Eine Liebe zwischen Mann und Frau, die glücklich machte. Die ein Leben lang hielt. Die ihre geheime Sehnsucht erfüllte. Julia atmete tief ein und langsam aus. Ihr Blick wurde ganz weich, verletzlich, hoffnungsvoll.

Sie flüsterte: »Ja, das wäre schön …«

Sein Mund kam näher. Aber bevor seine Lippen ihre berührten, passierte es. Ein gemeines Lachen hinter ihnen zerstörte jäh die Magie dieses Augenblicks. Max nahm noch den Gestank von Schweiß und Zigaretten wahr, dann spürte er einen heftigen, schmerzhaften Schlag auf den Hinterkopf. Er verlor das Bewusstsein.

Entsetzt und ohne zu begreifen, was sich abspielte, öffnete Julia den Mund zu einem Aufschrei, doch jemand hielt ihr von hinten eine Hand mit einem intensiv riechenden feuchten Lappen vor Mund und Nase. Dann wurde auch ihr schwarz vor Augen.

London

Mai 1951

Carl blickte über die großen Blumenarrangements im Ausstellungszelt der Chelsea Flower Show. Rhododendren, Azaleen, Hortensien, Lilien in verschwenderischer Fülle. Ein Hochgefühl ergriff ihn. Drei Tage hatten die Vorbereitungen gedauert. Und die Kameradschaft der Aussteller untereinander hatte ihn, den Deutschen, eingeschlossen wie damals in den Zwanzigerjahren, als er in einer Landschaftsgärtnerei hospitiert und das erste Mal die legendäre Schau besucht hatte. Jetzt standen seine eigenen Rhododendronzüchtungen hier. In Töpfen, die vorschriftsmäßig mit Moos überzogen waren, perfekt gestaffelt nach Größe, farblich raffiniert komponiert. Die leuchtenden Blüten der Rose von Darjeeling stachen aus der Gruppe besonders hervor.

Lord Aberconway eröffnete die Ausstellung wie immer mit den Worten, dass sie dieses Jahr besser als je zuvor sei. Carls Brust weitete sich vor Stolz. Er wischte die letzten Erdkrümel vom breiten Revers seines Anzugs. Jetzt gehörte er zu den Beschickern der wichtigsten Gartenbauausstellung der Welt. Und allein für die Ideen, zu denen ihn die Schaugärten auf dem Gelände des Chelsea-Hospitals anregten, hatte sich der kostspielige Ausflug nach London schon gelohnt.

Am Eröffnungstag blieben die Experten noch unter

sich. Die ersten Besucher an diesem Dienstag trafen ein – König George VI. und seine Frau mit Prinzessin Margaret samt ihrem Tross. Die Königin wies sogar im Vorübergehen auf Carls Rhododendren und lauschte aufmerksam den Erläuterungen ihres Fachbegleiters.

Am Nachmittag war die Ausstellung den Mitgliedern der Royal Horticultural Society vorbehalten. Carl führte Gespräche, tauschte Adressen aus, vereinbarte, Kontakte zu vertiefen. Seine Parzelle war zwar vergleichsweise klein, stieß aber auf großes Interesse. Bill Landsbury, der junge Gärtner, der ihn an allen fünf Ausstellungstagen unterstützen sollte, war ein freundlicher, umsichtiger Mann. Er hatte sich gerade erst selbstständig gemacht und freute sich, dass er die Blumenschau schon einmal von der Ausstellerwarte aus miterleben durfte. Höflich, aber kompetent erteilte er Auskünfte, wenn Carl Jonas in ein anderes Gespräch vertieft war. Nach einiger Zeit bat Carl ihn, allein die Stellung zu halten. Er wollte sich die Gärten draußen noch einmal anschauen, bevor am nächsten Tag der Publikumsansturm über sie hereinbrechen würde.

Wirklich aufregend, eine Augenweide! Die britischen Kollegen trauten sich was: Sie bezogen fantasievoll Teiche oder Wasserspiele und Gartenhäuser vom viktorianischen Teepavillon bis zur modernen Orangerie in ihre Gestaltung mit ein. Carl ging bis zum Zaun, der das Ausstellungsgelände begrenzte. Und dahinter sah er sie stehen, an der Ecke Vincent Square, Elverton Street: Kathryn.

Carl hastete zum Ausgang. Hoffentlich verschwand sie nicht, hoffentlich stieg sie nicht in einen Bus oder in ein Auto ein. Er konnte sie nicht mehr erkennen, Bäume versperrten die Sicht. Carl lief, er rannte zur Kreuzung.

Kathryn war noch da, auf der gegenüberliegenden Seite. Wartete sie auf jemanden? Keuchend blieb Carl stehen, er musste sich beruhigen, ließ sie aber keine Sekunde aus den Augen. Sie sah wunderbar aus. Älter, reifer, schöner. Eine Lady. Sie trug einen hellen, eng taillierten Mantel mit weitem Rock, helle Handschuhe und ein elegantes, durchscheinendes Hütchen. Gerade öffnete sie ihre Handtasche, um ein glänzendes Döschen hineinfallen zu lassen – und stutzte.

Kathryn fühlte sich beobachtet. Sie nahm die Umrisse eines Mannes auf der gegenüberliegenden Straßenseite wahr. Ihr Herz begann, schneller zu pochen. Nur sie allein wusste, weshalb sie schon vor Jahren Mitglied der Royal Horticultural Society geworden war. Zwanzig Jahre könnte es dauern, einen Rhododendron zu züchten, hatte Carl damals gesagt. Es war Wahnsinn. Es war verrückt, völlig versponnen. Und trotzdem. Fast einundzwanzig Jahre waren inzwischen vergangen. Wenn sie sich nicht alles eingebildet hatte, was sie in den letzten zwei Jahrzehnten an Schwingungen, an Liebe zu ihm und von ihm gespürt hatte, nachts, wenn sie nicht schlafen konnte, oder manchmal einen Impuls wie aus heiterem Himmel – wenn das alles also wirklich gewesen war, dann würde er kommen.

Sie hatte Mr Singh drei neue Kleider anfertigen lassen. Sie hatte am Tag zuvor noch eine Dose Eipulver gegen ein neues Paar Nylonstrümpfe eingetauscht.

Kathryn hob den Kopf. Sie blickte über die Straße direkt in die Augen des Mannes – mondwindenblaue Augen. Und diese Geste, mit der er sich das Haar aus der Stirn schob! Kathryns Beine gaben nach, mit der Rechten suchte sie Halt an einem Laternenpfahl.

Sie öffnete den Mund. Sagte ohne Stimme seinen Namen.

Carl atmete tief ein. Dieses war der Augenblick, auf den er sein ganzes Leben lang hingelebt hatte, nicht nur die letzten einundzwanzig Jahre. Wie in Trance ging er über die Straße, ein Taxifahrer hupte, es kümmerte Carl nicht, er sah nur Kathryn. Die Welt um sie herum versank in unbedeutendem Nebel. Die Fünkchen in ihren Augen flogen ihm entgegen, zogen ihn wie Enterhaken heran.

Kathryn stand da, unfähig, sich zu rühren. Das war Carl, ihr Carl! Ein Mann in den besten Jahren, respekteinflößend, eine stattliche Erscheinung, aber sie wusste doch, welcher jungenhafte Schalk, wie viel Ungestüm in ihm steckte. Und wie viel Liebe … Sie sah sie in seinen Augen.

Jetzt stand Carl vor ihr. Fast so nah wie bei ihrem Abschied im Hotelzimmer in Darjeeling. Als ihre Körper sich beinahe berührten, aber er sie nicht angefasst hatte. Sie erinnerte sich an das quälende Gefühl, das sie zu Recht als Vorbote der kommenden Entbehrungen gedeutet hatte. Kathryn atmete flach. Wieder versuchte sie vergebens seinen Namen auszusprechen. Ihre Augen füllten sich mit Tränen. Sie löste ihre Hand vom Mast und hob sie. Ganz langsam, zitternd, berührte sie seinen Arm, als müsste sie prüfen, ob er wirklich aus Fleisch und Blut war.

»Ich wusste, dass du kommst …« Sie schwankte.

Carl nahm sie fest in seine Arme. »Fall nicht wieder in Ohnmacht«, raunte er ihr ins Ohr.

Mitglieder der Royal Society, die dem Eingang der Ausstellung zustrebten, tuschelten: War das nicht Lady Taintsworth? Mit einem fremden Mann auf offener Straße?

Kathryn sah und hörte sie nicht. Mit geschlossenen Augen legte sie den Kopf in den Nacken, spürte Carls Atem, seine Arme um ihren Leib. Warm und stark. Noch nie hatte sie ein solches Glück empfunden. Ihr Herz schien wie ein schwerer Kristall, der jetzt zu tausend funkelnden Kristallen auseinandersprengte, die mit Lichtgeschwindigkeit in alle Himmelsrichtungen stoben.

Sie schlug die Augen wieder auf und versank in Carls Blick. Endlich waren sie beide angekommen im wahren, in ihrem richtigen Leben.

Carl winkte ein Taxi herbei und nannte den Namen seines Hotels. Sie sprachen nicht während der Fahrt, mochten sich kaum ansehen. Sie hielten sich nur bei der Hand, bemüht, ihre Fassung zu bewahren.

Es war ein Mittelklassehotel mit mehr Flair als Luxus. Während Kathryn in der Lounge so tat, als studiere sie ein Plakat, schob Carl dem Concierge eine stattliche Pfundnote herüber. »Meine Frau konnte doch kommen und wird mit mir hier wohnen.«

Der Concierge nahm den Schein, ohne die Miene zu verziehen. »Wie erfreulich, Sir. Ich wünsche Ihnen beiden einen angenehmen Aufenthalt.«

In dem nachtblau tapezierten Hotelzimmer, das Dachschrägen und einen Erker mit Sitzecke und Blick auf die Themse hatte, nahm Carl Kathryn den Mantel ab. Sie zog die Hutnadeln und ihr Organzakäppchen vom Haar, legte alles auf einem Mahagonitischchen ab. Ihre Hände zitterten. Carl ergriff sie, trat einen Schritt näher. Es gab so viel, was er ihr sagen wollte.

»Kathryn!«

»Carl …«

Sie schlang ihre Arme um seinen Hals, reckte sich ihm auf Zehenspitzen entgegen, drückte ihre Wange gegen seine. Langsam drehte er den Kopf und berührte mit seinen Lippen ihren Mund.

Sie stöhnte auf vor Sehnsucht. Und dann küssten sie sich, und küssten sich und küssten sich.

Sie fielen aufs Bett, und küssten sich und liebten sich

und vergaßen alles andere auf der Welt. Sie waren nicht mehr zwei getrennte Lebewesen, sondern wieder vereint – so wie es die Natur oder Gott oder wer auch immer am Anfang aller Zeiten bestimmt hatte.

Nach dem ersten Rausch der Leidenschaft lag Kathryn ermattet auf Carl. Er ist meine Insel, dachte sie, mein Kontinent. Ich lasse mich von ihm tragen. Ihr Bauch auf seinem, ihre Beine auf seinen, ihr Gesicht an seinem pochenden Hals. Sie hob ein wenig den Kopf, liebkoste mit den Lippen sein Ohr.

»Du hast mir so gefehlt.«

Er umschloss sie und drehte sie, ohne den Blickkontakt zu verlieren, auf die Seite. Eng umschlungen sagten sie sich Sätze, die Menschen verändern und die Welt aus den Angeln heben können.

»Ich liebe dich, Kathryn!«

Geflutet von Glücksgefühlen flüsterte sie: »Und ich liebe dich!«

Sie sprachen wenig. Nichts Belangloses sollte diese gewichtige Botschaft, diesen heiligen Moment entweihen.

»Jeden Tag hab ich dich vermisst.«

»Mir ging es doch genauso.«

Sie ließen sich Zeit. Seufzten selig. Staunten.

»Endlich fühl ich mich wieder ganz.«

Unter Kathryns modernem französischem Parfüm erschnupperte Carl ihren eigenen unverwechselbaren Duft, nach dem er sich so gesehnt hatte. Sie küsste seine Mundwinkel, seine Lippen, so süß und verheißungsvoll, dass es gleich wieder zu prickeln begann. Warum reden, warum denken …

Sie liebten sich noch einmal. Ihre Körper erinnerten sich. Sie erklommen Gipfel, die zwei Jahrzehnte lang nur ferne abstrakte Erinnerung gewesen waren. Alles war wieder da und doch ganz neu und mit Worten nicht zu beschreiben – die Lust, die Verzückung, das Zerfließen und Verschmelzen.

Lange lagen sie dann wieder einander gegenüber und schauten sich einfach nur an. Carl mochte ihre Lachfältchen, er mochte auch die anderen Falten. Beweise für Vertiefung, für Erfahrung. Wie doch innere Werte, wie Güte und Kultiviertheit mit der Zeit einen Menschen auch äußerlich prägten! Sie hatte immer noch diese niedlichen Grübchen. Sein Zeigefinger glitt über die Konturen ihres Gesichts, als wollte er sie malen.

»Früher warst du hübsch. Heute bist du schön.«

Kathryn lächelte nachsichtig. Die Nachttischlampe mit ihren altmodischen Glasperlenfransen warf einen milden Lichtkegel aufs Bett, die schwache Glühbirne schmeichelte. Kathryn war sich sehr wohl bewusst, dass ihr Körper durch zwei Geburten und das Älterwerden gelitten hatte. Aber Carls Haut an ihrer Haut, das fühlte sich so unglaublich schön an, dass davon wohl genügend Schönheit auf sie überging und zurückstrahlte.

Sanft legte sie ihre warme Hand auf eine lange Narbe oberhalb seiner Hüfte.

»Stalingrad 1942«, murmelte er. »Wegen der Verletzung bin ich noch rausgekommen aus dem Kessel, mit einem der letzten Flugzeuge ins Lazarett ...«

Eine sichtbare Spur des Kriegserlebnisses, ein deutliches Zeichen seiner Verletzlichkeit. Die Narbe sagte ihr, dass Carl nicht mehr der Mann war, in den sie sich zwei Jahrzehnte zuvor verliebt hatte.

»Verfolgt es dich noch?«

Er atmete schwer. »Jede Nacht hör ich Panzerketten rasseln. Jede Nacht soll ich angreifen und hab Angst.« Das hatte er noch nie jemandem gesagt.

Kathryn verstand ihn. »Ich hab in den Bombennächten manchmal vor Angst fast den Verstand verloren«, sagte sie leise. »Das Einzige, was dagegen half, war selbst zu helfen.«

Er strich ihr die kupferfarbenen Haare aus dem Gesicht. »Du trägst sie jetzt anders.«

»Ja, welliger.« Den tiefen Seitenscheitel hatte sie, wie es Mode war, lang durchgezogen, ein Hauch von Brillantine verstärkte den Glanz. »Und länger … Woran du dich erinnerst …«

Kathryn sah auf die Uhr. »O Gott, schon nach neun. Man wird sich Sorgen machen zu Hause.«

Carl setzte sich auf.

»Ich lass dich nicht wieder gehen.«

»Aber ich muss wenigstens Bescheid sagen …« Kathryn sprang aus dem Bett. Sie duschte, zog sich an. »Bin gleich wieder da.«

In der Hotellobby stand eine Telefonzelle. Sie rief in ihrem Londoner Stadthaus an und sagte dem Butler, es würde spät werden, weil sie spontan noch mit zu Bekannten von der Königlichen Gartenbaugesellschaft gegangen sei.

»Wollen wir essen gehen?«, fragte Carl, der sich inzwischen auch frisch gemacht hatte, als sie zurückkehrte.

Kathryn schüttelte den Kopf. »Es gibt kaum etwas, außer wir gehen ins Claridge's.«

In den besten Häusern bekam man sogar wieder Roastbeef und Koteletts. »Aber das ist erstens sehr teuer und zweitens treff ich da bestimmt irgendwelche Leute.« Großbritannien hatte zwar den Krieg gewonnen, doch immer noch bestimmten Lebensmittelrationierungen den Alltag. Die Leute schimpften, dass Amerika zwar Millionen in den Aufbau Deutschlands pumpe, den Freund

Großbritannien aber verhungern lasse. Man konnte sich heute, sechs Jahre nach dem Sieg, noch Freunde fürs Leben machen mit ein bisschen Schinken, einer Fleischkonserve, Eipulver, Schokolade oder Süßigkeiten. Die meisten Londoner besuchten sich deshalb privat oder trafen sich in Clubs.

»Ist mir auch viel lieber so.« Lächelnd zog Carl sie an sich. »Dann kann ich dich jederzeit küssen.«

Sie klingelten nach dem Zimmerservice und bestellten, was gerade im Angebot war: Irish Stew. Mit einem Riesenappetit machten sie sich in der kleinen Sitzecke im Erker über den deftigen Kohleintopf her. Rufe im derben Dialekt der Flussschiffer drangen zu ihnen empor.

»Viele hoffen, dass sich die Zeiten bessern werden, falls Churchill im Oktober wiedergewählt wird«, erklärte Kathryn. »Auch Alfred ist davon überzeugt. Er gehörte im Krieg zu Winstons Beraterstab.«

»Bist du glücklich mit ihm?«

»Wir führen eine … wie soll ich sagen … eine wohltemperierte Ehe. Ich respektiere meinen Mann.«

»Wo ist er jetzt?«

»Auf Jersey. Ich bin wegen der Chelsea Flower Show hier. Und um meine Tochter Annabella durch die Londoner Saison zu schleusen.«

»Ach, wie geht denn so was?«

Kathryn lachte. »Na ja, sie wird wie andere achtzehnjährige Mädchen aus der Gesellschaft bei Hofe vorgestellt, und dann jagt monatelang eine Einladung zum Tee den nächsten Debütantinnenball. Man gibt Dinner- und Cocktailpartys, die Familien stürzen sich in große Unkosten, jede veranstaltet aufwendige Feste. Das Ganze geht einmal rund. Man beherbergt selbstverständlich einige der Gäste, die bei benachbarten Adelsfamilien eingeladen sind. Und die revanchieren sich später. Am Ende haben sich Cliquen, Sympathien und zarte Bande entwickelt.«

»Aha, das Ganze ist so eine Art Heiratsmarkt für höhere Töchter …«

»Richtig.«

»Klingt anstrengend.«

»Ach, es ist himmlisch, wenn man jung ist! Und auch in unserem Alter noch amüsant. Aber debütieren darf ein Mädchen nur, wenn schon die Mutter eine Saison mitgemacht hat – was ja bei mir nicht der Fall war –, oder wenn eine entsprechend qualifizierte Lady die junge Dame unter ihre Fittiche nimmt. Diese wichtige Aufgabe hat meine Schwägerin übernommen. Sie ist eine Komtess, selbst kinderlos. Und Annabella hat im Krieg die meiste Zeit bei ihr auf dem Lande verbracht.« Kathryn seufzte. »Ich habe Belle in diesen wichtigen Jahren leider vernachlässigt.«

»Aber dann ist es auch nicht zwingend, dass du die nächsten Tage in London bist, oder?«

Nachdenklich sah Kathryn ihn an. »Nein, meine Schwägerin geht ganz in ihrer Rolle auf. – Wann reist du zurück?«

»Geplant war der 3. Juni. Aber jetzt …«

Jetzt war alles anders, alles offen.

Cornwall

Mai bis Juni 1951

Bei Sonnenuntergang erreichten sie am folgenden Tag in Kathryns Jaguar die Steilküste von Cornwall. Carl hatte am Vormittag alles mit Bill Landsbury besprochen, der für ihn bis zum Ende der Flower Show Auskünfte erteilen, seine Rhododendren beaufsichtigen und anschließend in seiner Gärtnerei in Verwahrung nehmen würde. Kathryn hatte ihrer Familie mitgeteilt, dass sie ihre alte Jugendfreundin Samantha Cox besuchen wolle.

»Sam ist nach dem Tod ihrer Mutter, noch vor dem Krieg, aus Darjeeling nach Kent gezogen. Du erinnerst dich doch an sie, oder?«

»Natürlich. Indirekt haben wir's ja wohl ihr zu verdanken, dass du der Expedition nach Sikkim gefolgt bist ...«

»Ja, und rate mal, wen sie bei uns auf Jersey kennengelernt und geheiratet hat?«

»Um Gottes willen, wie soll ich das wissen?«

»Den mittleren Sohn von Mrs Marya und Dr. Apple! Ist es nicht verrückt, wie klein die Welt ist? Titus hat in London Medizin studiert, und wir hatten die beiden neben vielen anderen Freunden und Bekannten während der Sommerferien nach Greenville Manor eingeladen.«

»Was für ein Zufall! Und wieso lebt sie jetzt in Cornwall?«

»Ach, die meisten Bomben in der Luftschlacht um England sind ja über Kent heruntergekommen … Gott, wenn ich daran denke …«

»Lass uns ein paar Tage einfach nicht denken!«

Der leicht hügeligen englischen Landschaft, durch die sie jetzt rollten, eingetaucht in orangerötliches Licht, sah man zum Glück keine Kriegsspuren an.

Sam lebte mit ihrem Mann Dr. Titus Apple seit einigen Jahren hinter hohen Hecken in einem schwer zu findenden, verwunschenen Tudorhaus mit Reitstall. Inzwischen besuchte auch ihr Jüngster, wie seine Schwester und die zwei Brüder schon, ein Internat.

»Es gibt ständig was zu reparieren«, klagte Samantha nach der überaus herzlichen Begrüßung, strahlte dabei aber so, dass bei ihren Gästen kein Mitleid aufkam. »Das Gästehäuschen ist auch noch nicht fertig. Aber ich hab gleich nach deinem Anruf durchgelüftet.«

Sie ging voran durch einen Garten, der halb angelegt, halb verwildert war. Die letzten zehn Meter führte der Pfad durch einen üppig blühenden Goldregentunnel. Figuren aus geschnittenem Buchsbaum standen wie Wächter vor einem windschiefen Häuschen aus weiß getünchtem Stein.

»Bitte schön!«, Samantha öffnete die rosenumrankte blaue Holztür. »Fühlt euch wie zu Hause.« Sie zwinkerte verschwörerisch. »Es gibt in einer Stunde bei uns in der Küche ein einfaches Abendessen. Hoffentlich kommt Titus heute etwas zeitiger als sonst aus dem Hospital. Diese verfluchte Spanische Grippe ebbt ja endlich ab …«

Sam zeigte ihnen die beiden Räume: ein schlichtes, cremefarben gehaltenes Schlafzimmer mit einem Himmelbett und einer Kommode aus hellem Holz. Und ein Wohnzimmer mit Kamin, dessen grün gestrichene Wandregale bis obenhin mit Büchern gefüllt waren. Auf dem Steinfußboden lagen alte rötliche Tibet-Teppiche. Kathryn stellte ihre Tasche auf einem verblichenen Ohrensessel ab, um die Titel auf den Buchrücken besser studieren zu können.

»Abteilung Kunst- und Medizingeschichte«, kommentierte Sam lachend. »Die meisten gehören Titus, er liest und sammelt ... Ich weiß schon nicht mehr, wohin damit!«

»Guck mal, Carl!« Auf den Aquarellen an der einzigen freien Wand erkannte Kathryn Darjeeling-Motive wieder. »Ach, wie schön!«

Und ein Foto von Titus als Medizinstudent: lebendige dunkle Augen, dunkler Lockenkopf, charmantes Lächeln und frischer Elan. Daneben hingen Strohhüte und Lavendelkränze.

»Manchmal lädt Titus hier zu Lesungen ein.«

»Kein Wunder bei den Eltern«, grinste Kathryn, die sich gerne an die Soirees bei den Apples in Darjeeling erinnerte.

»Was ist aus ihnen geworden?«, fragte Carl.

»Oh, meinen Schwiegereltern geht's blendend. Sie sind rechtzeitig vor der Ablösung Indiens nach England gezogen, in die Cotswolds.«

Kathryn wusste, dass der älteste Apple-Sohn Victor inzwischen als Juraprofessor und Vater von acht Kindern in Oxford lebte. »Wahrscheinlich wegen der Nähe zu den zahlreichen Enkelkindern ...«, mutmaßte sie.

»Schon«, Sam giggelte, »aber die meiste Zeit verbringen sie in Paris.«

»Dann sind sie offenbar nicht verarmt wie so viele ...«

»Im Gegenteil! Sie haben ja jahrzehntelang junge Künstler gefördert und einige Werke gesammelt, die heute ein Vermögen wert sind. Marya führt am Montmartre einen Salon, der Gertrude Stein vor Neid erblassen lassen würde.«

»Würd mich freuen, wenn deine Schwiegereltern uns auch einmal auf Jersey besuchen könnten. Bitte richte es ihnen aus, Sam.«

Ganz unbefangen in ihrer gewohnten Rolle als Lady Taintsworth hatte Kathryn die Einladung ausgesprochen. Erst als Samantha ihnen erklärte, wie man den großen, schweren Herd in der Küche zu bedienen hatte, wurde es ihr bewusst. Carl sah sie nachdenklich an. Ihre Augen lächelten ihm zu, ein wenig unsicher, liebevoll.

»Denk nicht nach«, flüsterte sie.

Sam war sensibel genug, um die leichte Stimmungsveränderung zu spüren. »Also, Bettwäsche und Handtücher sind da, alles andere findet ihr. Das Duschbad hat leider kein warmes Wasser … Ich denke, ich werde euch jetzt mal allein lassen. Falls ihr Fragen oder Lust auf Gesellschaft habt, kommt einfach rüber.«

Kaum war sie verschwunden, holte Carl einen Blumenkarton hervor, in dem normalerweise Orchideen verschenkt wurden. Etwas ungeschickt vor Aufregung überreichte er Kathryn eine aus London mitgebrachte, noch halb geschlossene scharlachrote Rhododendronblüte.

»Hier. Die hab ich für dich gezüchtet. Sie heißt Queen of Darjeeling … das heißt …«, er verhaspelte sich, »… also seit ein paar Jahren nennen wir sie Rose von Darjeeling. Aber ist ja auch egal, weil …«

Kathryn ließ ihn nicht ausreden. »O wie schön!«

Carl sagte nichts mehr, er verfolgte nur mit schimmernden Augen jede ihrer Regungen. Ehrfürchtig nahm sie die knospige Blüte entgegen, deren Zartheit und Leuchtkraft durch einen Kranz dunkelgrüner Blätter noch gesteigert wurde. Sie roch daran.

»Wahnsinn! Die duftet ja wirklich! Wie damals … Du bist ein Zauberer!«

Kathryn umarmte und küsste ihn. Dann lief sie in die Küche, klappte alle Schranktüren auf. Endlich fand sie eine flache Glasschale, die sie mit Wasser füllte. Da hinein legte sie die Dolde wie eine Lotusblüte. Und wie damals erhielt die Rhododendronblüte ihren Platz im Schlafzimmer.

Kathryn streckte sich auf dem Bett aus. Sie schloss die Augen und konzentrierte sich auf das blumig zarte Flair, das den Raum zu füllen begann.

Carl blieb noch eine Weile in der Tür stehen, um dieses Bild in sich aufzunehmen. Es war die Erfüllung seiner Träume.

Kathryn und Carl verliebten den Zeitpunkt zum Abendessen. Sobald Carl mit seiner nur ein wenig rauen Hand über ihre Haut glitt, schmolz Kathryn dahin. Vor ihrem inneren Auge verteilte er Feenstaub, der ihren Körper mit magischen Fünkchen verzauberte. Und das war erst der Anfang …

Am nächsten Morgen stellte Sam ihnen Frühstück und Lebensmittel zur Selbstversorgung vor die Tür.

Sie wussten beide nicht, wie es weitergehen sollte. Immer wenn die unausweichliche Frage sich näherte, wichen sie ihr aus, indem sie sich liebten. Sie wollten diese Zeit genießen.

Einmal wachte Kathryn nachts auf, weil sie spürte, dass Carl sie anschaute. »Warum schläfst du nicht?«

»Ich will keine Minute mit dir verpassen.«

»Dummkopf«, zärtlich zog sie ihn unter die Bettdecke, schmiegte ihr Gesicht an seinen Oberarm. »Das Allerwunderbarste ist doch, sogar im Schlaf noch zu wissen, dass wir zusammen sind.«

Zärtlichkeit und Leidenschaft wechselten sich ab. Mal schwiegen sie, und mal erzählten sie sich Episoden aus ihrem Leben. Die wichtigen Fragen schoben sie weiter auf, kreisten sie jedoch immer enger ein. Manchmal genossen sie die Sonnenstrahlen im ummauerten Kräuter- und Obstgarten, der sich auf der Rückseite an das Gästehäuschen anschloss. Carl kam gegen seine Natur nicht an. Er sah notleidende Pflanzen und half, zupfte hier kurz, schnitt dort, wässerte oder düngte rasch. Kathryn saß barfuß in ihrem rot-weiß gestreiften Sommerkleid auf der Gartenbank, die Arme um ihre Beine geschlungen, und sah ihm selig zu, wie er mit nacktem Oberkörper in Schweiß geriet. Sie fühlte sich wieder so jung wie damals in Darjeeling.

Sam verwöhnte die Liebenden wie ein unsichtbarer guter Geist. Zum Tee stellte sie ihnen Rosinen-Scones mit selbst gemachter Marmelade vor die Tür oder Siruptorte oder Karamelkuchen. Abends etwas Fasan, Gemüse, Kartoffelpüree oder Käse – je nachdem, womit sich Titus' Patienten, die überwiegend in Naturalien bezahlten, an diesem Tag gerade bedankt hatten.

Nach und nach erzählten Carl und Kathryn sich auch von ihren Familien. Zeigten einander Fotos ihrer Kinder.

»Mein Sohn Charles. Er studiert Volkswirtschaft.« Ihr Herz klopfte heftiger. Würde Carl Verdacht schöpfen?

»Er sieht aus, wie dein Vater früher ausgesehen haben muss.«

»Das sagen alle.« Kathryn überlegte, ob sie Carl jetzt eröffnen sollte, dass Charles sein Sohn war.

Da bekannte er: »Meine älteste Tochter heißt auch nach meiner großen Liebe. Katharina, aber wir nennen sie Kathrin.«

»Oh … Was ist mit deinen Eltern?«

»Sie leben noch. Für ihr Alter geht's ihnen gut. Aber der Krieg wirkt nach. Ich würde ihnen gerne mehr Komfort auf ihre alten Tage bieten können.«

»Hauptsache, du lebst. Sicher sind sie sehr glücklich über ihre Enkelkinder.«

Und sicher wäre es für sie alle ein Schock, wenn Carl eine andere Frau hätte … Ach, sie wollte doch nicht nachdenken!

»Komm, Carl, der Mond ist aufgegangen. Ich möchte mit dir ans Meer.«

Es war abnehmender Mond. Der Jasminduft aus Sams Garten begleitete sie ein Stück. Hand in Hand gingen sie auf von Büschen gesäumten Wegen zur Steilküste. Kathryn fragte sich wieder, wie glücklich sie wohl hätten werden können, wenn ihnen nicht das Leben dazwischengekommen wäre. Auch Carl konnte sich nicht länger gegen die Gedanken wehren.

»War es das wert, Kathryn?«

»Ich hatte es mir reiflich überlegt. Wenn ich mit dir nach Deutschland gegangen wäre, wäre Geestra Valley in die Zwangsversteigerung gekommen und ruiniert gewesen. Das hätte meinen Vater umgebracht. Definitiv. Ich hätte außerdem erfahren müssen, dass unsere Leute im Dorf hungern oder kriminell werden. Glaubst du wirklich, ich hätte dann noch fröhlich in der Baumschule Jonas Rhododendren verkaufen und unbeschwert leben können?«

»Und wenn ich damals in Geestra Valley geblieben wäre und kräftig mit angepackt hätte? Das habe ich mich oft gefragt, ob das etwas geändert hätte … Wolltest du mich damals nicht sogar darum bitten?«

»Vielleicht hab ich kurz daran gedacht«, erwiderte sie

zögerlich. »Aber es hätte wohl kaum etwas daran geändert, dass uns kurzfristig einfach zu viel Geld fehlte. Es wäre trotzdem zur Zwangsversteigerung gekommen.«

»Manchmal gehen Objekte nicht gleich beim ersten Termin weg …«

»Ach … hätte, wäre, wenn … Es ist nun mal gelaufen, wie es gelaufen ist.«

»Lebt dein Vater noch?«

»Nein, zum Glück ist er gestorben, *nachdem* wir den Zweiten Weltkrieg gewonnen und *bevor* wir 1947 Britisch-Indien verloren haben, im Sommer 1946. Er hatte noch ein paar schöne Jahre. Mit Manjushree, seiner Geliebten. Zum Schluss lebten sie fast wie in einer normalen Ehe miteinander.«

»Schade, dass uns so etwas nicht vergönnt war …«

Im Mondlicht konnte er erkennen, wie sie lächelte, wehmütig und schelmisch zugleich. »Vielleicht war es so viel schöner.« So ideal wie er in ihren Tagträumen konnte in der Realität auf Dauer kein Mann sein.

»Ich hätte damals alles für dich getan. Ein Wort und …« In Gedanken setzte er hinzu: Ich würde immer noch alles für dich tun.

»Ja, vielleicht hättest du tatsächlich alles aufgegeben in Deutschland, aber glaubst du nicht, dass du nach einiger Zeit unzufrieden geworden wärst? Du ohne deine Baumschule? Ohne die Rhododendronzucht? Statt in deiner geliebten Tiefebene plötzlich zwischen Teesträuchern im Himalaya? Nein … das wollte ich dir nicht antun. Uns nicht …«

Carl runzelte die Stirn. »Das hast du damals alles schon bedacht?«

»Ich hab es mehr gefühlt. Ich weiß noch, dass ich am Grab meiner Mutter saß und mir vorstellte, wie es wäre, wenn ich mit dir ginge. Oder mit Alfred … Und wie sich die Dinge dann entwickeln würden. Ich weiß noch, wie unterschiedlich es sich anfühlte.«

»Was ist aus Geestra Valley geworden?«

»Alle Engländer haben ihre Teegärten verkaufen müssen, als Indien unabhängig wurde.«

»Dann wiederhole ich meine Frage: Hat es sich gelohnt?«

»Jedenfalls war es nicht sinnlos! Ich habe an eine wohlhabende indische Familie aus Bombay verkauft und zur Auflage gemacht, dass Aashmis Bruder Babu als Verwalter eingesetzt wird.«

»Das Kind, das vom Schneeleoparden angefallen wurde?«

»Das Kind ist inzwischen dreißig, hat einen prima Schulabschluss gemacht und eine gute Ausbildung genossen.«

Carl schwieg eine Weile nachdenklich. »Respekt«, sagte er schließlich. »Erinnerst du dich, wie wir dem weisen Lama unsere Lebensziele offenbart haben?«

»Aber sicher. Irgendwie hat er doch Recht behalten, oder? Jedenfalls, was uns beide betrifft. Was ist mit Gustav?«

»Sein Stammhalter lässt auf sich warten.«

»Warum ist eine Dynastie eigentlich so wichtig für euch Männer?«

»Schätze, weil es ein Stück Ewigkeit bedeutet …« Carl holte tief Luft. »Kathryn …«, er hielt inne und machte einen neuen Anlauf. »Kathryn, sag mir jetzt bitte ganz ehrlich: Hast du Gustav geliebt?«

Sie antwortete nicht sofort. Wie formulierte sie es am besten? Auch Gustav fehlte ihr manchmal, das wollte sie nicht leugnen. »Ihr wart Teil, Ursache und Zeugen meiner glücklichsten Zeit. Wie könnte ich nicht euch beide lieben?«

»Was?« Empört blieb Carl stehen und riss sie an sich. »Aber ihn doch nicht so wie mich!«

Sie lachte laut auf. Natürlich nicht! Eifersüchtiger Kindskopf! Das brauchte sie ja wohl nicht zu beteuern.

Er packte sie an den Oberarmen, sehr ernst schaute er ihr in die Augen. »Sag!«

»Ich habe all die Jahre immer deine Liebe gespürt. Es gab nie einen Zweifel.« Ihre Stimme klang jetzt ganz weich. »Und meine Liebe zu dir, die habe ich auch gespürt … es war keine Einbildung.«

»Ich weiß …« Seine Lippen näherten sich ihren. »Sie hat mich gerettet.«

Ganz zart küsste er sie. Doch dann wandte er sich ab, weil ihn plötzlich die Erinnerung an seine Vision auf dem Sterbelager im Kaukasus überwältigte.

»Was ist denn?«, fragte Kathryn besorgt.

Carl zögerte einen Moment, und dann erzählte er ihr detailliert, was er im Fieberwahn gesehen hatte. Tief bewegt hörte sie ihm zu.

»Carl, das war kein Fiebertraum …«, sagte sie mit belegter Stimme. »Genau so ist es gewesen.«

Er drückte sie fest an sich. Kathryn hörte sein Herz schlagen.

»Verlass mich nicht wieder«, flüsterte sie.

»Ich bleibe bei dir, solange du mich willst.«

In dieser Nacht erlebten sie Dimensionen der Liebe, in denen die Gesetze von Zeit und Raum nicht galten. Sie schwebten in einem eigenen Kosmos und spürten, dass durch sie hindurch eine noch viel größere, allumfassende Liebe strömte. Im ersten Morgenlicht öffnete sich auf dem Beistelltischen auch die letzte Blüte der Rhododendrondolde.

»Könnt ihr es heute Abend einrichten?«, stand auf einem Zettel, den Sam ihnen mit Frühstück samt einer Morgenzeitung auf einem Tablett vor die Tür stellte. Carl brachte es Kathryn ans Bett.

»Wir sollten uns wirklich mal bei unseren Gastgebern sehen lassen«, sie grinste, »als Akt reiner Höflichkeit zumindest.«

Carl nickte. »Ach«, entfuhr es ihm, als er auf der Zeitung das Datum sah.

»Was ist?«

»Mein Geburtstag. Ich werde heute sechsundvierzig. Du liebst einen alten Mann.«

»Oh! Herzlichen Glückwunsch!« Jubelnd fiel Kathryn ihm um den Hals. »Wollen wir doch mal sehen, wie gut die Reflexe bei einem so alten Mann noch funktionieren.« Sie neckte und küsste ihn.

Eine Stunde später flüsterte sie: »Kein Grund zur Sorge, mein Lieber. Die Reflexe sind wie bei einem Fünfundzwanzigjährigen!«

Carl lachte glücklich. »Diesen Geburtstag feiern wir richtig!«

Sie statteten Sam einen kurzen Besuch ab, entschuldigten sich für ihr tagelanges Nichterscheinen.

Sam schmunzelte. »Wenn ich so verliebt wäre wie ihr, wüsste ich auch was Besseres …«

Kathryn umarmte ihre verständnisvolle Freundin. »Du bist ein Schatz. Aber den heutigen Abend möchten wir sehr gern mit euch verbringen.«

»Ja, wir möchten mit euch meinen Geburtstag feiern. Wir bringen etwas zu essen mit.«

»Wunderbar!«, freute sich Sam, »Titus kann auch gut mal Abwechslung vertragen.«

Carl und Kathryn fuhren in den nächsten Küstenort. Im örtlichen Pub trieben sie eine große, mit Schweinefleisch und Apfel gefüllte Pastete auf, im Hafen frische Austern, und einer alten Bäuerin kauften sie die ersten Erdbeeren ab. Sams Köchin versprach, ein köstliches Menü daraus zu bereiten. Und Sam war sicher, dass Titus zur Feier des Tages die Bestände seines noch aus der Vorkriegszeit stammenden Weinkellers plündern würde.

Karl erfrischte sich unter der Kaltwasserdusche im Gästehäuschen, während Kathryn ein Bad im Haupthaus nahm und sich dort hübsch machte. Endlich konnte sie ihr neues Dinnerkleid anziehen. Es war hellgrün, bodenlang und mit hinreißenden, von Aashmi entworfenen Applikationen bestickt. Sie verliefen von den Schultern die Oberseite der trapezförmigen Ärmel entlang und zierten den breiten Taillenbund – Blätter und Farne aus glitzernden Pailletten in delikaten Farbübergängen von Beigegold über Grün- zu Brauntönen.

Das schimmernde Haar frisierte sie, eng am Kopf anliegend und an den Seiten gewellt, im Nacken zu einem breiten Knoten verschlungen. Kathryn malte sich die Lippen rot an, stäubte einen Hauch Puder übers Gesicht und tupfte sparsam hinters Ohr und auf den Puls ihr Lieblingsparfüm, L'Air du Temps. Sie rückte ihre kostbaren Nahtstrümpfe zurecht, dann schlüpfte sie in ihre hohen Wildlederpumps, mit denen sie sich nicht nur größer, sondern auch verführerischer fühlte.

Carl und Titus, beide im Smoking, genehmigten sich bereits einen Aperitif. Als Kathryn die Treppe hinunterschritt, verschlug es Carl die Sprache. Nicht nur ihr Anblick versetzte ihn in Aufregung, sondern auch die Art, wie sie sich bewegte: elegant, geschmeidig, gelassen … Seine Queen of Darjeeling – ein wahrhaft königliches Geschöpf! Klasse hatte sie immer gehabt, aber jetzt sah er, dass sie tatsächlich zu einer besonderen Klasse gehörte.

»Du siehst atemberaubend aus«, Titus gab ihr einen Handkuss. Er hatte zugenommen seit Studententagen, die Locken waren ergraut, aber die Augen blickten immer noch jung und neugierig.

»Katie, das ist ja ein Traum!«

Sam bewunderte ihre Freundin. Sie hatte sich ebenfalls herausgeputzt, trug ein figurbetontes Dinnerkleid mit besticktem Schalkragen, was Titus sichtlich gefiel. Carl rückte Kathryn den Stuhl am Esstisch zurecht.

»Ja, Aashmi ist eine wahre Künstlerin auf diesem Gebiet geworden. Ich hab ein ähnliches von Dior, aber das trag ich nicht halb so gern.«

Kathryn biss sich auf die Zunge. Das war nicht der richtige Rahmen für solche Bemerkungen. Außerdem hatte sie sich das Haute-Couture-Kleid im New Look auch nur zugelegt, weil ihre Schwägerin und Annabella sie dazu überredet hatten, als sie gemeinsam eine Modenschau im Savoy besuchten, eigentlich, um ihre Tochter angemessen für die Saison auszustatten.

»Dein Kleid ist auch bezaubernd, Sam«, gab Kathryn das Kompliment deshalb schnell zurück, »Royalblau stand dir immer schon fabelhaft.«

Titus berichtete von seiner Arbeit als Amtsarzt und im Hospital und von ihrem letzten Besuch in Paris bei seinen Eltern. Sein trockener Humor stachelte die Gäste an. Carl war an diesem Abend schlagfertig wie selten, Kathryn sprühte vor Geist. Sie lachten viel. Sam legte nach dem Essen Schallplatten auf, Musik, die damals im Gymkhana gespielt worden war. *Let's Fall in Love,* das herrliche Salonlied mit dem wunderbar anrüchigen Text … *birds do it, bees do it, even educated fleas do it* … Sie tanzten und sangen alle mit: *»Let's do it, let's fall in love!«* Keiner sprach Kathryns und Carls gemeinsame Zukunft an.

»Ich hoffe sehr, dass ich mich bald bei euch für eure Gastfreundschaft revanchieren kann«, sagte Kathryn, als sie sich im Garten zur Nacht verabschiedeten.

»Dies ist schon eine Revanche«, sagte Sam lächelnd. »Nämlich meine, für etwas, das lange zurückliegt.«

Kathryn und Carl verschwanden eng umschlungen im Goldregentunnel.

»Hach, die beiden sind zu beneiden«, seufzte Samantha. Sie schmiegte ihren Kopf an Titus' Schulter. Er legte seinen Arm um sie und drückte ihr einen Kuss auf die Schläfe.

»Ich glaube nicht, dass sie zu beneiden sind«, erwiderte er nachdenklich. Der Arzt war ein guter Menschenkenner. »Was ihnen bevorsteht, wird sehr hart.«

Sam wollte sich ihre romantischen Vorstellungen nicht rauben lassen. »Ach, seit Edward für seine große Liebe auf den Thron verzichtet hat, halte ich alles für möglich.«

Ohne es auszusprechen, grübelten Carl und Kathryn. Wo sollten sie leben? Wovon würden sie leben? Wie würde es denen ergehen, die sie verließen? Das Gedankenkarussell drehte sich ständig im Hintergrund, während sie einander immer mehr Einblicke in ihr Leben gewährten.

Kathryn erzählte von der Rückbesinnung vieler Jerseyaner auf die Naturheilkunde. Sie berichtete von den gigantischen Schutzwällen und unterirdischen Militäranlagen, die während der fünfjährigen Besatzungszeit der Deutschen auf den Kanalinseln von Zwangsarbeitern gebaut worden waren, und erklärte, was sie unternehmen wollten, um die Strände wieder zu ihrer ursprünglichen Schönheit zurückzuführen.

»Wir brauchen wieder Urlauber auf Jersey, damit es der Bevölkerung besser geht. Obwohl Alfred und Charles meinen, wir sollten eine Steueroase in Europa werden. Das wäre der beste Weg zu neuem Wohlstand.«

Carl schilderte seine Freude über Gerdchens erstes selbst angelegtes Versuchsbeet. Seine Augen leuchteten vor Stolz, als er von seiner Ältesten erzählte. »Sie ist ein aufgewecktes Mädchen, Klassenbeste. Wenn Kathrin will, lass ich sie später studieren. Egal, was die Leute über studierte Frauen sagen.«

Er schwärmte von seinen Hybriden und begeisterte sich für den Plan, den Kiefernwald mit den Rhododendren in der Blütezeit als Ausflugsziel für Besucher zu öffnen.

Als Carl am Abend nach seinem Geburtstag etwas in seinem Koffer suchte, stieß er auf das eingewickelte Kästchen, das Gesine ihm für seinen Geburtstag mitgegeben hatte. Sein Herz wurde schwer. Er setzte sich aufs Bett und öffnete es.

In einer Zigarrenkiste steckten zwei größere und drei kleine selbst gebastelte Teddys, die sich alle an den Händen hielten. Ein viertes kleines Bärchenkind lag im Arm der Bärenmutter.

In einem beigefügten Brief stand:

Lieber Carl!
Herzliche Glückwünsche zu Deinem sechsundvierzigsten Geburtstag. Bleib gesund und munter. Wir denken alle ganz doll an Dich. Dein Geschenk kann ich Dir erst im Oktober überreichen. Aber es wächst und gedeiht schon.
In Liebe, Deine Gesine

Carl schlug die Hände über dem Kopf zusammen, ihm entfuhr ein trockenes Schluchzen. Wie sollte er seiner Frau jetzt noch unter die Augen treten? Und seinen Kindern?

Kathryn spazierte durch den Garten. Sollte sie Carl nicht doch sagen, dass Charles sein Sohn war? Entschlossen ging sie ins Häuschen, um Carl zu suchen. Er saß wie gelähmt auf dem Bett und starrte mit geröteten Augen vor sich hin.

Als Kathryn auf ihn zuging, fiel ihr Blick auf die Bärchenfamilie, daneben lag ein Brief. Sie begriff sofort. Seine Frau erwartete das vierte Kind! O nein, warum das ausgerechnet jetzt noch?

Kathryn setzte sich rittlings auf Carls Schoß. Sie schlang ihre Arme und Beine fest um ihn, legte ihre Wange an seine Schläfe. »Es ist zu spät«, sagte sie leise, »zu spät für ein gemeinsames Leben. Zu viele Weichen sind längst gestellt.« Jeder hatte sein auf ihn zugeschnittenes Leben.

»Vielleicht hast du Recht«, murmelte Carl verzweifelt. Das Wohlergehen vieler Menschen hing davon ab, dass sie weitermachten wie bisher. »Wir tragen Verantwortung.«

Und Claridge's, Sommerfeste, Churchill, Dior – das war nicht seine Welt. Vielleicht musste wirklich jeder an seinen Platz zurückkehren.

Das Mondlicht fiel durch das Fenster direkt auf ihr Gesicht und weckte sie. Carl schlief entspannt. Sie konnte sich vorstellen, wie er als ein kleiner Junge ausgesehen hatte.

»Meine Liebe ist da, solange ich lebe«, flüsterte Kathryn in die Nacht. Es war wie ein Versprechen oder ein Gebet oder eine Mischung aus beidem. »Und vielleicht auch noch danach.«

Carl drehte sich zu ihr. Schlaftrunken blinzelte er sie

zärtlich an. Kathryn legte ihre Hände auf seine Brust. Sie versuchte, ihre tiefsten Gefühle in Worte zu fassen. »Uns verbindet eine dicke, unsichtbare, aber spürbare intensive Wolke. Sie wird dich begleiten, und du kannst sie, wenn du dich in Ruhe besinnst, jederzeit mit deinem Herzen spüren. Meine Liebe wird nie von dir weichen. Sie ist da. So wie jetzt auch der Himalaya da ist und existiert, die majestätische Erhabenheit, das, was uns damals den Atem verschlug. Es ist alles noch da, und es wird noch nach uns da sein. Meine Liebe …« Sie verstummte, Tränen liefen über ihr Gesicht.

Aufgewühlt hatte Carl ihren Worten gelauscht, jetzt vollendete er ihren Satz. »… ist dann so fern wie der Kangchendzönga!« Er setzte sich auf. »Ich kann dich nicht anfassen, streicheln, fühlen, riechen, küssen, lieben … Wie soll ich das aushalten?«

»Sei vernünftig, mein Liebster. Es wird schon gehen.«

Vorwurfsvoll funkelte Carl sie an. »Du liebst mich nicht so, wie ich dich liebe!«

»Du weißt, dass das nicht stimmt!« Sie versuchte es noch einmal. »Lass uns dankbar sein, dass wir uns wenigstens wiedergetroffen haben.«

»Nein!«, brüllte Carl, »ich will dich für immer bei mir haben!«

Er presste sie an sich. Er brauchte sie auch körperlich wie die Luft zum Atmen, den Geschmack ihrer Küsse, das Weiche und das Pralle, die Kraft, die von ihren Brüsten ausströmte, die Signale ihrer erhitzten Haut, den Nektar ihrer Paradiespforte, ihren Duft, vermischt mit dem Geruch ihrer beider Liebessäfte, ihre Erregung, ihre Hingabe, ihr Verlangen und die Seligkeit …

Das Blut hämmerte in seinen Schläfen. Begierde übermannte ihn. Zügellos drang er in sie ein und nahm sie mit der Leidenschaft des Verzweifelten. Er sah, wie sich ihre Augenbrauen in schmerzlicher Lust zusammenzogen. Sie krallte sich an ihn. Der Rausch katapultierte sie beide ins All – und schließlich schwebten sie irgendwo in der Nähe des Morgensterns.

»Verzeih mir.« Er hatte mit seinen Bartstoppeln ihr Kinn wund gescheuert. Ihre Lippen waren geschwollen.

»Ich verzeih dir.«

Kathryn redete ihm und auch sich selbst beruhigend zu. »Es wird gehen. Wir schaffen das … Und wenn es wirklich überhaupt nicht funktioniert, ich meine, bevor einer von uns daran stirbt, können wir uns immer noch …« Sie lächelte unter Tränen.

Er nickte grimmig. »Bevor einer daran stirbt …«

»Lass uns jeden Augenblick, den wir noch zusammen haben, auskosten.«

Kaum eine Minute ertrugen sie ohne Körperkontakt. Durch das intensive Leben im Hier und Jetzt gelangen ihnen sogar wieder heitere und unbeschwerte Minuten.

Ineinander verschlungen lagen sie im Himmelbett und zählten Dinge auf, die sie gemeinsam erleben wollten:

»Mit dir im Meer schwimmen.«

»Leidenschaftlich streiten …«

»… und noch leidenschaftlicher versöhnen.«

»Ach, ich glaub, das überspringen wir einfach!«

»Zusammen Badezimmerfliesen aussuchen …«, lachte Kathryn übermütig.

»Uns beim Frühstück aus den Lokalnachrichten vorlesen …«

»Dir ein Kamillendampfbad gegen Erkältung bereiten …«

Carl bedeckte ihre Brüste mit kleinen Küssen. »Weißt du, dass wir die wunderbaren Sachen alle schon gehabt haben? Das, wovon andere ihr Leben lang nur träumen?«

»Du meinst so was wie im Himalaya nach seltenen Rhododendren suchen, den Kangch im Mondlicht sehen …«

»… bei den Lepchas wohnen und ein buddhistisches Kloster besuchen …«

Kathryn lächelte nachdenklich. »Stimmt. Wir sollten nicht maßlos werden. Also streichen wir das Kamillendampfbad von der Wunschliste.«

Carl lachte. Dann seufzte er. »Trotzdem werden wir einige wichtige Dinge nie zusammen erleben.«

»Deine ersten grauen Haare hab ich doch jetzt kennengelernt«, neckte sie ihn. »Was bleibt denn da noch?«

»Nach Hause kommen … und du bist da.«

»Das könnten wir in dieser Woche sicher einmal einrichten.«

»Gut. Aber Namen für unsere Kinder auswählen können wir nicht. Oder an unseren Enkelkindern deine Grübchen entdecken …«

Kathryn zog die Decke über den Kopf. Sie drehte sich um und begann, leise zu weinen. Sie hatte sich entschieden, ihm nicht zu sagen, dass Charles sein Sohn war. Carl umschloss sie mit seinen Armen, er vergrub seine Nase in ihren Haaren.

Solange sie wussten, dass sie noch mindestens einen Tag und eine Nacht miteinander teilen konnten, war alles gut. Einige Male spazierten sie wieder zur Steilküste, durchstreiften auf dem Weg dorthin verzaubernde baumbeschattete Hohlwege mit Moosen und Farnen. Und oben auf dem grasüberwucherten Kliff mit dem weiten Blick übers glitzernde türkisfarbene Meer rannten sie gegen den Wind, bis sie sich erschöpft in die Arme sanken.

»Wir könnten uns Heligans Gärten anschauen«, überlegte Carl, »die sind doch ganz in der Nähe.« Der geheimnisumwitterte Landsitz der Familie Tremayne hatte Ende des 19. Jahrhunderts seine Glanzzeit erlebt, später war der Garten, ein Dschungel aus Farnbäumen und Rhododendren, für Jahrzehnte von Brombeergestrüpp und Efeu überrankt. »Es muss ziemlich genau hundert Jahre her sein, dass Sir Hooker da einige Rhododendren aus dem Himalaya gepflanzt hat. Die sind doch inzwischen sicher noch gigantischer als bei meinem Besuch vor zwanzig Jahren.«

Kathryn war Monate zuvor dort gewesen, sie hatte nur am Rand gestanden und auf eine Besichtigung verzichtet. »Nein, behalte es lieber so in Erinnerung. Im Krieg haben amerikanische Offiziere dort für die Landung in der Normandie trainiert.«

Sie kletterten hinunter zum Strand, setzten sich in den weichen Sand und lauschten, an sonnengewärmte Felsen gelehnt, dem Knispeln auslaufender Wellen. Carl wusste, dass er nie wieder am Meer sitzen, den Wellenschlag hören und Salzluft schmecken könnte, ohne dabei an Kathryn zu denken. Auch Kathryn speicherte jeden Sinneseindruck. Im weichen Sand sitzen, die frische Seebrise atmen, sich von der Sonne die Nase kitzeln lassen – all das war eine zukünftige Erinnerung an ihre Liebe. »Morgen müssen wir aufbrechen«, sagte Carl bestürzt. Sie waren Weltmeister im Verdrängen geworden.

Kathryn schlug die Hände vors Gesicht und schüttelte heftig den Kopf. »O Gott!«

Warum musste die Frau, die er liebte und glücklich machen wollte, hier neben ihm leiden? Carl sprang auf.

»Kathryn, lass uns zusammen bleiben! Wir haben über zwanzig Jahre auf diese Gelegenheit gewartet. Die Verantwortung kann mir gestohlen bleiben!« Er brüllte den letzten Satz. Heftig packte er sie an den Schultern, zog sie hoch und schüttelte sie, als müsste er sie aufwecken. »Ich liebe dich, ohne dich geh ich zugrunde! Nach allem, was war … Es kann doch gar nicht funktionieren, zurück ins alte Leben zu gehen. Sieh mich an!« Er hob mit zwei Fingern ihr Kinn. »Unsere Liebe hat sogar diesen verdammten Krieg überstanden.«

Kathryn brach in Tränen aus. »Aber deine Frau ist schwanger. Deine Familie ist doch abhängig von dir …« Die Beine sackten ihr weg. Carl fing sie auf, wimmernd lag sie in seinen Armen.

Eine lange Zeit standen sie nur so da, niemand sagte etwas. Langsam beruhigte Kathryn sich. Sie musste jetzt die Vernünftigere sein. Entschieden wischte sie sich die Tränen weg und drückte Carl die Hand.

»Bitte, Carl, mach es uns nicht noch schwerer. Wir haben alles besprochen. Es ist besser so.«

Schweigend gingen sie zurück ins Gästehäuschen. Carl verschwand im Badezimmer. »Ich brauch jetzt eine eiskalte Dusche«.

Auf dem Weg ins Wohnzimmer fiel Kathryns Blick in das Schlafzimmer. Auf der Kommode saß die Bärchenfamilie. In diesem Augenblick schwand jegliche Spannkraft aus ihrem Körper. Kathryn brach zusammen. Sie lag auf dem nackten Steinfußboden, als Carl aus dem Bad zurückkam. Ein Weinkrampf schüttelte sie.

»Ich will nicht«, schluchzte sie. »Ich kann das einfach nicht. Carl, wir können doch irgendwo hingehen. Nach Amerika! Nach Australien! Wir fangen ganz neu an.«

»Ja, natürlich!« Er nahm sie in die Arme, fühlte ihre heißen Schläfen. »Ruhig, ganz ruhig, alles wird gut …«

»Ich kann auch Geld verdienen! Im Krieg hab ich als Rotkreuzhelferin gearbeitet.« Carl fühlte ihren Puls. Er raste. Verzweifelt brach es aus ihr heraus. »Glaub mir, ich brauch kein Herrenhaus! Ich brauche nur dich …«

Sie hatte Fieber. Carl alarmierte Sam, die sofort Titus im Krankenhaus anrief. »Hoffentlich ist es nicht die Spanische Grippe!«

Jadebusen

Mai 2010

Julia spürte etwas Nasses, Sandiges zwischen ihren knirschenden Zähnen. Sie fühlte sich benommen, ihr war furchtbar kalt, und alle Glieder taten weh. Ihre Hände – sie konnte sie nicht bewegen! Es dauerte eine Weile, bis sie realisierte, dass ihre Arme auf dem Rücken gefesselt waren. Sie lag auf der Seite, mitten in der Nacht, an einem Strand.

»Ah, jetzt wacht auch die Dame auf«, hörte sie eine höhnische Männerstimme.

Julia setzte sich gerade hin, unwillkürlich versuchte sie, den feuchten Sand an ihrer Wange mit einer Schulterbewegung abzuputzen. Vor ihr standen drei fremde Männer. Neben ihr lag Max, geknebelt und gefesselt. An seinen Augen erkannte sie, dass er bei Bewusstsein war. Der Schreck machte sie hellwach. Sie fühlte keinen Schmerz mehr.

Es war sehr dunkel. Da Julia nach den Mondphasen gärtnerte, wusste sie, dass in dieser Nacht, der Nacht zum Eröffnungstag der Rhodo, Neumond herrschte. Alle Säfte und Kräfte zogen nach innen in die Wurzeln, ins Innere der Erde. Julia versuchte, sich zu orientieren. Sandstrand. Hinter sich eine schräge Steinmauer. Ihr Herz raste. Was hatten die Kerle vor?

»Nehmt ihm das Ding aus dem Maul!«

Der Mann, der den Befehl gab, schien ein Deutscher zu sein, die beiden Schlägertypen neben ihm sahen osteuropäisch aus. Sie sagten etwas, das serbokroatisch oder polnisch sein mochte, und zogen Max grob einen zusammengeknüllten Stofffetzen aus dem Mund.

Max spuckte aus, hustete und rang nach Luft. Hatten die Kerle ihn gekidnappt, um Geld von seiner Familie zu erpressen? Mühsam brachte er sich in eine Sitzposition. Wo waren sie hier? Ein unangenehmer Wind blies von der Seite.

»So, nun sag uns endlich, wo du das Beweismaterial versteckt hast«, forderte der Anführer ihn auf.

»Was für Beweismaterial?« Schon einmal hatte ihn der nach Schweiß und Tabak stinkende Mann danach gefragt. »Ich versteh nicht, was Sie meinen, verdammt!« Max versuchte, sich zu beherrschen. Man hatte ihm schon früh beigebracht, dass er im Falle eines Falles Kidnapper nicht provozieren sollte. Deshalb fragte er noch einmal ruhiger: »Was genau wollen Sie?«

»Das, was in der Plastiktüte war, die du neulich mitgenommen hast. Stell dich nicht dumm, Kerl. Wir wissen alles. Wir haben dich beobachtet. Du schnüffelst seit Wochen die Rhodomärkte ab, um uns ins Geschäft zu pfuschen.« Der Mann lachte laut. »Aber so einfach geht das nicht!«

Die anderen beiden Männer fielen in das hämische Lachen ein.

»Sie täuschen sich«, beteuerte Max. »Da muss eine Verwechslung vorliegen.«

Der Deutsche sagte etwas in der fremden Sprache, und einer der Männer hielt Max drohend seine Pistole unters Kinn. Der Metalllauf fühlte sich eiskalt an. Max schluckte ganz vorsichtig.

Julia wagte kaum zu atmen. Ihre Augen gewöhnten sich allmählich an die Dunkelheit. Sie befanden sich in einer

Bucht. Der kleine helle Sandstrand ging in dunkles, feuchtglänzendes Watt über. Hinter dem flaschengrünen Wasser erkannte sie in der Ferne rot blinkende Lichter – das mochte der Industriehafen von Wilhelmshaven sein. Sie ließ den Blick aus halb geschlossenen Augen schweifen, fokussierte Vorder- und Mittelgrund. Im Watt vor ihnen hoben sich mit einigem Abstand voneinander drei Skulpturen gegen den bewölkten grauschwarzen Nachthimmel ab, rechts die überlebensgroße Frauenfigur »Jade«, vor ihnen ein überdimensional großer Stuhl und links von ihnen an der Grenze zwischen Meer und Land ein Riesenpenis aus Stein. Jetzt wusste sie sicher, dass sie sich in Dangast befanden.

Julia liebte den vergessenen Künstlerort am Jadebusen. Wenn man von Bad Zwischenahn aus schnurgerade gen Norden fuhr, kam man zu diesem Nordseestrand. Julia fuhr gern im Sommer zum Baden her, im Herbst und Winter zum Spazierengehen. Sie fand es romantisch hier, überall hatten Künstler wie die Brücke-Maler, wie Radziwill oder der Beuys-Schüler Anatol und seine Jünger ihre Spuren hinterlassen. Wie diesen Riesenpenis, der bei jeder Flut vom Meer umspült wurde und der die Bevölkerung lange Zeit empört hatte. Nirgendwo sonst an der deutschen Nordseeküste reichte ein Geestrücken mit hohen alten Bäumen wie hier direkt bis ans Meer. Und nirgendwo sonst gab es so leckeren Rhabarberkuchen wie bei Tapkens, die in fünfter Generation das Alte Kurhaus führten. Es lag schätzungsweise hundert Meter entfernt, hinter ihnen, auf dem Geestrücken. Julia wusste, dass dieses kultige, zweihundert Jahre alte »Conversationshaus«, einst als Sommersitz des Grafen Bentinck im ersten Seebad an der Nordsee erbaut, nur noch an Wochenenden geöffnet war. Von dort konnte sie kaum Hilfe erwarten. Ansonsten gab es kein Haus in Rufweite.

Der Fremde entsicherte seine Pistole. Seine Kleidung stank nach gekochter und wieder erkalteter Sellerie.

»Fällt es dir jetzt wieder ein?«, höhnte er.

»Ja!«, beeilte sich Max zu sagen. »Ich hab neulich mal eine Tüte vertauscht, aus Versehen. Aber die enthielt nur abgeschnittene Äste und irgendwelches Altpapier, unverständliche Computerausdrucke, nur Müll ...«

Plötzlich ging ihm auf, dass die Gangster vielleicht hinter diesen Papieren her waren. Und dass es sich bei den Zweigen vermutlich um gestohlene Reiser gehandelt hatte.

»Müll?«, brüllte der Anführer. »Du Schlaumeier!«

Er fegte Max mit einem Schlag die Brille aus dem Gesicht. Süffisant grinsend erteilte er darauf den beiden Männern Anweisungen. Die griffen Julia unter die Achseln und zogen sie hoch.

»Aua! Pfoten weg!« Vergeblich versuchte sie, sich zu wehren.

»Lassen Sie die Frau!«, rief Max. »Sie hat damit nichts zu tun!«

Die Männer schleppten Julia durch den schweren Schlick weit ins Watt. Max konnte kaum etwas erkennen ohne seine Brille. Schemenhaft sah er eine nackte Frau mit unnatürlichen Proportionen, die sich allerdings nicht regte, und einen übergroßen Stuhl und einen Riesenpenis. Er zweifelte an seinem Verstand. Hatten die Kerle ihm eine Droge verabreicht?

»Los, los, los!«

Die beiden Handlanger hoben Julia auf einen Sockel und fesselten sie mit Stricken an die ausladenden Schenkel der Skulptur. Der Wind peitschte ihr ins Gesicht. Wellen schlugen gegen ihre Füße. Julia schrie, obwohl sie wusste, dass es niemand hören würde. Ihre Angst und ihre Wut brauchten ein Ventil. Noch nie im Leben hatte sie sich so ausgeliefert gefühlt! Sie bewegte den Kopf, schaute hoch. Über ihr wölbte sich der Busen der grünen »Jade«. Ihr Körper neigte sich in unbequemer Haltung nach vorn.

Max hörte Julia und litt Marterqualen.

»Wir haben auflaufend Wasser«, sagte der Anführer betont ruhig, als seine Gorillas zurück waren. »Überleg noch mal gut, wo du die Beweise versteckt hast. Wir geben dir Bedenkzeit. In einer Stunde steckt deine Freundin bis zum Hals im Meerwasser, in zwei Stunden ist sie Fischfutter. Wir wärmen uns jetzt ein wenig auf. Valek, du bleibst hier!«

Der Kerl, der Valek hieß, maulte Unverständliches. Er zeigte auf seine bis zu den Knien nassen Hosen. Der Anführer grunzte zurück, machte eine Kopfbewegung, und alle drei verschwanden im Dunkel.

Julia hörte auf zu schreien. Sie zog und rüttelte an den Stricken, die sich dadurch nur noch schmerzhafter in ihr Fleisch schnitten. Sie kämpfte gegen ihre Panik an. Ihr war klar, dass sie ihre Kräfte nicht sinnlos verpulvern durfte. Es war viel zu kalt für Mai. Sie würde rasch auskühlen, brauchte jede Kalorie. Und die Flut kam schnell. Julia wusste, dass der Tidenhub an dieser Stelle des Jadebusens besonders hoch war. Ein Unterschied von dreieinhalb Metern zwischen Ebbe und Flut war normal. Schon wieder würgte sie die Panik. Um nicht völlig kopflos zu werden, fing Julia an zu singen, irgendetwas Improvisiertes zwischen Kinder- und Seemannslied.

Max suchte verzweifelt nach einem Ausweg. Und plötzlich fiel es ihm ein: das Gärtnermesser! Seit seinem Geburtstag trug er immer das Klappmesser bei sich, das Julia ihm geschenkt hatte. Zum Glück steckte es heute nicht in der seitlichen, sondern in der hinteren Hosentasche. Max veränderte seine Sitzposition und versuchte, mit den zusammengebundenen Händen das Messer herauszuholen. Er bekam es zu fassen, zog es langsam heraus. Verdammt, es rutschte in den Sand! Mühsam gelang es ihm, das Messer wieder zwischen die Finger zu bekommen. Irgendwie musste er es jetzt noch aufklappen. Wie lange mochten die Kerle fortbleiben?

Endlich! Das Gärtnermesser klappte auf. Vorsichtig versuchte er, seine Handfesseln aufzuschneiden. Geschafft! Rasch durchtrennte er auch die Fußfesseln. Kurz rieb er sich die schmerzenden Gelenke, dann tastete er nach seiner Brille, konnte sie aber nicht finden. Die Zeit drängte. Julia sang jetzt nicht mehr. Er hörte nur noch den Wind an beflaggten Fahnenmasten reißen, den Wellenschlag und das Glucksen volllaufender Priele.

Max hatte sich eingeprägt, dass ihre Stimme von der Figur gekommen war. Die konnte er schemenhaft ausmachen. Ob die Gangster irgendwo warm und gemütlich saßen und dabei den Strand beobachteten? Max zog Jacke und Schuhe aus, sicherheitshalber robbte er durch den Sand. Halb blind orientierte er sich an den Umrissen der Skulptur, bis sie sich etwa auf seiner Höhe befand. Dass er sich seit seiner Kindheit vorm Schwimmen im Meer fürchtete, hatte er völlig vergessen. Er musste Julia retten! Ohne weiter nachzudenken, stürzte er sich ins Wasser und schwamm auf die Skulptur zu. Hoffentlich war Julia nicht ohnmächtig geworden!

Julia zitterte am ganzen Körper, als Max sie erreichte. »Mmma…«, flüsterte sie. »D…du … bist da …«

»Ich bin da, alles wird gut …«

Eiskalt, ihr war eiskalt, in den Fingerspitzen und in den Zehen hatte sie schon kein Gefühl mehr. Julia wollte noch etwas sagen, brachte aber kein Wort über ihre bibbernden Lippen.

Max durchschnitt ihre Fesseln, so schnell er konnte. Er hielt sie einen Moment in den Armen, dann nahm er sie in den Rettungsgriff und schwamm mit ihr durch das kalte, salzige Wasser ans Ufer. Einen Moment blieben sie erschöpft im Sand liegen. Max bedeutete Julia, geduckt zu bleiben und ihm zu folgen, als er in Richtung seiner Jacke kroch. Erleichtert registrierte er, dass sie sich an Land aus eigener Kraft bewegen konnte. Er nahm die Jacke und legte sie Julia um.

»Autsch!« Max stöhnte auf, griff sich an den rechten Oberschenkel.

Verstört schaute Julia ihn an. »Was ist?«

»Ein Krampf!«

Ab und zu litt Max unter solchen Krämpfen, wenn er zu viel Sport gemacht hatte. Er stemmte das Bein gegen die Steinmauer.

»Da!«, stieß Julia hervor. Sie zeigte zur Biegung der Bucht, wo sich auf dem hellen Sandstrand aus Richtung Hafen eine Gestalt näherte. Einer der Gangster kehrte zurück.

»Lauf weg, in die andere Richtung!«, keuchte Max. Er wusste, dass der Krampf ihn noch minutenlang außer Gefecht setzen würde.

Julia zögerte.

»Los!«, wiederholte Max. »Lauf!«

Mit schmerzverzerrtem Gesicht massierte er seinen verhärteten Oberschenkelmuskel. Zum Glück befand er sich wieder an der Stelle, an der die Männer ihn gefesselt zurückgelassen hatten.

Julia sah in der Dunkelheit ein weiß gestrichenes altmodisches Eisengitter schimmern. Es gehörte zu einer Treppe, die über die Flutmauer zum Alten Kurhaus hochführte. Sie rannte die Stufen hoch durch den Biergarten zur großen Eingangstür und hämmerte dagegen, aber wie sie befürchtet hatte, machte niemand auf. Draußen auf einem Biergartentisch standen noch Flaschen. Kurz entschlossen nahm Julia eine an sich und lief zurück.

Max nutzte den Überraschungseffekt. Er warf sich auf den Mann, den der Deutsche Valek genannt hatte, dann sprang er auf, zückte sein Messer und hielt ihn damit auf Abstand. Max sah nicht, dass Julia zurückgekommen war und sich an ihn und seinen Angreifer anschlich.

In Julia loderte jäh eine mörderische Wut auf, die ihr jede Angst nahm. Sie holte aus und schlug dem Mann mit voller Wucht die Flasche über den Schädel. Erst danach kam sie wieder zur Besinnung. Julia hoffte inständig, dass das, was sie tausendmal in Spielfilmen gesehen hatte, auch im wahren Leben funktionierte. Ihr war, als liefe dieser Augenblick in Zeitlupe ab. Erst schien überhaupt nichts zu passieren. Dann, langsam, ganz langsam, kippte Valek zur Seite und fiel in den Sand.

»Ju… Julia …«, stammelte Max und starrte sie ungläubig an. »Wir müssen weg hier … aber meine Brille … Ich muss erst meine Brille finden.«

Julia kniete sich in den Sand und tastete die Umgebung auf allen vieren ab. »Hier … Ich hab sie.«

Erleichtert setzte Max die Brille auf, heilfroh, dass sie nicht zerbrochen war. »Ich kann sehen, ich kann wieder sehen! Los, komm!«

»Polizei! Stehen bleiben!«

Max nahm Julias Hand. Von weitem hörten sie aufgeregte Männerstimmen. Die Polizei? Was war hier los? Angestrengt sahen sie in die Dunkelheit und versuchten, etwas zu erkennen. Männer kamen auf sie zu, Männer in Polizeiuniform.

Zu seiner großen Überraschung machte Max ein bekanntes Gesicht aus. »Mr Douglas? Was machen Sie denn hier?«

In nicht sehr kleidsame, aber trockene Ersatzkleidung und Wärmefolien gehüllt, jeder mit einem Becher heißen Tee in der Hand, saßen Julia und Max nebeneinander im Rettungswagen auf dem Parkplatz auf der kleinen Anhöhe. Die Sanitäter wollten sie zur Beobachtung ins Krankenhaus bringen, aber sowohl Julia als auch Max lehnten ab. Ein Polizeiwagen mit den gefassten Kriminellen war bereits weggefahren.

Mr Douglas stellte sich noch einmal vor, diesmal richtig. »Ich arbeite als verdeckter Ermittler für Interpol. Wir sind seit langem einer international agierenden, kriminellen Vereinigung von Rhodoraubkopierern auf der Spur. Die gesuchte Plastiktüte hat belastendes Material enthalten: Auftragslisten, von welchen Sorten Reiser gestohlen werden sollten, Adressen von Lieferanten und von Abnehmern, hochinteressante Pläne von Baumschulen in Osteuropa, die das gestohlene Material en gros vermehren.«

»Woher wissen Sie das?«

»Wir haben uns erlaubt, die Tüte aus dem Müllcontainer Ihrer Pension zu fischen.« Zufrieden offenbarte Mr Douglas ihnen, dass sie in dieser Nacht sogar einen der führenden Köpfe dingfest gemacht hatten.

»Er wollte morgen in Wilhelmshaven an Bord gehen. Diese Gangster nutzen gern den Seeweg in die Hafenstädte der östlichen Ostsee … Auch zurück, für Transporte in den Westen.«

»Dann waren unsere Begegnungen also keine Zufälle«, sagte Max.

»Am Anfang schon. Aber nach der Verwechslung der

Tüten haben die Täter Sie für den Mann von Interpol gehalten …«

Max schüttelte ungläubig den Kopf.

»… und wir haben Sie gern als Lockvogel benutzt. Ich hoffe, Sie verzeihen uns. Der Dank des Vaterlandes ist Ihnen gewiss.« Mr Douglas lächelte, dann wurde er wieder ernst.

»Aber Sie hätten Frau Jonas heraushalten müssen!«, sagte Max entrüstet.

Mr Douglas wandte sich Julia zu. »Auch Ihnen ist sehr zu danken, Frau Jonas. Wir hatten die Situation zu jeder Zeit im Griff.«

Julia verschluckte sich am Tee, und das lag nicht am ungewohnten Traubenzucker darin. Sie wäre beinahe erfroren! Unmöglich, was Männer manchmal so von sich gaben! Sie wollte nur noch nach Hause, ein heißes Bad nehmen und schlafen. Dass die Mistkerle geschnappt waren, die ihrer Branche schon so lange schadeten, war natürlich schön, und morgen würde sie bestimmt anfangen, sich darüber zu freuen. Die Sabotageakte in der Jonas'schen Baumschule erklärte das aber nicht.

»Was wolltest du vorhin sagen?«, fragte Max Julia in Erwartung dankbarer Worte, als sie in einen Wagen umstiegen, der sie nach Hause bringen sollte. Der Fahrer ließ schon den Motor an, die Scheinwerfer erhellten den Strand.

»Ach, nicht so wichtig.«

»Wenn du es mir in der Situation unbedingt sagen wolltest, war es bestimmt wichtig.«

»Vergiss es!« Nun hatte er sie so schön heldenhaft gerettet, da musste sie ihm den Hinweis jetzt nicht mehr geben. Max ging bis zum Ende des Parkplatzes, Julia folgte ihm seufzend. Von hier oben konnte man nun die Skulpturen im Watt gut erkennen. Max sah einen Holzsteg, nur knapp vom Wasser bedeckt, der direkt bis zur »Jade« führte.

»Sie hätten nicht mit mir schwimmen müssen, Mylord«, sagte Julia schnippisch.

So ganz hatte sie Max noch immer nicht verziehen. Sie wunderte sich allerdings, dass er kein bisschen verärgert reagierte. Im Gegenteil, Max schien stolz auf seine Rettungsaktion zu sein.

Er grinste nur frech. »Für eine schöne Nixe wie dich würde ich noch ganz andere Sachen machen.«

Cornwall – London

Juni 1951

Titus kam so schnell er konnte. Er untersuchte Kathryn und meinte schließlich: »Ich halte das Fieber für eine Folge der Aufregungen. Sie braucht Ruhe.« Seine Miene bekam einen listigen Ausdruck. »Ich werde euch für eine Woche unter Quarantäne stellen. Wegen des Verdachts auf Spanische Grippe. Die Inkubationszeit beträgt nur ein paar Tage, aber sicherheitshalber müsst ihr nun leider eine Woche allein im Gästehäuschen bleiben.«

Amtsarzt Dr. Titus Apple schickte hochoffizielle Telegramme an beide Familien.

»Warum hast du das gemacht?«, fragte Samantha ihren Mann.

»Nächstenliebe.« Er grinste. »Außerdem hätte in diesem Zustand keiner von beiden zu Hause ankommen dürfen. Ihre Familien hätten sofort gemerkt, dass etwas nicht stimmt.«

»Ach, und in einer Woche ist es leichter?«

»Dann können sie ihr seltsames Verhalten immerhin auf die Quarantäne schieben und auf die rätselhafte Erkrankung, die zum Glück doch nicht die Spanische Grippe war.«

»Titus, dich muss man lieben!«

Carl wachte die ganze Nacht neben Kathryn. »Alles wird gut. Ich liebe dich. Wir bleiben zusammen«, wiederholte er wieder und wieder. Schon am nächsten Tag war Kathryns Fieber verflogen.

Sie verbrachten die folgenden Tage damit, konkrete Pläne für ihre gemeinsame Zukunft zu machen. Das Ergebnis langer Diskussionen war der Plan, nach Kanada auszuwandern und in der Nähe der Niagara-Fälle eine auf Rhododendren spezialisierte Baumschule zu eröffnen, die hohe Luftfeuchtigkeit dort garantierte ein gutes Klima für Rosenbäume. Erst wenn Carl einen Geschäftsführer für seinen Familienbetrieb in Westerstede gefunden hatte, würde Kathryn ihre Familie in Kenntnis setzen. Sie befürchtete, dass die Trennung vor allem für Annabella ein großer Schock sein würde, aber sie wünschte sich doch, dass ihrer Tochter gerade die Debütantinnensaison als eine glückliche Zeit in Erinnerung blieb. Kathryn wollte in den kommenden Wochen in London bleiben und sie unterstützen. Sollte Alfred sie dort gelegentlich besuchen kommen, fände er abgesehen von den Festlichkeiten der Saison gewiss auch im Wahlkampfteam um Churchill viel Ablenkung, sodass sie ihm leichter als auf Jersey aus dem Weg gehen konnte.

Während ihrer Rückfahrt nach London regnete es. Sie sahen sich ab und zu an, um sich mit Blicken zu vergewissern, dass es die richtige Entscheidung war.

Kathryn begleitete Carl noch in die kleine Vorortgärtnerei von Bill Landsbury. Der teilte ihnen stolz und aufgeregt mit, dass die Rose von Darjeeling in Carls Abwesenheit mit einer der dreißig Goldmedaillen der Chelsea Flower Show ausgezeichnet worden war. »Ich mochte sie gar nicht mehr ins Freie stellen. Sie residiert jetzt im Kalthaus.«

Bill ging voran und öffnete die Tür. In der Mitte stand in einem Kübel der Rhododendron.

Carl sah Kathryn an. »Der ist für dich, Kathryn«, sagte er, mehr nicht.

Ihr Gesichtsausdruck belohnte ihn für alle Mühen. Die einzelne Blüte war ja schon grandios gewesen, aber dass ihr Wunschrhododendron von einst ein echter Strauch geworden war! Mit großen Augen und geöffnetem Mund bestaunte sie den Rhodo, dessen Ursprünge allein in ihrer Fantasie lagen. »Er ist perfekt«, jubelte sie ganz unbritisch, »auch die Blätter und die Form!« Kathryn ging ganz nah heran, befühlte die Blätter, schnupperte an den letzten Blüten, und ihre Augen füllten sich mit Tränen.

Sie wandte sich ab. Um nicht die Haltung zu verlieren, machte sie eine kleine Runde durch das Kalthaus, das ansonsten der Orchideenzucht vorbehalten war. Überall blühten exotische Raritäten.

Mit einem Lächeln kehrte Kathryn zurück. »Danke Carl, es ist das schönste Geschenk, das ich je bekommen habe.«

Noch einmal roch sie an einer der welkenden Dolden. Und lächelte wieder. Mit Blütenstaub an der Nase deklamierte sie: »Du spürst, wie die Blumen die köstlichen Düfte versenden und grübelst, wie aus so winzigem Ort dieser Duftstrom mag kommen – und begreifst, dass in solcher Mitte die Ewigkeit ihre unvergänglichen Tore öffnet.«

»Donnerwetter, das hast du schön gesagt …«

»Danke. Ist nicht von mir.«

»Ein Gedicht?«

»Von William Blake.«

»Er muss diesen Rhodo gekannt haben«, meinte Bill Landsbury.

»Leider nicht. Blake ist schon über hundert Jahre in der Ewigkeit …«

Sie besprachen mit Bill Landsbury, dass er Carls Ausstellungspflanzen einschließlich der Rose von Darjeeling, natürlich gegen angemessene Bezahlung, noch für eine Weile in Pflege behielt.

»Es kann ein paar Wochen oder sogar Monate dauern«, sagte Carl. »Aber ich gebe Bescheid, sobald wir wissen, wohin die Pflanzen geliefert werden sollen.« Sie könnten ein wertvoller Grundstock für seinen Neubeginn mit Kathryn sein.

Am Londoner Bahnhof Victoria-Station nahmen sie Abschied voneinander.

»Bis bald, mein Geliebter.«

»Bis bald, meine Geliebte.«

Ammerland

Juni bis September 1951

Die zusammengestellten Tische im Wohnzimmer des Hauses Jonas bogen sich unter kalten Platten mit belegten Schwarz- und Graubroten. Alle Gäste, die auf Stühlen drumherumsaßen, langten plaudernd und lachend kräftig zu. Gesine hatte sich zur Nachfeier von Carls Geburtstag mit Nachbarn, Freunden und Verwandten nicht lumpen lassen. Es gab Mettwurst und Räucherschinken, Kochschinken und Smoortaal satt, auch Käse, alles mit Petersilie und kleinen Mayonnaisetupfern hübsch garniert, dazu noch eine heiße Suppe. Und natürlich reichlich Bier und »Schluck«, klaren Schnaps. Nachbar Siefken spielte ein Ständchen auf dem Akkordeon. Ab und zu guckte mal eines der Kinder im Schlafanzug um die Ecke. Es durfte kurz »Guten Abend« sagen und einen Schluck Birnenmost trinken, bevor es wieder ins Bett musste.

Dass Carl sie seit seiner Rückkehr aus England fünf Tage zuvor nicht angefasst hatte, schob Gesine auf seine übertriebene Rücksichtnahme ihrer Schwangerschaft wegen. Er war irgendwie anders. Nicht dass er krank aussah. Im Gegenteil – er schien von innen heraus zu strahlen. Aber sie kam nicht so recht an ihn heran. An diesem Abend würde sie ihn mal ein wenig ermutigen.

Carl fühlte sich extrem unwohl. Schon am Tag seiner Rückkehr hatte er es ihr sagen wollen. Doch natürlich musste der Augenblick auch passen. Gesine hatte ihn so freudig zur Begrüßung umarmt, und sie strahlte wieder diese über allen irdischen Ärgernissen schwebende Zufriedenheit mit sich und der Welt aus, die sie jedes Mal umgab, wenn sie schwanger war. Sie steckte mit Feuereifer mitten in den Vorbereitungen für das Fest zu Carls Ehren. »Am Samstag kommen alle. Freust du dich?«

Gleich danach am Sonntag, hatte Carl sich fest vorgenommen, wollte er es ihr schonend beibringen. Morgen war Sonntag.

Er hatte ein schrecklich schlechtes Gewissen. Seinen Kindern gegenüber. Seinen Eltern und erst recht natürlich Gesine gegenüber. Aber er hatte sie niemals auch nur ansatzweise so geliebt, wie er Kathryn liebte. Das Schicksal hatte ihm eine zweite Chance geschenkt. Die musste er nutzen. Die Sehnsucht nach Kathryn war schon jetzt kaum zu ertragen. Den Rest seines Lebens wollte er nur mit ihr verbringen.

Trotzdem war ihm flau im Magen. Es gab jede Menge unangenehmer Dinge zu regeln: Wer sollte die Baumschule leiten? Wie teilten sie das Familienvermögen auf? Wie verkrafteten es seine Eltern, dass er ins Ausland ging? Er würde vielen Menschen, die er liebte, Kummer zufügen. Aber da mussten sie durch, so hart es auch werden mochte. Carl genehmigte sich einen Kräuterschnaps, quasi als Medizin.

»Wieso sind Schröders nicht gekommen?«, fragte Änne Siefken, die Frau des musikalischen Nachbarn.

Gesine verdrehte vieldeutig die Augen. »Weißt du es denn noch nicht? Die lassen sich scheiden!«

»Nein! O wie schrecklich!«

Auch Ivy, geschwächt, aber elegant gekleidet wie immer, ließ aus den Tiefen ihres Polstersessels ein verächtliches Schnauben vernehmen. »Man lässt sich nicht scheiden.«

»Ja, es ist ein Skandal«, steuerte ein anderer Nachbar bei, der bei der Sparkasse arbeitete. »Wir geben solchen Leuten auch grundsätzlich keinen Kredit. Da weiß man doch gleich, dass sie unzuverlässig sind. Die haben auch sonst ihr Leben nicht in Ordnung.«

»Aber sie ist doch schuldlos geschieden«, wusste eine andere Nachbarin.

Natürlich, überlegte Carl, er würde vor Gericht alle Schuld auf sich nehmen, um für Gesine wenigstens die Schande so gering wie möglich zu halten. Er schenkte die kleinen Schnapsgläser voll und stellte zwei Weizenkornflaschen zur Selbstbedienung auf die Tische.

»Gustav, du hast schon gut getankt«, sagte er, »darfst du noch einen?«

»Immer her damit!« Gustav hielt ihm sein Glas entgegen. Wer ihn besser kannte, hörte, dass er schon ein wenig lallte. Er wollte einen kleinen eifersüchtigen Nagewurm in sich zum Schweigen bringen, deshalb kippte er die Schnäpse heute Abend in sich hinein: Gesine war schon wieder schwanger! Drei Kinder hatten sie schon, und zwei Söhne, und jetzt kam noch eines, wahrscheinlich noch ein Stammhalter. Er gönnte es seinem Freund ja. Aber wieso der und nicht er? »Schenk noch einen ein, Carl! Neulich bin ich mit meinem neuen Mercedes vom Gallimarkt nach Hause gefahren, da hält mich der Dorfsheriff an …«, er schlug mit der Faust auf den Tisch, »und sagt doch allen Ernstes zu mir: ›Herr ter Fehn, Sie sind ja nicht mehr nüchtern, nun fahren Sie aber mal auf dem schnellsten Weg nach Hause!‹«

Er hatte die Lacher auf seiner Seite. »Carl, erzähl uns was von deiner Reise …«

Und Carl berichtete. Dass er die Königsfamilie gesehen und eine der dreißig Goldmedaillen für die Rose-von-Darjeeling-Züchtung gewonnen hatte. Und dass in London auch noch viele Ruinen das Stadtbild verdüsterten.

»Hast du alte Bekannte getroffen?«, wollte Gustav wissen.

Carl verspannte sich, er hoffte, dass er nicht rot wurde. »Den Sohn vom alten Meir. Von der Baumschule, wo ich als junger Knilch hospitiert hab. Ach, und eine ganze Reihe von Berufskollegen …«

»Wie war denn das mit der Quarantäne?«, fragte Änne Siefken, sie stolperte besonders heftig über den s-pitzen S-tein. »Gesine und deine Eltern haben sich ja solche Sorgen gemacht. Die S-panische Grippe! Da sind doch nach dem Ersten Weltkrieg Millionen Menschen von ges-torben.«

»War's ja zum Glück nicht«, versuchte Carl das Thema rasch zu beenden.

Gustav kannte ihn nun aber zu gut. Auch ihm war aufgefallen, dass eine schwer fassbare Veränderung mit Carl vorgegangen war. Eine besondere Kraft umgab ihn, die ihn distanzierte von den anderen. Gustav hatte die Beobachtung zunächst nur unterschwellig registriert, dann auf Carls Freude über das vierte Kind geschoben. Und auf seinen Stolz über die Goldmedaille, denn davon hatte Carl seit frühester Jugend geträumt, und er, Gustav, wusste schließlich am besten, welche Entbehrungen und Kämpfe Carl für seine Rhododendren auf sich genommen hatte.

Schlagartig fühlte Gustav sich ernüchtert. Diese Aura oder wie immer man es nennen sollte, hatte ihn doch schon einmal umgeben, 1930, als sein Freund und Kathryn in heißer Liebe entbrannt waren.

Carl rutschte unruhig auf seinem Stuhl hin und her. Gustavs Blick brannte auf ihm. Er erhob sich, als müsste er dringend als Gastgeber aktiv werden. »Habt ihr genug Zigaretten? Im Büro sind noch welche, ich hol sie.«

Gustav folgte ihm. Seine Prothese klackte leise bei jedem Schritt, sein Gehstock machte auf dem Parkett tacktack, tacktack, tacktack. Im Flur stellte Gustav seinen Freund.

»Du hast sie wiedergesehen. Stimmt's?«

»Wen?«

»Du weißt genau, wen ich meine! Kathryn!«

Carl merkte, dass er jetzt rot wurde. Die Zigarettenschachteln in seinen Händen verrutschten und purzelten auf den Boden.

Er zögerte schon zu lange, um noch glaubwürdig lügen zu können. Natürlich hätte er seinen Freund einweihen wollen, aber nicht so und nicht heute. Carl sah Gustav an, Gustav las die Wahrheit in seinem Blick und explodierte vor Eifersucht wie Rumpelstilzchen.

»Du verdammtes Arschloch! Betrügst deine schwangere Frau, bumst die Lady, belügst uns alle. Was bis du für ein mieses …«

»Gustav, halt die Klappe!« Carl war sechs Jahre lang Soldat und zwei Jahre Kriegsgefangener gewesen. Mit einem Griff verdrehte er Gustav die Arme nach hinten. Leise wiederholte Carl: »Halt … die … Klappe!«

»Wo bleibst du denn mit den Zigaretten? Was …«, völlig verdattert stand Gesine auf einmal vor ihnen, »… was ist denn hier los?«

»Dein lieber Mann hat sich in England ein paar schöne Wochen mit 'ner anderen Frau gemacht! Er hat dich nicht verdient, Gesine!«

»Was?«

»Weißt du überhaupt, warum die Rose von Darjeeling früher Queen of Darjeeling hieß?«

»Gustav!«, brüllte Carl mit hochrotem Kopf. »Wenn du nicht augenblicklich die Klappe hältst …«

Drei Gäste kamen, durch den Lärm alarmiert, herbeigeeilt. Sie versuchten den vor Wut schnaubenden Carl zu beruhigen, stellten sich schützend vor Gustav.

»Weil wir unsere Jugendliebe Kathryn so genannt haben. Heute Lady Taintsworth. Ja, *unsere!*«, höhnte er Carl entgegen, »denn ich hab auch mit ihr geschlafen!«

Carl stieß die Männer zur Seite. Er verpasste Gustav einen Fausthieb unters Kinn und setzte einen gezielten Tritt gegen dessen Prothese. Gustav stürzte, die Frauen schrien auf. Alle Geburtstagsgäste drängten sich inzwischen im Flur und verfolgten die Auseinandersetzung. Nun packten die Männer Carl wieder und hinderten ihn an weiteren Tätlichkeiten. Gustav wand sich auf dem Boden, langte nach seiner Krücke. Andere Gäste kamen ihm zu Hilfe.

»Man kann doch einen Kriegsversehrten nicht treten!«, sagte Änne empört.

»Er war doch gar nicht im Krieg. Der hat gemütlich Tee getrunken, während wir da draußen den Kopf hingehalten haben!«, sagte Gesines Bruder verächtlich. Ihn freute es, dass der großkotzige ter Fehn mal ordentlich was auf die Nase bekam.

»Und es hat ihr gefallen!«, höhnte Gustav am Boden.

»Du Saukerl!«, brüllte Carl. »Dass du's nur weißt: Dein Vater war ein *Feigling!* Er war *kein Held!* Der ist durchgedreht im Schützengraben, hat all seine Kameraden in Gefahr gebracht!«

»Du lügst!«

»Frag meinen Vater. Der war dabei. Aus purem Mitleid hat er nicht die Wahrheit gesagt …«

»Du miese Ratte! Vor nichts schreckst du zurück!« Gustav spuckte vor Carl aus. »Und so einem hab ich zweimal das Leben gerettet …«

»Raus!«, schrie Carl außer sich vor Wut. »Raus! Ich will dich nie wiedersehen! Du bist für mich gestorben!«

Endlich waren alle Gäste gegangen. Gesine hatte die Kinder, die wieder aufgewacht waren, beruhigt. Jetzt ging sie zu Carl, der im Büro im Dunkeln saß. Sie blieb an der Tür stehen.

»Stimmt es, was Gustav gesagt hat?«

Carl drehte sich nicht zu ihr um, aber sie hörte seine Antwort auch so. »Ja.«

Gesine fühlte sich wie betäubt. Noch war sie ruhig und bei klarem Verstand. Sie konnte es nicht glauben.

»Du liebst eine andere Frau?«

»Ja. Es tut mir leid, Gesine. Ich wollte es dir schon gleich nach meiner Rückkehr sagen …«

Fassungslos lehnte Gesine sich gegen den Türrahmen. »Wie konntest du mir das antun?«

»Ich … muss noch mehr mit dir besprechen …«

Gesine wusste intuitiv, dass sie sich in einem Schockzustand befand. Noch war sie in der Lage, vernünftig zu denken. Bald würde ein fürchterlicher Schmerz sie überrollen. Sie musste vorher regeln, was wichtig war. Wichtig war das Kind in ihrem Bauch. Sie musste es schützen. Es brauchte Ruhe.

»Ich kenne Kathryn schon lange, seit damals in Darjeeling. Sie hat Gustav und mich bei der Expedition nach Sikkim …« Carl wollte seiner Frau endlich die ganze Geschichte erzählen.

»Nein!«, schrie Gesine. Wut schoss in ihr hoch. »Ich will es nicht hören.«

»Gesine, reg dich nicht auf«, erwiderte Carl erschrocken. »Wir können auch morgen in aller Ruhe …«

»Nicht aufregen!« Sie lachte bitter. Dann atmete sie tief durch.

»Ich hab Hansi zu Gerd gesteckt. Du kannst heute Nacht in Hansis Bett schlafen.«

Oben warf sie sein Bettzeug vor die Schlafzimmertür. Sie schloss von innen ab.

Carl musste sich in dem kurzen Kinderbett krümmen wie ein Embryo. In ihm tosten die widersprüchlichsten Gefühle. Seine Gedanken schwirrten wirr durcheinander. Mit diesem Eklat wurde der Weg frei für eine Zukunft mit Kathryn! Aber er machte sich auch Sorgen um seine Familie. Wie unanständig von ihm, eine schwangere Frau zu verlassen! Und Gustav, dieses Schwein! Kathryn hätte mit ihm auch geschlafen – nie und nimmer glaubte er das. Wie durchtrieben musste ein Mensch sein, sich so etwas Gemeines auszudenken! Wie hatte er sich in Gustav getäuscht!

Gesine konnte nicht schlafen. Noch relativ ruhig hatte sie sich ihr langes Nachthemd übergestreift und hingelegt. Sie wälzte sich hin und her, begann zu weinen. Und dann schluchzte sie hemmungslos. Sie schrie in ihr Kopfkissen, sie boxte auf die Matratze ein, war außer sich. Das pure Entsetzen über die Taten und Worte ihres Mannes erreichte ihr Inneres, ihre Eingeweide, Übelkeit überkam sie. Gesine stand auf, schloss die Schlafzimmertür wieder auf, wankte über den dunklen Flur zur Toilette und übergab sich. Zum Kotzen, dachte sie, es ist zum Kotzen!

Mehrfach legte sie in den nächsten zwei Stunden den Weg zwischen Bett und Toilette zurück, bis nichts mehr in ihrem Magen war, was sie ausspucken konnte. Gesine kannte sich selbst nicht mehr. Sie, die in sich ruhende, immer anpackende Bauerntochter, ging durch die Hölle. Mal flehte sie innerlich: Carl, komm und sag, dass es nicht stimmt! Mal wünschte sie ihm Tod und Teufel an den Hals. Sie schleppte sich wieder ins Bad, trank einen

Schluck Wasser. Viel zu schnell atmete sie zwischen den Schluchzern, unter denen ihr gesamter Körper zuckte. Du musst dich wieder hinlegen, sagte Gesine sich, denk an das Kind.

Auf dem Weg zurück ins Schlafzimmer, oben an der Treppe, wo noch das Absperrgitter aus Hansis Lauflernzeit den Aufgang sicherte, passierte es. Sie spürte einen Schmerz im Unterleib, und ein Schwall warmer Flüssigkeit ergoss sich über ihre Beine auf den Boden. Entsetzt schrie sie auf. Sie tastete nach dem Lichtschalter. Die Flüssigkeit war klar, gelblich, mit etwas Blut. Wasser aus der Fruchtblase.

»Hilfe!«, rief sie und schleppte sich zum Bett.

Carl war schon bei ihrem ersten Schrei aufgeschreckt. Er rannte in ihr Schlafzimmer, und als er Gesine im Bett liegen sah, erkannte er, dass etwas Schreckliches geschehen sein musste.

Die Kinder kamen aus ihren Zimmern. »Bleibt draußen, lauft zu Oma!«

Carl rannte zum Telefon und alarmierte den Hausarzt und die Hebamme. Es war doch noch viel zu früh, Gesine war erst im fünften Monat. Konnte das Kind gerettet werden?

»Sie hat einen vorzeitigen Blasensprung«, sagte der Hausarzt. »Passiert selten. Hätte ich nicht mit gerechnet bei Gesine. Sie muss liegen. Am besten im Krankenhaus.«

Die Hebamme fragte: »Gab es schlechte Nachrichten? Das passiert manchmal bei einem Schock.«

»O Gott!« Carl war fertig mit den Nerven. Und froh, dass seine Mutter sich um die verängstigt weinenden Kinder kümmerte.

Die Chance, dass sie das Kind halten konnte, war nach Auskunft der Ärzte gering. Carl besuchte Gesine im Krankenhaus.

»Was willst du denn hier?«, fragte sie bitter. »Wieso bist du nicht bei deiner Engländerin?«

Carl wusste nicht, was er erwidern sollte. »Gesine, jetzt ist wichtig, dass du wieder gesund wirst. Und dass das Kind …« Er verstummte. Tränen rollten über seine unrasierten Wangen. Es gab nichts, was er tun konnte. Er fühlte sich so schuldig, hilflos, verzweifelt. Und er war unglaublich wütend! Dieser Wahnsinnsidiot Gustav! Wenn der nicht alles im unpassendsten Moment hinausposaunt hätte, würde Gesine nicht hier liegen.

Gesine wandte sich ab. »Es regt mich nur auf, wenn ich dich sehe«, sagte sie schließlich erschöpft in Richtung Wand.

»Kannst du die … die Sache nicht einfach vergessen, bis es dir wieder besser geht?«

»Die … ›Sache‹… ist der Grund, weshalb es uns schlecht geht.«

Eine Schwester betrat das Zimmer und machte Carl ein Zeichen, dass die Besuchszeit vorbei sei. Carl verließ ohne ein weiteres Wort das Krankenhaus.

Zu Hause schloss Carl sich in seinem Arbeitszimmer ein. Er nahm den schweren schwarzen Telefonhörer in die Hand, steckte seinen Finger in die Wahlscheibe und ließ sich mit London verbinden.

»Kathryn, kannst du reden?«

Ihr erster Freudenimpuls wurde gleich getrübt. An seiner Stimme erkannte sie, dass etwas nicht in Ordnung war. Kathryn schickte das Hausmädchen aus dem Salon.

»Ich möchte ungestört sein.«

Carl erzählte ihr, was geschehen war. Eine Zentnerlast

legte sich auf Kathryns Herz. Ihr war, als hätte sie es geahnt, ohne es wahrhaben zu wollen. Irgendetwas würde ihre Zukunftspläne torpedieren. Alles andere wäre zu wunderbar gewesen.

»Es tut mir so leid … es muss furchtbar für dich sein …« stammelte sie. »Die arme Gesine …«

Und sie, Kathryn, war die böse Frau, die einer kranken Schwangeren den Mann wegnehmen wollte. Kathryn schämte sich einen Moment vor sich selbst. Aber diese Entwicklung hatte sie doch nicht gewollt!

»Carl, ich schicke dir ganz viel Liebe und Kraft. Tu das, was du für richtig hältst.«

»Kathryn …« Sie fehlte ihm Tag und Nacht. Aber er war einfach kein Mann der großen Worte. »Wie geht es dir? Was machst du?«

»Ich war auf dem kanadischen Konsulat und habe mich nach den Einwanderungsbedingungen erkundigt …«

»Weiß Alfred inzwischen Bescheid?«

»Nein. Ich möchte doch, dass Annabella ihre Saison so lange wie möglich unbeschwert genießen kann … Deshalb will ich es auch Alfred erst sagen, wenn geklärt ist, wo wir beide gemeinsam hingehen.«

»Ja … Kathryn, ich liebe dich.«

»Ich weiß. Ich liebe dich auch … mehr als mein Leben.«

Sie schwiegen, lauschten mit geschlossenen Augen dem Atmen des anderen. Kathryn holte tief Luft.

»Carl, ich glaube, du musst dich jetzt erst mal um deine Frau kümmern.«

»Ja. Ich ruf dich wieder an.«

Carl dachte, es könnte nicht mehr schlimmer kommen, doch es kam schlimmer. Gesine hatte sich eine Infektion zugezogen, sie und das Kind kämpften ums Überleben.

Carl wachte nun schon die dritte Nacht neben ihr. Er machte Gesine kalte Umschläge. Sie schwitzte, stöhnte. Er litt mit ihr, jeden Krampf, jeden Seufzer fühlte er wie am eigenen Leib, er hoffte für ihr gemeinsames Kind. Es zerriss ihm das Herz vor Sehnsucht, wenn er an Kathryn dachte. Und er fühlte sich unendlich schuldig. Sie murmelte wirr. Carl hörte er, immer wieder Carl …

»Wenn ich nur etwas tun könnte, um dir zu helfen, Gesine …« Ihr Puls wurde immer schwächer.

Zwei Ärzte kamen und sprachen leise miteinander. Sie schickten ihn auf den Flur. In tiefer Verzweiflung begann er zu beten. Carl machte Gott ein Angebot: Lass Gesine und das Kind durchkommen, dann geh ich nicht weg.

Er hatte doch ein gutes Leben gehabt. Weshalb war er damit nicht zufrieden gewesen? Warum wollte er auch noch das Paradies auf Erden? Carl zermarterte sich mit Selbstvorwürfen.

»Sie ist über den Berg«, sagte eine Krankenschwester im Morgengrauen. »Jetzt gehen Sie mal nach Hause, und ruhen Sie sich aus, Herr Jonas.«

Bei Carls nächstem Besuch im Krankenhaus hatte sich Gesine körperlich stabilisiert. Sie durfte höchstens einmal aufstehen, um zur Toilette zu gehen. Ansonsten musste sie strikte Bettruhe bewahren. Die Ärzte sagten, es könne sein, dass das Kind eine Behinderung davongetragen habe.

Carl hatte die Kinder mitgenommen. Um ihretwillen verzichtete Gesine, wie er gehofft hatte, auf feindselige Äußerungen. Carl und Gesine kamen überein, dass sie »die Sache« bis zu ihrer Rückkehr nach Hause ausklammern wollten. Der Geburtstermin war für Mitte Oktober berechnet worden.

Carl und Kathryn schrieben sich postlagernd. Sie versicherten sich ihrer Liebe, und sie erzählten sich von ihrem Alltag. Annabella hatte ihren ersten großen Liebeskummer, und Kathryn war als Mutter gefordert.

Carl sorgte sich um seinen Vater. Er hatte bei seinem letzten Spaziergang durch den Kiefernwald ungewohnt gefühlsbetont gesagt: »Ich kann beruhigt sterben, weil ich weiß, dass du den Familienbetrieb weiterführst.«

Tagsüber kümmerten sich Carls Mutter und die Haushälterin um die Kinder, doch die Beziehung zu ihrem Vater wurde in diesen Wochen immer enger. Kathrin, Gerdchen und Hansi machten sich natürlich Sorgen um ihre Mutter, die sie nur energisch und tatkräftig kannten. Kathrin versuchte auf rührende Art, Pflichten ihrer Mutter zu übernehmen. Sie aßen Haferflockenbrei zum Frühstück, das konnte sie am besten, das Mittag- und Abendessen bereitete zum Glück die Haushälterin zu. Die sechzehnjährige Älteste machte mit ihren Brüdern Hausaufgaben und nahm sie, was einem großen Opfer nahe kam, sogar gelegentlich zu Verabredungen mit ihren Freundinnen mit. Kathrin erzählte Carl von ihren Freundinnen, was sie früher nie getan hatte. Gerdchen malte sich aus, wie er dereinst die Baumschule führen wollte, und Hansi erzählte Kinderwitze, um alle bei Laune zu halten.

Abends kamen die Jungs nun oft zu ihrem Vater ins Bett, um Trost bei ihm zu suchen. Ihnen fehlten die Zärtlichkeiten ihrer Mutter, und sie wussten schon viel zu viel vom Sterben und vom Tod. Man konnte ihnen nicht viel vormachen.

»Ich hab jeden Abend gebetet, dass du wiederkommst«, vertraute Gerdchen eines Nachts seinem Vater an und kuschelte sich an ihn, »im Krieg und danach. Andere Kinder haben gesagt, du kommst nicht mehr. Beim Russen sterben sie alle, haben sie gesagt. Aber ich hab trotzdem gebetet.« Gerdchens Augen strahlten. »Und dann bist du doch gekommen!« Er war fest davon überzeugt, dass er seinen Teil zur glücklichen Heimkehr beigetragen hatte. »Und jetzt bete ich jeden Abend, dass Mama und das Baby gesund werden. Meinst du, das hilft wieder?«

»Ich hoffe es, Gerd … Ich bete auch jeden Tag.« Gerdchen legte seinen Arm auf die Brust des Vaters. Er sprach in die Brusttasche des Pyjamas hinein: »Kriegen wir wieder Krieg? Musst du wieder weg, Papa?«

Carl schluckte, er umarmte den Kleinen fest. »Ich glaub nicht, dass es bald wieder Krieg gibt … Mach dir nicht so viele Gedanken! Und nun schlaf.«

Etwas tapste über den Flur. Die Türklinke senkte sich langsam, sprang dann hoch. Hansi stand im Türrahmen mit dem von Gesine genähten Teddy im Arm, rieb sich die Augen. »Mama?«

Carl seufzte. »Komm her, Hansi. Jetzt ist es auch egal …« Sein Jüngster krabbelte zu ihnen ins Bett und schmiegte sich von der anderen Seite an seinen Vater. Carl brachte es nicht über sich, die Jungs zurück in ihre Kinderzimmer zu schicken. Er wagte sogar im Schlaf kaum, sich umzudrehen, aus Sorge, er könnte einen der beiden aus Versehen erdrücken oder verletzen.

London

September 1951

»Kathryn«, Lord Taintsworth räusperte sich, »mir sind da seltsame Gerüchte zu Ohren gekommen.«

Blass, aber gefasst blickte seine Frau ihn an.

»Du sollst vorm Eingang der Chelsea Flower Show in den Armen eines fremden Mannes gelegen haben.«

Kathryn schwieg.

Alfred räusperte sich noch einmal. »Außerdem habe ich von Golffreunden aus Cornwall gehört, dass die Spanische Grippe dort schon im März abgeklungen ist.« Er hielt kurz inne, dann fügte er hinzu: »Ich habe immer sehr an dir geschätzt, dass du ein ehrlicher Mensch bist.«

Kathryn atmete tief durch.

Sie ist so schön wie nie zuvor, dachte Lord Taintsworth schmerzlich berührt.

Kathryn überlegte. Sollte sie es ihm jetzt sagen? Sie hatte zwar die Hoffnung auf ein gemeinsames Leben mit Carl noch nicht ganz aufgegeben, doch seinen Briefen entnahm sie neben den Liebesbekundungen auch, wie stark er in seiner Heimat verwurzelt war, wie er an seiner Familie hing. Sie selbst ertappte sich dabei, dass sie überlegte, ob sie ihre Kinder und künftigen Enkelkinder je zu Gesicht bekommen würde, wenn sie nach Kanada auswanderte. Ich werde meine Wohltätigkeitsprojekte auf Jersey nicht weiter vorantreiben können, dachte sie. Und es gefällt mir doch, als Lady Taintsworth vielen mächtigen und interessanten Menschen zu begegnen. Wie schön, dass ich Annabella in ihrem Liebeskummer ein wenig helfen konnte und dass unser Verhältnis dadurch endlich vertrauter geworden ist. Der arme Alfred, wie soll er nur ohne mich zurechtkommen? Mir werden die Gespräche mit Louis über alte Naturheilverfahren fehlen. Ob Carl mit mir wirklich auf Dauer so glücklich werden kann wie mit seiner Familie im Ammerland – auf lange Sicht betrachtet, in der Summe aller Dinge, die ihm Befriedigung verschaffen …? Ist es richtig von mir, ihn dort herauszureißen? Wenn ich ihn wirklich liebe, sollte ich nicht das für ihn wünschen, was für ihn das Beste ist? Und gegen all das stand nur ein einziges Argument, dieses übermächtige sehnsüchtige Gefühl: ICH LIEBE DICH, CARL, ICH WILL BEI DIR SEIN!

Kathryn entschied, die Dinge auf sich zukommen zu lassen. Der Mensch konnte nicht alles selbst entscheiden. Sie war bereit, aufzubrechen und neu anzufangen. Aber sie würde ebenso das Gegenteil akzeptieren.

»Alfred, ich möchte dich auch jetzt nicht belügen«, antwortete sie schließlich. »Es stimmt, ich wäre beinahe ohnmächtig geworden, und ein Mann hat mich gehalten. Was die Quarantäne angeht – es hätte die Spanische Grippe sein können. Wenn der Amtsarzt es für möglich hielt, warum hätte ich es anzweifeln sollen? Und zum Glück ist mein Fieber ja schnell wieder verflogen …«

»Wobei der Amtsarzt ein alter Bekannter ist …«

»Ja und? Das mindert nicht seine Qualifikation.« Sie sah ihn offen an. »Alfred, wenn du nach mehr fragst, berichte ich mehr. Aber ich möchte dich bitten, tu es nicht. Will ich wissen, was du manchmal spätabends in Saint Helier treibst? Ich bin wieder hier. Ist das nicht, was wirklich zählt?«

Lord Taintsworth ging einige Male auf und ab, für ihn ein Ausdruck größter Erregung. Dann blieb er vor ihr stehen.

»Nun … Du hast Recht. Du bist hier, das ist es, was zählt. Willkommen daheim!«

Ammerland

Oktober 1951

Im Oktober 1951 brachte Gesine ein gesundes Mädchen zur Welt. Den Namen suchte sie aus: Constanze, die Standhafte.

Carl, der selbstverständlich angenommen hatte, dass Gesine um ihn zitterte, staunte nicht schlecht. Da stellte sich seine Frau noch am Tag ihrer Rückkehr aus dem Krankenhaus im Schlafzimmer ihres Hauses vor ihn und verkündete: »Ich habe nachgedacht … Lass mich ausreden! Wenn ich mit den Kindern zu meinen Eltern ginge, das wäre keine Lösung. Das Leben geht weiter.«

Carl warf einen Blick auf das winzige schlummernde Wesen in der Wiege und empfand demütige Dankbarkeit. Constanze war gesund! Gesine war wieder gesund. Sie hatten sich an ihre Vereinbarung gehalten und das heikle Thema monatelang ausgeklammert.

»Ich bin bereit, dir zu verzeihen«, sagte Gesine. »Unter einer Bedingung.«

Carl wunderte sich dann doch. Wieso kam Gesine so gar nicht in den Sinn, dass er sie verlassen wollte?

»Ich verzeihe dir, wenn … du die Rose von Darjeeling vernichtest.«

»Bist du des …«

Gesine fiel ihm ins Wort. »Wir nehmen die Rose beziehungsweise die …«, sie sprach den Namen absichtlich affektiert aus, »... Queen of Darjeeling aus unserem Sortiment. Dieser Rhodo wird ausgerottet und verbrannt. Wir machen auch keine Werbung mit der Goldmedaille, du streichst sie aus allen Unterlagen.«

Entrüstet schnappte Carl nach Luft.

»Du nimmst nie wieder Kontakt mit dieser Dame auf, und«, sie holte tief Luft, »wir sprechen nie wieder darüber.«

»Gesine, du weißt nicht, was du da verlangst!« Carl sprang auf. »Ich habe mein Leben für diese Züchtung riskiert!«

Jetzt verlor Gesine die Beherrschung. »Ich wäre gerade fast gestorben! Ich riskiere mein Leben jedes Mal, wenn ich ein Kind von dir zur Welt bringe!« Sie griff sich mit beiden Händen an den noch leicht gewölbten Bauch.

Betroffen schwieg Carl. Jeden Tag dachte er an sein Gelübde. Gott hatte Gesine und das Kind gesunden lassen, jetzt musste er sich an sein Versprechen halten. Er musste bleiben und auf Kathryn verzichten. Aber auch noch auf die Rose von Darjeeling?

Er protestierte. »Nach all den Jahren, dem Aufwand, den Mühen ... dieser Rhodo könnte ein Verkaufsschlager werden ...«

»Du hast noch andere Hybriden gezüchtet. Konzentrier dich auf sie.«

Gesine blieb bei ihrer harten Haltung. Zu Carls eigener Überraschung faszinierte sie ihn damit auch. Hätte sie ihn angefleht, bei ihr zu bleiben – er hätte sie vermutlich verachtet. Ihre klare Ansage imponierte ihm.

Carl fuhr nach Oldenburg zur Hauptpost, um ungestört mit Kathryn zu telefonieren.

»Das Kind ist geboren. Ein gesundes Mädchen. Es soll Constanze heißen.«

Kathryn hörte keine Freude, nur Trauer aus Carls Stimme. Sie kannte ihn so gut, manchmal besser als er sich selbst.

»Herzliche Glückwünsche.« Kathryns Stimme klang dünn.

Sie wussten beide, dieses war ein Abschied. Kathryn war auf diesen Augenblick vorbereitet. Vor Monaten schon hatte es sich angedeutet, seit ein paar Wochen war ihnen beiden klar, dass sie sich ihren Verpflichtungen und Gefühlen anderen Menschen gegenüber nicht entziehen konnten. Auch Kathryn hatte viel nachgedacht.

Es musste doch möglich sein, aus Erfahrungen zu lernen! Sie hoffte, dass sie beide mit ihrer zweiten Trennung besser zurechtkämen als mit der ersten.

»Carl … versprich mir, dass du mir nicht nachtrauerst.«

Er stöhnte auf. »Leicht gesagt.«

»Ich meine, du sollst nichts Schönes versäumen, weil ich nicht da bin. Weil wir es nicht gemeinsam erleben. Ich weiß, dass ich mit unserer Trennung viel besser fertigwerde, wenn es dir gut geht.«

Inständig bat Kathryn ihn, das zu beherzigen, was sie in den vergangenen Jahren für sich herausgefunden hatte. Sie wusste, wie man sich isolieren konnte aus Schmerz, Wehmut, Sehnsucht. Wie leicht man von der Melancholie in Selbstmitleid abtrieb und unnütz Lebensenergie in diesem Zustand versickern ließ. Die Erlebnisse vom September 1940 bis Mai 1941 und ganz besonders jene ersten Wochen der Luftangriffe, als London siebenundfünfzig Nächte hintereinander jede Nacht bombardiert worden war, hatten ihr die Augen geöffnet.

Vor dem Krieg hatte sie auf sehr hohem Niveau gelitten, sich zuweilen gesuhlt in wehmütigen Erinnerungen. Aber was wirklich zählte, war das Leben im Hier und Jetzt!

»Bitte, liebe deine Frau, ich weiß, du liebst mich deshalb kein bisschen weniger. Bestrafe niemanden dafür, dass wir uns nicht haben konnten. Liebe deine Kinder und Musik und gutes Essen und, ach, das Leben, jede Minute. Du wirst mir damit nicht untreu. Im Gegenteil. Außerdem haben wir uns ja doch für immer … *Forever and thereafter.*«

»Mein Gott, bist du klug! Dieser Auftrag würde dem weisen Lama gefallen – bleib mir treu, indem du das Schöne genießt.«

»Lass es uns versuchen, ja?«

»Ich weiß nicht, ob ich es kann. Aber ich verspreche dir, dass ich es versuche. Gib mir bitte deine Anschrift auf Jersey.«

Sie gab sie ihm, aber sie bat ihn: »Es wäre mir lieber, ich wüsste, dass du mir nie mehr schreibst. Sonst würde ich jeden Tag auf einen Brief von dir warten, und das könnte ich nicht aushalten … Wenn einer käme, wäre ich ganz bei dir, statt in meinem gegenwärtigen Leben. Und wenn keiner käme, wäre ich traurig …«

»Wir werden uns nicht schreiben«, antwortete Carl bestimmt. »Ich will nur Bill Landsbury bitten, dir die Rose von Darjeeling zu schicken.«

»Oh, danke …«

»Du wirst nicht auf eine Botschaft von mir warten, und ich werde nicht auf eine Botschaft von dir warten.«

»Nein, wir werden nie wieder Kontakt miteinander aufnehmen.«

»Weder per Telefon noch per Telegramm. Schwör es.«

»Weder per Trommel- noch per Rauchzeichen«, schwor Kathryn mit erhobener Hand. Sie flüsterte: »… nur … nur für mein Herz kann ich nicht garantieren.«

Carl fehlten die Worte. Er atmete schwer. »Mein Herz … ist … immer … bei dir.« Mehr konnte er nicht sagen.

Er hörte ihren Atem. Langsam legte er den schweren Hörer auf die Telefongabel zurück.

Noch am selben Nachmittag wurden alle Mutterpflanzen und Abkömmlinge der Rose von Darjeeling in der Baumschule Jonas auf einen großen Haufen geworfen. Kalfaktor Hinnerk, inzwischen um die sechzig, schüttelte unentwegt verständnislos den Kopf. Er führte das Ziehpferd und musste die Pflanzen verbrennen. Auch Bruno, der mittlerweile als Obergärtner über mehr als vierzig Jonas-Mitarbeiter das Sagen hatte, verstand die Welt nicht mehr.

Gesine überwachte schweigend mit Argusaugen, dass ihre Forderungen umgesetzt wurden. Als der vierzehnjährige Gerd aus der Schule kam und wissen wollte, was da und weshalb es geschah, sagte seine Mutter nur: »Eine Fehlentwicklung …«

»Aber …«

»Wir wollen nicht mehr darüber reden.« In ihrer Stimme lag eine ungewohnte Schärfe.

Carl sah anfangs noch zu, doch er ertrug es nicht lange. Nun hatte er sie doppelt verloren, seine *Queen*, ein zweites Mal. Endgültig. Er ging ins Moor und weinte bitterlich.

Ammerland

Mai 2010

Max hatte nach ihrem Jadebusenabenteuer noch nichts von Julia gehört, also beschloss er, sie anzurufen.

»Wie geht's dir? Alles gut überstanden?«

Julia gähnte. »Abgesehen von Halsschmerzen, ja.« Sie hatte bis mittags geschlafen. »Es ist warm und trocken hier, was will man mehr … Und du?«

»Danke, alles okay. Musst du nicht zur Rhodo-Eröffnung?«

»Meine Mutter hält die Stellung.«

»Julia, ich hab gerade einen Anruf von meinem Vater bekommen. Er ist übrigens in Westerstede eingetroffen, im Hotel. Wegen des Gerüchts …«

»Ja?«

»Du glaubst es nicht.«

»Erzähl!«

»Jetzt gleich?«

»Mach mich nicht wahnsinnig!«

»Ach, das würde ich ja zu gern mal …«

»Max, bitte!«

»Also, diesen ominösen Hinweis auf den letzten Original-Rose-von-Darjeeling-Rhodo in einem alten Ammerländer Bauerngarten hat er von Ludwig Brunken. Der gehört zum Vorstand der Deutschen Rhododendron-Gesellschaft und war neulich zu einem Gespräch im Park der

Gärten. Er ist mit dem Zug von Bremen nach Bad Zwischenahn gefahren und hat vom Park zurück zum Bahnhof Bad Zwischenahn ein Taxi genommen.«

»Und?«

»Der Taxifahrer hat es ihm erzählt. Und da Herr Brunken ein ordentlicher Mensch ist, hat er seine Taxiquittung für die Steuer aufgehoben. Mein alter Herr hat heut Morgen mit ihm telefoniert. Und der Name des Taxifahrers lautet … Na …?« Max machte eine bedeutungsvolle Pause.

Julia schwante etwas. »Nein, das glaub ich jetzt nicht …«

»Hab ich doch gesagt!«, feixte Max. »Genau der!«

»Unser Hein?«

»Genau. Heinrich Brunßengerdes.«

»Nun versteh ich überhaupt nichts mehr.«

»Am besten fragen wir Hein selbst. Weißt du, wo er jetzt ist?«

Julia schaute auf die Uhr.

»Ach, heute ist ja sein großer Tag – das Schweinerennen. Es fängt in gut einer Stunde an.«

»Ich hol dich ab. Bis gleich!«

Julia wartete schon vor dem Haus auf Max, und sie fuhren sofort weiter. Die kleine Bauernschaft lag nicht weit entfernt. In Westerstede, das einem Blütenmeer glich, waren wegen der Rhodo-Eröffnung viele Straßen gesperrt, aber Julia kannte die Schleichwege.

»Hier. Aus meiner Reiseapotheke.« Max reichte Julia ein braunes Medizinfläschchen. »Das ist ein Zaubermittel gegen Halsschmerzen. Nimm drei davon halbstündlich, bis es besser wird.«

»Was ist das?«

»Ein homöopathisches Mittel, das ein Apotheker aus Jersey entwickelt hat, Louis Laurent. Er ist so was wie ein moderner Druide, unser Merlin. Ich glaub, da steckt Eisenhut drin.«

»Willst du mich vergiften? Eisenhut ist hochtoxisch!«

»Monsieur Laurent ist ein Experte und ein Freund der Familie. Meine Mutter behauptet, ohne seine Naturheilmittel wäre sie nie mit mir schwanger geworden.«

Julia musterte das Fläschchen misstrauisch.

Max lachte. »Er hat mich auch geheilt. Ich hab früher sehr unter Allergien gelitten. Von Mai bis August musste ich niesen.« Er grinste. »Drei Stück, schön unter der Zunge zergehen lassen. Vertrau mir.«

Das hatte er schon mal gesagt. Julia schraubte das Fläschchen auf. »Na gut.«

Er würde sie nicht an einem Tag retten und am anderen umbringen wollen. Brav nahm sie drei Kügelchen, legte sie unter die Zunge und schwieg, bis sie am Ziel waren.

Auf der Festwiese mit Imbiss, Bierbude und Berlinerstand herrschte Hochbetrieb. Aus Lautsprechern dröhnte Schlagermusik. Die Rennbahn machte eine scharfe Kurve, wie bei Hein auf dem Hof, war aber breiter und doppelt mit Zaun und Strohballen gesichert. Zwölf Schweine sollten gleichzeitig an den Start gehen.

In die friedliche Schützenfeststimmung unter blühenden Kastanienbäumen drangen aufgebrachte Männerstimmen. Sie kamen aus dem Stall, in dem die Schweine auf ihren Einsatz vorbereitet wurden. Jetzt erst sah Julia, dass ein Polizeiwagen neben der großen Stalltür parkte.

»Was ist denn hier für eine Aufregung?«, fragte sie einen Landwirt, den sie als Heins Nachbarn vom Renntraining kannte. Auch Max erblickte einige vertraute Gesichter, darunter das von Gerda, die sich gerade temperamentvoll über etwas empörte.

»Da hat einer die beiden Rennschweine von Hein besoffen gemacht.«

»Was?« Die armen Tiere, dachte Julia.

»Jau«, sagte der Landwirt bedauernd. »Ein echter Idiot! So 'ne Verschwendung …«

Julia und Max drängten sich in den Stall zu Hein durch. Die Polizei vernahm den Übeltäter, der geständig war: Jürgen, Gerdas hartnäckiger Verehrer.

»Sie geben also zu, dass Sie den Rennschweinen Rudi und Max gewaltsam Alkohol verabreicht haben?«

Die beiden Schweine torkelten grunzend und oinkend durch eine Stallbox – sie unterschieden sich in Motorik und Äußerungen nicht wesentlich vom Verhalten volltrunkener Menschen.

»Gewaltsam nicht!«, betonte Jürgen, der selbst auch nicht nüchtern war. »Die sind ganz wild drauf gewesen.«

»Mag ja lustig aussehen, aber das ist Tierquälerei. Das gibt 'ne Anzeige«, belehrte ihn der Polizist.

»Wir haben wochenlang trainiert für dieses Rennen!«, rief Hein anklagend. Er war bitter enttäuscht, dass seine Spitzenschweine nun schon vor dem Start disqualifiziert wurden.

»Warum haben Sie das gemacht?«, fragte der Polizist Jürgen.

»Weil ich allen beweisen wollte, dass Hein ein Döspaddel is. Darum.«

»Was für eine Schnapsidee!«

»Jau.«

»Und warum wollten Sie Hein blamieren?«

»Weil …«, Jürgen sah Gerda an, die böse zurückguckte. Er bekam einen knallroten Kopf. »Ach, das sag ich nicht.«

Heins Vater, ein leidenschaftlicher Krimifan, schaltete sich ein. »Das Motiv ist Eifersucht! Jürgen ist nämlich scharf auf Gerda. Aber Gerda mag unsern Hein wohl leiden, nicht Gerda?«

Gerda wand sich vor Verlegenheit, blinzelte aber zugleich verschämt kokett zu Hein rüber. Der wiederum, ungläubig, überwältigt von einer Welle unerwarteten Glücks, wusste nichts Besseres zu sagen als: »Ehrlich?«

Immer war er eine Spur zu schüchtern gewesen. Aber wie Gerda ihn anguckte, das war ja … Hein ging rüber zu ihr. Er wagte ein vorsichtiges, zittriges Lächeln. Leise sagte er auf Platt: »Stimmt dat, Gerda, du machst mi woll lieden?«

Sie nickte. »Warum wär ich wohl sonst immer zu deinen Trainings gekommen?«

Die Menschentraube um Jürgen und den Polizisten beobachtete gerührt, wie Hein kühn nach Gerdas Hand griff und über die Gesichter der beiden ein Strahlen ging. Nur Jürgen rülpste angewidert.

Max hatte eine Eingebung. »Könnte es sein, dass auf Ihr Konto auch die Sabotage in der Baumschule Jonas geht?«

»Oh!« Ein empörtes Raunen erfüllte den Stall. In Jürgens Augen blitzte eine böse Schadenfreude auf, die Max' Verdacht nur bestätigte. »*Sie* haben den Temperaturregler verstellt, damit Ihr Konkurrent blöd dasteht.«

Jürgen zuckte mit den massigen Schultern. »Un' Hein ist doch 'n Döspaddel.«

»Das gibt gleich noch ein paar Anzeigen mehr«, sagte der Polizist, »zum Beispiel wegen Sachbeschädigung und wegen Einbruchs.«

»Ich bin so froh, dass diese Sache endlich aufgeklärt ist.«

Julia seufzte erleichtert, als der Polizeiwagen mit Jürgen unter großer Anteilnahme der Dorfbevölkerung vom Festplatz fuhr und die Aufregung sich endlich gelegt hatte.

Max' Augen wirkten heute mehr grün als blau, vielleicht lag es an der grünen Wiese … Liebevoll lächelten sie Julia an.

Max nutzte die Gelegenheit, ihren Waffenstillstand in Frieden zu wandeln. »Vielleicht mindert das meine Vergehen und du kannst mir meine Schwindelei verzeihen?«

Julia sah kleine Fältchen in seinen Augenwinkeln, die sie hinreißend fand und gern geküsst hätte. Viel zu lange schon schaute sie ihn an, aber sie schaffte es einfach nicht, ihren Blick loszureißen. Jetzt lächelte auch sein Mund, was für schöne weiße Zähne … Dieses Lächeln verschlug ihr die Sprache. In ihren Blutbahnen schäumten plötzlich wilde Stromschnellen, und in ihrem Bauch kitzelte es wie beim Rafting. Sie spürte eine kribblige Ahnung von Glück und Leichtigkeit, von Befreiung und Wolkenflug.

Heftig atmete Julia aus.

Eine Lautsprecheransage verhinderte ihre Antwort. Julia fühlte einen Kloß im Hals, und es schmerzte wieder unangenehm. Erneut nahm sie drei der angeblichen Zauberkügelchen.

Das Rennen startete ohne Heins Favoriten. Im Gedränge an der Rennstrecke legte Max seine Hände auf Julias Hüften und schob sie vor sich, damit sie mehr sehen konnte. Er stand direkt hinter ihr, seine Wärme kroch ihr unter die Haut, sie spürte seinen Atem in ihrem Nacken, seine starke Brust an ihrem Rücken – und seine Lust auf sie. Sekundenlang wollten ihre Beine wegsacken in süßer Schwäche. Am liebsten hätte sie sich einfach fallen und von ihm auffangen lassen. Max schnupperte an ihrem Haar. Aber da hüpften und klatschten auch schon die Leute um sie herum vor Begeisterung, die Masse tobte, und sie konnten nicht anders, als mitzujohlen.

Sofort nach der Bekanntgabe des Siegers setzte sich Julia in Bewegung. »Komm! Wir müssen Hein suchen, bevor er uns entfleucht!« Sie ging voran und hoffte, dass Max ihre Verwirrung nicht bemerkte.

»Es tut mir wirklich leid für dich«, sagte Julia wenig später ihrem Kalfaktor. »Da habt ihr euch so lange auf dieses Rennen vorbereitet …« Sie saßen bei Kaffee draußen an einem Biergartentisch.

»Och …« Hein schmunzelte, »Pech im Spiel, Glück in der Liebe …« Gerda saß selig an seiner Seite, die beiden warfen sich immer wieder feurige Blicke zu. »Und die Schweine haben morgen ihren Rausch ausgeschlafen.«

»Hein, ich möchte dich gern etwas fragen …« Julia erklärte ihm, um was es ging. Und dass Max in Wahrheit wegen dieses Gerüchts gekommen war. »Woher hattest du die Information über den letzten Originalrhodo, Hein?«

»Ha!«, schaltete sich Gerda mit geröteten Wangen ein. »Von mir!«

»Wie bitte? Das wird ja immer verrückter«, sagte Julia. »Mal ganz langsam, der Reihe nach …« Sie wandte sich wieder an Hein.

»Wieso hast du denn nicht nach diesem letzten Original gesucht, wenn du davon wusstest? Ich mein, du arbeitest nun schon so lange bei uns, und du kümmerst dich jeden Tag um unsere Nachzüchtung. Und warum hast du mir kein einziges Wort gesagt?«

»Also der Reihe nach«, wiederholte Hein. »Ich hab nicht danach gesucht, weil ich nicht wusste, wo ich suchen soll. So richtig hab ich das sowieso nicht geglaubt.«

»Und warum hast du dem Taxigast davon erzählt?«

»Jau, weil ich dachte, das ist so 'ne Geschichte wie die mit dem Wels im Meer. Wat für dumme Touristen.« Hein grinste. »Wenn ich solche Geschichten erzähl, gibt's immer mehr Trinkgeld.«

Julia schüttelte den Kopf. Ein bisschen Recht hatte Jürgen ja. Der Hellste war Hein fürwahr nicht.

Doch Hein setzte nun seine ganz schlaue Miene auf. »Außerdem, Julia, musst du ja Folgendes bedenken: Wir haben die beste Nachzüchtung. Aber ein Original ist immer besser als die beste Nachzüchtung. Hätte ich etwa riskieren sollen, dass wir den Preis nicht gewinnen?«

Julia war verwirrt. War das jetzt Logik? Bauernschläue?

»Äh …« Betont höflich wandte sie sich an Gerda. »Kannst du uns denn weiterhelfen? Darf ich dich fragen, woher du die Information hattest?«

Gerda war hin- und hergerissen. »In meinem Job hört man viel. Wenn man den Leuten zu Hause die Füße macht, kommen sie ins Reden, erzählen auch mal sehr Privates. Und wenn die das Gefühl haben, ich tratsch das weiter, dann kann ich gleich einpacken.«

Max merkte, dass Julia kurz davor war, die Geduld zu verlieren. »Das verstehe ich gut. Das ehrt dich, Gerda. Du hast eine Art Schweigepflicht, wie ein Arzt.« Gerda entspannte sich wieder, sie fühlte sich verstanden und nickte. »Aber weißt du«, fuhr Max fort, »der Großvater von Julia hat diesen besonderen Rhododendron ursprünglich gezüchtet. Die Rechte liegen sozusagen seit Jahrzehnten bei der Familie Jonas. Wenn du Julia also vielleicht einen Tipp geben könntest, wenigstens einen kleinen Fingerzeig, dann würdest du damit der Gerechtigkeit einen großen Dienst erweisen.«

Sie zögerte noch. »Vielleicht sollte ich zuerst mit der entsprechenden Kundin reden …«

Hein nickte ihr aufmunternd zu. Gerda rieb sich das Ohr. Sie hatte doch versprochen, nichts weiterzusagen.

»Es eilt ziemlich, weil der Wettbewerb doch morgen entschieden wird«, drängte Julia sanft.

Max beschloss, seine wahre Identität zu enthüllen. »Mein Vater hat diesen Wettbewerb ausgelobt. Er ist fast achtzig, die Rose von Darjeeling bedeutet ihm sehr viel, er möchte sie so gern noch einmal blühen sehen.«

Gerda fiel die Kinnlade herunter. Sie schlug mit der Hand auf den Biertisch. »Hab ich's nicht gleich gesagt? Du hast unheimlich viel Ähnlichkeit mit diesem Max, der immer auf den Adelsfesten … Mensch, wer hätte das gedacht!« Sie schnappte nach Luft. »Darauf kannst du aber erst mal 'ne Runde ausgeben, Max … Oder wie soll man dich … äh … Sie denn nun nennen? Hoheit?«

Max lachte. »Max ist schon in Ordnung. Und im Ammerland gelten ja wohl die Ammerländer Sitten, da können wir auch beim Du bleiben.«

»Also unter diesen besonderen Umständen …«, Gerda gab sich geschlagen. »Dann muss ich aber mitkommen«, beharrte sie.

»Ja, in Ordnung.«

»Vorher muss ich schnell noch mal für kleine Mädchen.«

Julia schloss sich ihr an.

»Mensch, das is ja 'n Ding, was? Ein echter Blaublüter. Und so nett.«

»Mich wundert, dass du ihn kanntest.«

»Ich les ja zu gern diese Klatschblätter«, gab Gerda zu. »Und ich kann mir Gesichter gut merken. Der Max ist doch immer dabei, wenn sie diese Hitparaden mit den begehrtesten Junggesellen machen.« Plötzlich sah Gerda besorgt in den Spiegel, wo ihr Blick den von Julia traf. »Aber sei bloß vorsichtig. Lass dir nicht das Herz brechen. Bei jedem Ball und bei jeder Party taucht der mit einer anderen Schönheit auf.«

Julia spürte, wie sich ein Wackerstein schwer auf ihr Herz senkte.

»Ach, was!«, rief sie möglichst unbekümmert. »Der ist überhaupt nicht mein Typ.«

»Gut, dann fahrt mal hinter mir her, wir müssen nach Aue – zu Hella ter Fehn.«

Ammerland – Jersey

1951 bis 1980

Nach dem furchtbaren Eklat im Hause Jonas im Juni 1951 machten Carl und Gustav bis an ihr Lebensende einen großen Bogen umeinander. Carl fuhr ungern nach Leer, Gustav mied jahrelang das Ammerländer Bauernhaus am Zwischenahner Meer. Er vermietete es schließlich.

Carl wurde mit den Jahren ein bisschen spießig-solide. Er steckte seine Liebe in die Rhododendronzüchtung, reiste viel, entdeckte noch mehr Wildarten und hielt Vorträge. Seinen Kindern war er ein liebevoller, aber strenger und auf Leistung pochender Vater. Die Not der Kriegsjahre vergaß er nie, deshalb sammelte er sogar in den Wirtschaftswunderjahren noch jeden Joghurtbecher oder Bindfaden. Und konnte auf der anderen Seite, in gelegentlichen Ausbrüchen eines Wir-sind-noch-mal-davongekommen-Lebensgefühls, auch besonders großzügig sein. »Lasst uns das Leben genießen, es ist so kurz«, pflegte er dann auszurufen.

Mit Gesine lief es seit der Geburt der kleinen Constanze besser. Sie waren ein eingespieltes Arbeitsteam. Gefühlsäußerungen zwischen den Eheleuten gab es kaum. Gesine schenkte ihre Umarmungen vor allem den Kindern und großzügig auch deren Freunden. Einige kannten so viel

Herzlichkeit und Fürsorge von zu Hause aus nicht und kamen eher wegen der Mütterlichkeit als wegen gemeinsamer Schularbeiten zu den Jonas.

Der Jonas'sche Rhododendronpark wurde eine Sehenswürdigkeit, die bald in keinem Reiseführer über die Region fehlte. Auszeichnungen und Preise machten Carl als Züchter zu einer internationalen Größe. Zufriedenheit erfüllte ihn, wenn er unterwegs seine Hybriden erkannte, ob nun im Ammerland auf einem Bauernhof oder in Hamburg an der Elbchaussee.

Das Größte für ihn war es, zu beobachten, wie Besucher verzaubert von der Schönheit seiner Rhododendren durch den Park wandelten. Manchmal mischte er sich unauffällig unter sie, um ihre Reaktionen und Kommentare hautnah mitzubekommen.

Die Sehnsucht nach Kathryn verließ ihn nie. Die ersten zwei Jahre nach ihrer Trennung waren eine fast unerträgliche Qual für ihn, doch er schaffte es, sie tief in seinem Innern zu verbergen. Manches Mal dachte er daran, heimlich in Gustavs Garten in Leer das letzte verbliebene Exemplar der Rose von Darjeeling auszugraben oder zumindest einen Reiser davon abzuschneiden. Oder hinzufahren, um sie wenigstens einmal wieder blühen zu sehen und zu riechen. Aber er widerstand der Versuchung – einerseits, weil ihm klar war, dass der Duft seinen Schmerz nur verstärken und nicht lindern würde, andererseits und vor allem jedoch, weil er auf keinen Fall wollte, dass Gustav ihn dabei zufällig erwischte. Diesen Triumph gönnte er dem Verräter nicht.

So entwickelte Carl eine gewisse Fertigkeit, die mancher vielleicht als Meditation bezeichnet hätte. Er hatte keinen Namen dafür. Am besten funktionierte es, wenn er allein auf dem Sofa lag, um seinen Mittagsschlaf zu halten. Er ruhte auf dem Rücken, die Augen geschlossen, beide Hände übereinander auf der Brust. Er versuchte ruhiger zu atmen. Zuerst betete er zu Gott. Meist höflich, kurz und dankbar. Dabei trappelte er innerlich schon vor Ungeduld wie ein kleiner Junge. Und dann endlich dachte er an Kathryn, oder richtiger, er fühlte Kathryn. Er ließ seine Liebe zu ihr frei, aus vollem Herzen. Dabei stieg eine Art Energiewolke auf, wie Kathryn es ihm beschrieben hatte. Dieses Kraftfeld schloss ihn ein, schwebte über ihm und reichte bis ins Weltall. *Kathryn, hörst du mich? ICH LIEBE DICH, wo immer du bist! Ich schicke dir meine Liebe.*

Was er in diesen Momenten spürte, war sehr intensiv. Mächtiger als die Zuneigung, die er allein zu geben vermochte. Er empfand ein Abstrahlen oder Senden und zugleich ein Empfangen. Für Carl stand fest, dass sich seine Liebe mit Kathryns Liebe verband. Und dass dieses Gefühl Teil einer noch viel größeren göttlichen Liebe war. Diese Erfahrung tröstete und stärkte ihn.

Auch für Kathryn waren die ersten Jahre nach ihrem Abschied von Carl die schwersten. Jeder Vogel schien eine Botschaft von ihm zu bringen, jede Windbö ein Zeichen zu sein, jeder Wellenschlag weckte Erinnerungen. Immer noch schwang etwas von Herz zu Herz, auf eine archaische Weise, die vor ihnen schon Millionen Liebende zu allen Zeiten und in allen Ländern der Erde über jede Entfernung verbunden hatte.

Auch ihr Körper litt in der ersten Zeit unter Entzugserscheinungen. Kathryn verzehrte sich nach Carl. Vom gesichtslosen Lustspender träumte sie nicht mehr. Zu viele erotische Bilder von Carl hatten sich in ihrer Erinnerung darübergelegt.

Mit der Zeit gelang es ihr, die Liebe zu ihm verstärkt in allgemeine Menschenliebe umzulenken. Kathryn bewahrte ihr Geheimnis, was ihr zuweilen etwas Rätselhaftes verlieh. Sie fand wieder Trost, indem sie sich wohltätig engagierte, und vermehrt auch im Genießen. Immer noch hatte sie ein großes Haus zu führen. Ihre Gäste wurden verschiedenartiger und internationaler.

Lord Taintsworth und Charles, der sich schon während des Studiums sehr für das Kreditinstitut der Familie interessierte, hatten im Hintergrund erfolgreich Lobbyarbeit betrieben. 1953 beschloss die Regierung von Jersey, die Insel durch besondere Gesetze zu einem Steuerparadies zu machen. Jetzt zeigten internationale Großunternehmen, sogar Staaten, allerdings auch Diktaturen und unseriöse Briefkastenfirmen schlagartig riesiges Interesse an einer Zusammenarbeit. Die Taintsworths konnten sich die Rosinen herauspicken. Während die Aristokratie in Großbritannien bittere Zeiten des Niedergangs erlebte und so manche hochwohlgeborene Familie statt zwölf nur noch zwei Gärtner beschäftigen konnte, verdienten Kathryns Männer sehr gut. Annabella kam nach Hause, und Kathryn bemühte sich, in der Beziehung zu ihrer Tochter manches Versäumte nachzuholen. Sie drückte ein Auge mehr zu, wenn die jungen Leute im Herrenhaus wilde Partys feierten. Man kann sich für das Glücklichsein entscheiden, vermittelte sie ihnen. Manchmal setzte sie in Gedanken hinzu: meistens jedenfalls …

Zu den regelmäßigen Gästen zählten bald auch Mrs Marya und Dr. Apple. An diesem Paar, das so hinreißend alterte wie eine humorvolle russische Großfürstin und ein expressionistischer Künstler, hing Kathryn mit zärtlicher Liebe. Verkörperten die beiden aus der Generation ihrer Eltern doch auch ein Stück Darjeeling.

Marya Apple war es, die Aashmis Talent einem größeren, elitären Publikum zugänglich machte. Sie zeigte sich dermaßen begeistert von den Bordüren, Stickereien, Applikationen, die Kathryns Garderobe zierten, dass sie umgehend die Künstlerin kennenzulernen wünschte, die sie entworfen hatte.

Aashmi, die ihr dunkles Haar inzwischen kurz und in Dauerwellen gelegt trug, war tief bewegt. Sie erinnerte sich noch gut, wie sie als kleines unbedeutendes Mädchen die eleganten Apples bewundert hatte, wenn sie über die Chowrasta-Promenade kutschierten. Mrs Apple bat sie um die Erlaubnis, einige ihrer Zeichnungen und Ausführungen einem Pariser Couturier zeigen zu dürfen. Natürlich hatte Aashmi nichts dagegen. Eine Woche später erreichte sie das Telegramm eines weltberühmten Modeschöpfers: *Wann können Sie nach Paris kommen?*

Die Nepalesin Aashmi, der ursprünglich niemand mehr als ein bescheidenes Leben als Teepflückerin vorhergesagt hätte, reiste in die Hauptstadt der Mode, und eine beispiellose Karriere begann. Französisch hatte sie schon in ihren Jahren auf Jersey gelernt, eigentlich den Dialekt Patois, das erleichterte ihr den Einstieg. Sie war nun Ende dreißig. Ihre Tochter hatte jung einen Koch geheiratet, mit dem sie ein Restaurant aufmachen wollte. Ihr Sohn Mohandas besuchte in London eine renommierte Butler-Schule. Ihr Mann Mr Singh war ein guter Kamerad geworden, aber sie brauchten nicht mehr jeden Tag zusammen zu sein. Sie hatten sich wieder viel mehr zu erzählen, seit Aashmi zwischen Paris und Jersey hin- und herpendelte.

Anfangs arbeitete sie für den Modeschöpfer, doch nach einigen Jahren machte sie sich selbstständig. Besonders erfolgreich verkaufte sich eine Linie mit Schals, Abendstolen und Tüchern. Unter ihrem Vornamen »Aashmi« konnten sich bald Millionen Frauen in aller Welt etwas vorstellen.

Kathryn erfuhr irgendwann beiläufig, dass sich ihr ergebener Verehrer Louis Laurent dem eigenen Geschlecht zugeneigt fühlte. Das versetzte ihr einen leichten Stich der Enttäuschung, doch letztlich blieb ihr Verhältnis davon ungetrübt.

Kathryn durchlitt weiter depressive Schübe, die aber immer wieder vorübergingen und auch mal längere Zeit ausblieben – vor allem, wenn ihr Rhododendron blühte. Wie unglaublich glücklich fühlte sie sich, wenn die ersten Knospen aufgingen und sie den ersten Hauch des zarten Dufts erschnuppern konnte! Für sie war es jedes Mal wieder eine Botschaft von Carl: *Ja, ich denk an dich. Unsere Liebe lebt, Kathryn. Mag auch die Zeit vergehen, ich liebe dich bis in alle Ewigkeit.*

Aus der Tiefe ihres Herzens stiegen Liebe und Dankbarkeit empor. Nichts, abgesehen von einem alljährlichen Pflichttermin in London, konnte sie zur Blütezeit aus ihrem Garten locken. Alle Menschen, die ihr nahestanden, staunten immer, wie gut Kathryn diese Jahreszeit tat. Doch nicht nur im Mai und Juni bescherte ihr der Rhododendron Freude. Die im Spätsommer angesetzten grünen Spitzen schenkten ihr an trüben Wintertagen die tröstende Gewissheit, dass die Natur das Schöne ja schon wieder vorbereitete.

Ende der Sechzigerjahre heiratete Charles standesgemäß, Alexandra, eine fünfzehn Jahre jüngere, freundliche brünette Baroness, die Kunstgeschichte studiert hatte. Diese

Ehe blieb lange kinderlos, was Kathryn und Alfred sehr bekümmerte. Begeistert waren sie hingegen, als Leroy Apple, Maryas jüngster Sohn, um die Hand ihrer Tochter Annabella anhielt. Er hatte auch Jura studiert und promoviert wie sein ältester Bruder Victor, der mittlerweile Dekan in Oxford war, lebte aber als gefragter Fachautor in London. Leroy und Annabella gründeten einen Verlag für Fachzeitschriften.

Lord Taintsworth hatte ein hohes Alter erreicht. Er war im Schlaf an Altersschwäche, beinahe neunzigjährig Mitte der Sechzigerjahre gestorben. Nach Alfreds Tod wurde Louis Laurent, der normannische Apotheker, Kathryns bester Freund und engster Vertrauter.

Im Winter 1973 wurde bei Carl ein bösartiger Tumor festgestellt. Die Krankheit schritt sehr rasch voran. Im Mai des folgenden Jahres lag Carl im Sterben. Die Ärzte konnten nichts mehr für ihn tun, außer ihm schmerzlindernde Spritzen zu verabreichen. Gesine holte ihn aus dem Krankenhaus nach Hause aufs Altenteil. Er sollte hier im Kreise der Familie seine letzten Tage verbringen.

Carl sprach wirr. Meist verstand Gesine als Einzige, was er meinte. In der Zeitung stand in diesen Tagen, dass Gustav ter Fehn, weil er keinen Nachfolger hatte, sein traditionsreiches Familienunternehmen an eine große Unternehmensgruppe verkauft hatte. Die einzige Tochter sei Lehrerin und kinderlos. In einem Interview sagte der verwitwete Gustav, er plane, seinen Lebensabend am Zwischenahner Meer zu verbringen. Gesine las es Carl vor, obwohl sie bezweifelte, dass er die Bedeutung erfasste.

Zwischendurch hatte Carl immer wieder halbwegs klare Momente. Gerd, der jetzt die Baumschule führte, saß an seinem Bett, als er mit schwerer Zunge fragte: »Was für einen Tag haben wir? Was für einen Monat?«

»Es ist Dienstag. Und Mai.«

»Blüht die Queen schon?« Carl sank zurück in seinen Dämmerzustand, bevor er eine Antwort erhalten hatte.

Gerd verstand nicht, was er gemeint hatte, Gesine schon. »Ich bin in spätestens zwei Stunden zurück«, sagte sie zu ihrer Schwiegertochter Brigitte.

Sie verließ das Haus und fuhr mit ihrem VW Variant nach Leer. Wie lange war sie nicht mehr in der Straße mit dem ter-Fehn-Stammhaus gewesen? Um das Jahr 1950 herum hatten sie ein paar Mal Gustav und Ivy besucht. Gesine fand die Stadt stark verändert vor. Das ter-Fehn-Haus jedoch hatte sich zumindest äußerlich kaum verändert, vermutlich stand es auch längst unter Denkmalschutz. Ein großer Umzugswagen versperrte den Haupteingang. Gesine parkte einige Häuser weiter. Es war Nachmittag und hell, aber das kümmerte sie jetzt wenig. Sie ging seitlich am Gebäude vorbei in den rückwärtigen Garten, steuerte direkt auf einen scharlachrot blühenden Rhododendron zu – die Rose von Darjeeling. Ganz schön gewachsen! Bestimmt zweieinhalb Meter, schätzte Gesine. Mit einem Gärtnermesser schnitt sie mehrere Äste ab, bis sie einen großen Strauß in den Armen hielt.

»Tach, Gesine.«

Sie fuhr herum und erschrak. Gustav stand vor ihr wie ein Gespenst, in bestem Zwirn wie stets – aber er hatte kaum noch Haare, schien geschrumpft zu sein. Er wirkte verbittert. Durch die Büsche hindurch sah sie das Haus, Möbelpacker trugen Sachen hinaus. Ausgerechnet!, dachte Gesine.

Gustav blickte sie nicht böse an. Eher überrascht und unendlich traurig. Gesine wusste wohl, dass Ivy nach vielen Jahren im Pflegeheim gestorben war. Dass Gustav durch seine griesgrämige Art seine Tochter Hella vergrault hatte, wusste sie nicht. Doch sie spürte die große Einsamkeit dieses Mannes, der einst so lebenslustig und stark gewesen war.

»Ach, Gustav!«, entfuhr es ihr da. Sie umarmte ihn mit dem Riesenstrauß in der Hand. Schweigend starrte er sie an. Gesine schlug die Augen nieder. »Er stirbt«, sagte sie nur.

Aus dem Haus rief einer der Möbelpacker: »Soll dat groode Katzenfell vonner Diele auch mit?«

»Ich zieh aus«, erwiderte Gustav mit hängenden Schultern.

Gesine wischte ihm eine Träne von der Wange und ging.

»Lasst mich mit eurem Vater allein«, sagte Gesine den Kindern, die alle samt Anhang nach Hause gekommen waren, um Abschied zu nehmen.

Sie stellte eine große Vase mit dem Rhododendronstrauß neben sein Bett. So, dass Carl ihn sehen konnte. Rasch erfüllte der Blütenduft die Luft.

Carl dämmerte dahin. Plötzlich begann er zu schnuppern – und öffnete die Augen. Er blickte auf den Strauß. Gesine konnte nicht abschätzen, wie viel er wirklich erkannte, doch Carl begann zu lächeln. Es war ein sehr glückliches Lächeln. Er sagte etwas, das selbst Gesine nicht verstand. Ihr kamen die Tränen. Sie knipste eine Blüte heraus und hielt sie ihm unter die Nase.

»Es war falsch, Carl«, sagte Gesine. Sie setzte sich auf den Stuhl neben seinem Bett, damit sie seine Hand halten konnte. »Ich hätte damals nicht von dir verlangen sollen, dass du die Rose von Darjeeling kaputt machst … Aber es tat so weh … sie zu sehen und mir vorzustellen, dass du jedes Mal an *sie* denken würdest …« Gesine zog ein Papiertaschentuch aus ihrem Ärmel und schnäuzte sich. Hörte er, was sie sagte?

Er lächelte immer noch.

»Niemand kann einem die Erinnerung nehmen … Ik hev di leef, Carl … Auch mir kann niemand die Erinnerungen an dich nehmen …«

Sie spürte, wie er ihre Hand drückte.

»Wir haben vier wunderbare Kinder. Wir hatten ein gutes Leben zusammen … Ich danke dir für alles.«

Noch einmal drückte er ihre Hand. Er schnaufte schwer, ein letzter Seufzer durchlief zitternd seinen Körper. Die Hand erschlaffte. Er atmete nicht mehr.

»Carl …«, flüsterte Gesine mit erstickter Stimme. »Ik hev di leef …«

Sie legte die Rhododendronblüte auf die Bettdecke über sein Herz und küsste ihn.

Schon seit zwei Tagen lief Kathryn unruhig im Herrenhaus und im Park umher. Statt wie sonst zur Blütezeit ihrer Rose von Darjeeling in deren Nähe zu werkeln und sich zu freuen, war sie aufgewühlt, nervös, spürte einen Druck, der ihr Bauchschmerzen und Herzrasen verursachte. Sie zwang sich, den Nachmittagstee an ihrem Lieblingsplatz neben dem Rhodo einzunehmen. Sie versuchte, sich abzulenken und las den Rundbrief des Komitees, das die Umzugswagen ihrer Gemeinde zur großen Blumenparade im August vorbereitete. Doch sie konnte sich nicht konzentrieren.

Sie schloss die Augen. Ganz deutlich spürte sie, dass Carl in Bedrängnis war. Sie konnte kaum atmen, es fröstelte sie. Und dann, auf einmal, löste sich die Anspannung. Wärme flutete ihren Körper, Erleichterung machte sich breit. Kathryn nahm Carls Anwesenheit wahr, als stünde er direkt hinter ihr.

Jetzt bist du gestorben, dachte sie. *Jetzt lebst du ewig.*

Eine Woche darauf erhielt sie die Todesanzeige. Ohne Absender. Auf dem schwarz umrahmten Papier stand lediglich in steiler Männerhandschrift: *Love,* G.

Wie erschlagen saß Kathryn stundenlang neben ihrem Rhododendron. Charles kam und wunderte sich. »Was ist los, Mama?«

Statt zu antworten, sah sie ihn aus ihren hellen Augen an. »Versprich mir, mein Sohn, dass du dich später, wenn ich einmal nicht mehr bin, gut um diesen Rhododendron kümmerst.«

Gustav hatte lange überlegt, was er Carls Todesanzeige hinzufügen sollte. Er fand, dass Kathryn es erfahren müsste. Sollte er schreiben: Du warst die Liebe meines Lebens? Oder etwa: Du warst die Liebe *seines* Lebens? Nein. Deshalb also nur *Love,* G. Sie würde schon wissen.

Gustav war ein enttäuschter und wütender alter Mann geworden. Immer hatte er das Gute gewollt, doch es war ihm schlecht gelohnt worden. So sah er es. Kleine Altersbosheiten hielten ihn in seinen letzten Jahren am Zwischenahner Meer bei Laune. Er zwickte seine Haushälterin gern mal in den Hintern. Oder erschreckte Kinder, die am See vor seinem Grundstück spielten. Manchmal ging er mit Hendrike, die inzwischen verwitwet war, in die Spielbank und verzockte ein paar Hunderter. Immer noch interessierte er sich sehr für die Himalayaregion. Er las alles, was er dazu finden konnte. Gartenpflege gehörte nicht zu seinen Vorlieben, das Grundstück ließ er verwildern.

Ab und zu fuhr er nach Leer, weil er Bekannte treffen, mal wieder am alten Hafen sitzen und in der Waage speisen oder im Café gegenüber frischen, mit Butter bestrichenen Rosinenstuten zum Tee bestellen wollte. Im Sommer 1980 lud ihn das Unternehmen, das ter-Fehn-Tee geschluckt hatte, zu einer Jubiläumsfeier ein und präsentierte bereits den zweiten neuen Geschäftsführer. Es schmerzte Gustav sehr, die Veränderungen im Hause seines Großvaters zu sehen. Am liebsten wäre er sofort umgekehrt. Auch der Garten präsentierte sich zum Jubiläum verändert, umgestaltet zu einem großen Firmenparkplatz, umrahmt von pflegeleichten Bodendeckern.

»Der Rhododendron«, fragte Gustav heiser, »der so leuchtend rot blühte und sogar duftete – wo ist der denn geblieben?«

»Oh, ich weiß auch nicht«, antwortete der neue Geschäftsführer ebenso ahnungslos wie dümmlich, »der ist wohl mit weggekommen. Ich erinnere mich gar nicht daran.«

Eine Mitarbeiterin, die das Gespräch gehört hatte, kam näher. »Der Winter vor anderthalb Jahren, 1978 auf 1979, der war doch so streng. Da ist der Rhodo erfroren. Wirklich schade, der war besonders schön …«

Gustav ließ sein Reetdach erneuern. Die Reetbündel, die übrig blieben, schleppte er in das Dickicht seines Seegrundstücks. Wenn er auf einer Bank in seiner Wildnis saß, durch die er auf das Zwischenahner Meer blicken konnte, fühlte er sich manchmal ein bisschen wie auf einer Expedition. Wie damals in Sikkim.

Er ließ sich an seinem Lieblingsplatz einen kleinen Unterstand bauen und hängte Verbotsschilder auf, damit niemand sein Grundstück betrat. Er wünschte dort keinen Besuch.

Irgendwann fing sein Gedächtnis an, ihm Schnippchen zu schlagen. Die Nachbarn sagten bald: »He is in't Kindheit«. Seine Haushälterin alarmierte Hella Jonas, die in Osnabrück als Lehrerin arbeitete. »Er darf nicht mehr allein sein. Er macht den Herd an und vergisst, ihn auszuschalten. Er versteckt sein Geld im Schrank und behauptet, es sei ihm geklaut worden. Er spült Scheine im Klo weg, und manchmal fantasiert er auch irgendwas von Indien und Teegärten.«

Hella kam in den Schulferien, um sich ein Bild von der Situation zu machen. Sie versuchte, sich ihrem Vater anzunähern und ihm zu helfen. Doch er hatte sich nie besonders für sie interessiert. Sie war für ihn immer die Enttäuschung gewesen, eben kein Sohn, noch dazu eine Brillenschlange mit mausigen Haaren. Da war keine Liebe zwischen ihnen.

Gustav hatte Angst. Die Welt entglitt ihm. Immer öfter verlor er die Orientierung. Seine Schritte glichen zunehmend einem Tippeln, dauernd musste er zur Toilette. Nachts wachte er auf und wusste nicht, ob er sich auf einer Expedition, in Berlin, im Krieg oder im Ostfriesland seiner Kinderzeit befand. Er lief weg und verirrte sich. Fremde oder die Polizei brachten ihn nach Hause.

Er wollte zu Nachbars Brunnen. »Mein Freund Carl wartet auf mich«, erklärte er. Aber sie brachten ihn wieder ins Ammerländer Bauernhaus, zu dieser unfreundlichen Frau, die behauptete, seine Tochter zu sein. Und die, nur um ihn zu ärgern, nie Tee, sondern Kaffee trank.

Manchmal schlug er nach Hella, wenn sie ihm beim Anziehen helfen wollte. Sie wusste, er litt an Demenz. Es war keine Absicht, die Krankheit veränderte die Persönlichkeit. Doch ihr Vater machte sie wütend, eigentlich aktivierte er nur die Wut, die sie immer unterdrückt hatte, die in ihr schwelte, solange sie denken konnte. Weil er sie nie richtig beachtet hatte.

»Ich bin dir nichts schuldig!«, schrie sie ihn irgendwann an.

Hella stellte einen ausgeklügelten Plan mit mehreren Pflegediensten zusammen und engagierte eine geschulte Polin, die fortan im Haus wohnte. Nur Hendrike kam Gustav ab und zu noch besuchen. Gustav erkannte sie meist und gab ihr ein Päckchen Tee mit. Sie spazierten im nahen Ort Dreibergen und unternahmen auch mal von dort aus eine Dampferrundfahrt über den See. Eines Tages, nachdem sie im Ausflugslokal am Anleger gegessen hatten, wollte Gustav unbedingt auf einen der drei kleinen Berge klettern, der höchste maß zwölf Meter. Hendrike fand das komisch. Früher der Himalaya, heute Dreibergen!, dachte sie. Bei diesem Spaziergang stürzte Gustav. Er kam mit Knochenbrüchen ins Krankenhaus und baute rapide ab. Nur gelegentlich blitzte der Verstand noch einmal durch.

In einem solchen Moment hörte Hella seine letzten klaren Worte. Gustav lachte dabei hämisch, triumphierend. Er sagte: »Am Ende hat die Rose von Darjeeling doch nur mir ganz allein gehört!«

1979 widerfuhr Kathryns Familie auf Jersey ein kleines Wunder. Als wirklich niemand mehr damit gerechnet hatte, kündigte sich doch noch Nachwuchs bei Charles und seiner dreiunddreißigjährigen Frau Alexandra an. Kathryns Sohn war bereits achtundvierzig Jahre alt, als er sein erstes Kind, Maximilian, in den Armen hielt. Alexandra glaubte fest, frisch gepresster Petersiliensaft zum Frühstück und ein paar andere Naturheilkundemittel des Apothekers Louis Laurent hätten dazu beigetragen, dass sie doch noch schwanger geworden war.

Niemand war glücklicher über den kleinen Maximilian als Kathryn. Sie hoffte insgeheim, dass ihr Enkel mehr Ähnlichkeiten mit Carl hatte als ihr Sohn Charles, der unstrittig ein typischer Whitewater war.

Ammerland

Mai 2010

Im Haus kam Hella gut ohne Rollator zurecht. Als es unerwartet an der Tür schellte, dachte sie zuerst an einen Klingelstreich, doch es schellte noch einmal, und sie öffnete. Dort stand ihre Fußpflegerin mit einem Paar. Sie wusste, wer die Frau war, aber der Mann … Hella wurde kreidebleich. Mit einer Hand krallte sie sich am Türrahmen fest.

»Moin, Hella!«, sagte Gerda fröhlich. »Wir haben dir warme Berliner mitgebracht vom Schweinerennen. Können wir uns wohl bei dir einen Tee abholen?«

Hella ter Fehn holte tief Luft. Sie war eine altgediente Lehrerin und so schnell durch nichts zu erschüttern.

»Moin, Gerda«, sie sah Julia und Max durchdringend an. »Na, dann kommt man rein.«

Gerda wollte Julia vorstellen, aber Hella winkte ab. »Dich kenn ich doch«, sagte sie unfreundlich, »du bist die Enkelin von diesem Carl Jonas.«

Julia nickte eingeschüchtert.

Erneut studierte Hella das Gesicht von Max, der sich selbst vorstellte. Doch dann bugsierte sie ihre Überraschungsgäste energisch durch eine große Diele, an deren Wand das Fell eines Schneeleoparden hing, in die urgemütliche altertümliche Küche.

Nach Hellas Meinung zeichnete eine gute Lehrerin vor allem eines aus: Sie musste zuhören können, und sie hörte zu. Nachdem sie nun alles vernommen hatte, konnte sie Julia und Max auch nicht mehr sagen, als sie fünf Wochen zuvor bereits Gerda anvertraut hatte. »Es waren die letzten Worte meines Vaters: ›Am Ende hat die Rose von Darjeeling doch nur mir ganz allein gehört.‹ Dass es sich dabei um einen Rhododendron handelt, hab ich erst vor vier oder fünf Wochen durch Gerda erfahren. Und wo er stehen soll, kann ich beim besten Willen nicht sagen.«

Sichtbar enttäuscht rührte Julia den hell knisternden Kandis in ihrer Teetasse um. »Hier auf Ihrem Grundstück ist er nicht?«

»Keine Ahnung«, antwortete Hella unwirsch. »Natürlich wachsen hier auch Rhodos. Aber ich weiß nicht mal, wie dieser Strauch aussehen soll. Das Grundstück ist ja ziemlich eingewachsen, und ich brauch den Rollator. Wie soll ich da durchkommen? Bin ich der Prinz aus Dornröschen? Außerdem«, fügte sie fast trotzig hinzu, »mach ich mir nichts aus Botanik. Mein Vater hat die letzten Jahre im Gebüsch hinten am See gehockt, da, wo es am meisten verwildert ist, und von seinen Heldentaten fantasiert. Das ist nicht meine Welt.«

»Ich muss jetzt leider gehen, Hein wartet auf mich«, sagte Gerda und verabschiedete sich.

Julia hoffte, diese Gelegenheit nutzen und endlich in Erfahrung bringen zu können, weshalb die Familien Jonas und ter Fehn so zerstritten waren. Sie blieb sitzen, obwohl ihre überrumpelte Gastgeberin vermutlich erwartete, dass auch sie und Max jetzt aufbrechen würden, und stellte ihre Frage.

Hella überlegte und schenkte noch eine Runde Tee ein. »Ganz genau weiß ich es auch nicht. Sie waren früher die besten Freunde, sogar Blutsbrüder. Es muss eine sehr traurige Geschichte gewesen sein.« Immer wieder huschte

Hellas Blick über Max' Gesicht. »Und Sie kommen aus England?«

»Von der Kanalinsel Jersey, genau genommen.«

»Hm. Wir durften den Namen Jonas nicht in den Mund nehmen, sonst rastete mein Vater aus. Er schimpfte, er habe Carl zweimal das Leben gerettet. Und der habe es ihm schlecht gedankt. Einmal erwog er sogar, ihn wegen übler Nachrede anzuzeigen.«

»Meine Mutter sagte, Sie hätten als Kind mit meinem Vater und seinen Geschwistern gespielt.«

Ein melancholisches Lächeln ging über Hellas Gesicht. »Ach, das ist lange her. Nur wenige Male, ich erinnere mich kaum.«

»Der Tee ist übrigens ausgezeichnet«, lobte Max.

»Danke. Ein bisschen was bleibt doch hängen. Eine Zeitlang hab ich ja mal nur Kaffee getrunken. Aber ich mag beides. Meine Vorfahren waren schließlich Teehändler.«

»Ach, wie interessant. Mein Urgroßvater besaß einen Teegarten in Darjeeling.«

»Nein! Da waren die beiden doch zusammen ... lange vor dem Krieg. In Darjeeling.«

»Wer?«, fragte Julia überrascht. »Mein Großvater und Ihr Vater?«

»Ja, Carl Jonas und Gustav ter Fehn. 1930 war das. Sein Leben lang hat mein Vater davon gesprochen und bis zuletzt immer wieder davon geträumt, Darjeeling und die Expedition nach Sikkim.«

»Das ist ja der Wahnsinn!« Julia konnte vor Aufregung kaum noch sitzen. »Das muss doch was zu bedeuten haben. Max, hast du das Foto dabei?«

»Mist, nein!« Er fasste in seine Jackentasche. »Aber ich hab ein Handyfoto davon gemacht. Augenblick.«

Er scrollte durch seine Bilddateien und hielt Hella das

sepiafarbene Foto von Kathryn auf der Teekiste mit den beiden Männern hin. »Ist der Mann rechts vielleicht Gustav ter Fehn?«

Hella starrte auf das Foto. Max vergrößerte mit zwei Fingern den Bildausschnitt.

»Das ist er«, ihre Stimme klang auf einmal brüchig. »Ach, mein Vater in jungen Jahren …«

»Bitte erzählen Sie uns mehr von ihm«, bat Julia.

Und Hella erzählte, was sie von ihrem Vater wusste. Sie unterschlug nicht, dass er eine unglückliche Ehe geführt hatte. Dass er begeisterter Bergsteiger gewesen war, aber im Krieg sein Bein verloren hatte. Dass er sich ebenso sehr wie vergeblich einen Sohn und Nachfolger gewünscht und seine Enttäuschung darüber an ihr ausgelassen hatte. »Wir sind uns nie wirklich nahegekommen. Es gab eine Phase, da hatten wir Auseinandersetzungen wegen seiner Rolle im Dritten Reich. Aber irgendwann bin ich meinen eigenen Weg gegangen.« Sie erzählte, dass sie gern Lehrerin gewesen sei. »Manchmal besuchen mich heute noch ehemalige Schüler und übernachten sogar bei mir.«

»Was haben Sie unterrichtet?«

»Geschichte und Deutsch für die Mittel- und Oberstufe an Gymnasien.«

Julia betrachtete das Gesicht der alten Frau genauer. Es war seltsam. Geistige Arbeit schien andere Falten zu machen als harte körperliche Arbeit. Plötzlich kam ihr ein Gedanke: »Als Deutschlehrerin können Sie sicher Sütterlin lesen, oder?«

»Sicher.«

»Ach, ich hätte da eine große Bitte …« Julia erklärte, dass sie im Besitz des handgeschriebenen Reisetagebuchs ihres Großvaters sei und es ihr gern zeigen würde.

Max bemerkte, dass Hellas Hände zu zittern begannen.

Die Aufregung war vielleicht zu viel für die alte Dame. »Sollen wir lieber ein anderes Mal wiederkommen?«, fragte er.

»Nein, nein!«, wehrte Hella ab. »Ich müsste nur mal ein bisschen was essen. Meine Abendbrotzeit ist schon vorüber.« Sie lächelte entschuldigend.

»Dann weiß ich was«, sagte Max. »Ich hab vorhin ein Restaurant gesehen. Da gibt es frischen Spargel und frische Erdbeeren«. Er lud die beiden Frauen zum Abendessen ein. »Dann können wir in Ruhe weiterreden.«

Hella willigte erfreut ein.

»Bestell schon für mich«, sagte Julia, »das Gleiche, was du nimmst. Ich setze euch ab und fahr rasch nach Haus, um das Büchlein zu holen.«

Julia wunderte sich, dass Max das Essen tatsächlich genießen konnte. Er ließ sich noch die Erdbeeren mit Vanilleeis auf der Zunge zergehen. Sie dagegen fühlte sich furchtbar hibbelig, sie wollte endlich wissen, was ihr Großvater notiert hatte.

Hella erzählte von ihren Lebensstationen in Leer, Bremen und Osnabrück. »Meine Kindheit war nicht sehr glücklich, aber am glücklichsten war ich in unserem Wochenenddomizil, im alten Ammerländer Bauernhaus. Deshalb mochte ich auch nicht viel verändern.«

Endlich hatte der Kellner den Tisch abgeräumt. Julia wischte sicherheitshalber noch mal mit ihrem Ärmel über die schwere Holzplatte, dann legte sie Hella das Büchlein vor.

»Das ist nicht Sütterlin, das ist Kurrentschrift«, stellte Hella streng fest.

Doch sie blätterte respektvoll, beinahe andächtig darin. Auch sie entdeckte die liebevolle Zeichnung von Kathryn, schlafend auf einer Wiese mit Bergblumen. Vorsichtig nahm sie den Lederumschlag ab, und zwei alte Fotos fielen ihr in die Hand, einmal ein Abzug des Bildes, das Max ihr auf seinem Handy gezeigt hatte. Und eines, das Gustav und Kathryn auf einem großen Platz zeigte. Im Hintergrund schneebedeckte Gipfel. Auf der Rückseite stand etwas. Hella las vor:

»Darjeeling – Queen of the Hills
Kathryn – Queen of Darjeeling
Gustav – Adjutant Ihrer Majestät«.

Max betrachtete das Foto eingehend. »Wie Gustav sie anhimmelt! Der muss ganz schön verknallt gewesen sein.«

Hella war bewegt. So jung und übermütig kannte sie ihren Vater nicht. Sie blätterte weiter in dem Büchlein. Nach dem Zufallsprinzip las sie hier und da etwas laut vor. »Heute beim Polizeipräsidenten. Endlich Genehmigung für Sikkim.« Sie blätterte weiter. »Yumthang-Tal. Paradiesisch. Heureka! Rh. in der richtigen Farbe: scharlachrot. Heiße Schwefelquelle, heilendes Bad mit G. und K.« Sie blätterte wieder zurück. Dann las sie: »G. V. droht Zwangsversteigerung«.

»G. V. heißt sicher Geestra Valley«, warf Max ein. »So lautete der Name des Teegartens.«

Zwei weitere Einträge las Hella nur für sich: *K. wunderbarste Frau der Welt, tagelang nur wir. LIEBE!* Und am Schluss: *Letzter Tag in Darjeeling. Abschied in Hotel. K. will Lord heiraten. Schock.*

Hellas Augen füllten sich mit Tränen. Sie ließ die faltigen Lider kurz sinken.

Im Hintergrund klapperten Kellner mit dem Geschirr, eine Espressomaschine hinterm Tresen machte Krach wie ein landender Düsenjäger. »Lasst uns wieder zu mir gehen. Ich lese euch dort weiter vor.«

Dieses Mal bat Hella ihre Gäste in das mit Jagdtrophäen dekorierte Wohnzimmer. Darunter und dazwischen hingen alte Gemälde und Fotos, auf denen das Haus, eine verkleinerte Ausgabe des großen Bauernhauses im Museumsdorf, mit seinem dunkelbraun verwitterten Fachwerk zwischen roten Backsteinen, mit dem Reetdach und den weiß gerahmten Butzenfenstern fast genauso aussah wie heute. Nur die Menschen davor und ihre Kleidung schienen sich verändert zu haben, vor allem Gustav – als Kind mit Eltern und Großeltern, als Jugendlicher mit Mutter und Großmutter, als Ehemann mit Ivy und Töchterchen, als Gastgeber einer Jagdgesellschaft, als Witwer.

Hella wollte den Kamin anmachen, was Max ihr gleich abnahm. Hella holte Wasser, Wein und Salzstangen. Als sie dann in ihrem Sessel die Lesebrille zurechtrückte, setzte Max sich neben Julia auf ein abgewetztes Art-déco-Ledersofa. Julia rückte unauffällig von ihm weg, sie hatte das Gefühl, einen Sicherheitsabstand zu benötigen. Im Schein einer Stehlampe begann Hella nun ganz von vorn vorzulesen. Nur Auflistungen der Ausrüstung, Angaben zu Schlämmproben oder Sammlungen nepalesischer Ausdrücke für Rhododendren und Ähnliches übersprang sie. Aber alles, was mit dem Reiseverlauf zu tun hatte, Eindrücke von der Überfahrt, der fremden indischen Kultur, der Armut, Schilderungen von den Einreiseschwierigkeiten nach Sikkim, von Klimazonen, Naturerlebnissen und menschlichen Begegnungen trug sie langsam und deutlich vor. Die Liebesgeschichte, die sich zwischen ihm und Kathryn entwickelte, hatte Carl in knappen, stenogrammartigen Notizen festgehalten. Von den ersten Ausflügen zum Tiger Hill über das erste Bewusstwerden seiner Verliebtheit bis zum Abschied. Auch die Eifersucht der Freunde aufeinander klang, manchmal nur zwischen den Zeilen, aber doch unmissverständlich an. Hella las auch die Beschreibung von Kathryns Wunschrhododendron vor, den Carl ihr züchten sollte.

Das Feuer brannte nieder, Max schichtete Holz nach. Julia zog die Schuhe aus und kauerte sich mit einem Sofakissen vor dem Bauch in ihrer Sofaecke zusammen.

Hella kam nun zum Eintrag über den Besuch im buddhistischen Kloster. »Heute Begegnung mit weisem Mann, Lama Rinpoche. Jeder sollte sagen, was Sinn seines Lebens. C: mit neuen Rhodohybriden die Welt schöner machen. K: Liebe, Wohlstand und anderen helfen. G: Dynastie gründen und Einfluss nehmen. Der Rat des Lamas: vor Gier und Hass hüten. Achtsamkeit üben. Wahrnehmen, was wirklich ist und nicht werten. Seine Weissagung wörtlich: ›Für jeden von euch wird die Saat aufgehen, aber anders als erwartet.‹ – Tiefer Eindruck.«

Hella ließ das Büchlein auf ihren Schoß sinken. Sie legte ihre Lesebrille auf die breite Sessellehne und wischte sich Tränen aus den Augen. Die alte friesische Uhr mit den drei schaukelnden Segelschiffen schlug elf Uhr.

Julia schaute ins Feuer. »Carl hat doch erreicht, was er erreichen wollte«, sagte sie nachdenklich. »Und Kathryn auch. Nur bei Gustav hat sich dieser Lama getäuscht …«

Hella schluchzte auf. Erschrocken schaute Julia hoch.

»Entschuldigung.« Hella putzte sich die Nase. Sie stand auf. »Kommt mit, ich muss euch was zeigen.« Ganz selbstverständlich war sie zum Du übergegangen.

Die alte Frau schlurfte vom Wohnzimmer in die Diele. Sie machte die Deckenleuchte an, sofort sprang einem das Fell des Schneeleoparden ins Auge. »Den hat mein Vater damals in Darjeeling erlegt«, sagte Hella. »Aber ich möchte euch etwas anderes zeigen.« Sie knipste eine Wandlampe an, die ein Bild an der bislang im Dunkeln liegenden Wand hinter einer rustikalen Holztreppe anstrahlte. »Das Porträt meines Urgroßvaters, der 1855 das Teehandelskontor gegründet hat, Gustav Theodor ter Fehn.«

Einige Sekunden lang herrschte Stille.

»Was zum Teufel …?«, stieß Max verblüfft hervor.

Julia schaute vom Ölbild zu Max und von Max zum Ölbild. Das war er! Nur mit Backenbart und in einem altmodischen Anzug mit steifem Kragen. Max schaute aus dem Rahmen mit würdevollem Blick auf sie herab. Einige Jahre älter vielleicht, Ende dreißig, und die Haare etwas blonder.

Julia fing an, hysterisch zu lachen. Nicht ihr Großvater Carl Jonas, sondern Gustav ter Fehn war der Vater von Kathryns Sohn!

Hella hatte seit Jahren nicht so viele Emotionen durchlebt wie an diesem einen Abend. Sie musste weinen und lachen zugleich.

Schließlich bewies Max, dass Vererbung nicht alles war. Ein wenig Erziehung zu aristokratischer britischer Nonchalance konnte er ebenfalls vorweisen. »Also«, sagte er, »ich muss mich korrigieren. Dann hat sich der Lama wohl auch bei Gustav nicht getäuscht.«

»Ich finde, es ist an der Zeit, dass wir endlich die Fehde zwischen unseren Familien beenden«, sagte Hella. »Was meint ihr?«

Sie gingen zurück ins Wohnzimmer. Hella nahm drei Zinnlöffel aus ihrer Holzhalterung von der Wand, holte eine Flasche Weizenkorn aus dem Kühlschrank. Sie setzten sich wieder an den knackenden Kamin. Und dann tranken sie Brüderschaft und prosteten einander immer wieder mit dem Ammerländer Löffeltrunk zu.

Die drei Nachkommen der verfeindeten Blutsbrüder waren tief bewegt. Sie versuchten zu begreifen, was sich damals abgespielt hatte und was es für sie heute bedeutete. Nicht Carl, sondern Gustav war der Vater von Charles.

Max versprach Hella, sie bald mit seinem Vater zu besuchen. »Er ist ja immerhin dein Halbbruder!«

»Ich dachte immer, ich hätte keine Geschwister …« Hella konnte es kaum fassen. »Und du bist dann mein Neffe, Max.« Das freute sie sichtlich.

Sie las noch ein paar Seiten, kämpfte gegen ihre Müdigkeit an. »Ich glaube, sie haben Kathryn beide geliebt«, sagte Hella, als das Gähnen ihre Lektüre immer häufiger unterbrach. Sie klappte das Büchlein zu.

»Und sie hat wohl beide Männer geliebt«, vermutete Max. »Es scheint, den Carl mehr als Gustav, aber immerhin hat sie einen Sohn von Gustav …«

»Was für eine Geschichte.« Julia seufzte. »Es ist so traurig … Ich glaube, auch Carl und Gustav haben sich geliebt. Sonst hätten sie sich zum Schluss nicht so gehasst! Aber die Prophezeiung erfüllte sich …« Gustav hatte doch einen Sohn und einen Enkel bekommen – in der Tat war seine Saat aufgegangen, anders als erwartet! Carls Züchtungen hatten die Welt schöner gemacht. Und Kathryn hatte bei einem Leben in Wohlstand vielen Menschen in Not helfen können.

Als die Uhr zwei schlug, klatschte Hella in die Hände. »Schluss für heute!«

Ohne sich auf lange Diskussionen einzulassen, wies sie beiden je ein Zimmer im ausgebauten Dachgeschoss zu. »Die Betten sind immer frisch bezogen, für meine früheren Schüler. Außerdem ist heute Rhodo-Eröffnung, da bekommt ihr sowieso kein Taxi.«

»Wir könnten Hein anrufen«, protestierte Julia schwach.

»Der hat gerade bestimmt was Besseres zu tun«, meinte Max augenzwinkernd.

Julia musste gähnen. Es war tatsächlich alles ein bisschen viel gewesen die letzten Tage. Sie und Max folgten Hella ohne weiteren Widerspruch nach oben.

»Übrigens, was machen die Halsschmerzen eigentlich?«, wollte Max auf der Treppe wissen.

Julia griff sich an den Hals, sie schluckte probehalber. »Sind weg! Super, euer Merlin!« Sie erklärte Hella, was es damit auf sich hatte. »Dieser Druide hat Max sogar von seiner Allergie geheilt.«

»Ach ...« Hella blieb stehen. »Du musst doch nicht auch ständig niesen im Sommer, mindestens neun Mal hintereinander?«

»Doch!«

»Falls es noch eines Beweises bedurft hätte ...« Hella schüttelte den Kopf. »Das ist ein Familienerbe der ter Fehns, mein Junge. Mein Vater ist davon, so behauptete er, von einem Medizinmann in Sikkim befreit worden. Aber ich plage mich schon mein Leben lang damit herum ...«

»Von Mai bis September?«

»Genau. Zum Glück ist es dieses Jahr wegen des schlechten Wetters noch nicht losgegangen. Aber ich hasse es!«

»Ich werde dir umgehend die richtigen Heilmittel dagegen aus Jersey schicken.«

»Dat do!«, wiederholte Hella verschmitzt einen Satz aus dem Trinkspruch. »Dahinten ist ein kleines Gästebad mit Einwegzahnbürsten und so weiter.«

Sie öffnete die Gästezimmertüren rechts und links vom Flur. Dicke, mit blauweiß karierter Wäsche bezogene Federbetten erwarteten sie.

»Danke, Hella! Gute Nacht, ihr beiden.«

Julia ließ sich, wie sie war, aufs Bett plumpsen. Das erlaubte sie sich sonst nie, selbst nach langen Nächten schminkte sie sich immer ab und putzte die Zähne. Heute war alles anders. Sie hörte noch vor der Tür: »Gute Nacht, mein Neffe.« »Gute Nacht, Tante Hella.« Dann sank Julia in einen tiefen, festen Schlaf.

Max dagegen lag noch eine Weile wach und dachte nach. Ob seine Großmutter gewusst hatte, dass sein Vater der Sohn von Gustav war und nicht der von Carl …? Solange er sich erinnern konnte, hatte sie versucht, in ihm die Liebe zur Natur und besonders zu Pflanzen zu wecken. »Wie dein Großvater«, lobte sie, wenn er botanisches Interesse zeigte. Er dachte an den letzten Tag, den er mit ihr verbracht hatte. Den letzten Tag ihres Lebens.

An jenem Abend war auch seine Allergie ausgebrochen. Als er mit der Lupe das Getier im Rasen untersucht hatte und seine Großmutter oben am Fenster stand. Er erinnerte sich wieder an ihr entgeistertes Gesicht, als er nieste und nieste und nieste …

Endlich schlief er ein. Max träumte. Er war elf Jahre alt und betrat den Raum, in dem seine Großmutter lag. Zaghaft näherte er sich ihrem Bett. »Grandma …?« Ihre Hände waren eiskalt. Er blies hinein, so wie sie es früher bei ihm gemacht hatte, als er noch klein gewesen war. Ihr Blick war nach innen oder in eine weite Ferne gerichtet, sie erkannte ihn wohl nicht. Doch sie begann zu lächeln.

Jersey

August 1990

Kathryn lächelte. Ihre Grübchen vertieften sich und ließen sie fast mädchenhaft wirken. Das eine Geheimnis hatte ein anderes Geheimnis nach sich gezogen. So war das immer mit Geheimnissen. Das eine hatte 1930 begonnen, das andere 1953. Jetzt, in diesem seltsamen Dämmerzustand, der womöglich ihren Abgang von dieser Welt ankündigte, erinnerte sie sich daran, wie 1953 das zweite große Geheimnis in ihr Leben gekommen war.

Im Vorjahr hatte sie es nicht über sich gebracht, die Chelsea Flower Show zu besuchen. Es ging ihr gotterbärmlich schlecht ohne Carl. Auch zwei Monate Kur an der Côte d'Azur, wohin Alfred sie geschickt hatte, konnten ihren Zustand nicht bessern. Sie magerte immer mehr ab. Sie wusste nicht mehr ein noch aus.

Hatten sie bei all ihren Versprechen nicht eine Ausnahmeklausel vereinbart: »… außer einer hat das Gefühl, daran zu sterben …?« Fast zwei Jahre waren seitdem vergangen, und exakt dieses Gefühl nahm ihr immer noch und immer stärker die Luft zum Atmen, die Freude am Leben.

Als Mitglied der Royal Horticultural Society erhielt sie schon vorab das Programm mit dem Ausstellerverzeichnis. 1952 hatte der Baumschulbetrieb Jonas gefehlt. Aber in diesem Jahr stand der Name drin und versetzte Kathryn in Unruhe. Sie besuchte Samantha, ihre einzige Vertraute in dieser Angelegenheit. Sam fand immer schon, dass Liebe wichtiger sei als alle Regeln und Gesetze, sie zögerte nicht lange.

»Liebe Kathryn, in deiner Verfassung zählen keine Versprechen und keine Gelübde mehr.«

Kathryn nickte. Sie musste ihn sehen, sonst würde sie sterben. »Begleitest du mich? Allein habe ich Angst zusammenzubrechen.«

Carl Jonas hatte zu seiner Unterstützung wieder Bill Landsbury engagiert. Seit der Eröffnungsrede von Lord Aberconway wartete Carl nervös neben seinen schönsten Züchtungen darauf, dass alles »besser als je zuvor« würde. Er spähte zur Eingangstür, strich sich durchs Haar, rückte seine Krawatte zurecht. Gleichklang der Herzen – das war doch nicht nur Schmu?

Und sie kam. Sie kam!

Kathryn schlenderte, eingehakt bei ihrer Freundin Samantha, mit damenhafter Gelassenheit an den Ständen vorüber, bis sie den seinen erreicht hatte. Sie war sehr schlank geworden. Ihre Augenlider flatterten vor Aufregung. Bill Landsbury erkannte sie und grüßte höflich. Samantha ließ ihre Freundin los. Mit einem ergriffenen Lächeln zog sie sich zurück und verwickelte Bill Landsbury leise in ein Gespräch.

Carl strahlte Kathryn an.

»Ich wusste, dass du kommst!« Das waren vor zwei Jahren ihre ersten Worte an ihn gewesen.

Er griff sich mit der Rechten an die Brust. Es fühlte sich an, als wollte sein Herz gleich vor lauter Freude heraus- und ihr entgegenspringen.

Kathryns Augen strahlten, sie lächelte verschmitzt. »Du fällst doch nicht in Ohnmacht?«

Er schmunzelte. »Und wenn, dann würd ich's nicht zugeben!«

Carl atmete tief ein, er streckte ihr beide Hände entgegen. Eine Umarmung hätte die Lady in der Öffentlichkeit kompromittiert. Sie versanken in einem Blick, der Eisberge zum Schmelzen gebracht hätte.

Kathryn hauchte Carl einen Kuss auf die Wange. Sie raunte: »Mein Jaguar steht um die Ecke im Halteverbot. Das Gästehäuschen in Cornwall wäre für ein paar Tage frei.«

Carl begriff. Er wandte sich an Bill, wollte ihn darum bitten, sich wieder um den Stand zu kümmern. Doch der hatte längst verstanden, was sich da gerade abspielte, und tippte an seine Stirn. »Ay ay, Käpt'n«.

Carl und Kathryn brausten nach Cornwall und verbrachten dort drei Tage und Nächte. Sie hatten zwar ein schlechtes Gewissen, doch es war in Relation zu ihrem Glück recht klein und schrumpfte auch noch mit der Zeit.

»Wir haben es ja versucht.«

»Genau. Kein Mensch kann behaupten, wir hätten nicht wirklich nach Kräften dagegen angekämpft.«

Von nun an verbrachten Kathryn und Carl alljährlich einige Tage der Chelsea Flower Show in dem kleinen Häuschen – zwanzig Jahre lang. Am Tag der Medaillenvergabe war Carl stets wieder in London.

In den ersten Jahren verließen sie an »ihren« Chelsea-Tagen kaum das Bett. Mit der Zeit wurden andere Gemeinsamkeiten wichtiger. Nach Alfreds Tod 1965 unternahmen sie auch häufiger Ausflüge in berühmte Gärten und Parks.

Außer den Apples und Bill Landsbury, der nichts Genaues wusste, sondern nur seine Vermutungen pflegte und für sich behielt, wusste und erfuhr auch nie jemand von ihren heimlichen Treffen.

Gesine spürte zwar manchmal Misstrauen und Eifersucht in sich aufsteigen. Aber da Carl immer pünktlich nach Beendigung der Gartenbauausstellung zurück war, beließ sie es dabei.

Sowohl Carl als auch Kathryn gewannen die Überzeugung, dass beide Ehepartner letztlich sogar von diesem Arrangement profitierten. Denn nur mit der Aussicht aufs nächste Jahr ertrugen sie die Trennung von dem Menschen, den sie am meisten auf der Welt liebten.

Im Mai 1973 schwebte schon der Hauch einer Ahnung davon, dass es vielleicht das letzte Mal war, über ihrem Beisammensein. Carl fühlte sich körperlich nicht gut. Trotz Kathryns Anwesenheit, die ihn sonst immer um Jahre jünger machte.

Kathryn sagte ihm nie, dass sie Charles für seinen Sohn hielt. Dadurch hatte sie das Gefühl, dass sie Alfred weniger betrog. Und irgendwann fand sie es auch einfach zu spät für ein Geständnis.

Es war sehr schlimm für sie gewesen, ziemlich genau ein Jahr später die Minute seines Todes zu fühlen und durch die Traueranzeige Gewissheit zu bekommen. Niemand kannte ihr Geheimnis, niemand verstand, weshalb sie trauerte. Um über Carl reden zu können, fuhr sie sogar eines Tages zu Bill Landsbury und kaufte bei ihm Orchideen. Doch die vielen kleinen Geschichten und Gesten, über die Hinterbliebene sonst mit Freunden und Verwandten sprechen konnten, blieben in Kathryn verschlossen. Abgesehen davon war mit Carl der Mensch gestorben, der Kathryn gekannt hatte wie kein anderer, in ihrer äußersten Lebendigkeit. Ein Teil von ihr war mit ihm gegangen.

Ein Trost lag für sie in der Hoffnung auf ein Leben nach dem Tode. Ein anderer Trost war die Hoffnung auf ein Weiterleben in ihrem gemeinsamen Sohn und Enkelsohn.

Als Kathryn an diesem Augusttag 1990 Maximilian unter ihrem Fenster auf dem Rasen dabei beobachtete, wie er mit der Lupe Insekten untersuchte und hörte, wie er nieste, etliche Male, so wie einst Gustav geniest hatte, da überschlugen sich ihre Gedanken. Oh, wie gut, dass ich es Carl nie gesagt habe! Charles ist überhaupt nicht sein Sohn! Charles ist der Sohn von Gustav! Das bedeutete, ja, das musste bedeuten, dass sie diesen seltsamen leidenschaftlichen Lusttraum mit dem gesichtslosen Mann nicht geträumt hatte! Es hatte sich wirklich so zugetragen an Gustavs letztem Abend in Geestra Valley. Nachdem sie ihm seine Verletzung durch den Schneeleoparden verarztet und sie beide reichlich Whisky getrunken hatten – als Medizin, jedenfalls anfangs –, und nachdem er sie geküsst hatte, daran erinnerte sie sich noch, es hatte ihr auch gefallen, nur war irgendwann dieser Filmriss gekommen …

Kathryn griff sich ans Herz. Ihr Kopf verstand es, ihr Gefühl noch nicht. Gustav also. Unglaublich! Gustav … Sie schüttelte den Kopf … Das war ja völlig verrückt.

Wieder durchfuhr sie dieser Schmerz. Kathryn bekam kaum noch Luft. Mit letzter Kraft schleppte sie sich zum Bett, ließ sich auf die seidene Überdecke sinken. Sie schloss die Augen und versuchte zu entspannen. Ihr war so kalt.

Sie sah ein helles Licht, gleißend, und dennoch angenehm, von Liebe durchdrungen. Es entwickelte einen verheißungsvollen Sog, dem sie zu gerne folgte. Wie durch

Nebelschwaden erblickte sie ihre Mutter mit ihrem Bruder Aldous, dahinter tauchte ihr Vater auf. Sie winkten ihr glücklich zu. Kathryn ging in den Lichttunnel hinein. Der weise Lama erschien, er begrüßte sie mit einem wissenden Lächeln.

Jetzt verschwamm wieder alles. Sie hörte ein Geräusch. Ihre Hände fühlten sich wieder eiskalt an. Doch nun nahm sie jemand und pustete seinen heißen Atem hinein. Wie wohl das tat! Durch den Nebel hörte sie zwei freudige Männerstimmen: »Da bist du ja endlich, Queen of Darjeeling!« Sie spürte eine warme Wange an ihrem Hals.

Die Nebelschleier zerrissen. Carl und Gustav standen da, jung und schön und gut gelaunt, und nahmen sie in ihre Mitte wie damals, als sie zu dritt den Mond über dem Kangchendzönga bestaunten. In Kathryns allerletzten Gedanken auf Erden mischte sich ihr erstes Lachen im Jenseits: Ich hab für euch eine pyramidale Nachricht!

Ammerland

Mai 2010

Julia wachte zur gleichen Zeit wie immer auf, sie fühlte sich leicht verkatert. Was für ein Abend! Sie stand auf und öffnete das Fenster. Die Flügel gingen noch nach außen auf, sie liebte das. Das Reetdach wölbte sich wie eine Mütze um ihren Ausblick, im Efeu am Gemäuer tschilpten Spatzen. Julia atmete tief durch. Die Luft roch klar, rein und frühsommerlich, in der Nähe musste ein Weißdorn blühen.

Sie schlich die Treppe nach unten. Aus dem Obstkorb in der Küche stibitzte sie einen knackigen Apfel. Draußen wandelte sie benommen durch den taubedeckten Bauerngarten in den verwilderten Teil. Zum Anbeißen frisches Grün spross aus Bäumen und Sträuchern. Viele Rhododendren wuchsen unter Kiefern und Eichen, zuweilen umeinander verschlungen und sparrig vom Alter. Julia schlängelte sich durch das dämmrige, teils von Sturmbruch gelichtete Wäldchen. Sie bemühte sich, nicht auf die wuchernden Vergissmeinnicht- und Maiglöckchenkolonien zu treten. Über dem See mit seinem romantischen Reetgürtel kündigte sich der Sonnenaufgang an.

Julia zog ihre Jacke enger um die Brust. Etwas in ihrem Innern schmerzte, so süß und sehnsüchtig wie Fernweh an einem blauen Apriltag mit hohen weißen Wolken. Der Gesang der Vögel klang in ihren Ohren wie Reisebeschreibungen ins Glück, Julia sah auf den See und ließ sich im Geiste tragen von den Wellen. Sie merkte, dass Tränen über ihr Gesicht kullerten. Was war nur mit ihr los?

Du bist verliebt, dumme Kuh. Schon wieder und doch ganz anders als sonst. Richtig heftig. Wie noch nie zuvor. Ein künftiger Lord. Verrückt. Der Enkel der Frau, die ihr Großvater wahnsinnig geliebt hatte. Vielleicht vererbte sich eine richtig große Liebe irgendwie? Vielleicht steckte in ihren Genen eine Erinnerung daran, und deshalb musste sie Max lieben.

Aber wenn er wirklich so ein Frauenheld war und zu jedem Event mit einer anderen Schönen auftrat, konnte er wohl nicht treu sein. Dann meinte er es auch mit ihr nicht ernst. Überhaupt, was sollte so einer ausgerechnet an ihr finden, an einer Ammerländer Baumschulistin mit schiefen Zähnen, die immer ein paar Kilo Übergewicht mit sich herumschleppte. Wo er doch die aufregendsten Adelsdamen haben konnte. Viel reichere, schönere und berühmtere Frauen als sie.

Auf der anderen Seite … Es war ja nicht so, dass sie nichts zu bieten hätte. Und überhaupt, da schwang doch schon lange etwas zwischen ihnen, etwas ganz Besonders.

Spüren, was ist, und nicht werten.

Julia hörte es im Unterholz knacken. Max. Er kam näher. Schnell wischte sie ihre Tränen ab.

»Morgen«, rief er leise, »hab dich vom Fenster aus gesehen.«

Als er vor ihr stand, stockte ihr Herz für einen Moment. Er lächelte umwerfend, seine Augen strahlten an diesem Morgen dunkelblau und hatten türkisfarbene Einsprengsel. Max nahm einfach ihre Hand. Die Berührung versetzte ihr einen kleinen Stromschlag.

»Komm, da vorn bei der Bank muss Gustavs alte Lieblingsstelle sein.«

In seiner Stimme hörte Julia noch den Schlaf – eine Färbung, gänzlich unverstellt, die sie rührte und Zärtlichkeit in ihr auslöste. Ein Timbre, das zugleich auch wahnsinnig sexy klang.

Hand in Hand schlugen sie sich durch den kleinen Dschungel in Richtung Seeufer. Sie balancierten über umgekippte Baumstämme, sprangen über Pfützen im hohen Gras. Julia stolperte immer wieder, auf einmal stellte sie sich ungeschickt an. Jetzt strahlte Max Sicherheit aus.

Rötliches Licht flutete den wolkigen Himmel und spiegelte sich im See. Abrupt blieb Max stehen. Ungläubig schaute er ins Dickicht. Unter halb verrotteten Reetbündeln leuchteten ihnen geradezu überirdisch schöne scharlachrote Blüten entgegen. Die Rose von Darjeeling!

»Das glaube ich nicht!« Demütig staunend bewunderte Julia die Perfektion. Das wächsern durchscheinende Blütenblatt, diese unglaubliche Farbe! Sie schnupperte daran. »Wahnsinn!« Und sie musste zugeben: Dieser Zauber fehlte ihrer Nachzüchtung.

Auch Max sog den zarten blumigen Duft ein, der den großen Busch umwehte. Er drückte Julias Hand und flüsterte: »Hier haben heute Nacht Feen getanzt«. Kein Zweifel, dieser Rhododendron besaß eine eigene Aura.

Sie schauten sich tief in die Augen. Langsam strich Max Julia eine Strähne aus dem Gesicht.

Wann küsst er mich denn endlich?, dachte sie. Es ist ja nicht auszuhalten! Sie hatte das Gefühl, in ihren Fingern steckte so viel Elektrizität, dass sie damit ein Feuer entzünden könnte. Schwindel befiel sie, sodass sie schon fürchtete, ihren ersten Kuss nicht mehr bei Bewusstsein zu erleben.

Max nahm sie in seine Arme. »Was hältst du davon, wenn wir unsere Hochzeitsreise nach Darjeeling machen?«

»Was?« Er meinte es wirklich ernst! In ihren Augen blitzte der Schalk auf. »Ich soll dich heiraten, ohne zu wissen, wie du küsst? Am Ende kannst du überhaupt nicht küssen, und ich sitz in der Falle …«

Max zog sie noch enger an sich, arrogant hob er eine Augenbraue, doch die Lachfältchen unter seinen Augen kräuselten sich vergnügt. Er schloss halb die Augen. Ha! Sie sollte einen Kuss erleben! Einen Kuss, wie ihn die Welt noch nicht gesehen hatte …

Und dann endlich berührten sich ihre Lippen, und es traf Max, wie er es nie für möglich gehalten hatte. Ihr Mund öffnete sich, ihre Zungen berührten sich, sie hoben ab zu den Sternen, schwebten durch vanilleaprikosigsüße Universen, betranken sich aneinander. Nach einer gefühlten Ewigkeit fanden sie sich schwer atmend unter ihrer Rose von Darjeeling wieder, überwältigt von ihren Gefühlen. Sie setzten sich auf die Bank, und schließlich nickte Julia mit einem strahlenden Lächeln.

»Einverstanden, nach Darjeeling. Wohin du willst … Mit solchen Küssen würde ich meine Hochzeitsreise sogar nach Dangast machen.«

Nachwort

Die Geschichte und die Personen in diesem Roman sind frei erfunden. Ähnlichkeiten mit lebenden Personen sind rein zufällig und nicht beabsichtigt. Die Hauptfiguren Carl Jonas und Gustav ter Fehn sowie alle auftretenden Mitglieder der Familien Jonas, ter Fehn, Taintsworth und Whitewater sowie deren Unternehmen existieren nur in der Fantasie. So ist also auch der Teegarten Geestra Valley fiktiv.

Die Deutsche Rhododendron-Gesellschaft gibt es schon über fünfundsiebzig Jahre, das Vorstandsmitglied Ludwig Brunken ist allerdings nur eine Romangestalt.

Die »Rhodo«, Europas größte Rhododendronausstellung, findet tatsächlich alle vier Jahre in Westerstede im Ammerland statt. Die erwähnten Rhododendronparks kann man zum Glück wirklich besuchen, bis auf einen – den der Familie Jonas, die ja erfunden ist. Deshalb blüht auch im wahren Leben weder ein *Rhododendron jonasii* noch eine Züchtung mit dem Namen Rose von Darjeeling.

Bislang jedenfalls.

Anmerkung:

Was die Rechtschreibung über einen Rhododendron verrät:

Ist der Name kursiv gesetzt und das zweite Wort kleingeschrieben, wie etwa *Rhododendron luteum*, handelt es sich um eine Wildart.

Steht der normal gesetzte und groß geschriebene Name in einfachen Anführungszeichen, wie etwa Rhododendron ›Königin Wilhelmina‹, handelt es sich um eine kultivierte Sorte (Züchtung/Hybride).

Eigentlich hätte man ›Die Rose von Darjeeling‹ also immer in Anführungszeichen setzen müssen, aus Gründen der Lesbarkeit wurde darauf verzichtet.